GONG LIU WENCUN
ZAWEN SUIBI JUAN

杂文随笔卷（二）

公刘文存

公刘 著　刘粹 编

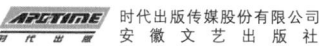
时代出版传媒股份有限公司
安徽文艺出版社

图书在版编目（CIP）数据

公刘文存.杂文随笔卷：全2册/公刘著；刘粹编.—合肥：安徽文艺出版社，2018.6
ISBN 978-7-5396-5874-2

Ⅰ.①公… Ⅱ.①公… ②刘… Ⅲ.①中国文学－当代文学－作品综合集②杂文集－中国－当代③随笔－作品集－中国－当代 Ⅳ.①I217.2

中国版本图书馆CIP数据核字(2018)第054793号

出 版 人：朱寒冬	特约策划：万直纯
选题策划：朱寒冬　岑　杰	丛书统筹：岑　杰
本册责编：黄　佳	装帧设计：张诚鑫

出版发行 时代出版传媒股份有限公司　www.press-mart.com
　　　　　安徽文艺出版社　www.awpub.com
地　　址 合肥市翡翠路1118号　邮政编码：230071
营 销 部 (0551)63533889
印　　制 安徽新华印刷股份有限公司　(0551)65859551

开本：700×1000　1/16　印张：321　本册字数：530千字
版次：2018年6月第1版　2018年6月第1次印刷
定价：880.00元(全9册，精装)

（如发现印装质量问题，影响阅读，请与出版社联系调换）

版权所有，侵权必究

目 录

001 / **甘地自有可取处**

003 / **无论是"得"是"失"都充满了忧伤**

010 / **仁者寿**

016 / **可可**

021 / **云南云**

025 / **不轻松的一万四千六百天**

029 / **故园情**

034 / **会见"阿诗玛的妈妈"**

038 / **"两个"西双版纳**

042 / **楚雄·卷烟·火把节**

046 / **昆明拾心**

050 / **子弹·鸡蛋·自行车**

053 / **领你们去逛一逛女山**

055 / **女山和招信的陆沉**

059 / **寄语**

062 / 大大有名的三河镇

066 / 假如中国人都像我

069 / 千岛湖，千湖岛

　　　——兼悼一位白发人和一位黑发人

078 / 走！漂沅水去！

　　　——"漂沅水"系列游记之一

081 / 初会便是永别

　　　——"漂沅水"系列游记之二

084 / 邂逅历史

　　　——"漂沅水"系列游记之三

087 / 浪漫的清浪滩

　　　——"漂沅水"系列游记之四

090 / 麻溪袱预言

　　　——"漂沅水"系列游记之五

093 / 狮头拐和麻袋瓶

098 / 美哉凤凰

103 / 活的纪念碑

136 / 四月八

141 / 迷你茶峒

153 / 九儒十丐新例

156 / 谪仙记

161 / 闲话笔名

165 / 安于末流好

170 / 日暮乡关

174 / 杜氏别墅第一号

178 / 最后的电话

　　——挽秦牧

183 / 书香

185 / 老有所忌

187 / 江南三凭栏

193 / 聂绀弩写好了一个"人"字

197 / 胡同梦游

199 / 大难不死　尚待后福

221 / 展眉之碑

223 / 樱花：复杂到单纯

226 / 期待来生

228 / 拜金狂潮与作家心态

231 / ××就是力量

235 / "不争"与"不屑"

237 / "精神"管窥

　　——答鲁枢元教授问

238 / 小说也可以"炒"么

242 / 四百里水路捡脚印

249 / 说 "跪"

252 / 梦见"公脸……"

256 / 呼唤林则徐

258 / 我的杂文观

259 / 最能欺骗您的莫过于照片

261 / 毕竟东流去……

    ——追忆我在江西赣州邂逅蒋经国先生的始末

307 / "火"的境界

309 / 低技术性骚扰

313 / 潮之尾

316 / 模糊逻辑之妙用

318 / 就差一句话

321 / 交代我的"走穴"史

324 / 中国没有"上帝"

328 / 哀乐随缘

331 / "王码"支持我闹"革命"

    ——兼致"五笔字型"发明人王永民先生

336 / 胀与瘪

339 / 《骗术大观》补遗

342 / 芳邻

345 / 年关的"关"

348 / 我的"第二皮肤"

352 / 我希望……

353 / "唯器与名,不可以假人"

357 / 吸烟的故事

359 / 戒烟的故事

361 / 并非多此一举

363 / 漫谈废品

367 / 暴利和畸形消费

370 / 都市趣闻

372 / 自嘲

374 / 现代化的喜剧

377 / 市声

380 / 知识产权和广告诗

383 / "吸烟有害健康"

386 / 老人节琐议

388 / 搬家记趣

391 / 闲人赋

393 / 乞丐的行情

395 / 草莓一天天烂下去

397 / 出国记

399 / 煎药

401 / 风云琐记

413 / 《热风》送我过《茶亭》

416 / 伪币"颂"

418 / "翻牌"

420 / 昨夜惊魂

428 / 《第三只眼睛看中国》眉批摘抄

431 / 文字苦力自白

433 / 九三年

437 / 裤裆文学和文学裤裆

439 / 送洪遒

442 / 最是黄山我无缘

444 / 吉屋出租

446 / 悔，还是不悔？

452 / 读出书之味

455 / 不能缺钙

   ——纪念 1894 和 1945

460 / 抗战并未结束

465 / 假假得真？

467 / 日式战法

469 / 仁人归天

   ——冯牧他再也不能和我们中秋团圆了

477 / 卫生谎

480 / 日式战法续志

484 / 不废江河万古流

487 / "可怕的是混进官场的流氓"

489 / 鬼魂西行

　　——南京屠城五十八周年祭

493 / 颍上一瞥

497 / 告别宽容年

500 / 醒来便好

501 / 长忆芷江受降坊

504 / 门外说嫖

507 / 门外说嫖余笔

510 / "成熟的面孔"

512 / 是否需要重新评价鲁迅？

516 / 爱国主义杂说

519 / 一封具有文献价值的私人信件

　　——向冯英子先生致敬

523 / 承诺和110报警服务台

526 / 赞沈阳"九一八"鸣笛

529 / 香港一年半

535 / 行当的兴衰

537 / 美容涨价

539 / 新式汉奸

541 / "口吐铅字"与"口吐真言"

543 / 关于杂文

544 / 愧对胡适

554 / 关于洗钱：一堆愚蠢的问题

557 / 巧取豪夺大百科

560 / 且慢经典

562 / 拟阿地力四问

564 / "敬惜字纸"

567 / 有感于"右派出汉奸"

571 / 也说"面向文学，背向文坛"

572 / 替徐光耀拾个把脚印

576 / "傍黑"与变黑

578 / 寻"丫"

580 / 苍梧话旧

586 / 我的"动物世界"（怀想与随感）

614 / 黄金海岸识黄金

　　　　——挽张志民

617 / 老泪纵横哭洛汀

623 / 学步

625 / 中国病人

甘地自有可取处

我今年六十四岁,还没有死,虽然迟早不免一死。

在未曾咽气之前,说几句教某些老爷听来是"有气"的话,似乎也恰好证明了此人尚在享受着五味俱全的人生。

无可怀疑,我的坎坷生平、我的作家职业、我的宁折不弯的性格、我的屡败屡战的傻劲,过去和现在,都使自己的价值观产生过并继续产生着或缓慢或剧烈的变化。

但有一点是守恒的,即执着的现实感和积极的入世态度。

我的人生信条,大致可以套用两句古话来概括:一句是,有所为有所不为;另一句是,知其不可而为之。前者体现了狷介和道德取舍,后者暗示着顽固和献身精神。

年轻时,我当然是绝对的乐观主义者。然而,随着发愈少而须渐多,开始由天真而审慎,由审慎而怀疑,由怀疑而悲观了。出了几趟国,从所谓铁托式的"异端"到汉堡、纽约的"垂死",见闻越多,联想也就越多,不知不觉间,结论竟而至于成了:人类无法自赎,任何"学说"、"制度"都不可能缔造一种完美的社会。

再加上最近一个时期的骇人刺激,我乃颇有顿悟,我反省到,原先跟在别人背后嗤笑那个印度老头儿甘地,是嗤笑错了。甘地受到世人崇敬是有道理的。试想,如果你面对着异常异常强大的恶,非但不能我行我素,相反,简直陷入了无所作为的地步,你怎样保护良心——方寸之地——的平安呢?想来想去,恐怕只有采取甘地方式,非暴力不合作了。

这样看来,我的人生信条有必要加上第三部分。

1991 年 1 月 10 日　合肥

无论是"得"是"失"都充满了忧伤

《得失谈》主编嘱我撰稿一份,谈谈生平得失,接信之初,觉得并无值得一谈的东西,因为,按照世俗的理解(晚近时尚尤其如此),"得"者,实惠也,不吃白不吃,不拿白不拿也,唯物主义之"物"也。依此纵观我这一辈子,似乎一直频频丢球,并无得分记录,连阿Q式的"优胜纪略"都拿不出来,有什么可谈!但随又转念一想,倘若完全避开低级趣味的干扰,倒也真能写一部回忆录哩。

"失"的对立面是"得",那么只要切实吸取了教训,不重蹈覆辙,并且在个人的心智与道德两个方面都有所长进,岂不正是大可庆贺的"得"!

一旦想通了,那最最难忘的往事便以不可阻遏之势跳进脑海,翻搅得波涛汹涌起来。20世纪50年代中后期,我的命运有如戴上了沉重的镣铐,如今虽已摘去,留下的瘢痕,每一道都在证明二十岁的我,曾是多么天真、幼稚、脆弱、不谙世事偏又心高气傲,同时,还携带着众多的人性弱点:虚荣、投机、自暴自弃……

在限定不得超过五千字的篇幅中,不可能详细叙述整个过程和全部细节,但仅仅粗线条地勾勒一个轮廓,读者诸君也不难了然于心了。

1955年,春寒料峭,中央文化部电影局向昆明军区商借我去北京,将撒尼人的民间叙事长诗《阿诗玛》改编为电影文学剧本,搬上银幕。几乎不前不后,中央军委总政治部也正式下令调我进刚刚组建的文学艺术创作室任创作员(部队专业作家)。周围的战友们无不羡慕地望着我远走高飞,认定我从此鸿鹄将至，鹏程万里了。殊不知到头来应了老子的一句名言："福兮祸所伏，祸兮福所倚。"就在我一面向新的上级、总政文化部部长陈沂和文艺处处长马寒冰报到并请假，一面抓紧时间赶写剧本提纲的日子，一场中国大地上从未有过的、以知识分子为敌的大歼灭战，已经紧锣密鼓，即将揭幕开打了。

胡风——"七月派"——"反革命集团"，和我有什么干系？带着这样一种满不在乎的心情，我被总政主管部门召往广安门外莲花池"集中学习"。这是当年5月间的事。

那时的莲花池，还是一片稻田，它本身只有几排兵营式的低矮建筑，弄不清原先是个干什么的所在。不过，抄小路斜插过去，不远便是新建的八一电影制片厂，多少能沾上一星半点艺术味儿。天可怜见，我又怎能料到，半年之后，自己竟会以囚徒的身份，被挎着驳壳枪、上了顶膛火的战士从后门押进该厂浴室，去冲洗那满头满身的虱子！

出了什么麻烦呢？原来，搬进莲花池的第三天，电影处处长、新任创作室主任兼党支部书记虞棘就找我个别谈话，通知我，马上就会有一个名叫蓝曼的人，分配与我同室居住。虞说：此人是重点审查对象，很可能是个军内胡风分子，党组织交给你一项任务，记下他说的每一句话，包括你能听到的梦话，留神他的一举一动，随时向我报告。

党这般信任人，膺以重任，我本当感激涕零才是，可是，我却当场拒绝了，表现得既恶劣又愚蠢，用我老家的俗话形容，这无疑叫作"狗坐轿子，不识抬举"。

报应眨眼就到。

清查"胡风反革命集团"的斗争，一夜之间，发展为全国范围的"肃清反革命运动"。连榻而眠的诗人、翻译家蓝曼先生和我立即也随之主客易位了。他宣布"解脱"，我成了"特嫌"。

命该如此，我的档案尚滞留云南，虞棘先生似乎等不及调阅便命令我上会，"彻底交代历史罪恶"。

我心中无鬼，侃侃而谈，包括十二岁那年随父母为逃避日军，从南昌到了江西赣州，一个偶然的机缘，结识了蒋经国的主任秘书徐君虎先生（徐老高龄八十五，现任湖南省政协副主席），得到他资助，进入中学，旋又中断了联系等情节。我为自己沾染过这样的"政治污点"而深感惭愧，然而，终归没有什么见不得人的隐情，所以，1948年参加全国学联工作时，坦然写过材料。1949年参加解放军和加入中国新民主主义青年团时，又坦然写过材料。1953年讨论我的入党申请时更写过详尽的自传，可谓白纸黑字，斑斑可考。

团结在虞棘先生左右的少数几位诗人、作家，偏偏又想象力异常发达。他们抓住我"提供"的这一"线索"，"由此及彼，由表及里"，"分析"出许许多多离奇古怪的推理小说来。

身为总政文化部部长的陈沂先生听罢汇报，显然吓了一跳，大概还有后悔受骗上当的愤慨情绪吧（陈极爱才，就在不久之前，他生病在上海住院，读了我发表在《解放军文艺》上的短篇小说《荣誉》，还专门写信给我予以表扬），发而为文，宣称"不能和老虎一起睡觉"（载《中国青年》杂志）。尽管尚未公开点名，熟悉文坛状况，一看便知"老虎"就是公刘。

风诡云谲，两年不满，陈沂先生竟莫名其妙地名列军内"右派"榜首，而虞棘先生正是斗争他的积极分子之一。我与陈从此天南海北，相隔达二十二载之久。待到重逢黄浦江头，虽多次共话沧桑，却彼此默契，小心翼翼不触及这篇轰动一时的檄文。如烟往事，随风逝去吧。正是："度尽劫波兄弟在，相逢一笑泯恩仇。"（鲁迅：《题三义塔》）

我是感激陈沂先生的。不论我对他的某些观点怎样难以认同，但他在"肃反"结束，开导我的一句话："冤家宜解不宜结"，实在是人生体验的结晶，令人受用不尽。平反了，我在正确对待虞棘先生的问题上，一直采取了这一态度。

斗争进入了白热化阶段，我寻思，"国特"的名分已如铁板上钉钉子，纵然长出一万张嘴来，也无从辩白了。

我决定一死了之。

怎么死？下决心固然不易，而在戒备森严的条件下，怎样以最便捷的方法停止呼吸，选择也颇费周章。

北京的天气，8月间仍旧燠热万分，正午十一二点至下午4点，人们长时间地昏昏欲睡，恰如西方人常说的 dog hours，差一点要学习狗耷拉出大舌头来了。我瞅准了一棵树，也观察到附近伙房外边经常撂着条凳，应该算作万事俱备，只欠"绳索"了。

记不清那是第几番难以忍受的车轮大战了（一般为四十八小时的疲劳轰炸，审讯者到点换班），我的精神与体力均已彻底崩溃，就在这万念俱灰的一刹那，我"供"出了自己于何时何地以及怎样"被吸收"进"蒋经国直接指挥的特务组织"的"经过"……开始，我还坚持编造假人假事，但当军威大振的审讯者们点名追究几个被怀疑的朋友时，我完全被逼到墙角了，真是欲哭无泪啊！为我命运掌舵的已经既不是理智，也不是上帝，我仅仅凭着人的自卫本能挣扎。不过事后回想，这里倒有一个饶有兴味的现象，不妨请心理学家研究——从他们要我指认的一串名单中，我居然有所选择，估计有可能导致事态复杂化的人，一个也不应承；凡是我点头的，要末相当了解，要末根本不了解，属于一面之识。这大概表明我的潜意识还寄希望于死后真相大白。

借此机会，我愿提着我的始终滴血的心，向被我无端株连的王平先生、谢章生先生（现名谢长辛）和林予先生（本名汪人颐）谢罪！

一秒钟的软弱，一万年的耻辱。我急急忙忙写下一纸简单的绝命书，大意如下：既然党需要特务，我只好来当这个特务。可是，我被迫提供的一切全是假的，千万不要冤枉了好人，我没有办法。我对不起他们。

一位炊事员喊叫起来，我失败了，这一场面，从此不断出现在噩梦中。至今每念及此，我还会不由自主地凝神复又走神……我不能解答，自杀未果到底是幸还是不幸。

度日如年,好容易挨过秋天,挨过冬天,又挨过第二年的春天,盛夏一日,终于传达了对我的甄别结论。我明白,这多亏还有不少主持正义、实事求是的好人。例如,负责外调的史超先生、刘大为先生等。总之是兜了一个大圈,又重新回到了出发点:十二岁时,一个偶然的机缘,结识了蒋经国的主任秘书徐君虎先生……倘说一字不差,也对不起所耗费的大把人民币。为此,虞棘先生"发现"了我在自传中另外描述的一个细节:周围的人看见徐君虎那么喜欢这个男孩,便开玩笑说,索性认了义子吧。我在自传中真诚地检查了自己当时的思想:真能这样,倒也不错。关键在于,根本没有"真能这样"。虞棘先生却"凝缩"为六个字:"并认徐为义父。"我是个文学创作工作者,我能够想象虞棘先生愉快的微笑。

谁叫我为自己预置了一颗可供反复使用的定时炸弹?活该!这个"结论"不胫而走,不但长时期有"根正苗红"之辈在我背后指指戳戳,"文化大革命"中,还一再被"造反派"以及被"结合"进"红色政权"的"当权派"以大字报和巨幅标语的形式抛向街头,并且"升华"为"蒋匪干孙",省略掉徐君虎,省略掉蒋经国,直接挂在蒋介石名下了。

借用一个流行的文学名词:荒诞派。在海峡两岸"只有一个中国"之声同样高唱入云的如今,果真持有这等身份,岂不可以奉为上宾,享受国宴?!真的这样,那简直更成了黑色幽默了。

必须郑重申明的是,造成上述不寒而栗结局的,并非凭借严刑拷打,或者坐"喷气式",它所依仗的是中国知识分子队伍自身的分化瓦解:极少数人患有虐待狂,大多数人患有软骨病。当年的我,就是软骨病患者之一,夹在二者当中的几根硬骨头,就只得抱着"士可杀不可辱"的"花岗岩脑袋"见马克思去了。

可怕的是,我的软骨病,不久又发作一次,虽则表现方式不同。

1957年8月,我被三封电报召回北京。当时,我和黄宗江先生正在甘肃敦煌,打算合写一部以画家常书鸿先生为模特儿的故事片剧本。同时收到的,还有一封《诗刊》的约稿信,嘱我立即"以诗的投枪与匕首,投入反击资产阶级右派分子猖狂进攻的战斗"。

老实讲,什么人是"右派"?他们又是怎样"猖狂进攻"的?我的认识是模糊的。我没有"大鸣大放"过,出差三月有余,行止不定,也不曾系统地读报纸。突然要求我以诗表态,当然要搜索枯肠。可是,直觉告诉我,不表态是不行了,于是,趴在车窗边的茶几上硬"憋"出一首诗来,它,就是发表在《诗刊》9月号上的《我们的生活向右派宣战》。

车停前门站,第一件事便是将一个厚厚的信封塞入邮筒。

这可闹了大笑话!无可挽回!《诗刊》发表之日,也正是党报、军报欢呼右派诗人公刘现出本相之时。1969年,女儿从同学们的"红卫兵"哥哥、姐姐抄家弄到的《诗刊》合订本上,发现了居然还有这么一篇"大作",未免难堪,而又不禁怀疑:莫非中国有两个公刘?

批斗会上,人人都必须表示高度的"阶级义愤",慷慨陈词。与我结伴同行的黄宗江先生,未能免俗,也说了一通,但我全忘记了。唯独有关这首诗的评论,印象极深,"亏你还在火车上赶写什么我们的生活向右派宣战呢,完全是虚张声势,言不由衷!试想,右派怎么能向右派开火?!好不笑煞人也!"黄宗江先生是京剧行家,言语之间,往往会吊戏袋子。作为一个曾经在国民党统治下讨生活比我时间更长的阅历丰富的知识分子,我相信他应该对我有起码的同情。大概在一定条件下,新社会依然是旧舞台吧,他不得不奉命"表演"。当然也有剥夺"表演"权的日子,例如"史无前例"的十年,黄先生就备受折磨。

综上所述,不难想见我过去的惨状,失了信誉,失了友谊,失了操守,失了父母,失了妻子……何"得"之有!

但似乎还有一点点"得","文革"伊始,我就暗自立下誓言:第一,绝不再牵扯无辜;第二,绝不再用自己的手结束自己的生命,让刽子手省心;第三,要熬到天亮。

的确也熬过来了。

最近,又跋涉了一座不大不小的火焰山,虽说不曾化为焦炭,却也烧起了串串燎泡;扪心自问,倒也安泰。一点小小的收获是:不违心,便能无畏;不违心,便能无愧;不违心,便能无悔。

迄今引为遗憾的是,世间毕竟没有一杆能称出"得"、"失"分量的秤。就我而言,到底"得"大于"失",还是"失"大于"得",不得而知。不过,有一层事实是像白昼一样明亮的,那就是,无论是"得"是"失",都充满了忧伤。

至于前面还有什么考验在等待着我,诺查丹玛斯不曾预言过,不管怎样,我自信会比少不更事的年纪好歹潇洒、从容些。

1991年2月4日　合肥

仁 者 寿

对你，我还从不曾这样直呼其名过，虽然算下来你不过大我六个年头，在我心里，咱们似乎是永远的上下级关系，改口反而觉得别扭。或许有人会以为，这样岂不显着拘谨？不，我可不这样想，我相信，真正的朋友之间，听其自然，才是真正的尊重，包括由于历史渊源形成的某些习惯、某些美好的回忆、某些不能抹煞的事实，都应该给予尊重。

因此，我一直管你叫作苏政委——苏科长——苏部长，它们不比叫苏策更不亲切。

那是1949年冬，广州刚刚解放，我请示了地下全国学联，同时又向《文汇报》递交了辞呈，便急如星火地离开香港回国，具体单位是第四兵团文工团。报到那天，团长彭华、副团长张少川正好都不在，出面接待我的是你，政委苏策。你挺挺的身板、大大的眼睛、阔阔的嘴巴、富有感染力的笑声，还有满口地道的京腔，不知什么道理，像一幅暖色调的印象派绘画，令人愉悦，令人舒坦。

交谈中，你提到了一位我的老朋友，南昌入伍的洛汀，说他告诉过你，公刘能文能诗（我当时暗自懊恼，为什么不能文能武？），并因此而将我安排在文学组，也许比较可望发挥专长。接下来你又自我介绍：我也喜欢耍耍笔杆子，以后咱们多聊聊。

然而，到底是战争期间，千里行军，并没有捞着机会深谈。

待到部队进驻昆明，咱们彼此都不在文工团了（你改任宣传部文艺科科长,我调新华社四分社当见习编辑),接触反倒频繁起来。

你的一篇传诵一时的文艺通讯《给红军妈妈报仇》,使我大为激动,于是我不自量力,把它铺陈为诗,标题改作《老红军回家》。这,除去待在文工团涂抹的各类赶任务"作品",大概是自从穿上军装以来第一首比较正规的分行文字。从个人的文学生涯角度看,也许值得一记;而由你创作,我二度创作,似乎也预示了咱们二人的某种缘分。你看过原稿,宽宏大量地点了点头,吐出一字真言:好。这情景依稀在目。

其实不好。在我,是有自知之明的。不仅如今认为不好,即便当时也并不满意。你想,我的行伍生活才只能以"天"为单位计算,对你所描写的李成芳军长干脆一无所知。一句话,我嚼的是你嚼过的馍,能有多少滋味?!

不久,军区政治部创办《国防战士》报,新华社四分社原班人马连锅端,我被分工编第三版——主要内容侧重于连队思想政治工作,配合各个阶段的中心任务,编写各式各样的"教材"与"宣传大纲"。

在一次"交心会"上,我暴露了自己的"个人主义",担心长此以往,脑子会变得干巴巴的,半点形象思维都没有了。我怎么也料不到,我的一颗不设防的心竟会变成活靶子。我更加料不到,在我的那位自己就靠爱伦堡吃饭的上司眼中,你,一个各方面绝不比他逊色的老革命,形象会如此低下!此人当众发出警告:少跑你那个文艺科!一群小资产阶级!(谢谢!尚未荣升为"资产阶级"。)足证他早已注意到我和你的交往了。

直到写这篇短文为止,我从未提及这桩小小公案——我怕伤了你的自尊心。

你根本没有意识到我情绪上、态度上的微妙变化。说来可笑,整日生活在一个大院里,报社占着一卜溜东厢房,文艺科正南两间,当中隔着篮球场和单双杠、木马之类,特别是我的卧室门几乎就抵着篮球架,我却只能凭有没有你的欢呼声或者埋怨声,才得以判断你是留在机关还是下连队了或是出差开会了。偶尔望见你不拘形迹地脱得只剩背心、裤衩,汗水淋漓地在篮球场上奔跑,尽管警卫连的战士们不大懂比赛规则因而也就不大遵守比赛规则,尽管你生气喊叫,你还是乐此而不疲。我小心避免同你打招呼,我唯恐让那位"无产阶级"上司碰上了。

可是,政治部真正懂文学的人并不多。遇上读到一本好书,一篇有争议的作品,总想找你交换意见。无可奈何,就我而言,要找你只好搞"地下活动"了,实在滑稽得很。

我家境贫穷,别人半工半读,"打工"为的是解决自己的生活问题,我上大学半工半读,却是为了奉养父母。这方面的大致情形,你也听洛汀讲过。参军后,实行供给制大锅饭(不是此后引申出来的"平均主义"大锅饭),每月领的津贴费只够买牙膏。一天,我收到了二老双亲的来信,说是眼看就要吊起锅来喝西北风了,我很难过,硬着头皮揣上那封信请领导过目,问他可有办法批点救济款。他铁青着脸,挤出来三个字:"没门儿!"我得以从近处观察到他有一口好牙,不但颗儿大,而且相当密致,仿佛一堵不透风的墙。没法子,我又冒险去找你求援。你说:"马上我们就要办《文艺生活》杂志,你可以写稿嘛,我会关照他们,稿费多给一点。"我却期期艾艾表示为难:每期亮相,不但于刊物影响不好,别人批评我不安心本职工作,岂不更有道理了?你猜到了一点什么,沉吟不语,忽然又一拍大腿(一个纯粹"下里巴人"的动作,你却习以为常)高声说道:"那你写专栏文章,《文艺理论——批评动态综述》,怎么样?可以不署名,编辑部保证为你保密,这总没顾虑了吧。"

虽然你当兵多年,可丝毫没丢掉"老北京"的真传!我再一次感受到那份宽厚、实在、急人难、重然诺的心劲儿,真格地充满了……该死的人情味儿!

好景不长。我难以"综述"下去了,你的早期代表作《小鬼与团长》挨"批"了;倒不是碍着你的面子难以纳入"动态",而是我压根儿就不赞成那"批"你的高论。这篇小说,曾被收入《中国人民文艺丛书》,由人民文学出版社向全国推出,发行量很大,入选之作都是精品,编者前言中用了一连串的褒扬之词。怎么一下子又错了?那时尚未发明"说你好是正确的,说你坏也是正确的"这样一种"常有理"公式,不过,我的确模模糊糊察觉到前方出现了底细不明的险情,因而对这文艺事业的未来产生了杞忧。

何况,"批"《小鬼与团长》,似乎恰好印证了我那位上司对你的厚诬。有些人便窃窃私语,幸灾乐祸。而你呢,迷上了打扑克(多半是一种排遣)!吃罢晚饭,看吧,整个文艺科简直"不成体统",科长、助理员,甚至通讯员闹作一团,你不但带头悔牌,还偷牌,搞小动作……为了回敬你对我的嘲弄("公刘是书呆子,连扑克都不会打!"),我揭你的短,你呵呵一乐,找词儿替自己辩护:"你懂什么?偷牌换手气!"老实说,单这一桩事,我当时就认准了你不会当官,当上了也当不大,当大了也当不长。

不幸言中,你就是一辈子也学不会当官。假如会当官的话,又何至于调任西南军区(第二野战军)文艺科长(这是暗降)、西藏军区文化部长(这是明升)不久,便一栽而为"右派"?

其时,我已由报社调至新组建的昆明部队文化部,又由昆明部队调至北京总政文化部创作室,殊途而同归,我也被圈定为"右派"。

虽然都被放逐到了"右"边,彼此却从此不打招呼、不通音讯,一晃二十载。时间真快,想必咱们正是这么步入老境的。

你由于不会当官而被打入另册,我由于不会当兵而被打入另册,可见你我之间,并无官兵区别;是否正是因为混淆了官兵界限而通统归入"右"字号呢?恍兮惚兮,我似有所悟,要不,当如何解开这人生之谜?

"右派"无故事。自然,此话也不尽准确。应该说,从"故事"的一般结构入手,解析下来,不外是清一色的悲剧(个别的掺杂若干喜剧与闹剧的成分),其形式为人物与命运的搏斗,其内涵则为社会压迫和歧视逐渐转化为自我压迫和歧视。所以,我在漫长的孤独与绝望中,每忆及包括你在内的友辈,终不免以为我所遭遇的一切,大概也就是全体落难者所遭遇的一切。及至从你姐姐苏筠的唏嘘中了解到你的具体经历,那已是后话了。

有一件事,是我及时知道的唯一"细节",不可不提。那就是,你在东北一家刊物上发表的短篇小说《白鹤》，又一次没能逃脱"火眼金睛"们的扫瞄，罪名仿佛定的是"鼓吹人性论"，而且，有的檄文还指出，这是《小鬼与团长》的"恶性发展"，云云。呜呼，你以戴罪之身，那些日子怎么打发？适逢其盛，我的长诗《空气》也受到检举，为此还株连了《甘肃文艺》编辑部；那"诛心之论"确也令人佩服，判曰："冒充左派，变相翻案。"你的例子加上我的例子，看来咱们千万不可以"乱说乱动"了，说则获罪，动则得咎也。

我相当麻木，竟未意识到，这一类把戏，不过是"横扫一切"之前的"牛刀小试"而已。

万幸的是，"访旧半为鬼"，咱俩偏偏硬熬了过来，活到"改正"。托老红军的福，根据政策，你的尊贵的身份也得到了确认，有了单门独院的宅寓，大有一番鸟枪换炮的新气象了。我由衷地替你高兴。

说到住房，又记起了1979年我去对越自卫反击战的西线采访归来，由彭荆风安排，进入你在创作组楼下的一间小房暂住的事。那次咱们本应把晤的，但是不巧，你护送后来下世的裴玉娴奔波求医去了。

我原来设想，叙旧之余，还打算顺便解释解释1978年间为什么最后放弃重返云南的意愿，而让你和徐怀中白忙一场的情由。现在，我在这儿插上一句吧，很简单，即当你与怀中和主事的省委宣教口负责人商妥之日，也就是颇有政治能量的某君四处放风，胡说我是什么蒋经国的干儿子，不能允许这样的人来扰乱云南文艺界的阶级队伍等等之时，我一气之下，决定不去了。可我在写给你以及写给怀中的信中，仅仅表示了感谢和歉意，并未触及上述恶劣流言——我深信，流言腿短，又何苦给你们惹一场闲气？

我的见闻有限。在我的印象中，你是第一位正面写陈赓的作家。我听说过，你和陈赓之间过从颇为密切，你的脾性也和陈赓合拍。早在太岳根据地，陈赓就喜欢你这个喝过墨水的"小知识分子"，当你渐渐成长为军队自行培养的第一批"文化人"之一，陈赓就越发看重你了。你不但积累了许多口头文学式的活在连队基层指战员嘴上的陈赓逸事，而且你们两个还有过那种属于男人之间的不拘小节的对话。我本来以为,你会继续写下去的,可是,文坛流行"一拥而上"风,连这类题材也未幸免,从此,你倒退得远远的,不凑"热闹"了。我感到可惜,但我又欣赏:这才是苏策。

所幸你外战内战,前方后方,"天堂"、"地狱",俱是过来人,库存原是极丰厚的,不愁没下笔处。作为读者,复兼私谊,倒盼望你多打几套《同犯》那样的重量级拳路,叫人喝彩不迭。

日月不居,逝者如水,积若干年痛切之经验,我才明白,有些事虽不合理而长存,有些人虽不地道而亨通,这断非几声不平之鸣可以除去的。所谓一言兴邦,一言丧邦,如若不是书生们自己心造的幻影,便是"欲擒故纵"的整人谋略,万万天真不得。你这一向抱朴守常,冲淡平和,很值得我学习。

中国人有句老话:仁者寿。毫无疑问,你是仁者,端的命该活过八十、九十、一百,但愿我能奉陪,每一次庆典都撰文祝贺;自然,有个前提,找个什么彼此方便的时间见见面,侃大山,天上地下"侃"个够,否则,我再拿什么新鲜东西向你负暄献曝呢?

1991 年 3 月 30 日　合肥

可 可

在昆明,我有幸见识了可可。读者诸君,请勿误会,我指的不是内地罕见的植物可可,而是全国罕见的人物可可。

可可学名张可,1980年出生,沧源佤族,我把她唤作可可,当然是昵称。据说,小可可在北京举办个人画展时,老诗人艾青坐在须臾不可或离的轮椅上一面赏画,一面颇为幽默地加以诠释:第一个可是可爱的可,第二个可不是可恼的可。不言自明,结论自然是:对这位佤族小姑娘,实在值得人们拿出双倍的爱心看顾。

小可可的父亲张显庆,汉族,有过一段坎坷的经历;母亲吴萌,佤族,迄今还处在生活的磨炼中。小可可自愿追随母亲,归属佤族。

我和小可可的相知,说来有趣,牵线人正是吴萌。乍见吴萌,不待她自我介绍,我就抢先开口,断言:"你是佤族。"吴萌又惊又喜,笑道:"明天叫我们可可来见公刘爷爷,您必定要说,可可比我更'佤'哩!"

果真不假,小可可就是百分之百的"佤":浓浓的眉毛,披肩的长发,眼睛又大又乌又亮,嘴唇不施膏脂而自红,颧骨有那么一丝丝难以觉察却恰到妙处的凸出,身材比同龄人显得高挑,双腿修长结实(这体现了她先祖在佤山上奔走求生的种族烙印),肤色类似尚未剖开的象牙,于淡黄中匀薄着一层黝黑(这又是继承了她先祖亿万年骄阳暴晒栉风沐雨的生命胎记)。总之,我们的小可可着实是一朵含苞待放的野花。诸君注意了,我特意选择了"野花"这个词,乃是有感于她的美,既非时下膜拜的西方性感美,亦非往昔推崇的东方病态美。

面对这样一位小美人、小画家,我不能不产生恍若置身梦中之感了。

一段难忘的往事,历历在目——

20世纪50年代初叶,我们陈赓兵团进军云南,立即上演了一出"三进阿佤山"的悲壮复离奇的故事剧,直到第四次进山,才算站住了脚跟。一批部队青年作家随之前往。我的第一印象是,穿越两人高的芭茅(常有虎豹藏身其中,旱蚂蟥则遍地皆是)后,猝然与一群赤身裸体的男女佤人相遇,他们当时立在不远的山丘上,男性一律手持锋利的缅刀和带毒的弩箭,女的周身缠满藤圈,同时也执有梭镖,少数几位老者,则无例外地呼噜着他(她)们的竹烟枪。眼神是清一色的:怀疑、惊恐,并且明显地充满敌意。

我当时是排级干部,可以配备一柄左轮,尽管手枪早已上了顶膛火,但有铁的纪律制约:万一发生险情,只许朝天示警,不得对人射击。后来,我将这个场面写进了中篇小说《头颅》(见《昆仑》1987年第1期)。及至村寨渐近,所见所闻,越发骇然:人头桩(当时的佤族是全世界两个仅有的猎取人头祭谷子的原始民族之一),剽牛桩,原木栅栏门,木鼓房,原鸡(即鸡的始祖),等等,等等。

三十八年过去,那样子的一个佤族怎么会捧出如此娇艳的文明之花来?亲爱的小可可,莫非你的欢笑生来就等于历史跃进的脚步声?

不错,小可可的体形很美,但更美的是她的画,还有她的心。

吴萌告诉我,小可可是早产儿,才七个月就急不可耐地来到人间,十余年来,张显庆和吴萌小两口始终局促于面积仅十七平方米的小阁楼上。如此的空间,能分配给小可可的便只有一张床了。奇怪的是,这个先天不足偏智商异常的婴儿竟然在床单上涂抹练笔起来(兴许是模仿爸爸的业余绘画吧)。床单是必须勤换勤洗的,因而,小可可的这些"处女作"不可能保存。不过,从三岁起,张可的每一幅画稿都被细心的父母存入了"家庭档案",这是财富。

小可可怀着一颗爱心，热爱一切有生命的东西，一朵花，一苗草，一颗葡萄，一只瓢虫……有一次，她发现一只蜜蜂跌落在路上，肚皮朝天背贴地，她赶忙好意救助，不料正在帮助它翻身的当儿反被它狠狠蜇了一下，以至痛哭了一场。

然而，正是由于这颗洋溢着人道主义精神的爱心，小可可笔下的动物，无一不神态各异，谐趣横生，令读者回忆自己的童年，回归自己的童心。童年诚然各不相同，童心却都是一块水晶，无垢、无邪、无畏，这当是小可可送给我们的最可珍贵的礼物。

许多人欣赏可可画的猴，她因此甚至得了"云南小猴"的外号。另外一些人欣赏可可画的猫，还有一些人欣赏可可画的雏鸡，至于我，我特殊偏爱她的《佤山牛》和《山路弯弯》。后者的画面，共有七头毛驴，布局错落有致，层次分明，仿佛在漫漫长途的跋涉中彼此呼应，相互鼓励，而山间小径的陡峭险峻却隐没于一片空白，没有山路而山路分明，不见曲折却曲折自呈。这幅画之所以引起我强烈的共鸣，自忖当是毕生经历吻合了其间的坎坷严酷吧。而《佤山牛》，则笔锋所向，疏而不漏，挥洒到处，神气十足，充分歌颂了佤族人民剽悍蛮勇、永不低头的品格；角与蹄，眼与鼻，身与尾，无不体现着民族自豪感。作为这幅言简意赅画幅的读者，我怎能不动心动容？

我认为，小可可的画既是儿童画，又不同于一般的儿童画。她有思想，有内涵，甚至有情节。例如《丰收》《古时候的领导》《不捉老鼠的猫不是好猫》《池塘边》《清清小溪水》《枪下留情》一类。另一类是标题诗化了，成为"画中有诗"的"诗眼"，例如：《游动的花》《紫色的回想》等。再一类是一幅画中包含了连环画，例如《母爱》，四头毛驴，一大三小，其中最幸运的一头小毛驴正在津津有味地吮吸着母乳，旁边一头小毛驴羡慕地凝神观看，我们仿佛能听见它忍不住吞口水的声音，更远处的一头小毛驴则不无沮丧之感，故意掉头不看，兴许还在回忆自己驴妈妈乳汁的香甜吧。三种角度，集中反映了同一主题。我们身为万物之灵，难道不应当从中获得某种启迪？又如《危险》，古瓷瓶危险,贪馋的猫咪危险,玻璃缸危险,尚在悠游嬉水不知大祸临头的金鱼危险,四重危险,一环紧扣一环,耐人寻味。仔细把握住小可可的"画底"(不是"画面"),你就不难觉察,它们往往写实而糅杂抽象,夸张而臻于变形,寓人间百态于动物世界!似这样高格调的儿童画,端的不枉美术界朋友去认真研讨。

小可可还能诗。牙牙学语时,便能背诵唐诗。进入幼儿园,又开始创作新诗(并非童谣体的顺口溜)。现在,她已是昆明师大附小的五年级学生,诗作被颇负盛誉的诗歌刊物《星星》采用过。我们初次见面的夜晚,小可可便落落大方地为我朗诵了她的诗作。我最赞赏的一首,题名《妈妈眼里有两个我》:"妈妈眼里有两个我——/一个是爱学习的我/一个是贪玩的我/我也喜欢勤奋的我/一天,妈妈眼里出现了两个贪玩的我/我羞愧地哭了/妈妈眼里的我消失了。"

自说自话,无遮无拦,多么的痴憨率真啊!我觉得,这是好诗,而且是只有像张可这样的有上进心的孩子才能写得出来的好诗。同时,我也愿为小可可们呼吁,让她们有适度的娱乐时间,这也应该包容在天下父母心中。

小可可活泼好动,表情丰富,能歌善舞,见到猫、狗、小鸟之类,就心痒手痒,不抚爱一阵绝不罢休。然而,一旦俯身作画,便简直换了一个人,运气悬腕,凝神屏息,宛如进入了某个幻梦神游之乡。不过,偶有败笔,又会迅速吐一下舌尖,扮个鬼脸,本能地恢复她孩子的面目。我有心观察了数小时,没有看出她有半点骄矜之气。我深深地感到宽慰。

张可的画名已经冲出云南,走向全国乃至全球,美、德、日、澳、印、希腊、马耳他和阿根廷,都展出了和收购了她的作品,中国对外展出公司、北京民族文化宫也将其部分画幅列为馆藏,真所谓奖章若星,奖状如云;冰心、胡絜青、艾青、冯牧等文化名流,对这个佤族新一代都疼爱备至。

奖赏是鼓励,疼爱即期望。因此,在离开春城前夕,我也对小可可的父母略表拳拳,进言如下:小可可总有一天会变成大可可,儿童会变成少女,要成为大画家,就不可能一辈子画儿童画(不妨保留儿童情趣),这个关键时刻已日益迫近了。你们二位,作为小可可的命运守护人,首先就切忌陶醉,要淡化世俗的名声观念,更要抵制拜金主义的诱惑。除了有意识地经常领她回佤山"朝圣",呼吸佤山空气,广交以佤族为主的各族朋友外,还必须谆谆引导她博览群书,其中主要是我国历代有代表性的画卷和碑帖,以及画论书论;倘有可能,及早创造条件送她出国走走,开阔视野,博采众长(小可可有一幅静物油画,颇具凡·高的旨趣,给我印象颇深)。总括起来,一方面是莫要离开了土壤,失去了特色;一方面是要伸展开根系,吸取多种营养。在目前,除了告诉她,达·芬奇为了画好一枚蛋不惜临摹一千次(戒疏懒),王冕为了克服物质匮乏,以沙盘代纸,以树枝代笔(戒浪费)这样一些有益的榜样之外,更当紧的似乎是,很有必要全家共同学习王安石写的那篇《伤仲永》:神童不足恃,倘若没有持之以恒的毅力,没有车载斗量的汗水,单凭上帝赐予的禀赋,再绚丽的火花终将寂灭,天才也完全可能凋谢为碌碌庸人。

  愿小可可永远可——可!

1991 年 8 月 16 日　上海旅次

云 南 云

除去盲者,谁没有见过云?只要不是一碧如洗,仰望苍穹,必定有那么三片两片在徜徉飘浮;倘或赶上了包裹大地的无缝天衣,其时,我们就会感到自身宛如密封于罐头中的沙丁鱼了。这就是无所不在的普普通通的云。

还有一种云,没有形体,却有分量,它的特殊之处,端在于只能凭借心灵去感知,这便是人们嘴上不说心中明白的所谓疑云:它重若铅块,堵塞胸腔,拂之不去,轻则使人失态,沉则使人失眠。

然而,领略过云南云的人有福了,云南云不仅能化解一切积郁的疑云,且能令你心旷神怡,如悟道的迦叶会心一笑:从前看过的那种东西算得上云么?这才叫云呐。

在我国浩如烟海的卷帙中,有多少关于云的描摹?泰山云,庐山云,黄山云,各有千秋。不过,我认为,臻于纯美的唯有云南云,即云岭之南的云。

我猜度,第一个欣赏云南云、讴歌云南云的歌者当是大作家沈从文。日寇犯境,平津沦陷,北大、清华、南开内迁组成临时性的又是历史性的西南联大,沈先生执鞭于斯。为了躲避敌机的狂轰滥炸,也由于生活的困窘熬煎,沈先生一家卜居乡野;想必是在警报拉响后,眯缝双眼,搜寻那播种死亡的大和鬼魂时;想必是在将妇携雏种蔬灌园,忽而油然兴起故土之思,不自主怅望长空之际,经过了持久的凝神观察,终于体会到了云南云的非凡品格。结果,他写下了一大段精彩的"云论"。我因手头无书可查,只能复述其大意。沈先生将云南云比作喜马拉雅雪峰冰川与南亚热带椰雨蕉风交媾分娩的宁馨儿。

但愿我不曾歪曲沈先生。此刻,我还分明听见了他的浓重湘西口音的一声羡叹哩。我是佩服沈先生的化学定性般的精密分析的。

说起云南云,当代的诗人、作家似乎都有好感。我忘不了白桦的那一曲骊歌:《云南云》;邵燕祥南行也迟,待他引领环顾,立刻为之心折,吟哦起《云南的云》来,万分荣幸的是,他把副题标作"致公刘"。

前些日子,彭荆风也曾以斩钉截铁的语气宣告:云南的云就是与众不同。他甚至断言,假若沈从文先生不是局促于昆明一隅,有机会去滇南、滇西、佤山、玉龙山住上三年五载,那些千姿百态的云,当更会令他梦笔生翼。

此言不虚。我本人就有深切的领悟。1950年初到1955年初,我在云南生活了整整五年。因了部队新华社分社和军区《国防战士》报工作的便利,足迹几乎遍及全滇。我的确屡屡捕捉到无数云南的云,总想深究它的底蕴,洞悉它的奥秘,无可奈何的是,至今尚未成功。

在永必烈哨口,在一所百分之百的竹构建筑的兵营中,我信笔记录了一次奇异的经历:

我推开窗子,
一朵云飞进来,
带着深谷底层的寒气,
带着难以捉摸的旭日的光彩。

这是一首题为《西盟的早晨》的小诗的前四行。诗在《人民文学》发表后,不承想,竟得到了我素来景仰却并未谋面的大诗人艾青的激赏。他亲笔写下了据传是他的第一篇评论文章:《公刘的诗》,刊于《文艺报》头条。这自然是云南云赐予我的荣耀。我要感谢云南云。

云会像鸟儿一样破窗而入?一般人恐怕说来不信,但却是绝对的写实。那朵云是永必烈的云。如今,永必烈已划归缅甸了,我非常怀念它,我希望,有朝一日,我能去访问缅甸,重晤那朵极富人性的云。

距离大理不远,有一座小城,名字干脆叫作祥云。祥云的云同样颇足一观,那是一种类似攀枝花蒲团般质感软和的五彩祥云。

说起大理,就更和云难舍难分了。大理是古南诏国的首邑,面洱海,背苍山,勤劳善良多才多艺的白族人民双手创造了灿烂的文明。无数的民间传说中,以动人的"望夫云"最为家喻户晓。人们无不以最高级最富有感情色彩的词汇去描述她,把她形容为一位盛装的公主。一旦出现,必然亭亭玉立于苍山之巅;裙裾飘曳、颦眉凝眸,苦苦地俯瞰着洱海,企待着她那被妖僧罗刹打成石骡冤沉海底的心上人归来团聚。故事情节是如此之凄婉,善恶界限是如此之鲜明,吸引了许多诗人和作家争相二度创作。徐嘉瑞、金重、徐迟等人写过诗,杨明写过剧本。我虽不才,但从自己选定的角度创作过一首千行长诗。20世纪中期,陈斐琴主持《解放军文艺》,破例在只发表军事文学的版面上全文揭载,旋又列为"解放军文艺丛书"之一,出了单行本,画家林凡绘制了极其精美的工笔画插图。1979年,我的错划"右派"一案得到改正,中国青年出版社准备重印,我没有同意,心想:那朵神奇的云,我并未完全写活,不如日后重写,另出新版。这段往事,已足以表明我不敢亵渎云南云的虔敬之忱了。和这差不多的是,1957年,根据长诗的初稿,我又和林予合作,把它改写成同名电影剧本,由于人所周知的原因,未及搬上银幕。我想也好,避免了一宗"遗憾的艺术"。有生命的云是很难定格的。

记得很清楚,我奉调北京离开昆明时,乘的是军用飞机,跨越云岭途中,机翼轧轧,颠簸剧烈,这时,我忽然怆然发觉,舷窗外的云絮仿佛一齐伸出了它们的手和我握别,我多么想拉住它们搂进怀中啊。于是孕育了《南望云岭》。

1979年,在睽离这片热土二十四载之后,复得以自由之身重游旧地,然而不幸,那并非旅行,而是参战——对越自卫反击战。自金平到河口,自马关到麻栗坡,目光所及,所有亲爱的云都被硝烟所扼杀,令人不胜惆怅。

也许是命运的眷顾，又过了十一度春秋，1991 年 7 月，我和女儿刘粹实现了再回云南的宿愿。这个"再"字，于从未领略过云南云的冰晶玉洁、旖旎绚丽的女儿，同样管用，她记住了我平日的絮叨，早已心向往之了。7 月 24 号，我们搭波音 757 升空，座位不很理想，既没有 A，又没有 F，当巨鸟飞渡关山，将贵州甩在身后时，我赶忙央求舷窗旁的乘客稍稍偏身，让刘粹见识云南云。女儿表情庄重中透着亲昵，低声喃喃："我看见它了，我看见它了。"

接着，又有西双版纳之行。车过思茅，天色将暮，女儿忽然惊呼："爸，快看那云！两朵云！"我抬眼遥望，不错，它们垂天直下，沉重而饱满，犹如一对鼓胀待哺的黑牛乳房。女儿补充道："换了别的地方，这样墨黑墨黑的云，早已大雨倾盆了。"我笑了笑，还她一个故作玄妙的回答："它就是不喷不溅，憋着母爱的痛苦，同样享受着母性的幸福。"

上述种种，只不过是云南云的魔幻点滴。还有镶着金丝银边的云，还有魔斓如孔雀开屏的云，还有艳丽胜遍地织锦的云，还有方解石般棱角峥嵘偏又晶莹剔透的云，还有怒涛汹涌席卷一切无声无息极富威慑力的云，还有似雾似雨沾湿衣衫的云，当然，更多的是观音菩萨式的慈眉善目的云。

云南云，如龙如马，似仙似佛，因此，我在一次笔会上发言：云南省级文学刊物，不是打算更换刊名么？何不索性称作《云南云》！比起《边疆文艺》《大西南文学》来，更确切，更形象，更蕴藉，也更具独一无二的优势。

云南云，正意味着文学追求的最高境界呢。

1991 年 8 月 18 日　上海旅次

不轻松的一万四千六百天

上海文艺出版社诞生四十周年了,值得庆贺。

一家出版社如同一个人,有自己的童年时期和成人时期。四十年风雨路,在这条路上,一家出版社可又不像一个人了。人可以死乞白赖地活下来,甚至可以拍卖灵魂,出版社则不行,一旦拍卖灵魂,它就臭了,它所印行的任何一张纸片都不会有读者光顾了。因之,对它而言,这一万四千六百天,过得可真不轻松,固然,这一万四千六百天同时也真是过得饶有意义。"四十而不惑",我想,我不必净拣好听的吉利话讨彩头,教朋友们空欢喜;我衷心指望的是,你们这家声誉卓著的出版社能在不尽理想,也许还将越发严峻的环境中,坚强地奋斗下去,发展下去,百尺竿头,更进一步。最好有朝一日,有继之而起的新一代文明的中国人,来纪念上海文艺出版社的百岁寿辰。当然,这样说,绝非像"文革"中的山呼万寿无疆和敬祝永远健康。事实证明,万寿无疆不过是自欺欺人的无稽之谈,而永远健康也是反科学的。在这一点上,一家出版社又和一个人差不多,肌肤之外,腑脏之内,总难免要出这样那样或大或小的麻烦,怎么可能要求半点病痛都没有呢?问题在于,一旦察觉,便应及时治疗;治疗不仅仅指的是服药打针(采取行政措施,加强教育管理,改善经营机制,等等),而且也包括体育锻炼和营养调理(每一位从业人员都能自觉地不断地提高素质,自我完善)。

一家出版社之所以能够兴旺发达,端赖所有的细胞组织,所有的红血球、白血球富有活力的正常运作。由于我个人所从事的职业性质,我特别瞩目于上海文艺出版社、上海译文出版社和三联书店、人民文学出版社、外国文学出版社、作家出版社、广州花城出版社，以及湖南文艺出版社、四川文艺出版社等这样一些为我国文学事业做出了重大贡献的优秀出版单位。他们都出版过许多好书，推荐了许多新人，尤其是十一届三中全会以来，发挥了非凡的探索勇气和求实精神。他们在商品化大潮的冲击之下，在似欠合理的税收政策的限制之下，仍然考虑广大读者的利益和承受能力，追求内容质量，讲究外观形式，尽可能地贯彻廉价实惠的方针，这是非常令穷措大而又嗜书如癖如我者一类同好们衷心感谢的。

举例言之，上海文艺出版社首创的"五角丛书"，就体现了鲁迅先生当年感受到一位贫困而好学的青年掏出的银角子上还保有其体温时所生发的爱心，受到了社会各阶层众口一词的赞誉。

改革开放中，对"使一部分人先富起来"的不准确的理解与宣传，造成了某些负面的影响（这也是难以避免的），拜金主义引起的相当普遍的社会心理倾斜，不正之风诱发的精神堕落又加剧了市场需求的恶性蜕化，严肃的出版事业更难以健康茁长了。有的出版单位不得不做出一件、两件违心之举，实属情有可原。我常常听到私下流传的激愤之言："逼良为娼"，痛心之余，我又完全能够加以同情的理解。我们的人民文化出版事业是整个民族品格、民族素质的基本建设，也可以说是灵魂工程；百年大计，千年大计，万年大计，却寓于每一颗小小字钉的选择与编排之中，这是无论如何马虎不得的。

所幸上海文艺出版社的同仁，都是具备良知、忧患意识和历史责任感的知识分子。我有缘接触过他们当中的若干位，像李济生老人、钱迅坚女士，可谓老马真识途，老骥不伏枥，其风范堪称楷模。还有谢泉铭、左泥、张森、张利民、宫玺、姜金城等，无一不是身负重辄，肩拉钝犁，只知耕耘，不务虚名的老黄牛。他（她）们传帮带出来的青年一代，如徐如麒辈，热情坦诚，敏锐多思，往往能抓住才露尖尖角的苗头，迅速道出"点子"，供领导决策时参考。据我所知，当《十大悲剧》《十大喜剧》之类虽受到喝彩不迭却难乎为继之时，正是他提出辑录诗歌方面的《中国十大流派》《世界十大流派》的建议,这一系列方得似断若续下来,并且取得了较好的社会效益和经济效益。而《小说界》编辑部倡导微型小说,开辟"留学生文学专栏",也必然会在文学史上留下一笔。

毫无疑问,肯定还有许多许多我不熟悉的编辑,同样做出了无私的奉献。可以说,上海文艺出版社的每一个前进的脚印,都汇注了全体职工的智慧与汗水。

上海文艺出版社的前身是新文艺出版社。那时,我不过是一个青年作者。紧接下来,我又长期被打入另册,因之,我与上海文艺出版社之间建立并发展起友好融洽的关系,基本上是新时期的事。然而,短短十年,也留下了不少温暖人心的美好记忆,限于篇幅,只举三个例子。

其一,1979年,上级命令我奔赴对越自卫反击战的前线采访;恰逢其时,我复出后的第一部抒情诗集《白花·红花》已被上海文艺出版社列入选题。一方面军机火急,不得违误;一方面开机在即,碍难延宕。我被迫写信请商可否委托女儿刘粹全权代行,责编宫玺立即满口应承了。女儿年轻,这样一种允诺的确是冒了风险的;好在刘粹兢兢业业,全力以赴,待我在西线盘桓了三个月之久,回到上海一看,大样已经印了出来,相当理想。这当中,出版社各级负责人对我们父女俩的充分信任,固然值得感激,而叔叔伯伯们对刘粹的直接鼓励,也同样不应忘怀。最令人欣慰的是,这本大32开的诗集,很快一售而空,真是皆大欢喜。

其二,同年6月,我从昆明还携来与黄铁、杨知勇、刘绮三位原整理者再次合作、精心厘定的《阿诗玛》新定稿,当主持民间文学编务的钱迅坚获悉此讯后,竟毫不迟疑地电话约见,并索去了这份我们四个人(其中,黄、杨及我均被打成过"右派")一致感到比较满意的本子,连夜披阅,翌日便决定从已经付梓的书集中抽出那份所谓最权威的实际上是稍事改动的文本,毁版另排。像这等过人的胆识,真正令人钦佩。当我将此事经过分头函告黄、杨、刘时,他(她)们都不约而同地在回信中写下了这么一句话:"我简直忍不住要掉泪了。"

其三,粉碎"四人帮"后,上海文艺出版社隆重推出《重放的鲜花》,一炮打响,再版,三版,供不应求。我以为,这部书名副其实的是"归来文学"的开山祖。前些年,你们又应读者要求,准备索性编印一部搜集范围更为广大的扩充本,并为此分别约请所有收有作品而人亦健在的作者,自撰序文一则。(这等做法,亦属创举。)在兴奋情绪的支配下,我很快交了卷;唯不知何故,拟议中的新版本,却迟迟无从见到。我由衷地期望,在有生之年,能亲自收到这束越发繁复绚丽的《鲜花》,置诸案头,插入瓶中。

1991年8月19日　上海旅次

故 园 情

朋友代外地企划的一本书向我约稿,规定的题目叫作《故园情》,我答应了:一定认认真真地写,老老实实地写,说心里话,摆客观事实,让每一个字,每一个标点,都成为从我脉管中流淌出来的鲜血。我既非那种不说谎就成不了大事的政客,也自以为基本上告别了天真与幼稚,我想,只要自己能从惯于沉迷其中的梦呓中拔身出来,这一切该是能够办得到的。

首先我要自问,我有没有所谓的故园呢?似乎有,但又确乎没有。因此,在这篇短文里,我要倾诉的是一种没有故园的故园情。

人生烦恼识字始。我这一辈子,填写过多少调查表啊,其中不少面目狰狞,只有个别几份稍具温情,而绝大多数都是公事公办。当然,虽则厌烦,但只好以奉行公事的态度对待之。在打头的籍贯一栏里,我历来报的都是江西南昌,尽管在那儿我头尾不过居停不满十五个年头。鬼子打中国,我便浪迹于赣州、吉安、永丰、雩都和宁都,在这一座又一座破败的山城,度过了整个的少年时代,并且品尝了青春最初的苦涩。

1947年与1948年之交,我从一所大学校园中仓皇出走,只身漂泊到杭州、上海和香港。这些灯红酒绿的大都会,一个个头戴天堂、乐园、明珠之类的皇冠,它们怎么会自贱身价,让逃犯与乞儿高攀为家山呢?

不久,我去当了兵,下云南。云南,倒真是一处魅力非凡的所在,因了工作的方便,我的足迹遍及全滇,直至根本没有路的穷乡僻壤。也因了纯属偶然的机缘,我曾如同猿猴一般攀越红河铁桥,出入过对岸的老街;还曾随军巡逻,踏勘过当时尚无界碑的复杂地段,在如今已明确划归缅甸的木姐和永必烈留下了深深的脚印。

尤其值得一提的是,正是云南的神奇乳汁,决定性地将我养育成全国范围略为人知的文学青年。我的第一部诗集《边地短歌》是歌唱云南的,我的第一部短篇小说集《国境一条街》是描写云南的,我的第一部电影剧本《阿诗玛》也是表现云南的,如此说来,云南是否算得上故园呢?好像也不尽然,至今她待我仍旧慈蔼,我对她照样赤忱。不过,她毕竟只能被唤作乳母。我本是没有亲娘的孤儿。

在云南待了五个年头,我奉调上北京。不知道我怎么冒犯了这方的神灵,接踵而来的竟是从头到尾的噩梦。

于是,我被罚往山西"改造",一去便是二十一载。在这片自古赫赫有名的河汾大地,体验了变相集中营生活,接受过群众专政。先参加了一个半水库(之所以有半个之说,是因为肚皮饿得滚下了马鞍),拦腰插进来大炼钢铁,我又去没有矿的地方找矿,差点当了狼的一碟小菜,我扛过沉重的道轨和同等沉重的高压电杆,在滚珠轴承化的人民战争中,我当过磨工和滚桶工,我还抡过十磅大锤往铁砧上锻打自家的命运,特别是我在摄氏一千二百度高温的土鼓风炉前,充任"无产阶级"都不愿干的热处理工,不管春夏秋冬,都要先将全身披挂的千疮百孔的护胸、护腿、护踝用凉水泼个精湿,再以赴汤蹈火的大无畏气概,挥舞起丈八蛇矛式的长钩,为"大跃进"火中取栗。……刚刚吃饱了几顿棒子面窝窝,"文化大革命"爆发,我和一些人又一道被秘密遣往河北石家庄,形同软禁;一年之久,依旧打发回娘子关内,这一次是种地了,那是金代诗人元好问家乡的黄土地。

二十一载,远比我在江西的时间长出许多。莫非山西才是我真正的故园?我读到唐代诗人刘皂的著名绝句:"客舍并州已十霜,归心日夜忆咸阳。无端更渡桑乾水,却望并州是故乡。"叹息,落泪,但我无法认同刘皂的这份可以理解的感情。

我的生命纵然被山西这块磨刀石磨掉了三分之一(不是磨利了,而是磨钝了),使我的整条脊椎变形,胃大出血,而且埋下了尔后脑栓塞和右眼失明的祸根,可我被心地纯朴的受苦人认作了乡亲,欣慰之余,也着实有那么一丝自豪。

不妨顺便扯一段闲话。我的父亲是一条外刚内柔的男子汉,有许多长处,也有不少弱点:在我的记忆中,他几乎从来绝口不提自己"过五关,斩六将"的经历,就连我们家几代人的辛酸身世也不谈,因此,至今我不清楚我那从未见过面的祖母姓甚名谁,同样也不清楚我那"理论上有过的"外祖母姓甚名谁(我母亲是可怜的童养媳)。可是,忽然有一天,我听见他无意间在和别人谈话时漏出来的字句:"刘氏宗谱上写着,刘家的元祖来自山西辽城。"

山西辽城?莫非就是这个缘故,命中注定我必须回归故土去亲身体验一遍列祖列宗胼手胝足的万般艰辛?!

我自幼有个抱着地图册神游的怪癖,我终于用手指摸索到了太行山和山下的一个小圆圈,旁边标芝麻粒儿大小的两个铅字:辽城。如今,它已改名为左权。左权是一位将军。无巧不成书,左权正是江西人。不知道他是不是落叶归根?

江西——山西,一字之差,古人有云:诗得江山助。我得以忝列为诗人,难道这其中也隐藏着某种暗示么?

我还要坦率相陈,随着马齿徒增,在我脑袋中萌生的杂草似乎越来越芜蔓了。我变成了一个怀疑主义者,换言之,我变成了一个悲观主义者;这,连我自己也被吓了一跳。我不相信我是汉人,我寻思,倘或我的血脉真的发源于辽城,焉知我不是鲜卑人?契丹人?突厥人?眼下我诚然姓刘,但谁又能保证我不是那个混上皇帝宝座泼皮刘邦所宠幸所倚重因而赐姓为刘的某个胡儿的后裔?去他的吧,一切的一切于我都无所谓了。

面对风云变幻,我的思绪更多了。我到过南斯拉夫,结识了一大群塞尔维亚的、克罗地亚的、斯洛文尼亚的、黑山的、马其顿的、科索沃(阿尔巴尼亚血统）的和伏伊伏丁那（马札尔即匈牙利血统）的诗人，也结识了怀抱吉他出入酒吧卖唱糊口的吉卜赛歌者，他们和我们欢聚一堂，英语加上手势，畅怀笑谈，轮番朗诵，共叙人类的"天伦之乐"，怎么一夜之间，我的朋友们会怒目对视，甚而枪口相向呢？民族主义究竟是什么？天使乎？魔鬼乎？或者双面怪物乎？

我也去过德国。我不无挑剔地观察、探问，我最后确认了，那儿的人并不个个都接受了希特勒和戈培尔的"洗脑"，恰恰相反，那儿有不少人真诚地痛恨过去，为自己、为自己的父兄深感忏悔，其中有些人比非德国人还更为警惕，注视着任何黑衫党徒的一举一动。这样的德国人是和我们一样的善良人，是我们可信赖的兄弟。另一方面，毫无疑问，有一个巨大的历史疑团，至今尚未得到完备的解答，这就是：到底是甚么物质制作的导火线，能引爆日耳曼这一发音并不生硬粗暴的单词？

我还去过美国。美国是一个简单而又复杂的国度，你以为懂了，其实并不曾真懂。中国人特别爱嘲笑人家的历史短、资格嫩，却很少去考虑人家严酷的开拓与惨烈的竞争中所压缩的分量和所筛选的质量。毋庸讳言，居于主导地位的某些白人歧视、压迫有色人种，然而，这只是事情的一面；就整体而论，祥和的理性精神与宽容的人道主义还是占着上风。你能断言在拳击运动中、田径运动中和风靡全美的橄榄球赛中，那些抬起夺冠的黑皮肤英雄的自发热情是虚假的么？你能相信那千百万观众对他（她）们所崇拜的"黑天鹅"歌星的倾倒痴迷，也是什么人"有组织有计划有纲领的阴谋"么？我以为，正确的态度是尊重别人，包括尊重别人表达感情的方式以及感情的内涵。

让世界充满爱，这个口号并没有错。不过，爱的基础是相互理解，要是连相互理解的愿望都被排斥掉，那么，大同世界将还是个乌托邦。

拿我来说，我就严格要求自己，一个四海为家的流浪汉——理解任何人对自己家乡的夸耀。然而，我却无情嗤笑关于欧洲贵族之所以为贵族，乃是因为他们的血液是蓝色的瞎说，我也痛恨关于凉山彝族人以骨头的黑白区分主奴的谰言。

至于我自己,我一直自认是一棵树,奇异的树,没有根、不开花、不结果,上帝将我当作拐杖,携我云游。我的父亲死于"反右",我的母亲死于"文革",我三次结婚,三次离异,至今仍是鳏夫。第一任妻子极其革命,虽然给我生下一个女儿,偏偏拒绝喂奶,理由十分简单:女儿是"狗崽子"。大概"狗性"有遗传吧,我女儿也是个迄今只知道自己北京出生不知道家园何处的中国人。

上半年,有人邀请我去湖南,我专程跑了一趟以花炮闻名于世的浏阳,目的是敬谒谭嗣同陵墓和访问胡耀邦故居。浏阳县的县长谭仲池对我说,按照辈分排下来,谭嗣同是他的叔祖。他们谭姓一脉两支,始祖来自江西。胡耀邦的胞兄胡耀福也娓娓叙述了他家的渊源,同样来自江西。听了这样的话,我并未产生丝毫的激动。我激动的仅仅是,谭嗣同和胡耀邦,不愧为浏阳花炮,轰隆轰隆响过一阵,虽然只一阵,却惊天动地。浏阳也有劣质花炮,或者虚有其表的臭炮。什么地方都有好人,什么地方也都有恶人、坏人。姓文的并不一定都会写《正气歌》,姓侯的也并不一定都变节负心。

归根结蒂,公刘无故园。如果人人必得有一个故园,那么,我就回答你:我的故园是小小的地球村。我爱世上所有英俊的男子和漂亮的女子(这不仅指的是形体,尤其指的是灵魂),不管他(她)们的族别、肤色、语言、宗教和习俗。我们的这个地球太美丽又太脆弱了,她已经被折腾得疮痍满目,再也承受不起践踏和杀伐了。趁她尚未彻底破碎之前,且让我拥吻一次我的家园,道一声珍重吧。

1991 年 8 月 20 日　上海旅次

会见"阿诗玛的妈妈"

云南石林奇观,如今已是举世向往了。这次我在那儿,就遇见了不少高鼻深目身背行囊的男女旅游者。

假如 1950 年千里行军途中的匆匆一瞥也能凑数的话,那么,加上 1991 年 8 月 8 日的旧地新游,我的石林之行就总共有五次之多了。

人们往往有这样的体验:第一眼印象最深刻。记得那是早春天气,内地乍暖还寒,可云南已草长莺飞了。我跟随大部队穿越十万大山,进入百色,稍事休整,立刻又上溯北盘江,折入黔西南,看见过册亨县城唯一的一座最高的建筑物——天主堂和唯一的一个惶惑不知所措的洋人,这不稀奇;凭吊过安龙郊外一座镌有"夜郎故郡"四个斗大篆字的黑黝黝的巨大石碑,这也不稀奇;稀奇的是,才到罗平、师宗、陆良、路南诸县,一路之上,放眼望去,竟是一片翻江倒海的罂粟花!五彩缤纷,摇曳多姿。罂粟花,不正是大烟花么?经过割胶滤汁,可以熬成以黄金论价的"云土",这于我确是大开眼界,震惊万分。不过,才过了三四天,我便恍然大悟:特别妖艳的东西恰恰特别歹毒。上级宣布,下一站是宜良,到了宜良,就可以结束单靠两条腿星夜兼程的历史了。然而,就在此时,迎面却赫然横立着一块块巨大的石头,仿佛一支队列密集的古代军队,身披铠甲,头戴金盔;又像一束束长长的箭杆,每一支箭杆顶端,都安放了有棱有角的箭镞,直刺青天。听人说,当地人管它们叫作石林。我呢,一边走,一边频频回首,在这片无边无际的被同志们踢蹬起来的滚滚红尘中,暗自寻思,但愿哪一天能来探险觅幽。

就在这片黑色石岩的大背景下,衬托着两个杂居的尚白的古老部落——阿细人和撒尼人,他们身着破衣烂衫,面黄肌瘦,却兴高采烈地沿路欢迎大军,自发地弹三弦,吹芦笙,抚月琴,献歌献舞。事后我才明白,这就是日后风靡全国舞台的有名的节目:阿细跳月。

1952年,以原先的滇桂黔边区纵队文工团为主的云南省文工团,组成了圭山工作组,下农村去专门搜集有关撒尼民间口头叙事长诗《阿诗玛》。撒尼人没有发育完满的文字,所有的传说故事全凭口口相授,因此,搜集工作异常艰难,只能通过粗通汉语而毫无文学修养的农村干部口译,生硬、粗糙,初稿虽然整理了出来,却遇到了许多困难。因此,我由部队"出嫁"到了地方,去协助完成这项任务。为了掌握第一手的感性材料,我独自去了一趟圭山,包括石林。这已经是1953年春天的事了。

1954年,中央文化部电影局致函昆明军区,要求"借"我去北京将长诗改为电影文学剧本。同时,总政创作室也正式调我任创作员,于是,我再次深入圭山尾则一带,将近两个月,并于1955年初住入西单舍饭寺中央电影剧本创作所,开始草拟剧本提纲。由于一连串的政治运动,直到1956年夏才在上海最后脱稿。《人民文学》很快就刊登了,《大众电影》报道了它将被拍成中国第一部宽银幕彩色音乐故事片的消息;凌子风执导,摄制组去石林选择外景。

祸从天降。1957年,除刘绮外,我、黄铁、杨知勇三人均被打成"反党反社会主义的右派分子"。根据一本秘密目录,我们整理的长诗《阿诗玛》的各种版本都从图书馆被"清理"了出去,我的电影也成了泡影。20世纪60年代摄制并公映的《阿诗玛》是原先那个摄制组里担任作曲的葛炎搞的。我当时没有发言权,这是不言而喻的。

上述各节,似乎与石林无关,却又偏偏与我同石林的因缘有关,不得不要而言之。

1979年"右派"获得改正,我奉命参加前方采访,重返昆明后,有幸与阔别多年的黄、杨、刘三位重聚。我们抓紧时间,精心推敲,搋出来一份完整的比较满意的新稿,取代了那部所谓的重行整理本。在此期间,我又去了一趟石林,真是感慨万千!

这次由军队老作家苏策做伴,陪我和女儿去石林,应该称作第五次了。

"前度刘郎今又来",可惜,石林却不再是前度的石林了。无孔不入的商品经济,渗透了每一座岩体的缝隙。到处都是摆摊设点的小贩,有的还会用几句英语兜揽生意,各色次品、赝品以及绝非手工制作的"手工艺品"充斥坊间;视角较好的一些地段全被"摄影师"们割据了;卫生状况不甚理想,管理部门缺乏对游人的反污染教育;过多的人工雕琢,某些用心良苦的绿化,反而起了破坏景观的副作用;最为荒唐的是,林间草坪之上,挤满了不知怎么从戈壁滩上拉来的骆驼,还有用矮小的白川马涂上一道道黑花纹,"改装"为非洲的舶来品——"斑马";而若干位做"阿诗玛"状的少女,居然在头帕一侧插上野雉毛……这些当然是我这个和《阿诗玛》打过数十年交道的人闻所未闻、见所未见,因而无法接受的。

我颇为沮丧。

此行唯一的收获,就是本文标题所写的,我会见了"阿诗玛的妈妈"。

事情是这样的:一路之上苏策回忆自己游石林的历次经过,当他谈起1987年与冯牧同游的往事时,介绍了他们之间一段有趣的对话。苏策问冯牧:"你见过阿诗玛的妈妈么?"冯牧愕然:"没有呀,我从来没有听说过有什么阿诗玛的妈妈。"苏策诡秘地一笑:"那好,回头咱们去看。"不大一会儿,冯牧果然大惊失色,赞不绝口:"哎呀,惟妙惟肖!惟妙惟肖!"听了苏策引用的冯牧的评语,我为之怦然心动,也急不可耐了。我们立即离开大石林区,转往拥有"阿诗玛"石柱的小石林区,不料,苏策忽而又卖开了"关子":"在冯牧之后,我又和别人来过一次,却怎么找都找不着了。"唉,多么令人扫兴!莫非教什么无识之徒生生地给毁了?!

但我和女儿仍不死心,执意去碰碰"运气"。

标着"阿诗玛景观区"的指示牌,矗立于一条公路的侧畔。我们加快脚步。苏策正紧张地全神贯注地搜寻着,我们的眼珠子不由自主地跟随着他的眼珠子转。"哈!快看!那不就是!"响起了苏策不无得意的大嗓门。

哪儿?哪儿哇?沿着一圈保护草坪的铁蒺藜走去,我们离开那块指示牌已近200米之遥了。一根、二根、三根、四根、五根、六根,哪一根石柱是"阿诗玛的妈妈"呢?到底女儿眼尖,一下子便分辨出来了。

这可苦了我,急得浑身冒汗,赶忙供认目力不济,央告这二位"先知"指点迷津。

也许终归由于我是长诗《阿诗玛》的整理者之一和电影剧本《阿诗玛》的创作者,感动了阿诗玛的妈妈吧,她到底对我显示了她的身段面庞与穿戴装束。如同"阿诗玛"一样,"阿诗玛的妈妈"也只能从一定的角度去品味,才能取得最佳效果——愈看愈逼真,愈看愈生动,愈看愈活灵活现。你不妨想象:一个上了年岁的撒尼老妇,头戴帕子,腰系围裙,以仰身10度左右的姿势,巴掌合成喇叭状,胳膊肘处还透露一弯天光……太神了!她仿佛还在朝着已经中了魔法身不出己离家远走的爱女呼唤:"回来!回来!我的好囡阿诗玛!"而不远处,便是尽人皆知的"阿诗玛",她的背脊渐去渐远,终至消失。

我简直听清了这绝望呼号的每一个颤音,它使我联想起幼时经常听到过的大人替病儿走街串巷"招魂"的场面,惊心动魄,掺杂着难以言传的原始恐怖。

我似乎也变成了石林的一部分,兀自默立了许久。

无疑,作为一宗结合民间故事的旅游资源,实在猜不出因何为那些命名者所忽视?

倘若"发现"也可以申请专利,我将替苏策报上他的大名。

1991年8月23日   上海旅次

"两个"西双版纳

我们的面包车向南驰去,此行的目的地是全车人的中心话题:美丽富饶的西双版纳。

"西双版纳是什么意思?你明白吗?"我问坐在前排的丛维熙,实际上也是向全体旅伴出了一道考题。

维熙憨厚地回答:"哦,我不明白。"目光是诚笃的,像一名规规矩矩而又勤勤奋奋的小学生。我很感动。

于是我告诉他:"按照傣话来解释,所谓西双就是十二,版纳就是良田沃土、平坝,后来,又引申为某种行政区划,相当于县。因此,西双版纳就是十二块良田沃土,十二个坝子,十二个县。"

此言一出,我的"权威"地位立刻"大树特树"起来,我被错当作了"云南通"了。我的上帝!

一连串的提问纷至沓来:"刚才擦过去的那棵树叫什么树?""前面来的那位妇女是哪个民族的?"诸如此类。

"公刘,山脚下淌的这条红水河,你知道它的名字吗?"提问者是《中国作家》杂志的前任副主编张凤珠,时间是第二天中午。

恰好我记得它的名字:"元江,它的下游流经中越边境,直到北部湾入海,那一段叫红河。你看它多红!简直像一根被划断的血管。"话说出口,却又有点失悔,这么文绉绉,这么抒情干吗?我又不是给她投稿!

当日下午,接近普洱了,又跨越一条河,河水也是红的,甚至比元江还要红。张风珠又问我河的名字,我对她说:"把边江。"并且讲清楚是哪个"把"字,哪个"边"字。张风珠大为激赏,玩味再三,说是富有诗意。

第三天中午,忽然又冒出来一股红水,红的程度半点也不亚于元江和把边江。张风珠照例还是找我寻求答案。可是,菩萨不灵了。我傻了眼,明明知道,再也不会有别的江了,可我就是不敢说一声澜沧江。然而,峰回路转,西双版纳的首府景洪在望了。

你是澜沧江么?天啊,我怎么不认识你了!

四十年前,只有山洪暴发的日子,你才会变得浑浊齷龊,口吐白沫,活像一个醉汉;平时,无论春夏秋冬,你从来都是连漩涡也澄澈晶亮的啊;我不就曾写诗歌唱过么:"蓝玻璃一样的澜沧江哟"……发生什么事了?如此骇人的巨变!

变了的又岂止是澜沧江。当然,有的变好,有的则变得不大妙。比方说,当年的景洪,充其量不过是一个格局、建筑、道路都犹如大村的集镇,如今已是马路宽阔平坦,楼房鳞次栉比,而且辟有飞机场的现代城市了。我也找不到旧时召存信先生住过的所谓宣抚使(大土司)衙门了,代之而起的是自治州政府和中共州委会;荒芜污秽的流沙河,整个的地形地貌地物全部焕然一新,成了一眼望不到边的花果园;勐罕(橄榄坝)最初试栽的橡胶树苗业已成林,连它们的第三代都开始奉献纯白的乳汁了;葫芦岛干脆建起了国内罕见的热带作物园。20世纪30年代曾以小说创作崭露头角后来又成为享誉世界的大科学家,该园创始人蔡希陶先生的纪念碑就安放于整座活的丰碑中间。这些,都令人欣慰。

另一方面,也有教人怅然若失的所在。以前每个村寨中最为金碧辉煌的缅寺,基本上都消失了,以致听到了什么为了拍电影不得不向境外邻邦去"借"的笑不出来的笑话;如此说来,现今的泼水节,想必也完全丧失了它的"赕佛"的本义了吧?竹楼原本充满了迷人情调,但也由于新建筑器材的引进与推广而走了形。我不知道,这究竟是得还是失。而景洪城内最大的农贸市场,竟那么急于向内地认同,所有的摊店清一色挂满新潮服装,本民族独具风采的款式连聊备一格的地位都快要保不住了。对此,我又不免深感扼腕。

但愿这不过是由于自己上了年纪(其表征之一正是怀旧情绪)而产生的错觉。

不能忘记的是,傣家仍旧热情、淳朴,一如往昔。我在热带作物园遇上了一位本地老工人,他偶然听说我当时正患腹泻,就主动跑去摘下一枚碧绿的番石榴,递进我的手中:"这东西能治好你的病。"我遵照他的吩咐,切成薄片泡水喝了,不过,同时我又服了其他药物。到底番石榴是不是真有神效,我无法确定,但我仍然铭感在心。

吃也大不同了。用芭蕉叶子包扎的糯米糍粑尽管清香依旧,却又仿佛更对汉人口味;此外,再也吃不到土司款待上宾时风味特殊的生剁鱼末,而只有一尾尾完整的煎鱼、烧鱼了。这,该算是进步抑或失落呢?

值得一叙的是民族歌舞餐厅。饮食文化与娱乐文化相结合,堪称一绝。这是一爿由个体承包的餐馆,名气很响,必须事先预订,方有座席,足见它之受人欢迎。7月29日下午6时,我有幸一睹盛况。服务员上菜与演员上台几乎是同步进行,别有一番情趣。报幕的小伙子长得很俊气,嗓音浑厚圆润。其他多数为女演员,表演了自治州境内各民族的舞蹈。服饰或艳或素,或繁或简,其生活状况与文化背景一目了然。节目进度的掌握何以能做到与下边的杯盘箸筹配合默契,颇足称奇。待到客人(也是观众)饭饱酒足之际,女演员们便一个个鱼贯下台,替大家行"拴线"礼(傣族传统的祝福仪式),并且分赠少数几个坠有彩穗的香荷包。兴许出于对我这把胡子的尊敬吧,我是既被拴线于手腕,复被挂包于胸前,真是备受宠幸!这教我回忆起50年代初期自己身着军服初进傣寨时,一位老米涛(老妈妈)为我拴线祝福的往事。所不同的是,眼下拴的是红线不是白线,拴线人也换作了小普哨(小姑娘)。今昔对比,我心情之激动可谓犹有过之。因此,当演员们邀请我上台去共跳民族团结舞时,我也就不顾丑陋多病之躯,和陈荒煤、邓友梅二位一起"出山"了。

斯时也,只见眼前镁光灯一阵乱闪,来自中国港台以及海外的朋友们争先恐后地将我们摄入了镜头。

两个西双版纳,一个陌生,一个熟稔;但在这一瞬间,她们融融然汇合了。

1991 年 9 月 6 日　合肥

楚雄·卷烟·火把节

提起昆明,人们都知道,四季如春,好地方,提起大理,稍有历史知识者,也不至于视南诏国、孔雀胆如秋风马耳;但倘若再往细里说,提起介乎昆明、大理之间的楚雄,恐怕所谓识文断字的"先生",也未必不茫茫然了。

我第一次到楚雄,还是1951年间剑川大地震的日子。剑川大地震,论震级,不亚于唐山大地震,由于种种原因,这场骇人的灾难内地极少有过传闻。我当时在昆明部队搞报道工作,遇上这等大事,自然要忙不迭星夜兼程奔赴现场采访。

我乘的是一辆从战场上缴获的千疮百孔的美国吉普,机器不灵光,驾驶员心中有数,因此,他要求大家半夜起床,否则,无法保证翌日抵达大理。不出所料,等我们进入军部安排的住所,早已伸手不见五指了。一路颠簸,两头擦黑,草草用饭,纳头便睡,根本顾不上回首来路,遑论何时车过楚雄,小事一段耳。待到在丽江剑川鹤庆洱源灾区忙碌兼旬之后,才有机会在比较从容的归途中,安心于楚雄留停一宿。

现在已经记不清那会儿的驻军规模了,至多是连的建制吧。指导员操着鼻音甚重的山西沁源腔,且讷讷不善言辞,只是带领一行军中记者,迈着三尺阔步,用了10分钟不到的时间,观光完毕圮败萧索的街子,顺手指了指远处偌大一片旷野,用类似电报体的话语表达了大意如下的内容:国民党修建滇缅公路时,这里一度辟为临时机场,停过美国人驾的飞机,后来却再也不来了,"撂荒了",指导员于无意间使用了北方农民的习惯语言。

谁能预料到,这颇有来头的空地,居然盖起了楚雄卷烟厂!40年过去,居然我又光顾!老百姓爱讲定数,讲前缘,想来似乎也有一定道理。

不过,天地良心,当我走进这宽敞明亮,有喷泉,有抽象造型雕塑,气派十足的卷烟厂时,我的惊喜忧惧、甘甜苦涩交织的复杂感触,绝非笔墨可以形容!不单纯是它勾起了旧情往事,而且还在于必须面对这无情又多情的现实,即假如没有这家大工厂的慷慨,这次"边地文学笔会"压根儿就开不起来。更要命的是偏偏我一辈子从不沾烟,甚至害怕和乱掸烟灰的朋友同室而眠。

具有讽刺意味的是,楚雄卷烟厂加上其他几家同类工厂的上缴税金,硬是充当了云南乃至全国的财政顶梁柱。楚雄生产的"蝴蝶泉"、"桂花"以及女士型的"南鸽"等等,都是抢手货。在"全国500家大型企业"评比中,楚雄卷烟厂已跻身第96位,而在烟草行业中,更排行老五,若就经济效益而言,称得上是有重大贡献的单位了。也正是有了本钱,如今他们得以议论发展企业文化的课题。然而,另一方面,烟之为公害,又是毋庸讳言的客观存在。这,实在是令全社会无可奈何的矛盾。当厂领导要求作家们"留下墨宝"时,我正处于无可名状的心绪冲突之中,只好仿效"王顾左右而言他"的手法,提笔写下了不着边际的11个大字:烟士披里纯(灵感)来自云南楚雄。比起同行的超级烟民丛维熙、高晓声来,自属失之"极不严肃",缺少应有的"虔诚"。也许正是由于这一罪责,在一次评烟会上,他们二位起哄,生拉硬扯推举我"代表致辞",虽然也应付过去了,可那尴尬却也真够我消受的。

楚雄的变化确属惊人。我猜想,这种变化,和楚雄卷烟厂的崛起有关。说来也怪,云南的天时地利,特别适宜于某些特种作物。你看,栽培阿芙蓉(鸦片),造就了云土的赫赫名声;栽培淡巴菰(烤烟),又使得云烟的美誉流播域中。整个楚雄地区的兴旺发达离不开那金黄金黄的烟叶,这一点,楚雄卷烟厂的美丽的厂徽构图,是极为精确地命中了靶心的。上街一看,结论就更可靠了,高楼如林,通衢如网,仕女如云,对一个40年前曾到此小住的人说来,不啻恍如隔世。凑巧的是,会议期间,恰好又穿插一年一度,持续三天的火把节,彩旗招展胜酒帘,摊位密集如蜂巢,近焉者春城,远焉者湘黔,市区又平添了三分热闹。有趣的是,行商坐贾,一律现代化,我不曾打听他们是否启用了 BP 机,但数不清的麦克风却目睹了。包括个体户在内的售货员们一个个使出浑身解数,仿佛一夜间都变作了自学成才的"走穴"歌星。哪儿万头攒动,哪儿必有"歌声"——无疑是卡拉 OK 式的,南腔北调,五音不全,兼之整日吆喝劝诱,百般动员,嗓子越发地嘶哑了。

但我还真觉得动听哩。须知,在旧时代,这儿的夏夜,据说妇女们忍受不住热,会拖出木盆来当街洗澡的。今日的景象难道不应该被称作高级文明的享受了么?楚雄地区是彝族自治州。火把节是彝族的传统节日。不错,白族、纳西族、基诺族,都庆祝火把节,也都有各自不同的渊源传说,"要看我们彝家正经古老的风俗,必得去大姚、姚安山区,在那儿,村村寨寨竞赛一样立起比树还高的大火把,黑夜点着了,能照亮整个山头。当然,最积极的要数青年男女了,小伙子小姑娘们你呼我应地举着松明火把、蜂蜡火把,都往田里疯跑,嘴上说'烧天虫,祈丰收',到底为哪样,就不晓得了"。主人们对我们解释罢,含蓄一笑。

而在这吹拂着新风的城市,火把节也不免商品化。入夜,灯光通明,人流如潮,一齐往邮电局附近的广场拥去。我们被裹挟着,等不及到达目的地,便被冲得七零八落,只剩下林予、我的女儿和我了。举目四顾,但见几对巨型电火炬忽悠悠转,还有噼噼啪啪的满天礼花焰火,和内地差不多。正意兴索然间,蓦地奔出一条龙来,大家一阵好挤,不料它绕不上三圈,又兀自土遁了。我们仍不死心,苦苦傻等着。渐渐地夜阑了,集市打烊了,刚下决心往回返,忽又听欢呼之声盈耳:"火把!火把!"待到近处一看,不过二三十名男孩,像平端着枪刺跑步前进的军队一样,一阵风般卷了过去,留下些许淡淡的清香好闻的竹篾火把的烟气……

我们三个人一路快快,抱憾不曾品出什么彝族滋味。林予估计,怕是摊位"层次"过多布标位置过低,当局唯恐酿成火险才在火把节之夜取缔了火把游行的。我却忽然记起白天一位朋友对我透露,考虑到今年全国大面积洪涝成灾,不宜铺张,因而一反常例,将组织有关活动的权力,由州下放至市,经费也相应削减了。转述完毕,林予及小女均点头称是:有理有理。

偶尔路遇几对青年情侣,男着牛仔裤,女着蝙蝠衫,却又手持二胡、月琴和一种名曰筚篥的乐器,新潮加古典,相拥相偎地消失于恬静的昏暗之中,想必是寻找什么理想的地点"烧天虫"去也。

我们没有"天虫"可烧,倒是有瞌睡虫袭来,归去来兮,回到房间一翻台历:公历1991年8月4日,农历辛未年六月二十四日,爰为之记。

1991年10月1日　合肥

昆 明 拾 心

假如将我迄今生活过的——不包括偶尔路过或者稍事羁留——城市排排队,我更喜欢昆明。昆明有独具的魅力,岂仅因了气候宜人,岂仅因了翠湖堤柳、圆通樱花、西山睡美人、大观楼长联、八百里洱海(如今小多了)、金殿、陈圆圆遗迹和后来的聂耳墓等等,各自都能吸引不同层次的游人和吊客,就凭那男女老幼温文尔雅的一声"咯",其中的体贴,其中的谦逊,就够人受用不尽的了。昆明确乎是一座有教养的城市,既不像暴发户,也不显小家子气,更不以帝王声势压人。

可惜,我和昆明缘分太浅,从 1950 年初到 1955 年初,待的时间不长,倒是那些个我并不乐意长住的地方,反而离开不了。

初识昆明之际,昆明远远不具备如今的规模。不宽的正义路和越发逼仄的南屏街,大概算是当时最繁华的地段了。正义路是每天都得朝拜的所在,因为一大早,必定会有一支徒手的解放军(机关干部)队伍以跑步代操练,先沿这一侧嗵、嗵、嗵过去,再沿那一侧嗵、嗵、嗵回来,这支队伍里便有我。

当时,我们二野四兵团政治部的临时驻地在福照街,借用了原国民党省政府教育厅的大院子。1979 年我去对越自卫还击作战前线采访匆匆路过阔别二十四载的昆明时,见它依稀还保持着原来的样子,但是,今年 8 月份再去,却全部被拆光,正在大兴土木了,听说是八中盖新校舍。

破晓光景,正义路上沉淀着大烟的浓香,我们吸进肺去,是否能把"一!二!三!四!"的呼号喊得倍加精神呢?这是大家开玩笑的话题。那会儿昆明抽鸦片的人还为数不少,尤其是有钱的店老板。不到10点钟,大字号是不开门营业的。民间有个传说,不要踩露水,不要雾中行,怕碰上瘴气。你不信,有人信。

正义路上有家正义报社,这是卢汉先生通电起义以后唯一一家继续发行的日报。纸张黄里带黑,质地焦脆,多翻两下便字迹模糊,碎作一堆纸屑了。新闻版面毫无特色,不过副刊颇有点看头。编辑名叫常枫,年纪可能较我略大几岁,由于经常来部队约稿,也就成了朋友了。他一套旧西装不离身,颇引起门卫战士的警惕。但令我难以忘怀的却是那和他年龄不相称的忧郁的眼神和忧郁的微笑。据说他是民主同盟的地下成员,很是进步的。这回,我打听他的去向,竟没有一个人能告诉我准信儿,个别朋友语焉不详地谈到,风传常枫因为什么事情"下落不明"了。这位朋友口吻极其平静,然而,正是这平静使我黯然,我想,原来一个人是这么容易被世界淡忘的。

在同一马路上,还有一片闻名遐迩的汽锅鸡专卖店。那些年实行津贴制,小小排级干部,一个月的津贴费也换不来一碗虫草鸡块或者三七鸡块。大概正因为吃不起,印象反而异常之鲜明深刻,仿佛那是人生路上一个可以填满而终于不曾填满的小坑,特别扎眼。

昆明的风味小吃,自然不止汽锅鸡一种。还有过桥米线、饵块、油炸乳扇、油焖鸡棕以及顺城街一带的牛羊杂碎汤。从政治部侧门出去,满街筒子都挂着蓝底白字的布帘,清一色标榜着"建水正宗"之类的字样。但"正宗"与"正宗"大不相同,估计其间也有一个出没出"五服"的问题罢。这方面的讲究,我多半都是从已作古的《国防战士》报记者孙聿那儿听来的。他级别不比我高,好像也并无额外进项,不知何以竟能一一做探索性的比较,以至进修到了可以滔滔不绝、唾沫四溅的专家程度。

单说出名的食物,不说更其出名的建筑物,那对正义路是亵渎。我指的是千不该万不该扒倒的近日楼。近日,顾名思义,已足以想象它在旧时代的巍峨。这巍峨既是实的,即周遭缺少足以与之对峙的高台耸阁,也是虚的,即小百姓高山仰止的一种心境。而同样令人惘然的,是同样作为古滇象征的金马碧鸡牌坊,也一并成了不知所终的顽石。

南屏街也是我经常光顾的地方。忝为军管会文艺组的一员,有一项审查影片的任务。记得除了一部自己的《桥》外,基本上全是旧拷贝。大都是毫无价值的东西,所谓"无害"一类。然而,也得益于此,才有机会欣赏了不少美国20世纪30年代乃至战后的文艺片,如《战地钟声》等等。令人遗憾的是,这次回昆明一了解,昔日那堪称首屈一指的南屏电影院也被夷为平地了。沧海桑田,此之谓焉!除了这座高级电影院外,南屏街还有一大特点:地摊忒多,而且卖的大都是不知哪儿来的美军军用物资,从毛毯到避孕套,应有尽有。我曾倾囊中所有,选中了一块绿色的单面涂胶而又异常柔软的大雨布,一直用到前些年才下决心扔进垃圾箱,足见质量之佳。

稍稍能够敉平这种失落感的,是顺城街的变化。那儿新建的五华大厦于现代化结构中糅进了肃穆的伊斯兰风格,一整排色调圣洁高雅的大穹窿屋顶,如同鹤立鸡群,着实令人精神为之一振。看来,昆明市政当局为民族团结做了一件大好事。我想,不仅当地聚居的回族老住户会满意,全体市民也都会感激的。不能不多费点笔墨的是,底层的商场大门口,每当薄暮降临,便因了那如帘如幕的密密麻麻的小电灯泡而显得分外美轮美奂。竖的像排空直下的瀑布,银波四溅;横的像贵妇人珠宝缀成的发网,金光夺目。似这等格局和氤氲,内地也罕见。

值得追忆的与个人生活颇有关联的地方还有一些,如北门街,如人民胜利堂……比较下来,昆明军区首脑机关坐落的靖国新村是绝对不可遗漏的。

我这回重返昆明,借住国防剧院内的苏策家。苏家距离当年我调任文艺助理员一职时的办公室及卧室,不过二百米之遥。苏策领我专程"偷看"了一次——兴致勃勃却又心绪郁郁。那小楼面目全非,固然不在话下,最意外的是,我按照"定坐标"的习惯,先找那口当年通俱乐部侧门,每日凌晨汲水洗脸的水井,却找不见了。办公室已变成住家场所,楼上阳台右首的我那间卧房也不知换了多少主人。目下这一位,似乎添置了一架屏风似的东西挡在门口,把本来非常敞亮的房间弄得不堪其幽晦。隐约听见有说话声,但我却深深体验到"近乡情更怯"的唐诗况味,没敢贸然跨越门槛去打扰别人。可我又是多么想看一看那楼板上被楼下一位战友不慎玩枪走火(差一点报销了我的性命)而洞穿的那个窟窿啊。

何况,此后还相继遇上了两桩怪事,都与这间阳台卧室有关,而且两桩怪事全出在告别(不妨说是永别)这个房间的那一天。

众所周知,昆明极少落雪。但不迟不早,临到我奉调搭乘一架军用飞机去北京的当日清晨,居然雪花飘飘起来,当然,即便这样,气温也并未下降许多,算不得冷的。不料想,当我刚把一只盛了半杯隔夜热水的军用搪瓷杯往写字台上一搁,那厚厚的一块玻璃板立刻像中了枪弹一般四分五裂了。这且不论。我愕然地把水咽下,匆匆提起两天前新买的"青年牌"(上海某公私合营厂产品)提包准时上路,赶到巫家坝,进入那种两溜座位相向并列的简易机舱,顺手便将提包置于脚边坐下,一路之上除了飞越云岭时有些颠簸之外,平平稳稳的什么情况也不曾发生。待飞机在成都郊县的新津机场着陆,一拎,见鬼!崭新的并不鼓胀的提包竟然炸开了好几处口子,连拉链也合不拢了。当时,我除了大为震惊之外,根深蒂固的无神论信仰不容我做任何猜测。只是此后的坡坡坎坎数不胜数了,才教我逐渐萌生了某种联想:难道这都是昆明给予的暗示?于是,在我心目中,昆明除了依然可爱之外,又增添了一份命运的神秘感。

玻璃板是公家的,但提包我却珍藏至今。不管它多么粗笨、寒碜,多么落伍于花样万千的"新潮",我对待它始终如同对待一则寓言。这既是为了怜惜自己,也是为了怜惜昆明。

1991 年 10 月 20 日　合肥

子弹·鸡蛋·自行车

当你读到这个标题时,会不会怀疑公刘得了精神病?三件根本不相干的东西,怎么能扯到一起了呢?

你先别急,请听我慢慢道来。

"子弹!可要子弹?"这是一种叫卖声,我几乎一天听8遍,听了13年了。叫卖者99%是妇女。什么?你那儿竟有公开倒卖子弹的妇女团伙?这还了得!

你看你又沉不住气了。为了教你安心,我索性先把话说破罢——不是子弹,是鸡蛋。篮子挎在胳膊弯里,上面捂一块半干不湿的布,就这么走街串巷,频频吆喝,日暮方休。

本地方言,管鸡蛋叫"子弹"。

正是这一声讹音作怪,加上那个挎在胳膊弯里的竹篮,教我想起了自行车,想起了我初学骑自行车"出师未捷车先倒"的故事。

那是1951年,我在云南军区《国防战士》报社工作,除了负责第三版的编务,还兼管一本名叫《时代文摘》的刊物,从二掌柜到跑堂伙计,全由我一人"承包"。因此,我跑部队印刷厂跑得忒勤,恰巧厂子又设在郊外,每次光凭两条腿"丈地",够呛。

你一定要问了:干吗不骑车?

是的,该骑车。报社共有三辆车,清一色的战利品,除了铃铛不响哪儿都响。其中两辆稍好一点,上级规定专供记者跑外勤用,至于编辑,对不起,发扬风格,就侍候老祖宗罢。

我宣布要学车后,编辑辛直道立刻表示愿尽义务当教练。所谓教练,就是跟定车屁股满头大汗一阵猛跑,保驾而已。辛是河南人,一口一声"没啥!"、"中!"地给我鼓劲。

当时的军区政治部暂驻卢汉的省政府教育厅大院,里面有个运动场,正是用武之地。一个半小时过去,辛搬来几块砖,胡乱摆了个八卦阵,叫我绕,居然给我绕出来了,于是,辛直道笑嘻嘻地一拍手:"毕业!溜去吧!"

我也就踌躇满志,背起塞满校样的军用挎包,一偏腿,扬长而去。

去工厂必须经过胜利堂。胜利堂建在一座小山包上,因而两侧各辟有一条坡度相当大的窄马路。倘打正门进去,必须通过高高的台阶拾级而上。

那会儿的市区不像如今,满街大车小车吉普摩托相互咬架,且有成千上万骑士,以"不是鱼死,就是网破"的大无畏气概玩命。且说那天,算我倒霉,刚蹬到胜利堂右手小街上,大势不好!斜刺里忽见有位长者横穿马路,巍巍然,施施然,胳膊弯里还挎着一只竹篮。

我按铃,糟了,没有铃!我捏闸,糟了,没有闸!我是军人,平时学过喊口令,只好粗声大嗓地急吼:"老大爷!闪开!快闪开!"老大爷似乎没听见,继续低头往前走。怎么办?我只得自食苦果,下定壮士断腕的决心,一头朝路旁的电线杆冲去,说时迟,那时快,始则金星万点,旋即漆黑一片,我连人带车顺着带槽的护沟板擦了不下两米,军服撕裂不说它,两膝盖,一对肘关节,血里糊拉的,好不瘆人!

最有意思的在后头。待我翻身坐起,找到万幸完整的眼镜,偏又目睹"事变"的"续集":那位老大爷仿佛刚刚中了来路不明的流弹,先是竹篮从胳膊弯里滑脱,滚出许多白晃晃的鸡蛋来,不一会儿,白晃晃就变成了黄澄澄。长者自己趔趄着,以一种颇似我们队列操练中的分开动作缓缓跪倒。(那时候,我还不懂电影里的"慢镜头"一说。)

我忍住腿肚子抽筋的痛楚,一瘸一拐地赶过去搀起他,问他伤着没有。

这时,店铺里有位也上了岁数的妇人飞奔而出,连声叫骂:"死老倌!你做哪样!"然后,又转身朝我解释,"大军同志,莫管他咯,你走你的,公事要紧!你家不晓得,这死老倌他耳朵背!"哦,敢情我一开张就遇上了同聋人做买卖!

我掏出刚发的当月津贴费,数数破蛋有 24 只之多,怕不够,又拔出钢笔来写下番号、单位、姓名和职务,然后干脆把钢笔、包一并留下做抵押。

到底年轻,就这样,照样挣扎着去了印刷厂。

回到报社,先检讨,后借债。辛直追好气又好笑:"你咋就不会兜他背后蹭过去,咋呼个啥呀!"我想,说得也是,我算"交学费"买了个聪明。果然,以后我再也没有出过洋相,如此直到 1967 年。

那年头,天翻地覆,世道大变,不但我已荣任"右派"10 周年,而且"文革"正方兴未艾。各派造反组织摩拳擦掌忙于争权,居然起用像我这样的"死狗",派往晋北浑源县去催粮征粮,美其名曰三秋毛泽东思想宣传队。一天,我奉命进城去送材料,往返 60 里,去时人骑车,回时车骑人——当时的雁门关外可真叫穷得伤心,车子前后轮胎都撒了气,就是借不到一只打气筒!万般无奈,被迫扛起那山西老乡偏爱的加重"永久",沿着一条山洪冲出来的平时也走大车的干河沟,吭哧吭哧颠了足足 20 里。愈扛愈重,愈重愈气,更操心往后万一丢了什么纸片(有人甚至管《参考消息》叫内部文件),真是跳进黄河也洗不清,何不借故从此推掉这类光荣使命?

我和自行车的姻缘就这么不光彩地结束了。

写到这儿,忽然回忆起 20 世纪 50 年代在北京曾听一位大人物讲过大意如下的话:忽左忽右,在所难免,看看骑自行车,就知道怎样掌握正确路线了。这话很政治,不属于老百姓分内的事,何况我患过脑血栓,早已彻底开除了"车籍",左也罢,右也罢,都与我无关了。你说是吗?

1991 年 11 月 12 日　合肥

领你们去逛一逛女山

我们中国有许多许多山,有的因为陡峭险峻,自古只有一条攀登之路而出名,如华山;有的由于天气清凉宜人,成了避暑胜地,如庐山;有的借着千姿百态的松树和变幻无穷的云海,招徕四方游客,如黄山;有的被历代皇帝当作举行封禅大典也就是祭告天地的特大神坛,得以不断收入史书,如泰山;有的却完全是由于前不久的一场激烈争夺战,通过新闻报道而家喻户晓,如老山;有的干脆凭着骇人的神秘感,高耸九霄,冰天雪地,空气稀薄,而号称世界屋脊,成为各国探险家和登山健儿不惜为之献身的圣地,如鼎鼎大名的喜马拉雅山。……

说了半天,我打算领少年朋友们去逛一逛的女山,到底在哪儿?它又有些什么特色,值得一游?

长话短说。它在安徽省嘉山县境内。京沪铁路线上的明光镇是嘉山县城,女山在县城北面,相距32公里。它虽然也称作山,但和上面提到的那些山相比较,只能算作丘陵。你们看,海拔才185米,而喜马拉雅山的主峰珠穆朗玛峰海拔8848.13米,岂不是连个零头也挂不上么?

不过,可不能因为它矮,不显眼,便小瞧了它。在很早很早的太古时期,它还是一座经常大耍威风的活火山哩。近年来,多有世界各国的学者专程来考察,在我写这篇小文章前不久,两位加拿大的专家才刚刚离去。

如今它没有什么危险了。有人断定它作为火山,是永远地死了。有人认为它只是进入了休眠期。我登上了它的最高点,望见了那个亿万年前最后一次爆发遗留至今的喷火口。喷火口已经变作了一口面积20亩大小的池塘。有趣的是,女山本身被镰刀形状的女山湖三面包围着,它自己又搂住一个池塘,构成了水绕山、山抱水的奇观。假如坐在飞机上往下看,简直就是一个大"⊙"号罢了。自然,这只是个比喻,女山并不像用两脚规画出来的那么圆,倒更像一只腰盆,椭圆形。正因为它呈现这等不寻常的地形地貌,当地人又给它起了一个别名:玉环山,这又把它形容为手镯了。

手镯,而且是玉的,半点也不假。负责造林的工人叔叔们在山脚下盖起了永久性的房屋。通过他们多年不懈的辛勤劳动,原先那个光秃秃的山头披上了绿装,再也不是一堆暗红色的冷却了的熔浆了。柏树和马尾松都扎下了根。不难想象,等你们活到我这把年纪的时候,玉环便的的确确是一圈碧玉了。

山头上随处可以拾到地壳内部送给地壳表层的"礼物"——由于风化而不断破碎分解的熔岩。大的可以用来砌盆景中的假山,小的也不妨充当书橱中的摆设。这种石头叫浮石,意思是说能够浮在水面上,怪不怪,其实也好理解。我从脚边翻出来几块,没有一块不是满身长着空洞,肉眼都看得清楚,样子有点类似泡沫塑料。这些个空洞,使得石头的比重小于水,因而不沉。不过,我捡来的这几块全不理想,没能真浮起来。可是,我还是十分珍爱它们,因为它们从里到外红红的,几乎如同燃着了的炭一般,这里面藏着刹那间天地剧变的可怕的故事。故事告诉我们,地球母亲活下来真不容易,是经历过各种各样的劫难的;地球只有一个,人类应当爱护地球。这么说来,火炭也就不是火炭了,难道将浮石比作地球母亲的凝结了的血液,不是更确切吗?

女山,真是个奇特的名字,一听就忘不了,一看当然更忘不了。的确,女山值得我们牢记心头。

1991年12月12日　合肥

女山和招信的陆沉

一座山,冠以"女"字作为自己的姓氏,这在我还属头一回听说。

缘由何在?令人纳罕。

尤其当我了解到,女山原先是座火山,而三面环抱着它的面积不小的女山湖又是陆地下沉的结果,我的兴趣就更大了。

1990年10月末,我专程前去,的确有一点探究奥秘的动机在内。

女山和女山湖,都归安徽省嘉山县管辖。嘉山县县治所在地就是京沪铁路线上的明光站,交通还是相当方便的。

我先到距明光站35公里的女山湖镇,而不是直奔目的地。事后证明,我还真的找对了钥匙。这小小的女山湖镇,过去的名字叫作旧县。地名的嬗递更迭必然意味着一段故事。果然,它现有的几条窄街,竟是一座从历史上消失了的古城的残余:招信县城的西北一隅。招信早就不存在了,因此,这传奇的一角便成了一个"地域孑遗";之所以命名为女山湖镇,自然是取其依傍浩渺湖滨之意,这是无须考据也无须解释的。

招信城是何时陆沉的呢?

让我们根据史书上的记载,清理一下脉络。招信故地,跨现今皖、苏两省,相当于盱眙县(原属安徽,后划归为江苏)和嘉山、五河(均属安徽)、泗洪(属江苏)等县的部分辖区;汉代设赘其县,南北朝时,宋侨置睢陵县,北魏改称睢阳,北魏分裂为东魏、西魏后,东魏又变动一个字,成了济阳,北齐再改,辟池南县,陈代齐后,恢复了睢陵旧名,北周比较彻底,称其地为招义,隋一统天下,复改称化明,唐继隋,又来了一番"革新",定名为招义,直到宋太平兴国元年(976)才再度"鼎故",换一个字,定为招信。改来改去,真是令人眼花缭乱!赵钱孙李,不论姓什么的当上皇帝佬儿,都要俨乎其然地做一番"万象更新"的"革命"状,诏告子民,换上一批地名,变动一下官衔,所谓的"兴"和所谓的"废",就是这么一堆破玩意儿,唯一的社会效益是教后人读来头疼。

女山湖镇上,迄今尚保存着一座嘉祐寺。嘉祐寺本名嘉祐禅院,嘉祐禅院又本名招信大寺。话说公元1056年,即宋仁宗改元嘉祐的第一年,由于金、宋交兵,战祸连年,伤亡惨重,淮南地方官巧立名目拍马屁,奏请赵祯(即宋仁宗)皇上亲自超度将士亡灵。赵祯本来就是一个佞佛之徒,得此奏本,正合孤意,既可捞取政治资本,又可借机游山玩水,于是便携带了吴道子的绢画《水陆》一百〇八轴和全套藏经,驾幸招信大寺,做了七七四十九天道场,确实也隆重得可以了。时值溽暑,赵祯自然不会去参与劳神的法事,但究竟干了些什么勾当,老百姓谁也不知道。那帮狗腿子"史官",只神秘兮兮地记下两个字:驻跸。翻译成现代口语,就是休息。直到秋凉,这才回銮汴梁(开封)。临行前,赵祯将所携的名画真经全部"赐予"大寺,大寺方丈感激如此浩荡皇恩,立即将寺庙改名为嘉祐禅院。不知何年何月,嘉祐禅院又毁于兵燹,清代才移址重建,正名为嘉祐寺,沿袭至今。当地居员传说,原来的嘉祐禅院坐落于东城,也就是现今的女山湖与七里湖汇合之处。由此可见,在大自然的灾变面前,岂但皇帝不管用,菩萨同样也自身难保。

令人感叹的是,就连这么一座并非真迹的嘉祐寺,也已经残破不堪了。尽管1982年8月经嘉山县人民政府定为县级重点文物保护单位,勒石为铭,实际上成了危房,根本不可能进去参观了。吴道子的珍品,还有那御赐的佛教经典,就越发说不清去向了。我这次去到那个冒牌的赵祯避暑消夏胜地,除了能从侧面看到一堵"硬山马头墙两坡水式"外,其余一概不甚了了。

如此说来,宋招信县城的陆沉,当在北宋覆灭、南宋偏安之际。距今不过七八百年。奇怪的是,不但新修的嘉山县志上没有记载,古版的盱眙县志上也未设专条。

嘉山的资历很浅,它是民国二十一年(1932)新设的县,它的现有疆域,系析自盱眙南十七个保、滁县北六个保、定远县东六个保,以及来安县西三个保,合并而成。了解了这一段沿革,女山和女山湖地区正是"盱眙南十七个保"就确凿无疑了。然而,如今盱眙隔了省,安徽也将旧志书收入机要档案,总之是两头查不着,也算得是一种"上穷碧落下黄泉"吧,一切只好暂时存疑。

然而我又想,一座人烟稠密、鱼米之乡的县治陷入水底,绝不会变得仿佛不曾发生过一样,那是不应该的,太不可思议了。

何况,女山湖镇年轻的镇委书记还对我介绍过这样一个细节:在修建七里湖与女山湖之间的溢洪闸时,曾从淤泥中发现大片房舍的破砖残瓦。1968年,文物工作者也从湖里打捞出一批历代文物,上自战国时期的青铜剑、汉代的陶罐与陶碾、唐代的青瓷与铜镜,下至垂拱元年(685)烧制的招信城砖,等等。不过,引文及此,我倒要插一杠子,垂拱是武则天的年号,倘若此砖属实,那么,招信这一名称就并非始于宋人了。那么,招信之在中国大地上"失踪",其确切时间迄今当是哑谜;要揭谜底,只能寄希望于有条件投入财力、物力和人力的明天。

游罢女山湖镇我才正式去登女山。女山同样非常有意思——倘若不说它更有意思的话。山和镇颇有一段路,因为它们不是一个方位。所幸我那天乘的是越野吉普,而女山又不高,海拔仅185米,山势平缓,车子一直可以开到顶峰。

山下盖有小屋,住了造林工人,山上栽种了经他们辛勤劳作才得以成活的小柏树和小马尾松。下余的则全部为布满利刺的酸枣和没膝的荒草。工人们见到陪我来的县上的干部,便热心指点不伤树木的一面斜坡,让我们省却了攀登之劳。

待到山头一望,女山竟被白茫茫一片大水所包围:正东是七里湖,东北、北、西和西南,是女山湖,那威势煞像一柄弧度极大的亮闪闪的镰刀,待要收割什么;越过这湖水再往前看,迷迷蒙蒙落有垂天雾帐之所在,便是淮河了。风光是相当壮丽的,山不在高嘛。

　　重点应该是这山的本身。既然,是太古时代的火山,必然遗留有火山口,完全不用搜寻,举目可见。那是最后一次爆发的证据。火山口目前的形状是一个长长的椭圆,深处约 30 米,宽处约 1800 米,中心变成了蓄水塘。我有所悟,便故意问同行旅伴:"你大概不会不知道,它为什么偏偏起个名字叫女山吧?"对方笑而不答——尽在不言中。这里隐藏着中国人的性意识,盖类乎女阴也。正如我们给那种像男根的孤峰命名为什么玉笋什么天柱什么旗杆什么老祖(祖字起源于阳物)一样,都是性的符号。

　　事先还打听到,山上曾有一座女神庙,是明代洪武年间重建的,但早已风雨剥蚀,夷为废墟了,因而也就不曾前去凭吊。另外听人介绍,山上有浮石,可作纪念品。于是倒用心拾翻了一番。说是用心,并非说浮石难得,而是合乎理想的难得。筛选了半天,只淘汰下几块,暗红色,记录了当初的高温与火焰,若用诗句去描述,不妨写下这样的文字:

　　　　当大地雷霆平息的日子
　　　　激动的血浆结痂记事

　　是的!结痂记事!我把这几块小小的如海绵般充满空隙的浮石带回家去,置诸案头,铭记着也想象着那惊怖骇人的一瞬⋯⋯

1991 年 12 月 30 日　合肥

寄　　语

去年7月,接到"聊副""航空限时"的约稿信,要求我以"文学笔法"描述安徽洪水泛滥期中,"人性光辉之动人事迹",面对如此合理、如此恳切、如此及时的言辞,我却迟疑了。这当然不是我对挣扎在生死线上的数千万灾民冷血麻木,无动于衷,而实在是怕"犯错误","正好撞在枪口上"。因为,也就是那个时候,有关方面重申"对外宣传纪律",强调必须"准确、速度"(关键在于这两个词),当时,第二次特大暴雨紧接着第一次特大暴雨刚刚过去,而在第三次特大暴雨已黑云压城城欲摧的严重情势下,"口径"竟依旧控制在"目前我省仍属多雨天气,灾情有可能增大"这样一种模棱两可甚至自相矛盾的尺寸之内,那个所谓的"度"自然非常难"适"。我曾替这位捉刀人设身处地考虑过,前一句固有难言之隐,后一句却也道破了忡忡忧心,不妨算作聪明的伏笔罢。因之,我完全理解这位拟稿者煞费周章的苦衷。

不难看出,这也透露了上面到底在如何估计灾情,是把救灾还是把别的什么"压倒一切"的"任务"摆在首位,态度尚欠清晰,个中似乎隐蔽着某种模糊讯息。何况,在同一则通知里还硬性规定,凡向中国香港、中国台湾地区及海外报道灾情者,须事前获得"授权",我自忖绝对不可能享有此等殊荣,思来想去,还是缄默为上策;读者明白了这重大背景,对我的不敢轻易落墨,想必认为情有可原的罢。

然而,奈何天公不缄默,相反的,它拒绝按"口径"下雨,夜以继日,日以继夜,仿佛倾东海之水全搬到了江淮上空。直到此刻,谁都硬憋不住了,乃转而向各"对口系统",向全国全球,发出求救之呼号,从而通过电视和电讯,才更多地反映了水灾的真实惨象,并且逐渐占据了突出位置,其紧迫性与严重性一如生活本身。此中发生的持续"微调"过程,凡是全神贯注于这场浩劫的细心人,无不了然于心。

关于洪水逞凶时的悲喜忧乐、善恶正邪,海内外早已从传播媒体的介绍中了解了不少。时至眼下,全属明日黄花,毋庸重复了。对于人类,水既不可或缺,亦不可过多,水是福时人得福,水成祸时人得祸。而人性之中的一个潜在弱点,便是"福"与"利"相连,所以"自求多福"一旦偷换作"自求多利"时,往往就会暴露私心。但这半年多,水在安徽绝对是祸害,水促成了人们的大团结,人性复归于淳朴,才焕发出光辉的一面,也是无数圣贤哲人倡导之、向往之、身体力行之的一面。的确流传着不少可歌可泣的新民间故事,几乎各地都有"过门不入"的美谈,同样的,各地也都有"毁家纾难"的佳话。这绝非宣传,而是事实。与这些不胫而走的好人好事同时广泛流传的另一个"总结"也颇为生动地点出了官方某些人士的心态:"经济遭灾,政治丰收。"大陆历来不乏"革命"人物,他们一贯主张只算政治账不算经济账,在他们看来,军队形象的有所改善,自属"政治丰收"无疑了。浊浪淌失,山河重现。我想,中外同胞尤其是皖籍血裔,如今当主要关注万千灾民的生活、生产和重建家园等近况。于是,我选择了一个虽同样遭灾而并未成为"热点"的地方——嘉山县转了一趟,现将点滴见闻奉告如下:

首先,我了解到救灾物资大抵都已发放到灾民手中,其中过冬御寒的棉衣、棉被则普遍不足,燃料尤为缺乏。也发现有中饱私囊的,但毕竟是个别人。各地墙垣之上都新刷了与政治口号不相干的务实标语,例如"普遍实行五针注射,预防疾病"之类,说明当地政府采取了一定的措施,防止灾后疫情。救济口粮有统一规定:重灾区每人每日一市斤,直到来年春天;轻灾区视情况酌减至每日八市两或六市两。这无论如何是不够充饥的,但求不饿死人罢了。灾民缺钱,无法购救济粮(每市斤三角五分人民币),可先向银行去取无息贷款。米灶起码囤积了五年的陈米,有霉变,且多沙。我先后跑了几个遭灾的村庄,恰巧都碰上了分发台湾大米的盛况。台湾米一概用蛇皮袋(这是大陆对化纤口袋的俗称)打包,外面上半部印着一个大大的红十字,下半部印有一行文字:台北市新生南路三段20号4楼。我猜想,那儿应该是一所慈善机构的所在地罢。台湾救灾米不要钱,按人口均分,每人十五公斤。我问喜形于色的灾民:台湾米好不好吃?答复是众口一词的:比咱的强!又白又出饭。当然,比起泰国米来,还不如人家的香,油性大。看来这里还发放过有名的暹罗米呢。在一处分粮的现场,有人还从搬运救济粮的手扶拖拉机的拖斗里,撮出一小把台湾大米让我看,并且教我用牙咬一咬,一咬,你就明白了。

血浓于水。寄语台北市新生南路三段20号4楼,安徽灾民是不会忘记你们的爱心的。

谢谢!

1992年1月5日　合肥

大大有名的三河镇

去年11月6日,我去三河镇,听了一个笑话,说是有几位逃荒外出、流落上海的安徽灾民,路过某市场时,饥寒起盗心,顺手牵羊偷了若干件衣服,却当场被人捉住,于盘查中又信口招认自己原籍三河,不想这句纯属胡诌的"口供"倒救了他们。大发善心的上海货主将手一挥:"去吧去吧,看在大大有名的三河镇面上,这次不带侬上派出所啦!"

三河镇,1991年7月11日下午4时17分杨婆圩破堤进水,仅仅23分钟的时间,就被洪峰压倒,浪舌舔净,剩下极少几处危楼的顶层和高压电线杆的梢头在混沌如天地未分前的景观中时隐时现……从此,"三河"这两个字,便成了所有新闻媒体中使用频率最高的地名之一。于是,上海老板才会说:大大有名的三河镇。

然而,上海老板说得并不完全准确。平复不久的华东大水固然提高了三河的知名度,而古镇在历史上的地位本来也不低。远在春秋战国时代,它已初具雏形了。由于独占地利,居丰乐河、杭埠河汇流之处,濒临巢湖西岸,扼大别山区咽喉,所谓车船辐辏,水陆通衢,复兼土质膏沃,乃成鱼米之乡,终于列为《辞海》专条。何况伍子胥在此大败楚军,曹孟德在此操练水师,太平天国陈玉成、李秀成在此痛歼湘勇,号称"三河大捷";何况三河米酒之浓冽甘醇,别具一格,三河鹅毛扇畅销东南亚……应该说,早就有个大大有名的三河镇了。

由于三河镇积有殷实家底,虽说近年并不曾出现过多少特别羽毛丰满的乡镇企业,多少"万元户"和"一部分先富起来的"人,却也因洪涝直接造成了人民币三亿四千四百万元的巨额损失,倘以人均数核计,居整个华东地区榜首。不过,值得庆幸的是,一万九千六百口居民得免于灭顶之灾,确乎称得上是一个奇迹。我以为,单凭这一条,三河镇就理当大大有名!

　　回过头去说我这一次的灾后三河之行。经过 40 公里的行驶,大客车终于登上了家喻户晓的丰乐大桥。望着它,我忽然萌发了诗的联想:这不是桥,这是神话中的彩虹!中国有多少家庭从荧光屏上熟悉了它的身姿,它功德无量,它普度众生,想当初,全靠它从死亡的此岸跨向得救的彼岸,保全了难以计数的生命。

　　桥的那头,便是古镇的新区,新区又毗邻着老街。但无论新区老街,都在泥汤中整整浸泡了七十个昼夜!镇上的干部们虽有顾忌,还是忍不住透露了一个令人听了不是滋味的事实:本来可以不在水中"泡"这许久的,却硬是由于充满中国特色的"扯皮"——议而不决,决而不行,行而讨价还价和搞"小动作"——而被迫"泡"了这许久!似乎不妨这么理解,开始那些日子淹了三河镇的是无情的洪水,其后一些日子继续跟三河老百姓过不去的实在是大小官僚的唾沫,换句话说,就是洪水退了,皖中丘陵地带的自然界的"山头"固然恢复了原貌,而植根于官场的政治——人际关系的"山头"也同时恢复了本相。这不能不使一切期待去弊兴利者感到悲哀。最后,拖到了 9 月份,才不得不耗费大量人力、财力和物力,动用七台 655 千瓦的排水机,花费十天时间,将积水引入巢湖。

　　中华民族自有其无与伦比的再生力。我步入古镇之日,不过距其经"人工呼吸"抢救复苏一个多月,但见东南西北十字街以及以"鹊渚"牌坊为界址的农贸市场,又熙熙攘攘,搏动着一派生机了。倒塌了的屋宇业已重建,虽则质量粗劣,但都悬着一块"UN Assistance"(联合国援建)的徽标。少数店铺油漆一新,多数门面依旧留有最高水位的污痕。我想,作为纪念,保存下去也好,可以警惕人们居安思危。

联合国计划开发署一共援助了三河镇一百二十四万元人民币。这笔钱主要用于为倒房户搭盖"庵棚"。这是雪中送炭的好事,关系重灾灾民的身家性命,自然必须列为首先了解的对象。为此,我去这类"庵棚"最集中的大坝上转了转。那里的景象令人有点失望:一是棚与棚相连,使用的建筑材料又都是竹子、橡木、苇席、油毛毡等,一旦失火,不堪设想;二是虽有炉台,却无燃料;三是门窗俱极简陋,几乎是象征性的,我见到几家,竟以废弃了的农用薄膜甚或破水泥纸袋草草蒙上一层,这怎么能抵挡风寒呢?

我在残缺倾圮的土坝上彳亍,心情颇为沉重。原先护堤固土的岸柳,有的被连根拔起,树梢冲地倒毙在斜坡上,剩下的又全都木叶凋零殆尽,飒缩风中,平添了几许苍凉。特别是发觉了自己的脚下竟是整袋整袋的水泥,不免又转而激动起来——遥想这些完全板结了的洋灰,岂不正是当时迎战洪峰时,"饥不择食",被人借作土石方以加固堤坝而大材小用的么?

我还参观了一爿毛巾厂。这个厂子,是三河镇所谓的创汇大户,但也是损失惨重的受灾单位之一。它的纺织机,由于长期被淹没于水下,锈蚀不堪了。省里的负责大员在视察慰问之际,曾当众允诺拨专款三百万元用以更新设备。全厂职工乃翘首以待。遗憾的是,迄今仅有十分之一到位,其不足数额是否能够兑现,竟成了疑问。安徽实在太穷了,有什么办法呢?

经济方面的捉襟见肘,恐怕还只能列为小焉者,更大的问题是令行禁止,都阻力重重。三河镇地处肥西、舒城、庐江三县接壤之所在,鉴于杨婆圩在历史上四次溃决,因而三河四次进水(数这一次规模最大,持续时间最长)的经验教训,百余年来,不乏明智之士再三指出,其关键在于行政划分不合理,杨婆圩的要害堤段三河管不着。去年8月,经基层干部群众强烈呼吁,政府总算明令公布,将原属庐江县黄道乡的新圩村及角头村交由肥西县三河镇管辖。奇怪的是,直到笔者行文之日,尚未真正成为事实。会不会由于什么人的作梗,最后又成为一纸空文呢?

不能统一治水,必定后患无穷,痛定不思痛,令人叹息!

安徽老乡根据祖祖辈辈的经历,对老天爷的脾气多少有点掌握,乃总结为六个字:大水,大旱,大雪。还真的屡试不爽。即以1991年为例:5月至7月暴雨,8月至10月酷旱,12月提前大雪。我住在合肥市,气温最冷的一天达到了零下13度。我的居室一无暖气管,二无电暖气,甚至因煤炭供应不足连个专司取暖的炉子都生不起,进家有如进冰窖。但想想比我处境更差的灾民们,能不兴同胞手足之情,替他们着急、为难么!

1992年1月6日　寄自合肥

假如中国人都像我

岁在壬申,正月初一,天地犹处混沌之世,而公寓楼前后左右,已是鞭炮声大作,此未伏,彼已起——我想起了才不过数小时前除夕的喧闹,现在当系"续集"上演了。按照H市风俗,这部"肥皂剧"大可持续一个月,其中初五、元宵和廿五又不妨分别掀起三个高潮。"这得花多少钱?"忽而生出这个"替今人担忧"的念头,自觉可笑,那潜意识也是明白的:我所在的单位,每位专业作家全年创作经费不得超过三百元。H市是座不大不小的省城,既属首邑,为了与身份相称,市民们送灶王之心更诚,接财神之心更切,自不待言。看来,至少我不够"格"是无疑的了。

这可苦了我。虽然是节日休假,却落进了硝烟、硫黄臭,还有震耳欲聋的噪音交织的"三维牢房",别说听音乐,连闭目静坐都不可能,只剩下了胡思乱想之一途,那么,索性胡思乱想去吧。

于是,为一种"逆反心理"所驱策,竟动了狂人妄念:假如中国人都像我……

我们家的确比较特别。祖父母一辈的事情,未曾见过,说不清楚;但父母亲一辈从来不放爆竹,不上香点蜡祭祖,也不贴春联以及什么倒过来的"福"字,则完全属实。我认为,这不铺张不媚俗的家风,应该算作小小范围内的一个好传统。因之到了我这一辈,不但全盘继承,抑且有所发展。比如,我不串门子拜年,也无意于学舌那对我而言不啻绕口令的"升官发财"之类的吉利话。虽然有时不免招致"脱离群众"、"不懂国情"等等颇具政治色彩的非议,我却坦然、泰然地"顽固"下去,不思悔改。

又比如,我从不抽烟,从不喝酒,1980年患脑血栓侥幸痊愈,医生屡屡规劝适量饮酒,以利扩张血管,但我只限于隆冬才做季节性的遵从,且往往忘记,终不能养成习惯。我的职业是耍笔杆子,然而,偏偏我压根儿不相信所谓烟里有"烟士披里纯"(灵感)和不善饮者休想"斗酒诗百篇"的神话。从我的任何一篇诗文里面,再厉害的检测仪也检测不出丝毫的烟气酒味来,哈哈!

再比如,我活了这大把年纪,从不敢去领略女郎的"按摩",也没有风流韵事记录。1988年,我在美国由西而南而东而北地兜了一圈,并未由于没摸过拉斯维加斯的"吃角子老虎"而引为遗憾。老实招供,就连"国粹"麻将怎么个"搓"法,直到今天在我还是"擀面杖吹火——一窍不通"呐。

假如中国人都像我,至少,不会出现这许多风化问题和治安问题,从而也就不必设置这许多相应机构,耗费这许多财力与人力吧。我不禁自以为是地揣测起来。

我更联系到我家三十余年成员数目不变的实际,它与同一期间我国人口的激剧增长形成了强烈的对比。1957年那场"运动"后,女儿由诞生到长大,一直与老父相依为命。我虽一度再婚,终究复离,户口本上,二还是二,仿佛连细胞分裂也停止了。不必讳言,这些固然都事出有因,毕竟有悖人性,只能一概归入可叹、可悯之列,不足为训。不过,我也考虑过,即使不遭命运的恶作剧,自忖也绝不会学习某些同辈朋友,不绝如缕地以延续"类"的生命、培养七狼八虎的"接班人"为奋斗目标。究其根源,无他,端在于我缺乏华人必备之纯粹儒家思想也,何况,我还一贯怀疑"人海战术"的灵效大验……这样说来,假如中国人都像我,似乎还能在我们的领导同志号召"一对夫妇只生一个孩子"时,助上一臂之力,少带几分尴尬。

不过,且慢!别顺竿儿爬,说野了嘴。中国人都像我有什么好的?且不说人生不复五味俱全,社会难得摇曳多姿,尤有事关国计民生者,试问,湖南浏阳、广东东莞以制作烟花为业的众百姓怎生糊口?"四大发明"之一的火药,如何向列祖列宗交代?河南、云南的烟农、烟厂又指望上哪儿去完成生产指标实现利税配额?再者,倘或进而禁绝洋烟、洋酒进口(是否走私勿论),还讲不讲无产阶级国际主义?至于"酒文化"云云,小焉者耳!回到这一通胡思乱想的始发站,正月新春,从放鞭炮到贴春联,从互拜到团拜,实在无一不体现祥和团结安定繁荣的气象,正是我中华民族数千年文化之荟萃、结晶,岂可由"孤独"贻"疏离",因"失落"至"荒谬"哉!

我乃猛醒,决定郑重其事地收回题目中的"假如",并的确顿悟到:只有一个"假如"是可取的,即假如中国人都不坚持老规矩,不弘扬老一套,中国势将不成其为中国。所以,绝不能"假如中国人都像我"。这可不是闹着玩儿的,对吗?

1992年2月15日　马鞍山

千岛湖，千湖岛
——兼悼一位白发人和一位黑发人

正、副标题写罢，便自己意识到了一种凄美。凄美，也许并非千岛湖真正美之所在，但我不想改，这固然也自有道理，岂不闻西谚有云：一千个不同的读者，会有一千个不同的莎士比亚。焉知一千个不同的游客，就没有一千个不同的千岛湖？

检索一下每逢外出才随身携带的工作手记，查到了我去千岛湖的确切日期：1990年6月19日。

但我第一次被邀请去那儿小憩，却早在1983年。向我发出这一美好信息的人，是上海《收获》杂志的前任副主编肖岱兄。可叹，如今他已作古了。肖岱是一位朴素、忠厚、古风犹存的谦谦君子，较我略长几岁。记得那是在皖南泾县泾川山庄召开的一次全国性期刊会议上，闲谈中他提起编辑部在浙江新安江上保有一块小小领地："条件虽然差一点，但环境绝对理想，推开窗子，便湖光山色尽收眼底；你不妨上那儿去继续写完你的系列（指我开始于《收获》上发表的反映山西农村生活的小说）。当然，也可以为别的刊物写别的，也可以什么都不写，单纯休息……"

打这以后，我就产生了某种朦胧的期待，也许是期待千岛湖赏赐我一点什么，也许是期待我自己献给千岛湖一些什么，反正是宿缘未尽吧，说不明白，也不必说明白。

如此迁延到了1984年秋天，突然听到了肖岱罹患癌症的传闻，我将信将疑。在我的印象中，他的体质算是强健的，学会气功后，越发矍铄了，那稍带上海口音的普通话，清晰洪亮，从不打咯噔，显得底气颇足。怎么会得了癌症呢？不可思议。难道"好人不长寿，坏人活千年"是真的么？

恰巧我因为右眼失明，必须赴沪转院就医。待事情稍见头绪，立刻打听到肖岱在华东医院住院的房间号码，知道他已经动罢手术，虽说效果尚佳，心上还是不免一沉。

我决定去探视。记得那是个牛毛细雨湿衣衫的坏天气，我一只眼蒙上了纱布，剩下一只所谓好眼也全靠近视镜片帮忙，模模糊糊得以看清身边的人和物。于是又难为女儿了，她一手撑伞，一手搀扶父亲，穿越弥漫着乙醚以及其他药品气味的走廊。上了电梯再穿越同样的走廊；我一面走，一面听着女儿不停地报告阿拉伯数字，到了，立定，敲门。这时我忽然一阵发怵：他是否已变得难以辨认了？然而，我大错特错了。眼前的肖岱，居然面泛红光，眼神飞动！果真是一场生死较量中的勇者胜者！他发现是我们父女，也惊喜万分，掀开被头便下床来招呼，动作相当麻利。我仔细端详，还是老样子！除去那一袭按院规穿上的带条纹的宽松衣裤外，一切照旧，连薄薄一层银发也像往常那样梳理得整整齐齐。在叙述罢他自己的病史之后，话题转到了我的身上，立刻进入角色了。（我心上在评论："老黄牛又找轭头呐。"）他关心"系列"何以中断，我答以并非中断，事实上一个中篇早已杀青，主人公是一位冒死归国的志愿军战俘，是根据真有其人的再创造。故事相当悲惨，这种题材还没人接触过，我担心"左派"们要打棍子的，打起棍子来刊物要受连累；再则女儿读过了，却认为我浪费了素材，她建议我不如彻底拆散，另起炉灶，变作几个短篇，或者索性将来改写长篇。我一直拿不定主意，它就"搁浅"在那儿了。当然，除此之外，还打了另外的一些腹稿，都是"系列"的一部分……肖岱听了，露出欣慰的表情："你一定写完它，排除一切干扰写完它。诗人写小说，写到你这份儿上很不容易，这不是恭维你，大家都这么说，比如《先有蛋，后有鸡》……"他看出来我不大习惯这种场合，便截住话头，改口说："还是那个主意，等我完全好了，我陪你去千岛湖，我去认识你的志愿军战俘,你接着写别的,好不好?"

我笑起来,连连击掌:"一言为定!"我的心,当时就飞到千岛湖去了。小说究竟写得好坏,暂且勿论,千岛湖怎由得我不多一番憧憬!一千个岛呀,不是九百九十九个呀!

雨停了,我怕他因兴奋过度疲劳,同时自己下午还得去安徽省立医院合同单位上海第六医院排队挂号,便起身告辞。匆忙间,雨伞被遗忘在他的床旮旯。(人啊,总是匆匆忙忙,对于"用"过了以后从此不再有"用"的朋友,总是遗忘;雨伞便是这样的朋友,我们经常淡漠了这样的朋友,太不应该了。)

在病房门口,我们互道珍重——吉凶难卜,老天保佑吧。

第二天,上海市作协办公室的负责人王镁女士打电话来,说是肖岱告诉她,床上发现了青春宝,他收下了,可床下的折叠伞,必须原物奉还。王镁在电话里笑着解释:"这是肖岱的原话。一会儿请小车司机专程给你送去。"我真有说不出来的感动!一个癌症病号,却在惦记别人丢下的一柄不值钱的伞!于细微处见精神,这不正是肖岱之所以为肖岱的真实写照吗?

这柄伞,我至今还在用着。而肖岱还伞的小事,我也放大十万倍地铭记着。

……记不清是翌年年底,还是什么时候,我再次来到申江,照例去巨鹿路675号看望熟人,就在那座经常"拍电影"的漂亮的旋转楼梯半中腰,巧遇已经难得来编辑部的肖岱,他下,我上。就这样,彼此高兴地把着扶手交谈片刻。他不无感慨地向我透露了一则内幕消息:"你的《先有蛋,后有鸡》,本来是笃定得奖的了,可半路上杀出来个程咬金……"这事的大致经过,其实我已在别处听说了,于是我替他把话说完:"有位主持人开口了,公刘的诗肯定能评上,小说就让给别人吧,总不能样样都占上啊!"肖岱一听,轻轻地笑起来,他的笑一向是很文雅的。"原来你早晓得了,那就不说也罢。"我说,恐怕还有你不晓得的哩。接着我又简单谈了谈我的诗集《大上海》如何先入围而终被挤出圈外的过程。"这不成了'你好我好大家好'吗?"肖岱瞪大双眼,十分惊讶,他到底不甚了解诗坛。我至今还想得起来,我的一番自我调侃,曾经逗得他乐不可支:"总而言之,这一次的全国评奖,对公刘来说,早已不是什么《先有蛋,后有鸡》了,整个儿是鸡飞蛋打呐。"他劝我不必放在心上。我便说:"你多虑了,我素来不把什么评奖放在心上。谁担任评委,谁负责初选,南组有谁们,北组有谁们,我一概不问。我不跑北京,不走门子,不拉关系户,更不借着由头下饭馆'叙一叙'……真是'帝力于我何有哉'!"

我和肖岱就在这样一种相互交心、相互体贴的气氛中握别。我见他脸色不错,以为他还能挺许多年。几曾料到,这竟是永诀!往后,注定只能从苍白的讣告中读他的名字了。拳拳故人情,悠悠阴阳界,一个厚如土,一个薄如纸,厚如土却栽不活,薄如纸偏捅不破!还是老杜歌吟动天地:"魂来枫林青,魂还关塞黑",可我直到今天还欠你的债呢,肖岱!——"系列"的一大半依旧是尚未成形的胚胎!那位志愿军战俘也满腹苦水,无由倾吐!

再说千岛湖和千湖岛。

肖岱一走,无桥无楫,我将怎生涉渡津梁?

有一日,我对忘年小友魏德平念叨往事,诉说心愿,小魏因肖岱而动容,胸脯子一拍:"还有我哩!"于是,他一手操办,我坐享其成。1990年夏,我们结伴同行,终于踏上了"一滩复一滩,一滩高十丈;三百六十滩,新安在天上"(黄仲则诗)的登天梯。自然,再说登天梯是夸张,水库修起,许多滩自动消失了,许多滩不成其为滩了。虽则由杭州而富阳而建德而淳安,毕竟还在爬坡,但不觉得。

多亏小魏,一路之上,又充向导,又当保镖,大小水旱码头都有他早早通知过的朋友们出面热情照拂。朋友的朋友自然是朋友,因之,我也结识了不少新知。其中之一正是借本文寄哀思的黑发人——青年诗人方向。

这是又一重的凄美。哪能不凄美!

追忆起来,我最初知道方向,还是从柯平那儿。柯平一如德平,是我的另一位忘年小友。当他获悉我将有千岛湖之行时,欣然相告:"那么,最后一站是淳安。淳安有个写诗的方向,人蛮不错的,诗也蛮不错的。"柯平生性不矜细行,与世无争,但甚少评议时政,臧否人物,对方向却如此郑重加以推荐,倒也非同寻常。说罢,他又淡淡地添上一句:"方向曾在湖州师专念过书,从那时候起,我们就很谈得来的。"

及至我读到了方向的若干作品,才恍然大悟,何以柯平会对这么一个年纪比他本人小、知名度比他本人低的后生如此看重。

一棵树使英雄颤抖
一个自由的国家使远道而来的公民
流泪
一首诗就让你肝脑涂地、痛心疾首

从来没有这么迫近过皇冠
迫近过辉煌的日出
以及华丽的村庄。所以
为这一切,我要活着

突然,方向抛弃了他诗的誓言,用自己的手结束了自己年轻的生命。这件事太意外,几乎得不到任何解释,但终于可以解释。

方向担任过《千岛湖》的副主编,同时还是县文联的秘书长。我寻思,在当今中国,最难扮演的角色怕就是各级秘书长了,如果他又耿直又清醒的话,他将加倍痛苦。1989年的夏日炎炎,他积郁,他烦躁,他辗转反侧,无处倾诉,憋闷经年,于是到末了逃不脱孤独的煎熬——而他爱恋多年的女友,又天各一方,无从及时给他慰藉,给他希望……

在当代诗歌生命意识的大觉醒中,方向也许是最早发现"麦地"和"麦子"的诗人之一。回归大地,回归生命的本源。方向带着未竟之才永远地走了,我们的麦田少了一位忠实可靠的守望者,令人痛惜!

我和方向的相处,除开结识后因托他转递相片有过两次事务性的通信往来外,实在只能论"分"为计时单位,方见其悠长,但,即便这样,一次同桌就餐,一次并排合影,一次长街漫步,已经足够回味的了。他很腼腆,口口声声唤我"老师",不过,一旦涉足诗的国土,他却不那么腼腆,不那么谦恭,反而有点"咄咄逼人"了。证之以他的诗作,我认为他是有主见的、用脑子的人。平心而论,我更欣赏这样的"多面体",或者"多棱体",而不欣赏玲珑光滑的鹅卵石。

写到这儿,耳边响起一声提醒:这简直成了祭文悼词了。你别忘了,你该写千岛湖和千湖岛!

又有声音反驳:怎样才算写了千岛湖和千湖岛?我跑题了吗?我开宗明义就说感受到一种凄美,为什么我眼中的湖和岛必须受"大多数"同化?而我从来就是独立的呀!你应该了解这一点!

那么,就来罗列有关千岛湖的大串大串数据吧,其中有不少是肖岱告诉我的,有几项是方向告诉我的,更多的是许许多多至今健在的新朋旧友反复告诉我的。比如:总面积为五百八十平方公里,折合八十六万亩,相当于一百〇八个西湖水面之和;蓄水量是一百七十八亿立方米,等于三千多个杭州西湖;平时有一千零八十七座小岛(面积不足三亩者皆不计),枯水季则可达一千七百个;通常水位保持在一百〇五米高程,一旦超过一百〇八米,就得启闸放洪等等,等等。

自来黄河有"悬河"之称,看上去,千岛湖也大可号称"悬湖"。有人对我开玩笑譬喻,倘把杭州保俶塔迁移此地,观光者当望之却步,盖已改充鱼鳖大厦也。我初听也为之发噱,旋又感到风趣中别有一番苦涩。我想起了那外迁的二十八万"老淳安",每人怀揣一百元人民币,背井离乡,直到今天独自将他们的思念移栽于浙南和外省(皖、赣等)总共五十余县;我想起了许多故事,包括那当年热土难舍,直等到水淹房梁才登船远去的老人。莫非我们现在指点湖山胜景的叹羡,正是老人阵阵锥心幽咽的回音?!诚然,建设必须付出牺牲,不可行"妇人之仁",问题在于:是否可以更值得更无遗憾?

淳安,淳安,淳而后安,这个名字的确意味深长。抑有进者,淳当不应该仅仅指的是民风,也应该指"官"风。在深不可测的湖水下面,上帝收藏着当年"海瑞背纤"踩过的嶙峋礁石,因此,当我登上龙山海瑞祠,向那遥对县政府大门的"海青天"塑像顶礼之际,我激动了。这座塑像,绝非什么象征派的艺术创作,既可以这样理解,也可以那样理解。不,这座塑像是人民政权的道德选择!不可偏离,更不可乖戾,不可口是而心非,阳奉而阴违!否则,就会导致一条出路——钻方腊洞,同属一湖的方腊洞,是宋代农民起义的藏兵洞和武器库。这似乎是地理上的巧合,却也似乎是历史上的必然,个中启示,足堪玩味。

有一些亵玩千岛湖的闲人,只带几只随时购买山货土产的空口袋,他(她)把心留在家里。退一步说,即便心也带来了,却又应了一句老话:人心不同,各如其面。这样的心,有的便在鸟岛上留下遗憾,后悔当初忘了提只画眉笼子来;有的便在猫岛上掷下不屑,"哟,这就叫香狸?野老猫嘛!香个啥?臭死了";有的只能在蛇岛上惊惊乍乍,混合一堆满足与失望离去;有的只会在茶岛上打听新茶上市的价格差;有的对水下的网箱咂巴嘴儿,猜想那国外引进的鲑鱼是何等肥美;有的公然奚落排岭(荒山头上开辟出来的新县城)"土得掉渣",鄙夷之色溢于言表;有的才上桂花岛便做深呼吸,将胸中的污浊同花香做不等价交换,或者偷偷攀折数枝以备插瓶;有的只能在竹岛胡乱刻下"某某到此一游"的刀痕,并且暗暗期望他的美丽书法将跟着竹子日长夜大;最好的一种也不过是从猴岛捡回失落已久且变得陌生的童趣,乃至更其原始的古老回忆……且不记录我所耳闻的有关海瑞和方腊的"当代评论",单说密山岛的传说吧,"一个和尚担水吃,两个和尚抬水吃,三个和尚没水吃"。三位典型的中国和尚虽然坐化成坟了,但他们的阴魂依旧飘荡于天地之间,依托于你我肉身之上。按说和尚不婚不育,不知何故兮,后裔竟成千累万!悲哀的是,当游船上的广播介绍到这则民间故事时,竟激起了一片哧哧笑声!

凭栏四望,这湖水更其浩渺,更其渊默,更其幽晦了,为什么独独缺少澎湃?

凄美啊!

我蓦然察觉,仿佛船舱里有另一个千岛湖,每一位乘客都是互不相干的一座岛,岛岛之间,被什么难以名状的"水"隔绝了。

然而不,我自家立刻同自家争议起来:毕竟是一体,岛与岛在水下面是相连着的,只是被"水"遮盖住了。

我又想,这千岛湖无疑是一个整体概念,倘使换一种角度,以任何一座岛作坐标,在它的前后左右,难道不都是湖么?那么,它至少毗邻着四个湖,对不对?如此岛岛叠加,一千座岛,岂不拥有四千个湖?从这种意义,即局部和局部累计的意义上讲,千岛湖又何尝不可理解为千湖岛呢?

每一座孤零零的小岛,都被四个湖包围住,这未免玄妙得瘆人了。

应该寻求某种支持。否则,我们将难以逃出绝望的堵截。

最后的援手是艺术和宗教。事实证明,艺术几乎靠不住了,那么,借一套宗教的盔甲来抵御风浪的逆袭吧。

于是,我想起了海明威,想起了他的《丧钟为谁而鸣》。他的这本著作,全部的旨意都体现于扉页上引用的一段箴言。这箴言本是一段布道词。布道者是英国著名的古典主义诗人多恩(John Donne,1572—1631)。多恩非但诗才出众,当他担任圣保罗教堂的教长时,布道的辩才也十分动人。海明威引用的正是多恩的即兴名言:"每个人都不是隔绝的孤岛,每个岛都是大陆的一部分,每个人都是大陆的一角。人和人类是不可分的。所以,不必派人打听丧钟为谁而鸣——不论是谁死去,丧钟为你而鸣。"是啊,这是海明威的灵感所在,又何妨是我的灵感所在!岛是可以开发的,人是可以拯救的,拯救正是开发。肖岱死了,等于我死过一次;方向死了,等于我又死过一次。岛与岛地脉衔接,岛不会覆没;人与人声气呼应,人不会疏离。

千岛湖啊千湖岛,感谢你,感谢你们,赐给我如许繁复且自相矛盾的触动;千岛湖啊千湖岛,且让我向你、向你们奉献我零乱且彼此龃龉的思绪。合上这部大书吧,我已经荣幸地成为你的一幅插图了。

1992年2月22日　合肥

走！ 漂沅水去！
——"漂沅水"系列游记之一

漂沅水！多么罗曼蒂克！沅水，已经够富有楚文化的魔幻色彩了，况复添上一个意味无穷的"漂"！那份悠闲自在的神韵，那份冒险刺激的暗示，想象一下将要体验到的野趣，都不免令人躁动了。

1991年5月，我和我那攻读文学评论研究生的女儿都接到了邀请电报，结伴赴湖南凤凰，参加全国民间文学、民族文学暨沈从文学术讨论会。途经怀化转车时，当地文联的朋友们替我抱憾："早到几天就好了，我们才组织了一批青年作家'漂沅水'，昨天刚刚归来。"

这是我头一回听人使用"漂沅水"的美丽字眼，我立刻被它的魅力牢牢吸附住了。

沅水，在我的心目中，流淌的实在不是水，而是史诗。中国诗人的老祖宗屈原投荒荆蛮，遥望高天故国长啸于此，俯视江芷汀兰吟哦于此，终于孕育了稀世绝代的《离骚》，播下了忧患意识伟大传统的第一粒良种："诗家天子"王昌龄受谗蒙冤，贬谪龙标（现湖南黔阳）尉，赴职途中也打这一带逆流而上，尽管风波满路，他却小心翼翼地捧定了自己高洁无比的玉壶冰心，毫无玷污；崛起于草野间的一代宗师沈从文，他记载早年行伍生活和湘西风情的众多小说名篇，不正是用文字编织的沅水及其支流酉水吗？沅水与酉水，也由此而声名远播，举世瞩目，成为我国现代乡土文学的母亲河。

我当即趁热打铁，恳切表示，待到会议结束，返回长沙之前，一定要补上这一课，希望他们帮忙。

5月30日,我们父女二人从土家族苗族自治州首府吉首(即乾州)绕回怀化,怀化已然做好了准备。此行由地区文联和怀化师专联手负责,前者出面的是贺奇彬主席,后者出面的是校党委书记张子仲、办公室主任向邦生(沅陵籍);还派了一部九座面包车,司机陈师傅曾在三线干过,也可谓老马识途。

一个自治州,一个行政区,加起来正是大湘西——历史上自然形成并且深入人心的地域概念。它的内在血肉关系,至今还在各个方面顽强地表现着,无由分割。比方说,在怀化师专就读的各民族学生,来自自治州下属县的就占了很大比重。一路上张子仲深入检查他们分配到各地中学的"产品质量",便很说明问题。当然,师专对我个人的盛情,据说又是对1990年一群作家、理论家曾经进行的"访问讲课"的"回报"。说来惭愧,在那项活动中,我仅有十分简短的开场白,如今是贪天之功为己功了。

贺、张二位通知我,行程安排如下:第一天,乘车赴湖南第一大县沅陵;翌日弃车登舟,顺流而下,至清浪滩;第三天再继续下行至麻阳袱,上五强溪发电站施工现场参观;在麻阳袱宿停一宵,再坐先期到达的车子循陆路返回怀化。前后总共四日,甚是紧凑,我满心窃喜。他们还要征求意见,我乃答以"弹不虚发,客随主便"八个字,既有欣慰、赞佩,也有感谢、尊重。

早上8点半启程,一路景色绝佳,两山夹一线,林木基本上不间断,青葱欲滴;尤其是远远近近的行道树,桐花似雪,春光盎然,使得几个人的谈兴都燃烧起来了。

从这些互为首尾又互不连贯的"意识流"话题当中,我了解到这条公路是所有"小车阶级"进省城的必由途径——他们嫌火车太慢,不随意。且了解到向邦生竟是五十六个民族之外、迄今尚未完全定论的"瓦乡人",在工程兵服役过,官阶晋升至教导员,至少也是上尉吧。还了解到司机同志就在我们一度望见的那个山洞中某军工单位被评为六级钳工;以及那个厂子生产的民品"白云牌"冰箱怎么由抢手走俏变为受人冷落的经过;等等。总之是既生动有趣又富有教益。我往往从这一类"无主题变奏"的旅途闲聊之中,获得知识,受到启迪,最后萌生出创作主题。

车行四个钟头,中午便上了轮渡,心仪已久的古城站在彼岸迎候。它看上去灰扑扑的,仿佛满身征尘。我思慕这座湘西重镇。说来话长,那最初的源头还涌动于少年时代,才十二岁。半个世纪过去了,宿愿得偿,能不激动!俯瞰流水,逝者如斯乎?不禁两行浊泪汇入滚滚清流,奔向洞庭,奔向长江,奔向东海……啊,漂沅水开始了。

1992年3月8日　追记于合肥

初会便是永别

——"漂沅水"系列游记之二

"你们来得正是时候,再过几个月,老城就要拆得七零八落,么子也看不到了。"接待我们的是分管文教工作的陈志斌副县长,年轻、精干、小个子、健谈、长沙口音。

我们下榻的宾馆(现在几乎所有的县招待所都升格为宾馆,这也是一股风)坐落于山上的新城,论规模和设施,尤其是服务质量,实际上当然还差一大截子。不过,到处一样,你能要求什么呢?何况,龚经理恰巧是向邦生在部队上的老下级,各方面已经多了一份眷顾,我算是叨了光。

午餐席上,谈话的中心是五强溪大型水力发电站大坝合龙后对沅陵县城的直接影响。陈副县长对此做了扼要的介绍。五强溪,东北方向,距离县城一百五十华里,一旦运转,发电量将仅次于葛洲坝。解放以来,数度上马又数度下马,目前正在紧张施工。沅水截流后,水位最高可达一百〇八米,也就是说,包括老城的全部建筑物以及周边的山、林、田、路,通统沉入水底,福音堂屋顶上的十字架将变作鱼儿嬉水的坐标……他说得苦涩而又风趣。

饭后,当地教委和文化局负责人陪同我们四处观光,重点是老城。

才走了十分钟,我便得出结论,沅陵老城大概可以称作全国少见的"原装货"了。这原委不难猜中,电站不最后拍板,城建工作谁敢下决心!于是:拖。除却有那么短短一段主要街道,原有的青石板被撬掉,铺上了一层能粘脱鞋底的柏油外,其余仍旧观:逼仄、陈旧、暗淡。大多数店堂都是木头房子,很高的封闭式的柜台,墙角摆着一溜笨重的门板。我注意到,最典型的莫过于剃头铺和中药铺了,前者唯一有别于我儿时记忆的是,看不见那种用人力拉动的非常厚重的布扇,换上了电吊扇;后者依旧是密密麻麻数不清的小抽屉格子,分别装着各种草药;至于丸膏丹散之类的成药则码在木橱顶上,顾客要买,还必须踏上梯子似的高凳去取……滨河河埠的三角地带,摊贩林立,大抵都是风味小吃:桐叶粑粑、灯盏窝、酸萝卜片;湘西人嗜食狗肉,因之汤锅也排了队,到处弥漫着辛辣呛鼻的异香……我忽然想起,倘要拍摄描写"旧中国"小城生活的电影,此地确属难得的外景场地。

主人领着我们一拐弯,趄入了一条更其促狭的背街,一路缓坡而上,直到尽头,迎面壁立着山门一座,这便是有名的隆兴讲寺。隆兴讲寺建于大唐贞观二年(628),较之衡山的南岳庙还要高寿近百岁;不过,眼下似乎是"四字皆空"了,既不隆,又不兴,当初用一个"讲"字,是为了强调它在弘扬佛学教育方面的特殊地位,但如今半个僧人都不剩,挂的是沅陵县博物馆的牌子。所谓的寺,也名存实亡了!历史就是这样前进的么?惆怅莫名。

所幸古刹风貌犹存,仅以寺庙庭院的整体格局而言,也称得上是东方建筑史上的宝贵资料。而正殿内茕然屹立的八根双人合抱的楠木檩柱,保存完好,气势森森,国内尤不多见;更其值得称道的是它们共有一大特色,即柱子与础石之间,都置有过渡的中介物,名曰木柽,这于力学上当然是有讲究的,也是普通庙宇中难以寻觅的。

我们一行悄然前行。禅院重重,门洞重重,花影幽幽,鸟鸣幽幽,终于来到了最后一进,一座数十级的陡峭石阶横亘于前;石阶上面却是一方平台,我猜,这大概是当年藏经楼之所在吧,楼之不存,经将何藏?我攀登至高处极目四顾,小风吹来,汗为之消,气为之清,颇为心旷神怡,可等到下到起步处,转身回望,却又恍然若失。失了什么?我自己也说不清。

好在这时刻有几棵过去不曾见过或者不曾留意过的大树转移了我的视线。张子仲对我说,它学名楷树,土话叫孔树,质地密致,年轮规整,色泽红艳,是一种好木料。我想,深山多嘉木,此言不虚。

又一次立定在隆兴讲寺门外的石阶上,仔细端详,褐红色的大麻石,竟已被千百年来善男信女们各式鞋底磨得坑坑洼洼,断了裂了崩缺了!忽然又听谁在耳边介绍:等到水库建成,这儿就成了码头了。一百〇八米高程,恰恰拍响庙门!遥想一千三百余年前,那为了选风水宝地、手持罗盘翻山越岭者,肯定料想不到会有如此一段沧桑!我不禁脚跟摇晃,仿佛那洪波已呼啸而至了。

翻山过去,大约三十华里,还有一处有意思的古迹——二酉藏书洞。民间故事传说,秦始皇焚书坑儒,伏生侥幸逃出咸阳,携带刻有诗书经典的竹简无数,历尽辛苦艰险,就藏入这酉水石洞之中。倘若时间允许去那儿转上一转,我相信我会写出诗来,甚至是好诗——反正没有去成,谁也不能判定这是吹牛。

1992年3月9日　追记于合肥

邂逅历史

——"漂沅水"系列游记之三

在沅陵,实际上纵使放弃休息,也只剩半天可供参观游览,虽不作凭吊二酉洞的非非之想,时间也够紧巴巴的了。何况我还有一个私愿:看一看抗日军兴初期那许多全国著名高等学府内迁时的歇脚点。比方说,诗人学者闻一多先生,领着他的一大群学生在哪里收集各族劳苦大众的下里巴人之歌?无疑,那些为他提供充满野性的原始素材的歌手早已亡故了,但能摸一下烟熏火燎的老屋,岂不胜似读一遍《西南采风录》,且有后者难以替代的质感么?

我一开始就说过,早在儿童时代,我就知道湘西有个沅陵。这也同院校纷纷搬去西南各省有关。胞姐刘仁慧曾随同杭州艺专(浙江美院的前身)全校师生跋涉西行,一度准备在沅陵复课。然而,他们很快又改变主意,继续翻山越岭,直到最后将临时校址选定于云南呈贡。记得我第一次看了姐姐寄自沅陵的家书,便对照着邮戳,在地图上查找洞庭湖、沅水以及这座古城,随即闭上眼睛胡思乱想,"设计"沅陵的模样,在白日梦中神游……

今天,我终于目睹了。我们的面包车开到了南郊,同行的本地干部原来并不是了解掌故的专家,他在介绍情况时,每每开头都有一句导语:"听过世的老人们摆古",这就意味着,姑妄听之好了,并没有半点确定性的。总的印象是,这一带历经劫难幸存至今的那不多几处破祠堂、破义仓、破庙,在兵荒马乱逃难的日子,全住过一批又一批的"北方侉子和下江佬"。

领路人抬手一指,只见对河有一片绿树掩映的农舍,"那是太常乡",他告诉我,当初湖南省政府决定从长沙撤退前,曾派专人来这儿勘察,计划就地因陋再盖一些办公室；不过，事实上他们去了辰溪。国民党的省政府虽不曾迁来，国民党的中央银行倒真的在这儿待过不少日子。这么说来，那种花花绿绿的废纸，竟是打这山沟里流向各地市场的了，多么有趣的一则"旧闻"！偶听这一类的琐屑往事，岂不宛如"白头宫女在，闲坐说玄宗"！

  我追问杭州艺专究竟在什么地方安顿过自己的师生员工，同行人茫茫然。他的表情，使我回想起在昆明市郊海宝山上寻觅姐姐的异乡孤冢而终不得时的失望情绪。在那儿，我也见过这种茫茫然的表情。你来了，留下了脚印，可是又有更多的人来了，留下了更多的脚印，这种"覆盖"、"毁灭"的过程周而复始，永无休止，于是，"存在"乃变为"虚无"。我想，这，大概就叫作所谓的历史。

  我方浸淫于人事代谢的感喟之中，忽而陈志斌副县长放下公务，又赶来充当"高级导游"，陪同我们掉头北去，以特殊客人的身份，通过那尚未竣工的沅江大桥，直奔1938年囚禁过张学良将军的凤凰山。

  大桥正在紧张地进行后期施工，到处有电弧火花闪烁。在我们步行绕过或者跨越形形色色的障碍物时，陈副县长倒背如流地报了一串数据：桥长七百六十七米，宽十六米，高六十米，预计十月一日剪彩通车。乍听桥的高度，令人难以置信，俯瞰流水，又确乎如同缓缓蠕动的绿色胶汁，颇具梦幻色彩，哪里像是水！然则遥想五强溪拦洪蓄水之日，水位上升，也就不算高了。

  下得桥来，便径直登临凤凰山顶，用不着攀缘。一株状似龙爪的老树，一座饱受"文革"摧残的观音庙和弥勒庙，南面一箭之地还有一座历代雅士吟咏的凤鸣塔，这大概是残存下来的全部文物了。

  我径直探望当年的囚室。两间简陋的厢房，当中隔着一方"天井"。可以想象，这么一块巴掌大的地方，正是叱咤半个中国的"少帅"落难后的活动空间。其中门下钉着木牌，书有"囚将室"的一间，当系卧室；而对面一间，恐怕还属于监管人员罢。偏殿刷过白垩土的墙上，有歪歪扭扭的题壁七绝一首，标题写作"自我遣感"，但"陈列室"中的解说词，却又生造出另一个标题来:"自我遗憾",都不通,后者愈离谱。一问,果然是想当然的赝品。因之,我心存疑,便连诗句也懒得抄了。按古诗传统格式,此类伤世感事、寄意托讽之作,一般用"遣怀"或者"自遣"为题者多,断乎不会出现什么"自我遗憾"一说的。未免太不严肃了!我向陈副县长建议认真考订,他表示接纳。

据我所知,张学良将军当时的秘书、后来的夫人赵四小姐(赵一荻)就专程由外地奔来此间,精心照料她所敬重和挚爱的囚徒——政治犯,并且从此生死与共,流徙辗转,直到离开大陆赴台湾。可惜,这一段史实也竟付阙如,翻来覆去老说什么垂钓、散步等等,调查工作之粗疏,亦足令人扼腕。

这点不满足的心情,又触发了思想的意识流。且不说已然成为人瑞的张学良将军了,那由共产党员堕落为汪精卫式的民族败类的周佛海又如何?那以"平静的美"驰誉诗坛复以"不平静的美"(由长江江轮上投水自尽)轰动社会的"新月派"成员朱湘又如何?那红透剧坛、影坛,偏落个郁郁而终的革命表演艺术家金山又如何?他们都是沅陵的儿子……我悲哀,再过五十年、一百年,能有多少人还知道他们、关注他们、评说他们?他们由台前退入幕后,再由幕后退入荒圹,终于泯灭于空白。这,大概也正是所谓的历史。

我邂逅了这样的历史,在沅陵。

1992年3月13日　追记于合肥

浪漫的清浪滩

——"漂沅水"系列游记之四

你想想这个名字吧,清浪滩,清浪而一泻成滩,滩急可偏又清浪,十足一对彰明昭著的矛盾!岂不韵味无穷?岂不浪漫之至?

你品品沈从文的小说吧,在他那寸把长的毫端,清浪滩曾翻过几许波澜?沈先生写的都是那个时代的凡人琐事,后来的读者却无不感受到照亮整个晦暗背景的人性之光,难道不正是浪漫的威力?

如今我亲身来体验这浪漫了。5月31日,船靠清浪滩码头(什么码头?不过一堵断壁般的山崖),时间与头天到沅陵相仿,也是中午。

我们先去乡政府打了招呼,说明自找住处,勿劳他们多虑。然后,便踏着与沅水平行的小街,探问一招牌叫作"杏花村"的个体户客栈。果然,怀化先行者们的口碑属实,硬是当地的"五星级宾馆"!服务态度无可挑剔,与大城市的区别在于,店东家的热情是实实在在的热情,再一了解,价钱也公道,不"宰人"。进了安排给我的房间,竟闻到一股兰麝之气,随后便发觉,原来枕巾上洒过香水!第一印象很好,于是便住定了。

各人放下随身携带的手提包之类,又再次出发。这回是由张子仲领路,直奔设在"郊区"的本滩最高学府——沅陵县第七中学。顺便带到一笔,一路之上,不用文联的名义,而用教委的名义,堪称此行的特色之一。

校长姓黄,20世纪60年代的湖南大学文科生。黄校长一身"土"气,"土"得亲切、随和、自在,省掉了许许多多不必要的繁文缛节。而闻讯赶来的党支部书记全忠更以父执之礼相待,殊令我不安,一问,其先人系长沙某大学教授,1957年"加冕",全家跟着倒霉;他偏又爱好文学,曾在什么辞典上读到有关我的记载,知道我与其父乃属同科及第,便产生了特殊的信赖感。在明白了这段来由之后,我乃释然。两位负责人留我们用过午饭再走,不好坚辞,待到上桌坐定,赫然有当地白酒一瓶,环顾盘碟,虽然算不得海味山珍,但也无疑是穷人的"宴席"了。教育部门同文艺单位,难兄难弟,彼此彼此,都是"酸秀才"、"高等叫花子",我也就不客气地下筷子了。

由于我告诉了他们,已与乡政府联系,当晚组织一次采风活动,希望他们也能光临。话音刚落,竟引出来黄校长的少年往事,原来,解放前他学过背纤,因此对这一带水文,了若指掌。他还回忆起"打船"(打捞出事的沉船,也不妨理解为打劫出事的沉船)的故事,一句话说得我大惊失色:"百十桶桐油,都敢往屋里抬!各捡各得嘛,怕么子!"早就听说湘西人"野",看来不假。

他们欣然允诺。贺奇彬和张子仲顺势邀约赴杏花村的"晚宴",算是礼尚往来。"山里天黑得早,下了课一准来。"二位都是这么快人快语地答应着。

不到7点,四山已被墨染。这小店的"一把手"是内掌柜的,她吩咐那位显然是女权主义信徒的丈夫将长长一股电线扯到了正前方的晒谷场上,还特意换上一只一百瓦灯泡,白花花的光芒立即招来了无数青蛾以及叫不出名字的大小蠓虫。接着,大伙儿七手八脚把条凳、躺椅、小杌子通统搬出去摆好,向邦生又在店里("宾馆"的"卖品部")购得香烟一条,茶叶一袋,饼干、糖果若干,敬老又敬小,考虑颇周到。

我一面接待开始纷纷前来的客人们,一面搜索自己的人生轨迹——像这样的场面,还只有在云南少数民族地区经历过,一晃快四十年了。我的心忽然一阵擂鼓,有点激动了。

乡政府的青年干部小胡,为我请来了老纤工、老河工、老标工(如今叫作领航员)。自动来参加的还有七中语文教研组的几位老师。

开门见山。我要求他们讲一讲各自的生平。他们的生平就是沅水的历史。一人"写"一章,独立而又衔接,既具体,且生动。我又请他们唱唱当年的"号子"。七十八岁高龄的纤工李荣庆老人,毫不怯场地为大家哼了一段摇橹号子;歌调于重复中见变化,煞是好听。老人唱到动情处,声音都发颤了。你不妨想象,当他盛年之际,当天高水长一船如箭之际,当两山夹岸寂寞花开之际,那嗓音该是怎样的嘹亮、恣肆而回旋不绝!你能想象出那些跳动于音符中的险滩与漩涡,那些通过险滩漩涡表现的艰危与劳苦,那些隐藏在艰危与劳苦背后的各家妻小的万般思念……而据老人介绍,这还只不过是下水船的摇橹号子!那么,上水呢?死死地用自己的胸脯抵紧长篙,一寸一寸地挪腾,死死地用自己的肩膊挽紧纤绳,一寸一寸地爬行,岂不更是中国的《伏尔加船夫曲》么?!

女儿吃力地记着,有时茫然摇头,咕噜一句:"好难懂的湖南话!"李荣庆老人宽厚地笑笑,应道:"妹子,我这才唱了半截子呢,从洪江到辰溪到沅陵,往下从沅陵到桃源到常德,多亏记不得了,要不都唱出来,你更要不懂了。"

我注意到,女儿双眼于"号子"声中忽然涌出了泪水,她被沅水上的歌声征服了,须知,这歌声出自那汗衫下边分明可见的瘦骨嶙峋的胸腔啊。

我又问:"老人家,您是纤工,怎么晓得唱摇橹号子呢?"老人肯定认定我蠢——虽说也长了一部花白胡须。"这条河上的人,哪个不晓得唱嗄!听都听烂熟了嘛。"

11点半,和老人们一道来的孙伢子们都趴在爷爷身上睡着了,老人也该休息了,众人才一一散去。

事后检点老师们带来的录音机,太不争气了,全部空白,半句也没录上。但我却似乎听到了不远处的沅水之上,正回荡着这万古不灭、无上神圣的劳动谣曲……寄语有关主管部门,你们在日理万机之余,可曾想到过抢救民间文化遗产的紧迫任务?

1992年3月20日 追记于合肥

麻泗袱预言

——"漂沅水"系列游记之五

6月1日抵麻泗袱,又是中午。

沅陵真大,麻泗袱够远的了,可仍旧没有走出沅陵地界。

我们搭的是个体户机帆船。船尾安了一部柴油发动机,一路上嗒嗒嗒响个不停;只有过滩时,男船主才去招呼一下舵,女船主才抓起长篙往礁石上戳几戳。

沿途景色,美不胜收,而且都纠扯着历史故事或者神话传说。船上搭客基本都是本地人,不论你和谁搭讪,都能摆出许多古来。

最初进入眼帘的是汉帘伏波将军庙。"文革"一把火,烧得仅剩几堵墙了,怪凄惶的。当年马援"征蛮",兵败被困,最后以耄耋之年,死在不远的壶头山,堪称壮烈。后人(包括所谓的蛮)为了纪念他,建起这座庙宇。不过,马援似乎在阴曹地府转了业,改司漕运了。因为旧社会所有过往船只,到此一律停靠、祭祀、上供,倘有违纪,必遭天谴;祭奠仪式隆重,除了上贡白布至少五尺(寓意当在吊孝)外,还得备有猪头;主祭的船老大尚需三天禁绝房事,否则,香枝、蜡烛、黄表纸一概不洁,必被将军拒收。临开船前,再在船头宰只公鸡,将血尽滴入江中,锚才拔得动。最有趣的是,伏波将军生前除却从北方征发的步卒民夫,还带有玄机莫测的"三千神兵"。何谓"三千神兵"?非他,乃乌鸦是也。主帅升天,乌鸦落地,从此,这方圆数十里乌鸦之多,便妇孺皆知了。正由于沾了个"神"字,以往的船家,谁也不敢开罪于它,即便它飞进舱来,叼走腊肉,还是看得起你哩。

说乌鸦,乌鸦到,我忽听舷窗一侧,呱呱连声,赶忙扭头观看,可不!一只通体羽毛黑得发蓝的乌鸦,正在一块黑得发焦的礁石上聒噪,二者黑成了一体,唯一能证明那活气的是一张一合的黄澄澄的嘴壳。我打开相机,打算把"神兵"摄入镜头,无奈这里落差极大,江水不是流而是泻,等我摆弄停当,"轻舟已过万重山"了。

为什么乌鸦少了?答复是,乌鸦偷吃了拌过农药的苞谷籽,死掉了。这也难怪,汉朝时候,哪有六六六和敌敌畏?

沅水曲曲折折地流着、泻着,船头有时朝北,有时朝东,不过,百川归海,大方向终究是不错的。这河道已治理过几回,炸药也用了不少,险滩是明显地减少了,但事故仍时有发生。于是,立即有人指给我看南岸的一处深潭:"那里是不是黑得瘆人?"我尽管视力不济,但还不算色盲,努力分辨一番之后,便又不免动了好奇心:"真是!特别的黑!莫非又有什么说法?"对方又讲了一个临解放前夕,国民党部队潭中藏枪的故事;一种类似木桶的潜水装置,可以沉入江底,靠一根非常长的竹竿换气……我到底想象不出来,这是什么奇怪的"土发明"。

中途有人上岸,船靠过两次码头了。看来这船就像水上长途汽车,设了许多站的。船家视路程之远近收费。有一位农民打扮的乘客挑了两篓婆猪秧子下船,船主坚持要他打三张票,贩猪的不依,只肯补一张,双方争执了许久。待那猪贩子走了,女船主找我评理:"他直当我们的钱的来得撇脱(容易)?不说当初造船花了大摞票子,单只讲这黑市柴油,他晓得几多钱一公升?"我想,也有理。

说话间,木船驶近了正在施工的五强溪电站工地。大坝已然伸进江心,合龙在即了,水面逼仄,水势也汹涌多了。

终于踏上了麻阳袱的土地,麻阳袱!好不寻常的地名!我问了许多人,了解这地名的来历,谁都扯不清爽。细看市容,街相当长,楼相当高,人烟相当稠密,买卖相当繁忙。我想,等到电站落成,电力启用,新发展的工业,再加上原有的鱼米之利,这个扼守人造湖咽喉位置的麻阳袱,不变作通都大邑才怪呐。东北有个哈尔滨,那名字岂不也很不一般么?等它出了名,自然有人来考证了:哈尔滨,出自赫哲语,意即晒渔网的地方。那么,麻阳袄,又出自什么语,意即什么什么的地方呢?我愿将这点内心活动公之于众,权当一个预言,留待来日验证。

午饭毕,我们登上先期循陆路而来的九座面包车,去看那有名的"寡妇链"。不料道路太坏,兼之前数日一场豪雨,到处积水成潭,行不得,只好扫兴折回。我的表情大概泄露了失望情绪,贺奇彬便来安慰我:"什么也没有了,一根铁链,几百年,早已断了,掉进江里化成烂泥了,去了怕你反而更失望呢。"我摇摇头,又点点头,徘徊在两种"失望"之间。我当然听过这个故事,说的是一位不幸溺死的纤夫的未亡人,为了纪念夫君,立志要为其他姐妹避免同样的伤恸,做女红辛苦一辈子,攒下钱请匠人沿着无路可走的悬崖绝壁凿了许多洞,栽上铁杆,扯上铁链,好帮后来人平安上滩……真事也罢,创作也罢,这无疑是一则充满血泪与人性的传奇。然而我又想,如今锈蚀了失去了的,又岂仅是根铁链?

不去凭吊也好。

下余的时间不多了,天又下起了毛毛细雨。因之车子掉头便一口气奔了四十华里,过沅江大桥,直扑五强溪。

我们不想打扰工程指挥部,便自行选择了盘山公路上的一处制高点,停下俯瞰全景。机器轰鸣,焊花璀璨,天车、吊车挥着钢铁长臂,传送带吐着橡皮舌头,工人们近处尚可分清眉目,远处却只能看个形体了。

雨愈下愈大,我们冒着溅湿镜头的危险,匆匆相互抢拍若干照片,留作纪念,旋即离去。

回到麻阳袄,已是万家灯火。又一遍穿街而过,又一遍勾起了白天思索过的问题:但愿为政者眼光看到 21 世纪,胸有全局,莫让儿孙们再一面挖了填,填了挖,一面气得责骂先人……

1992 年 3 月 22 日　追记于合肥

狮头拐和麻袋瓶

平生没有搜罗雅物的癖好。(奇怪的是,俗物落入雅人手中,似乎也能化腐朽为神奇,费解!)大半辈子一直处于流浪状态,播迁再四,总嫌身外之物太多;待到相对稳定,又缺少富余的房间与专用的橱柜,可供摆设、观赏之用。这些,自然都从客观上形成了制约。因之,我很安分,从不作非分之想,什么青铜器什么甲骨什么化石什么古瓷乃至什么鼻烟壶等等,自忖根本够不上那个份儿,便梦也懒得去做了;即以比较平民化的大路货如邮票、火花之类,也因为或者少有闲暇或者过于淘神,终未染指。也许称得上稍有条件的字画,友侪中颇不乏这个行当的专家高手,可我一想起"文革"那把火,便意兴败坏,所以至今寒舍四壁萧索,一如白丁下处,事非偶然。道德家们一再告诫的"玩物丧志",于我实在全属多余,第一,本来我就不敢有"志";第二,更何况别无长"物",何得"玩"乎?

回忆前些年,手头数得上来的"玩意儿",除掉1957年在敦煌鸣沙山上亲手挑拣的数十块各色石头外,几乎一无所有。就我而言,这些贻笑大方的顽石,倒还真相当于一部个人命运的《石头记》,能纪念那才下山便奉召回京"加冕"的一段往事。它们诚然远不如贾宝玉少爷脖子上拴着的那颗通灵宝玉金贵,可是,作为一种朕兆、一种谶纬、一种宿命,又似乎有某些相通之处。"改正"以后,多次出国,洋朋友们免不了要馈赠些私人礼品,七七八八,所积渐丰,然而,尽管如此,当中也并无什么稀罕物事,只图个人类之爱的寄托耳。

真正使我生出偏心眼儿的,却是1990年和1991年两度赴湘的收获:一根狮头拐,一只麻袋瓶。盖因其均以"土"取胜,别具风骨也。

先说狮头拐。

我们中国人一般只知有龙头拐,那种在戏台上、电视中历来由国太、国老、九千岁之流拿着指指戳戳的便是。无疑,这是他(她)们"发挥余热"的权力象征。可我这一根,那树蔸偏偏不像龙,倒像狮,于是这天生姿容便引导匠师"跟着感觉走",一经加工,惟妙惟肖,就是八面威风的雄狮一头了。也好,它使我心安理得,把玩之余,不必担心有"僭越"之嫌。

我肯定生来就没有当"绅士"、"老爷"的"命",不会摆谱拽派头。我也实在想象不出,一旦自己竟然挥舞起司的克来,会是什么德行。曾记得1980年患脑血栓侥幸治愈那阵子,医生为了帮我重新学步,曾扛来一副双拐,嘱我架在两腋之下,被我婉言谢绝了。出于好意,她同意减半,建议试用单拐,又被我婉言谢绝了。最后还是不放心,换来一根竹竿,即俗称打狗棍的叫花子家什,我见了哈哈一笑,依然璧还。就这样给自己出难题,在女儿的悉心照料下硬是摸墙扶壁地逐渐恢复了常态。打这之后,我的自信心大增,乃口出狂言:一辈子也不碰这劳什子!既如此,那么,又何必把毫无实用价值的狮头拐视同连城,奉若神物呢?

长话短说。那是1991年5月22日的事,湘西自治州学者型的副州长龙文玉(苗族)陪同我参观位于凤凰县城外廖家桥的职业中专。这种学校是教育战线的新生事物。同样性质、同等规模的,全州仅有两所。题词写罢,我重点欣赏了历届学生成绩陈列室的工艺作品:蜡染、织锦、衣裙、挎包、头帕、烟袋、布履、根雕、盆景、石刻……琳琅满目,风格既朴素又奔放,夸张与变形手法运用之精妙,自然野趣、原始美与神秘色彩之摄人心魄,令我不禁默想,倘或毕加索生前有幸到此一游,怕也会惊呼抽象艺术的神龛原来在这儿吧。龙副州长再三提醒我,可于展品中任择一件,学校愿意相赠。我感到这份情意太重,无功受禄,岂不惶愧!再者,此时此地,本人早已有如醉入花丛,花照人眼眼白花,真不知该选什么好了。转过了最后一个墙角,眼看要出门了。龙文玉着了急,指着那赫然高悬的一大捆手杖为我出主意:"年纪大了,何不挑根杂木拐杖,日后备用?"他当然不知道前述种种与此有关的逸事行状。女儿觉得过意不去,赶忙代我称谢,并指了指那极其苍劲奇崛的一根,也就是现在成为公刘私产的这根狮头拐。从此而后,我竟如同得到了美猴王的金箍棒一般,迢迢数千里归程,无论汽车、火车、飞机,都由我双手捧定。女儿戏之曰:"爸爸是我的重点保护文物,狮头拐又是爸爸的重点保护文物。"此话丝毫不假。回到合肥,进家第一桩事,便是找股红绳子,系牢柄端,再绾上活结,高悬于平时不轻易撞着的被橱一侧——唯恐哪位毛手毛脚的好奇人士,一千次小心中的一次不小心也。

我仔细数过,这全长一百〇五厘米(不计几处弯曲的弧线)的主干之上,如花似菌,竟布满了旋转、重叠、开叉的大小疙瘩一百三十一个!真个是虬枝错节,老而弥俏,胜似赘疣又不似赘疣啊!我想,难道它不正该是这般粗粝挫顿而精神矍铄么?恍如百岁人瑞,通体上下的老年斑,恰好显示出于沧桑中积淀的睿智与壮美!

下面该讲讲麻袋瓶了。

麻袋焉能当瓶?这来历相当有趣。在湘西土家族苗族自治州首府吉首市,有爿颇享盛誉的酒厂,该厂利用当地永不枯竭的甘泉,生产了两种名酒:一曰湘泉;一曰酒鬼。其中又以后者的档次最高。在名烟名酒调价上涨的那一年,尽管它的售价一度与茅台比肩,仍旧供不应求。俗话说,一分价钱一分货,据此,已足证它确属不凡了。酒好,包装也特别。瓶子的设计者正是当时寄寓京门的湘西闲人,苗族后裔的美术大师黄永玉先生。黄与我相识已四十余年了,我了解。此公师法造化,复有异禀,才情不与常人同,"酒鬼"之命名,他是始作俑者。我以为,这也表明了他的机智、诙谐、不拘礼法的名士风度。果然,商标登记过程中,这惊世骇俗的牌子曾引起了许多疑虑和麻烦。中国人本来就较少幽默感,有了乌纱帽的中国人则尤甚。在彼等鼻子底下,突然冒出这么个玩世不恭,颇有颓废嫌疑的家伙来,社会主义精神文明岂不付诸东流?这是题外话,打住。再回头细看瓶子本身。请先摩挲一番,你不能不粲然开怀,会心一笑:这色调,这花纹,这造型,这每一细部,边、底、束口处,俱疏而不漏,活脱脱是一只有棱有角有生命的大麻袋!试着闭目玄想,又煞像一位穿戴鼓鼓囊囊不合体,貌似笨拙有余,实则灵巧透顶的马戏团丑角。软木塞子一拔,腹中倾泻而出的既非小麦,又非糯米,既非苞谷,又非高粱,而是晶莹透明犹若无骨的琼浆玉液!麻袋盛酒,真是匪夷所思!如此高招,岂非李贺再世!

我初次看见"酒鬼"时,竟然生出孩子气的忧愁:一旦涓滴不剩地啜饮干净,这麻袋空了,会不会瘪呢?会不会瘫呢?会不会像个烂醉如泥的酒鬼似的扶也扶不起来呢?当然,这些都是多虑,因为麻袋不是纤维织的,它是质地上等的陶瓷。

1990年11月29日下午,品尝才罢,厂长王锡炳(苗族)笑吟吟地为我展示了一幅台湾诗人洛夫先生的手迹,那是一首五绝,诗云:

酒鬼饮湘泉,一醉三千年。
醒来再举杯,酒鬼变酒仙。

精彩!两种酒都照顾到了,但又相对突出了"酒鬼"。

王厂长执意要我与之酬唱。虽经我再三推辞,终无效,只得回味着舌上余香,遵命写下四句:

才尽方恨晚,醉乡幸悟禅。
天天充酒鬼,渐渐混诗仙。

我不会饮酒,又几乎从不作旧体。于酒于诗,可谓双料门外汉。似这样一个人,在这样一个场合,不制造伪劣产品才怪呐。

献丑了,诸位多多包涵。

1992年3月31日　合肥

美 哉 凤 凰

"工合"运动的倡导者和力行者、新西兰诗人路易·艾黎先生曾经说过这样一句话:中国有两座极美的小城,一座是凤凰,另一座是长汀。路易·艾黎先生足迹遍及中国,爱心遍及中国,我相信他的眼力。

长汀在闽西,我不曾去过。凤凰在湘西,近年倒两度游历,算得上是有缘分的了。

凤凰就是美。

那依山构筑的边墙美,美在矮而逶迤。那边墙上的敌楼美,美在永远悲壮地茕然独立。那穿城而过的沱江美,美在既清且浅。那岸边的老式吊脚楼美,美在两条伸入水中的鹭鸶腿。那麇集长桥桥面的各色瓜果菜蔬美,美在于水灵中透露一股蛮荒泥腥之气。那还不曾学会叫卖的小姑娘美,美在单用含羞忽闪的眼睫毛招呼过往行人。那文昌阁院中的大楠木树美,美在阅尽沧桑却始终默不作声。那自地穴奔涌而出的兰泉美,美在不计贫富贵贱,一瓢清冽甘甜饮去,复一杯清冽甘甜捧来……

然而,凤凰最美的,还数沈从文。

那个起初投地方武装当兵吃粮的小文书,后来闯北京在淌鼻血中伏案写作终成大名人的沈从文美,美在他笔下近五百万颗蝇头小楷全辉煌着不灭的人性之光:宽容、素朴、坚忍,而又流贯着楚文化扑朔迷离的山岚水雾……老先生活到八十四岁辞世归去,丧礼简单到迹近于无,临了依旧是个"乡下人"。

这个样儿的"乡下人"美!一如暮夜中伫立南华山顶就能望见的熠熠燃烧的星辰。

由于这颗星辰的辉耀,凤凰县城的石板道路,而今变得更其凝重更其硬朗了。尽管粗牛皮钉鞋已被时光所淘汰,下雨天不再有人敲打出叮叮的悦耳清响;原本清清幽幽的长巷,也时时能听到不远处传来汽车喇叭的急躁吼声;但到底保持着一种与世无争的淡泊气氛。那些来自外地和外国的访客,或成群结队,或三三两两,在他(她)们进出二十四号门牌之时,虽也谈笑,却一律压低了嗓音。

二十四号门牌,是沈从文故居。

进得门来,首先就得像他那样自制;但在他早已不是什么自制了,他早已达到参悟的清醒境界,常人如我辈一时是难以领略的。

这是一幢木构建筑,前后两进,当中隔着一方天井;粉墙青瓦,门板漆成栗壳色。跨过门槛是头进,登上石阶是后进,中间都有小小的厅堂,两厢是房间,和北京的四合院不同,完全是南方小康人家的格局。1990年11月间我第一次到凤凰来,盘桓不及三个钟头,其中三分之一的时间便消磨于此。赶巧遇上由湖南几位青年作家陪同的王蒙也来到这儿,大伙儿便站在屋檐下台阶留念,取的是沈从文故居匾额作背景。

听说,这故居本来因沈家家道中落卖了出去的,几经转手又成了公产,合住着许多户人家,模样自然改变多了。1989年5月10日,在一阵喜庆鞭炮声中,这座百年老屋经过精心修葺后终于恢复了旧貌,辟为凤凰一大人文景观。只是沈先生坚持不让冠上"纪念馆"字样,才最后命名为"故居"的。当县里的负责干部携带图纸上北京征求沈从文先生的意见时,卧病在床的沈老亲切、诚挚、反复地请求:节约,尽量节约。老人记忆力很好,他发觉图纸上遗漏了"右侧山墙上的小窗子",指出来希望补上。

这个细节很有趣,且意味绵长。

我于是特别留心寻找这个小窗子,找到了,仿佛还看见了沈老笑吟吟地正在指点着,说这窗下有他儿时的淘气故事呐。

1991年5月,我携女儿再度重游"故居"。我在晚会上朗诵了一首怀念沈从文先生的诗。自治州副州长龙文玉嘱咐我将诗录下来,留作纪念。其时,诗写得仓促,自己也并不满意,但我还是遵命了。

女儿却另有目的。上次来,那位住在西厢房里的罗兰老太太,给她留下了极其难忘的印象。罗兰这名字颇"洋"气,可本人却是地道的湘西妇女。我们都听说过有关她的悲惨故事。老太太是沈从文先生的弟媳,年龄较沈夫人张兆和女士略长几岁,仅有一女,跟着二伯伯、二伯母长大,至今还在北京,"文革"中也吃过不少苦,很有一段曲折经历。这天老太太一如往常,穿着中式蓝布褂子、青布裤子和黑布鞋子,头发梳得熨熨帖帖,脸上还是挂着忧郁的微笑。我想她年轻时,肯定是个娇小的美人,她的美,正是沈从文先生说过的所谓伤心的美,所以难忘,所以女儿想采访她,了解老人的一生,特别是了解作为黄埔四期学生、抗日战争中英勇杀敌身负重伤的爱国军人、湖南和平解放中有贡献的她的丈夫沈岳荃少将,怎么会在一次大骗局中遭到"镇压"的前后经过。女儿见到老人,重提去年的旧话,对方立刻认出她来了,一老一少相偎着进入房间,促膝长谈,我特地替她们拍了照。

当她们叙谈之时,我一直趴在对面房间一张摇摇晃晃的原木桌上,工工整整地用毛笔誊写了两个钟头,填满了三张六尺宣。我的诗题目就叫《凤凰》,诗文如下:

怀念沈从文先生

这金水

这银水

这珍珠水

一浪又一浪

梳拢着贞洁的月光
月光的秀发里,蕴藏
他一辈子墨潘的芬芳

这碧山
这黛山
这翡翠山
一趟又一趟
背负起冷峻的太阳
太阳的胸腔中,郁结
他三十载舌苔的苦苍

大风起来了
大风吹过乌焦的火场
尽管遍地滚烫
炙手可热的灰烬中
却抖擞着一匹浴火再生的凤凰
他依旧啄食着大地的字钉
一颗颗
一行行
他依旧姿态那么美丽、高贵而安详……

一瓣馨香而已,聊供补壁吧。

遗憾的是,我此次停留虽有五天之久,却又每日忙于开会,挤不出时间来访寻那些吸引过童年沈从文的铁匠铺、榨油作坊和豆腐作坊,终归还是留下了一块空白。然而细想,倒也释然,世上哪有十全十美的事呢?留下一点念想也好。念想本身就是美,一种特殊的不着痕迹的只能在梦中补偿的美。而这美,在凤凰又是实际存在着的一部分,至少,我是这么认为。

1992年4月24日　追记于合肥

活的纪念碑

"我的家是一个半月子家,一个破碎的家,只有两个人,一个是我的女儿,另一个便是我。父亲和女儿相依为命,已经三十年了。我的女儿是我个人命运的活的纪念碑。有这样一种活的纪念碑的中国家庭,又何止成千上万!"

"我很尊敬弗洛伊德,他是一位伟大的心理学家。不过,我认为,他的学说中的一个重要组成部分——俄狄浦斯情结,并不足以解释我们父女之间的深情。我深信,能够准确解释中国万千家庭之中类似这样一种父女深情、母子深情的唯一根据,只能是中国当代社会的被扭曲了的历史。"

"由于我的不幸,女儿受到株连,但她并不抱怨。作为父亲,我很感激女儿的理解与宽容。"

"……"

上面引用的一段文字,是我1988年11月16日晚上,在美国纽约曼哈顿现代艺术馆大会堂的一段讲话记录(请参看1989年《百花洲》第3期,《海南日报》1989年4月18日至4月22日连载文章)。那次我是应美国国际诗人协会指名邀请,前往大洋彼岸,参加首届中国诗歌节的。这一场朗诵会,由于美国当代著名诗人金斯伯格(ALLEN GINSBERG)先生、麦克劳尔(MICHAEL MCCLURE)先生和施奈德(GARY SNYDER)先生三位联袂光临,与中国诗人们同时登台献诗,堪称整个诗歌节活动的最高潮。

为什么我要对在座的上千名美国朋友将我的女儿比作"活的纪念碑"呢?因为,我觉得非如此不足以帮助他们了解作为诗人的我和我随后即将奉献给他们的若干篇章。

事实正是如此。我的厄运降临，始于 1957 年"反右派斗争"。当然，在从 1955 年 5 月到 1956 年 5 月长达十二个月的反胡风——肃反运动中，包括死神在内的大小凶神恶煞就都对我亮过它们的獠牙。

女儿是在 1958 年春天来到人世的，可谓生不逢辰，距我被树做口诛笔伐的靶子，登报亮相，才不过四个月挂零。

人民解放军三〇一医院产科，此刻正躺着一位不愿当妈妈的青年妇女。她之所以不愿意当妈妈，我是早有察觉的。我怎能忘却，随着预产期的日益迫近，随着离我们卧室三十步之遥的会议室恶狠狠的声浪日益高涨，随着组织的和所谓社会舆论的压力日益增强，显然，她早已下定了某种决心，这表明在不但每天有事没事找茬子吵架怄气，而且偷偷地用开了退奶药。这时，她由于力不敌天，生下了一个"右派狗崽子"而深感懊恼羞愧，坚决拒绝哺乳，可以理解。后来，左右两只乳房都因退奶、憋奶而患乳腺炎，就更有"理由"了。从听到婴儿的第一声啼哭开始，如此僵持了五天之久，硬是让医护人员抱着去央求别的"余粮户"施舍度日。在居然能够战胜人类天性的弱点方面，我的前妻真称得上好样儿的。

第六天一大早，医院通知我接人，从此，我不得不承担起"保姆"的责任；幸亏，作为"敌人"的我，已被"歼灭"，不必再像只猴似的教人牵来牵去大会小会地充当"反面教员"示众展览了，我还从来不曾这样"清闲自在"过，二十四小时，每一秒钟都属于自己。女儿的到来，她的啼哭声、她的尿臊味、她的深度与日俱增的稀巴巴的洋黄色块，填补了我岁月的空白，应当感谢上帝、真主、佛陀、玉皇乃至任何神祇。

我一口气订了三磅鲜奶（那时候人心虽然已经初步兑水，但牛奶还不曾同步兑水），足够小家伙吃的了。我翻出来早早备下的一只立式、一只卧式的玻璃奶瓶以及为数一打之多的橡皮奶嘴，学着别人的成功经验，先用水煮沸一遍，以免措手不及地发生爆炸或破裂；又按照《育儿指南》的教导，有比例地添入葡萄糖粉、钙粉等等;还颇为老于此道似的,在温好奶汁之后先在自己手背上滴两三滴,试试凉热……做完这一切之后,再把奶嘴塞进她的小嘴,看着她那心满意足的小模样儿,我比她还要心满意足。有时候,她咂巴嘴儿挺香,我禁不住也咂巴几下,并且苦中作乐地寻思:原来当爸爸的也能体验到当妈妈的幸福——假如这幸福硬要落到你头上的话。

早春的北京照旧冷得邪乎。托福,我当时借作新房的地点是总政文化部电影处和创作室共用的办公楼,有锅炉;为了烘烤万国旗般缤纷多彩的尿布,我自己又买了家用小煤炉;那会儿北京蜂窝煤并不多见,只好烧煤球,架上熏笼,煤气甚重。我唯恐呛着了宝贝疙瘩,便把炉子支在两截楼梯拐角处。这么一来,除了提水必须经常下楼去厨房外,烘尿布又增加了我跑上跑下的次数。生命在于运动,何况,此运动并非外边还在热火朝天地进行着的彼运动;更何况,这种运动本身正体现了人类旨在延续种的生命的伟大运动,自然乐在其中了。

女儿的小名叫小麦,这是我与前妻一致商定的:生儿叫谷米,或谷子;生女叫小麦,或麦子。北方出生的孩子嘛,理当像北方大地上的庄稼一样健旺、寻常而又不可或缺。

我的麦子从小就文文静静的,不爱哭闹。我曾听人说过,小孩不宜多抱,否则,养成离不开哄拍的习惯,咎由自取。平心而论,我带的三个月,并不特别淘神。至今印象很深的唯一事故是:有一天,我正在楼下接自来水,水桶盛到一半,猛然听见愤怒的啼声,我心里不由得一惊——几天前屋里发现了小耗子,莫非那贼眼溜溜的坏蛋上床散步去了?心急火燎,竟忘了拧紧水龙头,便三蹬并作一蹬地飞奔上楼,一看,并非被什么异物吓着了,而实在是连屎带尿地糊了一垫子!是可忍,孰不可忍!我想,迄今刘粹的嗜洁成癖也许正是打那会儿播下的种子。问题不在于一场虚惊,而在于炊事员的咋呼训斥,我这才想起,厨房兴许变成溜冰场了!赶紧下去实行自我批评,亏得炊事员是位天性厚道的老北京,尚未学会使用政治术语,上纲上线,免了一场人身污辱。

带孩子得熬夜。但熬夜对我不算难题。我长期闹失眠,挨斗以来更经常通宵不合眼。所以,不时翻身坐起替她掖紧被角,或者检查床褥和开裆裤,都不过是小菜一碟,不花工本的。到底年轻,第二天照样挺得住。

4月中旬,命令下达,去山西某地劳动改造,要求随时整装待发。恰好前妻出院回家;我明白,要求她同意照料这累人的活物,纵然我嘴皮子磨起茧,她也断然不会同意的。经过好说歹说,总算答应替我去江西南昌跑一趟,请奶奶抚育孙女儿。

当月月底,我就进了娘子关。苍天做证,对于女儿,我这个不称职的父亲就只付出过到此为止的一丁点儿爱心。往后,全靠我的老母了。

母亲万岁!但又似乎并不是每一位母亲都配得上如此一声颂歌。

我母亲辛苦了整整四年。

这四年很不好过,接踵而至的家庭变故,几乎使我男女老幼全军覆没。

头一桩不幸,是家父抱恨辞世。原先倒是有病,不过,直接的死因却是儿子的"右派"帽子捂得他咽了气。这当中情节离奇而又合理,完全可以写成纪实小说,但在这篇文章中不宜细述,以防跑题。单说我收到告急电报后,变卖手表作盘缠,选择了一条行程最短的路线,星夜赶到潼关,转车郑州,转车株洲,再转车向塘,一头扑进那个贫民窟中的家,等着我的却是祭奠亡灵遗像的一张破桌!父亲等不及我,他走了,和我永别了。母亲抱住我的胳膊失声痛哭,这哭声又惊醒了斗室之中的她,小麦,她的哭声无疑更高亢,更激越,更令我母子俩肝肠寸断!老人很理智,不让感情继续泛滥,拉上我迈过门槛,哽咽着对犹自挣扎踢蹬的孙女儿说:"乖,乖,不哭了,快起来,起来认爸爸……"然而,孩子仍旧一个劲儿地哭,母亲不得已,仿佛她犯了什么过错似的解释,"她怕生。"啊,在女儿的眼中,我原来是个生人!

当夜,三代人挤在一张破棕绷床上睡。小麦停止了啜泣,她可能感觉到了血缘的亲和力,对"生人"友好一点了。我相信我看见了她曾努力对我笑了一笑,虽然她无论如何不让我挨近她。最后,我和她中间,隔着她奶奶,并且我靠的是另一头。

这回请事假,是祁县轴承厂的党支部书记王步云恩准的,我刚调到该厂滚珠车间当磨工,继续改造,尚在"以观后效"期间。王书记是百分之百的贫雇农出身,当过游击队长,战功累累,是汾阳一带著名的传奇英雄,是曾经被日本鬼子打飞了一只睾丸还悬赏缉拿的"匪首"。为人一贯豪放任侠,说一不二,偏又极富同情心,传闻平时"一贯傲上",其实只是一不拍马屁,二不跟风转罢了。我对他说定只在家停留三天,他一口应承下,我当然不可以昧心欺人。三天届满,我舍不得离开老母幼女也得离开了。8月的南昌溽热蒸人。小麦仅着一身利用医用纱布缝制的汗衣,面孔红扑扑的,鼻头上沁满密密麻麻的细碎汗珠,睡得正香。我一边和母亲话别,说些宽心话,也就是善意的谎话,一边轻轻挥动蒲扇,替孩子驱赶以附近臭水塘和垃圾山为基地的蚊阵。待到非拔脚离家不可的时刻,才俯下身去亲了一口那可爱的小脸蛋。突然,我发现在英语中还不能使用人称代词,而只配叫作"it"的她,额头上竟然刻有三道皱纹,于是母子间有过这样一段对话,我低声惊呼:"妈,您快看!抬头纹!不满周岁怎么会有抬头纹?"母亲淡然又戚然地回答:"我早就看到了,命苦嘛。"我不是宿命论者,但是,"命苦"二字从此却一直响在耳旁,而且,渐渐地也有点将信将疑了。就是苦,我苦,女儿也苦,苦藤苦瓜。

第二年早春,不料又是一纸电文:"母病速归。"和前一个电报的差别除了主体已换外,还少一个"危"字。我了解,老年丧偶,最难熬过第一年。这是常识。因之心上特别忐忑不安,当我再次试探着向王书记汇报时,他二话没说:"你妈妈可不敢再出差错哩,丢下吃奶娃娃可咋呀? 后晌就走! 老人要服侍,你就多服侍几天! 买票去吧,快!"几句贴心话,教我浑身发热。打从昆明部队离开以来,我还是头一回遇上这么好的党员领导干部!

由于不曾定死时限,路过郑州时便停了一宿。小麦的生母已回河南工作;她向法院正式起诉,要求和我离婚。我打算私下了结,何必惊动官府,在郑州街道上取个证明也就完了。为此目的,我想亲自听听她的意见。她倒干脆:"存折归我,公债券归我,孩子归你!我已经告到法院了,法院比居民委员会更正规,更有约束力。"我欣然同意,"右派"服从左派呗。不过,我还得做一点补充:"好,孩子我要,还有,我的书你不能拿走。"

这算是君子协定。法院做出判决,孩子由男方承担全部义务,女方不必支付生活费。女方满意,自不待言;同时我也满意,因为我算定了前妻绝不稀罕背这个"包袱",小麦跟爸爸跟到长大成人自立门户可谓十拿十稳,只是眼下只好受点委屈,爸爸吃饭,女儿吃饭,爸爸吃糠,女儿吃糠了。

这,便是我前面说到的另一个重大变故。

回头再说我的第二次故乡行。虽然乘的是快车,还嫌它慢,轮箍撞击铁轨的咯噔咯噔之声,听来似有某种不祥。我在胡思乱想,万一……那孩子托付给谁呢?老天爷,你可怜可怜我吧,折上我的阳寿,匀给我母亲吧。一路上我默默祷告上苍。

跨进家门那一步是何其艰难!当我一眼瞧见母亲正背冲门外在用瓦罐熬粥时,这第二步就差不多要飞起来了。老人听见了我喊"妈"的声音,扭过头来的一刹那,泪水儿便劈劈啪啪地掉到堂屋地上:"儿呀,娘想儿都快想死了!我冒冒失失地拍了那么一个电报,不要紧吧?快进屋进屋,你的小麦子会叫爸爸了,我一天教她叫八十遍,我都怕你要打喷嚏了!"母亲转移话题,显得心慌意乱,她一辈子没有哄过人啊,更不要说哄能给她儿子"戴帽子"也能"摘帽子"的政府了。不用细看,比起父亲下世那阵,母亲衰弱多了,也憔悴多了。人老了难免犯糊涂,这是人之常情;即使王书记知道了电报的真相,也会包涵的。我暗自这样判断着。待到问明是她自己摸索着去八一广场电报局,央告一位陌生人代拟电文并代办手续的经过之后,我就越发放心了。

这当中,穿着花棉袄、花棉裤活像一个花皮球的小麦,正站在破藤椅中,用肉乎乎的手指头戳着一块破玻璃底下压着的我的几张照片,不无得意地表现自己的鉴别力:"这个——这个——这个。"逐张逐张指点完毕,才上下查验一番来人,然后以毫不迟疑、充满欢乐的大嗓门叫了一声,"爸、爸!"这是她第一次叫爸爸,这也是我第一次听见女儿如此充满信赖地叫自己。我冲过去,一把将她从破藤椅中拔了出来,搂进我脏兮兮的怀中。

快乐的日子一年像一天,痛苦的日子一天像一年。这次"作弊"回家省亲,前后也不过五天,五个二十四小时竟然不知不觉被那架老得没牙的双龙牌座钟啃得渣滓也不剩了。我不甘心,想方设法哪怕多"赖"一秒钟也是好的,终于想出了一个"点子",改变路线:不走株洲,走九江换船去武汉转京广铁路北上,原因是南浔铁路有一班车深夜始发,而浙赣铁路过往班次虽多,却受制约于向塘至南昌市区的短程不配套。如此又白捡了几个钟头。

出乎意料的是,没有捡到欢喜,反而捡来了悲伤。

除掉迎接我的头一夜,拉着电灯,大放光明以志喜庆外,第二夜又恢复了花费极小的桐油灯。这会儿一星如豆,满室幽晦;四邻八舍俱已睡定,十二点也敲过了。母亲往我寒碜的行囊中塞进用荷叶包扎妥帖的酒糟鱼干:"熟的,焐在饭里就能吃……要不要叫醒麦子送爸爸一路顺风?"母亲征求我的意见,她见我们父女俩这几天玩儿得极其融洽,也满心喜欢。"不!悄悄地走了更好,何必逗她哭一场呢?"我自己硬着心肠这么说过以后,连自己也被吓着了。我不敢亲亲她,只是立定在床前望着她,望着她,把她的安详的酣睡姿态刻进脑海。

母亲替我轻轻地拔掉门闩,寒风立即呼啸入室。我向老人说了一声保重,老人的眼泪随之扑簌而下,她跟着我跨出大门,四外黑漆漆的,如此暗夜,如此别离,如此前路,人何以堪!母亲喊我回来,哆哆嗦嗦从怀中取出一个白纸包:"这是我白天梳头收捡起来的一撮烦垴丝。你过八一大桥时,替我把它抛进赣江去,指望下辈子少受苦受罪……记住,一定要在桥中间江面最宽的地方抛……儿啊,快赶火车去吧!说什么娘也要活下去,亲手把麦子交给你才走……"老人这突如其来的举动,对忤逆不孝的儿子如我者,不啻五雷轰顶!我是不轻易落泪的,然而,这时大雾罩住了两眼,大雨淋透了胸襟。"儿子知道了,一定挑选水势最急……最急……"我实在无法断句了,只好掉头而去。

南昌市区公用照明不大好。这于我正合适,没有人能发现这么个大男人在伤心饮泣;我还想,纵然被发现了又能怎样?随他们瞎猜去吧!这年头!

我的思念一会儿又转到了小麦身上,这会儿,奶奶该拥着孙女儿躺下了吧?睡不着的!肯定睡不着的!还是小麦子好,什么也不懂,老虎再厉害,她照样不怕,她不知道老虎是要吃人的啊。

借着桥上的路灯,我选中了一处水势湍急处,使劲儿捏了捏再掷,那个小纸包就像一朵凋谢的白花,随风飘去随水流去了。这时,我只感到内心充溢着神圣和庄严,我完成了老人的嘱托,我也就不再需要用手背拭擦面颊了。

啊,我的小麦!我的爱女!这也是替你奋力一掷啊。要快乐!不要烦恼!

我向牛行车站大步流星地奔去,不一会儿铃响笛鸣,我已在硬席坐定,只觉得四周空空荡荡,内心也空空荡荡;事后回忆,不免思忖:莫非殉难者赴死之际正是这个样子?!

最最弥足珍贵的是,我的眼前始终保留着一张可爱的小脸,不惊不忧酣然熟睡的小脸,这是我的安慰、我的希望、我的天国。这张天真无邪的小脸伴我通过了似乎永无尽头的惩罚性劳役和前途渺茫的半生。

它也是两针长效麻醉剂,帮助我求告于反现实的幻象,抗拒着理智的痛苦:1960年至1961年,如同全国各地一样,南昌市内每个街区都成立了公社,而且大办食堂,(红头文件上印着这样骇人的命令式语句:"各地党委把安排生活和办好食堂提高到阶级斗争的地位上来。")所有的粮食都上缴了,所有的铁锅都砸碎了。母亲为了保住刘家唯一的骨血,宁可自己浑身浮肿,双手溃烂,才侥幸熬过了这人造的鬼门关。我自己的腿也都肿直了,无法打弯,上工下工过护城壕必须非滚即爬,这亲身感受的事实不能不令我遥遥感知她们所面临的苦难。幸运的是,我看不到任何面黄肌瘦、营养不良、呆滞失神的小脸,我记忆中的小脸是绝对排他性的小脸。明知这近乎迷信,但我自甘愚昧。

1961年下半年,报纸基本上不尽唱高调了,我也突然受到邀请,出席了一次县上的所谓神仙会,领受了两斤黄豆的特供;我舍不得吃,打成包裹邮去了南昌,请母亲磨些豆浆——我家那扇小石磨尚未被"集体化"——给孩子吃。大概是忝列仙界的直接后果吧,同年10月,和北京宣布特赦一批国民党战犯同时,摘掉了我的"右派"帽子。

1962年3月,奉山西省委宣传部之命,我正式调入《火花》编辑部,看诗稿。同年5月,我决定将老母幼女接来太原团聚。虽然不过是从"右派"改为"摘帽右派",我已经飘飘然"不知天上宫阙,今夕是何年"了。

全家三口,壮劳力仅我一人。收拾家什破烂靠我,捆绑打包靠我,迁移户口靠我,办理托运靠我,跟车招呼靠我,忙得大汗淋漓,忙得不亦乐乎。白天马踩车,入夜合家欢。洗罢澡,往床上一倒,双手举着吃米糊糊长大还挨饿受屈却不知何故长得这么沉的孩子,教她唱当时颇为流行的电影《护士日记》插曲:《小燕子》——

小燕子,
穿花衣,
年年春天来到这里。
我问燕子你为何来?
燕子说:
这里的春天最美丽……

行,不大一会儿工夫,她就朗朗上口,滚瓜烂熟了。

又教她讲普通话(如今轮到她来纠正我了),纯粹为了逗乐,瞎编了几段顺口溜:"小麦子,大傻子,抱住奶奶的臭马子(南方老百姓居家用的便桶)……"诸如此类,惹得母亲嗔怪,说我不像个当爹的,净疯耍。

认真说,还就数那有限的几天我心情最轻松了。待到投入工作,又是编辑部,又是省文联机关,又是作者读者,又是社会,不尽烦恼滚滚来,轻松愉快灰飞烟灭了,代之以如影随身的抑郁苦闷,而且不知何年何月方有了日。

显然,这样一种怡然陶然的父女之情已经走到了它的分水岭,从此以后,根本谈不上我施恩惠及女儿,而是不知不觉地,女儿愈来愈施恩惠及父亲了。

我的"身份"是人所共知的。阅读一份《参考消息》,竟劳党组研究讨论,作为一项优厚破格的政治待遇,在编辑部的全体会议上予以正式传达(因为还有不如我的"分子")。作为诗人,天生就一颗敏感的心,置于这等场合,我受到的刺激可以作为伤害的同义语。

一天坐班下来,不仅疲劳,抑烦躁。我能有什么好脸子给麦子看呢?母亲一发觉我的阴沉,就对孙女儿使眼色,吩咐她避我远点儿。有时候,我会无缘无故迁怒于孩子,甚至动手打她。老人呵斥我:"你有本事!就会拿麦子撒气!"我默然。不过,偶尔也有争辩的时候,那都是因了小麦受到别的孩子欺负、殴打,哭着回家向爸爸"告状"所激起的反应。"我叫她待在家里,没有人玩儿就一个人玩儿!谁叫她出去找打!活该!"我心里清楚,孩子们之间的冲突,全然是"政治性"的,是"阶级斗争"。我已经够受的了,不懂事的麦子还要给我惹祸!我是多么自私、不讲理,而且毫无骨气啊!但我当时并无自觉,只顾和母亲强辩。

如此"丧权辱国",岂能不招外侮!果然,一帮一帮的自视高贵的孩子(他们其实也是被社会风气"教唆"坏的,对此不应承担任何责任)干脆打上门来了。老人忍无可忍,搂着被打得淌鼻血的孩子对我说:"送我和小麦子回南昌去!"

一句话,无异于一帖清醒剂、强壮剂。我这个当爸爸的还像个爸爸吗?我这个人还算个人吗?于是我发话了:"小麦!过去爸爸孬种,连累你平白无故地挨打挨骂受欺侮,也连累奶奶怄气伤心,往后爸爸不当孬种了,你也理直气壮地出去玩儿;但有一条,我们绝不欺善怕恶!谁要再打你,你就还手;不过,别人说脏话骂你,你可不能同样学脏话对骂,说脏话不好。总之,我们得站在理上!有理走遍天下嘛。"

在我说过这番连检讨带支持的言语之后,小麦破涕为笑,也让我替她擦鼻血,也让我抱她了。

这时候,她才不足五岁。对于我酸不拉叽的"有理走遍天下",她似懂非懂,更不会反嘲,问我索取证据。她最开心的是,爸爸不再当连环画中的唐僧,一天到晚只会给孙猴子念紧箍咒了。

女儿还真不简单,手脚一旦松绑,马上令南华门东四条胡同里的小居民刮目相看。一天中午下班时,她按照惯例去迎接爸爸,正贴着胡同一边的墙根往前走,一个缺少家教的流氓坯子斜刺里冲过来无缘无故就唾她满脸浓痰,小麦跳将起来,照准比她高出一头多的对方,干净利落脆地赏了一耳光,把扬扬得意根本不曾提防的挑衅者打得蒙头转向,周围下班的干部们和凑热闹的小萝卜头们一起哄,那家伙只好臊得掩面而逃。从此,再也没有谁敢小瞧堂堂刘小麦了,主动表示友好来和她游戏做伴的小朋友也多起来了。

这么一桩小事,倒是给我上了一课:委曲求全终难全,必要时真得自卫还击——自卫往往是自尊的重要形式,这对大人、小孩都适用。

话虽这么说,却也得区别什么年月。比如根本无理可讲的"文化大革命",除了以死相争,你又怎么自卫还击呢?因此,该忍还得忍,不能只图一时痛快。这,对大人、小孩也都同样适用。

到了1966年,狂飙逆袭,针对我的大标语、大字报整齐划一列队而来,母亲的文化水平虽然不高,但这几个字还是认得的。毫不夸张,她硬是给活活地吓死了。整整四年,我被"走资派"、"造反派"、军宣队、工宣队轮番拨过来拨过去地玩弄于股掌之上。假如不是可怜孩子,我有多少次动摇到了轻生的边缘!

我们是守法户,挨到允许报名的七岁,小麦才进了五一路小学。一年级的课本对她简直毫无意义,那时,她已认得四百多个方块字,会背算术九九表,甚至唐诗也能摇头晃脑地连朗诵带大致讲解十多首了。斟酌再三,我最后替她落实了一个学名:刘粹。一般人总是沿着约定俗成的习惯性思维取向,女孩儿家,不是花花草草,就是金银珍宝,殊不知此"粹"非彼"翠",父亲着眼于少而精这一层意蕴,一以当十之谓也。

　　刘粹挺争气,那对她而言的确显得浅了些的书,仍旧念得十分认真,作业干干净净,一笔不苟;特别是性格作风上,比她厉害的她不怕,比她胆小的她不欺,热心公益,热心助人,作为多年荣获全国模范教师称号的班主任富英(满族),很欣赏这一点。于是,一路绿灯,少先队中队旗手、中队长兼班长,乃至"同志审判会"庭长……同学之间的"诉讼"纠纷,总是先上我们家来由刘粹公断,实在解决不了才上交班主任裁决。我在一旁看着听着,又感动,又操心,又忍俊不禁……我怕她萌生骄傲自满之心,便常常挑刺儿、泼凉水;甚至由于她使用老化了的廉价橡皮,将作业擦脏了这么一桩不应由她负责的小事,我居然撕过她的练习本,害得她整本从头抄过。刘粹对此耿耿于怀,什么时候说起来都气得牙痒。这自然是我的过错,太粗暴太苛刻了。

　　上面说的是一路绿灯,这"长"那"长"的过五关斩六将的风光景象;"文革"一来,红灯亮了,麦子要"走麦城"了,非但"长"字通统撸掉,连"红小兵"的"兵"都当不上了。几次三番全班一致通过刘粹"入伍",上边说什么也不批准,原因何在?在我。"黑五类"、"狗崽子",消息走漏之余,要好的小朋友纷纷"划清界限",视同寇仇了。刘粹天真的儿童梦幻,被"血统论"的冰山压得粉碎。她沉默了许久许久,一日终于开口:"爸爸,你是右派么?那么,干了什么坏事的人才是右派呢?你干了许多坏事吗?"我回答她:"爸爸没有干过坏事,但是人家说我是右派,这个问题很复杂,非常复杂,一时半刻跟你讲不清楚。爸爸自认为不是坏人,假如你认为爸爸是坏人,也可以,那是你的权利。"女儿说:"我认为爸爸不是坏人,爸爸不是坏人,不是坏人嘛……可是,我……我……我不懂……"孩子的声音很低,但并无惊慌和犹疑,我一下子就明白了:目前最教她难以忍受的不是歧视带来的压力(她应当记得一来太原就挨打的往事),而是逼迫她早熟的巨大困惑。"革命好比筑路——你见过修马路——既要轧路机,也要石子儿、洋灰、沥青……"不等我把话说完,女儿迫不及待地提问:"那你当什么?""爸爸自然当那石子儿。"这就是她嗤笑至今的我的"石子儿论"。亏她好记性!在并不能完全吃透的条件下,竟记牢了这一切。

我挨批斗(或者陪斗)的日子,唯恐她撞见了觉着寒心,便总是事先准备好几本抄家抄剩下的适合于她的书,高尔基的三部曲、《钢铁是怎样炼成的》和程度稍深一点的《恰巴耶夫》《青年近卫军》《铁流》《毁灭》《复活》《居里夫人传》等等,要她一本一本地读。她也果真读了,教我纳闷的是,夜里临睡之前,她居然对洋书做出中国式的"总结"来:奶奶说,善有善报,恶有恶报,怎么好人都死得那么惨,坏蛋一个个倒活了自在!我真的为之无言以对,只是惊奇:这是一个七八岁的小孩子该考虑的问题吗?

1967年,胡同大墙上张榜公布了下雁北浑源县催粮去的"三秋毛泽东思想宣传队"队员名单。太阳打西边出来了!我这个"五类分子"也赫然榜上有名!我一时不知如何是好。当然,换了别人,也许会认作吉星高照,想入非非,可我却像头上顶了个磨盘;走是非走不可的,哪能"敬酒不吃吃罚酒"?可是,我一走,这说大不大、说小不小的女孩儿如何安顿?直急得挠头抓腮——那是非常时期,作兴什么都"不过夜",说走抬腿就走的——只好也学"革命家",做女儿的"思想政治工作",同时晓以利害,请她谅解为父的苦衷,暂时借住一位"右派"难友家,白天还得回机关食堂搭伙,顺便照看房子。我说一声,她点一下头,我突然觉着心虚发慌,说不下去了……

这可不是闹着玩儿的!那时太原武斗方殷,从三八大盖到冲锋枪,从燃烧瓶到手榴弹,甚至还有用推土机改装的"坦克车"!大街之上,流弹横飞,正合了"老三篇"中的一句"最高指示":"死人的事是经常发生的。"我这个当爹的实在是个混账东西!居然拍拍屁股,跟上人家"一、二、一"地走了。好狠心哟。可我不狠心,行吗?我无法想象,刘粹望着我离去时,心里都想过些什么?!

我频频回首,只觉得孩子十分冷静。你原本不该这样冷静的呀!连大人都办不到的,你却办到了;孩子,我心头如同挖肉般地痛楚,你太乖了,乖得教爸爸害怕!不仅当时害怕,几十年过去了,还想着都后怕!

两天后到了浑源,才进村,我却又急如星火似的趴在炕桌上给我的麦子发出去一封信,除了告以行止和身体状况,照旧炒现饭——那几句馊不可闻的狠心话。我对我自己的这一举动也无从理解。大大出乎我意料的是,不过十天左右,我却收到了女儿的亲笔回信。谁教会她这写信封的款式规矩的?收件人地址、收件人姓名、寄件人地址、寄件人姓名,以及贴邮票的位置,有板有眼,无一不合乎规范。思来想去,答案只有一个,即我平素写信时,她多有机会一旁观看,所谓耳濡目染、烂熟于心吧。仅此一端,已足以让我甚为宽慰:有出息!她肯定能独立生活三个月的!

然而,立刻我又哭了。当着同睡一铺炕的其他两人的面,想忍也忍不住,眼泪就像断了线的珠子一般,噼里啪啦地掉在信纸上、手掌上、衣袖上,我憋了半个月,这回哭了个痛快!

刘粹写了些什么呢?她写道:爸爸,我没有听您的话,我在阿姨那儿住了不几天,就搬回我们自己家了。阿姨一家,夜里不洗脚就上床,我不习惯。爸爸,请你别骂我吧,我也是个苦命的孩子啊!……苦命!又是苦命!我这苦命的爸爸能不为我苦命的女儿放声一哭吗?!我涕泗滂沱,我恳求他们二位暂避,我不答复他们的询问和质问(其中一位也算是"造反"小头目),我紧闭房门,我哭了再读,读了又哭,我哭我身不由己,我哭我家破人亡,我哭这该缩不缩的地,我哭这该塌不塌的天!

1968年,估计"革命左派"瞅准了我只会哭,是个不生不涩不扎手好捏拿的软柿子,酷暑刚退,便又依法炮制一番,命令我去晋南闻喜县催粮,旗号还是"三秋毛泽东思想宣传队"。他们几曾想到,兔子急了还咬人呢!这一回,我可不再晕头转向随他们拨拉了,我声明,女儿非带着一块儿走不可,要死要活父女在一起。骂我顽固,我就"顽固";骂我反动,我就反问他们为什么立场不稳,叫"反动分子"下乡"祸害"贫下中农。弄不清"造反派"到底是两派还是三派,但他们的致命弱点是共同的:一舍不得丢了手中的"权",二怕下乡吃苦。结果我得以携刘粹同行,我去念"抓革命,促生产"的经,她去当地的小学插班读"红宝书"。

在这刻板、毫无生气而自欺欺人的生活中,有一个小插曲令我父女稍感愉悦。一位由于母狗产崽过多而犯愁的老农,知道"工作干部"的闺女喜欢小狗,便送来了一头。毛色如雪,夹杂着几块不规则的黑斑,耳朵大大的,往下耷拉着,似乎是土狗、洋狗混种,眼睛富有表情,最招人喜爱的是那张特别阔的嘴,仿佛在笑人世间什么可笑之事。

就这样,小麦和小狗成了好朋友。

好朋友不久便成了一出悲剧的主角。

地里收割得很毛糙,场面上的营生也很毛糙,而我们这批"三秋毛泽东思想宣传队"队员的心里更毛糙。刚下过第一场雪,省里就来了急电:火速返回,另有任务。我和女儿把心爱的小狗装在一只大小合适的挎包里,由小主人挎在腰间,隔着一层布,手能摸着它;小狗肯定闻得出这是谁的手。狗很乖,半点抗议的表示也没有,就随我们上了火车,一路上也配合默契,躺在它熟悉的温暖的怀抱中,一声不吭。唯一操心的是,上厕所也得带着它。因为刘粹担心我"护理"不周,万一吠上一声岂不露馅?所幸旅途平顺,一切如愿。

赶回机关后,似乎什么事也没有,但只见人来人往,交头接耳,又似乎有什么重大变故正在酝酿。女儿重新回到五一路小学读书,我重新每天"挖山不止"。小狗则圈在卧室隔壁的"储藏室"里。实际上,那是一条窄得胖子无法转身的夹墙,我们给它起了这么个堂皇的名称。里面堆了一些乱七八糟的"鸡肋",靠门这头是一大一小两只炉子,大炉子本作取暖之用,但买不到块炭,已晾了好几年了。小狗聪明,一眼就看中了它,跳上去蹲着,神气活现的像是把守岗楼。小炉子则生着火,专供烧水做饭。比较下来,人的卧房反而不如这儿暖和。我对女儿说:"也只能这样了。"女儿通情达理,表示同意,尽管她巴不得带它进教室。

糟就糟在这头狗太精,太通人性,特别是太恋主。只要刘粹和我一回家,单凭脚步声它就分辨得毫厘不差,这时必定大叫,必定咚的一声跳下,必定抓门,必定蹭着木板撒娇般哼哼,非逼得你停下手头的活计去放它不可。待到见着了刘粹或者我,又必定扑上来,"咬"手,"咬"裤脚,甚至索性耍无赖,抱住鞋帮子撒上一泡热尿!女儿心软,许多次红着眼圈对我说:"爸爸,这小东西简直和我们成了一家子了。"

五一节这一天,正像古典小说上惯用的那样,"合当有事"。刘粹奉命凑数,去五一广场参加大型革命团体操——摆"忠"字去了,一整天饿着肚子也不让回家,虽说受罪,可政治上光荣;我就没有资格庆祝这个"全世界劳动人民的节日"了,只配留在机关"劳动",打扫那改作夜间巡逻人员值班地点的木工房。中午休息了,我独自回家,转身去紧隔壁的机关食堂买两个窝窝头,打算就着咸菜疙瘩顶一顿中饭。都怨我一时疏忽,没有挂锁,乖巧异常的小狗不知怎么七拱八拱扒开了房门,不声不响地跟着我跑。正巧赶上与我斜对门住的一位女"造反派"不迟不早抱着她的娇娇女儿掀帘子出门,这个小女孩儿一见小狗,立刻号啕大哭起来。这下可不得了了!女"造反派"立刻变脸撒泼,尖声吼骂:"好你个右派!胆敢放狗咬我们囡囡!我们囡囡是祖国的花朵,革命的接班人!你个右派分子,懂哇不懂?"这位女将,非同一般,一张嘴就能吐出无法形诸笔墨的脏字眼,而且三分钟内不重样。我赶忙赔小心,说明自己是去打饭,离家时带上了门,实在不知道小狗怎么就跑了出来,等等。女"造反派"根本不听我的解释:"少花言巧语!谁不知道你!一贯不老实,一贯反党反社会主义!"我气得浑身哆嗦,心想,这哪儿是哪儿呀,就算小狗吓着了你的千金,与反党反社会主义何干!我把碗筷撂在地上,还吃什么饭,替人家消气解恨当紧。于是,我一把逮住小狗,好一顿猛揍猛踢,小狗连声惨叫,满院子乱滚。我本以为,惩罚了元凶之后,可以大事化小小事化了,不承想娇娇女就是哭个没完,我只得把小狗扔进家,再赶回来赔礼道歉。"不行!"女"造反派"非要我当场交代为什么养狗,为什么对狗那么亲,对革命派那么恨,"你说不出个道道来就证明你心里有鬼!"我能"交代"什么呢?"好!你个右派拒不坦白!咱们会上见!"只见她嘴角上的咬肌绷得紧紧的,一如她那根阶级斗争的弦。我心一横,认了,随你去吧。她还当真搂上她的囡囡,一阵风似的跑出小院,找工宣队、军宣队去了,一边跑还一边嚷嚷:"同志们都来看哇,右派翻天哇,右派养下的狗咬我们左派哇!"令人啼笑皆非。

然而,工宣队和军宣队并没有理这个茬儿。是我为了彻底平息事端,根除后患,咬牙处理掉小狗的。为了不再次引起围观,我用麻绳套住狗脖子,将它吊在门旮旯里,守着它断气。可是吊了半天,竟勒不死,我猜想,可能是有门板可倚的缘故。怎么办? 总不能吊到院子外面那棵老榆树上去。小狗用含冤不解的眼神望着我,我又狠狠心,将它扔到地上,抄起一截断锹把,照准那脑门子闭紧眼睛猛地一击,小狗,可爱的小狗! 连呻吟都来不及便死了,鲜血迸溅,我的两只裤管上,立刻凝结起斑斑点点的血浆……

我在太谷改造的日子,见过别人宰兔子。于是,我翻出一张刮胡须的单刃刀片来,用剥兔子皮的办法褪下一张囫囵狗皮,外带一根毛蓬蓬的尾巴——哦,白色的狗皮,代替我举起了"白旗";"右派"向左派投降了。我故意将这张狗皮搭在房门口晾衣服的铅丝上,让风吹"白旗"招展,以便女"造反派"庆祝凯旋。

待我确实明白这目的已然达到之后,又急急忙忙连同死不瞑目的脑袋和肠肠肚肚,通统抛进了坡上的公共厕所。

在这整个的过程中,自始至终,我一直感到胸闷、头晕,呼吸分外迫促。多少事涌上心头! 就捡距离最近而又直接与狗有关的一桩来说吧,才不过几天前,小麦曾压低嗓音悄悄告诉过我她与女芳邻之间的一次邂逅。那是一个大晴天的中午,她趁大家午睡的工夫,牵上那一天到晚蹲黑屋子的可怜的小狗出去晒晒太阳。冤家路窄,斜对门的这位芳邻,不知打哪儿为"革命"加班回来,她一发现小麦遛狗,鼻子一耸,便恶狠狠地训斥开来:"小麦!你可是想学你那右派老子,也当资产阶级?你还养狗!资产阶级才养狗,我们无产阶级不养狗!"小麦见她气势汹汹,不敢接茬儿,赶忙把小狗抱回家来。忽然间,那位女芳邻又歇斯底里地一阵狂笑:"狗崽子当然喜欢狗崽子!伟大领袖毛主席教导我们说:物以类聚。就是物以类聚!"小麦的语文程度当时就不比这位女"造反派"低,她懂得什么叫作"物以类聚",这四个字深深地伤害了她的人格和自尊心。她学完了女芳邻的全部"革命"言辞,委屈得直掉泪。

今天这逼我杀狗的事,看来由来已久。那用心全在于收拾我,小狗不过是当了替罪羊罢了。小狗呀小狗,你落进我的家门,就注定了不得善终,是我对不起你,是我连累了你,是我害了你呀。

我必须赶在刘粹从五一广场归来之前,拾掇干净这场屠杀的所有残迹。

但我还是犯了一个大错误。我常听人说狗肉大补,没舍得将肉也一塌刮子沤了粪。我熬了满满一砂锅,香喷喷的,可奈何女儿噙满热泪就是不沾筷子!没意思极了!我自己也提不起食欲,只尝了一小块,使劲咽了下去便不能再举箸了。终于还是倒掉,白白糟蹋了油盐火工。打这天起,刘粹一听说狗肉就反感;我虽然在众人劝诱鼓动之下,偶尔夹上一点,也纯属对主人的礼貌回答。我似乎总看见那含冤不解的目光,"好吃"二字硬是死也说不出口,比如去年和前年的两次湘西之行。湘西人爱屠狗,这习俗,这食文化,可教我们父女二人大为尴尬。

刘粹的第一个短篇小说《患难小友》,就是写的这条小狗。1980 年南京《青春》杂志发表后,颇得好评。当然,那是小说,有虚构的成分。主编斯群此后还一再来信,鼓励她多写,但她一门心思想学理工,拂逆了主编的一番好意。而在那前后不久投给另一家刊物的另一篇习作,又被编者错当作纪实文学(认为是"少年自传"吧),加上按语郑重推荐,引起了一场误会。因而她更觉得不值得,便再也不接触儿童题材了。

小狗惨死的打击尚未缓解,又传达了火速准备九十斤全国粮票和六十元人民币,携带棉衣棉被之类,往"某地"集中办班"消除派性,团结对敌,清理阶级队伍"的命令。"某地"是哪里?九十斤通用票是否意味着出省三个月?云山雾罩,神秘莫测。我们父女俩如遭雷殛,手足无措。我是父亲,孩子当然只有依靠家长。我心上预感到来者不善,这一回很可能是真正的生离死别了。但我不敢稍有流露,只是以十二万分的努力,拼命往记忆深处挖掘:老家江西,还有什么人可指望?哪怕暂时的也行。一封封电报拍出去,只见一处回音,那是我管他叫小母舅的罗发根。他的胞姐是我的婶娘,守寡数十载,一直由我父亲和我相继赡养。罗发根是工人,这会儿,工人阶级领导一切,自然什么都不怕。我松了一口气,看来那句古话并非无稽之谈:天无绝人之路。就让孩子投奔孤身度日也需人照料的婆婆去吧。(为了区别于亲奶奶,女儿将爸爸的婶娘叫作婆婆,这纯粹是南方人的称呼。)

且说那一天的"咸阳桥"现场吧。又是故作神秘,把火车安排在东门货站,也许拉的是一车送屠宰场宰割的生猪活羊吧,车厢里是包括我在内的一大群"特殊旅客",月台上是前来和亲人告别的大人小孩儿,其中形只影单的唯独刘粹一人。昊天不仁!一至于斯!"旅客"和"旅客"又不一样,将近一半是三足鼎立着的三大派成员,当中确有一部分,每一滴血都是绝对纯正,经得起定性化学分析的;另外一部分虽说也有那么两根三根"辫子"可揪,但毕竟事关"革命群众组织"的荣誉,不会轻易抛出来的。剩下一半则或多或少有点"问题",或"挂"或"靠",或正当"老虎"猛打,或不过"死狗"一条。我在某些人眼中,当然是秃子头上的虱子,明摆着的,只待掐死而已,属于最不必费力气又最有那么一点残余的"票房价值"的。这几年来,我被分派的角色,就是供革命的女士们和先生们解解闷儿、逗逗趣儿,当他们表示"大联合"或者"三结合"初见成效的时候,作为"一致对敌"的一"敌",我就在劫难逃了。

玻璃窗不让抬起。这也是"纪律"。我们父女二人,隔窗对望,如隔关山万重!我此刻心如沸水,泪似泉涌。太没出息了!"反胡风"、"肃反"、"反右派",我都不曾这般软弱过呀!但是,瞅着一板之隔强作笑颜而又泪光闪闪的瘦弱悲伤的女儿,她这么小,这么小,这么小啊!偏偏半个亲人都没有!她太懂事了,竟能死死咬紧嘴唇,就是不当爸爸的面哭出来。可我,一个大男人,反倒止不住眼泪往外涌。哭就哭!莫非要我标榜铁石心肠?!然而,哭又顶个屁用!铁石心肠的人是有的,我不够那份"资格"罢了。

火车是铁轮加铁架组装的,铁轨是铁铸的,铁是硬的,铁是冷的,铁是无情的!第一阵颤动传来,我竟浑身觳觫!火车启动了,女儿在我的泪眼蒙眬中越发蒙眬了。只见她不断地坚持着跟列车赛跑,声嘶力竭地喊着"爸爸",不断挥着小手,最后绝望地戛然立定,发呆,仿佛电影中使用的"定格"。一个妇女从远处跑近她,弯腰俯首贴着她的耳朵,准在劝说什么、宽慰什么,这位妇女是我行前拜托过的张彦昭的妻子。张彦昭是机关力量最强大的造反派组织的负责人之一,然而,他的妻子却从不仗势欺人。她一向心地仁慈善良,是那个年月不多见的好人。我们一度是邻居,这一点,我是了解的。火车拐了个弯,货站不知被抛到身后何处了,我仍旧毫不识羞地默默垂泪,盼望孩子被阿姨拉走,要哭也别在寒风中哭呀,会冻皲脸蛋的!快回到没有了爸爸的冰凉的家,关上门独自家哭去吧!哭到那位陌生的舅公从南昌来接你离开太原吧!

车行一宿,走走停停,也不知走了几千里路,薄明中蓦然发现了"海淀"二字。海淀?这不是到北京了吗?搞的什么鬼!"清队"还非得到北京来不可吗?既如此,又有什么必要保密?北京很冷,我的心更冷,直接送到江青、康生这一伙吃人不吐骨头的恶魔嘴边上了,还有活路吗?下车折腾了半天,连呀排呀班呀的,又改乘敞篷卡车,一直拉进北京钢铁学院,绕来绕去,除了一个没有水的游泳池,我什么都没记住。

我的麦子她现在怎么样了?我的整个胸腔,被这一个得不到答案的问题堵得死死的,连饥饿和干渴的感觉都丧失殆尽了。

麻木地听训话,麻木地搞卫生,麻木地打地铺,麻木地睡,麻木地吃,麻木地跑步出操……(我们是准军事化的建制和生活)他们要"清理",也就麻木地让他们"清理"吧。

麻木地打发日子,日子过得倒也没有感觉,所谓一号命令,一级战备,帝力于我何有哉!我还是麻木。

三天两头的半夜紧急集合,传达"最新最高指示",敲锣打鼓,欢呼,在围墙之内游行,然后表态,出墙报。我无疑是没有资格写稿的,只有用毛笔替别人誊抄的份儿。这活儿不轻松,每一行、每一格都得做到心中有谱,比如,老人家的名字是绝对不可以转行的,语录是绝对不可以与非语录混同(字体、大小规格等等)的,"万寿无疆"之类的颂词是绝对不可以大意出错的(颠倒、缺漏乃至短少笔画等等),尤其要命的是事先就得考虑到竖读乃至斜读的结果会不会"制造"一条"反标"。抄一次革命文稿,得杀死多少细胞!

何况,冷不丁又思想开小差,脑子里又跑出那个没有答案的老问题来:我的麦子她现在怎么样了?!

我们被迅雷不及掩耳地转移到了石家庄陆军第二步兵学校。我重演北京钢铁学院的麻木老一套。大队部重申"五不准"指令:不准上街,不准通信,不准打电话,不准会客,不准串供。实际上"不准"的戒律禁条还有若干,有一条以它独具一格的庄严性与滑稽性相结合而令人终生难忘:不准用报纸擦屁股。原因是粪便很可能污损了什么人的光辉形象或者神圣姓名,而那年头,这形象这姓名,偏偏从第一版到第四版,无所不在!

我的麦子她现在怎么样了?半夜似寐非寐,说醒不醒,我会霍然坐起,披衣趿鞋,茫然四顾,不知所之,如患梦游症。

九十斤粮票、六十元人民币早已告罄。上级通知我:你那份由太原留守处代支。我乍闻甚为窃喜,这说明刘粹离开了,然则细想,依旧解答不了那个生了根的疑虑:她现在怎么样了?怎么样了?总不至于像我,每日必修:读《语录》,而且是毛、林合著的一厚册,宛若曾见过的《新旧约全书》;然后"放风"——看每夜换一轮的大字报;然后做早课,学习《敦促杜聿明投降书》;整个下午坦白交代,检举揭发……如此循环往复,历时年余,务使我等反动派一个个俱成为木雕泥塑马王堆,"否则,群众是不会答应的"。唯一偶然失控的"小道消息"是一则绯闻,我们那位"斗私批修",作"讲用"示范报告,口若悬河的指导员胡某,竟然由于同一女"战士"在麦秸垛里做爱遭人生擒而突告销声匿迹。遗憾的是,我由于制造氧化亚氮的生理机制年久失修,听后却不会笑了。

不会笑了也好,盖天下可笑之人、可笑之事何其多也。

笑的日子到底盼来了。1970年元旦前夕,不知出于何等大手笔的一份铅印的"公用私函"发下来传填(填后还必须一人念、一人听、一人看,形同选举时唱票、计票、验票的分工,然后汇总"审查",以免夹带私货),所谓填,指的是填收件人的名字,也不管对方是老子还是儿子,是老婆还是女儿,一概以"同志"相称,十分革命的。而且,信中再次重申"五不准"命令。我行礼如仪,私下却"悄焉动容,视通万里",无节制地发挥我的文学想象力,体验着女儿收到此信,发现爸爸的笔迹以后欣喜若狂的反应,同时也期待着她会根据那四号楷体印就的寄件人地址写来一封回信。

果然不出所料,女儿的回信随后就到:一个空信皮,只有一方大手绢,洁白无瑕的大手绢,别无一字!连长(此时已可能兼指导员)在例行公事的队列讲话之后,问我:"刘小麦是你什么人?""报告连长,刘小麦是我女儿。""她寄给你一条白手绢,一个字儿也没有,这是什么意思呢?""报告连长,我……我也不明白是什么意思。"其实,当时我激动得很,至少想到了其中包含两重意思:一是相信爸爸无罪,二是让爸爸擦眼泪。大半年后,父女重逢,我问刘粹是不是这样,她的回答令我颇为沮丧。"我哪顾得上想那么多,我只希望您知道:我还活着。反正什么也不能写。我就专程跑到八一广场的百货大楼,选中了最好的一种白手绢,七毛四分钱一条,我口袋里刚好不多不少有才领到的工钱——订本子、糊纸盒子赚的七毛四分钱……"原来是这样!从此,我又多明了了一层儿童对待苦难的方式:他(她)们的武器原来是天真!上帝也怕天真!

　　女儿随我下到忻县庄磨公社冯村大队。进了那儿的乡村完小,同时也变成了农业户口,取消了城市供应。立竿见影的是,口粮不够了,缺口愈来愈大。我干的是所谓苦重的活儿,又毫无油水滋补,饭量大增,深翻地和修大寨田的日子,我能就着一根生葱每顿啃光六个窝窝头,每个二两。一天下来,就是三斤六两!这怎么得了!这时节,刘粹重又拿出小麦时代的拿手本领:爬树。爬树干什么?摘槐花,捋榆钱儿,像本地大多数农民一样,掺在粗糠搅拌的玉米面里,混吃混喝。至于下地去挖甜苣、回回菜、兔儿菜等,更属寻常事。刘粹自幼胆大,不信神,不信鬼,别的娃娃不敢涉足的乱葬岗、野崖头,她也敢闯,因之,不但野菜比别人挖得多,而且时不时带回半篮子晾干后可以碾成面的酸枣或者只在墓碑上生长的"地衣"——一种类似木耳的苔藓植物,为可怜的饭食增添美味。

　　回想由于她因爬树而扯烂衣裤,或擦破皮肉,偶尔还遇上惊险(实际是有惊无险,是她奶奶以及过路的人觉得害怕),可没少挨我的责骂或体罚。只有两回例外。一回是听她叙述从二号院西厢房(即我家当时被指定的住房)门口的大槐树攀缘而上,爬过屋顶,再跨上公共厕所的一棚烂瓦,又下到办公大院的矮墙,然后,在一砖宽的墙头走了近百米之遥,才抱住了一棵每逢春天都要开一树淡雅高洁的碎花的紫丁香,顺势跳到假山上……"于是乎就回来了。"小家伙一口气坦白到这儿,忽然顺顺当当地蹦出个"于是乎"这样一个有些成年人都用不妥帖的连接词来,令我啧啧称奇,要知道,那一年小麦刚满六岁,小学还没让进呢。为了奖励她这个"于是乎",于是乎免打。再一回是邢台大地震前夕,我母亲喂的七只来亨鸡,竟然发起疯来,全都飞上了屋顶,又拍翅膀又伸脖子,乱窜乱叫,我母亲在地上撒米粒,撒剁碎了的青菜叶子,它们视而不见,无动于衷,我用竹竿撵,照旧不管用,大人们无计可施了,小麦一挺小胸脯子,自告奋勇:"我去把它们捉下来!"事到如今,也只能寄希望于她了。只见她甩掉布鞋,四肢并用,一眨眼工夫便驰骋于屋顶了。母鸡们和她很惯熟,一只只乖乖就擒,她抛一只,我塞一只进鸡窝,不一会儿就大功告成了。小麦立了一功,破天荒地受到了奶奶和爸爸的齐声表扬。然而,无论表扬者还是被表扬者,都没有鸡们聪明,鸡飞狗跳墙,实在是作为地震前兆胁生物预感啊。

"艺多养身",冯村小学六年级女生刘粹,再一次因爬树不亚于农村男孩儿而声名大振。在这个问题上,我是实用主义者,只要能摘到榆钱儿,捋下槐花,不要跌伤,就睁只眼闭只眼由她去了。

完小毕业后,应该读中学。中学设在八里路外的公社所在地磨镇。我听说有过女孩子被野汉子拖进青纱帐奸污的多起案例,实在不放心让她每日早出晚归,只好让她跟上婆姨们"动弹"(劳动)了。地里,场上,什么都学着干。

清夜思量,毁了我怨我自己,毁了她可就是罪不当赦了。思前想后,别无良策,似乎她命中注定,得跟着倒霉的老子改变一生的发展方向了。

一天,公社通知我们所谓的"五七战士"开会,传达"重要文件"。一听,原来是通知大家做好一切准备,最迟明年(1972)收罢秋,就要一律改变身份,成为地地道道的农民——"自食其力的劳动者"。会议室死一般的沉寂,连叹息声都没有,人们都学会了如何控制自己并且惯于逆来顺受了。

不知怎么搞的,两位公社干部争执起来,为了"重要文件"中的一个"重要"字眼,相持不下,悬榜"叫文化最高的来断官司",于是指着我上前观看;这于我倒是"踏破铁鞋无觅处,得来全不费工夫"的意外收获!他们二位由于理解不同而发生分歧的部分并未传达,那是关于如何处置不能"自食其力"的子女的。大意如下:凡配偶一方或其他直系亲属(含抚养人)留居城市,其子女尚未成年者,仍按非农业人口待遇。

我一方面就字面佯作解释,假充和事佬;一方面用闪电般的速度和光芒"照明"该文件的编号以及与我生死攸关的条款数序,铭刻心头。回村后,立即与孩子商量另谋出路。刘粹当然亟愿升学,因之同意我把她送往一要好老同学高万铭的妹夫聂老师的老家暂住,同时在那儿(安徽省滁县乌衣镇)设法上初中的方案。高万铭很快就回了信。我先对平日待我不薄的大队会计(他兼管户口)说妥,再将文件编号及有关条款向支书汇报,经过恳切陈词,支书摇电话向公社查问,答复是半点不假,支书便通知会计重新办理。会计私下对我嘟囔:毬! 办理办理,不办不理! 上次叫把你闺女过农业户,还不就凭他一句话! 俺还忙毬的没顾上造表往上报呢。这可正好! 该你老刘走鸿运呢!

喔,我还能交鸿运?!

这事儿倒意外地顺利。我亲自将小麦从山西忻县送到安徽滁县乌衣镇。其实,我也是借个由头外边跑跑,少过两天变相"群众专政"的日子;小麦早已无须护送,两年前,她就走南闯北,单枪匹马打天下了。

打这往后,她又多次独自长途旅行:一开始,是我婶娘病重,要有一个人在身旁照料,刘粹又匆匆办了转学手续,离开安徽回到江西,暂上"临时户口",念书也算是"借读"。然后是每逢寒、暑假上山西千里迢迢来看我。为了节省一点有限的路费,她总是故意搭慢车,而且总忘不了给受罪的父亲背上一纸箱子食物:自己晒干的安徽大河虾,自己腌制的江西猪头肉……都是最便宜的货色,可都寄托着女儿最金贵的孝心! 至于学校里的"拉练"、徒步行军井冈山等,均未统计在内。我女儿常说,她的中国地理知识全是"文革"中这么东南西北跑出来的。

我也并未真正成为"向阳花"。林彪一死,那个要求我们改造成"自食其力的劳动者"的一条,又被算在"林贼"名下,当作"何其毒也"的"反革命阴谋"之一予以批倒批臭了。1974 年 5 月,我调离冯村,进忻县文化馆担任大打杂馆员。

婶娘病故。刘粹又回到我的身边,插入忻县二中读高中。这会儿,似乎是船靠码头车到站了。然而未必,风云变幻依旧,危机四伏依旧。父女俩提心吊胆过日子。言谈谨慎,我们之间对话从来只用乡音方言;开支撙节,一个钢镚儿掰成八瓣儿花——这倒于无意中养成了孩子艰苦朴素、勤俭持家的良好习惯。

这期间,貌似平静的生活也曾激荡过两场风波:一是时值"反击右倾翻案风"之际,由董耀章出面将我"借用"于省群众艺术馆。在那次遍及全省的"赛诗会"中,我胆大妄为,私自把凡涉"批邓"字样的应征稿件一概扔进了废纸篓,因而受到怀疑,幸好当地驻军有一位作者要我去帮他创作长篇小说,这个借口太理想了,我一头躲进奇村营房,避过了风头。刘粹吓了个半死。我偶尔潜回家中,她必悄声细语:某日又处决了若干人犯,罪名一律冠之以"邓小平的社会基础"云云。

我只有苦笑。我算什么"邓小平的社会基础"?哪如索性实行填空法,留下前面的位置,什么时髦就填什么,岂不灵活运用又长期有效!

再一是四五运动。周恩来逝世的当天,我就开始酝酿一个组诗,陆陆续续写出来,也陆陆续续被人抄走,虽说也叮咛过,还是愈传愈广,愈传愈远,一直流传到了内蒙古。蒙古族诗人查干稍加品味,便断言是公刘的"八行体"。此讯反馈回山西来,我颇为不安。清明节后,北京开始抓人。忻县的北京插队知青多,终日喊喊喳喳,风声鹤唳。形势显然大不妙。我表面强作镇定,实际在准备应付不测。这组诗的手稿当然片纸不留地祭了火神,长诗《尹灵芝》也委托电业局工人作者李福虎代为保存。最严重的时刻,还对刘粹交代了"后事"……菩萨保佑,一场虚惊,据与公安部门有关系的朋友了解:"通缉名单中没有你。"事后判断,当系我的这些"黑诗"不曾出现在天安门广场之故,限于文艺圈中流传,"放毒"范围还不甚广,就幸免被追查了。

这一段,父女二人一夕数惊,往往彼此只消交换一个眼神,便明白它包含何种内容。喜爆一声赛霹雳,"四人帮"垮台了,真是:人民解放我解放!这个"我",对父亲,对女儿,都同样适用。

人生就是苦恼,尤其作为像我这样的家庭成员,苦恼更多。四凶既除,高考恢复,张铁生之流吃不开了,得凭真本事。当时,刘粹已由街道推荐,进了忻县汽车配件厂当维修车工;她历来对理工有特殊爱好,也有特殊禀赋,因此,活儿干得相当不错。无奈的是,用算命瞎子的行话来说,"命中带小人"。在这个破破烂烂的小厂里,竟又遇上了一位"知识分子"小头头。此人技校出身,却身怀与其学历无干系的政治技巧。听说刘粹报考大学,便在学习会上不点名地进行大批判:有人资产阶级思想严重,一心想逃避工人阶级再教育,走白专道路……又借口生产任务紧,命令她每日加班加点,甚至连班倒(也就是一口气干十六个小时)。车工是站着干活的,这么全神贯注地站一天下来,腰酸腿疼,饭都吃不下,哪有精力啃书本!而这些功课,又恰好是忻县二中大搞"教育革命"革掉了的。刘粹要强,只填了一个第一志愿:南开大学应用数学系电子软件班。她连备选的第二志愿都没有报,简直是背水一战!尽管她牺牲睡眠,全力相拼,终仅以两分之差落榜。

直到如今,只要提及此事,刘粹还不免懊恼万分。但在录取不录取的问题上,女儿终于渐渐清醒,信服了爸爸的开导:"就是再做对一小题,超过那相差的两分,你还是会被刷掉的!别忘了还有政审一关哪!"

忍辱负重,只好继续像当童养媳似的当她的车工,直到和我一道来安徽。

来安徽之前,我曾有多次机会可回北京。其中有一处商调函都发到山西了。不过,那时候那个紧跟"四人帮"镇压四五运动的首脑人物尚未下台,他故意和担任中央组织部部长的胡耀邦对着干,借口住房紧张,要我去住马路上的防震棚,而且不许携带亲眷。我想,我的孩子明明是北京生的,有北京户口的原始记录可查,凭什么非得拆散我这个只有父女二人的家不可?!以我这种倔脾气和死心眼儿,碰上这种人和这种事,哪能不吃亏呢?

尽管不曾调回北京,却小有时来运转,宣布"改正"不说,还马上被派往对越自卫还击作战的东线(云南)采访战斗部队。刘粹一人在合肥"留守",打算安安静静复习功课,参加第二届全国高考。不料,上海文艺出版社急着要出我"改正"后的第一部抒情诗集《白花·红花》,要求立即配合编辑定稿。女儿二话没说,又为我做出牺牲,亲赴上海操持,从校勘到付梓,6月过去,7

月届临,只得被迫放弃应试了。

1980年4月,她都已经正式"进入阵地",准备迎接决战了,真是"天亡我也"——不迟不早,我又突然病倒于广西,而且来势汹汹,脑血栓、瘫痪、失语,特级护理。刘粹扔下书本,飞往桂林,在一八一医院整整陪住了三个月。又当护士,又当保姆,白天喂饭、喂水、接便盆,甚至于调整吊瓶点滴(每日输入低分子右旋醣酐)的快慢和拔针头,夜里每隔一两个小时,帮我翻一次身,以防生褥疮;如此坚持下来,根本睡不成一个囫囵觉,哪有不消瘦之理? 不妨说,长在爸爸身上的肉,都是从女儿身上挖下来的。说来也怪,患病期间,我基本上不会讲普通话了,那些含糊不清的言辞,大抵都是乡音。因之,每当医生查房,刘粹还往往得兼任翻译。我很着急,唯恐迁延时日,落下残疾,有时候竟变得很暴躁。记得有一天中午,我没来由地丧失理智,将一只盛满菜汤的搪瓷碗扣在了刘粹的头上! 一扣,我倒立刻清醒了,仿佛被扣的是自己! 我太不像话了! 换上有的年轻人,早"去你妈的"了吧;然而刘粹不,抱屈之余,痛哭一场,洗净头发,又照旧该干什么干什么。相形之下,我这个为人父者,真恨不能钻进地缝里去,羞愧难当啊!

此外,住院期间,我收到全国各地发来的五百余封慰问信、十几份慰问电,也全数由她负责一一答谢。单说这个工作量,就能顶一位专职秘书的活儿了。

我日见复原,需要加强四肢的体能锻炼;又是女儿,耐心教我使唤竹针,学织毛线(我不争气,几乎现学现忘),以训练指关节和腕关节的灵活性及协调性;每日搀我下楼,去体疗室进行各项体育治疗……以桂林甲天下之山山水水,刘粹竟终日困坐愁城,无福消受! 这使我每每想起就心疼不已。

医生起初断言,我会留下不是手僵就是脚痪的毛病,即便万幸治愈,起码也得卧床半年八个月。结果,我却九十天一天不多一天不少地出院了。整个医院为之激动,认为这是出了奇迹。那么,谁是奇迹的创造者呢? 当然,第一位是全体医护人员,第二位就绝对应数刘粹,我的麦子了。没有她的殷勤、体贴、周到和任劳任怨,我不可能这么迅速这么彻底地痊愈!即以个人与疾病顽强斗争的意志而言,那也多半归功于女儿的鼓励与支持。

而刘粹却为此损害了健康,贻误了高考,并且于不知不觉中倾向于宿命论:"爸爸,我这一辈子恐怕注定与学位无缘了,做一场大学梦,就得遭一回罪。"这样,才进入《安徽文学》社学习编辑工作,而后又报考"电大"中文专业——而这二者都远非出于她的本愿。

棋错一着,满盘皆输。刘粹如今已身陷文艺界的泥淖之中,欲拔不能了。就我的本心说,我也不甘心她再吃这碗硌牙的饭,捧这只扎手的碗呵。这大概就叫作命运。

我们父女之间,已然形成了一条"不成文法",我的多数作品,女儿都是第一位"审查官"。她谦虚地笑笑着,申明:"是读者,一个比较挑剔的读者。"我写这么多东西,诗、小说、散文、杂文、报告文学、评论、序、跋,还真不敢夸口,加在一起,有没有超过十篇(首)曾令她百分之百击节赞赏过!平心说,她一方面确有眼光,还真能从"鸡蛋"里挑出"骨头"来;另一方面,她不像我这样傻帽儿,许多事情办得就是比我"牢靠"。

她这些个"本领"是怎么练出来的?我也答复不上来。读书多,知识面较广,是一个原因。不过,更其根本的原因恐怕还是人生的磨炼,她读过而且迄今还在继续读"生活"这本大书。关键尚在于不仅仅止于读,读了还要独立思索,思索,再思索。因是之故,她早先那头——借用流行的诗人专用语汇——黑瀑布似的秀发渐见水源干枯了。刘粹遇上这一类的烦恼,总是不忘记爸爸的"功劳"的:"都怨您!什么都像您!生得这么矮,我还能高挑起来么?您老早就秃了头,我还想有好头发?"刘粹有个我十分欣赏的优点,不爱刻意打扮,胭脂水粉不沾边,画眉毛、打眼影就更无须提了。她见许多人向我索字,便要我也给她写一个条幅,我想来想去,写了她平日最喜欢的曹禺剧本《王昭君》里的一句台词:"我淡淡妆,天然样,就是这样一个汉家姑娘。"自然,我的意思又不只限于外在的仪表,也包括内在的心灵。1991年10月,她参加首届金陵文化艺术节,从一位来自海南省的女友那儿知道了市场上有一种 HAIRSPRAY 出售,可以帮助软而稀薄的头发定型,便买了一瓶,每天喷上一丁点儿;就我记忆所及,这肯定应该算作她唯一最"新潮"、最"高级"的消费品,同时但肯定是她唯一耐心从事的"美容"措施了。

我们父女二人,并不是一年到头都能"和平共处"的,毋宁说,由于观点不尽一致,意见相左倒是常事。最严重时,甚至发展到怄气争吵、互不理睬的可笑地步。我认真,她也不含糊。不过,多数场合并不是由于"麻雀虽小,肝胆俱全"的家务琐碎所引发,那些居家过日子的事好办,谁有空谁做就得了,没有什么可计较的。说出来恐怕会令许多人感到不可思议,导致矛盾激化的东西竟往往是些不着边际的"务虚"!举一个例子:1981 年,全国范围地批一个剧本(以及根据它拍摄的电影)批得轰轰烈烈。作者是我的老战友,小麦管他叫叔叔的。不知话题是怎么扯开头的,总之,是我对剧本中的两句对白表示扼腕:"何必这么写呢?岂不是授人以柄!"刘粹立刻反驳:"那又怎么啦!老舍的《茶馆》里,不也有类似的话吗?(指"你爱这个国家,这个国家爱你吗?")莫非老舍写得,别个就写不得?!"我做政治"成熟"状,告诫她:"老舍的《茶馆》写的是什么时代!"刘粹却抓住了我的弱点,予以反击:"什么时代?按照马克思的学说,国家是机器,是没有血肉没有感情的冷冰冰硬邦邦的机器!国家代表的是那个国家的统治阶级!在这个剧本里,国家就是'四人帮'!你是真不知道还是装不知道?!"女儿已经开始公然嘲笑爸爸了。我为之语塞,便批评她的失礼:"你怎么可以用这种态度对我讲话!"女儿寸步不让:"爸爸,您别转移命题。实话对您说吧,只有你们这帮 50 年代的老……老人(我猜她本来想用"老顽固"这个词儿的),才始终分辨不清'国家'和'祖国'的原则区别呢。祖国是热的,国家是凉的,祖国充满温情,国家嘛,说得不好听点儿,是一块死铁!"

为此,气得我三天不和她说话。

但是,冷静下来仔细考虑,她还真是对的,我倒真错了。

女儿教育了父亲。

近一两年,因了进修的缘故,刘粹又更多地接触了若干现当代西方哲学、美学思潮,什么海德格尔、伽达默尔、施普兰格尔,我更不敢随意置喙,只有请教的分儿了。每逢这种时候,我就会开玩笑地称呼她"家庭教师"。

教学相长,这本是孔夫子作为大教育家阐发的伟大真理。从前我在许多地方教育她,如今轮到她在一些地方教育我,这很正常,既不可笑,更不可耻。

我们的父女关系是百分之百的平等关系。这种平等关系的确立,不光是做长辈的不"倚老卖老",不封建,不讲儒家的那套酸腐货色,而且靠在某种意义上主要靠——新一代的自强自尊。在电大,刘粹有时候就穿上我的"志愿军式"棉袄去听课,貌似"乡巴佬",平日又从不张扬自得,夸夸其谈,以至有的同学曾认为她是省文联"门房的女儿",还私下打听"那位作家的小姐"是谁呢。1990年,她又去武汉华中师范大学进修文学评论研究生课程,学校里有一位张永健教授,由于主编多种诗选,和我多次通信,就中因为我出差在外,女儿还代我复过信;但竟也一直临到刘粹结业离校前夕,才发现她就是公刘的女儿。刘粹坚持保卫自己的尊严,坚持认为每一人在人格上都是平等的,坚持靠自己的双腿站立在这个世界上,而不是靠什么可以"乘凉"的"大树",一句话,不炫耀那并不属于自己的"资本"。也正是出于这样一种心理,她只要听见别人郑重其事地强调什么:"这是公刘的女儿",就如坐针毡,极不自在。

作为父亲,我为她的追求平等的努力感到由衷自豪。

既然平等,那就应该无话不谈。然而不,也有"禁区",那就是性。我不了解在我们中国这样一个戒律甚多的保守社会中,别的一些单亲家庭(我指的是父——女结构和母——子结构的单亲家庭)是怎样处理性教育问题的。反正我觉着为难。我自问还是一个作风严谨而又观念开放的不太落伍的人。假如刘粹是儿子,我相信我完全可以做到开诚布公,像两个男子汉一样对话;可对面坐着的偏偏是个姑娘,有些话,即使再"纯科学",再"纯学术",也不便启齿了。她十三岁那年,我们正在山西农村,记得有一天大早,她惊慌失措,又羞又急,语无伦次,似乎说到了什么血,好多血之类的情况,我明白,女孩儿家来了初潮了,但我一时也不知该如何解答,更不知应如何解决这一新问题,于是,道学先生的鬼魂趁机附体,觉得父亲对女儿讲解月经现象,成何体统,还是"非礼勿言"为好,便打发她"去找房东大婶,她会告诉你的",扛起镢头刨我的地去了。这,显然是失职行为。可是,怎么又叫作不失职呢? 又比如,在她念小学时,我就允许甚至鼓励她翻阅我的藏书,但是,《红楼梦》和《西厢记》,则是上高中以后才"开禁"的。"读这种书,还不到时候。"不知道是否正是由于这项禁令,反而激发了她的好奇心,据后来她对我说,到了南昌,刚上初中,就从同学们哥哥姐姐当红卫兵时抄来的乱七八糟的缺头少尾的各类书籍中大致都接触过了。"这有什么呢? 我不还是我,并没有变坏呀!"坦白地说,我也从来不相信一两本书就能教一个大活人堕落。决定性的因素在于这个人的家庭、朋友都具备哪一等的素质、品格和道德情操,在于他或者她在什么样的精神氛围、文化环境中生活,决定于知性、理性和悟性,而不决定于某一官能的感性活动。如今当然不再有诸如此类的"禁令"了,我们家有不少正正派派地讨论性学的好书,她自己阅读,自己理解,自己判断得了,无须我充什么教师爷的。"禁区",不复存在,只是避免同时进入罢了。

与此同时,也有一桩心事压得忒沉,女儿不知不觉地长大了,甚至不妨说,希望她小一点好,才适于跟着老父亲朝夕相处。我很不安。我觉得自己是戕害她的青春的刽子手。我在美国告诉那些对中国一知半解的黄头发、蓝眼睛、大鼻子,说刘粹是我的一座"活的纪念碑",他们还鼓掌,表示欣赏。也不知道,那上千名异邦听众之中,有没有谁动动脑筋,琢磨一下我这个发言者自己处于什么位置? 既然刘粹是我的"活的纪念碑",那么,顺理成章的,我岂不恰恰成了刘粹所"纪念"的活的死人了吗?

诗人作家们聚在一起,也有彼此聊起家务事的时候,经常能听到的一声叹息总是:"某某的女儿都成了大龄姑娘了,个人问题还没解决……"1985 年

5月,我在杭州小住,一位著名老诗人对我发了一通颇为揪心的感慨:"就因为我那个案子,把她给耽误了。如今,看着她脾气变得愈来愈古怪,我也只好什么都不说,责任在我。"然后,他又替我感到庆幸,"小麦也不小了吧,我看她倒蛮沉住气的,这太好了。"

我不愿对老友说:你只知其一,不知其二。实际上,生活伤害过刘粹;这种所谓的伤害,在如今许多女孩子眼中是根本不当一回事的。可她太认真,太执着,太理想化,半点玩世不恭,半点矫情卖弄,半点项庄舞剑意在沛公的动机,半点大男子主义作风,都是绝对无法接受的。加之她又伴着我这么个活样板,生母弃她于不顾,使她尝尽了单亲家庭的苦头;前些年又观察到我后来一次婚变的全过程,觉得婚姻不过尔尔:早知今日,何必当初!所以,有时她会宛如顿悟禅机似的对我说:"爸爸,说真的,我这一辈子很可能成为独身主义者……"

我无言。我还正在羡慕人家含饴弄孙的天伦之乐呢。

当然,偶尔我也有回答:"不要这么想,是我害苦了你。你完全可以不管我嘛。要说报答,你已经报答了许多,足够足够了。"

可招来的却是激烈的批评与抗议:"爸爸,您真是老糊涂了。您也不想想,您一辈子被整得这样惨,家破人亡,浑身是病,又有谁对您说一声'是我害苦了你'呢?这种时候,我再丢下您不管,那怎么行呢!"

罢罢罢,她说的也是事实,也在理,我还是不要和女儿斗嘴皮子吧。采取一个实际的有效的步骤,解放刘粹,解放我的麦子,解放这陪着一个活死人的纪念碑,才是当务之急。

1992年7月5日　压缩删定,合肥

四 月 八

节日是一种文化现象。

各个民族有各个民族的文化,各个民族也就有各个民族的节日。

费解的是,苗族,作为古华夏绵延至今的一个伟大民族,居然始终不曾产生自己的文字。这,无论与"黄帝大战蚩尤于涿鹿之野"的悲壮传说,与他们的历史遭遇,与他们的现实地位,对照起来都极不相称。原因何在?不属本文探讨范围,放过不论。单说处在这一特定情况下,人们去研讨苗族文化,希图进入真实、丰富而公允的境界,当然难度很大。仅仅从以往汉人写下的片鳞只爪去寻找凭证,不但不够,抑且往往多所歪曲。我想,补救的办法之一,当是努力跟踪"活资料",深入考察,再以科学方法归纳和分析。而所谓的活资料,最集中、最强烈、最本色的部分,当推苗族盛大的传统节日中的形形色色的"展览"了。民俗的、心理的、口头文学的、艺术的、服饰的、人际关系的……而其中带有某种神巫色彩的礼仪程序以及多种喜庆活动方式,表演节日的内容编排,尤其能充分反映苗族人民的整体性格。这方面的事物,会给人留下回味久长的印象,引起浓厚的究根问底的兴趣,就是完全可以理解的了。

我正是抱着求知大于娱乐的态度,直奔湘西苗族同胞一年一度四月八的狂欢会场的。

1999年5月22日,是农历己卯年四月初八(苗族朋友一般习惯于略去"初"字,简称为四月八)。除了春节,四月八,正是他们一年当中第二个最大的节日。固然,还可以数出三月三、六月六、七月半和"赶秋"等等较小的节日。这些节日连贯起来,正如汉族的元宵、清明、端午、中秋、重阳之类,彼此十分接近,纯粹是农耕社会的遗产,连日子的择定也有不违农时和劝民稼穑的软化作用,应该算作农民思维习惯的直接表露罢。

这一天,全国民间文学、民族文学暨沈从文学术研讨会的全体与会者,日程安排得特别紧张。早饭才放下筷子,便被车子送去凤凰县城外正西方向的黄丝桥古堡游览,赶回招待所用午餐,不休息又去位于西偏北的鸟巢河上观看"天下第一石桥",然后折回山江镇,挤进四月八盛会现场,真可谓人不解甲,马不卸鞍,忙了个不亦乐乎。

黄丝桥古堡和四月八有点瓜葛,值得一叙。但为了避免抢题,只能简单几句话带过。

古堡列为湖南省级文物保护重点单位。始建于唐,重建于清,老资格了。它行政上归阿拉营镇管辖,距县城约 70 华里。倘再往前走,便进入了贵州铜仁地界了。这座古堡(又名古城,但我觉得"古堡"二字更为贴切)的一大特色是,纯属屯兵专用,因之基本上无所谓街衢。它还留下了一个哑谜让后人猜测,四门独缺西门,莽苍苍,灰扑扑,左右两方与蜿蜒于川、湘、黔三省接壤处的千里边墙相连接,巍然要隘。历代统治者都不止一次地发布命令,禁止与"西南蛮夷"交通,干脆不设西门,实在是一个异常露骨的暗示。这样一想,哑谜不攻自破。我缓步环行一周,但见"城内"荆榛一片,昔日兵营戍所,大抵都倾圮为瓦砾堆了。世事沧桑的感慨诚然是有的,却不能不让位于愤怒之情:难道这不正是那些封建王朝(不管他们崛起于中国何方,属于哪个民族)的罪证么?自视优越,排斥异己,压迫边民,苗族,只不过是受害者之一而已。

我得赶快言归正传,从介绍四月八这一节日的渊源步入本题。

我打听到了两种不同的解释。

一种充满了人类远祖的共同的原始童趣。大意是说古代中国刚刚进化到农耕社会之际,人们知道了种五谷,同时也驯化了狗。狗开始成为人的伴侣,出现在我们祖先的日常生活中。狗的主要任务,也由帮助围猎变为帮助耕耘。当时,牛还是上界的神畜,并未出现在凡间。渐渐地,地上的人愈生愈多,粮食不够吃了,天神爷担心长此以往,怕要遭祸,便派牛下凡来传旨,规定三天只准吃一顿干饭,不料,牛是个忘性比力气还大的家伙,竟把天神爷的话传达颠倒了,成了号召人们一天吃三顿干饭。这么一错,粮食更少了,真的饿死人了。天神爷知道了事情的来龙去脉之后,大发脾气,便罚牛来代替狗犁田。牛问天神爷:"那我吃什么呢?"天神爷没好气,随口应了一声:"什么多你吃什么。"不过,他还是提醒牛,"人尿可不能饮,否则,你就再也回不来了。"牛来到下界,看见到处都长满了草,便决定吃草为生。然而,有一回,犁田太辛苦,口渴难忍,忘记了天神爷的嘱咐,喝了人尿,从此便流落槽头,失去了重返仙界的资格。牛憨厚老实,死心塌地帮人犁田,粮食多起来了,再也没有发生饿死人的惨剧了。人们为了报答牛的恩情,问明牛的生日是四月八,便规定这一天让牛休息。牛休息了,人也没有事干,便聚拢戏耍。这就是为什么选择四月八过节的缘由。

另外一种传说,则被赋予了英雄崇拜的色彩,成为悲剧故事,其梗概如下:官府获悉龙塘河跳花沟一带的苗家姑娘一个个天生丽质,又能歌善舞,便派兵来强行搜捕,打算送往京城,供皇上淫乐享用。这件事激怒了当地的小伙子,有一个叫作吴满宜的后生带头召集了许多同龄人,喝血酒盟誓,奋起反抗,打得奉旨选美的官军落荒而逃。驻扎在黄丝桥的大批人马闻讯赶来镇压,苗族群众在吴满宜率领下,苦战三昼夜,终因寡不敌众,遭到了失败。吴满宜带上剩下的男女乡亲,辗转撤往贵州,崎岖山路上洒满了他们的鲜血。然而,这支起义队伍坚决不散不降,且战且走,一直打到第二年的四月八,孤身一人依旧顽强抵抗的吴满宜壮烈牺牲于贵阳城,那殉难地点就在现今的喷水池,真是言之凿凿,犹如信史。这样一些有声有色的情节,解放以后,被演绎成阶级斗争的教材,实在是再自然不过的结局。国家民委正式批示,四月八定为苗族人民的传统节日,也是主要着眼于此,而绝非为什么牛的神话所感动。

从20世纪80年代开始,每年四月八都在不同的苗族聚居区举行庆典,例如湘西凤凰、黔东松桃、湘西花垣、湘西吉首,乃至北京香山等地,都先后承办过。这一届的四月八,再度轮到了凤凰。所不同的是,不是由县一级出面组织,而是由山江镇的普通老百姓牵头,挑起了这副重担,不但费用开销在当地乡民中募捐,所有节目也由本镇青年自编自演。这倒不失为一种自治能力的锻炼。不待说,同时也就带来了若干制约,多样性有所削弱,民族特色不够突出——像电视荧屏上专门介绍过的扣人心弦的惊险特技——上刀梯,踩犁铧,以及富于边寨风情的集体娱乐——荡秋千、吹芦笙,竟一样也不曾出台,观众因而无缘领略苗族人民冒死犯难的尚武精神,无缘欣赏苗族人民乐观合群的活泼性情,令人非常遗憾。

唯一吸引了我目光的是一个描述狩猎与农事的舞蹈。演员有男有女。男子上身赤裸,胡乱捆绑了几束稻草,为首者手持牛角号,指挥他的跣足伙伴们"赶山"(打猎),搜捕野兽。从动作到造型,都颇为粗犷。煞风景的是另一组女孩子,不知道为什么人人手腕上都戴着表,脚上穿的不是皮鞋便是旅游鞋,她们无精打采地模拟了若干播种与收割的动作。我很怀疑,在实际生活中,她们下过田没有?——也许是镇上的居民罢。

这个群舞中扮演猎人的小伙子们的通身装扮,加上那一声声洪亮热烈的呜呼呼号叫,使我回忆起1990年11月间,在永顺县王村(此地因被选定为电影《芙蓉镇》的外景地而大为风光)观看溪州铜柱时,不期然而碰上的橱窗内陈列的一组人体模型。那是名叫"毛古斯"的土家族神秘舞蹈场面,演员全部必须是男子,除了周身披着若干束与眼下这个苗族舞蹈相似的稻草外,一丝不挂。尤其奇特的是,人人腰间系牢同一"道具"——也是用稻草紧紧扎成的棒状物,前端较为粗大,而且一律涂上血红色。陪同我参观的土家族作家孙健忠悄悄对我耳语:生殖器崇拜。果不其然!那挺然、翘然的角度,那不成比例、过分夸张的形状，无不晓谕着这种"毛古斯"舞的主旨所在。我揣想，苗族、土家族比邻杂居，文化的交流乃至亲缘关系，难以回拒。据孙健忠谈，"毛古斯"舞，现今到边远深山偶尔还能遇上，演出时禁止妇女观看，表演地点也多数在远离村落的荒野之中。表演者和围观者都沉浸于狂热的"呜呼呼"的生命呐喊，声闻数里。有些所谓舞蹈语言，干脆就是交媾动作……

那么，苗族最古老的四月八，会不会也有这一类的内容呢？这不是我想入非非，四月八，究其实际，理当是一个实现爱情或者补偿爱情的节日，各个苗族聚居地的方志上记载的"合男女于野"，容或有所渲染，相信绝非捏造。汉族何尝不是过来人，否则，《诗经》中有关桑间濮上的歌咏，岂非空穴来风？

环顾会场墟街，远山近树，万头攒动，不时射来的阵阵急雨也扑不灭这遍地的腾腾热气！尽管苗族男性如今似乎不再强调本民族的衣衫个性了，妇女们却基本上倾向于"保守"；值此佳节，她们格外着意打扮，手镯、耳环，自不待言，凤冠、苏山，触目可见，比较"新潮"的是那无数柄争奇斗艳的花伞。我注意到，有的男青年，已挨近花伞，甚至钻进伞下去了。那是有情人终成眷属的第一步，四月八的命题中应有之义。

于是，我临了省悟到一个道理，四月八，这个日子之所以激动人心，历久不衰，万古长青，那秘密只有生命本身才能解答，既不是关于牛的命运，也不是关于吴满宜的下落，而是人性的健康、正常、合理的要求。

我这才满怀欣慰跳出了人流。

1992 年 7 月 12 日　追记于合肥

迷 你 茶 峒

将"迷你"一词和茶峒联系到一起,且赫然作为文章的标题,估计会教某些朋友大皱眉头,是不是太"那个"了？这也难怪,对某些来路不明、形迹可疑的字眼,正派人是历来视之若鬼神,敬而远之的,大凡熟悉近年中国文化市场取向的人们,都了然于心,"迷你"之声风靡国中,盖滥觞于新潮族的时髦服装——小姐们的超短裙。短,已望之生畏,况复超之！容易引起非非之想,自然要产生道德风化方面的种种顾虑了,不难理解。特别是,茶峒边城,一派东方女子的贞静贤淑,十足的古典美,怎么可以同"性感撩逗"结为姊妹呢？倘若硬要这么做,岂不像是不守章法的野郎中,居然胆大妄为,把两味无法配伍的药合成一剂,让它们彼此相克相生、相反相成,实在显着玄乎。

不,我要郑重申明,我之所以采用"迷你"两个方块字,完全着眼于它的本义,而绝无轻薄调笑的成分。"迷你"属外来语,英文作 Mini,译其音,谐其义,说句公道话,倒也丝丝入扣,十分传神,虽则用在了有争议的地方。Mini者,最小也。小,正是这座边城的一大特色。茶峒镇,坐落于湘、黔、川三省搭界处,山之弯,水之湄,宛如衣裳褶皱间缀着的一粒明珠。兼之茂林修竹,云蒸霞蔚,不走到跟前,是极不容易发觉的。如此看来,形容她 Mini,岂不分寸恰当么？等你有了这份福缘,也去赏玩一番,深深领略她那迷人的魅力,不是我夸口,到那时,你必定会明白,我为什么要当冒险的郎中,把"迷你"同茶峒放在一个药铫子里煎熬了。

以上一段闲话,算是解题。

下面接着还得做点考证，说说茶峒的来历。

酉水是茶峒的命根子，没有酉水，就绝不可能有茶峒。虽说酉水不过是沅水的支流，只有短短一段可以常年通航，但其流域幅员不能小看，甚至堪称源远流长。南水发轫于贵州印江，北水肇始于湖北宣恩，蜿蜒曲折，泽被鄂、川、黔、湘犬牙交错的毗邻地区，一方水土竟养了四方人。

民间传说，茶峒这个地方，老古辈子仅有两户汉人结寮而居。"茶"乃苗语，指汉人；"峒"亦苗语，用本地方言解释，是所谓的窝坨，即巴掌大的小盆地。至于酉水之酉，我检索过《说文大字典》之类，诠曰：凡酉之属，皆从酒。足见当初命名这条溪河为酉，实在有褒扬它清冽甘美一如酒浆的深意在焉。

我是1991年5月24日从凤凰出发，取道花垣，再西行25公里，跨过一把石锁似的拱桥，才敲开茶峒的大门的。我们的车子沿着非常狭窄、非常弯曲的背街缓缓行驶，边走边打听当地一个什么机构的所在，却到底不曾找着。最后，不得不停在一所小学的小操坪熄火。此番专程陪同我来边城拜访的有两条"龙"——龙，是湘西苗族的大姓，其地位与吴、廖、麻、石旗鼓相当。一条"龙"是龙文玉，自治州的副州长，学者型的行政首脑，因为写了一篇论证屈原本是苗族血裔的文章，为学术界所瞩目；我把论文找一来读过，觉得他取近譬远，倒也有根有据，自成一家之言。另一条"龙"是文教官员，名叫龙羽飞，主持着州教委的日常工作，他的前任正好就是龙文玉。二龙保驾，当然不胜荣幸之至。这时，随我一同前来的女儿，嗫嚅了一声："人家让停么？"露出女孩儿家胆小怯场的意味。龙文玉安慰她："敢撵！有他们顶头上司在哩！"这话明明又是打趣龙羽飞的。顺着这个话头，龙文玉对我摆起古来，他说："茶峒这个地方，不但风景优美，而且从教育角度回顾，在湘西也有不可抹杀的历史光辉。原来，抗日战争爆发，随着北京的、东南沿海的名牌学府陆续西迁，茶峒成了'大后方'的孔道，不免撒落些文化种子，这样一来，便创建了国立茶峒师范。"龙文玉特别强调"国立"二字，让我注意到它非同寻常的分量。

我问:"这所国立学校如今怎样了?"他长叹一口气(龙本人吃过几十年粉笔灰,对教育界极富感情),一字一顿地答道:"解放不久,就没得了。"语气中透露着不胜惋惜。"要是还在,我们两个陪你来,哪有不去和校长、老师、同学们见见面的道理?"倒也是,这句话很有说服力,我也不胜惆怅了。

步出校门,走不多远便来到集市贸易的墟场。遗憾的是,当天不逢三,不逢八,没有机会亲眼看看川、黔、湘三省数万边民,翻山涉水来赶场做买卖,熙熙攘攘、人声鼎沸、乡风十足的红火光景。据说,这里集散着山货土产,品种齐全,分成十七个大行当,互不掺杂,一目了然,眼下这偌大的一个农贸市场,虽则空空荡荡,却整洁如画廊。进、出口处被有心人设计成亭阁水榭的款式,顶棚一色碧玉般的带槽塑料板,整体规划井然有序,摊档栏柜,排列得也宽窄恰到好处。尤其令人称奇的是,转上一圈,竟未发现任何遗留的秽物,也闻不到半点腥臭腐烂之气。仅此一端,已足以说明,小小茶峒不乏勤劳精细的当家人,他(她)们肯定都长着一双善于操持家务的手。

墟场的地址选择得颇有头脑,弧形偎依过来的正是不事喧哗的酉河,我想,取水必定方便,因而才能如此洁净。我登上一座条石砌成的河坝,初看是碧蓝色,细看却渐渐失去了色彩,大鱼小鱼,摇头摆尾,或相互追逐,或独自沉浮,几乎能听清它们的唼喋之声。我不禁有点敬畏起来,这该当是仙界的圣水吧!多少年了,我走南闯北,从未体验过类似的激动和喜悦!古话说:"水至清则无鱼",但酉水一眼能看透看穿,还不照旧有鱼!可见,所谓"人至察则无徒",恐怕也同样并非绝对真理。如果垂网设罟者不太险恶,鱼儿还是不必躲进浑水中去的;如果人与人之间还有忠良信义,"至察"就会变得与"大而化之",一而二,二而一,只会吸引更多的知交,而绝不会"无徒"。

那是什么?我仿佛望到了一种奇怪的飞鱼。这兀然闪现的奇迹,打断了我酉水观鱼引发的习惯性思索。然而,定睛端详,便立刻哑然失笑了。哪有飞鱼?是天上飞来飞去的各色禽鸟,它们将忙碌的翅膀织入水中,便恍若飞鱼了。值得庆幸,我赶上了最理想的天气——晴间薄云。你看,远远近近,高峰低谷，山岚无处不在，飘逸如纱，缠绕如带，缱绻如一段难以摆脱的小儿女私情。兴许正是这山岚的铺垫衬托，四外的景深无限阔大辽远起来。无声的涟漪之间，卧着三两沙汀，而沙汀之上，又卧着无从识别是家养抑是野生的花颈鸭。凝神久了，沙汀也成了活物，上下轻微款摆，以至于令人有了错觉，明明自己脚下踩着的是岩石，居然也晃悠起来了。

我连忙跳了下来。这酉水真好！好得出奇！

得抓紧时间上别处游逛去。他们趁我牛饮满河佳酿之际，替我物色到了一位在当地工作、生活了二十年之久的张老师，草木关情、博古通今，张老师果然是高级导游。

一路行来，张老师挥手之间，山光水色，全见了斑斑文采。固然，对那些八景、十景之类的破渔网烂絮套，我不会产生去钻一钻的念头，但当我听说什么塔什么亭子一一皆毁于"文革"时，未免黯然伤神：这个混账"文革"，真乃水银泻地，无孔不入，连这么个历来"三不管"的小镇，也逃脱不得！有的人至今还希望"七八年再来一次"，莫非是嫌侥幸保存下来的残山剩水还碍了他们的手脚不成？真不知长的什么心肝！

指点罢前朝往代骚人墨客吟诗作赋的名山胜景，下一个目标，天经地义的就是渡口了。我们沿着沈从文名著《边城》中为读者展示过的河街向前走去，现实的景观大大地变了。原来，1954年这儿遭过一场大火灾，美丽多情守候水手的吊脚楼已所剩无几，不过，即便如此，远远望去，幸存的些许，依旧像一架硕大无朋的排箫，日日夜夜吹奏着《高山流水》的神韵；此情此景，又和俞伯牙与钟子期的故事大不相同，知音钟子期——酉水尚存，可是伯牙先生所操的古琴——吊脚楼——却濒临灭绝了。

渡口本身也今非昔比，没有了桨、橹、篙、舵，没有了人见人爱的翠翠，没有了爷爷和爷爷的酒葫芦，也没有了通人性的黄狗，换了一根风来呜呜作响、风止铮铮发亮的拇指粗的钢缆，横贯两岸，固定于茶峒与洪安各自的码头。一只约莫可载四十人的方头木船，以奇异的方式"挂"在钢缆上面。

船老大姓蒋,名字我没有问。龙州长认得他,龙主任也认得他。蒋老大的确是一方名流,无人不知。舱板两厢,都是他的奖状、奖旗,有湖南颁发的,也有四川颁发的,琳琅满目,煞是耀眼。龙文玉笑笑对我指了指蒋老大:"先进事迹就不用介绍了。"蒋老大报之以憨厚一笑。我心中忽而一热,暗自吃惊,这个蒋老大身上,敢情有翠翠家祖父的灵魂附体?难道世世代代在这酉水之上专司摆渡的人,临到老了,都会得到一份因看透世事而导致的疲倦、沉默和宠辱皆忘?

然而也不尽然。马上我就看到了蒋老大的另外一面——他身上还保持着湘西汉子的刚烈、仗义、爱管闲事、火气像炮仗一样响得快也消得快这样一些特点。

渡船要开未开之际,突然,崖头上有位妇人呼叫,要蒋老大搜船,帮她找一找她那"牵肠挂肚的不懂事的伢子"。蒋老大立即重新系牢了渡船,两只眼睛就像充了电一样,四下里扫射,才几秒钟工夫,就听得他大喊一声:"在哩!"接着,便冲上去拽住那个早已缩成了一团的少年。这少年十七八岁,生得倒也清秀,细高挑身材,上身一件红背心,下身一条军绿长裤,一只裤脚管正正经经,另一只裤脚管却挽到了大腿根,连阴毛都露在外头了,单凭这一点,就教人得到一个精神不正常的印象。果然不错,蒋老大动手了,一巴掌打在了少年的屁股上,顺手又将那实在不成体统的卷得老高的裤脚管捋松,拉抻,然后推推搡搡地押着少年去见他娘。谁也不曾料想,那少年却瞅了个空子,一个猛子扎进河里去了。全船乘客无不大惊失色,担心出人命。但很快又放了心,原来那少年水性极好,只见两丈开外,水面上冒出一个人头来,还扭转脸来冲蒋老大咧嘴嗤笑哩。蒋老大像是自言自语,又像是对众人解释:"龟儿子!我晓得你淹不死,就怕你毛病发作起来,自己找死!"说罢,跳上船头,扯起大得吓人的嗓子吆喝离码头相当不近的一只小划子赶紧救人。救谁?当然是救那还在凫水,还在不时扭头龇牙一笑的少年。他说的是那少年的乳名,足见平日是极熟悉的,不过我听不懂罢了。

那划子是完全光秃秃的,像块条板,一个中年人,一根长竹篙,一排鱼篓,四五只发绿的黑鸬鹚(就是俗名鱼鹰的家伙),立即全体遵命前去,追了一阵,终于追上了淘气的恶作剧者。少年忽然变得十分乖巧,浑身湿漉漉地自动爬上了划子,虽说依旧笑着,但这一回畏惧代替了得意。"龟儿子,也晓得怕鸬鹚啄眼珠子咧。"蒋老大搓着一双大手,又嘱咐了那为娘的几句,她如今已挤在看热闹的人群前头了,脸上不知是淌着汗水还是泪水。

这一幕很精彩,很难得。我算认得了这个威猛却又心细、严厉同时慈祥的摆渡人了。从他的一句话一个表情一举手一投足的动作当中,无不充分地自然而然地燃烧着人性、人情、人品的美。这人性、人情、人品的美,正好拿来和茶峒自然风光的美配对呢。令人钦慕的又岂仅是那硬朗的体魄和黝黑鼓凸的腱子肉!即就以体魄、肌肤而论,难道不也正是一篇无声的发言:白昼黑夜,风刀雨箭,只干不说,扎扎实实地为人民服务啊!

蒋老大忙碌地(其外表极为悠闲)操作起来,船启动了。他肯定已然把刚才的"乱子"丢到爪哇国去了。我私下揣测着,像他干这种营生的,又有了一大把年纪,什么没有见过!要是把每一场风浪都放在心上,保险会压杀的。只见他握住一个外形颇像刷子把的木头疙瘩,一截一截地以滑动的方式丈量着那根钢缆。我这时才注意到他的手指头,每一根都像胡萝卜,远较我的粗大。我走近前去,接过那个刷子把,又发现它实在做工精巧,不像刷子把了,油光水滑的,认不出是什么木料做的,长长的,有棱有角,但并不割手,当中开了一道"凹"形的槽子,卡在钢缆中,运动自如;试了几下,颇得异趣,只因生怕误事,赶紧交还蒋老大。我的感觉是,这玩意儿比用胸脯子硬顶着竹篙,以至顶出一块死茧来,强多了也轻巧多了,不妨称之为进步罢。但恐怕也只能用之于人工过渡而已。

随着洪安镇的近在咫尺,我的视线渐渐被四川的风物所吸引。此刻,我有了一个意外的发现,300米左右的水面,竟被渲染为两个色调:河东(湖南)青中出蓝,河西(四川)蓝中出紫,蓝得庄重,紫得佻挞,遥想天地初开,造物主因得了什么灵感要如此设色涂抹呢？我看了看表，正当下午2时。不知是否全日不变？也可能有气流、日照、方位、山势、水情、土质、植被等等诸般因素在起着作用，我不懂光学，颇费猜详。

洪安属秀山县管辖，出川口岸，地扼要冲，军阀混战年代，想必同样一夕数惊，居民们得准备好几面旗子的。遇上太平世界，自然又会拥来许多行商坐贾，声色犬马，制造一片繁华兴旺。这一点，单看鳞次栉比的老式铺面，就不难推断。然而，所谓的知名度，实在是一个古怪东西，同样的地理环境，差不多的人文背景，不相上下的贸易额，茶峒硬是比洪安响亮！想来想去，我认为，这无论如何得感激沈从文先生。他的《边城》写的是茶峒，不是洪安，这就是小小茶峒独占鳌头的秘密所在。洪安人是怎么看待这一问题的，是不是也有嫉妒，也有不平，我没有打听。反正我们一行穿街而过，一直走到头，还不断开着"格老子到过四川啰"的善意的玩笑。我不清楚，别人都有哪些内心活动，连我自己的女儿，我也不便探问，就我而言，我觉得这个举动够具备"中国特色"的了，隐隐地在给洪安授予安慰奖，搞平衡，"允执厥中"，避免出头，典型的儒家风范，更直截了当地讲，乃是一种和发挥优势崇尚竞争的现代观念唱对台戏的落伍的集体无意识。实际上，也是一种精神准备，以便回到彼岸后，能心安理得地礼赞茶峒，不管是出于真心也罢，人云亦云也罢。

尽管我自认是出于真心，但也随大流，跟着浪费时间。

仍然靠蒋老大接我们回去。

趁着渡客纷纷上岸，待渡者尚未登船的间隙，我请蒋老大并肩坐下，合影留念，并且告诉他，一旦冲印出来，立即寄给州长，麻烦州长下乡时捎上。蒋老大无疑是上过镜头的，没有半点忸怩，只是照旧憨厚地笑着，照了。大约半个月后，我回到安徽，实践了我的诺言，也不知船老大收到否。这是后话。我真诚地希望，蒋老大看了相片能从千千万万个一面之识者当中，唤醒一星半点朦胧忆念，或者能辨认出这个几千里外的蓄须老头儿。因为我摇着他的双手，表示过发自肺腑的感谢："都说'同船过渡前世修'，那是说过渡，今天你为我摆渡就摆了两趟,这缘分谁知道修了几辈子!多谢多谢!"

上得岸来,张老师便要大家抬起头来,仰望山崖上的一段旧城墙。实际上,根本说不上"段",只配说一"角"。仅仅一"角",却寓有兴废沧桑数百年。我搜索脑海中的信息库,查到了它的历史——鼎鼎大名的永绥厅协城。永绥,这一命名便注定了自身的败亡。这两个字里潜伏着的民族歧视、民族压迫,促成了乾嘉苗民大起义,一霎时,林立的炮楼石堡,被摧毁殆尽……残留下这猥琐的一堆砖石,不经意间瞄上一眼,仿佛那当年本是用作修补山崖豁口的填料,一丝威风都没有了。万一有人望文生义,误解了沈氏《边城》,那么,这所谓的"城"的形象,怕也会因其苍老凄凉之美,于无意巧合当中,赐予羁旅流人些许不招自来的喟叹罢。

待我跟随众人,走上了茶峒的主干"马路",目光所及,倒也相当完整;数不清的木构建筑,古风泱然,特点是大抵都以桐油浸过,髹漆的反而不多见,想必是这一带自古盛产桐油所致。一些大户人家,或者老字号,又另加麻石门框、麻石廊檐、麻石台阶和麻石天井。遗憾的是,好端端的青石板街,不知何年何月,被见过世面的头头脑脑下令翻修成洋灰路面,而档次又自然较低,实在有点得不偿失。我记起了自己访问过的一些国家,即便是首都,大抵还保留若干鹅卵石的和小块花岗岩铺筑的街道,只许步行,不准开车。而为了周遭氛围的协调,严格立法,凡改造危房,必须按原貌复旧,甚至区区路灯,也始终保持着18世纪样式的玻璃罩。我以为,这样一种考虑是有道理的,它说明了对文化的尊重与珍惜。在这方面,正如笑话里调侃的,我们的历史太悠久了,作田佬锄板随便一翻,破瓦罐都是文物,不稀罕了。这实在是一种很可怕的心态。固然,与上述漫不经心的思路刚好相反的,是精明过头,昧心透顶,大啃其先人尸骨——一宗宗盗墓案、窃宝案、走私案,不就是为了贪图几张花花票子么!然而,这两路人马,实在都是由败家子组建而成,水平无须分高下,一个有意,一个尚不自觉,区别仅此而已。话题扯远了,打住。

教我不胜欣悦的是民居。依稀当年,未曾赶食洋不化的浪头。有一幢房子,特别引起我的兴趣。(类似的结构洪安也有,据说,茶峒还不止这一处。)门口挂着好几块牌子,当系数家单位瓜分了。我也不及细看,便径自闯了进去。庭院深深,怪清凉的,与户外的燠热判若天渊。最奇特的是建筑的式样,老宽一个天井,但由于内里的重重飞檐,直接承受雨露的面积并不很大。尤其别出心裁者,还推正堂中间,一般人家放条桌摆香炉烛台供神主牌位的所在,竟是一架坡度平缓的石梯!拾级而上,便可以随意左转右拐,沿着古色古香的栏杆,通向连接整个楼层的环形走廊。所有的房间都高矮得体,大小适度,且东西南北,布局整齐;这样的房间,无论作办公室,作宿舍,都甚合中国人的口味。凡是木料做的东西,一概用桐油透过,明晃晃的,略呈金黄色,令人感到温润、惬意。对着这独具一格的安排,对着这无分轩轾的房间,我不禁暗暗称奇,会馆么?不像。商号么?也不像。堆栈么?更不像。只剩下一种可能:妓院。以旧时代茶峒的生意鼎盛复战乱频仍,行商云集兼长官蜂拥,于官马大道之上,选择一个好码头,或逼或买,集中一批妇女,搞点无烟工业,是合乎当时的情理的。

再留心观察两旁的铺面,多数维持着传统的气派:高高的木柜台,长长的木门板,门口还不忘记设一条木门槛。在这种店子里进进出出次数多了,是容易引发时光倒流的错觉的——我这一把胡子的老汉,是否又返回了童年呢?

我们虽然一路漫步,且时有流连,无奈一轮烈日大放光焰,脸上、身上,都不觉烤出一层碎米汗珠来。正在这时,张老师大声招呼远处向我们快步迎来的一位中年男子:"吴站长!客人在这里!"吴站长索性跑了起来,胳膊上挎着的一个大竹篮一颠一颠的,十分的碍事。龙文玉忙叫他:"莫急,莫急。"他还是跑,待到一一握手时,已然大汗淋漓、气喘吁吁了。我自然觉得过意不去,便找话搭讪,这才知道他是去给饭铺采买去了。龙文玉乃向我解释:"他有两重身份:茶峒文化站站长,茶峒文化小吃部老板。老板替站长打下手,站长偏靠老板养活。"我终于弄明白了这绕口令似的介绍词:"以副养文"。龙文玉接着又说:"本钱是他个人的,赚的通统归了公。茶峒文化站是我们湘西的,也是湖南的先进单位,等一下,你就能亲眼看到各方面奖励,表彰他们的锦旗了。"人高马大的吴站长,听到州长当面抬举他,竟害臊起来,搓着双手,讷讷不语。又一个标准的茶峒人!我在心上这样决断着。

某些场合,腼腆会成为一种美。人高马大的男子一旦腼腆,尤能显示质朴的美,并因了这反差强烈而越发动人心弦。

这个吴站长,一下子叫人觉得亲近多了。他把众人引进了吴老板开的饭铺,街的正对面,便是张贴着红绿海报的文化站。店铺的两堵墙上,挂满了各色人等留下的字画,其中有的干脆署明赠给文化站。可见,这爿店子本来和文化站就是一家,掰不开也不该掰开的。

仔细分辨店里的从业人员,琢磨那神态、语气,除了那掌勺的大师傅外,我猜都是站长的妻孥亲眷。仿佛是下了总动员令,七手八脚一起拥了出来,泡茶敬烟递扇子搬板凳,热情得烫人。我却看中了墙角一字摆开的小竹交椅,喜欢它们那通体"熟"透的红光,于是,又好一阵子乱,撤掉板凳,换上小竹椅。这当中,女儿直抱怨我:"你看你,净添事!"我苦笑着解嘲:"我不了解茶峒人这样敬待远客呀。"人们一阵哄笑。

才落座,吴站长便通过龙州长向我索字,我答以考虑考虑,两位司机当中的一位建议:"就写翠翠如何?"司机看来是沈从文先生的忠实读者。此时此地,竟也想起翠翠来了,确乎令人惊喜。我谢过他之后,便努力用通俗的话语,将"文学人物"和"普通人"二者之间的关系和区别大略地说了几句,茶峒人认翠翠作乡亲,这证明作家也被认作了乡亲。然而,翠翠终归只是茶峒女孩子当中的一个,并非全体女孩子都是翠翠。我这番啰唆,用意在于交代清楚美的象征是多种多样的,任何一种美的象征都无法囊括美的全部。但我明显地失败了。包括张老师、吴站长在内的不少"听众",全都认为我刚才不过是上了年纪的人爱絮叨,姑且从宽对待,不予计较;转而,他们热烈地谈论起哪个村子、哪条街巷、哪家商店里有个翠翠。(统计下来,至少有三个。)一句话,结论是:翠翠真有其人,翠翠还活着,高寿了。这是无稽之谈么?一个个偏都认真得很,不容怀疑,更不容反驳,平心而论,它实在令人感到兴味无穷,甚至可以称作是一席丰盛的精神会餐呐。

沈老先生泉下有知,也将欣然领情罢。

站长夫人端上一托盘瓜来,大小一般的三角块,技艺超群,"可为天下宰"也。人们都心里热得冒火,于是,风卷残云,刹那间变作一堆瓜皮了。吴站长见状大呼:"接着上哇!"女公子又端来一托盘,这回的块头参差不齐,显得技逊一筹了。两位司机余勇可嘉,又吃了三两口,其他人皆拍拍肚子无福消受了。我想,中国人最理想的境界是年年有余,其极致自然是"顿顿有余",乃衍化成"礼"的表现形式之一。究其内里,深层的心理因素不过是饥饿恐惧症。为什么不提倡"恰到好处,适可而止"呢?这一点,还真应该学习西方人。

题词的事,终于办不成,没有宣纸。看来茶峒文化站果然勤俭办事业,不像有的地方,明明穷得叮当响,可门面功夫硬是舍得下血本。我对吴站长说:"等我回吉首补写吧。"5 月 27 日,我履行了诺言,对茶峒人做了一个总体评价:"边城儿女,亦真亦善亦美。"着人捎了去。

龙文玉不知是第几次看手表了,这会儿又在看,我也看,哎呀,都快 4 点了,不早了。州长公务在身,必须当晚赶回州府吉首市——明天还要主持一个会议哩。

吴站长却误会了,又提议给大伙儿下汤面,吃了好上路。人们全笑他:顾客心理学尚不及格,必须再兼几年老板,暂时还不能提升。

吴站长正待要争辩,说什么瓜不饱人、够出汗不够撒尿的等等。我回敬一句:"谁说不饱人?早吃饱了,你不知道咱们有句老话'秀色可餐'么?"

龙文玉、龙羽飞相视而笑。

临到分道扬镳时,龙文玉摇下车窗玻璃,挥手与我作别,犹自喊了一声:"秀色可餐呀!"那神情透露着大满足。

我也享受着大满足。但并非自炫于妙语解颐,而是为祖先深感自豪:他们的脑瓜子多么聪明啊,竟至于能创造出如此准确、生动、细腻、隽永的语言!……好似他们早早便来过茶峒,留下咀嚼过的精华,供子孙后代反刍。

1992年7月25日—8月5日　追记于合肥

九儒十丐新例

倘或一切顺利,此刻,我当正在大洋彼岸,进行学术交流,切磋现代诗艺。然而,遗憾的是,前后足足折腾了50天,最终纹丝不动,还在中华人民共和国A省H市待着,眼望窗外灰黢黢的天空,心里羡慕那白云,虽不甚白,倒也悠闲自在,去来无碍。

6月3日,美国桂冠诗人协会本届主席白杰明·R.尤臧先生寄来请柬,我译好后于5日即连同出国申请一并呈送上级,本单位不算,连过省财政厅、省政府秘书处、省文化厅、省外办、省委宣传部"五关",直到7月22日,最后一纸批件下达,只剩下一个星期的时间,要换外汇、订机票、领护照、办签证,实在也够悬的了。更糟糕的是,消息传来,青龙偃月刀斩不了"六将"——赵公元帅,于是,"没戏"。

原来省里只应承一张单程机票,另外一张回程的还派定要我所在的这个发工资都岌岌可危的机关"出血",至于抵达以后的各项开支,"由其自筹"。匡算一下,这"自筹"部分恰恰是个大头。我的天!哪那么多的私房可贴!急忙求告仗义疏财之人,都怨自己天真,竟横遭一位自称爱诗成癖的个体大老板捉弄,教我一口气接着过了30个愚人节。最当紧的关头,有7天之久,天天顶着毒日头跑邮局,查找电汇单,临了,主管这项业务的小姐们都齐声抗议了:"没有就是没有嘛,谁退回去啦?你朋友瞎说!简直有损邮政声誉!"我这才死了心,同时清醒过来,知道是对方导演了一出小小的讽刺性恶作剧。

A省是出名的穷地方。尽管我曾目睹有些市、县招待所设有专职陪酒员,每日开的流水席,觥筹交错、呕吐狼藉。遇有中央的什么检查团,甚而某位要员莅临省城,大抵都不吝巨金接待,优渥有加。记得是五年前罢,这儿流行过一个响亮口号:"远学闽粤,近学江浙"。随着主政者的不断更迭,"年年都有新套套",而今浦东最时髦,反正再换上就是。仅此一项,各级官员外出取经进宝,年积月累,所费岂止百万!好在这是正经八百的"交学费",庶人争议。

由是观之,"穷"与"不穷",原来也是辩证的统一,一切依对象、名义、条件、关系、时间、地点而定。

说来颇巧,就在侯"审"期内,偶翻报纸,发现了一则标题为《北京文坛杀出一批"议价"作家》的新闻。细看内容,正如记者所形容的,全是些大红大紫的人物,我是绝对无法望其项背的。不怕出丑,试以五年来唯一见了书的诗集为例,出版社够客气的了,不但不让我掏腰包买书号,还照付薄酬,扣除为了应友人需索而自购的 500 册书款,汇给我人民币 900 余元。区区之数,令"大款"齿冷,还不够他卡拉 OK 一盘的,小意思。

我之所以不敢妄同这些同行称兄道弟,全因自家不争气。首先,限于才情,我这辈子肯定成不了所谓的"写字大腕",也拿不出"国产精品";其次,我是名副其实的单兵作战,无论过去、现在和将来,都滚不成"民间团体",既无恃,又无援,凭什么要求"优质优价"?谁又买我的账呢?!

钦羡之余,不得不心悦诚服:像他们这样儿的,才不愧是当代英雄!何况,他们也的确言之有理:凭什么影视歌星乃至"画星"的产品价格一律高得出奇,爬格子的果真下贱?!"组织起来",是伟大领袖的谆谆教导,《国际歌》唱得好:"从来就没有什么救世主……全靠我们自己!"

不过,我大概例外,我没有办法救自己。

真是穷极而无聊之至。为了遣愁解闷。钻钻故纸堆,也许能与世隔绝,偏又撞上了清人赵翼的《陔余丛考》,其中援引了南宋遗民郑所南记述的元制,人分十等,一官,二吏,三僧,四道,五医,六工,七猎,八民,九儒,十丐。这可能就是自幼耳熟能详的"九儒十丐"一说的原始出处罢。

儒者,士人也,书生也,按前不久惯用的阶级分析法,亦即资产阶级知识分子也,"臭老九"也。

元代到底有没有实行上述的"区别对待"政策?尚有争论,存疑。人民当家以后,倒是小有体验,所幸而今改革开放,一切重新调整,"尊重知识,尊重人才",一片沸沸扬扬,好不热闹!虽然有过职业要饭的乞儿回乡盖了新居的传闻,但还总不至于发展为提出异议,要求重排座次罢。

然而我又只好例外,我这个"儒",已然名列榜末,落在"丐"的下面了。今年6—7月份的经历,便是铁证。

怨天乎?君不闻天何官哉。尤人乎?君切记人言可畏。说来说去,只怪在下无能,坐以待毙吧,活该。

1992 年 8 月 7 日　H 市

谪 仙 记

湘西有许多好山好水,目前还像被开发前的张家界一样,"藏在深闺人未识"。

出永顺县城往南十余里,有一处知名度不高的地方,叫作"不二门"。依我这不能算作太逼仄、太粗鄙的眼光,要打分数的话,将它推荐为"种子选手",我的心也绝不会发虚。

我是结束茶峒之行后,连夜赶来此地的。

茶峒的目不暇接,一旦放松了,倦意便袭上身来,不过,眼皮虽然轻轻地闭上,心还在骚动不已。随着车子离目的地愈来愈近,新的疑问也愈来愈强烈:为何起名"不二门"?想必脱不了佛理的干系吧。果然,下到半山,人烟稠密的县城已遥遥在望,此时,陪我前来的龙羽飞忽然吩咐停车,同时叫我跟他出去,站在他指定的立脚点上,再叫我避开掩映林木,借着夕照余晖,越过峡谷,径直朝正前方望去:"看那座崖头,像什么?"龙羽飞提问时的表情,极像顽皮的老师"考"顽皮的学生,他那浓浓的眉毛,大大的眼睛,面团团的双颊,一概荡漾着笑声,而且隐藏着某种得意之情。我马上声明目力不济,留一手,免得指鹿为马闹笑话。事实证明,这纯属多虑。五秒钟不到,立刻能下结论:"南无观世音菩萨!"龙羽飞拊掌大笑:"对!"为什么我一只眼失明,居然猜得这么准,除了它本身过分逼真外,还有一个秘密,直到写这篇文章时才拿出来曝光,那就是,龙羽飞本人的形象给了我以启迪,他俨然也是一尊阿罗汉啊。何况,还有一路萦回心头的"不二法门"这一佛教术语呢。

车子风驰电掣般飞下山去,在城里我们未事勾留,转弯便直扑郊野。山山相连,水水不断,擦过一座小型水力发电站后,正隐约感到前方没有路了。然而,不等闹明白是怎么一回事,重门叠户的石扉早已混在暮色苍茫中,一甩而过。这肯定就是那个"不二门"了! 我暗自寻思着。什么形状? 什么位置? 什么格局? 一概只好留待白昼重现的明天了,反正那一夫守关,万夫莫开的气势,因四外的幽晦而越发森森逼人。

石门一过,又变得开阔起来。蓊蓊郁郁、高高低低的树林深部,有闪闪烁烁的几粒灯火,水声时远时近,若即若离,都仿佛有心跟来客玩捉迷藏的游戏。此时此刻,我是有点饿了,但更咄咄逼人的是困了,乏了。

饭还无论如何得吃。忽听说与河水几乎并行的还有一股气势汹涌的温泉,可以沐浴。洗澡能驱除疲劳,这是常识,何况温泉乎! 于是,兴致勃勃地去了,也全不顾莫名其妙地断电熄灯,权且充当一次爱罗先珂吧。想起了鲁迅先生介绍过的俄国盲诗人爱罗先珂,勇气陡然倍增。

连蜡烛也没有。还真有点幽谷探险的意味呢。摸着下似乎永无尽头的石阶,摸着跨越沟沟坎坎,摸着进澡堂,(后来才知道屋里走道上挖了一个大坑,正在检修水管,够悬的了)又摸着下单人间的单人池。这一切,全部都是凭着不太明亮的星光的垂爱,才得以完成。只是一直觉得那池子造型特异,非同凡响,却又始终不解其所以然。待翌日在大放光明的条件下再度体验,不禁哑然失笑:十足一只鸡蛋壳嘛。我浸泡过的麝汤兰汁,少说也有二三十处吧,像这样儿的倒属头一遭见。赤裸着肉身端坐其中,你不难唤醒那最初的记忆,躬身抱膝,处于亲娘子宫羊水的包围之中,也不过是这般自在、这般温馨、这般无忧无虑而已。设计师是谁? 我想问问他,灵感何来? 有趣!

据了解,这股温泉流量极大,已开发部分不及蕴藏的百分之一、二、三,且含有多种有益人体的微量元素,也就是说,整整一座矿泉水工厂不舍昼夜地白白流掉了。

原来计划只投宿一夜便走的。不料第二天早上,刚吃罢半碗辣子染红的湖南米粉,兴许是劳累过度,兴许是起身离座的动作过猛,一阵天旋地转,我倒在了见状赶来搀扶的女儿肩头。走不成了,立即卧床,请医生。

诊断结果,是脑供血不足。在我,这是老毛病了,比起别的疾患来,已属次要敌人。使用了一点镇静剂,小睡到午后2时许,一场暴风雨将我摇醒,便自觉一切正常了。欠身坐起,只见风雨虽停,但距纱窗百米开外,河那面的山上,仍有大小五股飞瀑,訇訇然跃下草木葱茏的悬崖,宛如五条小白龙,在举行高台跳水比赛,煞是壮观。所有的绿都酽得化不开了,于是,我的呼吸也自然而然地绿了。诗在绿中诞生,诗也诞生了绿。它们一上来便无须再点染任何颜色:

山上插满了绿的圣烛

河里淌满了绿的圣油

风也沾满了绿的羽毛

逍遥于这座绿的小楼

我说"绿的小楼",仅仅是为了宣泄我的直觉。实际上它是红的,估计当是表现"万绿丛中一点红"之意,设色"雅"而俗。至于这小楼的建筑本身,倒自有其绰约风姿,基本上是木结构,傍山临水,楼层之间犬牙交错,初登临者恍若误入迷宫,可惜那匾额上书写的楼名,既陈且滥,也是标准的"雅"而俗,不提也罢。

趁着雨后清凉,土家族民间文学家彭勃要领我去看几个风景点,我欣然同往。

首先去参谒心仪已久但偏偏擦肩而过的"不二门"。果然高山仰止,不敢仰承鼻息,一重复一重,好似瓮城一般,若屯疑兵。我不由自主地联想起晋代诗人陶渊明的《桃花源记》,也同时联想到法国作家纪德的《窄门》——根据《圣经》上的揭示,似乎在寻找天堂之路这样一个人类共同关怀的问题方面,西方人和东方人并无根本分歧,都认为:必须通过既狭小又险峻的一道门,方能深入堂奥。

细观十丈摩崖,大小镌刻,錾痕尚新,水平也较一般。印象最深的,是随处可见领袖的名言、指示、"向雷锋同志学习"的号召,乃至"有几只苍蝇碰壁,嗡嗡叫……"等诗句。同行人说,从前更数倍于此。革命如此之深入,到底是伟人的家乡。

循石门折回来路,走不太远,便可望见一排脚手架,那儿有一座庙宇,正在修缮,庙宇后面,就是昨天隔山参拜过的观世音菩萨了。因为站得太近,举目仰视,反而难现真容了。但见巨石悬空,危如累卵,或凹或凸,俨然巨匠运斤成风,妙手偶得。没有话说,只能相信冥冥之中有鬼斧神工,造化天成。

在这么逼近神祇的地方,理智上虽明明知道它是一堵岩墙,潜意识中却无从阻遏那油然兴起的宗教感、神秘感和渺小、短暂的人生叹息。

我想,这,可能也是天堂赐予的某种悟性吧。

庙宇一旁,乃是土家族民俗博物馆。彭勃当然坚持要让我去领略他本民族的文化景观。绕了一圈,我只记住了一幅该馆附设作坊自己生产的蜡染工艺品——一名裸体男子(当系猎神),手持蜥蜴与野兔,脚踏太阳与月亮,英气逼人,撩我神思!后来我对龙文玉州长谈起这个画面,他的反应却极平淡:"那不是他们的创作,是从一个拓本上放大套用的。原始出处是新近出土的一柄古剑的剑鞘。"然而我以为,即便如此,也颇有审美价值与学术价值。

接下来要我题词。一看摆好的几支笔,竟清一色羊毫。而我能勉强拿得出手的又是颜鲁公,超、逗、顿、勒,端赖筋骨,非狼毫莫能致之。万般无奈,一塌糊涂地交了卷,令人汗颜。

牢记这次的教训,当永顺县负责人命我给"不二门"留几个字时,我便爽快应承,但又立即补充:须等回到吉首兑现。三天之后,我当着龙文玉的面,撰拟一联如下:

人间多歧路

　　天堂不二门

　　区区十个字,自觉比较满意,因为我把自己的一生经历和追求都铸进去了。龙文玉在一旁观看着鼓励着:"来游不二门的名流虽不太多,但也不少,却没有一个像你,取这等思路。"听了他的溢美之词,我只好默不作声,心头的潮起潮落,汹涌澎湃,六十四载人间草民,两夜一天的天堂神仙,离开了不二门便意味着必须重新追随阮步兵,又要痛哭穷途了。

　　也正因此,这篇追忆文字,原来拟定的标题《登天记》,显然不妥,哪如改作《谪仙记》,更为切近生活。

1992 年 8 月 10 日　合肥

闲 话 笔 名

笔名,实在是一个极富侵略性的玩意儿,时间久了,它能把本名吞食掉。这也不难理解,前一个名乃名声之名,后一个名是姓名之名,"庙里敲钟,名(鸣)声在外",谁还管你敲的是一口什么钟呢?比如鲁迅先生,时至今日,除去若干专业研究人员,又有多少人知道他本姓周,名树人,字豫才?

这样的例子,不胜枚举。

所谓笔名者,源于何时,我没有考证过,不敢置喙。就个人印象,似乎明清以降,文人、画师几个代号(广义的笔名)并署,已经是相当普遍的了。

这篇短文,只限于谈我自己。不避吹嘘高攀之嫌,也从类似的一段小经历说起。

前不久,安徽作协筹办作品展览,名单之中,也不知打哪儿蹦出一个刘耿直来。谁是刘耿直?害人一通苦找。

刘耿直正是在下。这个名字躺在档案袋里睡觉多年了,鲜为人知。幸亏还不曾将我发蒙上学时,根据刘氏宗祠排定"辈分"所取的名字刘仁勇"发掘"出来,否则,势必更要丈二和尚摸不着头脑。

单说笔名,在1964年最后确定为"公刘"之前,颠来倒去,连我自己也记不清换了多少个。所有那些花样,没有一个能得到父亲的赞同。父亲的国学素养和文字功底,我是深深敬重的。他很欣赏我最后的选择,因之我也决定沿用下去了。当然,这并不是为了图孝顺的虚名而盲从,更主要的是由个人的人生观与价值标准所决定。我非常服膺于《诗经》中描写的那位先人公刘的人格力量,钦佩他的诚笃力行和艰苦卓绝。我立志向他学习。

围绕"公刘"这一笔名,倒也发生过若干趣事,不妨闲话二三。

1948年,我从国统区逃往香港,经地下全国学联宣传部戴天(汪汉民)同志联系,进入生活书店附设的持恒函授学校,任社会科学组导师,作为我的公开职业。在那里结识了一位同事,民主促进会的成员温崇实先生(校长孙起孟先生是"民促"的领导人之一)。温先生有一朋友,上海籍,姓与名都已记不清了。当此人获悉我就是四处写文章的公刘以后,便宣布从此叫作刘公,并且真的向一些不三不四的黄色小报投起稿来,弄得许多关心我的同志纷纷诘问。有一回,这位刘公居然也在《华商报》副刊《茶亭》上露面了,迫使我不得不请温先生转告他,请他停止这种恶作剧。听说,《华商报》在了解有关情况后,也做了工作,此君才不再胡闹下去。如今回忆起来,不免仍感滑稽,真是树林子大了,什么鸟儿都有啊。

我的这个笔名,常激起一些人的好奇心。姓刘的出过皇帝,又到处可见,因而不需要查阅《百家姓》。可是,有姓公的吗?可疑。公是所谓的小姓,但上海却有位颇有声望的民主人士公今寿;作家李存葆和王光明在《沂蒙九章》里,描写了许多可歌可泣的人物,其中就有女英雄公方莲。可能有人会问了,既然公和刘都是姓,那你干吗要把两个姓摞起来当名字呢?这,我就答不上来了。事实上,我在前面早已交代过,我这是从《诗经》里"偷"来的。

类似这等口舌,解释亦可,不解释亦可。如形成风波,那就比较麻烦了。例如1979年初,总政通知我去北京办理"扩大化"的"改正"手续,这期间,女儿因事上合肥邮局给我拍电报,就由于"收报人姓名"栏内填了"公刘"二字,遭到拒收。承办人公然质问:"公刘?这是什么暗号?"女儿据实相告:"不是什么暗号,是家父的名字。"对方不信,"叫你爸爸的单位开证明来!"说来也巧,正好排队排在女儿身后的,是20世纪50年代当过《人民文学》编辑部主任,其后被下放安徽不曾回去的玛金先生,他虽不认识我女儿,但还是挺身作证:"公刘是诗人,怎么会成了暗号?"又掏出他自己的出版社社长的证件,承办人才悻悻然收下了。暗号一说,虽带污辱,但情有可原,毕竟一个时代刚刚结束,"把阶级斗争的弦绷得紧紧的",习惯成自然了,对今日某些人的某种叫喊,又何尝不可作如是观呢?

当然,也有从革命的角度望文生义的。下面我要节录山东大学周易专家刘大钧教授来信中的几句话(事先未及征得首肯,敬乞宽谅):"……记得还为'公刘'之名与一位作家争论过,他说此名含有为人民服务之意。我说,文王祖宗中有一名'公刘'者,'公刘之业,国人载之'。或即取义于此?当即被作家不屑。倏然已是二十多年之事了。"我不清楚这位作家是谁,想必也和当年的我一样迷信"一大二公",沦为愚氓不可训也。

一见"公"字,肃然起敬,这的确是长期大为流行的思维方式。不得善终的"副统帅"尝有名言:"共产主义,就是公产主义。"倘将"公"字当作"公仆"的缩写,此话于无意中倒也揭示了某些"公仆"的本相;在这一部分"公仆"看来,共产主义,实在是最理想不过的私产主义了。话扯远了,还是回头去摆有关笔名的龙门阵吧。

迄今为止,我知道有两个人和我重名。其一是作家晋驼,他曾郑重其事地告诉我,20世纪40年代,在山西敌后根据地,曾一度用过公刘作笔名。另一位是湖南黔阳的当地文士,现在还在用这个名字写稿。我问过他担任文物所所长的公子:"令尊可也像我,由《诗经》灵感而得?"不料,所长坦然答复,堪足喷饭:"不,我父亲说,因为我母亲姓刘,而他又是我母亲的老公(即丈夫),所以必须算作公刘。"我想,这大概可以采入新编《笑林广记》的。

又有一再把"公刘"错成"公牛"的,堂而皇之写在约稿信上。此类故事先后在桂林、南京、长沙、广州的报纸编辑部均发生过。我当分别作复,只是讴歌那吃苦耐劳终而不免一刀的公牛,然后通知彼等,我今后很有可能正式改名,待变作"公牛"后,一定遵嘱求正。字里行间,绝无詈骂,自认还是本着名教传统,做到了谑而不虐的。

我正私下遗憾这些文明而不礼貌的先生,一个个全在千里之外,见不着他们读我回信时的尴尬表情。忽一日,有人找上门来,身挎大小进口相机数架,声言要编精装巨册的《中国×百家》影集。肯定是摄影大师了。"替谁照相?""公牛。"旋即探囊取出漆皮小本,指指入选名单,信然,一头"公牛"硬挤在各路男女名流之间哩,我乃答以"查无此人,岂敢冒充",请他上路了。

再有,则已几近无聊矣,但也无妨叙叙,让大伙见识见识——所谓电话骚扰,并不像有的文章断言的,属于腐败的西方世界的专利,咱们同样"引进"了。市面上那些公开发售的电话号码簿,根据什么原则编制,别的城市如何,我没有做过调查,没有发言权。仅以我目前寄寓之处为例,似乎不难察觉:凡公费安装、公款交付电话费的户头,一般属于保密范围;只有自费安装,每月私人结账者,"依姓氏笔画为序"排列。看上去,在这么一件事上,似乎也存在一个姓"社"还是姓"资"的问题。谁叫你姓"资"呢?活该被一帮"吃饱了撑得没事干"的人当作寻开心的靶子。我尤其糟糕,既姓"资"复姓"公",于是,隔三岔五,总有陌生的声音通过电话来纠缠。有时,简直听得出来,那头正围坐着一帮,有男有女,轮番作战,"你方唱罢我登场",令人不堪其烦。一个月前,越发地离奇了,竟有一操本地口音的男青年,拿腔捏调,装作女声:"你是公刘吗?"我刚说"是","她"即应声抢答:"我是母刘哇。"一阵狂笑,压下话筒。你看,无赖不无赖!本来,这不过区区个人琐事,却让人感觉到当今社会风气之恶劣:愚昧、反文化、下流,像狼一样结群,以伤害别人为消遣娱乐,而且,随着整体国民素质的下降,这个雪球将愈滚愈大,堪称隐忧。

够了,写到这儿,早已突破编者允许的篇幅,该刹车了。由笔名扯到社会风气,是否小题大做?愿读者明教。

1992 年 8 月 13 日　合肥

安于末流好

编者索稿甚急,躲不掉,我想,又何妨化外加压力为内驱动力,冒充一次小说家!野人献芹,兴许愚者千虑中,能撞上一得。

在小说创作领域,我自知排不上号,虽然,要论年头,也够得上"资深"二字了。

涉足编故事,今年恰好正是半个世纪。提笔写所谓的小说处女作时,我还是一所国立中学的高一学生。机缘纯属偶然。其时,设在重庆的国民党中央政府教育部举办全国中学生短篇小说写作竞赛。我们班上有三人报名参加。除了我,还有后来成为诗人、散文家和自然博物学者的黎先耀,和后来成为部队作家、杂文能手的章明(章逸民)。有趣的是,三人均被选中,稿件予以揭载。什么刊物?不知道。什么奖品?没收到。关山阻隔,战局多变,除了学校布告栏里的通知外,无从搜寻也无法打听。记得我的那一篇,题名《砥柱中流》,主人公是一位地主(江西人管这种人叫"土财主")。我是城市贫民子弟,从来不曾体验过有钱人的生活。说来也巧,头年冬天,学校放寒假,我从吉安搭上水小火轮回赣州,船经万安十八滩,不幸触礁破裂,需要大修。同船一位比我高两班的同学刘君(此人现在台湾,成了将军),家住万安,他好心招呼我去他家暂住,听候开航通知。这样,我才凭空捞到一个机会,用三天时间,观察他的老父亲,作为小县缙绅,在红军撤走,日军将至,国军尚在的微妙态势之下,怎么经营家业、应付变局,煞是开眼。对于我这样一个少不更事的少年,哪里有本事识透其中玄机!但我胆子大,居然根据点滴的肤浅印象,虚构了寓意反讽的《砥柱中流》。

接踵而来的是兵荒马乱,如此到了1946年,我才动手写第二篇小说《吃人世界》,很快就发表在洛汀先生主编的《中国新报·新文艺》副刊上。和上一次不同之处是,使用了第一人称,没有再搞上帝全知型的那一套。我喜欢以第一人称进入小说,正是打这儿开始的。人物原型是我的一位朋友,他当时在法院混饭吃,看到天底下那么多的不义和不平,十分的苦闷。我便"借"他的眼睛,审视那吃人的世界,同时,也审视不得不帮吃人者去吃人的"自己"。用时髦术语来讲,这应该归入心理小说派的范畴,即便在当时,也是颇为陌生的。虽然,实际上我不过是替这位朋友捉刀代笔,写下了他的自传中的一个章节。

1947年,我学写中篇,题名为《暴动》的作品,即其结晶。主角、配角都属下层民众,所谓贩夫走卒、引车卖浆之流,乃至无业游民,这些都是我比较熟悉的。最有意思的是,我运用倒叙手法,穿插进一则我在宁都、永丰一带听来的反围剿传奇,那基本情节,竟和20世纪50年代朝鲜战场上黄继光烈士的英雄事迹毫无二致。似这等内容,当然不能发表。拖到了1948年,才交由袁水拍先生主持的香港《大公报·文艺》副刊刊出,分两期连载完毕。

1947年还有一个不足五千字的短篇《天亮之前》,起初,我投往上海凤子女士负责主办的某文学刊物(刊名记不清了),凤子女士回信,认为那仅仅是一堆素材,退了稿。我又寄给了香港的秦似先生,秦似先生却大为激赏,立即采用,他主编的《野草》丛刊,有一期就以这篇小说之名为名。平心而论,这篇习作还是稍有可取之处的:真诚,干脆就是写自己,写同时代大学生的追求、焦灼与愤怒。

后来,我参军了。一本《国境一条街》(中国青年出版社,1957年),便是先后散见于《人民文学》《解放军文艺》等刊的篇什集结。取材全系来自云南边防线上,大部分也采用的是第一人称。

"扩大化"中,我有幸入"网",从此不敢问津,长达二十二载。1979年,再度试笔,写出了《肠梗阻》。《上海文学》才见铅字,中央人民广播电台便制作成配乐朗诵,成为我此生除诗歌、答问、讲课和接受采访之外的"最大风光"事件。其实,那篇东西并不理想,实质上还是"主题先行"。

1982年,我开始着手一个"系列"的创作。计划中有短篇,也有中篇,各自相对独立,但又是互有关联的整体。从头到尾,唯一贯穿始终的人物,就是"我"——一个被发配农村监督劳动的"右派分子"。"系列"的总标题是《昨天的土地》,陆陆续续于《收获》上登出来五篇。第六篇是个中篇,业已脱稿,同时,还打算将"系列"的总标题改为《天聋地哑》,自以为,能更确切地烘托当年山西受苦人的艰难时世。可是,问题就出在第六篇上,因为它正面描述了一位志愿军战俘的悲惨命运——似乎误入"雷区"了。能发不能发? 颇费思量。再加上其他种种制约,"系列"卡了壳,下余构思好了的许多篇,都难乎为继了。

当然,不管怎样,这个工程我是一定要全力以赴,彻底完成的。

《天聋地哑》暂时搁浅之余,又抽空写了一个中篇《头颅》。《昆仑》刊出后,有人想拍电影,有人想拍电视,来联系,我请他们再仔细揣摩揣摩,结果都缩回去了。不合时宜,则诸事不宜。然而,我倒愿趁此机会夸下海口,一旦条件成熟,我将自己动手改编,那里面的不少细节,都有我的血、泪、汗在,一如半成品的《天聋地哑》。

正是通过上述有限的学习体会,我产生了一个顽固的观念:小说,在一定意义上,实在接近于自传。或者截取某一场面,选择某一事件,记录某一经历,重温某一感触,回味某一梦境,复制某一时期……无不与作者的人生沉浮息息相关。

从前,研究"红学"的大学问中,有过一个索隐派。这一派致力于考证曹雪芹的身世,得出了贾宝玉即曹雪芹的结论。于是,引起了另一派的批驳。我不想,也没有本钱投入这一文字格斗。我只是独自寻思,像《红楼梦》这样一部呕心沥血的经典巨著,主人公身上,不附着作者的"影子",是绝对不可思议的——所谓影子,自然是模模糊糊隐隐约约的意思,不可牵强附会地理解为数学中的等号的。

也有例外,比如鲁迅先生的《阿Q正传》。《阿Q正传》显然不应归入变相自传到部分自传的范围。其根本原因是,鲁迅先生是专才加通才的天才,他实际上是在为全体中国人立传。这里面,不客气地说,包括大人物,也包括你、我、他。这正是鲁迅先生之所以伟大的一个力证。

再往深挖,就碰上隐私问题了。众所周知,西方国家的法律,一般都有保护个人隐私权不受侵犯的条款,不少新闻记者为此吃过官司。所谓隐私,往往会被理解为男女私情,或者财产、资金来源,甚至年龄之类。实际何止这些!真实的社会——政治观点,某些道德方面的愧怍内疚,特殊癖好和习性,不能公之于众的人际关系,等等,皆属此列。因之,隐私是因人而异,必须具体对象具体分析的。

从另一方面讲,人们固然不愿自己的隐私被曝光,却又同时有向特定对象倾吐心曲的冲动和欲望。正是多半出于这一类似悖论的潜意识,才产生了知音、知心、知交之类的友谊档次。"人生得一知己足矣,斯世当以同怀视之。"鲁迅先生给瞿秋白烈士书写如上的对联,当然是寓有深意的。显而易见,鲁迅先生对瞿秋白烈士的信赖,远远超过了对亲兄弟周建人,更不必提周作人了。

一个人活在世上,有些事情只能永远"烂在心里",那是十分憋闷、十分痛苦的。小说家似乎具备某种比较优越的条件,他的作品,有时候可以起到"气门芯"的作用。其途径不外是:化整为零,见微知著,移栽嫁接,整容换形,变真作"幻"(这个"幻",恰恰又是小说家创造的"第二现实"的艺术的"真"),等等。所以,追踪研究某一作家的评论家,比较容易察觉该作家的一部分隐私。这只要举白先勇先生承认自己有同性恋倾向的例子,即足以证明并非耸人听闻的妄说臆断了。

更有名的例证,是卢梭的《忏悔录》。卢梭的光辉人格,使他将人类视同知己,将地球当作密室。他把一切都公开了,这一"不正常"的举动,非但无损于他半根毫毛,反而令后人高山仰止,赞叹他的崇高。

绝对不泄露半点隐私(行为的全过程,或者局部,或者细节,或者并无行为,而只是一闪念)的小说家,在现实世界里是找不到的,关键在于目的、方式和程度。

从表现说的角度考察,文学,就是宣泄。不能否认这有一定的道理。

小说家在写作中,享受着宣泄感情的快乐。读者阅读这篇小说,又享受着宣泄感情的快乐。读者的宣泄和作者的宣泄可以大体一致,也可以仅仅基本近似。读者的快感是作家的快感之延续与发展。不过,这一切有个前提,即二者感情必须顺从一条轨迹前进。

感情宣泄完毕,小说的任务也宣告终结。只有极其罕见的优秀小说,方能把一代又一代智慧的男女变作它的俘虏。这是万分之一的例外吧。

我从来也不迷信什么轰动效应。试看那些产生了所谓轰动效应的作品,有多少能历久不衰,陈而弥新?什么都是相对的,何况,还存在一个机遇问题。作为小说家,洞察人生,这,原本是应该悟得透的。如若不透,还要一门心思地追求"轰动",岂不是既昧于客观又耽于主观?这里所说的客观,是指今日继续保持开放势头的中国,早已不同于昨日长期闭关锁国的中国;这里所说的主观,是指那种"一言兴邦,一言丧邦"的自我感觉,不过是可笑的无稽之谈,硬要坚持它,除了招致"利用小说反党是一大发明"的惩罚之外,绝对不会有别的好果子吃。

我以为,小说家(不仅仅是小说家),最明智的态度应该是:把自己和自己的工作看得轻一点。不妨重温一下祖宗的教诲,这在《汉书·艺文志·诸子略》中讲得很肯定:"诸子十家,其可观者九家而已。"哪十家?排列次序是这样的:儒家、道家、阴阳家、法家、名家、墨家、纵横家、杂家、农家、小说家。小说家摆在最后,且不足观。

安于末流好,进可求福祉,退可保平安。

1992 年 8 月 25 日—29 日　合肥

日暮乡关

日前，忽接老友、诗人刘岚山先生的来信，提起了这么一档子事："……我的故乡(安徽和县)仅存一份的《刘氏宗谱》复印后给了我一份，上载始祖刘福五公，系'南宋度宗之三年，自江西南昌府梓溪刘'迁来和县三户刘，南宋度宗(咸淳)三年，即公元 1267 年，迄今已七百二十五年。谱上并标注'校书堂'，实即以汉代刘向(刘邦四世孙)校书的官职为堂名。"

寥寥数语，真教我惊喜不胜！我立刻作复，告诉刘岚山："在下正是'梓溪刘'。七百二十五年前，咱们竟是一家子！"

究其实际，我和这个梓溪刘也关系淡漠。我们这一支刘氏血脉，早在爷爷辈，便已经离乡又离土了。

余生也晚，爷爷奶奶全不曾亲眼见过，只有听上人平日带出来的三言两语，知道爷爷在先也是个作田佬，而且是上无片瓦、下无寸地的地道雇农。迫于生计，流落进城，凭腰间别着的一柄斧子，每日价替河街上的柴行老板"改把"糊口。所谓改把，就是将整段的圆木，或者大块的木材劈作小牙，然后用竹篾一把把捆扎妥当，供东家零售给当地居民。以大"改"小，爷爷将血汗气力"改"进去，老板把花边银子"改"出来。这么说来，我们家，从我爷爷那些年月算起，便沦落成了没有故乡的流浪汉，没有土地，没有根，唯一剩下的私有财产是乡音。

三代人，祖父、父亲、我，就在这种飘浮的状态下，家无恒产、居无定所，于南昌市区酸甜苦辣了百余年。父亲像只风筝，好歹还收了回去，自从我把爷头换作笔,风筝便断了线,只能飘到哪儿认哪儿了。

令人欣慰的是,我毕竟还珍藏着有关故乡的美好记忆。这还得"感谢"日本侵略者。要不是上海爆发了"八一三"事变,要不是第二天白天南昌就遭到了贴着红膏药的飞机空袭,要不是我当时就读的百花洲小学被炸成了一堆瓦砾,我就只好把"故乡"一词唤作"故城"了。然而,乡就是乡,对一个具有几千年农业文化积淀的东方社会,一个人,假如没有故乡,那简直是从石头缝儿里蹦出来的怪物了。

连续三天的狂轰滥炸,到处是惨不忍睹的断墙残垣,血肉横飞;市民们惊恐万分,纷纷出逃。我父亲冒着危险,顶着大太阳四处奔走,最后找到了我的一位堂叔,他答应从乡下老宅中腾出两间房子来,暂供我们家的妇孺眷属借住。

这年是1938年,我十一岁。

望着一堆匆忙拾掇好的行李,母亲只是不出声地哭泣。我还不理解舍家抛业和生离死别的人生况味,相反,说来罪过,倒暗自高兴得到这么一个机会,可以回爷爷出世的地方去,看看乡下是什么样子,兴许还能和新交的小朋友一道去逮几只蚂蚱……

果然,走进北坊村,一切都新鲜,连空气都新鲜,再也闻不到中山路上那家雨具作坊臭烘烘的桐油味了,也没有必要在横穿马路时害怕汽车了,何况还有那许多陌生的东西刺激我的好奇心!无论哪棵树上,都有长一声、短一声的知了叫,无论什么水沟,都有闹一阵、歇一阵的蛙鸣,又是蝴蝶,又是蜻蜓,天天都能碰见扑下地来抓小鸡的老鹰。

从我们临时落脚的一砖到顶的大屋子里出来,不远就是两个暗中相通的大池塘,都呈长方形,并经过精心修葺,没有土坡,只有麻石砌成的塘沿和麻石搭成的踏板,踏板上,总有人淘米、洗菜、洗衣裳、洗锄头和洗箩筐。我用四根细毛竹绷住一块纱布,做了一张渔网,架在两块麻石中间,居然捞着了一条倒霉的鲶鱼,足足三斤有余。我赶紧跑回去报功,母亲当然也为这意外的收获感到高兴,不大工夫,便烩成了一锅汤,味道就别提有多美了!母亲叫我喝头一碗,以示奖赏。鱼头另搁着,撒了盐,"留给你爸爸下酒"。当时,父亲总是隔三岔五地打城里回来看望我们的。可笑的是,从此以后,我就当了那位古代智者的接班人,每天傻乎乎地蹲码头"守株待兔"了。

水面上更好玩。这是一片撑满绿伞的荷塘,白的红的荷花,以及大大小小的莲蓬;而不长莲荷的地方,则是菱角藤的天下。小菱角有两种,一种色青,一种色紫,一律有四只角,仿佛永远长不老,永远是脆生生嫩汪汪的。更奇怪的是,这些菱角藤,煞像铺在水上不会下沉的网,尽管它挂满了大大小小的"坠子"。我常常拖上一只腰盆,当作小船,划进池中,利用"归宗"的特殊身份,随意采菱角摘莲蓬吃。说实话,打那以后,我再也没有尝过那么清甜可口的水生果实了。每想起那番滋味,我都不免对大自然油然感恩。并且生出妄念来,希望重演这一幕,只是光阴不再人生不再,奈何!奈何!

这一段难忘的时光,除了尽兴戏耍,还在不满两里路的剑霞墟小学旁听,这所小学的校长名叫刘馥棠。因为总共才念了三个月,学校没有给我留下什么印象。然而,值得一提的是,校外那个格局非同寻常的墟场,竟设计为整个儿一个大正方形,四只直角处被切出四座门,相向对称的店铺合抱着一块小场地,平日卖菜、卖瓜果、卖鱼肉,隔上两三个"墟日"便会变作牲口市,由牛贩子和猪贩子充当主角。最特别的是,相向的四排店铺门外,都有一条麻石路,在这条路上走,抬头看不见天,一溜粤式骑楼,能够遮太阳又挡风雨。往后数十年间,我跑遍了大半个中国,还从未见过第二个像这样的集市。

父亲终于把我叫回南昌去,因为他已经请小工将堂屋(大厅)挖成防空洞,警报一响,不必再像没头苍蝇似的四下乱碰了。剩下母亲一人,孤单单地留在乡下,我当然舍不得。但我是家里唯一的男孩子,不便发嗲,留下什么表示一点男子汉的心意呢?临别前的三天,我每日早早晚晚,都扛起一柄长出我一个半头的大竹篦,满世界搂树叶子——秋凉了,到处都是黄里透红的落叶。不过,搂树叶子的人也不少,农家都靠这种有油性的东西填灶生火呢。

下乡的时候是搭的敞篷卡车,回城去是步行。我的一双未经锻炼的细腿,走呀走的,过了沙埠潭,过了莲塘,过了青云谱。途中吃的是母亲替我准备好的饭,饭下边埋着两块腊肉,盛饭的家什是我们家乡通用的那种带盖的竹筒。60华里,花了整整一天时间。

唐人崔颢诗云:"日暮乡关何处是,烟波江上使人愁。"这是他登黄鹤楼,北望汴梁(今开封)时兴起的归思。如今我倒要借用他前面四个字,虽然既非登高,也无晚霞,全然与自然景观无涉。我不过意识到自己的生理年龄,已经接近人生的黄昏,又慨叹于一辈子浪迹四方,才无端生出这一段乡愁来。倘若真的叫我旧地重游,一旦看到,那像浓缩铀般微量而金贵的一切,俱已化作云烟逝水,还真不如索性"绝情"的好呐。

1992年9月1日—7日　客寓合肥

杜氏别墅第一号

《李白与杜甫》是"文革"期间挺叫响的一部名著。按照该书作者的阶级分析,唐代大诗人杜甫的地主成分早已判为钦定铁案,注定永世不得翻身的了。据此,我此刻打算描绘的,坐落于甘肃省成县东南7华里处,地扼飞龙峡口的杜甫草堂,由于它在国内现存的37处同类建筑中,历史悠久,居于首位,戏称之杜氏别墅第一号,谅无大碍——倘要批判在下此说为谬论,首先就得批判《李白与杜甫》的满纸荒唐,这样一来,《李白与杜甫》竟然成了拙文的"防弹背心",倒是应该衷心感谢那位学者先生的。

同谷,秦析天下为三十六郡时,已置邑治,名下辨,属陇西郡。南北朝北魏崛起,方改名同谷,一直沿袭至明,公元1377年,才再度易名为成县迄今。同一个地方,三种不同的叫法,其中以同谷叫得时间最长,最响亮,也最富有文化气息。而这气息,首先便为杜甫的呼吸所温润,杜甫留下的一切,自皆弥足珍贵。

唐肃宗(李亨)乾元二年(759),杜老夫子挈妇将雏,仓皇逃离华州任所,途经京都长安和军事重镇秦州(天水),折身南下,于入蜀途中,流寓陇南荒野,惊魂未定,穷饿临门,回首生平,百感交集,乃写下了字字血泪的名篇《乾元中寓同谷县作歌七首》(后人通称《同谷七歌》)。我在《飞天》杂志召开的同谷笔会上发言,便借用了杜老这首长诗破题,我说《同谷七歌》具有深刻的人民性和典型的崇高美,属于一代绝唱,其价值不下于《三吏》《三别》。用时下的流行术语来讲,这首诗的最大特点,就在于充分地"表现自我"。然而,它又和当今某些标榜"向内转"的矫情之作有一个原则区别,即《同谷七歌》里的"我",完全是时代的真实折光,既非无病呻吟,更非顾影自怜。这正是杜甫之所以伟大的一个方面。

我在发言中还说到,到了同谷,不去参拜当年苦难的行吟诗人为同谷保留的一方净土,那简直是罪过。

不过,现在的所谓草堂,却并非真实的遗迹。试想,千百年过去了,西北风一个劲儿地吹,兵燹一个劲儿地烧,邪恶一个劲儿地狂,那局促于青泥河对岸山脚的几间茅舍,本来已是摇摇欲坠,怎禁得光阴的消磨?能不倾圮坍塌,化为浮尘么?今日此行,倒真的应了《红楼梦》的一句话:"真作假时假亦真",权且将眼前的杜公祠,当作老杜生前寄居经月的圣地来焚香祭奠罢。

这是一幢砖瓦房。1984年,才在原初残破的木构建筑基础上翻修改造而成。前院、后院两进,前院两侧各有一溜卷棚式厢房,后院则为三开间硬山殿式的布局。后院较前院地基高出三尺左右,有短阶相连。这一短阶与大门外的长阶,又一气贯通。而整个祠堂孤耸于荒山险水之中,枕摩崖,听滩声,颇有一派卓尔不群的非凡气势。

后院砌有一圈花坛,居中立着诗圣的一尊塑像,我和同行的诗人、作家李云鹏、李本深、匡文留,在那儿分别合影,当作唯一的草堂留念。可是,说实话,我又真不喜欢那座园塑。显然,雕塑家根本就没有读懂杜甫,更不理解《同谷七歌》,这实在令人遗憾。有趣的是,偏偏前院厢房里不经意堆放的几具仅及真人十分之一大小的手捏泥塑,反倒更见神髓。听人介绍,这是本地一位非专业艺术家的即兴作品,材料也仅仅是本地随处可见的虹胶土。这个例子,很能说明问题,所谓外来的和尚会念经,往往是迷信和自卑婚媾产下的弱智儿。我设想,倘或创作出一位肩扛长把铁锹,身披破衣烂衫,露着枯瘦的小腿,在茫茫雪野中搜寻黄独的落难诗人来,肯定要比公式化的做昂首长啸或低头沉吟状,更符合实际,更有时空特色,也更打动人心。

围绕着这尊杜老夫子的"标准像",只有三株柏树,稍远处还有一株歪脖子槐树,似乎都活得不怎么兴气。倒退十余年,或者更多一点时间,这儿本来有八柏一槐一海棠。柏槐绿森森,海棠红艳艳,并不寂寞的。只是,忽然间海棠枯了,老槐也完了(这方换上一株幼槐),高高的古柏,又被什么当权的人物看中,伐倒替他仙逝的老太爷割棺椁用了,于是使满眼萧索起来。我了解到了两种说法:一说系"文革"时期;一说系十一届三中全会前后。接到人民的检举,上峰也追查过,却被"打了渡船"这样一个可笑的"理由"搪塞过去,不了了之。山东有几位热心文物事业的教授,来这儿踏勘,把这桩公案写进了他们的一本著作,竟惹得某些人不痛快。我现在又旧话重提,大概也难免被斥为多管闲事罢。可是,我很想考证一下,杜甫最后在四川又站不住脚,被迫漂流湖湘,59岁死在耒水的小船上,他有没有被隆重地装殓入柩呢?须知,他的直接死因固然是久饿之余暴食过量,而那根本的致命伤,却是毋庸讳言的长期"高级叫花子"生活!他老人家在兵荒马乱的异乡,有福气躺进一口白皮匣子么?尽管史书上有关于他孙儿杜嗣业"自耒阳迁甫之柩,归葬于偃师西北首阳山之前"的记载(见《旧唐书》),我还是深感怀疑的。最可叹的是,杜甫怎能料到,在同谷,在千载之后,那纪念他的柏树却会被人放倒,去打造什么从人世过渡到阴曹去的"渡船"!

环顾祠堂,了无足观,不免恻恻。与此相对的,倒有一件"当代文物"——正殿右侧粉墙之上,有不知名的游客题壁,颇堪玩味。诗云:

> 多少诗人没有诗
> 却活四害横行时
> 民间疾苦依然在
> 难得先生笔一支

落款为:陇南怪才,庚午年春。庚午年,也就是1990年。

我恰好是被称作诗人的人,自问:我尽到了责任吗?我无愧于杜甫吗?

实在不敢夸口。我只能保证,绝不将老百姓身上的伤疤,改画成一朵鲜花。可以不说话,但我绝不说假话,如此而已。

回到本文开宗明义的第一段,对《李白与杜甫》一书,陇南怪才的七绝,倒不失为堂堂正正的回答。

1992 年 9 月 15 日　追记于合肥

最后的电话
——挽秦牧

秦牧走了,10 月 14 日 11 时 10 分,匆忙而又自在,如同随意间做出的一个决定。

当天,我正在广州,并且曾于头一天即 13 日下午 5 时许,和他直接通过十分钟左右的电话。他的熟悉的语调,他的略带广东口音的普通话,听上去和以往一样,亲切,安详,毫无异兆。

我告诉他,自己是 12 号夜间到达的,在天河区住了一宿,上午搬进德政路的省人事局招待所。易准才来过,正是从他那儿查对了电话号码,因为这次完全是路过,来不及去看望了。"听说您的心脏不好,可不要大意了。"我贴住话筒提醒他。

秦牧却很洒脱,呵呵一笑:"你都知道了呀,消息真灵通! 不过,最近一段时间,感觉还不坏。你放心,倒是你自己得保重啊,脑血栓可来不得第二次。"

彼此又询问了若干有关文艺界的情况,谈话是轻松愉快的。互道再见之际,我根本没有觉察到他有任何疲顿之感。

然而,谁能料到,分针不过再转十八圈,他便撒手人寰。

人生原来这般无常,特别是当大家都步入老境的时刻。

有人对我说,在中国作家群中,你可能是最后一个直接听见秦牧声音的人。

我无言以对……

我知道秦牧这个名字,还是在大学时代——通过开明书店印行的《秦牧杂文》，恍惚有了"神交"，尽管当时我还没有见过秦牧，但我自信的确已经认识秦牧了。

两年之后，也就是 1948 年春，我逃亡香港，在秦似家，第一次和身材高瘦微微驼背的秦牧打照面，他告诉我，他的住处离秦似住的桃李台不远，街名是学士台。没过几天，他托秦似捎来口信，约我"聊聊"——主要是谈一点我所知道的学生运动现状。原来，他对什么都感兴趣。经过这次拜访，我还结识了他的夫人、作家吴紫风。

大概秦牧对我来自那所以蒋介石之名命名的中正大学这一点印象特别深刻，以后，见面必不忘加一个注脚式的称呼：造反的大学生。前几年，他在一篇什么文章里，还提到过这桩事。

算下来，我们的真正相识，也有四十五个年头了。

然而，我们之间的直接接触并不多，我之所以成为与之最后通话者之一，纯属偶然，或者可以解释为上天的某种安排吧。

他在解放前，因了一篇散文，语涉马克思仰望星空时可能会兴起何种感慨之类，受到过"公开点名"的待遇。其实，我倒觉得，那实在是不必要的小题大做。秦牧是位颇带诗人气质的散文大家，对马克思做一点善意的揣测有何不可？凡是读过马克思著作，尤其是马克思书信，读过马克思的亲人旧雨记述其逸事行传的人，都不会怀疑，马克思是个充满人情味儿的共产主义者。遇事剑拔弩张，未必就得了马克思的真谛。新中国成立之初，秦牧再一次受到不公正的"批判"，范围虽然局限广东，影响所及，却波动了全国文艺界。

自然，他也不会不注意到那个"造反的大学生"1957 年后的种种遭遇。

1979 年，我们终于在北京全国文代会上重逢。这时，相距初识，已经暌隔三十一度春秋了。我们四手相握，那情景想必颇为动人，有一位记者抢了镜头，却又因人头攒动，人声鼎沸，未及问明记者的工作单位，以至无法索取一张留作纪念，遗憾至今。

不久，他奉命参与新版《鲁迅全集》的注释工作，蜗居于人民文学出版社楼上用纤维板隔成的一间斗室之中,我去看望过一次。记得我推门进去的时候,他正专心致志地在给读者写回信——案头上还放着一摞明信片。那阵子,他正处在因《艺海拾贝》大受读书界欢迎的热潮当中。秦牧生活俭朴,花钱撙节,同时又彬彬多礼,有问必答,因之,每有读者提问,大抵都能收到一帧言简意赅的明信片。于细微处见精神,从这桩小事上,不难看到他的为人。

他向我倾诉了有关《鲁迅全集》注释编撰工作中遇到的一些苦恼。苦恼归苦恼,却并无埋怨,语调一如惯常的平和。秦牧是一个言辞不露锋芒的作家,虽则写得一手好杂文。他生性如此么?我看,未必。数十年文字生涯的痛苦磨砺,恐怕才是"修炼"的真正代价罢。

人们最推崇的是他的散文,而且,所强调之点又侧重于他散文中的知识性。对于这一层,我是有不同看法的。我曾以明确的语言表述过我对他的期待:"多写一点《鬣狗的风格》吧,那里面同样也有知识性。固然,知识就是力量,可是对作家而言,人格更是力量!"

他听了,默然一笑。究竟内心反应如何,我未深究。

1985年,在现已停刊的《安徽文学》当编辑的女儿刘粹,陪同我去南方采风,她同时还负有替刊物组织名家文稿的任务。一天,由诗人郭光豹领路,我们乘车同去拜访幽居于僻静的华侨新村的秦牧、紫风夫妇。女儿向伯伯提出约稿的请求,秦牧爽快地答应了。待我们回到合肥,他的一篇《新加坡见闻录》已经先期邮到。全文有五六千字。女儿见了,大喜过望,在她看来,仅此一文,足以说明此行不辱使命了。不料,随后却引出一段小风波——《安徽文学》的负责人之一,不知出于什么原因,私下将它转给了《清明》。而《清明》负责处理该稿的编辑,又异乎寻常地多虑:致函秦牧了解真伪——据说,他的疑窦在于见到稿纸是用没有格子的十六开大白纸书写,有点"奇怪"云云。这一切,我们父女二人皆不知情。结果是,连处事冷静的秦牧也受到了刺激,他来信郑重询问(信寄我转刘粹):何以为《安徽文学》撰文,却到了《清明》手中,并引起"冒名"之嫌疑?当我们父女弄清楚来龙去脉之后,分别以两个人的名义,专函道歉。当然,有些属于人际关系的内幕,却一直不曾透露。对此,秦牧是永远也不会知情的了。

秦牧热情好客,有时,在来客面前,简直天真得像个孩子,每每以为凡是自己喜欢的东西,别人也必定喜欢。比如,那次我们父女和郭光豹三人往访,他不但摆满了一茶几的粤式糕点,而且暂入厨房,拎出一大篮子金黄的木瓜来,一股浓郁的甜香,立即盈满厅堂。他熟练地用手指一只只轻轻弹遍,挑出两只,亲手洗净,剖开,以讲究的顺序排列,放在一只盘子里,叫大家分而食之。女儿尝了一块,不再吃了,他偏一个劲儿地劝她:"再吃,再吃。美味,你们安徽买不到的,不要错过了。"并且详细地介绍这些瓜的来历、品种以及营养价值,又笑嘻嘻地坦白了他本人对木瓜的特殊偏爱。女儿不敢拂逆了伯伯的好意,又吃了一片。事后却对我笑道:"那东西实在太甜了,又香得古怪,秦牧伯伯那么爱吃,我可没那份福气。"好在我和郭光豹都接二连三地大啖特啖,很给了主人"面子",为此他很开心。

1986年,我们再一次会面,时值他率团访美归来。他向我评价了与他一道访美的某位成员:"物欲过分强烈,发言也往往有失国格。"然后举了一些例证,我听了,也觉得的确不大光彩,怨不得身为代表团团长的秦牧,会叹息再三,接下来,他又询问此公是否真有作协分会副主席的身份(也许他风闻了什么吧),我只得据实以告,他大为骇然,连连摇头,以示不屑。通过这个反面的例子,我又看到了秦牧自身的另外一些高尚素质:清心寡欲、高洁白重、疾恶如仇。

此后的一年间,我俩通信较为频繁,内容全是有关我的工作调动问题,秦牧对此十分热心,终因遇到阻力,未果。为了纪念他的这份情谊,这些信,我始终珍藏着。如今斯人仙去,它们就越发地宝贵了。

我是敬重秦牧的,尽管秦牧亦非完人。近年的大风大雨中,他的某些表态言论,似乎背离他思虑缜密的一贯作风。何以致之?我不大清楚。我本来打算,倘能见面,必定直言相陈。可惜的是,机缘前生限定,只好等待来世了。

这么一来,我在这篇追悼性的文字中,竟指出逝者的令人遗憾之处,会不会有悖于中国人为贤者讳的道德传统?不过,我深信,以秦牧之率直,泉下有知,他会欣然谅解的。他明白,什么才是朋友之道。

由最后一次通话,引出了这一串泪水浸泡的往事,于是又写下《最后的电话》这样一个题目,以寄托我的不尽哀思,秦牧兄,魂兮归来!

1992年10月27日　合肥

书 香

从数以千计的汉语语汇中间,倘要我挑选一个最珍爱的名词,我将毫不犹豫地拈取"书香"二字。

书,依我看来,它本身就意味着整个世界。

容或有驳诘:书,并未写尽世界呀。

不错,我同意,不过,必得提请你注意,世界(包括人类自身)同样也未被彻底认知,恐怕,这一认知过程,会永无止境,永无极限。

因之,不妨说,书与世界同寿。书香,是弥漫于这个可爱复可恼的地球上唯一令我迷醉的气息。

有一家外国电台,开辟了一个对华广播专栏:书香世界。我觉得,这是一个极其聪明的主意,说明这位节目主持人是个有头脑的汉学家和社会心理学家,他摸准了中国知识分子的脉搏。

书香,若加分析,当不应被显示为一个简单的化学方程式,仅仅包括纸张、油墨,乃至装订过程中掺杂进来的某些其他成分。在它的深层,大量蕴涵着的是,无从估量无从把握的东西——中国民族历代精英永不泯灭的血、汗、泪,还有超前的智慧、终极的关怀、东方式的至忧至戚和大彻大悟。

前者基本有形,后者断然无迹。

正是这无迹可寻的部分,构成了书香的粒子和反粒子。

所以,我们才有了所谓的书香门第观念,它标志着一种无与伦比的对精神高贵的追求。

这种追求,正是中国的骄傲。

可惜,古代、近代和当代,都反复出现过时钟逆行、神智昏乱的时刻,值得自豪的书香竟被抛进了泅粪池,这,确乎是莫大的悲哀和难忘的耻辱。

这只能被称为反文明、反人性的黑色恐怖。

在那样的时刻,我们只能闻到焚烧书籍的煳焦味、屠戮写书人和读书人(这二者有时是两种身份,有时却合而为一)的血腥味。

于是,又衍生出许许多多关于书,关于写书人和读书人的动人故事,而所有这些故事当中,最富有启示性的只有一个,即书香,消而不灭,散而复聚。

书香毕竟令人神往。

像不死之鸟一样,一旦烟火消失,血迹拭净,它又振翼高飞,扑鼻而来了……

我乃憬悟:书香,实在是谁也中断不了的神祇之舞啊。而且我发现,自己业已投身于这一神祇之祭典了。我盟誓:我将一直舞下去,合着天籁,合着心跳的节拍舞下去,直到筋疲力尽,直到偃卧于书香的氤氲之中,满意地合上双目。

1992 年 10 月 28 日　合肥

老有所忌

"老有所终",语出《礼记·礼运》篇,是一句有名的古话,也是儒家思想体系、东方乌托邦理想的重要组成部分。近年来,随着人口结构的日趋老龄化,作为这句古话的某种补充,又陆续出现了不少新的有趣主张,其中,最为多数人认同的,当然是"老有所为"了。其他还有一些热门话题,比如,"老有所乐"、"老有所防"、"老有所养"等等。

我却想到了另外一个题目:"老有所忌",愿意做一点小文章。

"公道世间唯白发,贵人头上不曾饶。"在自然规律面前,倒真个是人人平等,无特权可言。少数老者,壮心未已,"发愤忘食,乐以忘忧,不知老之将至",固然臻于上上境界。但对大多数而言,只求愉快地活下去,少给社会添累,豁达平静地迎接大限的到来,同时,在这一过程中,尽可能发挥余热,办些有益于公众的事,我以为,这就算很不错的了。因此,不妨说,"老有所为"指的是积极方面。消极方面应是"老有所不为",亦即"老有所忌"了。

忌什么?英国散文家斯威夫特回答得相当全面,照抄了罢:

一、不暴躁、发愣、多疑。

二、忌不修仪表,莫肮脏邋遢。

三、勿嘲笑当今潮流。

四、忌夸耀自己过去的光荣。

五、不要老是重复同样的故事。

六、多理解儿孙,对小辈勿过分严厉。

七、不轻易替别人出主意。

八、不必总是担心自己生病和死亡。

九、避免老夫少妻。

除了最后一条,鳏夫如我者,不宜置喙外,其余的,似乎还可以根据中国的传统与现状,稍加补充、调整。

我觉得,这打头一条,完全符合"制怒"的明训,所谓不发愣也者,则有锻炼思维能力、防止痴呆症的含义,而多疑往往与自卑、嫉妒有关,皆须克制。第二条的用意恐怕在于避免精神上的早衰,如今除了老年迪斯科,又有了老年时装模特儿,都足以振奋人心,即便旁观解颐,也不失为浅层次的"老夫聊发少年狂"。至于第四和第五,大可合二而一,同样,第五、第六也似有关联,总之,是提倡宽容,别当"九斤老太"。第七条特别要注意,不可忽略了"轻易"一词,而把这一声规劝解说成"休管他人瓦上霜",拒绝向后辈提供经验教训。第八条的重要性,自不待言,看得透、想得开、听其自然,多憨徒伤身,怕死反速死,哪如不愁不怕?

以上说的,我未必都能做到,姑妄一试罢,写出来,权作自我警策。

1992 年 11 月 26 日　合肥

江南三凭栏

前两年,很流行过"酒文化热"与"茶文化热"。依我看,那似乎多半是沾了"大批判"的光。有些朋友,企图逃避"大批判"才记起了尘世上还有饮酒喝茶之事。饮酒喝茶,当然纯属地道国粹,既落不下和平演变的嫌疑,又同风花雪月保持着某种距离,于是乎,歪打正着,两不搭界倒成了双保险,一时间闹得颇为欢实。而当去冬今春,又有人提倡"药文化"(指中草药)时,其风光就差远了。这也难怪,碰上了号召"换脑筋"的更强有力的声音。其实,酒、茶、药,都不妨继续深入探讨。我甚至愿意做一名好事之徒,提议再增添一个包括居住和旅游在内的题目:"建筑文化",其间恐怕同样大有文章可做。

何为"建筑文化"?窃以为,北方的长城、南方的边墙(在这点上,清一代的统治者们,"汉化"得也够到家了,不愧是咱们秦始皇的亲密战友和好学生),固然是货真价实的宏伟建筑,其他上自宫阙、寺庙、祭坛、祠堂,下至民居、牌坊、墓茔、神龛,雅如园林、书院、碑廊、浮屠,俗若茶肆、酒馆、娼寮、厕所,旁及水上的码头、桥梁,陆上的驿站、兵营,等等,无一不被笼罩在其覆盖面内。

尤其不能遗忘的,各地的万千座高高低低的楼台亭阁,称得上是"建筑文化"的骄子。本文叙述的江南三楼——黄鹤楼、岳阳楼和滕王阁,正是以"楼"的形式,突出表现"建筑文化"的三大著名载体。在下愿从诗文角度切入,试道其详。

自古以来,中国的骚人墨客,大抵都好登楼临阁,观之、赏之意犹未尽,进而凭之、吊之,满腹的感激(自然)、感慨(人生),乃油然而生。这种知识分子多与高楼相亲近的传统心态,或许可以名之为高楼情结吧,它确乎是中国文化史上的一大特殊现象,洋人是无从想象也无从比拟的。

为什么中国的文化名人,必得登上高楼方能显示其标格?换句话说,为什么中国的重楼高阁,必得题记吟咏方能流播其令名?这当中,自有无穷奥妙,值得好好琢磨。

宋人滕子京,为我们提供了一种解释,我以为可供参考。

滕子京,就是主持重修岳阳楼的当事者,《岳阳楼记》作者范仲淹的同僚好友。宋仁宗庆历五年(1045),他和范仲淹等一道,由于主张改革,触犯了大官僚大地主的利益,遭到打击、贬斥,被迫离开京都汴梁。范仲淹被罢了副宰相的官,前往邓州戍边;他本人则被谪放楚地,任巴陵郡守。但,滕子京并不气馁,兢兢业业,操操切切,才一年过去,岳州地界政通人和,民风复淳。铁的事实,令保守派政敌司马光都不禁大加激赏,赞曰:"治为天下第一。"就在这种背景下,他动了重修岳阳楼的念头。翌年二月十五日,他给范仲淹写了一封《求记书》,就中发了这么一通议论:"天下郡国,非有山水环异者不为胜,山水非有楼观登临者不为显,楼观非有文字称记者不为久,文字非出于雄才巨卿者不成著。"一连四个"非"字,语气极其肯定,最末了,还结穴于知识分子精英与山川形胜文物古迹相辅相成的密切关系上。范仲淹果然不负重托,于纷繁紧张的军书旁午,执笔撰写了为数仅有三百六十字却字字珠玑的《岳阳楼记》。有趣的是,范仲淹并未亲临现场,全凭滕子京附寄的一幅《洞庭秋晚图》,竟胜似实地踏勘一遭。仔细辨析起来,《岳阳楼记》之所以震撼人心,传诵不衰,毕竟不是靠模山范水的丽辞锦藻,而主要仰赖于作者的博大胸襟和照人肝胆! 这,我以为是解读《岳阳楼记》的唯一的金钥匙。

毫无疑问,岳阳楼的名垂千古,很大程度上是凭借着这篇脍炙人口的文章,这就充分证实了滕子京的观点正确无误。以笔者例,早在读初中时,第一次接触范文,便暗许心愿:有朝一日,必去亲眼看一看这座岳阳楼。我想,和我情况相似者,当大有人在。如此说来,文以楼传,楼以文名,珠联璧合,相得益彰,乃是自然而然的结果。后人认同这等评价,大体上是公允的、合理的。

黄鹤楼又何尝不是如此!

有一则民间传说,说的是诗仙李白,登上了黄鹤楼,意兴风发,块垒欲吐,不料同时代的诗人崔颢着了先鞭,一首与楼同名的七律赫然入目,李白读罢,甘拜下风,说是"眼前有景道不得,崔颢题诗在上头"。他本人只好另起炉灶,强压下满腔诗情交付于日后的《登金陵凤凰台》了。这则传说,既表现了李白的谦虚严肃态度,又表现了李白的竞争求胜精神。虽然未必可以当作信史稽考,然证之以严羽的《沧浪诗话》:"唐人七律诗,当以崔颢《黄鹤楼》为第一。"不难体味到,公众的评价与权威的评价,其趋向是基本一致的。

至于什么子安呀费祎呀相继由此楼(或云黄鹤矶,即蛇山)骑鹤羽化的离奇神话(见《齐谐志》、《太平寰宇记》),倒与黄鹤楼本身并无多少实质性的瓜葛,言者嘻嘻,听者亦嘻嘻,不过是一段了无人间烟火气的谈资而已。

滕王阁不例外。不同之处在于:所有的故事,全都围绕着一个中心人物——初唐才子王勃。其中流传甚广的一则,连马当神(长江水神)也登场了。话说王勃当年由江宁溯流而上,船行马当遇阻,马当神竟违背天规,私下里泄露"机密",告以"明日阎都督大宴宾客滕王阁上,汝可参与此会,吾当助风一帆"。于是,逆水七百里,一叶扁舟直撞滕王阁下。不速之客王勃,正当少年气盛;阎都督本意欲借机让自家快婿一显身手,但也不免委蛇表演一番,召请座上诸君,自告奋勇,当众挥毫;王勃不谙官场应酬的内幕,竟然假戏真做起来。都督听说王勃拔了头筹,满怀不悦,却也不便发作,只得暗中命下人逐句报来。破题数言,他听了捻须微笑,并未在意,后来,发现王勃诗思如潮,文不加点,便渐渐坐不住了,待到"落霞与孤鹜齐飞,秋水共长天一色"骈句出,闻之大惊失色,欣然折腰下拜,表达了破格的礼遇。临别时,又馈赠厚仪缣五百匹,这大概可算作当时的最高稿酬吧。

就在同一年,王勃一气呵成《滕王阁序》后不久,越梅岭,渡南海,在前往交趾省父途中(其父王福畤任交趾令)，突遭风暴逆袭，不幸船沉人亡，大唐王朝痛失了一颗璀璨的文曲星。前些时，越南《文艺》周刊发表了彼邦学者太允晓的考证文章：《王勃死于何处》，作者本人在仪静省仪录县仪海乡意外发现王勃祠的遗址，随后又向居民做了多方调查，所得资料表明：罹难之日是重阳节(按，此处多系附会。作序之日，适逢重九；考虑到关山阻隔，溺水当在九月下旬了)。王勃遗体被海潮冲到了同龙江(今兰江)会通口。其父得悉噩耗仓皇赶来，抚尸恸哭不已。由于王福畤为政清廉，深得民心，老百姓便自动聚金，厚葬孝子王勃。王福畤却因伤感过度，旋即故去。众人乃并立父子塑像，供奉于祠中。千百年香火不断，至今仍双双享有"福神"的美名，并且有夜夜江上会回响"落霞、秋水"俪句的民间传奇(据《国外社会科学快报》1992年第1期)。

这真是对《滕王阁序》的美丽补充，虽则充满了悲剧性。

俱往矣。教人替王勃抱屈的是，真正值得称道的内涵，却多为世人所忽略。我指的是，《序》文结尾处的七言诗，胜似绾了一个统领全篇的结，达到了那个时代历史条件所允许的人民性的高峰："阁中帝子今何在？槛外长江空自流。"绵里藏针，含而不露，意味深长。所谓"帝子"，岂不正是那个自恃血统高贵的高祖李渊幼子、太宗李世民胞弟，荒淫无耻，敛财挥霍，作恶多端，终至"坐法削户"的滕王李元婴么？王勃的寓意十分明白：汝曹声名徒煊赫，不废江河万古流！

这是很难得的。且不说情文并茂，也不说出手快捷，单凭它所达到的思想高度，就足以令人佩服得五体投地。

提起人民性，此道已衰久矣，理论界对之表现的冷落与不屑，殊难默忍。

顺着这个话头，不妨回头再说说《岳阳楼记》。我们知道，岳阳楼这座建筑进入经典性诗文，非自范仲淹始。早在中唐，杜甫老夫子于大历三年(768)，以贫病潦倒之躯，拉家带口地最后离开了四川，起居饮食，俱不离船，真个是江湖漂流了。暮冬时节，杜甫舟泊岳阳，写下了气势磅礴、感人至深的

《登岳阳楼》:"昔闻洞庭水,今上岳阳楼。吴楚东南坼,乾坤日夜浮。亲朋无一字,老病有孤舟。戎马关山北,凭轩涕泗流。"细细咀嚼这四十个字,纵横捭阖、顿挫沉郁之风,丝毫不减盛年,但遥望中原战火,关爱众生之情,毕竟更多的是从个人遭际引申而出,因之,在老杜的众多佳构之中,这一首未能夺得最好的名次。相比之下,范仲淹便后来居上了。范氏在提纲挈领地悬示"不以物喜,不以己悲"这样一种崇高境界之后,立即直奔主题:"居庙堂之高则忧其民,处江湖之远则忧其君,是进亦忧退亦忧,然则何时而乐耶?其必曰:先天下之忧而忧,后天下之乐而乐欤?噫!微斯人,吾谁与归?"范仲淹是这么写的,也是这么做的。他以自己的毕生言行,为一切"仁人"做了示范。我觉得,尽管时代不同了,范仲淹的最后一声感叹:"啊,只有具备这等抱负的人,才是我应该追随学习的榜样。"同样是今日所有真正的爱祖国爱人民的血性志士的共同心声。

我在许多场合,一贯反复强调:忧患意识是个宝,不可丢弃。至今,我依旧坚持这一观点。前些时,偶读某位女作家的文章,对我和不少朋友认定的这一神圣信念,出语轻慢,甚至不无调笑;她写道:凡是谈论忧患意识的人,不是骗人,便是矫情。这,很教我感伤了半天。我想,一个人身负了作家称号,就有权这般放肆么?难以理解。

我是幸运的。在1990年至1992年头尾三年中,曾连获良缘,分别登临三楼,其中有两座还各获二度!环顾域中,抚今追昔,不免仰望前贤,俯首自愧。检点了一下时序,记录如下:1990年10月31日下午,偕同来自全国的参加中正大学建校五十周年纪念活动的列位学长,前往滕王阁;1992年10月17日上午,又随安徽省文联考察团,于南方观光结束的归途中,路经南昌,旧地重游。1990年11月5日上午,由湖南省作家协会的两位诗人副主席弘征、于沙,《洞庭湖》杂志编辑部冷述冬陪同,初上岳阳楼;1992年9月25日下午,更独自一人在那儿凭栏远眺,下而复上,一张门票直徘徊到薄暮时分,才依依不舍地离去。而在此之前的两日,即1992年9月23日上午,还畅游过黄鹤楼，饱餐了两水三镇的秀色。不过这篇文字，关于黄鹤楼的部分，涉笔较少，可能也同自己只去过一回，感受尚浅有关。在黄鹤楼，我买到《黄鹤楼古今楹联选注》一册，粗略浏览，唯觉清人胡林翼所撰"黄鹤飞去且飞去/白云可留不可留"，以及晚清贡生、南社成员王文濡所撰"鹤去已千年，笑仙人阅尽兴亡，王几人，霸几人，都付与大江东去/高楼仍百仞，叹末世争将权利，为公战，为私战，问谁是当日南能"（按，南能系佛教禅宗南宗的创始者慧能和尚），这二联，颇为切合目下的个人心境，当然，但愿不至于因此而被讥为灰色情绪或者小子狂妄。

　　黄鹤楼和滕王阁，早先的构筑物俱毁于兵燹，眼下这两座，全是新建不久的。前者竣工于1985年6月，后者开放于1989年10月。岳阳楼则仅仅大修过一次，时在1983年3月至1984年5月间，得以基本上保持着古楼风貌。论高度，它已完全无法与黄、滕比肩，论结构与防火性能，也远不如黄、滕的现代化。孰优孰劣，似已昭然若揭，无须评判。然而，倘若问我：江南三楼，你最倾心的是哪一座？那么，我将谨答：都爱，但本着"谢公最小偏怜女"的心理，我的感情更倾向于文弱且单薄的岳阳楼。这种选择，未知能获宽容和谅解否？

1992年12月19日　北京，马相胡同客居

聂绀弩写好了一个"人"字

初识聂绀弩先生,是在1948年的香港,秦似先生家中。再见聂绀弩先生,是在1955年的北京,聂绀弩先生的府上。去年,我在《读书》杂志发表过一则千字文,里面说,记不清那胡同的名称了,后来读到别人写的文章,才想起来确是半壁街。当时陪我一同去拜望的,是曾被划入所谓"二流堂"的田庄先生,他早已作古了。如今,聂绀弩先生、秦似先生、田庄先生,全都离开了人世;人生苦短,淹留倏忽,令后死者对之只有唏嘘叹息。

毫无疑问,我们也必将无一例外地跟踪而去,但是,在呼吸尚存的时刻,也就是说,在尚且为人的时刻,认真地考虑考虑,这个"人"字究竟应该怎么写,实在很有必要。

在我们的汉字当中,"人",才不过两笔,然而,看去似乎简单,写来却非常不容易。拿聂绀弩先生作例子。我认为,他自幼及长,奋斗不息,直到1949年中华人民共和国建立,于风云激荡中,只不过写下了左边的一撇,而此后的半生,跌宕坎壈,九死不悔,才又写下了右边的一捺;一撇一捺,他写得都十分峭拔豪迈潇洒豁达,他的那个"人"字,是完成得极其精彩的,称得上是我们的楷模。

他的那个"人"字,之所以如此端庄秀美,不是没有根由的。我想节录聂绀弩先生的一段自述,作为证据。这篇文章是1980年写的,题目叫作《七十年前的开笔》,收在人民文学出版社"新文学史料丛书"之一的《脚印》中。

在引用之前,也许应该先交代一下事情的背景,即蒙馆的教书先生出了两道作文题：一道是《子产不毁乡校》，另一道是《天下有道则庶人不议》。针对这并列的两道题，小小年纪的聂绀弩发言了——

"那么，"我说，"如果把两个题目写进一篇文章里去也可以么？"

"我不懂你的意思。"先生说。

我说："天子的礼乐征伐出得不对，这就是无道了。庶人免不了要议论。如果天子听见了那种议论，不管议论得好不好、对不对，就照子产不毁乡校的办法办；议得对的就听，议得不对的不听，再不管别的，那不就是从无道变成有道了么？这就把两个题目写成一篇文章了。"

先生说："可以，完全可以，这意思很新。"

我说："我还有一个怪想法。我觉得天下有道则庶人议，天下无道，则庶人不议。"

"怎么讲呢？"

"天下有道，上面不滥施刑罚，庶人说点什么也不要紧，所以敢议；天下无道，上面滥施刑罚，庶人怕惹祸，有话也不敢说，所以不议。"

"聂绀弩，这是你说的么？"

"是刚刚想到的。"

先生突然变了脸，好像要哭，却又点头带笑地说："这意思好，你小，又头一次作文，还不能知道说了些什么，更不知它的深浅，写出来吧，不管写得通顺不通顺。"随即向大家说，"今天的作文，以聂绀弩的最好！"

读了聂绀弩先生的这些回忆，我倒也不禁产生了一个怪想法。我首先钦佩的，竟并非好学多思的聂先生，而是钦佩他的那位有胆有识有肚量的教书先生。当然，我必须说清楚，我绝无小看聂先生的意思，须知，他当时毕竟才满八岁啊！那位教书先生，一度由于惊惶而变了脸色，却到底不曾被吓哭，反而欣慰地笑了起来，岂不正好说明他自己并无冬烘气，像一条血性汉子么？他敢当场拍板做结论，宣布聂绀弩的作文为"最好"，实在令人折服。我还细想过，我的这个相当不正常的反应，恐怕多半与个人的经历，以及几十年来看到、听到的别人的经历,其中,包括今天我们来纪念的聂绀弩先生的经历有关联。我是多么由衷地期望,在我们周围,能够多出现几位这样理解人、宽容人、体恤人的"教书先生"啊!

话似乎跑题了,然而又并未跑题,七绕八绕,最后,还得归结到聂绀弩先生的道德文章上来的。我认为,聂先生不仅仅是开笔第一篇文章写得好,而且终其一生,文章都写得好。我这样说,并非鼓吹聂先生写下的一切,句句是真理,限于历史条件,他也写过事后可以商榷的篇什。这正如同我们继承和发扬鲁迅精神,并不意味着凡是鲁迅先生说过的,我们就必须执行,一概照办,比如,关于中医中药问题。那样子学习鲁迅,不是真的学习鲁迅;同样,那样子纪念聂绀弩,也不是真的纪念聂绀弩。

前面说过,我和聂绀弩先生缘分太浅,1955年"反胡风运动"后,紧接着是"肃反"和"反右",鄙陋如我者,终于未能漏网。此后的三十余载,天各一方,一直没有机会向聂绀弩先生讨教,这是每想起来就令人感伤的憾事。不过,琢磨先生的遗诗遗文,又有如闻其声之感,依旧能得到极大的满足。

我所说的满足,乃是一种精神上的充实。品咂这种满足的快乐,我认定,聂绀弩先生的诗文,至少给了我两点最大的启示:第一点,为人固然贵有真性情,为诗为文同样贵有真性情。聂绀弩先生的嬉笑怒骂,以及后期的诙谐、滑稽、所谓的"打油",都表现了他的真性情,驱使他写、支持他写的,不是任何别的东西,而是他本身固有复经生活千锤百炼的人格力量。就聂先生而论,他所写下的每一个字,都是深思熟虑的结晶,以血煮字,此之谓也。在他身上,你是绝对不会一不留神就蹭上了"文字油彩"的,他不是用文字替自己化妆的主儿,因为没有这个必要。

第二点是,聂绀弩先生有强大牢固的民本思想。我甚至觉得,他之尊崇马克思学说,也完全是由人民本位出发的。他天生就不是做"官"的料。天下滔滔劳苦者的忧乐,便是他的忧乐。这几乎成了聂绀弩先生的思维方式和生存方式。这是十分了不起的。倘若没有这个,所谓"聂体诗",肯定无由诞生。倘若没有这个,所谓鲁迅真传弟子聂绀弩,也当化为乌有。眼下作兴弘扬民族文化,而且似乎首先就是弘扬儒家文化,但,儒家思想中的"民贵君轻"的好传统,却很少有人阐述。这,未免更教人怀念聂绀弩先生了。

我赞美聂绀弩先生无私奉献摇曳多姿的辉煌!我悲叹聂绀弩先生被迫承受人世罕见的污秽。

我的见识浅薄,只能讲这么一丁点儿,敬请诸位指教。

1993年1月1日—2日　北京

附记:这是在1993年1月8日,于北京现代文学馆举行的"聂绀弩诞辰九十周年纪念座谈会"上的发言。

胡 同 梦 游

我不是老北京。但我偏偏得了一号唯独老北京才会得的怪病:胡同梦游症。

我寻思,现如今,这胡同梦游症倒真该趁早儿犯上它一回半回的,等到满城都叫香格里拉、肯德基什么的给霸占完了,胡同也全都串味儿了,四合院儿也搬上十八层高楼去了,您还梦游个什么劲儿的!没戏啦!

前前后后,我在北京才待了三年整,那是20世纪50年代;至于后来,虽说断不了常来常往,却多半是做客。

想起来真够意思,我的头一个落脚点,是西单舍饭寺,一条很浅很窄的胡同,比起邻近的胡同来,气派差远了。这说明,我生来注定是个游方和尚,讨上一口,吃了走人。可不,没多久,我被打成"右派",被发配去了太原府地界。当时,我成了家,改住宣武门什家户了。什家户,顾名思义,就是十家。听说,那还是打忽必烈进大都后才叫开来的。其实,它和而后的保甲、居委会差不离儿。窝在这种地方,犯了事儿,能有好果子吃吗?

真逗,等我到了山西北路农村,那儿也有胡同!土话叫作忽弄。我"充军"的那个村儿有三条巷子,分别叫作东忽弄、中忽弄、西忽弄,每条忽弄都有一口水井。有的学者考证,胡同,就是水井,蒙古话,传来传去,汉人便管有水井的地方叫胡同了。我打心眼儿里信服这个理论。何况,我还有一个旁证,蒙古族血统的著名诗人牛汉先生,老家就离我那儿不远。

话扯远了,回头说北京。尽管我在北京一头一尾住的两条胡同,都不大吉利，可不知怎么的，我对北京的胡同害上了单相思，换个文明词儿，叫作：一往情深。

光因为觉得名儿好听，我曾经发傻大老远地跑了趟西城，找那个百花深处。您瞧，够浪漫的吧。可那百花深处却让我一百个泄气！

为了看望朋友，小拐棒胡同和黄图岗，是我跑得最勤的地点。黄图岗，甭猜，原本准叫黄土岗，为了避俗，才把"土"换成了"图"。小拐棒，更别提多邪门儿了，头里按个把儿，棍儿上门脸儿错进错出的，活像一串木疙瘩！就这样，北京一千三百多条胡同，可以说，全是从自然环境、形状格局、衙门库房、庙观建筑，或者九行八作找由头，甚至用个别出名的住户来起名儿，日久天长，也就约定俗成了。平民化，的确是北京胡同的一大特色。

哪怕您是地道的老北京，管保也走不全这么些个胡同。直来直往的，曲里拐弯的，斜的，抄着双手似的兜圈儿的，什么样儿的都有。没有一条胡同没有典故。加起来，就是历史，就是百科全书：元、明、清、北洋军阀、日本鬼子、国民党……多少忠臣烈士！多少汉奸恶霸！文天祥和谭嗣同，两人前后相隔六百年，竟都圈在巴儿胡同，又都在柴市被害！巧也不巧？我琢磨，这里边冥冥中有天意，是教后代儿孙们牢记不忘呐。

那些个走街串巷的，斯斯文文又暖暖和和的叫卖声，什么冰糖葫芦、烤白薯、热馄饨、硬饽饽、豆汁、面茶、赛梨（萝卜）、半空儿（瘪花生），不用说，早都没影儿了。本来那有轨电车的叮叮当当，像吊嗓子、叫板一样，带上了京味儿的，如今也没了。真是天翻地覆呀，看来，胡同也迟早会被消灭干净的。不过，我总觉着，主事的当中不缺有心人，倘能挑上那最最本色的地段，划出个方圆三里五里的，原汁原汤地保住，让后人开开眼：到底什么是胡同哇？这胡同里边，又怎么会生出那么多可敬可爱可恨可鄙的主儿哇？可千万别叫未来的北京人，走进戏园子坐下，两眼一瞪，不懂什么叫龙须沟，什么叫小井胡同！

1993 年 2 月 7 日　合肥

大难不死　尚待后福

有生必有死。一个人一辈子只能生一次,也只能死一次,传播媒体经常告诉你这样那样的趣闻逸事,先教你汗毛凛凛,随后又教你喜笑颜开。这类故事,照例是有鼻子有眼的报道,某国某地某男某女,怎么怎么"死"了过去,又如何如何"活"了过来。我很不知趣,每读到这种花边新闻,总不禁兀自断言:分明是假死嘛,倘若真死了,肯定就还不了阳了。

然而,死亡的阴影,却可以霹雳闪电般,在艳阳高照的日子,倏然猛拍你的头顶。当然,一旦乌云移位,你便从死亡线上被抢救回来了——这个过程,有时简直像一场恶作剧,不,一场闹剧,虽然它确也无伤大雅。

我把这种样式的死亡,即濒临死亡甚至接触死亡而终于不曾死亡,通统名之曰:打死亡擦边球。

粗略计算下来,仅在劳动改造期间,这种擦边球,我本人就先后打过若干次,其中最悬的有两次。

容我慢慢道来。

看官须知。从这些个有惊无险、有险无惊、有惊有险的不同遭遇中,似乎不仅仅能看出我这个人活得"皮实",命大,可恶得连阎王爷都不愿收留,抑且多多少少还折射出几十年来中国风云变幻的大气候,倒也可资谈助。

在正式进入本文之前,得先来一段引子,一阕有关劫难的前奏曲,仿佛服中药的人,在喝下医生下的猛药之前,必须先灌一碗略带土腥味儿的芦根汁一般。

死亡也有引子。

我们在被总参、总政、总后、海政、空政五大单位遣送山西"劳动锻炼"（据说，这是复杂得近乎烦琐的右派分子劳改政策中的第二等待遇。第一等待遇是，交由原单位群众监督，个别人可以照旧从事本职工作，不降级减薪，但提升无望，也有一些人降级减薪的。每日早出晚归，抹桌椅、倒痰盂、扫厕所，乃是天经地义，赶上植树节什么的义务劳动，人家挖五个坑，你就得挖十个。否则，无从证明你对自己的身份有起码的"认识"）。前夕，一般都降了级，根据各人"问题"的严重程度，幅度大小不一，有的降一级，有的降两级，我降了四级，再降就是战士了。"罪行"更严重的，则受到"劳动教养"的惩处，只发生活费了。部队中凡受到这等处置的，一般都被发配到北大荒，关于这一点，我在前面提到过，至于不幸被划入"不可救药"一类的，就干脆判刑若干年，由劳改营（即所谓特种农场、特种矿山）管教去了。上述四类，共同之处有下列三点：一、都经由军法审判，都发给一纸正式的判决书塞入档案；二、都被开除军籍；三、都被剥夺公民权。其实，劳改犯还有一个服刑期，也就是说，还有明确的指望，而前面三种人，似乎受到了"优待"，却完全没有底——几年？天知道！因此，1979年全面"改正"时，才发现有右派帽子一直戴了二十几年而始终摘不下来的。再说，劳动就是劳动，除了第一类，可以勉强算得上实行了所谓的革命人道主义外，其余的，谁又不是被强制劳动呢？反正，据我所知，所谓劳动"好"，绝对是"表现好"的重要内容之一；而劳动"不好"，自然证明你抗拒改造，轻则被斥为资产阶级好逸恶劳思想劣根未除，频频进行"帮助"，重则罚你去从事更脏更苦更危险也更无休止的劳役。总之，在这种情况下，劳动不过是"赎罪"和争取摘帽子的手段，实在是丝毫沾不上主人翁态度、自豪、积极等等的边儿的。

言归正传，前面说过，我们这几百名"钦犯"，是1958年的五一劳动节在山西省太谷县郭堡水库工地正式上工的。这个日子，对我们来说实在是一大讽刺。上边不知是怎么搞的，竟仿效起"修正主义分子"铁托实行的"工人自治"来,表面上是"右派自治",实则严格控制,仅举组织方式一例,就非常能说明问题。我们完全是军队编制,大队相当于营,以下则分别称作连、排、班了。起初,设正、副大队长各一名,任命原总政保卫部的校级军官充当,正的叫陈挺,副的叫周宏达,陈是山东人,周是河北人。他们的主要罪名与"恶毒攻击"肃反运动有关——因为他们了解内情,而偏偏又"知无不言"。

不到半个月,水库的坝址清基工程(先搬石头后钻探)便结束了,为了赶在汛期山洪暴发之前,教大坝达到七十米高程,真个是"每日挖山不止"。人们心急如焚,县上的水库工程指挥部到处栽上电线杆,安上高音喇叭,一个妇女,用本地土话整日价不断高喊:"大干快干拼命干!"取土场挪了又挪,愈挪愈高,土方量愈来愈大,因而取土点也一会儿一个样。

这种时候,十分突出的问题自然是安全施工问题,大队长们都愁得瘦了一圈。不穿囚衣的大伙儿,(因为还有真正的劳改队,身着一半儿蓝一半儿白的号衣,头戴同样的用蓝布白布小三角块拼起来的"西瓜皮"帽子。据说,这都是象征国民党的青天白日旗。)没有一个不瘦得像皮猴儿似的。这一天,我们排被分配到一处陡崖之下干活,有的挖土,有的装筐,有的推小车,也就是四川人管它叫作鸡公车的独轮车。我恰好被分在推车组。

山西地属黄土高原,土质一般很好,黄澄澄的,当中往往还夹着许多寸把长的白丝丝,连当地人都叫不上名字。说它是小虫子吧,它又不会动,说它是植物吧,又从不出芽,我猜,大概是真菌之类的玩意儿吧。这样的白丝丝,愈多愈好,老乡管这种土叫立土。打胡基(砌墙用的土坯)、打煤羔,都离不了它。它还有一宗特殊的优点,即凡是这种土层厚实的地方,砌窑洞、掏深井,一般都比较保险。等到又过了十年,我在"文化大革命"中再次受到惩罚,去忻州北部地面务农,对立土性质的了解就更深一层了。这是后话。且说这一天,我们的取土场情况不大对劲,并没有白丝丝,反倒有大量的砬礓石。粗心的人会把砬礓石错认作中药里常见的龙骨,也有点像日常吃的生姜,只是非常硬,一颗一颗的,忒闹独立性,破坏性也忒大。

挖土的人只图省事，刨下多大块，就往筐里装多大块，殊不料，镐头咚咚地震动了崖头，也闹不清谁的一记猛砍，使劲太大，大概正好落在了要害部位上，只听得轰隆一声，天塌地陷一般，一丈多高的崖头迎面栽了下来，一时黄尘滚滚，眼都睁不开——我可不是睁眼的问题！此刻，不迟不早，我正在崖下等着装筐。一般情况是，小车两边一边一人，同时挥舞大锹，节奏整齐，待觉得差不离了，不偏沉，推车人就抓牢两只车把，先退几步，抖抖，再折转身，直奔大坝而去。可是，说时迟，那时快，刹那间我被劈头盖脸地打得天旋地转，车子倒向了右侧，把一条右腿别成了直棍。我右首的填筐难友，已经被埋在了无数块斗大的土坷垃中，出气不得。左首那位却弹地一跳，逃脱了灾难。

不幸被埋在土里的，有两个人，一个叫段炼，事后，众人跟他开玩笑："都怨你名字取得不吉利，命中注定要锻炼锻炼！"还有一位难友，我怎么也记不起他的姓名了。而我呢，只能算作入了四分之一股。同在一个班，又头挨头睡觉的好友刘玉璋，慌忙将手中的小车掀翻，转身跑回来招呼一时吓蒙了的同志们（也许应该说是"右派"们），先把堆在浮头上的碎土扒拉开，然后使劲儿用手挪开那压在我右膝盖关节上的大土块，一面还给我鼓劲："别紧张！别紧张！咬咬牙！"不大工夫，那土块便滚到一边去了，因为太大，没滚多远就停住不动了。后来，刘玉璋估摸，起码有三百斤。我一瘸一拐地踅往一边就地坐下，察看伤势。这时间，大队长陈挺、副大队长周宏达闻讯赶来，两人都脸色煞白，呼吸迫促，汗水淋漓，神情十分紧张。正副班长陈振华、吴占一忙着向上级汇报。许多人用锹和镐一点儿一点儿刨土，不敢大铲大抢，唯恐伤着闷在土里的自家人。我不用说，只有干着急的份儿，屡次三番试着站起来而终于失败了。这会儿，麻木感消失了，渐渐疼痛起来，出现了肿块，肿块的周围火烫火烫。

人多心齐，不一会儿，段炼同另一位先后获救，见了这活脱脱一对泥菩萨，大家长出了一口气。他们的眼睫毛都是黄的。人们一面慰问压惊，一面忘不了开玩笑："感觉如何？"但无论你扯多大嗓子，他们一概听不见。我坐在一旁,看着这一切,不免悲从中来;忽而又寻思,咱们有句成语:"充耳不闻",这回倒真的应验了。试想,耳朵眼里塞满了土,哪能放声音进去?

这就是我喝的头一碗芦根汁。

很快就轮到我喝第二碗了。想来这人世间,还真有命运这东西,因为这第二碗,又是命运按住头捏住鼻子硬灌下去的,并且剂量远比第一碗大。

事情的经过大致如下:在"大跃进"的滚滚热浪中,各地都闹开了"滚珠轴承化",水库指挥部当然不甘落后,便把小小的手推车一律改作小平车,一平车可拉土六百斤至八百斤,最高纪录曾达到过一千斤,拍得实实的,垛得尖尖的,远远望去,一座山似的。人人都得掌握这门本领,至于拉多少,根据主观条件而定,可是怎么也不能少于六百斤。一时间,工效提高了三倍!然而,高音喇叭还在一个劲儿地号叫:"大干快干拼命干!"

人们真是豁出小命了。

一天绝早,我们刚刚结束挑灯夜战才不过四个钟头,又赶到工地,各班急匆匆领回自己的车子和工具。每挂平车,一律配备有用荆条编成的前后挡板、箍挡板用的粗麻绳,还有一柄圆头锹,它是供架车人装土拍土用的。待到车已装妥,这锹就插在"山尖"上,像一根旗杆,就差一面令旗了,颇逞威风的。

这天,该着我拉车,别人装车。

由于连续作战,我的手腕"努"着了,又青又红地肿了起来,还呈现斑斑点点的瘀血紫癜,按理说是完全不应承担这项活计的。可是,我能向谁诉说呢?谁又会听我诉说呢?大家都彼此彼此,还有绑着绷带上阵的,真跟他妈的打仗一样。

我一连跑了七八趟,单程距离一千五百米,最高处的坡度为仰角三十度,而且由于车多,运输量大,取土场愈来愈远,全程愈来愈长。临近傍午时分,腹中擂起了小鼓,是饿了,有点虚脱,热汗开始变冷汗,眼镜片上水雾蒙蒙,还不时得腾出手来扶正眼镜架。沿路都是撒下的土,大坝上的秩序出现了零乱无章的状态,人们争着抄近路,以致险象环生。当我正架着一挂压得死沉的重车顺坡往下溜时,不好!只见迎面一辆空车猛奔而来,想必对方也是乱了方寸,刹不住车,显然,是他违反了轻车让重车的规矩,可事到临头,谁也躲闪不及了,眼看就要相撞,我担心我这连人带车上千斤碾过去,肯定要伤着对方,我自己也好不了,与其伤两个,哪如伤一个!心一横,便立即使出吃奶的力气,扭转车辕,直朝大坝边上栽着的一根电线杆子冲去。我当然也心存侥幸,指望沾电线杆的光,能把车子和车上的土保住。然而,岂料……一霎时天旋地转,平车根本不听指挥,在电线杆上猛弹了一下,车子一颠,轮子一滑,至今我也不曾闹明白,怎么会角度那么大,竟然掉过头来,不是人拉车,而是车拉人,一家伙栽到大坝半腰间了,当时我神志还算清醒,心上闪过一个数字:一半就是三十米!

六百斤的黄土,一百五十斤的平车,拖上我不足百斤的身子骨,不知受了什么阻碍不再移动了,反正等我睁开眼,已是抬头望见蓝天白云,低头望见大坝底座了——原来是一堆洋灰包救了我一命。

我却结记平车。车子摔坏了没有?要是摔坏了,那就意味着又一场斗争会啊!如今,我可以坦然承认,哪有那么高的政治觉悟?什么首先想到的是国家财产,不是的,我首先想到的是千万别上斗争会。

上帝保佑!平车基本完好,这主要靠了前后左右里里外外全是土的缘故。

事后,班务会上免不了主动检讨、接受批评。会下刘玉璋笑嘻嘻对我耳语:"到底是书生一个!是他坏了规矩,换上我,准朝那小子撞过去,大不了拼他个鱼死网破,两败俱伤!"我明白,他这是在指拨我,往后再遇上这类事,可千万别犯傻!想想也对,像我这样不明不白地一头栽到坝下,让那些不知底细的人奚落一通,再想老婆也犯不上啃电线杆子呀!简直出洋相!

得亏不曾大伤着,将撞上电线杆时,我闪开了头脸,教左胳膊遭了罪,大面积瘀血;至于内里有没有暗伤,就只有天晓得了。这下场,似乎也可以暗自庆幸了吧。

以上两次,还只能算作小小不言的事故,大戏开台之前的一个序幕。较我抢先出场的是一位名叫秋静鹏的难友,他来自空政。他显然是按刘玉璋提示的方式行事,架着重车和别人的轻车迎头相撞,虽不曾滚下坝去,却比我更惨,对面的车辕不偏不斜地捅进了嘴巴,毁了满口的牙,险些送命。真悬!

可以毫不夸张地说,无一日无事故,大小不同而已。

小平车运土,固然胜似独轮车,但土方量还是供不应求,怎么办?"右派"们开动脑筋,献计献策,提出了铺设轻型钢轨,利用废弃的煤矿斗车,再在高处山上新辟取土场,借自然坡度,重车滑行向下,空车则由人力往上推的合理化建议,并很快被采纳了。于是,先忙了一气拉钢轨、抬钢轨、铺铁路、修挂钩之类的准备工作,四个斗一组,试运行的结果,居然比小平车翻了四番。

我被编在推车组。大组下面设小组,我所在的小组,成员有副班长吴占一,还有战友段星灿,一共三人。吴占一本是老熟人,他当过文化部陈沂部长的秘书,后调创作室,还是担任秘书,不久便调走了。反右开始,算他倒霉,碰上了"好领导",硬是将他从别的单位揪回来"批斗"。据说,由于军队内部的派系斗争,某大将和陈沂部长有矛盾。某大将趁机坚决要拉陈沂下马,硬把陈划作"右派"。创作室主任虞棘原本是陈的左右膀,可到了这会儿,"大难临头各自飞",但是"飞"也不容易,首先必须反戈一击。于是,虞棘一方面声嘶力竭,大揭大批;一方面就在吴占一身上做文章,一心想打开突破口,整出什么致命的"材料"来充当"炮弹",拿去轰炸昨天的顶头上司。就这样,吴占一在劫难逃。批斗会上,虞棘给了吴占一一个封号:陈氏家丁。另一位积极分子干脆接着喊"家奴"。我在批斗会上敬陪末座,听着,想着如果吴占一是家丁、家奴,你岂不是同一类货色么?要说有区别,也不过是你正得意,你可以笑,可以污辱人,有恃无恐而已!其实,吴是个正派人,我是同情他的,但也仅止于同情罢了。我已铁定是"右派",哪有勇气"仗义"?又哪有资格"执言"?这一场所谓的大是大非的政治斗争,有如地震海啸,一阵紧似一阵,诚如党报每日严厉警告的:谁想"负隅顽抗"只有"死路一条"!自己无辜被杀死就算了,何苦再惹人鞭尸!

回头再说推车。这天天气不好,下开了牛毛细雨,光景有点像江南黄梅季节,雨似油,黏黏糊糊的,不声不响湿衣衫。我们三条汉子,却热气腾腾,都脱得只剩下一条裤衩儿。我们实在太忙太累太乏了,一趟接一趟,总也捞不着喘口气的机会。远远望见取土场上的伙计们,也同样几乎是赤裸裸的,平日间晒得漆黑的身体,这会儿更涂了一层黑釉,闪闪发光。我们推车组是固定组合,空车推上去后,必须立即从另一头跑步下来,等实车下来了,一辆一辆倒空斗子,并且敲打干净,又用扫帚胡撸一遍,务必不让把剩土带了回去,这叫充分利用。当然,这一系列动作,都得争分夺秒,干净利索,一环扣一环,容不得思想开小差。在这种场合,人就是机器。无奈钢轨不够,没法铺复线,否则还不知道要怎么使唤我们。有人私下嘀咕。但一想到不久山洪可能下来,万一前功尽弃,非但大坝不能完工,肯定大家都得吃家伙,这又是正面的、经得起显微镜观察的活思想了。说到底,还只有靠不断提高劳动强度来弥补。跑!跑!跑!一直跑到将四挂空空的斗车推上斜坡,进了取土场,赶紧往最后面的两个轱辘下边,揳入"眼石",这当中,倒能找到稍事休整的机会,也是唯一的机会。反正斗车再不饶人,也是死家伙,它得一圈一圈靠人推着往上爬。

我们的"眼石"是完全不合规格的。平日间,看见村里的车把式们赶大车,一般都挑质地很硬、有棱有角的石头,我们却用的是随手捡来的几截树蔸瞎凑合。最理想的眼石,一只角必须近似直角(但只能小于九十度,不能大于九十度),底子要平,才能放得稳当,不致轻易翻转。我也搬过那树蔸,我根本没在意它早已把树皮磨烂了,光溜溜的了。平素裹上去的一层干土,现在让雨水一泡,简直变成了润滑剂,把根本不产生多少阻力的它变成了又一只小轮子!这就埋下了祸殃……

据事后听说,凡是四节一溜的斗车,一旦被装得结结实实,照例有人七手八脚要用大锹使劲拍打一阵,然后才会由值日者吹响哨子,示意下边的人们注意:发车了!

谁能料到,这一回完全乱了套。我们三个正埋头推车,离取土场大约只剩三百米,没听见那尖锐的长长的哨音,重车却"自动化"了。到处是一片惊呼声。当然,对于我们三个,再大的吼叫也绝对不存在,这些都是事后听别人描述的;在我们的耳朵里,灌满了空车艰难上行、金属摩擦复撞击的噪音,以及斗车与斗车衔接处钢缆被扭曲时的痛苦呻吟。这类声音,无疑是有害于人的生理机能的,如今习惯了,也就麻木了,感受不到刺激了,不在乎了。

那上面的重车以惊人的加速度冲下斜坡,一米、两米、五米、十米……死神来也!

段星灿在我右手边,吴占一在我左手边,我夹在当中,即便抬头,也给车挡得严严实实的,什么也看不见。

纯属偶然,我们三个得救了。由于钢轨必须经过一段硬从高粱地里填筑起来的路基,整个路线是弧形的,就在这个拐弯处,段星灿大概是意外地和死神打了个照面,吓得土遁而去,车子突然间少了三分之一的推动力,不得不偏向一边,几乎停了下来,我还晕头转向,莫名其妙,不知道段星灿哪儿去了。幸亏吴占一眼尖,只听他大喊一声:"不好!公刘快跳!"立刻,吴占一也不见了,我跟着也纵身一跃,尾随他之后,掉进了十几米深的高粱地,简直像"飞"一般,这当然并非绝技,仅止本能罢了。

这当口,但听得咣当咣当轰隆轰隆咔嚓咔嚓一连串骇人巨响,空车重车都倾覆了。它们一共八节,全扣倒在路的另一侧,反而距最早弃车而去的段星灿不远。

我该怎样描绘我的这个"着陆点"呢?

一大片高粱地,差不多要成为我的葬身之所……

山西人爱种茭子,也就是红高粱,未成熟时,青纱帐起,绿茵茵一片,海水一般,一旦成熟,看吧,红旺旺的,如同同时举起了万千亮火把,十分壮观。然而,要说红面比白面好吃,那是哄鬼。山西老乡再待见红面,也不会嫌白面多的。那年月以红面为主食,是没有办法。因为比较下来,高粱较之麦子、谷子、糜子等,产量高出许多。后来,我到农村长期劳动,又常听干部们大会小会上念叨,"要过江,种高粱"(当时的《农业发展纲要》,规定长江以南亩产八百斤),仿佛歌谣,朗朗上口。由于红面性涩,捏不成团,人们变着花样吃它,什么搓鱼鱼、剔尖尖、格坨儿、拨鱼儿、撅猫耳朵,然而不管你怎么吃,首先都离不了掺榆皮面。可榆皮面实在难吃又难看还难消化,即使是选的上等榆树皮,晾干了,碾成面,兑上水,调出来还是青灰寡白,黏黏糊糊,跟鼻涕一样。但又全靠了这"鼻涕",众多的农家妇女,方能将自己的创造才能和想象力发挥到极致。因此,"鼻涕"是有功的,得感谢"鼻涕",尽管难以吸收,无法给我们带来多少营养。

　　说到底,高粱面即便一无可取。高粱这种作物却浑身是宝,香醇甘美的高粱饴,是利用高粱熬的糖分做的。固然,高粱酒是人所共知的传统名产,而高粱醋却未必为外省人普遍了解。走进山西农家,每每一眼就能看见当院或者正窑里,摆着一溜数个八石(读作担)瓮,这种瓮深得能容下一个半大小孩儿。凡是有八石瓮的人家,空气中往往泛着一股酸味,那就是盛了自制的高粱醋了。山西人嗜酸,除了据说水里碱大,需要中和外,盛产高粱,不能不说是老天帮忙。还不能忽略了高粱秆,它的靠近根部的一截,最受乡村娃娃们的欢迎,尤其那不秀穗儿的棵棵,干脆被叫作土甘蔗,鲜甜沁凉,且多汁。整根的高粱秆,本地人唤作秫秸,含有丰富的纤维素,是造纸的上等原料。深秋季节翻地时,田头地角,处处活跃着妇女小孩,紧跟在犁耙的后面拾高粱茬,土话叫茭茬,是最理想的烧炕燃料。而高粱秆的尖端,群众称之为"箭秆",是大有用途的编织材料,男女老幼,人见人爱,可以经过麻线的穿扎,编成各色各样的器皿:缸盖、锅盖、托盘、笼屉隔层、针线簸箕、碗柜、筷子筒,手巧的甚至能编出鸟笼来。大概正是出于这种需要,当然更是为了抢收粮食,这片接纳了我和吴占一的高粱地,一律被扦去了梢头和有七八成熟的穗子,那颗粒至少可以做饲料吧。不过,这么一来,我的受苦兄弟于无意中却坑苦了我和吴占一了,就像越南游击队为了对付美国空降兵,遍地插满削得溜尖的竹签,高粱秆刺得我们遍体鳞伤,鲜血淋漓,特别是我,近视眼,眼镜也不知道摔到哪儿去了,只得边爬边摸,好不容易才从烂泥浆里摸到了它,马上便发现裤衩也被撕破,几乎无法遮羞。此情此景,真是狼狈至极。

吴占一和我隔得不远,二人相视苦笑,此时,我虽然浑身到处火辣辣地疼痛,但毕竟意识到自己有幸生还的事实,不免咧嘴大笑(也许实质上是哭吧?),模样肯定又傻又丑;可惜那时没有照相机,否则,将这个镜头保存下来,倒真值得纪念。停了一会儿,缓过气来了,我俩才都一瘸一拐地站了起来,相互搀扶着,绕了小半里路,才寻见一处可以攀登的缓坡,忍痛攀缘而上。当我们出现在奔来救援的人们视线之内时,欢声雷动,大伙儿都替我们庆幸,狗日的!我们还准备开追悼会呢!可你们又不愿带这个头!

开追悼会?怎么开?悼词就没法写!同志?先生?反革命?该犯?或者模仿判决书上的那个不明不白的"该"?玩笑而已!那年头,人命本来就不值钱,何况还是"右派"呢!又何须追悼!谁敢追悼?

这一回,轮到大队部出面做检讨了——检讨急于追求进度,关心安全不够。"关心"又能怎么样?大队长是"哑巴吃黄连,有苦说不出"。谁急于追求进度?大家心中有数,不过是敷衍坐镇水库的县委组织部部长的"面子",人家做"关心"状嘛。

这才脱险不多久,竟再次遇险。我不敢学阿Q吹牛,说这是"天之将降大任于斯人也",必有千磨百难。这一次,虽然吴占一不在场,但我要说,仍然是他救了我。

按常理,水库正在紧张施工,雨季愈来愈逼近,工程必须与洪水赛跑,将大坝抢修到七十米的计划高程,并且砌上护面石坡,还得同时修好溢洪闸;作为水库建设的主力军,我们六百名"右派",玩命都怕完不成任务,可就在这紧要三关,忽而上级又下达紧急动员令,宣布"全党全民,大炼钢铁",并且斩钉截铁地说:"炼钢是政治中的政治,是压倒一切的中心任务。"因此,除了少数必不可缺的技术人员外,通统上阵。队伍从水库上撤下来。我望着大坝,心中不禁捏把冷汗。其实,人人何尝不心同此情,心同此理?真是疯狂的年代啊!不可理喻!从这时开始,我们整天忙于探矿、采矿、担矿、运砖、建土高炉、磨缸瓦面、配坩子土、拉电线、装鼓风机、砍树、备料等等名目繁多、不胜枚举的严肃而又荒诞的游戏。令人难以忘怀的是,这种游戏,居然包裹着"社会主义劳动竞赛"的美丽装潢,从此,四十八小时、七十二小时地连轴转,不合眼,就只当家常便饭了。

"右派"的命不值钱;平心而论,全国老百姓的命就值钱了么?

下面,为了叙述第二次遇险的经历,我不得不展示若干可怕的场面、凄凉的场面、悲惨的场面、欲哭无泪的场面。

我和吴占一,仿佛注定了是老搭档,这回又一齐被分配到了采矿小分队,分工专管探矿,然而是单兵作战,每人名下配属两位青年民工。我手下的两个,一个叫王招财,另一个的名字我已经毫无印象了。他们都是太谷本地人,哪个公社的,也记不清楚了。水库建设初期,征集民工还讲个原则:凡灌溉受益单位出人,自带口粮、工具、被褥之类,但不久便被破坏了,不管你是哪个村的,只要是太谷人,一旦得到通知,立马出发,限时报到,限时上工,无轮换期,也无报酬。日后批判的所谓"共产风"、"平调风",这大概也算是典型。跟随我的这两个后生,都不过二十出头,虎背熊腰,一表人才。这时倒不曾听过他们有什么怨言,因为他们饭量大,既然管吃饱,活又不重,也就乐得三饱一倒了。

我们三个结伴一直往西南方向走,整整一个白天,走的尽是盘山路,都靠近榆社县地界了。天愈来愈黑,山愈来愈大,当晚赶到了一个名叫古香林的小村子,这名字很美,我一听就觉得肯定会产生诗,不久,我果然哼出来一首。野地里月亮特别大,从破墙烂屋顶朝上望去,非常晃眼,一宿无眠;自然,失眠非关月色,端的是一半由于兴奋,一半由于惶恐。

下面,先来上一段抒情的,再说那不怎么有情可抒的骇人故事。这所谓抒情的东西,就是诗,一首八行体的小诗:

> 多谢啦,夜的古香林,
> 乍相识,就赠我半床明月,满枕涛声,
> 三五青山,好似一群淘气的邻家少年,
> 倚着窗儿,对我直挤眼睛……
>
> 仿佛说:"打一个哑谜,你可要猜准,
> 铁,究竟藏在哪一只手心?"
> 青山呀,休怪我所答非所问,
> 告诉你们,祖国,需要一张坚固的盾。

这首小诗的题目是《夜宿古香林》,还安了一个副标题:探矿日记之一,它从一个侧面记录了我的思想状况,既天真,又痴呆,依然在具体地爱那个抽象的"国"!我完全没有份的"国"!

我只带了一条线毯、几件换洗衣服、一只军用挎包,里面塞了洗漱用具以及纸和笔,还有对我来说非常重要的手电。实际上比当年行军都要简单,省了背米袋、搪瓷碗,当然,更主要的是省了背枪。吃的是派饭,但并非像下乡干部那样,一家一户轮着供应,如今情况大变了,男女分灶,所以只能扎在男人堆里好赖每日三餐,有啥吃啥,这种形式的集体生活,新鲜得古怪。留到下面再详细讲。

头一夜对付过去,发觉自己到底还是犯了一个错误,山里夜寒,一条线毯招架不住,没带棉被是大失策。第二天只好钻王招财的被窝筒。招财说:"不怕有虱子?"我说:"怕甚哩!又不是没生过!"但有一样倒教人作难,山西农民习惯于光着身子睡,我不行,只好调过头,仍旧穿着裤衩儿,心想,大不了带上一群小动物出工，当个不下班的动物园主任，也挺风光。

古香林没有古香林人，全被拉到别的地方去了，如今住在本村的，竟都是外村人。男的归一堆，女的另归一堆，各立各的灶，各开各的伙。要说女人当中有男的，那也尽是些吃奶娃娃和离不了娘的小小子。这无疑是开天辟地以来闻所未闻的奇事。这些人中间，大多数是彼此不相识的。那阵子作兴搞"大兵团作战"，往往一个公社组织一个"兵团"，便于统一号令，指到哪儿打到哪儿，其之所以移民迁居，男女隔离，据说正是出于这种战略需要。我想打听古香林的受苦人都去了哪里，答案是，男人们下落不明，女人们不明下落。像这样，男的和女的"各住各的营房"（也用军事术语了），岂不把家都拆了？还怎么过日子呢？问起这一点，看来普遍有情绪，说话都没好气："骗了去尿！""男人不是男人，婆姨不是婆姨的，就是叫咱们回去也没半颗粮食，锅也砸了烂铁，献给国家了，吃甚呢！"我听了，虽然十分地同情他们，却不敢吱声。

住进古香林的外村人，都干些什么营生呢？男的担矿，女的砸矿，无一例外。最可怜的要数拉扯着孩子的妇女了，她们整日盘腿坐在野外，风吹日晒，必须完成上峰规定的方数，将乱七八糟、来路不一、品位极低的所谓铁矿，由大块改小，小到同拌洋灰铺路用的石子儿一般规格。她们的衣衫全磨破了，膝盖、胳膊肘乃至臀部都露着肉，没有一个人的虎口不是在敲打中被震裂口子，血里糊拉的。

据我的观察，人们唯一显得生气勃勃的时刻，就是开饭那大半个钟头。如今不像居家过日子，好赖可以歇晌，来当"兵团"战士，抹抹嘴就又该进入"阵地"了。饭食的确是"敞开肚皮吃"，大海碗的高粱面条，半截砖似的玉米面窝窝，还有菜汤，几片白菜加几片土豆，偶尔漂三两点油花花。一般说来，大伙儿是相当满足的。妇女们叨叨说比家里吃得舒坦，不用吃了上顿愁下顿，只有上了年岁的人才会悄悄摇头叹息：这哪像过日子？诚心败家呢！长不了，保险长不了……这种"落后"话，是决不可让干部们听见的，干部们听见了，倘对方是贫下中农，就会×一通你祖宗，遇上成分高的，那活该批判为

"反动思想"。要知道,党报上正在讨论"粮食多得吃不了该怎么办?",这样唱反调,不是对着干,搞破坏,又是什么?

我对这一群外村人介绍的情况,总有点将信将疑,所以,第二天一大早,就可村儿跑了一圈,果不其然,没有一户烟囱是在冒烟的,除去"兵团"占着的房子。所有的门窗几乎都没有上锁,有的用绳子拴住,有的别了根葵花秆,最细心的人家,也不过码了一摞胡基。锁呢?哦,我差一点忘了,锁也是铁呀!怕是动员捐献了。从破烂不堪的窗棂格子朝里看,真可谓十室九空。偶尔发现所谓的殷实人家,居然还保存了一半个躺柜,但也是撬了锁的,我知道,这种躺柜上的锁,连同金属护心镶板都是黄铜的。铜也是好东西,也在捐献之列。我暗自寻思,真是罗掘俱穷,搜刮一空啊!

还是在第二天,睡觉的时候拉呱,几位老贫农误会了,以为我是"公家人",下乡干部,同时又判定我这人"当官没官气",根据是:不嫌弃庄户人,居然和招财挤着睡。我本来想交代自己的"身份",却忍住了,怕给日后带来不便,唔唔了两声,含糊过去。其中一个挑头问我:"一路上可留神看庄稼了!"我说:"咋不看!这么喜人的年景!""年景是好年景,可收不回来,这可咋呀!"另外有人插了嘴:"五谷丰登,登不上场,齐登到地里了!"此言一出,炕上就热闹了。七嘴八舌的,有人便念起顺口溜来,什么"茭子丢了红帽帽,谷子断了黄腰腰,豆荚儿放了炮,玉茭子上了吊,棉花戴了孝"。回顾昨天亲眼所见,高粱颗颗教鸟儿糟践得差不多了,谷子倒在地上快要生芽了,豆子也炸飞一多半了,玉米棒棒脑袋全耷拉着了,棉桃吐絮也快挂不住了。创造这段顺口溜的农民绝对是天才!太形象了!如今不兴采风,这才是杰出的讽刺文学呢。

联系到后来的"七千人大会",什么究竟是三分天灾七分人祸,还是三分人祸七分天灾?群众心里都有一本账,难道谁还不明白!

古香林坐落在深山腹地,野兽出没,是意料中事。村里村外所有的土墙上,甚至大门上,都用石灰画满了老大老大的白圈,旧的剥落褪色了,再描上新的,很是醒目。换了对中国北方农民一无所知的外国人来看,或许会把这误解成当地的图腾、禁忌,以及某种东方式的神秘符号。不过,我不是外国人,我懂得,这说明附近有狼,狼多疑,望见白圈,它就不敢随便进家伤人了。这当然是人凭经验分析出来的结论,狼不会说话,不能够告诉我们它的思维活动,一个大白圈,对它意味着什么。但,狼疑心忒重,我少年时代的一段亲身经历,倒能提供一个旁证。

记得那还是抗日战争时期,我在江西吉安青原山国立第十三中学念初中二年级。有一次,我因事进城,耽误了一些时间,天擦黑了才返校,寒冬腊月,还下着毛毛细雨,浑身凉飕飕的。这背景本身,就颇为肃杀。我的胆子本不算大,此刻自然越发心急,脚步匆匆地往前赶路。待我走近离大礼堂不到一里路处,公路小桥上,赫然蹲着一头狼!我凭什么断定那是一头狼而不是一条狗呢?凭它的眼睛!惨绿的在暗夜中闪闪发光的眼睛!糟糕的是,我孤身一人,没有可商量的同伴,我只好停住,可又不敢掉头逃跑,唯恐它扑过来。此时此地,真是呼天天不应,叫地地不灵,汗都急出来了。猛然间,我记起了不知听谁讲过,狼怕伞,怕一张一合的伞。于是,多半是年幼无知,愣头愣脑,同时也是走投无路,便冒险一试,以图一逞,不承想,奇迹发生了,伴随着我的一声断喝,说来不可思议,那狼竟然掉头跑了。我长大以后,还不免老是回忆当年那些细节,着实奇怪,那头原本轻而易举就可以大嚼一通的狼,究竟被什么吓住了呢?我的结论是,除了我的不断舞动、忽张忽合的伞之外,估计还有我那正值发育时期,变音且又颤抖的嗓子,我想,这狼大概还从来不曾见识过如此怪异的号叫吧!

暮色苍茫中,只见那狼跑几步又停下来回头看看,我不敢大意,便坚持着将伞撑开、收拢、再撑开、再收拢,侧着身子横着走,直到头皮发麻,浑身起了鸡皮疙瘩,才终于盼到了一耸一颠的影子和那阴森森的两点绿光最后消失。只是到了这会儿,我才决定撒腿狂奔,一口气跑进已然灯火阑珊的山前小街,栽进街口上的一家小饭铺,连话都不会说了。店老板也吃了一惊,盯住这个从头到脚淋得精湿,却又分明拿着一把伞的学生。他大概以为我是一个小疯子吧?等他回过神来,我也回过神来了,我将大致经过告诉了他,他马上给我提了个火笼来,边说我福大命大,日后一定当大官,边忙着给我下汤年糕,加了许多许多胡椒,并且宣布:不要钱,专门为你压惊的。我,一个穷学生,没被狼咬死,还白吃一碗年糕,真算交了鸿运!当然,这位老板也是世界上第一个听说这段独家新闻的人。由于他的热心转播,我成了山前小街尽人皆知的明星。

我万万没有料到,事隔十八载,那狼竟会追到山西来,旧戏重演!

这一天,因为盘算到路比较难走,也比较远,我和王招财他们三个,约好起了个绝早,草草扒了小半碗干焖小米饭,又灌了一海碗玉茭子面糊糊,很饱了,可还得等他们吃好,他们比我能吃,餐餐都要多一倍。撂下碗,二话没说,爬起就上路。

一连好几天,我们尽钻了深山凹谷,半天不见一个人影,真是"大跃进",连赶山打猎的猎户,也全都"跃进"去了。偶尔天上飞过一只老鹰,一直望着它落下,钻进筑在悬崖峭壁上的鸟巢里了,心上也觉着温暖起来。它有自己的家,有家就有着落。有时,草棵里嗖地蹿过去三两只蛇母舅(即蜥蜴),虽然也会吓人一跳,但总比什么都碰不上强。人,终归是群体动物,怕寂寞,何况是如此异样的寂寞。恰好这天我们踏勘的又是一条从未走过的生路,大山沟,南北走向,倘若一直走下去,能走进榆社县城。这一带山里树木稀少,半人高的芭茅倒是成片成片的。奇怪的是,有一条山涧老是曲曲折折在前面等着我们。那时候,我正当盛年,想不到七老八十的事儿,贪凉快,每蹚一次,总喜欢把水撩到大腿上,还总巴不得多浸一会儿,压根儿就没考虑会种下关节炎、静脉曲张以及寒腿病等等祸害。如今上了年纪了,懂了也迟了。

我们来到一处硕大无朋的山崖跟前,岩石完全裸露,像一堵长长的城墙,铁灰色的岩体当中,夹着黑红黑红的断层,厚度十二至十八厘米不等,普遍显示锈斑,我使锤子敲下一小块来,内部呈砂状结构,且有闪光物质,掂一掂,挺沉,哈! 是铁! 应该说,这是此番深山探宝之行的重大收获。

我从未正经八百地学过地质采矿,仅仅在中学读过为时一年的矿物课,临进山之前,借了一本有关铁矿普查的宣传小册子,匆匆溜了一遍,几乎是百分之百的现买现卖,这也算得上是"急学先用"、"立竿见影"吧,虽然那时候还不曾听林彪鼓吹这两个词儿。所幸领导吩咐过,不管品位高低,只要含铁就要,而眼前这一条露头的矿脉,应该说是"优质"的了。本着不添斤也添两的精神,我认定了这可以上报。

我的兴奋情绪,感染了两位民工。他们对此当然更是一窍不通,不过,为了分享我的喜悦,憨厚的王招财居然捏上一小颗抛进嘴咀嚼起来,也不怕崩了大牙。抓住时机,我想扩大战果,决定分层深入寻找,招财居中,另一个去崖头上。他们很快就各自爬到了指定的水平位置,底下光留我一个人了。也许是激动所致,我身上淌汗淌得更厉害了,我见过民工们动不动脱了个一丝不挂,本来嘛,天高皇帝远,怕什么呀! 我于是也想彻底重返自然,索性连裤衩儿也扒掉,但到底不好意思这样放肆。我戴着眼镜子,鼻梁两边屯了汗,颇为瘙痒,得经常摘下它来挠呀擦呀的,因此走走停停,民工们已经和我不在一条垂直线上了。

我哪能料到,过不了五分钟,我全身散发的汗臭,竟会变成引诱吃人野兽的扑鼻异香!

突然间,空空的山谷里,爆炸似的响起了一阵猛烈的喧哗,打哪儿来的如此嘈杂而又如此整齐的人声? 抬眼望去,只见很远很远的高山上,有四五个农民模样的人,正赶着三匹毛驴,驴背上搭着鼓鼓囊囊的白色的口袋,不待问,是送公粮的。可他们为啥这么高声喊叫? 是和我打招呼么? 似乎又犯不着如此大声武气,虽说在山里一点响动都回音十几倍大,似乎又在情理之中。我有点茫然,便也朝他们回应了一声。然而,他们仍旧一个劲儿地大喊大叫,并且带有焦急的味道(当时我只是模模糊糊有一点不解和纳闷儿),我又傻乎乎地再回应了一次。我甚至还暗自嗔怪,有什么稀罕事,值得这样欢实?

我完全闹误会了,是好心当了驴肝肺,不知死到临头呢。

我收住脚步,不再往前走,两只眼睛直愣愣地盯着远处山道上的那几个汉子,想瞧出个究竟来。就在这个节骨眼儿上,我身后草棵里一阵窸窣乱响,还没等我做出有野物跟踪的判断,已经有什么东西拍我的肩膀了,啊,不对!不是一只"手"拍,是两只"手"同时搭上来了。哎呀糟了!狼!狼搭我的肩了!怎么办?我不知打哪儿冒出来的勇气,站得牢牢的,不曾趴下,只是感到后脖子窝被一个冰凉冰凉的什么家伙顶住了,开始闻到了一股恶臭,怎么办?一眨眼工夫,数不清的念头闪过脑际,也有骇怖和绝望之感袭来,但求生的愿望又非常非常之强烈。这时,我想起了民间流传的种种关于人和狼斗的故事,其中十分激动人心的一个,便是当狼搭了肩时,那被搭肩者既机智又勇敢,飞快地抓住了两只狼前爪,将狼一直背进村,终于把狼打死。

多亏自己还比较冷静,没有逞强,也仿效那位大力士,我很快就会筋疲力尽的,到时候还要负责供应它一顿丰盛的午餐。我下意识地斜着眼睛瞟了一下自己的双手,这双手是多么的不争气!可是,且慢!我不是握着探矿锤么?难道它是吃素的?老子今天豁出去了!我是左撇子,左手力气比右手大,我抡起左手,一个倒挂金钩,狠狠给了它一锤子,只听得嗷的一声哀号,顶着我后脖子窝的那个冰凉冰凉的臭家伙蹭了我一下,便连同两只爪子脱离了我的肩背,沉重地落到地上了。但它似乎并未死心,还从我的左侧方往前蹿了一蹿,该死的畜生!你还打算干什么?我又挥舞起探矿锤,准备迎击,然而它却无心恋战,掉转头跑了。我不禁长吁了一口气,目送它一颠一颠地逃去。为什么它要取那样一种古怪的步态?我这才仔细检查起铁锤来,原来是不偏不斜地正好砸着了它的左眼!探矿锤的尖端,粘着狼的血、带有眵目糊的睫毛,以及一些好像是胶状物质的东西——破碎了的眼珠子!哈哈!我,一个名叫公刘的昨天的作家,今日的"右派",竟然教它变成独眼龙了!我还思忖,这个坏蛋,它肯定想报仇,要不,为什么临走前还要专门瞅我一眼?我又是个什么德行呢?晒得黑黝黝的身子,剃得发青的大光脑袋,架着一副太阳地里闪闪反光的黑框近视眼镜,大概还龇牙咧嘴的……这在狼看来,也许是够丑陋可怕的形象了吧?!

真有意思!

这时,远山道上的好人们又大喊大叫起来了:

啊——啊——喔啊——

啊——啊——喔啊——

揍狗日的啊——好啊——

揍得好啊——好啊——

狗日的——揍得好啊——

这一回的呐喊,显然同上一回不是一回事,这回是助威,嘲笑狼,撑狼了,只是我没闹明白,到底我是"狗日的",还是狼是"狗日的"?实在有趣得很!在北方农民的口语中,"狗日的"这个词儿,和鲁迅先生论述过的那个"他妈的"有异曲同工之妙,是一个在各种不同情况下,表达各种不同情感的万能词儿。我想,只要保住了小命,当一回"狗日的"也无可无不可吧。

山上的几条汉子,还在一个劲地跺脚,表示他们由衷高兴。这完全是一种胜利的喜悦。多么可爱多么善良的人们啊!太感谢你们啦!

洪亮的回声久久地在天地间回旋……

两位青年民工相继出现在我的身旁。招财摸了摸我的肩膀,嘻嘻一笑:"吓杀我了,我都扳下好几疙瘩石头,真想砸那狗日的,可又怕砸着了你,我就怕你回头,一回头教那狗日的咬住喉咙就没救咧。哎呀真个吓杀我了!"

为了安定"军心",我强作镇静,跟他开了个玩笑:"好我的招财哩,都怨你的名字赖,你看,你招财(豺),我就只好招狼了。"他们两个听了都乐得哈哈大笑。

但到底伤了元气,我们三个怀里全揣着个小兔儿。这地方不能久待,三十六计,走为上计。

不过,打这以后,二十多年过去了,我从来也不敢忘了那几位救命恩人。

(尽管由于我的麻痹与缺乏经验,这一恩典未曾化为实效。)我不知道他们的姓名,不知道他们都是哪个村儿的人,甚至于没能看清楚他们的长相身材,我该上哪儿去找他们哪?我只有一个虔诚的心愿:人人都活得硬朗,活得幸福,不愁吃穿,不愁钱花,有儿有孙,无病无灾!

当然,要是有朝一日,我竟能专程去山西太谷寻见你们,我会向你们挨个儿行大礼的!就怕我这是在说梦话了吧!

我必须承认,这一回趁地狱之门尚未严丝合缝地关上以前,死里逃生,的确一是为了找到铁矿,比较理想地完成任务;二是想立上哪怕一小功,也会有助于早一点"摘帽子",而说穿了,一而二,二而一,归根到底是"帽子"问题。这是无须掩饰的。

写到这里,应该回过头去,交代一下遇狼脱险之事与副班长吴占一的重大干系了。前边我已经说过,吴和我各自负责一片幅员辽阔的地区,各探各的矿,彼此不通消息,但在分手之际,承他的好意,替我也打了一柄探矿锤,送铁锤时,附带还给了我一本四号字排印,错误百出的小册子:《怎样寻找铁矿?》,不满五百字。这就是我们的速成必读课本。探矿锤是请王公村的铁匠师傅打的,也不清楚吴占一从哪儿弄来了"样板",尽管做工很粗糙,而且一时找不到合适的杂木把,便凑合着安了一段柳木的。不过,柳木也有柳木的长处,那就是轻,并有一定的弹性,不容易折。这种探矿专用锤造型特异,把长得吓人且不论,铁锤本身也蛮古怪,上端尖,像一枚敲秃了的大号钉子,也不妨拿如今新潮女郎穿的高跟鞋来打比方。大头倒和普通家用榔头差不多,一寸见方。吴占一说:"这是连夜锻造的,将就使唤吧。"什么将就使唤?我正求之不得!古话说,虽不中,亦不远矣,这总比随便一把什么榔头要强十倍!我非常感激这位好心的老战友。只是那一刻绝不会想到它除了探矿之外,居然还会变作我的自卫武器,并且致狼以重创!

这把探矿锤,对我个人而言,诚然是一件万分珍贵的纪念品。无限遗憾的是,在后来回到劳动锻炼的郭堡水库,参加"炼铁又炼人"大会战时(据大队长传达,县上有关方面专门就此做过指示,对"右派"来说,炼铁固然重要,但更重要的是"炼人",云云),每出一炉铁,都要搞一次所谓的报喜,这种时候,分量够不够,至关重要,我就是在一次希望创纪录的本位主义高潮中,冲动之下,将铁锤献出去的。等它化为红红的铁水之后,已是悔之晚矣。剩下那个柳木把,早由白里发青变为黑里带红了,用熟了,但光秃秃一截木头,留下它又有什么意思呢? 也索性"轻装"了吧。

最近,我给已经从司法部离休的老吴写信,还郑重地再一次旧事重提,再一次向他鞠躬致敬。我以为,人,就应该这样,自己给了人家好处,不要记住,人家给自己的好处,可千万不能忘了。否则,岂不也成了狼了!

俗话说:大难不死,必有后福。我将三十多年来的桩桩往事,包括劳动改造的往事,整个儿捋了一遍,不能不感到由衷的遗憾。这句多少代人的人生智慧总结和经验之谈,对我完全不适用。就说重操旧业,煮字为生的这十来年吧,先是胃大出血,血压降到临界点;后是突发脑血栓,亮红牌二十天;1984年,右眼又基本失明。难道这再三再四,没完投了的劫磨就是我的齐天洪福?! 显然,所谓的后福,至少目前于我纯属画饼,那么,寄希望于未来的岁月吧,等吧,等吧,"面包会有的,牛奶会有的",一切都会有的。因此,本着实事求是的原则精神,我把这句俗话改作:大难不死,尚待后福。

1993 年 2 月 20 日—4 月 12 日　合肥

展眉之碑

在中国,碑和铭两个字,相互联系着,构成了一个有特定含义的概念。说白了,碑就是铭,铭就是碑,立铭需要立碑,立碑为了立铭。而碑与牌,字形字义又大抵相近,或可作同一理解。当然,无论立碑立牌,都未必一定意味着立功、立德、立言。

俗云:"三代以下,无不好名。"这,已经近乎一条普遍规律。因此,从《晋书·列传第四·杜预》一章中,我们能读到十分有趣的一段记载:"预好为后世名,常言'高岸为谷,深谷为陵',刻石为二碑,纪其勋绩,一沉万山之下,一立岘山之上,曰:'焉知此后不为陵谷乎?'"看来这位杜预先生,想得真够周全的,连千秋万世的时间和沧海桑田的变化,都事先考虑过了。我猜,他之所以这样想、这样做,倒也是被某种思维惯性所驱使。他的前任,镇守襄阳的西晋大将羊祜,就有一筒碑,栽在岘山之巅,据说是当地老百姓为旌表之功德而立,并经杜预亲自命名为"堕泪碑"。唐代诗人孟浩然,曾为此写过一首题为《与诸子登岘山》的五律:"人事有代谢,往来成古今。江山留胜迹,我辈复登临。水落鱼梁浅,天寒梦泽深。羊公碑尚在,读罢泪沾襟。"

不过,孟氏纵横老泪,恐怕更多的是推及己身之蹭蹬不遇,才引发出来怀古伤今之情吧。同感恩戴德,实在没有什么牵扯的。至于太傅羊祜的功德,是否值得立碑纪念,姑且勿论,但羊公之名,托借羊公之碑,得以流传后世,却是事实。孟浩然先生这首诗,即其有力见证。何况,到了清代,复被蘅塘退士辑入士林必读的《唐诗三百首》,因而越发家喻户晓,尽人皆知了。

上述杜预和羊祜的言论行状,在《世说新语》一书中,也有类似的记录。众所周知,《世说新语》比较集中地反映了魏晋时代的世风心态,是一面相当准确的镜子,从中不难选择若干参照系,能反衬出近代接受过民主与科学洗礼的新型知识圈的长进程度来。

今年4月19日,发生在青岛的一件大事,恰好为我们提供了一个对比的实例。这一天,由《青岛晚报》和青岛市文物局,共同为闻一多、王统照、老舍、梁实秋、沈从文、洪深、萧红、萧军、舒群的故居嵌石立牌,举行了隆重的揭牌仪式。单从表面上看,它仿佛也和杜预、羊祜等辈的岘山立碑差不多,莫非竟是千载之后的回声?

非也,二者至少有两点原则区别:一是这九位学者、作家、诗人本人,宠辱不惊,绝非好名之徒。他们的著作,我固然不曾尽览,可就接触过的部分而言,确也万万搜寻不见这方面的点滴暗示,更不用提杜预式的公开谋划了。对今天的立牌盛举,他们不必承担任何责任。二是当今的青岛人,也绝非晋代的"襄阳百姓"所能望其项背者。青岛人举办这项活动,乃纯粹出于公心,目的仅在开发青年自身的文化财富,开辟青岛固有的人文景观,所体现的是青岛人崭新的价值观念和崇高的精神境界。九位文化名人的石牌,自然也就不会成为什么堕泪碑,刚巧相反,应该称作展眉碑:文化展眉;良知展眉;作为文化和良知的代表,精英们也展眉;作为哺育精英的乳母,人民也展眉。至于未来,岁月悠悠,陵乎谷乎,我以为,无论逝者与生者,都实在完全没有必要去悬想、揣测的。

顶顶重要的是心碑。区区一方石碑,诚然体现了青岛市20世纪30年代的一项荣耀,但尤其当紧的,却是将整个青岛,从各方面建设为一座丰碑。而所有为建设这座丰碑竭尽心力的人,才有可能镌刻于人民的心头,永垂不朽。

1993年4月22日 青岛

樱花：复杂到单纯

对于樱花，我历来怀抱一种复杂的情愫。我爱她，不单单爱她的姿色，而且爱她的气质和性情，但我往往又会情不自禁地想起那个将她尊为国花的"芳邻"，于是，便觉得别扭、尴尬，不愿直截了当地宣泄自己的感情，仿佛一旦宣泄了，就像做了什么见不得人的丑事。

青年时代，我在部队工作，驻地在昆明。昆明圆通山的樱花颇有名气，我当然慕名前去观赏过。可是，那里的樱花树毕竟为数不多，形不成"气候"，无法教人留下强烈的印象。今年4月20日，感谢《青岛晚报》举办的《青潮》笔会，赐予良机，使我得以畅游中山公园的花海，春光烂漫，香雾氤氲，令人终生难忘。尤其是主人强调了一个事实：这片花海，乃是正宗的"东洋水"，一句话，再一次掀起了我心上的波澜，而波澜的由兴渐止，又记录了个人思想活动的某种"升华"，倒也未尝不是一宗收获。

过程大致如下：起初，由花及人，我不能不联想起青岛、胶州湾，乃至整个山东，在中国近百年史上被迫处于屈辱地位的一页。坦率地说吧，我对那些虚伪骄横的日本人，委实"友好"不起来。说得更准确一点，我对掌权（包括财权）的某些日本人，感到疑虑。为此，我决定，不同他们握手。我曾经多次对中国作家协会外联部的前负责人申明，凡是组团访问日本，请不必考虑我的人选问题，我是不会去的。记得1988年，我应对方指名邀请，赴美参加首届"中国诗歌节"，国际航班的大鹏飞越重洋时，中途必须在东京停留一个小时，我虽然也只好随全体乘客离开机舱，进入候机室休息，但始终止不住心潮澎湃。我坐立不安,深深地苦于那六十分钟的难忍难熬。从理性上讲,我明明知道,大和民族的一亿多人口中,肯定有不少善良的人,然而,我却拗不过八年抗日战争的痛苦记忆,拗不过眼前这大群"经济动物"的丑恶表演。一句话,我以为,在某些日本人身上,分明是集中国人和西方人的丑陋之大成。非常不幸的是,恰恰他们政治舞台上的得势者,就是这么一批。我有一个预感,日本迟早还将是中国的最大祸害——假若我们仍旧不清醒、不警惕、不自强的话。

我不希望他们再来青岛"欢度"樱花节。

然则,我又寻思,人归人,树归树。樱花本是大自然母亲赠给全人类的美妙享受和共同财富。何必怪罪于花木呢?你看,樱花,天真地咧开粉嘟嘟的小嘴,笑着,笑着,樱花是无辜的。我伸手轻轻拉过一枝,对她耳语,表示歉疚。我相信,她听懂了我的话,她了解我的心意。

据说,在东京樱花盛开的季节,也是孟春四月。由于温差的关系,一般比青岛略早几天。这就是说,当我流连于青岛缥缈朦胧的云彩之中时,东瀛的花汛业已阑珊了。这暗示着什么?是否意味着中国繁荣的花季将会步其近邻的后尘,接踵而至?我总难以摆脱惯性思维带来的期待,不过,我又不免苦恼,花事与国运,到底不相干。

同行的女诗人舒婷,挥毫题了四个字:樱花累了。很遗憾,我不能认同这一感觉。相反,我非但看不到她的倦容,倒只是吃惊:这密匝匝将每根枝条都打扮成了花的指挥棒的神圣花朵,多热闹!多欢实!多红火!这股拼死怒放的倔强劲儿,实在包含着人生的启示啊!因此,我执笔恭恭敬敬地披露了我的感动:与其腻腻歪歪终生,哪如轰轰烈烈数天!

樱花,无声的榜样!她绝不仅仅属于日本人,她厚爱所有厚爱她的人。

在我的眼中,樱花,便从复杂回归单纯了。

1993 年 5 月 18 日　追记于合肥

附记：据报载，日本八党联合政府首相细川护熙，于7月23日发表施政演说，首次公开宣称日本有过"侵略行为"；尽管措辞已从他7月10日在记者招待会上所承认的"（上次大战）是侵略战争"有所后退，但，明确指出战争的性质是"侵略"，较之战后历届日本内阁，毕竟是一大进步，值得欢迎。当然，诚如韩国舆论所担心的，我也希望，此举不致成为其提高国际地位的一种手段。

期 待 来 生

倘我攀登诗坛,我必全神贯注,步步为营,寸土必争,倘我投入文场,我必全力以赴,记记命中,克敌制胜。遗憾的是,每待吟罢写就,我都悲哀地发现:自己注定无法实现初衷——那些定型的语言建筑物,竟并不是可以接纳世上任何一位过客之所在。

于是,我乃转而痛恨上帝的自私与忌刻了。每每揣想,这位不现真身的全能的主,不过是个变态心理病患者而已。我必得这样公开地口吐怨言,尽管它近乎恶毒,但这远比腹诽强。倘仅止于腹诽,则更属双重的犯罪,哪如表里一致,好汉做事好汉当呢?

为什么会迁怒于上帝?我自信还是有根据、有道理的。《圣经》告诉了我,当初,从世界各地不远万里跋涉而来的工匠们,聚合于巴比伦,怀抱人类共同的伟大野心,开始营造通天之塔,熙熙攘攘,紧张热烈。此时,上帝却出于不可告人的动机,滥施神力,制造了语言的混乱与歧异,以致他的子民们从此永远隔膜,直到如今。

足见,最可怕也最可恶的东西,乃是语言的障壁。

幸好,上帝也有疏于戒备的时刻。

由于缺乏亲密的交流、和谐的协作,通天塔被迫中止施工,人类似乎是宣布失败了。然而,有几名出色的大师,拼却头颅,自行碰撞于障壁之上,惨遭横死,却也获得了永生。贝多芬、柴可夫斯基、舒曼、肖邦、莫扎特、德沃夏克、西贝柳斯、德彪西、瞎子阿炳……他们的灵魂,无一例外地化作了勤劳勇敢的蜜蜂,日夜嘤嘤嗡嗡,飞翔着,酿造着,于不知不觉间,钻通了天国的篱墙,从此,上界的仙乐,便经由这些孔隙,倾泻到了人间……

我曾狂妄地暗自谮吒:兴许,我也可望侥幸为通天塔的坍塌所击毙罢。

可惜,少年时,由于战乱,由于匮乏,我错过了那挂用曲谱和乐器结构而成的列车,只好眼巴巴望着上了车的幸运儿渐渐远去的背影,徒然艳羡地悬想,那某种不受国界羁绊的,既可以人与人对话,复可以人与天感应的美妙语言。

但,终归是耳聋眼花了,舌头、声带、大脑,都运转艰涩了,老了,这一辈子是毫无指望了。

怎么办?猛然记起了,唯异教徒才有的轮回之说。那么,就让我背离上帝一次罢,就让我改宗异教一次罢。

期待来生。

1993 年 6 月 13 日　江西赣州薰园

拜金狂潮与作家心态

(本文以△代客,以○代主,是为访谈录。)

△市场经济冲击着文学,有些作家表现得六神无主。依你看,应持何种对策?你本人的态度怎样?

○使用"六神无主"一词的确不过分。不过,我想,所谓冲击,与其说是来自市场经济,不如说是来自拜金狂潮。

我不是经济学家。我只能凭浅薄的 ABC,做外行的推论。我以为,按照现代世界通行的市场经济法则,我们生活中吃香的这一套,远非正常现象。指望它长命百岁,是不可能的。致命的一条是人的整体素质跟不上去,许多绝对必需的法律不配套,又缺少道德规范和舆论制约。同时,在生产领域,似乎始终滞留在"但听楼梯响,不见人下来"的悬念状态。许多人的兴趣都集中不产生价值的流通领域,说白了,就是"倒"。从宏观的角度上审视"倒",固然有于社会有利的一面,然而,终究是投机心理的成分居多。投机,无疑是破坏性的。提起投机,我就不得不发感慨了。人们看到,有那么几位有"实力",有"眼光",也有"影响"的人物,全神贯注于股票、债券、期货和房地产,这未必能给大家带来多少好的启示。也许,股票、债券、期货和房地产的行情是"涨"了,有利可图。可是人的良心和良知却"落"了。这样一种"涨""落"趋势,难道不是可忧虑的吗?

每每翻开报纸,到处都有作家、艺术家在发议论。有的欢呼"下海捞钱",有的表示"安贫乐道",有的做出"示范",有的投以"白眼",众说纷纭,针锋相对。这些,我都能理解。由于种种原因,我们的文场早已变作了官场,如今再加一个商场,哪能不越发复杂,越发骚乱呢?

我唯一关心的是,真正做学问做书生的人,能否保持平静,避免激动。为此,我祈望传播媒介,少煽风点火,少推波助澜,我们应该合力创造一个健康的外部环境,以便作家们各人根据各人的具体条件,进行理智的抉择。

至于我本人,答案十分简单,自知缺乏"本钱"(包括家庭背景、人事关系、资产、业务知识、特殊技巧、精力和兴趣等等),就不想"自行失足落水"找死。何况,人各有志,严肃文学事业,终归需要人去承担。那么,为了民族的"明天",牺牲个人的"今天",尽管"不合时宜",贻"犯傻"之讥,但既于公众无损,当是可以被允许的吧。

△诗人、作家,往往正是一群"不合时宜"的人,他们"生年不满百,常怀千岁忧"。你有没有"忧"呢?"忧"什么呢?

○我有"忧"。我"忧"党内党外(首先是党内)干部队伍的迅速腐化,我"忧"整个民族、整个社会的可怕前景:不是优胜劣汰,而是劣胜优汰——倘若不立即采取切实措施的话。

△难道就没有前途了?

○话说得当然不能这么绝对化。但是,坦白地说,我是比较倾向于悲观的。截至目前,我还不曾发现新兴的"中产阶级"的影子。而环顾四海,所有真正的现代化国家,无一无有强有力的中产阶级。那些送自己子女进贵族化的"私立学校"的中国当代"百万富翁",他们的结论并非来自本身的高智商,并非来自远见卓识和蓬勃朝气,而是来自充满铜臭的炫耀感和传统的豪门观念……

看看"先富起来"的"一部分人"吧。仔细分析一下,就不难发现他们的基本结构:除去极少数高科技专利拥有者外,一部分是高干子弟,只知"无本暴利"和吃喝嫖赌;另一部分基本上是农民和流氓无产者中的"能人"和"勇敢分子",宁愿大修祖坟,感激先考先妣的福佑,也不急于摘掉"文盲"、"科盲"的帽子。这两支力量的共同特征是：虚有其表的"现代人"，不知扩大再生产为何物的"企业家"。

据我所知，衡量一个国家是否现代化，绝不在于她拥有的时装模特儿的数量。一个不能科学地、积极地从事扩大再生产的社会，也很难享有光明的前途。

△请问，既然你"不愿"（或者就是"不敢"）从商，仍旧钟情于文学，那么，在目前，你觉得你自己还能干点什么？

○一开头我们谈到那个市场经济所冲击的"文学"，其实是未必界定得十分准确的。严格地说，受到拜金狂潮冲击的是严肃文学，以及一切严肃的艺术和学术。我们难道能够熟视无睹那充塞大小城市的地摊文学、地摊文化么？它们形形色色、花花绿绿，岂不都打着"文学"、"文化"的旗号么？有的人，已经公然撰文鼓吹香港某某红得发紫的女大亨兼女作家的"成功经验"了：在她那里，创造性的神圣劳动，已经再一次地沦为只需草拟个提纲，就不妨交由某个雇佣的"写字班子"去编织缝制的"流水作业线"了。这个"写字班子"对我们并不陌生，只是，从前是忙于贴政治标签，以所谓的革命路线为指归，如今代之以赤裸裸的金钱罢了。

有鉴于如此令人抑郁（并非惶惑！）的氛围，我实在找不到什么诗意了，因此我很少写诗了。杂文也一样。我觉得，写杂文不起作用，没有意义。虽然它的消失的理由恰好与诗相反，不是题材缺乏，而是俯拾即是。反正对我来说，路子是愈走愈窄了。但想来想去，我又不能不写——除了写以外，我纯粹是无用的人，再不会干别的。大概回忆录，以及带有自传色彩的小说、随笔之类，总或多或少，能给自己一点精神寄托吧。当然，能否发表、出版，得碰运气。

1993年6月14日　江西赣州

××就是力量

我发现,"××就是力量",对我们中国人,是一个可以随着需要而不断变换主语,进行填充的公式。这里所谓的力量,自然指的不是体力。体力是与生俱来的。再经过锻炼或者耗损,有的人便"手无缚鸡之力",而有的人却"勇冠三军,力敌万夫"。

20世纪50年代,我国曾经刊行一种颇受欢迎的杂志,刊名叫作《知识就是力量》。"知识就是力量",原本是英国哲学家培根遗下的一句名言,我笃诚地服膺过它。但,正因为有昨天的笃诚,方有今日的悲哀。联系我们生活的实际,由毒化舆论达数十年之久的"白专道路"论到"读书无用"论,几反几复,不断升级,演变至今,又打斜刺里杀出一个程咬金来——"贵族教育"论,貌似好转,实则恶化。在经历了这一切之后,还要奢谈什么知识的普遍品质、真正价值与付诸实践的重要性,实在纯属促狭和调侃。培根先生的话不过是一部分中国知识分子聊以自慰的一厢情愿罢了。事实上,中国早已变成了一个无论什么都爱同别人唱反调的国家,大概,非如此不足以显示自己吧。所以,"知识就是力量"这个口号,虽然只叫喊了很短一段时间,但很快嗅出了其中的"资产阶级"气味,于是,刊物停办了,口号也宣告绝迹了。

肯定会有人站出来申斥我:胡说!难道你没看见,我们的报纸上,天天大力宣传的"科学技术是第一生产力"?难道"科学技术"不是知识?"生产力"不是力量?

信哉。科学技术是知识,生产力是力量。这句话,在客观上,倒也体现了人对于真理认识的重大突破。可惜,一旦理清它的来龙去脉,同时,了解中国的自然科学在现代化进程中的真实位置,它与周边姐妹科学的关系,以及其他姐妹科学的具体处境,那些借此标榜自己的"正确",并自以为有权申斥别人的先生,又岂能否认这种鼓噪背后的功利性和虚伪性乎?

无情的历史纪录(日本的"变法维新",西方列强的"工业社会"和"后工业社会")无一是离开理论科学,大讲应用科学,离开科学原理,大讲操作技术,离开人文科学,大讲自然科学,光靠"一条腿走路"的,而"一条腿",终究是无法"走"的,蹦蹦跳跳一阵,还勉强能对付,走长路,就根本办不到了。针对中国的特殊情况,那就是,用它去批驳"四人帮"围绕所谓"唯生产力"论散布的种种谎言,它倒不失为有力的武器,然而,将它看作实现现代化的唯一法宝,它就只好变成银样镴枪头了。

还有一句可与"知识就是力量"相媲美,甚至运用的频率颇高,至今不衰的句子:"团结就是力量。"这是有同名的歌曲为证的,鼓动性相当强。必须确认,在一定的历史条件下,它所表达的信念与决心,确乎是一支不可忽视的精神——物质力量。忆当年,笔者投身学生运动的洪流,面对残民以逞的蒋介石政权,面对警、宪、特的木棒与水龙头,乃至明打暗杀,高歌一曲,便能号召无数热血青年,前仆后继,令人浑身是胆,浑身是劲,浑身是凛然的大义!年华似水,往事如烟,今天想来,倘若当时的统治者,也乱抄一通我们尊崇的马克思的名言,化"批判的武器"为"武器的批判",冒天下之大不韪,动用他们的"美械师",对进步学生强行镇压,那真不知会有多少人惨死! 看来,实事求是地说,独夫民贼蒋介石,对"民心"二字还是有所忌惮的,否则,他何尝不可以倡导"枪杆子就是力量",用以扑灭我们的"团结就是力量"?!

解放以来,在我们的政治生活中,出现了一个相当有趣的现象,屡屡重复,而屡屡不觉其重复。这就是,每逢大小会议结束,必有主持人登台朗诵:"团结的会议","胜利的会议"……如此这般,几近于程式化了。有一种经典的诠释,"经过批评或者斗争,在新的基础上达到新的团结"。这是否意味着,还有一种旧的团结?旧的团结是否真的破裂了?又为何破裂?"批评"什么?"斗争"什么?"批评"谁?"斗争"谁?由谁来"批评"和"斗争"?那些"批评"和"斗争",是否都有道理?新的"团结"和旧的"团结"有何区别?倘或"批评"和"斗争"并非正确的、必要的,将又何以保证新的"团结"一定胜过旧的"团结"?当然,这一连串的疑问号,都是毫无意义的钻牛角尖,愈钻愈出不来的。

上面,已一般地涉猎"××就是力量"这一口号,在文化领域和政治领域的运作方式及大致结局,时至今日,"社会主义市场经济"蔚然勃兴,"××就是力量"的公式,君临经济领域,又该别有一番风神气度了。

毋庸讳言,当今风头最健的乃是孔方兄。"有钱能使×推磨",坊间流行的新民谚,一字之易,尤见钱的神通。

于是,"金钱就是力量",谁云不宜?

细细思量,似乎也只好心服口服。证之中国的过去和现在,在在都足以表明它的颠扑不破。在当今世界首富之美国,哪一场总统竞选,双方不耗资以若干亿美元计算?在中国,由于"国情"不同,自无"竞选"一说,不必花这份填耗子洞的冤枉钱,然则,我们眼前活跃异常的商官、官商,即所谓"翻牌公司"者,难道不正是为几个造孽钱而忙得令小百姓"侧目"么?只是从这里,我们有幸仿佛还能隐约窥见羞羞答答,从不公开露面的另一种填充方式:"权势就是力量。"

莎士比亚在他的名著《雅典的泰门》中,曾写下这么一段台词:"金子!黄黄的,发光的,宝贵的金子!只这一点点儿,就可以使黑的变成白的,丑的变成美的,错的变成对的,卑贱变成高贵,老人变成少年,儒夫变成勇士……"听了这段震烁古今的台词,我们还有什么要絮叨的吗?

关于"××就是力量"的填充游戏,我已经饶舌过多,该适可而止了。顺带坦白交代一件"小事"——在下之所以迟迟不敢卷入吴祖光与"国贸"的"官司"中去,就情有可原了。尽管"官司"开打的当日,祖光兄就当面对我叙述过有关的种种。我也讶然、愤然、勃然过。但,终因感到,这桩"官司",实际上是几种不同的"××就是力量"在较劲儿。遗憾的是,我还不曾听说"法治就是力量",迄今不曾听说,因之,我决定不掺和,免得再添一名被告。

1993 年 5 月 8 日　合肥初稿

6 月 18 日　赣州改定

"不争"与"不屑"

应该说,闻频是我的老朋友之一,十几年来,他始终如一地关心着我,遇有托他操办的事,总是尽心尽力地去做,做了也不矜夸。当然,我也是以同样的态度对待他。这大概就是所谓的君子之交淡如水吧。

年复一年,我们之间一直保持着书信往来,虽则谈不上十分频繁。从他给我的信中,同时也从别人关于陕西文学界情况的介绍中,我了解到闻频"不争"的特点。不争,这恐怕也是一种了不起的素质了。环顾当今社会,不正是上下左右到处都在"争",争得其乐无穷么?争权,争利,争交椅座次,争职称,争房子,争票子,甚至,争空头衔……可惜,就是不在人格完善、学术精进、事业成就上争气。

我欣赏闻频淡泊守雌的人生态度。

淡泊守雌,不等于"此亦一是非,彼亦一是非",含糊圆滑。

闻频对周遭发生的许多大事和琐事,怪事和"见怪不怪"的事,都有自己的评价,而这评价又大抵与老百姓相同,与多数有良心的知识分子相同。

这就表明,他的"不争",实际上包含有某种"不屑"在内。

于是,"不争"乃成为一种人格,一种人品的象征。

那么,有了较好的人品,是否意味着一定会有较高的诗品呢?我记得我常常强调,人品决定诗品,一个人品低下的诗人,绝不可能写出真正高尚的诗作来。然而,这句话,又是不可以逆推理的,诗算不得第一流,因而就断定人也算不得第一流。不,话不能这么讲。以闻频为例,闻频写诗十年,诗名并不显赫,这绝不是在暗示他的为人有毛病。"诗有别才,非关理也。"原因是多方面的,非三言两语便能说个清楚明白。

不说也罢。

最近,诗界似乎又刮起了一股出"选集"之风。商品大潮排山倒海而来,诗人们有的纵身"下海",有的"洗手不干",各自忙着作小结,也是情理中事。但闻频之所以自选结集,或许与此无干。因为,这两年,他已转向,专攻国画去了。我想,他要出版一部诗选,可能仅仅是留个纪念罢——一串深深浅浅的脚印,免得日后忘了来路。所幸诗画相通,昨天的闻频,有许多描写黄土高原的凝重篇什,本来就诗中有画,如今和未来,再画中有诗,正好气血连通,一以贯之。何况,什么时候,他本人兴会再起,决定重握诗笔,也未可知。

我怀着惜别的惆怅心绪,写下这几句话。任重道远,祝闻频多多珍重!

1993 年 7 月 19 日　合肥

"精神"管窥
——答鲁枢元教授问

北方民间管精神叫作精气神,并视之为人命三宝,与天上日月星、地上水火风三宝相提并论,可见其重要性之一斑。

根据我毕生的蹭蹬经历,包括数次大病不死,我体验到的精神,就是老子所说的"元气",它表面上似乎有点形而上,其实还是物质的东西,而且是物质发展的尖端和最高阶段,因之至大无形。通俗一点说,不妨理解为一种心灵的充沛、强壮、亢奋、开放状态,一种生命力,一种自信(然而绝非盲目乐观),一种人格力量的结晶,一种坚毅纯粹的殉难意志。

按照常理,是人便有精神,不过各有侧重。然而,奇怪的是,有那么一部分人(包括某些教育别人应当有什么什么精神者)却偏偏缺乏这个"基本精神",成了浑浑噩噩的"吃饭机器"、"做爱机器",说白了就是行尸走肉。

1993年8月10日 海南通什

小说也可以"炒"么

自从推行"社会主义市场经济"以来,语言便迅速市场化了。有一大堆方块字蹦上前台,替下去往日人们由于过分熟悉因而感到厌倦的面孔,增添了新的情趣。就中,使用频率最高的字眼之一,莫过于"炒"了,"炒外汇"、"炒股票"、"炒债券"、"炒房地产"……真是既准确,又生动,传神至极。

如今,小说行业也开始引进了这个"炒"字。前一阵,"炒"过一本《曼哈顿的中国女人》,"炒"得大红大紫,直到"炒"出一场远洋官司来,才灰飞烟灭,不"炒"了。眼下,热门话题转移到了《废都》,围绕着《废都》,又大"炒"特"炒"起来,不知何日方休。

说起"炒",顾名思义,无疑包含着"加温"的用意,"众人拾柴火焰高"嘛,一铲在手,总免不了要翻而搅之,折而腾之。不过,我发觉,此"炒"与彼"炒",二者之间,似乎隔着一层耐人寻味的薄膜,彼此是不能画等号的。"炒"小说的"发烧友"们,看来并非完全出于一门心思发财的自发性——就像那些"股民"和"房地产经纪人"一样。在他们身上,多少带有某种"指令性计划"的味道,这是只要留心看一看报刊上的所谓舆论,再琢磨一下那时间顺序、报道方式和说话腔调,便不难发现其中"做广告"的蛛丝马迹的。

诚然,"做广告"也属正常现象,无可厚非。特别是在商品意识深入人心,一切向"钱"看的今天,连肉体和灵魂都可以一股脑儿商品化,文学艺术又何能例外!可笑的是,时至今日,还有那么一批不识时务者,仍旧在那儿哓哓争辩苦苦挣扎,说什么文学艺术有严肃与通俗之别,说什么精神产品不应该与物质产品混为一谈,说什么文学艺术的品位标志着社会群体素质的品位,等等。凡此,不过是一厢情愿的废话,徒招讥谤而已。虽则,我本人正侧身于这批"傻帽儿"之列。的确,不管怎样变,我还是坚信,就长远看,就整体看,真正的文学艺术是不会死亡的。因为,以血煮字的队伍绝不会溃不成军,更不可能被彻底消灭。我们是铁了心,一箪食、一瓢饮,不改其乐的。值得忧虑的倒是,某些书贩子和广告策划人,以及甘愿向他们"学习"的编辑家、出版家,自觉不自觉地使出浑身解数,从内部来瓦解这支队伍,拖作家"下水"("下海"?),倘或作家本身主观上正好存在着什么弱点,那么,最后将自己整个儿变成一件待价而沽的"商品",就是必然的了。

言归正题,请看有关《废都》的"广告"——

文章尚待发表,书更不曾问世,《废都》,就已经闹得沸沸扬扬、满城风雨了。最初的一手,是针对中国作家穷的现实,抛出一则"百万稿酬"的花边新闻,当它起到了某种"轰动效应"后,马上继之以"辟谣"。其结果是,宛如云苫雾罩的巫山神女,突然半露芳容,刺激起强烈的悬念感和窥视欲。这一招,果然巧妙,但绝招更在后头。接着,再来上一段"性行为描写"的闪烁之词,堂堂正正,平平静静,貌似打预防针,实则为吊青年读者的胃口。"广告"而有"术",其技艺修炼到了这等地步,堪称叹为观止了。

但也造成了疑问,愚骏如我者,不禁暗暗纳闷:全书四十万言,除却迄今保留的铺垫性文笔不计,单是被"再三地删节"了的,赤裸裸地正面描写性行为过程的,就有七千零五十三字!(最短的十一字,最长的九百九十五字。)尽管都以□□□和括弧里的"此处作者删去×××字"作了交代,匡算下来,竟占去全书篇幅的五十七分之一!然而,偏偏有人告诉读者:"比例极小。"(《南方周末》第1版,1993年7月16日)我不明白,需要达到什么程度,才叫作"较大"、"大"和"极大"?我也不明白,这样一串一串的□□□,到底是一种填字游戏,还是一种智力测验?

尤其令人莫测高深的是,据说,所有被删去的七千零五十三字,又一概都是"跟人物性格紧密相连,绝无游离"(《南方周末》第1版,1993年7月16日)的。这就奇了,既然有助于"人物性格"的刻画,删去岂不可惜?!况且,作家本人既亲笔书之于前,复亲手芟之于后,这又当作何理解?如果此中并无机关,我简直要替这位态度"极为严肃与审慎"的作家叫屈了!比起人所共知的《金瓶梅》来,《废都》的情况未免太特殊了。《金瓶梅》自来有原本、足本和节本、洁本的不同版本。但"节"也罢,"洁"也罢,有一点可以肯定,全都和化名为兰陵笑笑生的原作者无干,他不曾参与其事。

还有,便是大量的"评论先行"甚至"结论先作"。先有果,后有因,谁说《废都》热不是20世纪末"中国文坛的'怪'现象"!有人说,《废都》是后《围城》(不知健在人世的钱老做何感想?);有人说,《废都》是当代《红楼梦》;有人说,《废都》是书面的《清明上河图》(我不曾见识过《清明上河图》的真迹,不敢说其中有没有春宫画);又有人说,是新的《儒林外史》⋯⋯非常有趣的是,极少有人拿它来和《金瓶梅》相提并论。

而据许多"广告"介绍,"编辑部甚至在未定稿时拒绝采访"(《南方周末》第1版,1993年7月16日),待到正式上机了,又"事先采取严密措施,把《废都》的各个校样"、封面等等全部压缩到最小范围,严格监督,严肃纪律,谁也不准外传。"外面的人要想提前一睹《废都》风采,几乎是不可能的事"(《文学报》第4版,1993年8月12日)。那么,这些"评论"乃至"结论",又从何而来?岂不太神秘了么?

可能有人会判定,公刘反对文学作品中的性行为描写,公刘是假道学,对此,我要断然驳斥,非也!1987年的4月,我出访西德归来,北京鲁迅文学院负责人安排我去做出访报告。当时,联系到自己的所见所闻,我就亮明了自己的一个观点:性文学(指有性行为描写的文学作品)同色情文学是两个不同的概念,不容混淆。我还举了劳伦斯的《查太莱夫人的情人》为例,认为那是一部优秀的文学著作,其中不多几处性行为场面,不妨叫作性文学。然而,它们只令读者产生美感,不恶心。我又说,一部文学作品,有必要的性行为描写,用不着大惊小怪,因为那实在是人的生活中不可缺少的重要内容。我们读了,也大可不必忙于做是与非的道德判断,而应该首先考虑到它的美学价值:是美,还是丑?讲演结束后,不少听课的作家班学员纷纷前来,表示深抱同感。

至于《废都》中的□□□是否过多?整部《废都》在艺术上的得失成败如何评估?皆不属本文讨论的范围,暂且按下不提。我只是由衷希望,从今而后,各路有"术"之士,切勿群起效尤,为了推销一部什么作品,以青出于蓝的手法,猛揭"炒"锅,以致"广告大战"愈演愈烈。我想,无论作家、编辑家、出版家,精力还是应当集中在出好作品这一点上,其他皆非正道。对此,也许不会有异议吧。

1993 年 8 月 22 日　合肥

四百里水路捡脚印

论说我是江西人,但在异乡流浪的岁月,较之在家乡生活的日子,竟多出了两倍有余,而就在江西境内,也并非定居一地,同老家南昌一道,纠扯着我的感情的,还有吉安和赣州。有趣的是,吉安和赣州合伙占有了我的整个少年时代,倘若那时的自己好比一团可塑的泥,那肯定是她们联手将我抟造成一头倔气十足、不谙世事的牯牛。而牛是有很好的记忆力的,又是愿意报恩的。我之对于吉安和赣州,数十载萦怀不已,正是出于这样一种悃诚。

之所以与吉安、赣州结下尘缘,还得感谢"大日本皇军"。1938年,打着太阳旗的侵略者,兵临南昌城下,家父当时供职的江西省戒烟(鸦片烟)医院迁往赣州,我们也举家随之南逃,由于在赣州无法马上找到房子,父亲让母亲带上我中途暂住吉安。记得那是一间临河的楼房,十分的逼仄,唯一的优点是有一整排活动窗板,通风、采光都很好,虽然又带来了蚊子也多的祸害。吉安给我的最初印象,仅止于此,因为住的时间太短了,只二十天。然而,我的确不曾料想到,一年之后,我会再来这里读中学,并且一读就是六个寒暑。

我是跟随母亲坐上水船去的赣州,那是一段相当艰难且相当惊险的旅程。等到过了八境台,进入赣江的支流贡水以后,流速平缓些了,船也靠稳了涌金门码头,才算安下心来。我家先落脚于至圣路路东一爿盘空了的店堂里,"范吉顺"的招牌依然还挂着,据说原来是卖油漆的。中学新学年招生考试已经误了,况且交不起学费,我便失学在家,每日里走街串巷数电线杆,偶尔能听到父母亲商量,想送我去当学徒,但一直定不下来。这当中,却发生了一桩非常偶然的事,从1938年秋至1939年春,前后总共半年左右,我由报名参加一个抗战歌咏班,认识了蒋经国先生的主任秘书徐君虎先生,再因徐君虎先生而认识了蒋经国先生。然而,这段短短的经历,竟变成了我一辈子的煞星。我今年下决心回赣州去,可以说,百分之百地正是为了去写这篇忆旧的文章——在赣州写赣州的往事,我相信会写得细节更真切、情绪更饱满、认识更深刻。我在赣州,借住在初次见面的老朋友、20世纪40年代就颇为活跃的诗人李一痕先生府上,他极为体贴,将我安顿在一间能遥望章江的小房里,除了三餐吃饭外,从不进来"侃大山",目的在于让我集中精力。我很感激他,这显然是一种君子之交淡如水式的友谊,说句不知轻重的话,旧社会这种友谊不少见,倒是现如今不多见了。在我写作之前及写作过程之中,他和作家阳春先生曾多次陪同我访旧。实地查勘所有必须查勘的地方。就这样,我终于顺利完成了三万余字的回忆录式的长篇散文《毕竟东流去……》。

这篇文章能否一字不删地发表,我没有把握。时至今日,那位曾被认定是青面獠牙的蒋经国先生估计不会成为障碍了,问题在于当年利用"蒋经国"这个名字一再往死里整我的某些人迄今尚在,有的甚至相当吃香,他们能善罢甘休么?兼之我近来工作也忙,暂时还顾不上打印,走着瞧吧。还是回过头来接着谈我的吉安、赣州之行的观感见闻。

前面我提到过那条很短的、直通赣州公园的至圣路,我家在那里只住半年光景,就搬到南市街三十三号去了,除了1945年上半年因为赣州沦陷,全家逃往宁都而告别数月之外,一直住到抗战胜利重返南昌。这次,我基本上是按照当年接触的先后次序,一一看望了至圣路、赣州公园及其四周街道、南市街、赣州中学、郁孤台、通天岩、八境台和花园塘。变化不小,也属意料中事。首先,南市街三十三号改成了三十四号,而且我们原先住的前一进同后一进相互打通了,大门前的台阶也由于街面抬高而显得低了许多,倘若没有那扇极有特色的耳门,连同它外边的空坪,还有那依稀旧日模样的破败阁楼,简直不敢断定这是消磨过我许多金子般美好年华的所在。不远处,慈云塔照旧巍然,只是又阅尽一番人间沧桑,在我这个归来的游子眼中,至少是失去了在塔顶与周遭大树上终日盘旋聒噪不休的千百只白鹭。它们都上哪儿去了呢?有谁能够回答我?我能不惆怅么?赣州中学倒留在原地,改名一中,我曾应名当过它的学生(1939年上半年,它因遭受日机轰炸迁出城外),如今却是头一回仔细观赏夜话亭。夜话亭是苏东坡被贬逐岭南途经赣州时,与名重一方的古虔处士阳孝本彻夜谈诗论文之处,事在北宋哲宗绍圣元年(1094)。这座小小的亭子教人思索中国历代知识分子的命运。郁孤台和通天岩,特别是通天岩,是关于我的形形色色"罪案"的原始出处,它们给予我的强刺激,至今也并不亚于"肃反"期间。这是使我自己都感到惊讶的。推己及人,以中国之大,有多少清白无辜者冤沉海底啊!应该说,我没有死,能自己给自己洗刷干净,实在是莫大的幸运!这两个普普通通的风景点,对我的一生具有何等的重要性,《毕竟东流去……》一文有详尽的叙述,这里就不重复了。在这里,我只想说几句题外话,有关偶然与必然之间相互关系的几句话。发生在通天岩的小故事,不过是渺小个人的一段人生插曲,纯属偶然。然而,一旦赶上了一定的社会意识形态,它的被扭曲和大大的变形,就成了一种必然了。也许我必须用一句套话自我解嘲,"躬逢其盛"吧。八境台也与东坡居士有点瓜葛。简单地说,多年前,他曾受人约请,为从未到过的八境台的画图配诗,并且发了一通创作评论。可惜,流放道上,他对这桩旧事有何喟叹,却未见记载,如今只能轮到我眼望着嵌在墙上的诗碑唏嘘不已了。花园塘我其实从未去过,蒋经国先生居家该地时,我已经跟他中断接触了,但李、阳二位建议:又不远,何不顺路看看?便去了。这不去倒则罢了,去了一看,反而惹了一场闷气,我发现,钉着"蒋经国先生旧居"木牌的房子十分破败,并且充了某单位的仓库,周围是一片脏乱荒芜。听说,台湾有人来看后,表示愿意赞助一笔钱重加修葺,不知为何没了下文。我寻思,若是本来就并不真当一回事,那又何必钉牌子呢?然而我旋一转念,钉或不钉,与我这么个小小老百姓有什么关系?何苦多管闲事!

下面要谈谈吉安了。

1939年夏,国立第十三中学在吉安水东十五华里处的青原山建校,专门招收家在沦陷区的流亡学生,免收学费,供应食宿,每年还发一套制服。对我而言,这不啻天大的喜讯!我是在赣州考区考取的,插班初一下学期。后来我留过一级,因此等于仍旧读了整整六年。不管我在青原山尝了多少酸甜苦辣,青原山都是我的圣地。"那儿的峡谷还储藏着我的书声和歌声,那儿的溪水还复印着我的童稚和青春"。这里引用的两句话,是我数年前为《江西画报》撰写的文字。的确,我一直梦想着再朝拜它一次,此刻梦想实现了,何其欢乐!何其兴奋!尽管6月1号天公不作美,毛毛雨下个不停,仿佛五十五年前入校报到那天一般。不过,路没有大变样,那座我曾遇狼的小桥依然如故,山前村似乎也是老样子,只是多了几幢砖房。本该第一眼就能望见的大礼堂,竟化为乌有,快到待月桥前拐弯处的那所音乐厅(刘天浪老师在那儿指挥校合唱团演唱过多少好歌啊!)也杂草丛生,时间的力量就这么可怕么?我注视着桥下的潺潺流水,蓦然记起那天清晨听不见起床号音,最后发现司号长淹死在这儿的恐怖场景,我说恐怖,并非由于他面目狰狞,正相反,实在是由于他满脸笑容,平素乱糟糟的胡子,这会儿教溪水梳洗得如同水藻一般。据事后了解,他昨晚在山前村喝醉了,大概是归途中不慎落水的。他是个退伍的老兵,光棍汉,每天不吹号的时候,总爱哼几段荒腔走板的京戏;也捎带卖用麦芽糖做的糖饼子,赚学生的几个零钱。我了解他就这么一丁点儿,但我又坚信将他的故事写一短篇,材料足足有余。再往前走一百米左右,就是初中部学生晚点名的地方,差不多每天都会有值日老师喊我的名字,要我跳上大庙门前的高台,去领着大家唱一支什么"流水呀,请你莫把光阴带走!……"之类的感伤的曲子。两棵古柏越发地婆娑了,似乎不胜生命的负担,望着它们,我不禁想起了古人的感叹:"树犹如此,人何以堪!"进得山门,新添的栅栏里边,小桌旁坐着一位老和尚,但又没有向我出售门票。我同他攀谈起来。这才了解到,他俗姓王,现名妙悟,黑龙江省海伦县人,务农时就当过三年居士。目前每月领二十元香火钱。儿女们要来看他,他拒绝,他本人也不回去,"一年写上一封信,都已经不像个出家人啦"。我问他可了解有关长老高光法师的情况,他瞠目相向,无言答对。我总忘不了高光和尚对我常说的一句话:"你的相貌长得好,像菩萨。"无论什么时候,只要我想起这句话,我必定大笑,真菩萨都保佑不了我,更不用说还只是像菩萨了。他倒是郑重其事地告诉了我现任住持的法号,我不想打搅,也就没往心里记。我抬头寻找文天祥留下的真迹——端庄凝重的"青原山"三个大字,原来它被某宗教领袖题写的净居寺巨匾遮得严严实实,着实吓了我一大跳,生怕又让红卫兵给砸了;我听到过这一类的传言(说是得亏和尚们急中生智,先糊上一层泥巴,再糊上许多"最高指示",才得以逃脱厄运),也目睹过许多伤天害理、无法无天的实例。遗憾的是,大雄宝殿四周墙上嵌着的诗碑,上面黄山谷的精妙书法,全都漫漶不清了。不待说,所有的佛像雕塑全被扫地出门,半个不留。眼前的四大天王、弥勒、韦驮、观世音、释迦牟尼以及阿难、迦叶等等,一塌刮子全是重打锣鼓另开张,油彩太俗艳,金粉太淡薄,且不均匀,肢体比例也多有失调,总之是一个假字。

两个大放生池还在,不知道和尚敲钟时,还有没有三尺长的乌鱼浮上来吃斋饭?当中那座石桥也在,忽然我记起了有一次监厨值夜班,撞见红狐狸蹲在桥上拜月的奇事。提起狐狸,不禁又联想起一则笑话。东厢房有一间教员宿舍闹鬼,而且是女鬼,谁都不敢住,杨向埙老师胆大,抓起猎枪就去了,半夜果然有了脚步声,不一会儿,从破天花板上吊下一只小脚来,杨老师瞄准就打,砰的一声,什么他妈的"三寸金莲"!一只红狐狸!后殿下边的泉水清澈如昔,在那儿,我曾无意中碰上了一只从老鹰嘴里掉下来的很肥的斑鸠,美美地改善了一次生活。如今的毗卢阁,那宽大的殿堂从前是好几百人的饭厅,而楼上正是打通铺的寝室,往往吃得来劲时,空中会掉下不带降落伞的臭虫来,大家只好被迫开杀戒。毗卢阁后边山坡上正在营建,从那位置判断,当是七祖行思的舍利塔。路太滑,我没有去看舍利塔以及更高处的图书馆旧址和五笑亭。接着便步出庙外,打算找一找全校师生合用的天然游泳池——钓鱼台,迎面突然是一片汪洋。水库? 不错,是水库,而且相当大。那么,钓鱼台显然淹在水下了,我学狗刨式的地点,当然已杳无踪影,难以寻觅。看看水色,倒也澄碧不减当年,只是大坝那么高,固然能灌溉一方农田,却也不免忧喜交集,万一破了坝怎么办? 岂不冲了青原古刹? 但愿这是杞人忧天倾,瞎操心。别看青原山方今颇为寥落(在我盘桓的两个多钟头内,只见到有一人"来此一游"),倒退一千二百年,唐开元盛世,僧徒曾多达千人,乃江南一大佛场。开山祖便是前边说到的舍利塔的主人七祖行思,正宗的南溪衣钵传人;而他的入门弟子希迁,即石头和尚,又是日本佛门善男信女最尊崇的偶像,所以,青原的声名早已流播海外。从宗教的角度来讲,这无疑是一片光辉净土。

不仅此也,寺庙历来是静心读书的理想环境,因之又设有青原书院,也就是后来的阳明书院,文天祥、杨万里、刘辰翁、解缙等人,都曾在此求学或讲学。阳明书院还是中国儒学的重要阶段——宋明理学、心学的根据地之一。提起王阳明,解放以来,一向是扣上"反动"二字,予以骂倒了事。其实,事情并非如此简单,他还是有不少东西值得批判继承的。十三中的高中部利用了阳明书院旧址,从这里走出去不少人才。初中部与高中部相距不足半华里,中间应该隔着"祖关",这两个字是大书法家颜真卿的墨宝。可是,我方位记不太准了,没有找着,很是遗憾。至于阳明书院,简直令人伤心。如果说,青原山的古庙还多少留下一个骨架,那么,阳明书院则连骨灰也不剩了。最可恼的是,这一方书香之地,竟作为精神病院被占用了数十年! 此"院"非彼"院",这样子的"革故鼎新",不是匪夷所思吗?! 看来只有绝顶聪明的人才能具备这等觉悟。我来来回回问了无数本地人,居然谁也不知道阳明书院的大金匾给弄到哪里去了。只见四处都布满了上了锈的铁栅栏,里面却是空无一人。据告,病院已经迁走了,此刻正准备改造成别的什么,但无论如何不再会是书院,原因是产权早已属于卫生系统了。听了这些,还有什么可说的呢?

我赶紧拔脚走人,生怕再看再听下去,自己也要得神经病了。

总而言之,阳明书院之行,完全是一场噩梦。

这天下午,作家刘欧生先生抱病陪我观赏了白鹭洲头的风月楼,极目四望,心旷神怡,倒是清除了上午那个什么院的许多晦气。

应该再交代一笔,这一整天,无论是扫兴还是高兴,自赣州专程到南昌接我的作家阳春先生,一直和我甘苦与共。当然,还有几位吉安的文化名流,也目睹了我毫无遮拦的感情波澜。我就是这么一个人,我并不为自己的缺少城府而害臊。

苏东坡说得好,行文当止于其当止。我觉得,最后该向读者诸君解释一下了,为何题目中有"四百里水路"字样,而全文却不状写赣江?事实上,我在十三中读书,每次回赣州,都是坐船,因为船票比车票便宜。既然要"捡脚印",那就势必要去捡水路上的脚印;可无奈我这回偏没有坐船,只好偷工减料,在两头捡一点交差了。打住。

1993 年 9 月 12 日　合肥

说 "跪"

跪是一种姿势,但又不仅仅是一种姿势。

人们惯常看见的是闹市通衢之上,那匍匐尘埃、伸手求告的乞丐,他们的基本姿势是跪,因为他们甘于,或不得不甘于这种不平等;有时,也会遇到一群衣衫褴褛者,突然冒死冲到超豪华的小轿车前,跪着将它团团围定,一面呼天抢地,一面磕头如捣蒜,希望坐在里边的当代"包青天"能听一听小民的冤苦。他们之所以下跪,实在是体现着某种"国粹"——典型的百姓见官的传统模式。当然,还有真正发自肺腑的感激,在向施恩者表示由衷的敬意和谢忱时,往往也会采取伏地长跪的形式;更有菩萨脚下大面积的信仰误区,将愚昧当作了虔诚,以为跪拜愈多就赏赐愈多……及至20世纪90年代,时代果然进步了,大约半年前,上海兴起了"跪式服务"一说,报纸上发生了争论,"保守派"与"革命派"相持不下,最后是不了了之。笔者曾有意站在摇头的一方,却又怕堕落为"新观念"的对立面,破坏了改革开放大业,岂非罪莫大焉,因之终于不曾动笔。忽而读了9月7日的《解放日报》,司马心先生问了一声:小姐,你为什么下跪?我才恍然,天下事真是日新又新,原来某些人士又大大地"进化"了,她们干脆"服务之时,没见",等到"买(埋)单已毕",却"齐崭崭跪在那日籍友人跟前,清一色摊开右手",讨小费,而且还"口中'阿哥'乱喊"!恕我插句损话,倘若给的是美钞,数目又多一点,这"跪式服务"是否将换作别的什么服务呢?司马心先生叹息之余,想起了据说上帝造人时,给人安了一副膝关节,正是为了让人随时下跪的调侃(其实更是愤懑),

看似信手拈来,愈见忡忡忧心,着实令人感慨系之!

那么,进而推论,那表面上看去仿佛是"站"着的,他那膝关节就一定敢于违抗上帝的恶作剧么?也未见得。有名的贾桂就说过,"奴才站惯了",但也不过是"站惯了"而已!主子一声断喝,他还是要战战兢兢扑通跪倒的。这样说的根据何在?根据就在于他是奴才。正因为这点奴性的劣根,在新的历史条件下,经过"发扬光大",才出现了司马心先生"不知道如何评论"的这一幕。还是司马心先生说得好,用各种方法从事隐形"跪式服务"者,难道不都应当好好扪心自问么?

从喊口号的"为人民服务"到赤裸裸的"为人民币服务",再到没脸皮的"跪式服务",乃至"卧式服务",这,便是社会肌体腐败、群体素质沉沦过程的真实缩影。

我却无端联想起了20世纪50年代初大批《武训传》的往事。武训何许人也,一个立志办义学的乞丐。为了募集资金,他四处化缘,甚至号召看客:"打一拳,两个钱!踢一脚,三个钱"人民教育家陶行知先生十分推崇武训的,自然是这种一心为了下一代的吃苦精神,而绝不是赞赏"打一拳,两个钱!踢一脚,三个钱!"这是不言而喻的。令人遗憾的是,因此居然引发了一场大批判,又是第一大报发表社论,又是整版整版的讨伐文章,为了"消毒",还专门拍摄了一部"大长革命人民志气,大灭资产阶级威风"的电影《宋景诗》,天字第一号"左派"江青还亲自带队去山东实地调查研究,编出一本文艺界乃至全国人民必读的文集来,很是煞有介事了一番。这场运动,首当其冲的是电影《武训传》的导演孙瑜先生和主角赵丹先生,旁及同名连环画的作者,也株连了包括陶先生在内的一大批教育界的代表人物。据我所知,这场声势浩大的斗争,似乎并未正式宣布平反。也许不必宣布,因为所有的冤假错案都已推倒。或者不应平反,因为不能把"打一拳,两个钱!踢一脚,三个钱!"说成是值得肯定的嘉言懿行。不过,我忍不住又要"乱说乱动"了。我想,比起如今时兴的"跪式服务"来,武训没有死乞白赖地往自家腰包里揣,这无论如何是推翻不了的事实。依此而论,武训的"国格人格",可谓高尚多多矣!两相对照,死去几百年的武训横遭鞭尸,一大批活人无辜殉葬,是不是做得太过分、太不公道了?

1993年9月18日　合肥

梦见"公脸……"

江苏省南通市因为美容发票该不该报销的问题,引起了一场论争——如今,转型期的中国,新鲜事儿可也真不少,国事、家事,乃至于针头线脑、鸡毛蒜皮,随时随地都可能爆发论争。当然,这一切,都不得超出允许论争的范围。而初步允许一些论争,又无疑是一大进步。在做出允许进行某种程度论争的决定之前,肯定首先就经过一场论争,这是不言自明的。

还是说说老百姓可以张嘴的事吧。具体到美容问题,由于我个人毫无美容体验,实在难以捉摸,而当它再派生出什么"公脸"、"私脸"之类时,我就越发理不清头绪了。然而我又偏偏想弄个水落石出,结果便不免神志恍惚起来,疲倦之余,堕入梦乡,说来凑巧,竟撞见了正在上演的一幕活剧。那出场的众角色,一个个倒也言辞精辟、思辨精微、立论精当,可谓"三精",我禁不住大声喝彩,兀自惊醒,还觉着言犹在耳,颇堪玩味,爱为之记——

公脸:在下我属于单位,或"国营",或"集体",反正姓"公"。不待说,我的脸盘子是美是丑,事关单位形象,非同小可。如果脸盘子有魅力、性感,办事便往往顺风开船,绿灯跑车。这是尽人皆知的。可是,就有那么些个不开窍的死会计,你甩出美容发票来,她居然不给报销!真是岂有此理!

私脸:无须避嫌,此事我可做证。我叫私脸。私脸,私脸,私人之脸也。古人云"女为悦己者容",道理很对,可惜还未点透。我觉得,应该再从反面加以补充,我的意思是说:假如我本来就不乐意去"悦"他,还为他"容"个什么劲儿的呀!

公脸：说得对,有启发! 众所周知,我们新社会,一贯提倡"公私分明",职是之故,才衍生出诸如"廉政"、"反腐"等等流行口号,一如红歌星带头唱"火"的流行歌曲。然而,不论流行什么,总不该忘了实事求是的基本路线。时代不同了,"公私分明"四个字,也要发展,也得注入新观念。比方说,一张"公脸",虽然依附于一定人物的面部,可就世界通行的商贸理论加以剖析,这"公脸"与"私脸",又必须界限分明,而这种所谓的依附关系,实质上意味着……

私脸：意味着租赁关系! 说白了,是"公脸"借用了"私脸"! 按照市场经济法则,凡属租赁,概需付酬。即便咱不像那号缺乏思想觉悟的主儿,不赚,可也不能愣把自家给贴进去哇! 所以,我认为,一旦把"私脸"派作公用,那有关的一切开销,自应贯彻有偿服务原则,才是正理。

公脸：正确! 说得太棒了! 我作为一级组织、一个团体的象征,自信是够革命的了,不是么? 风险大,犒劳少,时不时还得经受"面不改色"的严峻考验,谁能否认这个事实! 天地良心,我可不像"公肚"、"公脚"他们,只是一味地享受……

公肚：老子碍着你什么啦? 咱河水不犯井水的! 你有委屈,你起诉去,干吗要扯上别个! 老子就不信你没听见这大街小巷全在唱的那个什么鸟的新国风:"革命小酒天天醉,喝坏了肚肠喝坏了胃……"

私肚：公肚兄公肚兄,稳住,稳住,别伤了哥们儿的和气! 难道你忘了,咱们不正是为了一个共同的目标,才走到一起来的么? 老实说,对于这件事,我比谁都更有发言权,也更有说服力。别看我托了老兄之福,一日三餐,不必自理,可肠胃却只有一副是不是? 这天底下,有几个人能体会到我的苦处哇! 不瞒各位,那么些个山珍海味,被茅台啦 XO 啦一搅和,早就完完全全纯纯粹粹的不是个味儿啦! 咳! 罪过! 每搛一筷子,都有千斤重! 想当年,兄弟我还没混成今天这般人模狗样时,一听说吃什么什么都吃得"津津有味",就忍不住哈喇子直流。可不承想,如今居然根本没感觉了,什么叫作"津津有味"？得查一查《辞海》《辞源》什么的了……

公脚：不平则鸣。有公肚先生的先例可援，鄙人似乎也有权替自家辩白几句。人们管我叫公脚，这基本上是一种语言借代。实际上，我从外形到内涵都变了，你不妨管我叫作皇冠、奔驰、雪铁龙、奥迪、公爵王、万事得、宝马、劳斯莱斯，或者，干脆就叫作眼下最吃香的黑底白字三资企业牌照，最威风的白底红字武警公安牌照，可就是千万别把我归入肉脚一类——除非参加"试穿"活动。

对我来说，时间实在太宝贵太宝贵了，耽误一秒钟，也许就耽误了一项重大决策！在这种情况下，我难道还非得抱住那低级的动物本能，光凭娘老子给的两只脚去蹬俩破轱辘，而忍心对人民犯罪么？笑话！

私脚：为了支持"公脚"同志干革命，我做出最大的牺牲。英国的达尔文先生宣布了他伟大的"进化论"，中国的我却在义无反顾地实践着退化论……你看，我简直连说话的力气都没有了……算了吧，我弃权，不参加这场辩论

公耳：那……那……我也弃权。不过，我和"公脚"君又不大一样，他真正保留脚的实质的机会极少极少，而我却全部功能俱全，只有一项例外——在接受"试听"邀请的过程中，同"私耳"略有分工罢了。

公眼：既然提起了器质性方面的微妙区别，那么，恐怕鄙人也应该稍做一点自我介绍。和"公耳"阁下相似，我也仅仅限于出席什么显像管厂的剪彩仪式之后，回到家里，发现墙上多了一面大屏幕，不得不稍加注意，投入若干视力劳动而已。坦白地说，座中诸位，怕要数我活得最轻松潇洒了。

私眼：哼！好一个轻松潇洒！你怎么不对大伙儿说说你那份辛苦?！整天价仰角看上级，斜角看平级，俯角看下级。这么没完没了地调整角度，不累得慌？我想，我还是嘴上积点儿阴德，且不说你是怎么滴溜溜转着盯女人了吧。

公眼：你他妈的少跟我胡说八道！退一万步说，就是有这档子事儿，你也

逃不脱干系！亲爱的,你可别犯傻,有些个事儿,是只能干不能说的！打个比方吧,咱哥儿几个谁跟谁呀,心里不通明透亮？连他妈的腰带下边的玩意儿,都还讲个"公私有别"哩,你小子!

公眼先生一言惊四座,包括公脸、公肚、公脚、公耳、私脸、私肚、私脚、私耳,以及刚才揭他短的私眼本人在内,都整齐划一地嬉皮笑脸地狂笑起来,如同得了号令一般。

吓人的喧哗疯癫,终于将我吵醒了。

唯一醒不过来的是纳闷儿:像他们这样,一个个说得理直气壮,慷慨激昂,唾沫四溅,所持者何？其"根子"果真深不可测、休想动摇么？莫非,到末了,反而剩下那些个无权将自身所有器官通通分作"公"、"私"两大体系的可怜虫,倒要落个无理围观,围观有罪的下场？

1993 年 10 月 1 日　杭州

呼唤林则徐

"在美国什么地方都不能抽烟,在工作单位不能,在飞机上不能,在餐馆也不能。在中国,你在任何地方都可以,即使有法律规定不准抽烟,也照样会有人抽。难怪所有的美国公司都已开始到中国来推销香烟,它可以在这里赚更多的钱。""你不能在美国抽美国烟,但你可以在中国抽美国烟。"这是一个美国观光客的感慨,由记者戴维·霍利写成采访文章,发表在 1990 年 6 月 5 日的《洛杉矶时报》上。时间虽然过去了三年多,却仍旧是当今中国社会一个侧面的真实写照。

众目睽睽之下,"万宝路"牛仔和"555"已各以或潇洒或机巧的方式,出现在我们的荧屏之上。据说,华中某大都会,早有一座高耸入云的电视塔,被装扮成"KENT"雄视四方。我所寄寓的城市,虽属内地,也不甘落后,不但有巨大的广告牌矗立闹市,而且有大版的广告文字公然上了报纸。固然,它们宣传的是本地生产的香烟。这不奇怪,连法律都遭到蔑视的时候,人们又怎样要求"禁止利用广播、电视、报刊为卷烟做广告"的区区"条例"会得到遵守?

上述种种,其实还是小焉者。1988 年底,美国雷诺总公司已经不声不响地在厦门特区大批量生产"云丝顿"和"SALEM"了。9 月 15 日的《参考消息》,更刊登了一则希腊报纸透露的新闻,引人注目。它说,欧洲和美国的烟草工业,都在加紧制订"打入中国"——"世界最大的香烟市场"的行动计划。它还说,美国的菲利普·莫里斯公司,正在同中国烟草公司合作,"在中国生产和销售万宝路香烟"。

统计数字表明,中国大陆拥有三亿"烟民",占全世界吸烟者总人数的十分之三。在各国政府纷纷立法禁烟,各种民间组织也大声疾呼,要求保障人类健康、消除环境污染,而且事实上吸烟者也的确在逐年锐减(过去的二十五年中,仅美国一国,就有四千三百万人戒了烟)的国际大背景下,那些指望大发不义之财的洋老板,岂能不盯着中国这块肥肉而食指大动?

尤其令人震惊的是,韩国有位医学教授公布了他所掌握的定性分析结果,美国输往亚洲的卷烟,比他们自己国内销售的同一牌号的卷烟,其焦油含量要高出许多。这也就是说,他们一方面为了不让哥伦比亚毒枭输出可卡因而不惜动用武力,一方面却为了攫取高额利润拼命向落后地区倾销尼古丁。借一位有良心的美国人特里克·雷诺兹的话说,就是"穷人和未受教育的人抽烟最多"。无可讳言,我们中国,恰恰有大量的穷人和未受教育的人。我有一个写诗的穷朋友,两年前还只是偶尔吸三四根国产烟,如今却非两包外烟便难以打发日子。我问他,外烟这么贵,为什么不抽国产烟?他答道:国产的不够劲。显然,他上瘾了。这,似乎可以作为一个注脚。

重提1840年的鸦片战争,也许会被人嗤之为危言耸听,然而,就这场既没有舰队,又没有炮火的烟草贸易的实质而言,又的确能够"灭人之国"。中国有识之士都不断发出警告,在现有二十岁以下的中国人当中,将有五千万人会由于与吸烟有关的疾病而提前死亡。除非能由此得出有助于减轻庞大的人口压力的"积极"结论,每一个愿意动脑筋的中国人,又有谁能不忧心如焚!

小小的泰国,坚决禁止外烟进口,顶住了;就说中国的台湾吧,洋烟洋酒,也一概归于严禁之列。

一百五十年前,中国还有一个"苟利国家生死以,岂因祸福避趋之"的林则徐,出来抵挡一阵。可是,今日的林则徐在哪里?在哪里?行文至此,不免掷笔浩叹!嗟乎!

1993年10月17日　合肥

我的杂文观

我一直认为,杂文作者必须学习鲁迅先生的硬骨头精神,面对现实,心向未来,不趋时,不媚俗,不从众,有一具赤忱的胸怀,时刻包容着大多数,而为了这个大多数的根本利益,又准备了一副结实的肩膀,以承担那暂时不被理解的痛苦。

杂文应当富有思辨色彩,充满逻辑力量。

杂文应当讲究文采,有书卷气,最好带点诗意,带点幽默,切忌粗拉、松垮、平淡。

从 1946 年起,我开始用公刘这个名字,写的第一篇稿就是杂文,但一直不曾写好,我愿朝着自己认定的目标继续努力追求。

1993 年 10 月 17 日　合肥

最能欺骗您的莫过于照片

"最能欺骗您的莫过于照片",这是卡夫卡的话。卡夫卡的语言一向是寓意深奥,耐人寻味的。不过,这句箴言式的话语还算比较好懂,因为他下面又接着补充了一句,"而真实是心灵的事,而心,只能用艺术才能接近"。

的确,仔细想一想,照片也真能欺骗人,且不说"大跃进"中,那一张在密不透风的毡子似的稻穗上跳舞的小孩子的照片,也不说"文革"初期,那著名的"换头术",它们全怀有某种政治目的。应该说,它们不属于正常的摄影范围,它们是故意如此。而必须坦白,我就上过所谓"亩产十万斤"的当,为如此违反常识的"大丰收"欢呼雀跃,并为此而同别人争辩,尽管自己当时还是一个正在劳动改造中的"右派",但我那会儿还拒绝接受体现在自己身上的教训,及至"十年动乱",我才多少明白了一点儿真相。不过,认真说起来,关于摄影,倒是有一种真正的欺骗,这就是,对许多人,包括我在内,都起过或者还将继续会起作用。我指的是美与丑、善与恶、老与少、喜与忧……在这样一些相互对立的事物上,照片往往制造假象,对本人投其所好,对不明真相的人,则诱发某种乐观的幻觉。

然而,卡夫卡的结论,又未必完全适合于高科技的今天。今天摄影无疑已成为一门独立的艺术。在一位真正的大师手下,一切都无所遁形,一切都纤毫毕露。这也就是说,好的摄影,如同诗、音乐、舞蹈、绘画和雕塑一样,能于一刹那间捕捉住真实,从而接近心灵。

我爱照相。少年时家穷,照不起,参加革命后,机会也不多,近十年来倒是常照。不过照相也有苦恼,带机子吧,多数是替别人效劳;而别人给自己照,又往往是浪费表情。同时,我很喜欢黑白片,以为它极富层次感,于简单中寓有繁复,韵味无穷;不像彩色片,一种色调就是一种局限。不过时下风行彩卷,只好从众了。但,无论如何,在所谓的生活照中,留下一片自然风光或者人文建筑的背景,倒也可以充当某种生命年轮。写起文章来,还能有一点提示作用。我想,等我老得完全不能动弹了,又正好借以忆旧——仿佛咀嚼一碟苦瓜,从中,肯定会重新发现被自己粗心忽略或有意掩盖的真实,我将会因之感到惊讶和羞愧。

现在可以回到卡夫卡了。也许,照片能欺骗您(当然,也可能是欺骗了别人)于一时,真实却不会永远被蒙蔽,关键在于生活、在于真理、在于诚实的追求。

1993 年 10 月 22 日　合肥

毕竟东流去……
——追忆我在江西赣州邂逅蒋经国先生的始末

引 子

粗略数来,在中国大陆这块土地上,我先后居停过的城镇,大大小小,总不下数百座之多,其中,还不包括水路旱路上的一宿之缘。

我,简直像个云游僧了。

而在这数百座城镇当中,对我的一生,始终发挥着关键性影响的,唯一的就是江西赣州。

当一切的劫难渐次隐入生活的幕后,我便不禁屡屡兴起怀旧之思:再去赣州转上一趟!想念之情是如此强烈执着,随着岁月的推移,简直成了令人夙夜反侧的最大企盼。

1938年,赣州对我没有这等重要。1945年,赣州对我没有这等重要。如今已是1993年了,距离1938年有半个多世纪了。显然,我绝对不可能再活半个世纪。于是,在我昏花的眼前,赣州的图像反倒愈来愈清晰而生动了。我乃陷入了类似垂暮之年的老者,渴望一亲青梅竹马芳泽的可笑心境。

1993年6月2日傍晚,我和赣州终于重逢。只有我自己,才能品味出,这份忧乐糅杂的酸甜苦辣,并且测定它的重量,检验它的质量。

说来话长。

然而,事无不可对人言——

一

1937年7月7日,卢沟桥事变爆发,蓄谋灭亡中国的日本军国主义政权,终于打响了罪恶的第一枪。一个月后,8月13日,上海又燃起了熊熊战火,江南震动。

作为一个颇具规模的空军基地城市,8月14日,南昌便遭到了敌机的狂轰滥炸。我当时就读的百花洲小学立刻沦为一片瓦砾。市民们由于从无空袭的体验,氛围格外地紧张、骇人。母亲带我暂避农村,借栖一枝。等到父亲在中山路(府学前)生顺祥瓷庄的后进,也就是我们家当时向福建会馆租赁的住所厅堂正中,撬开地板,挖了一个小小的防空洞,生命安全似乎有了某种程度的保障以后,我才重新回城,插班进入第二临时小学,即原棉花市小学,念了一个学期,便高小毕业了。

上海于苦战三个月后弃守。但上海的沦陷,丝毫并未削弱中国人民抗战到底的决心,到处响起了歌颂以谢晋元团长为首的中国军队,誓死扼守闸北四行仓库的《八百壮士之歌》。人人涕泗滂沱,我很快就学会了这支歌。我开始懂得了什么是国仇家恨,什么叫取义成仁。

由于汉奸的出卖,日军从背后包抄,攻占了江阴要塞,紧接着是南京陷落,发生了死亡三十万人的、惨绝人寰的大屠杀。太阳旗卷着血光,一路沿着长江向西扑来。

马当要塞失守。九江失守。南昌危在旦夕。

父亲供职的江西省立戒烟(鸦片烟)医院,决定南迁赣州,我们举家也就随之告别故乡。

这时,正值1938年的盛夏。

母亲和我搭乘一条不大的木船,溯赣江而上,途中曾在吉安小住半月,待到打前站的父亲寻妥了住处,才又回头来接我们,继续买舟前行,攀缘过状极惊险、悬如天梯的万安十八滩后,碇泊赣州。此时秋季已届,新学年的招生考试也过期了,我只得失学在家,成天无所事事,戏耍度日。

我家在赣州先后住过两个地方。起初是落脚于介乎赣州公园与大成殿之间的一条非常短非常安静的至圣路,租了一爿倒闭歇业的门面。听说原先是家油漆铺,还保留着一块"范吉顺"的招牌,我想,这店主人应该是姓范吧。每当月底交房租的日子,就总有一个皮肤黝黑的中年汉子,出现在我们家。这人镶着两颗亮灿灿的金牙,操一口音调悦耳并不费猜的本地话。过了许多年,我才发觉,赣州话和贵阳话、桂林话,发音极其近似。民间传说,这都是王阳明为官讲学时大力推广的,号称"西南官话",难怪这么好懂了。

在至圣路大约住了半年光景,范老板又打算自己另做别的买卖了,而我父亲也觉得住处离戒烟医院太远,上下班不方便,两相情愿,解除了租约。我家迁往南市街三十三号临街一座带阁楼的小屋住下。这是后话,不忙提叙,还是回到引发故事的至圣路去。

深秋。一天,我照例上大街闲逛,偶然发现了公园围墙上贴着一张告示,正文不多,长长的一溜头衔倒挺复杂,它写道:江西省保安司令部新兵督练处抗敌宣传队开办抗战歌咏班,欢迎各界男女同胞踊跃参加,年龄不限,职业不拘,集合地点暂设××路(老路名我忘记了,现名北京路)××茶社,练歌时间为每日下午6时至7时。我当下大感兴趣,没有征得大人的同意,便飞也似的跑去报了名。我自幼热爱音乐,嗓子又好,视唱(即不用先哼会曲谱,张嘴便能直接按谱唱词)能力强更是我的过人之处。小学时代,年年断不了登台表演,从《葡萄仙子》到《渔光曲》到《大刀进行曲》。抗战爆发后,学会的新歌就更是不计其数了,而且无时无刻不挂在嘴边,如今有了个大唱特唱的正经去处,何况还可以学到更新的歌曲,何乐而不为呢?

通过报名,我才知道,原来,那个叫作新兵督练处的机关,就在赣州公园里边的励志社内,离至圣路我家才不过二百米。为什么我竟压根儿没听说过这个新兵督练处呢,一来恐怕是它才从抚州搬来不久;二来是本地人叫励志社叫惯了,也没有人去分辨当中起了什么变化。提起励志社,方向我还是模模糊糊知道的。报过名以后,就越发明白了:公园中间,偏左地界,那两幢紧挨着的西式小洋楼便是。

两幢洋楼,各派各的用场。靠南的一幢是抗敌宣传队队部,内设排演厅、饭堂,楼上是男女宿舍;北面毗邻的另一幢,才是蒋经国先生领导的新兵督练处。蒋先生的正式官衔是副处长。有的资料载称,新兵督练处于1939年才从抚州迁来,不确。

这时,我还不认识蒋经国先生。他的留苏同窗好友、主任秘书徐君虎先生,也未进入我的视野。而根据上帝的安排,我必得通过徐君虎先生这座桥梁,才有可能走近蒋经国先生。

事后回想,正是从这一刻开始,命运对我做微笑状,于是我懵懵懂懂迎上前去,甚至于不无扬扬自得之意。我太小,我还不明白,命运之神的两排漂亮的牙齿,完全是吉凶难卜的怪物。一旦它不高兴了,它是可以咬人的。从我报名之日开始,一大群男女队员,便对我产生了极大的兴趣。他(她)们将我团团围住,争先恐后地向我提问,考我。他(她)们发觉,这个小鬼不但不怯场,而且能说一口相当流利的普通话,又居然随便拿起任何一份歌单(那时流行一种活页的铅印歌谱,当然是简谱,不是五线谱),张嘴就唱,大致也能哼个八九不离十,十分惊奇。尤其令他(她)们大为惊讶的是,我能准确地分辨出高音、低音、渐强、渐弱、休止、顿音、装饰音、滑音等等符号,乃至能掌握八分之一的切分音符,这一场"表演",简直令所有的围观者骇然变色,有的女队员还发出了夸张的尖叫声。

一个身材颀长、五官端正的青年男子,对我自报姓名,仿佛对待他的同龄朋友那样庄重严肃:"我叫张明,往后,你就管我叫张哥哥或者张明哥哥,都成。"接下去,他率先离开了他的业务范围,表示了要求进一步了解我的其他情况的愿望,比如,家庭身世、父亲的职业、工作单位,我本人的文化程度,是否在校,以及"从哪里学到这么多音乐知识",等等。我一一照实回答。另外一个比较老成的男青年,矮矮胖胖的,似乎还长着一对"斗鸡眼",也拍着我的肩膀,极带感情地询问(他的嗓音原来这么好听!这使我不去注意他的"斗鸡眼"了):"你会打拍子指挥唱歌吗?"我老老实实承认不会。他立刻说:"没关系,我来教你,你很聪明,保险一教就会的。到那时候,你也可以成立一个歌咏队,教别人唱抗战歌曲了。"他的这番打趣,把大家都逗乐了。不过,我当时并不曾认真,反而有点害臊,以为不过是拿我开玩笑,随便说说而已,谁料想他说到做到,我还真从他那儿学会了打拍子,等到日后进学校读书,果然派上了大用场。他的名字叫苏群。每天傍晚练歌,正是他担任指挥。

就这么一阵子工夫,我认识了这么多的大哥哥、大姐姐,我简直说不出有多么高兴。至今仍旧记得牢名字的有:罗琳、朱琪星、程懋炽、葛彼得、费善初、张北宗等,以及不久便接替苏群,前来主持歌咏队日常事务的另一个小伙子,皖南籍的崔××。这个崔某,为了争夺漂亮的朱琪星,同葛彼得成了情敌。也许他们都认为我太小,不满十二岁,人事不知,这种公开化的三角关系,竟然谁也不忌讳我的在场,尽情宣泄,甚而要我去替他们传递信件,并进而向我了解朱琪星的反应、表情之类。回忆起这些,虽属琐屑,倒也颇为有趣。

二

我和抗敌宣传队的大哥哥、大姐姐们之间,来往日益频繁,感情也日益深厚了,其中尤以队长张明和女队员罗琳二人为最。张明的确切籍贯,我没有细问,现在根据口音回忆,该当是保定一带的人。他不但音域宽广、音色浑厚,是一名出色的歌手;还常见他活跃在篮球场上,往往和同样身着背心、裤衩,大汗淋漓的处长蒋经国先生一道打球,又是一名命中率很高的投篮手。他专程登门看望过我的双亲。我父亲对他的评语只有八个字:憨厚,地道的北方人。我父亲在北方待过,他这样说是有理由的。罗琳则生就一副男性的大骨架,也像男人一般性格豪爽,可又有一张秀气的脸盘,红扑扑的,配上一双会说话的黑葡萄似的眼睛,还有那迷人的微笑,热情而又体贴,路过我们家,她总要进去看看我母亲,我母亲也必定是她前脚走后脚就跟着感叹:你这个罗琳姐姐,谁要娶上她做老婆才真有福气哩!罗琳还特意带我去照相馆合影,我依稀记得,她脱去了灰军服,穿着一件紧身黑毛线衫,越发衬托出青春的饱满曲线,搂着我,笑着,笑得很甜。后来,她在送给我的相片背后,写上了"小弟弟"这类的字句。这张相片我一直珍藏着,同我和万水生跟徐君虎先生的三人合影一道,在解放后的1955年肃反审查中,被人搜去,再也没有归还。

张明十分不幸,那么结实的身体,居然猝死于来势凶猛的"痨病"(肺结核)。我十三岁时,在报上发表的第一首"诗",就是怀念他的悼亡之作。我很希望找到这首"诗",费了很大的劲,却始终查不出来。否则,无论对死者,对生者,都是非常有价值的纪念物。

罗琳,估计是地下共产党员。多年以后,听人谈起,她在某一个黑夜,跟自己的爱人、青年文化服务社的一位经理,躲过了搜捕,双双潜逃成功。往后,就再也不知道她的下落了。罗琳姐姐如果还健在,该是七十多岁的老人了,真希望她能读到这篇文字,也祝愿她享有一个平安的晚年。

还有一个数年后忽又重逢旋即被战乱冲散的人,他就是程懋炽。其时,他已改行吃粉笔灰了,而且恰恰进了吉安青原山国立第十三中学,任初中一年级国文老师。不过,我已经是高中生了,他没有教过我的课。我从侧面了解到,十三中的总务主任熊正屿先生,是他的老泰山,也正是出于熊的保荐,他才得以进入教育界。而按照十三中的第一流师资水平,他的学历怕是远远不够的。教书期间,他给我的印象是心地善良,性情懦弱,从不过问政治。不知何故,20世纪50年代初,竟被遣返新建县的老家"修地球"去了,迄今生死不详。这样一个与世无争的人,怎么也会变成"反革命"和"清洗对象"?实在无法想象。

另外,费善初也曾见过一面。蒋经国先生改任江西省第四行政区专员兼保安司令之后,他进了专署,当了什么科的科员。半个世纪的风风雨雨,费善初,以及旁的宣传队队员们,都被冲刷到了哪里,已是无从打听了。

再回头谈自己,当年一度充当纯属义务性质的编外"递补队员"的往事。

怎么会有"递补队员"一说呢?

原来,抗战歌咏班开办之初,我除了每天准时赶到那爿由一个南昌难民经营的茶馆,跟着大家一起练歌外,还往往被宣传队的大哥哥、大姐姐拉去他们队部玩耍。请读者原谅,在进入正题之前,我得将茶馆里的音乐活动,扼要地加以介绍。这爿茶馆卖的是"寡茶",所谓寡茶,就是用茶碗托托住一只带盖的瓷盅,里面泡着带梗子的粗茶,如此而已,什么点心也没有。因为这爿茶社属于小本买卖,并不兼营麻团、白糖糕、脚板薯米果和豆巴子的。每日来此喝茶的茶客,几乎全属引车卖浆者流,他们以卖苦力为生,身居社会下层,也吃不起什么糕点。茶客们基本上是相对稳定的,虽则不一定每天都光临。因此,每当教唱抗战歌曲的时刻,那光景还是十分动人的。不管是不是像我这样,正式报过名,即或偶然碰上一回,都会自动应声而起,跟着众人齐唱;也许五音不全,也许荒腔走板,都没有关系,不会有人笑话的。谁不恼恨日本鬼子啊!有的被害得家破人亡、背井离乡,有的被害得生活不安、衣食难保,这是不存在已经沦陷和尚未沦陷的界线的。那气氛,那情绪,真正是同仇敌忾,万众一心啊!人和人,一谈就拢,彼此都非常体贴对方,似乎贫富高下愚贤的区别都消失了。谁都认定只有一个敌人:日本侵略者。谁都认定,只有打跑东洋佬,中国才有救。我常常会情不自禁地怀念起那些日子,多么单纯!多么明朗!多么充满生机!充满希望!

无奈,这样的好时光,只是昙花一现,很快就烟消云散,而且,永远也休想它再回来了。

下面,再拉住缰绳,让感情的野马回到我要说的事情上来吧。

忽而一日,队长张明跑来我家找我:"小弟弟,帮个忙行不行?"不等我问清是什么事,他又只顾说下去,看来果真是迫在眉睫,必须马上答应的样子。他告诉我,宣传队组织了一场义卖公演,节目有《放下你的鞭子》和化妆表演唱《流亡三部曲》等,问题出在《流亡三部曲》,需要儿童演员。上台的时候,不但要脸上抹黑油彩,还得故意换上特别破烂的衣裳,再背着个小包袱,拎着个小竹篮什么的。"大家都说,你演这个角色最合适不过了。就算是客串吧,就当一回抗敌宣传队的'递补队员'吧。小弟弟,答应我,好吗?"

我母亲在一旁,听了这段"求"我的话,觉得很长脸,便抢先替我应承下来:"宣传队看得起他,他有什么为难的!别个想上台,怕你们还不要哩。"

第二天,"递补队员"正式参加排练。

兴许是我们的全身心投入,虽说不过是平常的排演,连彩排都不是,却唱得十分动情,吸引了隔壁正在办公的不少干部(幸勿误会,"干部"一词,并非自1949年后才流行,其原始出处,不是苏联,而是日本,蒋经国先生就经常使用这个词)前来围观。待我下场,迎面走来一位个子高大、腰杆挺直,身穿黑色皮夹克、黄军裤的男子。此人年约三十,但头发已趋稀薄,牛山初现,一管窄窄的鼻梁,配上炯炯的目光,笑眯眯的,很可亲的样子,显然他同这班宣传队员不是一类人。这个人弯下腰来,亲切地拉住我的手,问道:"小鬼,你是哪里人?多大岁数啦?姓什么叫什么?"幸亏我不怯生,更不知何谓大官,大大方方接应对答了。不料,他的下一个问题,却引起了周围全体演员的大笑。他问的是:"那么你告诉我,你是什么时候进抗敌宣传队的?我怎么不知道呀!"大哥哥和大姐姐们七嘴八舌,介绍了我的情况,有的干脆把我叫作"递补队员",并且说:"'递补队员'是不上花名册的,徐秘书你当然不会知道!"我被笑得有点不自在,不免心中暗想,这个"递补队员"的雅号,到底是张明哥哥创造的还是别人发明的?

同时参加排练的,还有另外一个男孩子,他叫万水生,年龄与我相仿。这个被称作徐秘书的高个子,对他也同样了解了一遍。看来,徐秘书非常喜爱孩子。

人家告诉我,他的全名叫徐君虎,是蒋经国先生的主任秘书。

从此以后,徐君虎先生几乎每天都少不了要和我见上一面,问长问短的,十分关心。估计对万水生也一样。

大江东去,逝者如斯。谁能料到,事隔半个世纪,当我的朋友、著名诗评家李元洛先生,从《华夏诗报》刊登的一篇专访文章中,得悉我与徐君虎先生还有过这么一段缘分时,惠然赐书,告以老先生身体硬朗的喜讯,并且写道:"徐老先生现系湖南省政协副主席之一,与我父辈素有通家之好,交往极为密切,是我尊敬的长辈。"承蒙他的好意,已将我的情况和通讯地址转告了徐老先生,希望我能主动去信直接联系。

由此,中断了多年的感情纽带又得以恢复和加固。

说来也是天意,1990年和1991年,我曾两度获有赴湘拜望他老人家的良机。回首话旧,往事前尘,恍若一梦!我对徐老,一贯以"虎叔"相称,他亦泰然受之。徐老先生乡音不改,听来铿锵仿佛当年。也不知是这一声"虎叔",逗起了耄耋旧情,还是彼此间虽有二十岁的齿序差距,却同样经历过一段"右派"生涯,因而牵动了怜惜之感,不待我提起话头,他倒主动问起:"可还记得我上你家小坐的事么?"我闻之怦然泫然:"忘不了。"他只顾独自说下去,两眼直直地望着粉墙,犹如那粉墙便是逝去了的日月。"就在同一天,我还去了万水生家。我当时判断,你的家境要比他家略强一点,我便决定认万水生做义子。其实所谓的认,无非是多公开承担一点责任,拉扯他一把,让我同时认两个,我自忖力量不足,结果会是谁也帮不上的。"

既然他老人家无所顾忌,主动捅破了这一层于我多少还有点难以启齿的"纸",我也就趁机探问:"1955年'肃反',我在总政文化部,有人硬说我与你,与蒋经国先生,有'不可告人的黑关系',整得很苦。我又不知道你是否去了台湾,只能尽我所了解的,一直交代到你出任湖南邵阳县县长为止,请他们去调查。没有过多久,他们再也不提你的名字了,集中火力追逼'蒋经国是怎样亲自培养你当特务的'这么个子虚乌有的问题……"徐老先生说:"他们能在我身上做什么文章呢?"他说,他对外调人员当面谈了,还写了材料,说得明明白白,"我徐君虎从未认刘仁勇(我少年时代的学名)为义子,义子倒有一个,那是万水生,不是刘仁勇。"

原来如此!可我的肃反审查结论上,还是记了一笔:"公刘……曾是蒋经国秘书徐君虎的干儿子。"

这是为什么?不是一直信誓旦旦,无论在何时何地,对何人何事,都必须坚持实事求是的原则么?

我始终为自己的天真所误。我根本不理解人家的真正用心所在:蒋经国!有了这么个结论,我就永远得和蒋经国先生纠结在一起,我就永远陷落在无法解脱的羁绊当中;他们感兴趣了,提起来千钧,他们需要体现"政策"了,放下去四两!

1956年春,原总政文化部陈沂部长,让我看了关于我的这个肃反审查结论。这个结论是以创作室党支部的名义做出的。我除了指出,有几处措辞含混不清,似乎对我的出身和经历,都有某种"保留"和不信任外,主要强调了所谓干儿子一节,绝非事实。我向陈沂部长提出予以删除的正式要求。不数日,陈沂部长再次找我(这次是在他的绒线胡同家中),传达了党支部书记虞棘先生的断然拒绝:不能考虑。据说,这样写,是有根据的,而且根据就是公刘本人提供的,云云。我再追问,我在哪里提供的?告以是你在昆明部队写的入党自传。我一听之下,不由得一方面如火焚心,一方面如坠冰窖。我在1954年交的入党自传是怎么写的,幸亏我还记得清楚。尽管这份自传早已入档,我无法翻出来字字照抄。但当我叙述少年时的社会——政治经历时,是本着对党交心的绝对坦白态度,充满了自我批判精神,连自己的"潜意识"都彻底解剖了的。记得,我用文字表述过如下的思想内容:

抗敌宣传队的男女队员们,觉察到徐君虎对我们(指万水生和我两人)异常亲热、关心,便起哄逗他:"徐秘书,你干脆认他们做干儿子吧。"徐笑而不答。我回家后,却把这件事原原本本地告诉了父母亲,父母亲的反应是高兴的,认为:"真要认了干儿子,倒是你的造化。"父母亲的倾向是明显的,加上旧社会的攀富结贵的恶劣习气,于无形中熏染了我,使得幼小的我,心里也就萌生了希望它能成为事实的私愿……

这就是他们所依仗的、所谓公刘本人提供的全部根据!今天细想,其实,我的上述表白,本来就是过火的:第一,我没有任何争当徐君虎先生干儿子的明确表示;第二,我对别人的起哄,并无喜形于色的反应。这个无反应,或许该归功于世俗的另一面,它形成了一种强大的阻力。因为,在南昌人日常的人际关系准则中,说谁是谁的"干崽"(即"干儿子")是骂人话,是有损人格的。这就造成了我的心理障碍,虽说完全是善意的玩笑,也觉得不好随便接受。何况,日后我进大学学的是法律,自然更明白,凡是虚拟的东西、推论的东西、分析的东西,是无论如何都不应当作客观事实看待的。因之,那时的我,为了表现自己的"革命觉悟",早已逸出了实事求是的范围了。

还有一个令人后怕的问题。万一,徐君虎先生去了台湾呢?怎么办?我这样"深刻地"挖掘自己的"肮脏灵魂",岂不是自掘坟墓?那些掌握着我的生死簿的有权势者,他们是否也会稍稍设身处地替我想一想:公刘是不是在言过其实地瞎写?难道就不考虑考虑后果?我事后设想,倘或他们动过这样的善念,那么势必会得出两种不同的裁决:一种是公刘太幼稚,不识利害,放他一马;另一种是公刘太愚蠢,吃点苦头,活该。

看来,他们的裁决是后者;甚且不完全是后者,因为主事人还怀有强烈的"立功"动机。

我必须为我的愚蠢付出惨重的代价。

我的愚蠢也不仅仅是愚蠢,应该承认,其中的确包含了某种不健康的投机心理。究其实质,还是"左"比右好,自以为批判得愈严酷,就认识得愈痛切。殊不知政治性的愚蠢,其结果肯定会招致政治性的惩罚。

而这一切,不过仅仅是开始。

1957年,我在不曾"鸣放",也从未写过大字报的情况下,被从甘肃敦煌莫高窟电召回京,并且不由分说地扣上"右派"帽子,斗得死去活来。毫无疑问,这和创作室领导人1955年肃反"肃"了我一年整,却没能把我"肃"成反革命,实在心气难平,是有密切关系的。

据我所知,不少"右派",就是既无"言论",又无"行动",单单凭所谓"历史复杂"或者所谓"海外关系"之类捕风捉影、可大可小的罪名入网的。

在那帮"左王"的心目中,我大概就属于"历史复杂"者。也许,"海外关系"四个字同样能派上用场,试问,还有比蒋经国更大更可怕的海外关系么?尽管,再过它三十年,真有这层"关系"的话,又完全有资格进入大会堂吃国宴了。

何况,经过不懈的努力,他们终究还是找到了一项"铁证"——1956年,我在一次"向肃反中被误伤的同志赔情道歉"的支部扩大会上的发言记录。于是,公刘"猖狂进攻"的罪案得以确立。

我的那次发言,可以归纳为两条:一、文字狱。我说,我从前读史,总闹不清什么叫文字狱,什么叫"瓜蔓抄",因为缺乏感性知识,经过"反胡风斗争",明白了。二、人道主义。我希望,从今而后,从上到下,都应该多一点人道主义。万万不能定了罪,再找罪证,先开枪,然后才了解是不是敌人。这样做的结果,必然是"流弹乱飞","伤了自家人"。

印证晚近陆续披露的"反右"内幕,我想,其实就凭这两条,把我划为"右派",已是足足有余了。我当时并不想发言,无奈那位支部书记再三再四地动员,一直把工作做到了我的宿舍,临到会议结束的下午,又点我的名,并且使用了"激将"法。也是我"反动本性难移"吧,我到底憋不住还是讲了。(日后的斗争会上,虞棘先生正是这么批判的:你以为党真的向你赔情道歉啊?不过是试一试你还翘不翘尾巴罢了!怎么样?到底是反动本性难移!自取灭亡!别人是爱莫能助的!)那么,不进他们设的圈套,能否太平无事呢?也不可能!徐君虎先生的榜样就明摆在那里。他身为民革中央委员,兼湖南省政协重要干部,在莫斯科中山大学曾经与不少当朝大人物同学过,回国后还坐过国民党的牢,解放前夕又武装起义有功,如此等等,还不是照旧额头上打金印!什么道理?说穿了,岂不就是因为同蒋经国有那么一段关系么!当然,就他而论,还有一个为官清正,深得民心,教某些人感到很不舒服的特殊问题。

总之,一切都不言自明。

前面说过,我不是徐君虎先生的干儿子。即使在"肃反"最绝望,我两次自杀未遂的时候,我被昼夜逼供,只得胡说自己是"国特",是"托派",我也没有承认是徐的干儿子。但是,这又有什么用!结论中还是非定为"干儿子"不可!更可怕的是不胫而走的流言,传遍了文艺界,传遍了三总部(总政、总参、总后),传遍了昆明部队,传遍了全国各地!人们瞄着我的脊梁骨指指戳戳,叽叽喳喳,我纵然长出一千张嘴来,也无从辩白。这一回,我的确是体味到"三人成市虎"的滋味了。事情还在于,偏有那么些个好事之徒,偏爱添佐料,调酱醋,凡是涉及我的什么,必定要扯上"蒋太子"……否则就不过瘾。

等我已然成为"右派",被发配山西劳动之际,这个谣言,又大大地发挥了一次威力。

1958年冬,大地封冻的日子,我们这些修建太谷郭堡水库的军内"右派",在水库完工,交付验收的同时,被集中到了太谷县城,奉命进行"思想总结"。据说,这将有利于"加速改造,重新做人",云云。

又祭起了"大鸣大放大字报"的法宝。

和去年不同的是,现今是利用"右派"整"右派",而不再是组织"左派"整"右派"。这一着棋,他们算下对了,因为的确有不少"右派"想当"左派"——说来十分可怜,不过只是图个"摘帽子"罢了。

我所属的那个班,有一个"右派分子",名叫洋泉,北京大学毕业生,细高挑身材,喜欢读书,也爱下个小馆子喝上几盅,就是脾气倔,好跟人干架,平日里极少露笑容,一副硬派小生模样。不知道怎么回事,他居然私下将自己写的两首旧体诗,拿出来给他认为可靠的朋友读了。不料,他这位朋友很不仗义,关键时刻,翻脸不认人了。这两首诗便出现在大字报上,成了供批判的靶子。于是,一时乌云滚滚,风雨大作,还真有一些人下得了手,立刻展开又一次的"伟大的反右派斗争",依"左派"同志们之法炮制,一致判决这两首诗是所谓的"毒草",而且是"直接和台湾蒋匪帮遥相呼应","盼望变天"的罪证。个别人走得更远,竟然从中嗅出了洋泉"企图叛逃"的"阴谋",真是可耻也夫,可悲也夫!我正在暗暗感叹,忽然又该着我倒霉了。就在这样一种低气压中,一个用白话"翻译"和"解析"的"任务",落到了我的头上。班长陈振华传达了大队部的指示,这自然是无法拒绝的。虽然,大队部也者,不过是"右派"们的一种编制称谓,三位正副大队长陈挺、周宏达、华涤,本人也都是"右派",其政治身份,与连长、排长、班长以及普通"战士"并无区别。我绞尽脑汁,使出吃奶的气力,啃着这两颗"铁核桃"。临了,我还不得不同样用大字报的形式抄录并张贴出去,但我没有正面批判。这就是说,我没有用公刘的嘴巴说话,只是在"译文"的前面,写了一段引言式的文字。大意说,根据多日来的群众性的揭发、批判和分析,该诗可以作如下解读。底下便是白话体的旧诗新译。诗的原句,我已经毫无印象了,但那对甘霖的渴盼,对西天一朵云彩寄予的期望,却历历在目。凭良心说,这两首《无题》,采情工丽,大有步李商隐《无题》诗的气度,倘不是我们生活中的不正常,不是风行"微言大义"和"诛心之论",是完全能够理解为在炎热的苦夏天气,期待一场豪雨,至多至多,也只宜延伸到,作者作为"右派"的一员,心情苦闷,巴不得早一点"摘帽子",如此而已,哪能上纲上线,拔得那么高,那么骇人!

　　做梦也不曾料到,我的这张"就事论事"的大字报,倒招来了新一轮的排炮轰击,而轰击的对象,则由洋泉转移到公刘了。

　　由三位难友发难的第一张题为"质问公刘"的大字报,开宗明义,便点了"蒋经国的干儿子"的名,这大概是"破题"吧,接下去,就撇开洋泉的原作,光说公刘的"创作"了。大字报严厉声讨我"借机放毒,借酒浇愁","借洋泉的黑诗兜售自己的黑诗",其理由,据称是我的译文"情感浓烈而意味深长",云云。我不想公布这些发难者的名字,他们也是受害者,并非元凶,只不过为了早日摘掉这顶沉重的"帽子",不得不出此下策,打击别人以突出自己的"向组织靠拢"罢了。我原谅他们,并打心眼里同情他们。他们不过是些被教唆坏的可怜虫,他们无罪。但,这三位谁也没有如愿,其中的一位很快就又同我一道打背包上另外一个名叫子洪水库的工地继续劳改去了,半点便宜也不曾捞着。我和他朝夕相处,我从未讥刺过他,此人目前还在祁县中学教书,想必能说真话了吧。

然后,便是接踵而来的大批人马了,几十张大字报揭批我的"罪恶用心",铺天盖地而来。我辨认着这无数陌生的名字,注意到了一个有趣的现象,即凡是原先在意识形态部门工作的,比方《解放军报》、《解放军文艺》、八一电影制片厂、《解放军战士》等等,包括我所在的三班全体,都不曾参与这一"大合唱"。我内心有点埋怨大队部,为何出这么个难题,让我下不来台,我只能以沉默对待,一言不发。我至今也并不猜疑,是否大队部在背后作怪?不,策划者当是另外一批听信了谣言的人。他们以为,从中可以捞到"油水",却不知道,这是在狠心地往我的伤口上大把大把地撒盐!蒋经国啊蒋经国,你怎么老像影子一样,紧紧地伴随着我?难道就这样一直到我死去才算了结么?

我提出抗诉,要求重新审查。大队部以他们也是"右派",无权受理为由,搁置了。这场风波,至此不了了之。

及至"文化大革命"时期,不难想见,"蒋经国"三个字,具有多大的吸引力!大标语、大字报,曾一度贴满山西太原的五一广场和街头巷尾,一直贴到我女儿读书的小学。谣言也越发离奇了,"造反夺权"的女士们和先生们,早已不满足于蒋经国先生的低档次了(更不必提他的主任秘书徐君虎先生),他(她)们认为,应该实行"大跃进",干脆把我直接挂在了蒋介石名下,张口闭口,骂我是"蒋匪干孙"了。……(此处含标点,略去96个字。)对这等不顾事实、毫无道德的表演,我,一个"摘帽右派",除了乖乖地看着、听着外,还能做什么呢?

好不容易,熬到了"四人帮"倒台,我才稍稍能喘口气。我想换一个环境,离开山西。1978年,重新联系上原先部队里的老战友,请他们出面奔走,讲妥了回云南去,那儿人地皆熟,有生活基础,且能归队接着搞文艺。一切都安排停当了,只待我去昆明面谈具体岗位;就在这当口,却又传出来流言蜚语:"不能让'蒋经国的干儿子'来扰乱我们云南文艺界的阶级阵线!"散布这种空气的人,是颇有能量的地方系统的一个"头头"。我一听,就气不打一处来,怎么天南地北,到处都是蒋经国、蒋经国!老子哪儿也不去了!

我向热心的战友表示感谢并深深致歉,却把这一口苦水咽进了自家肚里,不曾倾吐。

而更令人难以吞咽的横逆,还在后头。

当中共中央十一届三中全会业已开罢,冤假错案业已平反,总政复查办案人员也告诉我"有关你的'肃反'结论,已与'右派'结论一并改正,不存在什么徐君虎的干儿子一说"之后,我大大地松了一口气。然而,在某些始终戴着有色眼镜看人的人眼中,在某些专靠某种"优越感"吃饭的人眼中,我,似乎仍然是个"异类",是个"?"。

1986年,我早已调来安徽。我们单位分配新房,参加分房小组的一位"老革命",居然再度大放厥词,说公刘和蒋经国关系不清不白,没有资格分房子。我当面质问他根据何在,他竟暴跳如雷,指着我的鼻子叫喊:"老子在胶东干革命,你还在江西接受反共训练呢!"

什么年月了?还有这样的黑天冤枉,还在血口喷人!我实在难以忍受,愤而一方面向机关党组申述事情的经过,要求澄清;另一方面给新近取得联系的徐君虎老先生写信,倾诉我的悲愤。党组书记只是口头劝慰,保证党组绝不是这样看的,是充分信任我的,是完全按原则和政策办事的,希望我多写好作品,多做贡献,不要受到不负责任的乱说的干扰……一派息事宁人的态度,令人莫可奈何。

倒是徐老先生,很快回了一封信,密密麻麻两张纸,这在一个年已八旬的高龄老者,当然非同小可。我万分感动,默默咀嚼着他信上的每一个字。

不妨原封原样节录一段,公之于世。这样做,事先未征得徐君虎先生的首肯,颇嫌唐突。不过,我估计,徐老先生是不会反对的,因为,从他和当年那个小鬼刘仁勇,直到他和当今这个诗人、作家公刘之间,并不存在任何见不得人的勾当和黑幕。

徐君虎先生的复信是1986年7月21日执笔的。

奉惠书不胜欣慰。自从《生命的闪光》一文(公刘按,指广州《华夏诗报》1986年总第6期头版头条刊出的评介文章,作者系周志友先生)入目之后,就联想到1938年除夕,在赣州励志社举行的联欢会上去了。你同万水生代表难童学校来出席,两个幼龄的小娃娃登台演唱,赢得暴风雨般的掌声,我同经国为之一惊。出于爱护聪明孩子的心情,星期日邀你俩去通天岩逛逛。那是国共合作抗日初期,在赣南,政治风气是开明的,延安新华社记者孟秋江两度南来,目睹经国奋发自强,努力革新的精神,曾对我说:"想写一个小册子,《领袖之子》。"当时在经国的言行上,是找不到一点反共的阴影。特务分子不时告经国的状,弄得蒋老头子也不放心。经国从重庆回来,告诉我一个故事:夜深了,老头子要侍从将他喊到床前:"经国,我在想一个问题,一个人的身体只能睡一个床,不能同时睡两个床。"他站了一阵答曰:"您老人家想法对。""没有别的事,你去睡好了。"是怀疑他是跨党分子,情况如此,何来"反共训练班"?某老革命的话,是不识时务的瞎说。……

徐老先生信中透露的有关《领袖之子》的细节,在我还是头一回听说,但孟秋江先生,我倒是久闻大名。至于蒋氏父子之间的有趣对话,恐怕就更少有人了解了。一位赣州的作家从我这儿看到了这封信,马上兴高采烈地宣布,他要抢先拿去当素材,编进他那部所谓的传记文学作品中。不过,徐老先生的结束语,未免也失之太乐观。时至今日,虽说社会稍见进步,有一种情况却并无根本改变,即有瞎说的自由,但没有辩白的自由。尤其是"左"的瞎说,那自由度几乎是无限之大的,难道事实不是这样么?

此番我重返赣州,便专程去了趟通天岩,时间是1993年6月7日。

旧地重游,感慨万端。我找到了五十五年前徐君虎先生携带我和万水生同榻而眠的那间禅房,并在门口摄影留念。回首当年,小小的我,不过刚十二虚岁,可怜,欲读书求学而不可得。但我又深受父亲的濡染,心比天高,便把读报当作了每日的功课,借此以扩大自己的知识面;遇上大人们议论时局,也就凑在跟前留神谛听,不知不觉间,我就变成了一个坚决的抗日派,一个带有某种沙文主义色彩的"爱国狂"。我不知道什么叫丑,也不怕别人笑话自己幼稚无知,只要谁向我提问,我就敢大胆发言,侃侃而谈。

我的"小子狂妄",正是通天岩之行的一段小插曲。

那经过,大致是这样的:

1938年冬,距徐君虎先生信中所说的联欢会不足半月。一天,他请蒋经国的副官曹嵩先生来通知我和万水生,去通天岩玩耍,并且说明,不必带换洗衣裳,有把牙刷就够了,过一两天就回来的。曹副官,是蒋处长的警卫,传闻他能双手开枪,百发百中,我们彼此虽然面熟,却素无接触,只知道他身强力壮,少言寡语,与蒋经国先生形影不离而已。这天,他开的是一辆艇形座舱的摩托,我和万水生闻讯,欢喜不尽,相继爬进了那个漆成绿色的铁壳壳里,随他风驰电掣而去。

到了通天岩,住进了广福禅寺,才听接迎我们的徐君虎先生说,新兵督练处选定这儿当作轮训赣南地方武装(公刘按,意指那些恃势做大的小军阀、土皇帝,例如有名的南康县赖天球保安团。长期以来,连江西省政府主席熊式辉,都拿这些家伙毫无办法,因为赖天球之流实行了一套"手不离枪,脚不离乡"的对策,谁也休想让他们接受"改编";熊式辉便想借重蒋经国的特殊身份,来替他搬掉这几块"石头")的场地;一来这里有山有洞,便于隐蔽,二来好歹是处佛教名胜,笃信神佛的日本鬼子,或许会有所顾忌,一时还不至于来轰炸。他招呼我俩上山看摩崖石刻、菩萨雕像,进庙看和尚念经拜佛做法事,只要不疯跑,吃晚饭时找不到人,就行。我从来还不曾这么近地瞻仰过这么多的泥胎,这么近地观察过这么多的出家人,兴奋得简直了不得。

当晚,我和万水生,同徐君虎先生躺在一张大床上。徐君串先生居中,一头;我们两个小鬼夹住他,另一头。他叫人抱了两条薄薄的灰布军用被来,一摸,又担心我们冻着(山里很冷),再叫人借了两件棉军上衣来,压在被头上,并且亲自为我们掖好肩膀。他的这一连串动作,都使我感到温暖。

一宿无话。翌日拂晓,山里的天还是黑洞洞的,起床号便吹响了。徐君虎先生把我们两个唤醒:"走!跟我上操去!"我不知道,军队的早操和小学生的早操有什么不同,感到有趣和好奇,急匆匆穿上衣服,跟上他走了。只是这阵工夫,我才于进山后第一次见到了蒋经国先生。他在黑暗中大声招呼徐君虎先生:"喂,听说你把那两个小鬼也带来了?"只听徐君虎先生应道:"是的,我教他们见见世面呐,一年到头做城里人,也不晓得乡下人额头上到底长起几只眼睛!"他话音才落,蒋经国先生就朗声大笑起来,徐君虎先生自己忍不住也笑了,我们两个自然跟着咪咪傻笑。

在义卖演出时,我就已经认识蒋经国先生了,并且说过话。关于他的一些细节,下边我会专门一一写到,这里且放下不提。他在通天岩,辟有单人居室,不和扈从们住一起;至于昨天白天,我玩我的去了,当然没机会碰见他,也不知道他在忙些什么。

升旗仪式完毕,本来接下去该做早操的(其实就是跑步,还不如小学生们的花样多呢),突然,蒋经国先生点了我的名:"现在大家鼓掌,欢迎小朋友刘仁勇给大家讲话、唱歌!"

我毫无思想准备,但到底还是硬着发麻的头皮上去了。长大了,回头思量,不禁连自己都有点"佩服"起自己来:哪来的这股子蛮劲?恐怕也只能借用一句老话来解释了:"初生之犊不畏虎!"

我先重复唱了一遍在联欢会上(关于联欢会,下面我会细说)唱过的歌《保卫马德里》,接下去便胆大包天,发了一通"豪言壮语"。我的发言,大意是这样:叔叔们、哥哥们在通天岩练兵,为的是练好本领,上前线打日本鬼子,为的是收回东三省,收回东三省还不够,我们还要打过鸭绿江,一直把这面国旗插上日本富士山!这样才能替千千万万的死难同胞报仇雪恨!……蒋经国虽然也跟着大家一道,劈劈啪啪鼓掌,但他又笑眯眯地却也是毫不含糊地立即对我加以纠正。这件事的详细情形,下一节我将如实叙述。

就在参加升旗、早操的当天,徐君虎先生又问我们,昨天有没有看看那个漏米的洞?我们听了觉得奇怪,什么漏米的洞?他哈哈大笑,说:"为什么叫通天岩?漏米洞才是通天岩呀!有一个洞,从下往上瞧,能望见天,不去看它,哪里敢对人夸口说,到过通天岩!快找去吧!"

于是,我们两个结伴去看稀奇,问了好几个大人,终于找到了那个漏米洞。原来是一个红红的大岩穴,顶部旋了一个喇叭形的口子,愈往上愈小,最后大概只剩下一口普通饭锅大小的空间,的确是通天的——可以清清楚楚地看见蓝天白云,非常有意思。

这个洞对我产生了一种异乎寻常的诱惑力。尤其是又听人摆了一段古,说是许久许久以前,这个洞真的有白米漏下来,每天三餐,准时在底下用箩筐接好了,不过,它是有神灵把守的。神灵掐指一算,就知道当时整个庙里有多少和尚,它漏下来的米不多也不少,恰恰够做饭的分量。你看,真是有鼻子有眼,神乎其神的。人们还说,原先那个洞并没有这么大,一个碗口大小罢了。因为后来有个和尚贪心,想多囤一点米,爬上去把洞掏大了,就是眼下看到的这一个,神灵生了气,从此,连一粒米也不漏了。

我从小就有一个爱打破砂锅璺(问)到底的脾气;这时候,虽然明明不相信天上会漏米下来,可还是想亲自去山上看个究竟。吃罢午饭,我和万水生咬了咬耳朵,便又相跟着跑出去寻找上山的路径了。找路虽然不怎么太费劲,但爬起来却相当吃力,坡很陡,小树和乱草也多,万水生比较胖,爬了一小半就累得不想再爬了。他要打退堂鼓,不干了。我偏不服输,说,没有伴,我一个人爬也非要爬上去不可,我要从上面往下看,看看那个古怪的倒扣着的"锅"是个什么样子。

我撑着硬劲,爬到了山顶上。原来山上地形更复杂,要从亮处往暗处看,简直没门儿;因此,找了许久,连"锅"的影子也找不到。但我还不死心,一处一处见石头缝就去扒拉,翻到过整窝整窝冬眠的四脚蛇,吓了自己半死。就这样,汗也急出来了,眼看太阳也快要落山了,只得独自个顺着相反方向的另外一条小路下山。但很快又碰上了哨兵,所幸那哨兵早晨升旗时认得我了,才不曾呵斥盘查。回到住地,徐君虎先生笑道,还知道肚子饿呀,不错。想必是他觉得小孩子家到底太淘气,也担心出事,第二天一大早,便打发我们进城回家了。

三

上面引用过的徐君虎先生1968年7月27日写给我的信,充分说明了,老先生迄今思维敏捷、言辞犀利,记忆力也相当惊人。当然,要求他老人家绝对无误,那也是不近人情的,毕竟年代太久远了。我没有进过难童学校。之所以会误记为我是难童学校的学生代表,我猜,恐怕和他知道我是南昌人,家乡沦陷,全家逃难到赣州,凭难民证吃平价米等等情节有关,此外,也和他本人后来建议蒋经国先生创办难童学校,大量收容失学儿童,并由他亲自主持具体工作一事有关,而这一倡议,无疑又多多少少与认识了我和万水生两个难童有点联系。不过,难童学校成立于1939年,其时,蒋经国先生已经离开新兵督练处,改任江西省第四专员公署(即赣州地区专员公署)专员了。而我和万水生也都进了为躲避轰炸,迁到王母渡乡下的省立赣县中学读初中一年级了。难童学校,正是蒋经国先生的重要施政业绩之一。

那么,信中提到的联欢会,又是何所指而言呢?老先生语焉不详,我不妨做一点补充说明。1938年至1939年间,正值国共两党宣布第二次合作,红军改编为第十八集团军,全民奋起,一致抗日的转折期。有了红军的榜样,原先各地拥兵自重,实质上形同割据的地方军阀部队,如刘湘的川军、龙云的滇军、李宗仁—白崇禧的桂系、阎锡山的晋军,纷纷开赴前线,枪口对外。蒋介石国民党也正好利用这个机会,剪除异己,强化他的"统一大业",但那用心尚暴露得不十分明显。一度成为"两广事变"、威胁南京政权的主力军——陈济棠的粤军,这时也大批翻越大庾岭,取道赣南,北上华中前线。正是1938年底,粤军吴奇伟部路过赣州,为了解决人马过境而引起的诸多问题,少不了要与地方当局应酬、协商一番。蒋经国先生是蒋家长公子,吴奇伟更不能不格外重视。于是,由新兵督练处的抗敌宣传队出面,与吴奇伟部所属抗敌宣传队联名主持的一次联欢活动,便成了最理想的前奏曲。全副戎装的蒋经国先生和吴奇伟将军都出席了。徐君虎先生也在座,但他仍旧穿的是黑色皮夹克,只是下身换了一条马裤,半像军人半不像军人的样子。顺便说一句,我早就发现,以蒋经国先生为首的一帮人,其中,自然包括徐君虎先生,以及同样曾留学莫斯科中山大学的周百皆先生、高理文先生,他们似乎都偏爱黑色的皮夹克外套,不是长仅及腰的那种,而是短大衣式的。这,教人联想起捷尔任斯基,那个曾主持收留和教育苏联内战时期万千流浪儿工作的"契卡"头目捷尔任斯基。这,是否也算一种所谓太子派的不约而同的无言象征呢?

除了蒋、吴二位,分别以主人和主宾的身份,发表了即席讲话外,下余的时间便是双方出节目,演唱助兴。有诗朗诵,有活报剧,有小魔术,有男声女声独唱、重唱的歌咏。两支抗敌宣传队各猬集于相对的两侧,彼此不断吆喝起哄,仿佛啦啦队一般。面前一溜长桌,备有茶水、点心和水果,无非是本地土产,大红袍橘子、广柑、甜面发饼、花生之类,少不了还有著名的信丰红瓜子。这种红瓜子,自来就是讲究吉利的广东人最最中意的。那时不像现在,不兴散烟敬烟,烟民也远不如今天多。但即使没有烟,说呀唱呀吃呀,反正嘴巴也够辛苦的了。

有人开始朝坐在徐君虎先生身边的我们两人指指戳戳,果然,拉我们的节目了。"小朋友,来一个!来一个,小朋友!"我们成了双方争相狩猎的对象。逃是逃不脱的了。万水生先上,他唱了一段京戏《打渔杀家》,表现肖恩的悲愤慷慨,淋漓酣畅,赢得了满堂彩。我不会唱京戏,也不会唱赣南采茶戏,只得先简短致辞,欢送吴奇伟部挥戈北征,马到成功,我即席发挥,说:"据说此去将要部署在庐山脚下,鄱阳湖边,那儿正是我的家乡;我应该代表全体南昌儿童,代表全体赣北沦陷区的父老乡亲,向吴奇伟军长,向全军将士,向军抗敌宣传队全体队员致敬。我自己目前年纪还小,保证刻苦努力求上进,长大了也上前线去,打击侵略者。"没有料到,这些发自内心的也非常普通的话,竟博得以蒋、吴为首的全体与会者的热烈喝彩。接着,我便献上了一曲西班牙战歌《保卫马德里》:

> 拿起爆烈的手榴弹,
> 对准杀人放火的弗朗哥
> ……

这是一支当时十分风行的反法西斯战歌,我才唱了个开头,居然像在干柴中扔了个火球,人人引吭相和起来,以至变成大合唱了;出现如此动人的场面,不但是我,恐怕也是任谁都不曾设想过的。这个高潮,大概给蒋经国先生留下了较深的印象,这才会引发通天岩升旗时,指名要我讲话和唱歌的事。我自己心里明白,这并不是我有多么了不起,讲得好、唱得好,只不过从我身上,看到了四万万中国人伸张正义、反抗暴力的民族主义情感罢了。

蒋经国先生招手示意,叫我们到他和吴奇伟将军跟前去。我们去了,他搂着我,吴奇伟将军搂着万水生。蒋经国先生向吴奇伟将军简略地介绍我俩的身世和现状。

这时候，只是在这时候，我才有机会这么近地看清了蒋经国先生的长相和体形。

首先引起我的注意的是他的耳朵。他的耳朵比较特别，耳垂较常人的大且厚不说，还嵌着一粒肉珠。脖子、脸、手臂，皮肤都显得粗粝，令人联想起民间传说中的俄罗斯风雪。再仔细看，更不胜惊讶了，原来自他的鼻翼至双颊，竟散布着若干白麻斑点——那是平日间极不易察觉的。奇怪的是，这一二十颗无色的斑点，非但没有丑化了他的堂堂仪表，反而构成了特殊的阳刚之美。当然，对于蒋经国先生来说，单指出他的白麻不具备破坏性，是不全面的。他的魅力，是一个整体。因此，不可忽略了他那似乎永远不会凋谢的笑容，他的经常眯缝着的眼睛，他的宽厚的下颌，他的略带沙哑的嗓音和浙江"蓝青官话"，以及他那由于不停变换姿势而极富表情的手势，还有那又短又粗的手指，劳苦工农才会有的手指……看了他，你怎么也无法联系到他的总司令老子：干瘦，挺削，过分严肃也过分修饰，一派威风凛凛的军人气度——而这正是在国民党的画报上，反复出现的标准形象。蒋介石先生的黑大氅，蒋经国先生的黑夹克，同样是黑，前者透出一股杀气，后者却教人感到平民化。此后的几十年，中间也曾有过疏远、不信任，乃至充满敌意，但我始终认为，蒋经国先生在苏联经历的那段劳动生活，的确没有白过。

这位注定要在某种范围，施加影响于中国历史的人物，他所依仗的，恐怕不应该仅仅局限于考据门第和血统，还必须看到他自身的素质。否则，就将是不公允的。

前面我已经说到，他生性好动，除了像普通人一样，为了一个球的得失而忘情欢呼或者垂头丧气外，他还有一个好习惯：绝早起床，长跑。这是大凡当年住在赣州城内的老百姓，都能目睹的。清道夫们因此而对他倍感亲切。他们觉得蒋经国先生是和他们做伴来了。我还听抗敌宣传队的大哥哥、大姐姐私下嘲笑地评论他，下象棋常常悔棋，打扑克经常作弊，简直是个大孩子。当然，我也听人说起他为了什么事大发雷霆，脸色铁青，因而每一粒麻斑都凸现出来。不过,这种场面我不曾遇到。这是蒋经国先生性格的另一面。人本来就是复杂的嘛,谁又能例外?

接下来,我将补足前面有意跳过去的情节——通天岩那次升旗后,他对我所做的"批判"。蒋经国先生是笑嘻嘻地进行"批判"的,并且时不时掉转头来朝我看一眼,甚至用手指了指我,一个不知轻重,说错了话的"小朋友"。我记得,他大抵是这么"批判"的:方才刘仁勇小朋友讲的话,都是爱国的话。他的爱国心,是值得我们大家学习的。他是逃难来赣州的,他的家乡南昌,已经被日本赤佬霸占了,就像我们中国许多人的家乡,都被日本赤佬霸占了一样。因此,小朋友肚子里有气,有气便要发作。怎么发作呢?就说赌气话,就发誓,就要报复:我们也要打到日本三岛上去,教日本赤佬也尝尝被别人霸占的味道。这是气头上的话,当不得真的。我们的抗战,是正义的战争,我们是被迫拿起枪来开火的。我们不是侵略者,我们也不当侵略者,也去割别人一块领土,也去欺侮别人;因此,我的主张和刘仁勇小朋友的气话不同。我说,打到鸭绿江就可以了,不去那个什么富士山。富士山,我没有去过,你(指着我)大概也没去过。不过,我知道,那个富士山是很冷的,常年积雪,不是个好地方,我们不去那个地方升旗,大家认为对不对?

依旧是笑嘻嘻的。

"对!——"哗地全场一阵子猛鼓掌,猛吼,大声哄笑。是笑我么?笑去吧,我丝毫也不紧张,甚至也笑嘻嘻的,学他。因为我想,蒋处长本人已经同时替我当了辩护律师了,我干吗要惭愧?等我长大了,自然也会懂得这些道理的。

有趣的是,这一次重游通天岩,偏偏在一处岩洞转角地点,新发现了一品不大的摩崖石刻,镌有国民党将领、抗日战场上的第七战区司令长官罗卓英先生的一首五律。罗卓英先生是针对唯心主义哲学大师王阳明的诗,反其意而咏之,写下了这首诗的。其中,有这样的句子:"请看富士山,收做逸仙岛。绝顶树旌旗,青天白日好。"内容、情绪,竟同我的那次发言毫无二致!罗卓英将军的这品题刻,落款为1938年,但不知何故,我当时并未读到(也许尚未镌刻);如此看来,操过激论调者,不止少年的我一个,倒也颇足解嘲自慰。

在重游通天岩时,忽然想到,与我同行的阳春先生曾经写过一篇有关我的文章,其时,我和他尚不相识。阳春先生在文章里,引用了通天岩导游员的一段解说词,说什么诗人公刘,少年时代在这里向奉蒋经国先生之命,来此集训的国民党官兵"发表演说,号召抗日",由于言辞精彩,富有鼓动力量,备受蒋经国先生赞许。演说一结束,公刘便被蒋先生抱起来,抛向空中然后再接住,搂进怀里,云云。这段导游解说词,听来或可令人解颐,但终究是极尽渲染的向壁虚构。我本来想去找一找这位导游员先生,说明事实真相。可是,阳春先生告诉我:导游员已经退休了。其实,倒也无须我去订正,凡是有脑子的游客,听了都不会相信的。一个十二岁的孩子,虽然还是孩子,终归不会轻得如同幼儿园的娃娃,蒋经国先生又不是护法金刚大力神,他怎么可能将我抛向空中再搂进怀里呢?岂不是太滑稽了么?

有一件仅仅发生在我和蒋经国先生两个人之间的琐事,似乎能影影绰绰看出他的早期从政作风的一个侧面,写出来,不无参考价值。大约是1939年夏天,具体日子记不准了。我已在王母渡念了一个学期的初中一年级。暑假的一天,我因了什么事,走在如今叫作北京路的赣州公园南大门前的一条横街上。天色已近黄昏,准备纳凉的临街住户,都已经开始往街筒子里搬竹床了。我正打算回家,急匆匆地朝前赶路,却被一个耳熟的声音迎面叫住:"小朋友!这么晚了还在外边玩?"我定睛一看,是上任不久的蒋专员,蒋经国先生,忙说:"这就回去,蒋专员。""不要这样叫。回至圣路?""不,我家已经搬到南市街去了。""哦,南市街不近哩。"说着,蒋经国先生快步走上前来,拍拍我的肩膀,咧嘴一笑,"你饿不饿?我跑了一下午,肚皮早就咕咕叫了,我看,我们两个随便找家小馆子吃一顿怎么样?我请客!"后半句的声音故意压得很低,似乎带点诡秘的意味。蒋经国先生请我吃饭?我牢牢地盯住他的眼睛,直到确信不是开玩笑,才高声答应:"那好哇!上哪儿?"他顺手一指前面的三岔路口:"那里就有一家小饭铺,我常去的。走!跟我来!"我做梦也没有想到,会单独跟蒋经国先生同桌共餐,心里格外高兴,话也就多了起来。忽然记起,他刚才说过的跑了一下午的话,感到奇怪,便问他,怎么独自一人外出?曹副官呢?蒋经国先生不出声地一笑,样子很调皮,像个恶作剧得手了的顽童。"他?让他找去吧,可不能让他知道!他要是知道了,还有我的自由么?还能像今天下午这样,去我想去的地方么?"这时,我才注意看了看他的一身打扮:头戴一顶旧草帽,身穿一件脏兮兮的圆领汗衫,一条灰布长裤,赤脚,蹬一双抗战时期十分风行的用碎布条编成的"草鞋"。这副形象,正是后来曹聚仁先生在他关于早期新赣南建设的通讯报道中,不时描写过的"微服私访"中的"蒋青天"。我以人格担保,曹聚仁先生的笔墨是毫不夸张的。

蒋先生所言属实。一眼望去,还真的有一爿饭馆,就坐落于北京路与东北路交汇之处,这自然叫的是今天的新路名,原先叫什么,我全忘光了。

今年6月4日,老诗人李一痕先生、作家阳春先生陪同我去一一访旧,也曾专程绕到这一带来寻找这爿饭馆。我以目前尚称完整的章贡影剧院(原名群乐剧院)为坐标,判别方位。群乐剧院从前专门上演京剧。有一位领衔的女演员,艺名筱艳芳,很红过一阵;我看过她主演的梅派青衣折子戏《贵妃醉酒》,我认得那个把门的人,他不收我的票,而空位子总是有的。可惜,我那时还不识货,没怎么充分利用这点小小的"后门",至今感到后悔。当年的群乐剧院,破破烂烂,所有的大方柱一律空心,外表全是用从报废了的子弹箱上拆下来的烂木板,一块一块拼起来的,一旦石灰剥落,就露馅了。剧院的隔壁,正是每天傍晚练歌的所在,可如今已是"茶社不知何处去,此地空余百货店"了。那个剧院把门人,总是不迟不早准时出来,手托一盆糨糊,张贴翌日的戏码海报,然后,便踅过来学唱抗战歌曲。虽然他不一定每一次都坚持到最后,却是风雨无阻,闻声必到的。就这样,我和满脸花白胡楂儿的他,交了"朋友",但我始终不知道他姓甚名谁。这位把门人,如今也不知埋在哪方土里了?倘若活着,他可以对我指点多少沧海桑田啊,那爿饭馆,也肯定不会这么难以搜寻了。

阳春先生替我着急,问:"饭馆的招牌你可还记得?"我脱口报了个"东昌"。事后又发觉错了,我把南昌老家隔邻不远的一爿酒楼给移花接木弄混了。再察看随身携带的徐君虎先生的回忆录《我同蒋经国在江西》一文,才获得一个有力的旁证,与阳春先生提供的线索,不谋而合。不错,就是'不夜天'。为了进一步证实地点确凿无误,阳春先生又问我:"你可记得那爿饭馆有何特色?你们吃了些什么?""不夜天"可是爿卖风味小吃的馆子。这我了解,因为它是我们上犹人在赣州开的店。我想了想,答道:依稀记得那门脸儿是斜着的,不知是哪位风水先生端的罗盘。斜斜的大门外,还有几磴斜斜的石阶。至于都吃了些什么,我没记住,但有一宗,用饭碗口大小的特制笼屉蒸的米粉肉,特别香,我一口气吃了三屉!你问我为什么会记得这么清楚,当然是有缘由的——米粉肉,我们家一年才不过吃一次,立夏的日子吃,然后,整个夏季,就基本上不见肉腥了。年年立夏吃那餐米粉肉,真像是过节,很隆重的。这一天,我总是非常注意母亲的一举一动,只要她允许,我就会跟她一早上菜市采购。母亲总是挑肥瘦相间搭配均匀的五花肉,回家来再亲自下厨房烹制。过程大致是这样的:先将肉"片"好,用酒焖上一会儿,然后再一块一块放进事先调好了盐和五香面的米粉糊糊中,使劲搅拌一番,接下来才往菜碗里码,垫底的是鲜嫩的莴苣叶子,上面盖一层五花肉,如此反复重叠,同时注意不让米粉结成疙瘩。当然,还必须使猛火,也必须使湿布捂住锅沿。这样蒸出来的米粉肉才不跑香气,每一片莴苣叶子都浸得油汪汪的了。而每当动筷子前,父亲总要用平缓的语调念一段"安民告示":天热了,往后就清淡一点吧。实际上也不是不见荤腥,黄金条(一种赣州本地土产胡萝卜干)压豆豉,不也是用猪油炒的么?我明白,这一篇言辞,既是质朴的言传身教,也是为了掩饰家中日子的清贫,用心是很苦的。自然,母亲做得固然很好吃,但无论怎样,总还是赶不上饭馆子里用特种笼屉蒸,里面再用荷叶包得严严实实的,吃起来清香爽口。

听我这么长篇大论地摆了一通龙门阵,阳春先生兴奋地大叫起来:"绝对没错!就是'不夜天'!"

待我们三个前往原地踏勘之后,终于证实了阳春先生"赣州通"的权威地位。不过,店面已经拆掉了,四周也全用竹篾栅栏围住,一片断垣残壁。据说是被哪位财东看中了,打算改建成什么大厦,楼上开舞厅,楼下做买卖。这位老板确实好眼光。因为"不夜天"的旧址,正位于赣州市中心的黄金地段,如今又规定是步行街。至于眼前,却只剩下那个斜斜的破门脸儿和那同样斜斜的几磴石阶,带着脚印屐痕造成的磨损(其中包括蒋经国先生的无数次,以及我的这一次),倚在那儿为岁月的无奈做证。

五十四载,万劫千难;人道是,弹指一挥间。

我还记得,在那店堂中间,立着一个污黑的木架,架上坐着一个大饭桶,蒋经国先生自己走过去动手盛饭,他掀起桶上蒙着的那块发腻的苫布,操起那卧在桶里的一把湿漉漉的木勺,除去给自己盛以外,还替我捎着盛了一碗。这一连串的动作是如此惯熟、利落、自然,我只需闭上眼睛,便宛如目前……

蒋先生还为我要了一碗蛋汤。他不喝汤,却呷那种用竹筒灌的江西水酒。呷了大半筒,后来脸色都有点微醺了。

我这是生平第一次下饭馆,既新鲜,又嘴馋。在我只顾埋头吃喝时,蒋经国先生却不停地同店老板和几个堂倌聊天,他们究竟扯了些什么,我一点也没有装进脑子里去。我那时哪里懂得,他这正是在了解下情啊。

这是发生在我进了赣州中学,不再每天戏耍以后的事,纯属偶然。但说起赣州中学,还必须感谢徐君虎先生和蒋经国先生的鼎力相助。

最初提起读书问题的是徐君虎先生。我们认识不久,他就渐渐皱起了眉头,对我和万水生游手好闲的生活方式表示不满和忧虑:"小鬼,莫疯玩,要去读书哇。"我和万水生的答复几乎一模一样:"家里没有钱,缴不起学费。"日子过得飞快,到了1939年春上,有一日,徐君虎先生又旧话重提,我说:"迟了,人家省立赣州中学新生招考早已考过了。"徐先生当下不曾接应,只是沉吟不语,似乎在思索着什么。当天下午,他却派人径直来到我家(万水生住得远些),递给我一封毛笔书写的介绍信,用的是竖框套红的专署公用信封,收件人是省赣中校长周蔚生先生,落款处有"蒋经国"三个大字的签名,内容是希望周校长破格允许我们两个入学试读。来人说,徐秘书吩咐,叫你快和万水生一起去送这封信,一定要找到周校长,面呈。徐君虎先生办事之极端认真细致,礼貌周到,于此亦可见一斑。

徐君虎先生的字,我能辨认,这封信,可以肯定不是出自他的手笔。然而,蒋经国先生的笔迹呢?在此之前和之后,我都不曾见过。蒋先生的字,有什么特点么?我毫无所知,但,有一点是没有疑问的,即这封信,事先必定与之商量过,是得到了他本人的点头批准的。

不妨说,是蒋经国的大名,开辟了我和万水生两个失学儿童步入中学校园的通途。他的这封信,正是不日后,那张高高地贴在校门口大墙上的红榜的来由:"计开,春季班初中部一年级录取……若干名,备取二名:刘仁勇、万水生。"

我欢天喜地蹦着回家,将这一喜讯报告了父母亲,合家为之感恩不尽。

几曾料想,不等正式开学,日本强盗的飞机轰炸赣州,竟首先把省立赣州中学整齐美观的红砖洋房,当作了战略目标加以袭击,几幢教学楼和实验楼被夷为平地。还有一枚黑乎乎的重磅炸弹,斜插在操场的沙坑内,阴险地缄默着,不知打算何时吃人。学校仓皇迁往靠近信丰的王母渡一带乡下,为什么要说"一带"呢?这是因为王母渡镇上没有那么多房子,容纳不下全校师生。结果,便采取了一项变通措施,校本部和高中部设于王母渡,初中部秋季班设于横溪,初中部春季班则设于浓溪。横溪和浓溪都离王母渡不远。我们的教室和宿舍,清一色是借用当地的祠堂。搬迁速度相当快,学校仍然坚持在3月1号开课。临动身之前,徐君虎先生约好我和万水生,随他去到至圣路口一家广东人开的大百货店——利民商场,由他个人掏钱,替我们每人买了一套洗漱用具,包括毛巾、肥皂、牙刷、牙枧(这种牙枧,外观颇像印泥盒,电木做的。内装半固体状的膏脂,呈粉红色,现今市上早已绝迹)等等。另外,还一人分给九元法币。为什么不是十元整数?这个问题,历次运动中,都被当作"不老实,耍死狗"的一大证据。说良心话,我自己也纳闷儿不已,后来才想通了,只有一种解释:它和当时的学杂费收费标准有关。学费(连同杂费)是三元钱,下余六元,是四个月的伙食费;那时物价便宜,吃饭不贵,每月仅收一元五角,加起来,刚好六元整。

徐君虎先生还为我们解决了此番路过王母渡过夜,以及日后赶圩、告急求助的难题,他亲自打电话给王母渡区的区长杨安中先生。这位杨安中先生,由于政绩斐然,不久便被擢升为县警察局长。相传杨是蒋的学生,也许是"青训班"的吧,详情不了解。"青训班"确实出了不少蒋的"红人",例如,日后与蒋同居,生了章孝严、章孝慈昆仲的章亚若女士,还有大名鼎鼎的王升先生。王升先生我从未见过,章亚若女士倒有数面之缘。我还有口福尝过她烧的酱焖牛肉。据说,这是她的拿手好菜,她常常在家里烧好,带到专署来让蒋专员吃的。从极其有限的几次接触中,章亚若女士留给我的印象是,温文尔雅,见解出众,吃苦耐劳,敢作敢为,教会学校葆灵女中毕业,却有颇为厚实的古典诗词修养。虽不能算作美人,但却别具风韵。只是由于徐君虎先生的离开赣州,以及我感觉到的蒋经国先生的某种变化,加上自己长期在四百里外的吉安读书,1940年后,我便不再去专员公署串门了,因是之故,关于她和蒋先生之间所发生的感情纠葛,以至前往广西桂林分娩,并且不幸猝死于斯等等情节,都是近十余年间内幕陆续曝光后才有所了解的。

回头再说杨安中先生。初次见到他,不过匆匆一面。那时正值黄昏,而且是生平第一次跑了上百里山路,好不容易才找到了区公所之后,我气喘吁吁地自我介绍罢,生怕他误会,赶紧又介绍与我结伴同行的刘传宣,一个比我略长几岁的少年,也是流亡异乡的苦命孩子,但并非万水生。写到这里,应当宕开一笔,交代一下为什么不是万与我同路,而换成了刘传宣。说来时间也不短了,打从通天岩归来,不知万水生有了什么不便公开的理由,和我明显地疏远了,而后更逐步发展为不友好,甚至以居高临下的态度,动辄秽语相向。进校读书的那个学期,两人之间几乎已经无话可讲。对我而言,这始终是一个没有答案的谜。接着再说王母渡之夜,我纳头便睡,不可能和杨安中先生多有交谈,对杨先生的观感,尚有待日后的接触中慢慢形成。开学后,这样的机会便多起来了。因为我免不了要去王母渡赶圩,虽说那全是为了完成私人的"采购"任务,从没有看热闹的用心,不是纸不够了,就是需要搜罗一种可以兑水泡制紫墨水的西药——灰锰氧。一般总是星期六下午课毕动身,在区公所借住一宿,第二天白天办完事立即返校。但这么一来二去,自然有了一些就近观察杨区长的机会。先拣最令人难以忘怀的场面说吧,最深刻的记忆,莫过于子夜醒来,屡屡能见到的那盏区长的灯了。和我们穷学生一样,他点的也是桐油灯,一星如豆,不是翻阅案卷,便是冥思默想。只见年纪轻轻的他,额头上却有了不少皱纹;这备极辛劳的神态,使我对之不觉产生了敬意。当时我就私下揣想,杨安中先生倘无襟抱和节操,是不可能在这片山乡坚持下来的,我曾认定,杨简直是蒋的一件复制品。你看,他一年到头身着粗布制服,打着绑腿,腰间勒一条军用皮带,脚上总是穿一双农民式的草鞋,有时干脆赤脚。面对赣南山区恶劣的自然条件,他经常下乡、跑长路;而面对更其恶劣的社会条件,他往往还得单枪匹马,去突破当地封建宗法土豪劣绅的盘根错节,于重重矛盾之中,既要排难解纷,又要保持良心的平衡,的确不容易啊。再看整个区公所,连同担水烧饭的伙夫在内,不过四个人。房子诚然不小,却出奇地简陋和陈旧,大白天都黑咕隆咚的,全靠天井和屋顶上的几片明瓦采光。这不多的"兵",这古老的建筑,哪有半点"衙门"气派呢?不过,这也不足为怪,杨安中先生本人就不像个"官"嘛。

认识杨安中先生,只能算作王母渡之行的一个小小插曲。在他被任命为赣州警察局长离开王母渡,我本人也转学去了吉安以后,我们就再也不曾见面了。最近,偶然从一份资料上读到,杨先生健在台湾,不知道他还能记得起当年徐君虎先生介绍的那个小鬼否。且不说吃住给他添了麻烦,就说赶墟归来讨茶喝吧,有多少次,劳烦他亲手从灶上取过大瓦罐来替我筛茶——那是一种混合着辛辣的柴烟气,味道极苦却极解渴的本地粗茶,你只要尝过一次,包你一辈子也忘不了。

徐君虎先生在台湾《传记文学》月刊第六十卷第一期上发表的《我同蒋经国在江西》一文中,提到的1939年3月18日军官们发起为蒋先生祝寿之事,我是不知情的。原因很简单,当时我已到王母渡乡下念书去了。因此,祝寿之后举行的"联欢会"上,所谓我和万水生"登台演说",以至"满座皆惊"的情节,想必是和我前面记叙过的与吴奇伟将军所属抗敌宣传队"联欢"一事混同了。徐老年事已高,偶出一点小小误差,亦属情理中事。

浓溪待了半年,暑假回城,适逢国立第十三中学在江西吉安青原山创办。报上登了详细的招生简章,说明学费杂费一律免收,并且无偿提供食宿,一年还发放一套制服(这一点,日后并未完全兑现),该校系完全中学,实行春秋两季双轨制,高、初中班级齐全,条件只有一个,即必须家在沦陷区,报名时应持有难民证。这个条件我是具备的。而那些个优惠待遇,则更是我求之不得的东西。我立即跑去报考,不久,通知下来,我被录取了。于是,马上就办转学手续。在这些日子里,我的心情是激动的,求学问题算是彻底解决了。但也有惆怅,因为,从此就将与蒋经国先生、徐君虎先生,以及抗敌宣传队的大哥哥、大姐姐们分袂阔别,天各一方了。

遵从父命,到吉安后,写了一封信,请徐君虎先生转呈蒋经国先生,表示感谢。信是直接投寄到赣州专员公署的,没有回音,我礼貌尽到,也就不再去信了。可是,不久父亲便在来信中,告诉了我两个坏消息:一个是张明大哥突发"痨病"(肺结核),吐血身亡;另一个是徐秘书与蒋专员政见不合,弃职他去,行踪不明。我为这两则坏消息,感伤不已。前者使我再一次觉悟到人生无常,谁也不知道什么时候有什么厄运落在自己头上。本来,我在浓溪上学的日子,胞姐刘仁慧在云南的触电惨死,已经给了年幼的心灵以可怕的摧残,哪里还经得起新的强烈刺激?深深的哀恸,驱使我一口气写下了此生的第一首"诗",发表于《新赣南报》。此事前面已经谈过,不赘。而徐君虎先生的不告而别,也令人生出一缕若有所失的愁绪。我困惑不解的是,他们俩一向关系密切,相处融洽,怎么说翻就翻呢?看来,大人们的事,政治上的事,变化多端,复杂万分,实在不是当时的我所能理解的。不过,也正是在那个时刻,心中就埋下了一个念头:有朝一日,非得亲自找徐秘书问个水落石出不可。

至今我依然不胜惶惑,假如徐君虎先生这座活桥梁始终存在,我这一生将会走上什么道路?是利是弊,还真是一个未知数。固然,决定的因素是自己,但也不能不承认外部力量的影响,偶然事件的作用。比方说,自从徐先生离去,那些留在蒋经国周围的"一面之识",就绝不可能像他那样关心我了。韦安仁先生虽也和气,却也客气。至于周百皆、高理文、游鲲诸位,干脆把我视为永远长不大的娃娃家,见面能问一声"放假啦",就满不错了。蒋经国先生本人,官愈做愈大,头衔愈兼愈多,在重庆逗留的时间也愈来愈长,特别是专员公署机关,也由原先的不设岗,大开门,一变而为禁卫森严,多有盘查。而我恰恰又大体上是每年寒假才回家一次,熟人变成生人,生人就根本不清楚我是谁了。再说,人大了自然心也会大起来,有了所谓的自尊自爱等观念,待人接物,不能不多想一想。于是,打那以后,我下了决心和包括蒋经国先生在内的一切人断绝联系,从此,关于蒋氏种种言行,都只好透过报纸才能略知一二了。依稀记得,蒋经国的若干署名鸿文(那些年,蒋似乎特别爱写长长的而且是带点文艺腔的文章,说句失敬的话,发表欲也相当强),就正是这样才得以拜读的。

四

说一句套话,光阴似箭;个人的生命年轮,往往是一圈新机遇,又一圈新挫折,如此循环往复,直到老死。在十三中的六年,倒也发生了几桩大事。首先是留级一学期。留级自然是很丢脸的事,何况主要是因为体育课不及格。我是近视眼,却没钱配眼镜,要在规定的五分钟内投篮命中三十次,对我而言,无异于登天,另外还有一门三角课不满六十分。但关键是该死的投篮,谁叫我不求情服软,反而还对教师满腹怨愤,出言不逊呢?活该!不过,也怪,没有人歧视我,依旧当选为级会里的学艺干事。因为大家知道我经常发表"报屁股"文章,还得到过《前线日报》和《华光日报》的中学生征文大奖第一名。只是在家里抬不起头来,当然更怕丑事传进蒋经国先生的耳朵,因之越发有意识地回避了。不久,我结识了一位蹲过马家洲集中营的漆裕元老师,其夫人陈颖珊老师(校长陈颖春先生的胞妹)主持着校图书馆,两口子都对我另眼相看,公家的书、私人的书,全部对我开放。目睹抗战中后期日益腐败的社会现象,兼之无形中受到漆、陈夫妇的影响,我的思想日渐"左"倾,亲共亲苏,言必称高尔基、马雅可夫斯基了。在我进入高三,被公推为全校学生自治会领导人之一的日子里,校内突然爆发了殴打军事教官吴锦川的不幸事件,为首者系前不久在台湾下世的同班同学闵克昌。由于我曾和闵多次同台演出《雷雨》等话剧,而被怀疑有牵连,终于卷进了一场官司,上法院受审。这一回是日本鬼子"救"了我,皇军司令部忽然决定要打通吉安、赣州、广州一线,很快,大家作鸟兽散,法院宣判我"证据不足,无罪释放",学校也发给了一张临时毕业证书,我就跑到宁都与从赣州再次出逃的家人聚合,此时正是惶惶不可终日的1945年。总算天无绝人之路,像做梦一样,四处响起了欢天喜地的爆竹声,日本宣布无条件投降了!我报考的厦门大学和中正大学,都寄来了录取通知书。你看,峰回路转,柳暗花明,好事成双,泪水还在眼眶里转,却又笑口大开!这岂不是由一出悲剧引出了一出喜剧么!

我们全家又回到赣州南市街三十三号。两所大学的校门向我敞开,我可以任择其一。可是,厦大已经从长汀迁回厦门集美原址,路程延长了一倍,旅费相应也增加了一倍,我自己倾向于去厦大,但父亲正在为全家复员还乡的问题愁肠百结,哪里再能变出钱来供我入学开销呢?万般无奈,经过父子俩商量折中，最后决定还是去正大，并且是搭乘别人的木排，不收钱，但是，路过万安十八滩日本军队布下的水雷阵时，生死由命，木排主不承担任何风险。

就这样，我玩命回到了故乡南昌。

请允许我多啰唆两句跑题的闲话。我看到不少电影、小说中，人物一涉及大学生，往往都是公子小姐，为此我常愤愤不平。事实上，既有公子小姐，也有贫寒子弟。我就是贫寒子弟。去不成厦大，只能上正大，是由于家穷，到了南昌，虽说读书有奖学金，还是得赶紧找一份兼差，半工半读，也是由于家穷。老父年过花甲，失业在家，即便有工作，也只够勉强糊口，无力负担其他的用度。倘若我自己拒绝奋斗，又能指望谁呢？所以，我的半工半读，与一般理解的半工半读不尽相同。我的"半工"，完全是为了以"工"养家。而拼命写稿，也在相当大的程度上，出于同一动机。"著书都为稻粱谋"，为了曾经引用过龚自珍的这句诗，"反右"运动中，竟也遇到了莫名其妙的围攻。有人"上纲上线"为"你从来就没有为人民服务，你一贯为肚皮服务"！我当时不敢口头反驳，心上却在抗议：这等高调，固然动听；为什么你不拿它去批判批判当年蜗居上海亭子间的"左翼文人"——我敢斗胆地说，也不妨将温饱基本上已然无虞的鲁迅先生包括在内——难道他（她）们笔下所写的每一个字，每一个标点符号，就百分之百的都是"革命"，百分之百的与生计无干？！

高调唱得过于离谱了，便不过是谎言和构陷而已！

不过，这样的艰难生活，确也激发了、磨砺了我不满现实，并与之斗争的决心与勇气。我所不敢拍胸脯夸海口的仅仅是：在那个年月，我就能够做到自觉为人民写作，完全彻底，毫无杂念，就是直到如今，我依然不敢吹牛放炮不脸红。

我终于找到了一份差事，进了素以进步倾向闻名于全国文化界的南昌《中国新报》，当资料员。这份工作，很对我的胃口。它使我既享有广泛接触各地报刊的大好机会，难度又不大，用不着耗费多少时间和精力。一天，在照例边剪辑边浏览的过程中,偶然从湖南长沙版的《中央日报》地方新闻栏中,发现了真正像豆腐干大小的一则花边围框的消息:"徐君虎主政邵阳/不日赴任。"哟!十一个铅字,好比十一颗铅弹,同时射入了我的眼帘。徐君虎?是不是那个徐秘书,那个曾经支持我、鼓励我求学上进的大好人?桩桩往事,涌上心头。我立刻撂下剪刀糨糊,急急忙忙给湖南省邵阳县政府的徐君虎县长写了一封信,临投邮了,心里还在念叨,但愿天底下不要再蹦出一个同名同姓的徐君虎来!

真是无巧不成书。果然让我碰对了,正是那个自幼为我所敬重,并视之如父执的徐君虎先生!很快,徐先生回了信,满满一张纸,情挚意深,不过,总的说来,并不过瘾。因为归纳全信的大意,无非"劝学"二字,尤其着重的是嘱我不要参与政治。可是,我已经成年了,不是小孩子了,不满足于他的一般性的教诲了,特别是他对我提出的有关蒋经国先生的一系列疑问,避而不答,这是为什么?简直令人失望!

我也就不再去信了。

我怎么会在致徐君虎先生函中,又扯出蒋经国先生来呢?事出有因。这时,正是我对蒋先生的评价,发生一百八十度大转弯的时期。记得刚进正大之初,我还在报上撰文,回忆当年耳闻目睹的那个"新赣南"的"新政",对蒋先生的作为,基本上持三七开或四六开的态度。但,到了写这封信的时候,却已经变为全盘否定了。

在那篇文章里,我像一个拍电影的摄影师似的,摇着镜头,运用了远景、中景、近景特写直至定格的技巧,突出强调了赣州南门城墙上的大标语:"人人有饭吃,人人有衣穿,人人有屋住,人人有工做,人人有书读。"二十五个石灰刷的屋样大的字,一里路外就能看得清清楚楚。这个口号虽然明显带有乌托邦的理想色彩,但终究是鼓舞人心的,令人向往的。若从哲学和社会学的高度加以分析,它远远超过了新西兰人路易·艾黎主持"东南工业合作运动"时作为纲领的八个字:"人人为我,我为人人。"我认为,蒋氏的这个"五有",无疑更具体、更亲切、更生活化、更好懂,因而更容易为大多数人所接受,最后也就更有鼓动性和号召力。在这篇长文中,我也描写了,原先刘己达先生主政时期,一如国民党治下的任何地方,在专员公署大门照壁上,也曾公式化地写着庄严肃穆的"礼义廉耻"、"天下为公"之类。如今,这些套话、空话通统被抹掉,代之以别开生面的一幅图画——两只紧紧相握的大手(暗示什么呢?国共合作?工农团结?抑或各阶级、阶层的抗日大联合?不得而知,似乎也不必深究)。这一非同寻常的举动,如果事先未经蒋专员首肯,那是断然不会出现的。我还描绘了"新赣南建设三年计划"执行初期,赣州一度有效地实现了禁毒、禁娼、禁赌,腐化行为受到遏制,社会风气和社会治安良好,连打信号枪的汉奸都站不住脚等等真实情况。我写道:"工作干部,男的一律青布中山装,女的一律暗暗蓝旗袍,朴素、大方、美观,而又朝气蓬勃。街头偶遇打扮得出格一点的,路人肯定会斜着眼睛多挖他(她)几眼,同时心里打着肚官司:这家伙是不是化了妆的日本特务?该不该去报告政府?"

而在提倡正气,压制邪气方面,不能抹杀了《新赣南家训》的作用。我写了大意如下的话:休要小觑了这一张薄薄的红纸,家家户户都发到手,有些人家还贴在了墙头。就文字论文字,《家训》堪称奇文,甚至不妨说是自有白话文运动以来的一篇杰作。我想,倘或刘勰再世,《文心雕龙》出续集,恐怕也会拿它当例子,以说明一种类似铭文、箴言式的新文体——原来,白话文也可以这样写,并不教人觉得削足适履,食古不化!众所周知,我们中国历来固守道德教化的儒家传统,官方推行其某一政策时,没有不首先操练这一伦理武器的。受过普罗教育的蒋经国先生也终于逃不脱这条规律,何况,甫自苏联归来,他便秉承父训,待在老家奉化,长时间闭门苦读过王阳明、曾国藩;当此一展抱负之际,弄出一套《家训》来,自属必然,毫不意外。不过,要分析《家训》的思想内涵,却不能不惊讶于它的驳杂,可谓集古今中外之大成;人们发现,不仅理所当然的有孔子、孟子,同时还有墨子,有商鞅,有管仲,有胡适之的"好人政府"主张,甚至有马克思的剩余价值学说。当然,我在彼时彼地,不可能公开写上马克思三个字,而是以大家心照不宣的"卡尔"替代了。对此,国民党的新闻检查官老爷,一般是睁只眼闭只眼的。

文章结尾部分,我笔锋一转,暗示了从1940年开始,发生了传闻中的"失踪"事件。我很谨慎,并没有使用"逮捕"一词,但即使如此,记得在发表之时,还是全部被删除了。我的用意是明确的,我要让读者意识到,蒋经国先生已经做了最后的政治抉择,他转向了。接着,我如实地像记账似的采用了编年体的方式,实际上也是讽喻的方式,标明了蒋经国先生告别赣南那些日子的所作所为:

1945年1月27日,举行记者招待会,继而召开各界代表会,发出"与赣南共存亡"以及"上山打游击"等誓言。

1945年2月1日,乘飞机赴重庆。

1945年2月5日,赣州陷落,日军进城。

坦白地说,我之所以要这样行文,目的全在于"立此存照",以示蒋先生大言欺人,对不起赣南老百姓。

虽然这篇文章,力求客观全面,不偏不倚,但在我心灵深处的某个角落,却一直保存着他曾经作为"青天"的美好形象,因为,那个形象是和我的童稚时代联系在一起的,这大概就是所谓的感情的先入为主吧。

但当我冷静下来认真思索之后,我也不能不面对事实。事实的无情结论是:蒋经国先生未能善始善终,于是,"新赣南"便不过是他个人仕途青云的一架梯子,一切的一切,如同脆响的爆竹,噼里啪啦一阵之后,就消失在烟雾迷茫中了。

这自然是我今日的回忆。在那种环境中写的文章,不可能如此明朗痛快。"肃反"运动中,对它,我倒真寄托过不小的幻想,以为这篇文稿,比较准确地记录了我当时的心迹,包括认识上的局限和偏差,于了解我的政治历史、思想历史,都有参考价值。我一再请求负责外调者去南昌查阅案卷时,将有关的各种报纸翻一翻,估计会找到的。可惜,尽管他们不辞辛苦,如梳如篦地工作,据说还是不曾找到,同他们一样,我也感到十分的遗憾。

有必要补充叙述一件事,它发生在我和蒋经国先生中断了来往之后。那本来是有可能成为另一个新故事的开头的,问题在于,我拒绝进入故事充当主角。事情的经过很简单。时间为1944年8月,地点是赣州。这年暑假,我破例回了家。一天大早,我正蹲在南市街三十三号家门口的石堰上,对着下边的阳沟漱口刷牙,忽然有个过路人,走过去了又扭转身来专门同我打招呼:"是不是刘仁勇?几年不见,都成了大人了!"经过辨认,我确定了此人姓游名鲲,曾是徐君虎先生的助手,人称游秘书。游鲲先生驻足与我攀谈,当他获悉我已是高中二年级学生时,立即主动告诉我:"蒋专员马上又要去重庆,主持新开办的中央干部学校了,你完全可以转到那儿去,当中央干校第一届毕业生,肯定前途无量!"对此,我毫无精神准备,犹豫片刻,向他道了谢,托词自己连个三青团员也不是,哪有资格进团的中央干校?他见话不投机,便收敛起笑容,自顾自走了。其实,这所中央干校,我在学校就听人说过,同学们当中还真有动心想去的。因为底下传言,认为它将来很可能盖过中央政治大学,成为蒋氏第二代政权培养嫡系班底的摇篮。然而这时的我已全然不是数年前的我了,对重庆政府的昏聩朽败,我多少有了点认识。还记得当时有一首流传甚广的民谣,也是有关"吃"风的,八个字,凝练至极:"前方吃紧,后方紧吃。"我觉得,类似这样的民谣,的确反映了绝大多数下层群众的心声。作为一个穷学生,我自然也是满腹牢骚。加之眼见蒋经国先生渐渐也变成了挂名专员,一年总有多半年逗留重庆,赣南的政务倒交给了别人,我认为,这是不正常的。我还猜想,他大概正全身心地忙于"问鼎中原"去了吧!要不,怎么会又增添一个中央干校教育长的头衔呢?正是在这种思想基础上,尽管游鲲先生提供的机会极具诱惑力,我还是义无反顾地予以放弃了。

1946年,李公朴、闻一多相继惨遭暗杀,噩耗传来,我和中正大学的不少同学,对国民党便彻底绝望了。年底,又发生了美国海军陆战队士兵皮尔逊强奸北大女学生的"沈崇事件",引发了全国范围的"抗暴运动",这场斗争明面上是针对美国,骨子里却是直指南京政府。蒋介石将军陷于被动挨打,无法招架的地位,狼狈万状。

正大千余名学生,跋涉二十余华里,由望城岗进入南昌市区游行示威。那份满城散发的罢课宣言,正是出自我的手笔。从此,我的名字也就列入了"黑名单",并且赫然位居榜首。无须哓舌,这是国民党方面的某种势力干的。可恼的是,中正大学的白鹭学社(即青年军联谊会)也参与谋划其事。白鹭学社名曰学社,实质上与"学"无干,它的成员大多数都是带枪的人,不但带枪上课,听说还有带枪参加舞会的。每当对立面聚会时,他们便屡屡鸣枪示警。虽说未必"合法",但信仰不同嘛,可以理解;最使我感到惊骇的莫过于,这些带枪者居然扬言:我们是全国青年军退伍军人联合会的下属组织,我们的大老板是蒋经国!当我听到打他们嘴里报出了蒋经国这个名字时,我不禁怒不可遏了!我有一种被欺骗、被污辱的感觉,一种被灼伤的疼痛。何以我会在写给徐君虎先生的信中,严词斥责蒋经国先生,说他"背叛了一贯标榜的忠于老百姓的立场"呢?青年军同学的夸耀,正是一个最令人冲动的直接原因。

1947年末,我在中正大学再也待不下去了。春节期间,前脚刚逃离南昌,后脚便有青年军出身的同学廖子健等,带上一大群人,来到我家搜捕。

我过了一段逃犯般的流亡生活。1948年4月下旬,辗转抵达香港,在香港出版的"左"翼报纸上,我陆续发表了几篇指名道姓,抨击蒋经国先生的文章。万万没有料到,眨眼到1955年,不是别人,恰恰是我自己,荣膺了"蒋经国亲手培养的反革命"这一高级称号,死去活来地被折腾了整整一年。事后猜想,我的几篇文章,大概以它的过激观点和过苛腔调,于无意中适应了某种"革命"的尺度,从而证明了我实在是个革命的好同志,因而在最后否定"特务"和"托派"罪名的过程中,多少起了一点点缓解作用。凭良心说,我着手写那些文章时,倒的确认为言过其实,疾言厉色才是真正的革命哩。现在来看事后效果,恕我不恭,却只能算是歪打正着了。

然而,有那么少数几位非置我于死地不可的有权力者和有影响者,硬是下定决心,用泥捏也得给我捏一个"尾巴",栽进档案里,教你人走到哪儿,"尾巴"也甩到哪儿。他们挖空心思,从我的"自传"当中,找到了"干儿子"三个字,马上掐头去尾,大做文章,不管怎样拐弯抹角,也得绕到蒋经国先生身上去。于是,所谓干儿子问题,就成了我命运的绞索,可放可收,可松可紧,可以追本来就莫须有的徐君虎收我为义子,也可以将徐君虎略而不计,运用植物栽培学中的"嫁接"手法,直接扯到蒋经国先生乃至蒋介石将军那根黑藤上去。

关于"肃反"审查,不论是客观方面的严酷、鲁莽和邪恶,还是主观方面的愚昧、狂狷和怯懦,以及由于二者的相互作用,导致个案上升到某种"档次"等过程,只要条件允许,我将单独撰文,予以披露,兹不赘。

1948 年,我虽在香港撰文批评蒋氏,但我也注意阅读各种不同政治色彩的报刊,它们都报道了有关蒋经国先生离开大陆以前,在上海主演的"压轴戏"——显然是一出悲剧,一出"武松打虎"打不下去,险被虎噬的悲剧。那时,固然仍旧有人像当年在赣州的我一样,对"青天"寄予厚望,指望他能力挽狂澜,给南京政府注入一丝生机。我却比较清醒,我知道,"老虎"已经结了群,占了天下,早就不是三只两只了。而大凡不能打、不敢打、为了骗人又不得不假装打,其本身则早已是超级"老虎"的政权,如若不垮,天理难容!至今我依然坚信,这是一条铁的法则,古今中外,谁也逃不脱。

这,可以说是我对蒋经国先生的最后一次注目礼。

如此直到 1989 年,蒋经国先生辞世,"内部"放映的台湾新闻纪录片,给了我很大的震动。当我看见台湾人民沿街悬帐路祭,双膝跪倒,泣不成声的场面,我自然而然地联想到大陆百万群众聚集于天安门广场,对周恩来总理的自发吊唁。二者固然意识形态迥异,但毕竟表现了人所共有的朴素感情,那就是对逝者发自肺腑的爱戴。推此及彼,我不能不承认,自己对蒋先生的评价太不公道,应加修正。无数的感人事迹,证实了蒋经国先生造福于台湾两千万民众的恩惠。特别是,当我了解到,他,唯有他,曾布履策杖,走遍了全台每一个县市,尽管这里边包含着某种对失败的反思,但你不能不钦佩他恢复和发扬了"新赣南"精神。我还知道了,他在发展经济、追求均富的同时,于中断家天下、开放党禁、推进民主等一系列运作中,起了决定性的作用。凡此,都促使我下决心放弃原先的偏颇,重新评估蒋氏的一生。当然,我不过是一个庶民百姓,褒,不足以增其瑜;贬,不足以添其疵,原本无足轻重。然则,就个人的良知而言,这却是一个原则问题,它考验我这个人究竟能不能做到不计个人好恶利害,唯真理是从。

蒋经国先生既不是"神",也不是"鬼",他是一个人,一个有血有肉、有七情六欲的普通的人,一个为全局所制约又施加影响于全局的特殊的人。他的成就,是人的成就;他的谬误,是人的谬误。说他普通,在于他和你我一样平常;说他特殊,在于他的名字叫作蒋经国。他命中注定要听肉麻的阿谀和无理的詈骂。所幸,他后来似乎更自觉也更自律,不曾因了这点血缘优势而骄横堕落,焉知此非台湾之福、中国之福耶?

上述数语,我想,既可以当作那段人生邂逅的纪念,也可以当作我对自己错误成见的一次否定之否定。无疑,后一个"否定",绝非简单地回到过去,而是呈螺旋形地"反复"与上升,既看到他的正面,也看到他的负面,一言以蔽之,还历史以公平。

尾 声

章、贡二水汇流,派生出一个"赣"字。

激活江西全境的主动脉是赣江,因而江西自古简称为赣。

在章水之滨,有一座耸立了一千二百余年的郁孤台。

郁孤台,一个多么富于诗意的名字!

我有幸在赣州时断时续地生活了七年,七个三百六十五天,几度到此登临!

我也有幸血脉源自一位颇具诗人气质的父亲,知情者都说他"怪",因为,只要儿子在家,他必定携我攀上城墙,环行一周:从南门登城,经过东门至北端的八境台,再打西门下来,取道西津门,折往郁孤台;路经一处断墙残垣,他又必定领我踅入其中,指点苔碑——如今这碑竟不知何处去了——一字一顿地高声吟诵碑上镌刻着的辛稼轩词,著名的《菩萨蛮·清江水》:

郁孤台下清江水,中间多少行人泪。

西北望长安,可怜无数山。

青山遮不住,毕竟东流去。

江晚正愁余,山深闻鹧鸪。

这首词,写于南宋孝宗淳熙二年至三年(1175—1176),作者官居江西提点刑狱任上。

父亲一面吟诵,一面讲解。就这样,我的那颗天真未凿、纯洁无瑕的赤子之心,一次又一次地承受过多少情感暴风雨的摇撼!

我乃牢牢地背熟了这些悲情幽邃、愁绪无垠的千古名句。

此番重返赣州,先有阳春先生不辞长途奔波,亲往南昌迎接,一路陪伴,殷勤照拂;到达赣州后,复承老诗人李一痕先生慷慨接待,安顿我住在他位于南郊的小楼书房里。环境可谓绝佳,推开窗牖,不但可以极目纵览浩浩章水,抑且能忘情谛听久违了数十载的声声鹧鸪!

人生如斯,能不感极而泣么?

潸然涕下,对我而言,绝非一种软骨症,一种老年病。

问我行程计划如何,我首先提出的,便是重上郁孤台。

李、阳二位,何尝了解内情?在我的所谓"蒋经国亲自培养的反革命"一案中,我被逼供"招认""参加特务组织"的"地点",正是郁孤台。

为什么偏偏会说起郁孤台呢?

今天,我这个当事人已经从痛苦中抽身出来,可以用旁观者的超脱眼光去冷静审视、分析,就不难准确地找到它的完全符合心理学原理的内在逻辑了。

唯一的答案是,这个"郁"字和这个"孤"字。

那时,我正受困于昼夜不停的"车轮大战"中,在高强度的逼迫态势之下,我,一个仅仅指望凭良心和笔生存与生活的知识分子,怎么承受得起如此骇人的精神重荷、如此揪心的自我丧失、如此窒息的抑郁、如此彻骨的孤寒啊!

今天,我终又读到了掷地有声的那副对联:

郁结古今气

孤悬天地心

(公刘按,目前的上联有误,"气"错成"事"了,一字之差,相去万里!)

四十多年了,雷暴遁去,我方迟迟领悟这副对联所昭示的至深至广至痛至悲的真理! 有愧!

难道,那曾经恶毒地搅扰辛弃疾寂寞灵魂的,不也正是这一"郁"一"孤"么?

于是,作为大诗人的他,只得狠心揶揄作为大将军的他了。

我不才,不敢妄自比附。然而,我对这副对联,却真正有字字带血的体验!

登上郁孤台,俯瞰章江水。章江里流淌着江水,已远非昔日的"清江水"了。我不禁思忖,莫非今日的"行人泪",较之往古也更为溷浊了么?

噫嘻! 清也罢,浊也罢,毕竟东流去,毕竟东流去,毕竟东流去啊!

毕竟东流去！

1993年6月12日—24日初稿、
二稿于赣州水南岭头上慧园
1993年10月31日—12月5日改定于合肥

附记：低眉写罢，掷笔长叹！总算了却心头大愿：由我本人亲自动手，将这一段不堪回首的往事，公之于众，以供时光老人验证；但也不免又产生了新的杞忧：方今海峡两岸，"蒋经国热"仍在升温，回想当年我参与过的这区区"四两"，有幸曾被人为地拔作"千钧"，焉知在新的历史条件下，"千钧"不会幻作"千金"？我实在不能再遭受另一种歪曲与凌辱了，愿为此馨香祝祷之！

"火"的境界

去年10月8日广州《南方周末》刊出了一篇引人注目的文章,题名《贾兰坡与"圣火"》,作者张扬。它寓大力量于大冷静之中,因而读来格外令人激动。谁不知道大名鼎鼎的贾兰坡——"周口店学"迄今唯一健在的奠基人!略有社会发展史知识者,又哪能忽略了?在从猿到人的漫长进化过程中,周口店山洞象征着什么!因此,"七运会"5月份预先邀约贾老,请他届时专程去东方文明的摇篮周口店,由他来亲手点燃"圣火",就是个再好不过的主意了。

当时正在和贾老一道开会的中国科学院学部委员们,闻讯也为之欣然,众口一词地说:"你应该去!这意味着尊重科学、尊重知识。"

于是,从8月3日开始"彩排",中间经过正式现场拍摄,直至9月4日"七运会"开幕,八十四岁的世界级学者贾兰坡,由儿子贾彧彰先生搀扶着,起早熬夜,爬坡钻洞,补镜头,点圣火,备极辛劳;这些,都是在夫人夏景修于动完晚期结肠癌大手术,复经一再抢救无效,溘然长逝的背景下,独自吞咽着苦泪,默默完成的。8月27日的《人民日报》做了如下报道:"贾兰坡先生在古朴、圣洁、凝重的气氛中,引洞中篝火,点燃了……火炬。"令人不解的是,"七运会"组委会主动提出的届时送请柬来的诺言,并未履行。而且,自始至终,连一张留作纪念的照片都没有给,更不必说一盘录像带了。

怎么解释这一切呢?用贾老自己不无调侃的话语作答,就是:大概是实用主义——没有利用价值了吧!

不知别人如何,当我读到这句话时,实在是寒砭肌骨!

我甚至觉得,仿佛打太古时代起,周口店山洞中压根儿就没有生过那堆篝火,要不,中国的文明到哪儿去了?

据说,运动会开幕时要点"圣火"的习俗,是源自古希腊奥林匹亚竞技的传统;这个传统和希腊神话人物普罗米修斯盗火的故事有没有瓜葛,我不曾查过。倘有,那就更是"天火"了。

凡此种种,又教我想起了鲁迅先生的《死火》:"有炎炎的形,但毫不摇动,全体冰结,像珊瑚枝;尖端还有凝固的黑烟,疑这才从火宅中出,所以枯焦。"我想,死火者,无火之火也。这便使我觉悟到,火确是有"境界"的。套用巴金先生论技巧的一段名言,技巧的最高境界是无技巧。那么,无火之火,也就是火的极致了。

"那我就不如烧完!"这是鲁迅先生笔下死火的最后誓言。但从此却"是再也遇不着死火了!"。

搞实用主义上瘾的先生们,是否可以从鲁迅先生寓意深长的著作中得到些许启示呢?

1993 年 12 月 7 日　合肥

低技术性骚扰

1993年8月22日的《参考消息》,选译了一则8月7日《今日美国报》上的署名文章,题目叫作《高技术性骚扰》。举的例证之一是美国伊利诺斯大学语言学教授切里斯·克拉马雷女士,正当埋头工作之际,突然发现她的计算机终端屏幕上,出现了一对由许许多多字符构成的大乳房,起初她感到惊讶,不知道这"多余的图案"是怎么蹦出来的,但很快就明白了,"鉴于我们生活中的风气",无须查究,这是性骚扰。

作者还举了不少同一类型的例子。文章最后创造了一个新名词:高技术性骚扰,并且引用了一位律师的话作为结语:"随着抱怨越来越普遍,高技术性骚扰将是法院不得不与之做斗争的许多问题之一。"

咱们国家的物质文明,当然远未达到美国的水平,不过,咱们的"精神文明",却绝不比美国逊色。据公安部门的调查证明,性骚扰问题,各地都有,算不得什么稀奇事了。当然,它同样具有"中国特色",即与整个社会发展保持同步,社会既处于"初级阶段",性骚扰也就只好屈尊,暂时安于"低"层次。因为,据报道,单拿非性骚扰类的一般恶作剧电话来说,人家老美都已经更新换代到了这种地步,事先配上录音装置,选择若干"最有欣赏价值"的通话内容,制作成激光唱片,冠以"艺术"之名,正式发售,并且居然荣登了销量百名排行榜!真是生财有道!看看人家洋痞子,土痞子们只好望"洋"兴叹了。

不过,土痞子们自有土的"玩"法儿。我指的是电话性骚扰。

本人正是被骚扰的"苦主"。我想,我有权倾吐我的苦水,叫那些见不得太阳的、卑劣的勾当曝一曝光。何况,这也有助于公众提高警惕。至少,当你不幸也碰上这种事了,知道某地还有那么个能和你同病相怜的伙计,岂不是可以聊堪自慰?说真的,在这个世界上,想完全不阿Q,还真不行哩。

也许有人会觉着奇怪:"你,一个老头儿,哪来的性骚扰?"不错,我自己也万分纳闷,这是谁?干吗要和我这么个年近古稀、与世无争的老人过不去呢?

真是没有道理可讲。谁叫我倒霉,竟遇上了少有的性变态呢!

1993年4月7日《安徽日报》扩大版的两位记者来家采访。谈话中,除了创作问题外,还问及我的生活近况,我顺便提到了骚扰电话的事,表示颇为干扰所苦,对此,他们在访谈录中也如实予以披露了。我太天真,以为这么一公开,躲在暗旮旯的扰乱者可能会稍有收敛,岂知不然,一切照旧,丝毫不减。许多大致了解来龙去脉的朋友,无不为之嗟叹。

说来话长,我被性变态患者盯上,是从1992年6月份开始的,迄今一年有半了,真可谓"历史悠久"矣。有人替我推断,估计是电话号码簿种下了最初的祸根。

我从来没有使用过合肥市电信局发售的大型电话号码簿。据说,在私人电话一栏中,由于以姓氏笔画为序,我恰恰被排在了头一名。任何人,有事没事,第一眼就准能翻见"公刘"二字。这,赶上了如今人口爆炸、信息爆炸、精力过剩、时间过剩,因而主张"何不潇洒走一回"的新潮派愈来愈多的伟大时代,只能自认晦气,叹一声"天亡我也"了。

说来不好理解,所有公费安装的私家电话,号码簿上一概查不到,而自费的电话,倒非上不可。可见,姓"资"的是被剥夺了隐私权的,这自然也就反衬了社会主义的优越性。前不久,更从晚报《读者投书》一栏里得知,想要请电信局勾销户名,必须交纳若干元人民币,否则免开尊口。这位投书的先生无疑是个书呆子,居然质问:如此"创收",是否属于非法收入?他自称因长期遭受无端骚扰,一怒之下,才出此下策,待到碰了一鼻子灰,又找报社求助来的。我除了觉得这事儿忒新鲜忒古怪之外,还满腹顿生惺惺惜惺惺之情。然而,同情归同情,让我也这么做,我是不干的。理由很简单,你的号码,骚扰者早已烂熟于心了,勾销又何济于事?

说起这位性变态患者骚扰我的具体细节,实在可气又可笑。我至今还记忆犹新,那是一个夏日中午,忽然电话铃响,我习惯性地首先问了一声:"喂,您哪位?"对方直呼其名:"公刘可在?"是个男的,合肥口音。他既没有称同志,也没有称先生,更没有称老师。这些,我都未曾在意,只是立即回答:"我就是。"怎么也想不到,从那头竟传来一阵恶心的淫声浪语:"我是你的'母刘'哇!"我这一辈子,还是第一次接到如此可怕的电话,一时间简直手足无措,不知道该怎么办。正当我惊慌失语的当儿,话筒里又爆发出了男男女女嘻嘻哈哈的狂笑声,我能感觉出来,他们和她们简直快要笑岔气了。我的名字给他(她)们带来了多么大的快乐啊!我放下话筒,默默地猜测着,这位"母刘"以及他周围的一伙,都是些什么人。根据音色判断,无疑是30岁上下的青年。至于职业和家庭出身之类,那就不好揣想了。但有一点却是可以肯定的:没有文化,然而有电话;也许是个什么经理或者老板之类吧,他当然不读书、不看报,更不知《诗经》为何物,所以,他也从来没有见识过赞颂周代部落酋长笃公刘的感人诗篇,至于陕西宝鸡那座香火颇盛的公刘庙,就更不可能听说过了。写到这儿,我倒巴不得合肥也有一座公刘庙,倘若有,那么,我敢保证,那供奉最虔诚、最大方的施主,就非这位色情狂莫属了。素质决定一切。想当初,我头戴"右派"荆冠,从北京被发配到山西劳动改造,一待二十二年,就中还包括"文革"时期,但,不管怎么花样翻新地搞人身污辱,也从未有人在我的名字上发挥想象力。如今来到这人文荟萃的江淮大地,竟会面临如此严重的道德滑坡,的确是始料未及!

骚扰的频率是惊人的。事实上,那位"母刘"已然是骚扰专业户,白天来,半夜也来,风雨无阻,不论是他高兴的时候,或者苦闷的时候,想来就来。有的日子,甚至可以一连拨上数次,弄得我犹豫不决,唯恐把该接的电话也误了。下面我将不久前随手记下的,五天之内的一份清单摘抄如下:11月8日上午10时10分至20分,2次,男;11月9日下午2时至3时,5次,男、女孩及成年女子;11月13日中午1时,2次,少女……尤其令人不胜担忧的是,显然,这位性变态患者已经由一人单干,发展成为一个相对稳定的互助组了。他利用,无知的五六岁女孩,十余岁的少女,以及可能是女孩的年轻母亲,轮番叫阵,对我进行骚扰。这难道不是教唆犯么?特别可恶的是,一旦发觉我出差在外,便马上转移目标,集中攻击接电话者——我的女儿,言辞之污秽恶毒,已不便形诸笔墨了。好心的人们听后,劝告我们,要我们准备好整套最厉害的骂人话,譬如,他不是自称"母刘"么?那正好,你就在电话里狠狠地×他一通,下回他就得考虑考虑了。恼人的是,我也罢,我女儿也罢,却从来不擅吵架,至于脏话,就更无法启齿了,奈何!奈何!

  还有人鼓励我们,去找电信局甚或公安局报案,可合家一商量,又觉得未必可取。本来图的无非就是个清静,报了案,今天这个来调查,明天那个做记录,岂不干扰更多了?我还能坐下来写作么?!再说,对于这类性质的骚扰,法律似乎也欠完备,惩罚不力,交个二三百元了事;如果他变本加厉,报复作恶,又怎么办?思来想去,别无良策,似乎只有长期抗战,或者听之任之。不过,天无绝人之路,前些日子,南方的友人替我打听到了一种新产品:电话铃一响,便能立刻报出对方号码的显示器。看来,这个破财消灾捉鬼的事,是非办不可的了。我已经请人代购,等到显示器安装妥当,我的"高技术"就笃定能打败骚扰者的"低技术"了。那时,我一定再写有关电话性骚扰的续篇:不是道高一尺,魔高一丈,而是魔高一尺,道高一丈!

1993年12月9日 合肥

潮 之 尾

"八月十八潮,壮观天下无。"这是东坡居士赞美钱塘潮的著名诗句。看来,自古至今,最理想的观潮时间,是中秋节后第三天。但,如今情况却有了变化;大概主要是因为中国人愈来愈多了,有幸能到杭州来观潮者便愈来愈少,机会难得,人们只好阿Q一番,找个自我安慰的借口,说什么据科学家的观测证明,潮是天天都有的,不过涨落时间不同罢了。这当然也不错。昼涨曰潮,夜涨曰汐,本来就是古已有之的常识。其实,又何须借重科学家,由朔而望,既望而朔,任何一个渔民或者水手,都能对你讲出许许多多有关海潮的故事。一般而言,潮水比人更守信用。"早知潮有信,嫁与弄潮儿。"这炽烈的爱情诗同样脍炙人口,作者乃唐代的李益,比宋代的苏轼还要早出几百年哩。

今年9月29日,农历中秋节前夕,我由湖州到杭州。在这之前,友人小魏早就忙着张罗开了陪我观潮的事,他知道,虽然我屡游古越好山胜水,却从未领略过钱塘潮的宏伟气势。说到地点的选择,谁人不愿求海宁"上上签"?但,一想到交通工具等等问题,心顿时就凉了。我一向害怕和官家打交道,我宁愿找普通人,找那种在这件事上占有某种地利的普通人。比方说,家就安在海堤附近。至于时间,随便,哪天都成,我还真不想去凑人潮,车潮胜过海潮的热闹呢。

同一天,女儿因事也从安徽来到浙江。真是来得早不如来得巧,正好可以和我们结伴同游。可是,天下事,不如意者常八九,刚同小魏见面,就发现他满脸泄气的神气,我不知出了什么岔子,正自狐疑间,小魏已从衣兜里掏出一块小纸头来。原来,是剪报,一则有关萧山市郊美女坝观潮出了大事故,淹死三人,受伤四十余人的不幸消息。他说,他为此而犹豫不决,因为他原先联系的熟人正住在美女坝附近,现在,这一带肯定被封锁了,去不成了。

我反转过来宽慰他:"没关系!东方不亮西方亮,黑了南方有北方。另外再找个观潮点好了!"

他却似乎不大好意思,期期艾艾报出两个地名来,一个是六和塔,一个是九溪,同时又解释:杭州人,每年确也有不少专门上这两处观潮去的。比起海宁和萧山来,气势自然逊色多矣。但也有优点,路近,花销不大。我想了想,怕也只剩下这条路了。

六和塔我是上过的,九溪也去玩过,但那都是20世纪50年代中期的事儿了。不过,借此机会,旧地重游,回首前尘,倒也别有一番滋味。所幸我和女儿都是那种所谓知足常乐的人,二话没说,就算敲定了。

我们三人,选了一段紧挨江边的石头栏杆处,斜倚着,等待涨潮等待就是耐力比赛。为了消磨时间,小魏回忆了几桩当年他作为知青,在萧山围海造田的往事,其中,大多属于"与天斗(即同潮水搏斗),其乐无穷"的一类。不过,应该说,绝大部分是悲剧,乐是乐不起来的。

旁边的观潮人,兴许是着急了,屡屡制造假喜讯,"来了,来了"地嚷着。实际上,什么也没有。小魏到底是和江潮打过几次交道的,又过去了好大一阵工夫,他发现附近的船只开始纷纷靠岸碇泊了,才对我们说:"这回是真的要来了。"于是,五只眼睛(我是独眼龙)一起使劲瞄住老钱江大桥,瞄了约摸十来分钟,果然,桥墩的那一侧,隐隐约约飞过来一条白练,而且若断若续。我暗暗猜想,这"断",无疑是"落";这"续",自然就是"涨"了。但,总体上讲,一直是"看涨"的。说时迟,那时快,一股股郁雷似的瓮声闷响,不知使了什么土遁的魔法,竟兀自钻进了地下,拱起脚底板来了。江堤也开始了庄严的共鸣,这是钱塘潮的先遣使,诚所谓先声夺人也。我看了看表,正好三点。

伟大的钱江潮,亲爱的钱江潮,望眼欲穿的钱江潮,您终于来了!让我仔细端详端详您吧!刚想抒情,忽见堤下漫坡上原来胡乱堆置着的料石,已通通不知去向,水位基本上与堤坝的底座持平了。满江浑浊,竟如同得了号令一般,一个鹞子翻身,齐刷刷地奋力扬臂逆行,往西!往西!往西!仿佛此去志在报仇雪恨,踏平人间。不过,尽管水势浩大,水色泔黑,龇牙咧嘴的,十分狰狞,但说句大不敬的话,到底是强弩之末了;完完整整的潮头,硬是被桥墩强行割为数截,也布不成个阵势,只好各自为战了;有的硬钻涵管隧洞,有的抢夺溢洪口,有的就摆出拼命的架势,愣往人堆里猛扑!终于,我们被浪舌"温柔地"舐了几下,人们惊呼着四散逃开。啊,休看这浪舌是水做的,就欺它软,不对!浪舌是长着锯齿的!你再好汉,也经不起它揉搓上几个来回呀!

　　如此持续了一刻钟,江水不再像原先那样鼓突沸涌了,只是拉长了杀气腾腾的脸,余怒未息的样子,也不见退。但毕竟高潮已过去,再无足观了。众人也就回到了各自的心事中,作鸟兽散。这时,小魏只顾跑前跑后,跟下定决心"宰客"的出租车司机们讲价钱,我和女儿则交换了彼此的观感,我说,今后倘若有人问我,你观过潮么?我还是不敢说我观过。她也认为,九溪观潮,无疑是观的潮尾巴,甚至是尾巴上的一撮毛。当然,应该知足,有的人连这一撮毛也捞不着呢。我笑道,那么,文章的题目也就现成了:潮之尾!说到这儿,我把话头截住,留下些"活思想"没有暴露,那就是,观钱塘潮,犹如观察某些社会历史现象,逼面正视是不行的,我们的精神力量还不够冷硬,而它却太肮脏、太残暴、太疯狂了。既曰观潮,就应同"潮"保持一段距离,并且宜高不宜低,宜宽不宜窄,宜粗不宜细……然而,这已经是题外话了,不扯也罢。

1993 年 12 月 15 日　合肥

模糊逻辑之妙用

模糊逻辑,又名弗晰逻辑(FUZZY LOGIC),本是20世纪60年代才诞生的新兴学科,迄今涉猎者不多;据说,它所追寻的是清晰和准确,是界定事物质量的"度"。因此,与之同时问世的,还有模糊数学,或曰弗晰数学。这些,无疑都是很高深的学问,不大容易弄懂。不过,它也并非完全是丈二和尚摸不着头脑的东西。比方说,人们常常谈论的"小康"一词,该怎么理解,就是一个属于模糊逻辑范畴的问题。有人认为,人均国民生产总值达到了八百美元,就是"小康";有人不同意,主张以一千美元为临界点。前两年,报上又广为宣传一个新调子,批评某些人盲目崇洋媚外,殊不知老外根本没有体验过社会主义的优越性(低房租、公费医疗等等),因而,他们的那些统计数据通统是错误的,就整体而言,中国人的实际收入早已经达到,或者即将达到"小康"了。诸如此类的争论,的确十分有趣,我们既然长了耳朵,不妨听着就是了。

引起了我联想的是我们中国人的一句口头禅:"差不多";可以说,这三个字,也称得上国粹之一了。所谓差不多,正是一种标准的模糊和不清晰,甚至是一种有意识的暧昧。按理说,中国人吃"差不多"的亏吃了几千年,实在亏得够呛,应该特别反感这个"差不多"才对。然而,奇怪的是,模糊逻辑一进入中国,便被"差不多"同化为逻辑模糊,且派生出种种意想不到的"模糊"妙用,令人叹为观止。试举例言之。

祸国殃民的"文化大革命",必须彻底否定,这是全国人心之共识,也是写进了党的皇皇决议的,该当没有歧义了。但是,偏有人钻空子,从充分肯定

"样板戏"打开缺口,图谋为"文革"招魂。紧接着,又借口大唱革命歌曲,把形形色色的"语录歌"发掘出来,那用心自然在于呼唤"七八年再来一次"。这是不言自明的。知识界、舆论界为此多有争论,终于不了了之。窃以为,之所以造成这种古怪的结局,除了某些深层原因外,文化人当中,存在着一些"剪不断,理还乱"的感情纠葛,也是重要原因之一。有一位我很尊敬的,而且也是吃过苦头的作家朋友,新近就将由他奉命执笔的一部"样板戏",编进了自己的文集。有人出面替他解释,说什么作家在创作"样板戏"时,写的是人性和人情,并没有受到"三突出"的干扰,云云。对此,我是无法信服的。我为这位朋友深感遗憾;在我看来,这实在是考虑欠周,因小失大的。

据报载,山东菏泽举办赈灾义演,主持人将一位以扮演领袖而闻名的"明星"请了去,这位"明星"不仅照旧索取高额报酬,而且信口胡咧;当他学了几句湖南话,便转身下场时,居然说什么他是向马克思请了假才来的,必须准时回去,逾假要吃批评。真是荒唐透顶!姑且不提他"义演"不义,似这等装神弄鬼,伪"幽"劣"默"之举,亦可谓"弗晰"到家了。

纪念毛泽东主席一百周年诞辰,也成了拜金狂们从中大做手脚的良机。他们的共同手法是,先把事情搞得模糊起来,你批评他"项庄舞剑",他却反说你对领袖大不敬。当一颗携有嵌了四十八粒南非钻石像章的卫星,在太空出了故障,难以回收了,这才有某企业集团吐露出他们的真实意图,并为那已化作泡影的"广告效应"长叹。与此相类,有拿出五吨精铜来重铸巨型塑像的厂家,但没有牢记"还我飞机"这一"最高指示"的老板。至于少数混迹于所谓"像章大展"、"诗词、书法大展"中的沽名钓誉之辈,就更不值一提了。更有一位颇有眼光的韶山农民,在北京开了一爿"毛家饭店",财源茂盛之际,竟对外国记者侃侃而谈:希望有人学习他,再开一爿"邓家饭店",保证生意兴隆。谁敢小瞧中国人?这个飞吻抛得多么精彩!模糊逻辑已被运用到这个份儿上了,能不为"科学昌明"雀跃欢呼么!

1993年12月18日 合肥

就差一句话

《黄金时代》杂志刊登了一篇发人深省的文章,说的是1992年8月,由七十七名日本孩子和三十名中国孩子,在内蒙古乌兰察布盟草原,共同组织了一个探险夏令营,两种民族素质、两种社会体制、两种标准和方法,于无形中产生了对比和对撞;那结果,不能不使人惊觉:面对眼下正在紧张进行的世界性竞赛,我们中国人,倘若再不下决心,从观念上彻底改弦更张,同时从教育上急起猛追,等待着我们的,无疑将是一枚难以下咽的苦果!

同样是自十一岁至十六岁的年龄,同样是负重二十公斤,同样是步行五十公里,同样是人生父母养,同样是会头疼脑热、疲惫饥饿的肉体,但表现却如此之大相径庭。中国孩子好吃懒做,制造各种借口,把背包撂到马车上,自己空着手走,而当马车陷进了泥坑,却不愿去推一推。他们丝毫不考虑未来可能发生的不测,一下子便将全部的饮水喝光,干粮吃尽,然后指望别人支援。野炊做饭,吃现成的都是中国孩子;遇上困难,那当惯了少先队"领导"的也全然是一派"首长"模样,只知道抄着手叫别个"加油"。至于什么环保意识,对大自然的爱心等等,就简直不沾边了;走一路,扔一路,根本没有想到过,脚下踩的是自己的国土。倒是日本孩子,从不叫苦、掉泪;背包里装的固然也有食物,但更多的是必备的工具;有活儿人人争着干;废弃什物通统装进事先准备好的塑料袋里,随身带走;野地里发现了百灵鸟蛋,便细心地用小木棍围起来,示意保护。然而,最强烈的反差,还是表现在两国孩子的家长身上。文章举了两个截然相反的例证。一个是日本宫琦市议员乡田实先生,另一个是中国某地少工委干部。前者面对已经发高烧一天的自己的孙子,只是留下几句鼓励的言语,仍旧要求他跟上大队锻炼,自己则"绝情"离去;后者却因见道路被水冲毁,忙将孩子塞进小车,风驰电掣地保他平安越过艰险地段,充分显示了父辈权力的实用价值和无微不至的血肉亲情。有道是,要看孩子,先看大人,大人有什么样的精神境界,孩子就会有什么样的精神境界。难道还能找到比这更典型的事例么?

文章的作者强调,此事暴露了四个方面的问题:一、生存意识(包括由此而调动起来的生存能力);二、道德意识;三、环保意识,对人的自身与周遭相互关系的体认;四、怎样培养下一代?是继续我们行之已久也安之若素的"布道式"和"供奉式",还是吸收和运用别人行之有效的冒险磨炼式?

较之作者,我似乎想得更多一点也更远一点,虽然,我的思路依旧是这篇文章所启示的。据作者说,通过这个夏令营的无声检测,"日本人已经公开说,你们这代孩子,不是我们的对手"!令人悚然的是,他们的言外之意,指的是什么呢?

夏令营结束,中日两国孩子的较量,已经优劣分明,那位硬心肠的乡田实先生,在总结中便有了一段非同寻常的发言:"他特意大声问日本孩子:'草原美不美?'七十七个日本孩子齐声吼道:'美!''天空蓝不蓝?''蓝!''你们还来不来?''来!'这几声狂吼震撼了整个草原。……"

但愿是我神经过敏,我耳边响起的,却是另外几句格式完全一致的问答,虽说那是半个世纪前的声音了。——一个日本军国主义分子,抓起一把我们东北生产的大豆,也在对日本孩子做启迪式的教育:"中国大豆香不香?""香!""好吃不好吃?""好吃!""怎样才能把中国大豆都归了日本?""灭了它!"估算下来,有了孙子的乡田实先生,年纪大概跟我不相上下,而我是经历过抗日战争的。我固然无权做诛心之论,认为乡田实先生的话,一定就是类似语言的套用或者翻版,但出于同一道理,谁也无权禁止我做某种联想。坦白地说,像这样古怪的思维定式,的确是我难以习惯的。想想看吧,就差一句话啊!

1993 年 12 月 23 日　合肥

交代我的"走穴"史

有一位唱歌曾经唱得很风光,后来状告记者,官司同样打得很风光的"歌星",最近接受了阿力先生的采访,就"歌星"的"走穴"问题,发表了许多独到的见解,其中特别是有关作家早就在"走穴",为何竟不被"议论"的言辞,对我触动尤大,一直触动到了灵魂,以至我的灵魂深处不能不爆发一场"革命",并且非主动写出这篇交代材料来不可了(请参阅《合肥晚报》1993 年 11 月 28 日《逍遥津》版)。

为了不让自己被什么人告将官里去,我还是先将防御工事挖得牢靠一点为妙——照抄《合肥晚报》上的原文吧,一则证明话有出处,绝非造谣;二则也使得交代有所本,不致成为虚晃一枪。好在那一整段访谈录不长,照抄如下:"歌唱演员的艺术生命比起作家、画家来短多了。歌唱演员是靠声音、相貌来维持艺术生命的,而作家、画家却可以活到老、写到老、画到老。"谈到这,×××激动地问笔者:"为什么作家写作拿稿费,画家卖画拿大钱,就没人大发议论,而只盯着演员'走穴'呢?难道作家写作、画家画画就不叫'走穴'吗?"

我本人正是在这儿受到启发,才恍然大悟的。当了一辈子的作家,竟不明白,自己原来硬是只"走穴"的"老鬼"(上海话,相当于"老油条")呐!

想想看,"走穴"一辈子!吃香喝辣,钱都捞"海"了,造了多少孽!犯了多少罪!能不老实交代,以争取从宽发落吗?

据这位"歌星"表白,她们那一代,"从小受的是钱如粪土的教育",所以,她相当保守,"没把钱看得太重,不太过于计较"。似这等觉悟,堪称社会主义精神文明的样板了。说来惭愧,我比"歌星"虚长一辈,估计那"钱如粪土的教育",很可能就是我这一类的老东西,装模作样传给他(她)们的。别的老东西,该承担多大责任,我管不着;至于我名下的一份,简直就是罪恶了。因为,既然作家一直在"走穴",足见对作家而言,钱,自来并非真的"贱如粪土"。那么,骂一声:作家者,两面派也,是肯定错不了的。这,也就是我要交代的第一个大问题。

第二个大问题是,如果"走穴"真像人们"议论"的那样,是一件不大光彩的事,那么,比起"歌星"来,作家无疑干得更隐蔽,更奸巧,更卑劣,理应加倍地受到揭发,引起公愤才是。何况,一般说来,作家是不必"花高价买化妆品、演出服、首饰,还要讨好音响师,出钱请人伴舞"的,倒是省了不少钞票。拿鄙人为例,年轻时光,虽然也"青春"过,可并不需要吃什么"青春饭",这显然又是捡了便宜的。再说,我长得奇丑无比,外加一副唐老鸭嗓子,要当"歌星",简直没门儿!而据我所知,男作家当中,貌似潘安,且嗓子赛过帕瓦罗蒂,女作家当中,集西施与卡伐耶于一身者,皆不多见。也许,正因此,狡猾的作家们才悄悄地"走穴"至今,不显山,不露水,得保平安。这当然是非常不公道的,难怪那位"歌星"要大声疾呼鸣不平了。最可笑的,莫过于有些作家,讨了便宜还要卖乖,竟混在无知无识偏又害红眼病的穷措大中间,瞎掺和一气,岂不纯粹是贼喊捉贼吗!是的,我听了"歌星"的宏论,大梦初醒,开始认识到,"在观众喜欢演员演出的条件下,有单位或个人愿意付演员高额费用,演员是可以接受的。这正如商品,你愿意买,我愿意卖"。应该坦白的是,我尽管不曾写文章攻击发"走穴"财的这"星"那"星","腹诽"却是有的。我承认,我就是那永远也无法包装成为"商品"的"贼"中之一"贼"!

最后,我必须交代一下,数十年来,自己是怎样"走穴"的,以及"走穴"的收益情况。严格地说,我实在不能被称作"作家",因为我专业从事写作的时间,前后相加,满共不过五六年。就像"歌星"本人,担任了某乐团团长一样,我虽不才,也总是有各色各样的行政职务在身,并不能一心一意地扑在事业上(打开天窗说亮话吧,就是一心一意地扑在"走穴"上)的。尤其要对"歌星"这一茬的中青年,说一句贴心的知己话儿:我在1957年,曾被错划成"右派",但,不幸竟变作大幸。众所周知,"右派"是不准"乱说乱动"的,这倒于无意中替我减少了二十多年的"穴龄"。今后一旦风吹草动来真格儿的,我大概有望量刑从轻的。由此足证,倘欲清除"走穴"之积弊,再抓一批"右派",似乎不失为可资选择的办法之一。以那位"歌星"的过人黠慧,会明白我的好意的。接下去,该报一报经济账了。20世纪50年代,《人民日报》最高的稿酬标准是,诗每行人民币一元;现在20世纪90年代了,诗是每行一元五角。比起物价上涨的幅度来,稿费提升的幅度落后得太远了。这,也正反映出作为"商品",作家和"歌星"距离之悬殊。我也从报刊上了解到,"走穴"是一门日新月异的大学问,内里是有无数窍门花样的。比如,逃税;比如,"孔雀东南飞"之类。在下诚非孔雀,不过一只黑老鸹罢了,但是,黑老鸹也要活命,也离不了柴米油盐,也得恪遵民众的千年古训:人往高处走,水往低处流。于是,不敢隐瞒,我的确常把稿子投到比较富裕的南方去,那儿有几家报纸给的润笔略高一些。当然,仍旧有像《随笔》一类的穷酸杂志,坚决不超出千字三十元的法定标准。而为了保护我的"两面派"形象,《随笔》之类,我也常有联系。总之,说来教人齿冷,我,作为一个作家,爬格子数十年至今,依旧滞留在以一位数计酬的原始阶段,这和人家动辄以五位数起价的"大款"气派相比,非但自觉寒碜,也委实对不起那位"歌星"的抬举与厚爱。怎么办呢?恐怕还得像老百姓说话,带泥巴萝卜,吃一截剥一截了。

关于"走穴"历史的初步交代,暂且先写到这里。我保证放下作家"架子",剥去"清高"伪装,不断深挖思想,猛触灵魂,狠斗私字一闪念,随着认识的提高,再做进一步的检查。

1993年12月28日　合肥

中国没有"上帝"

偶然读到一篇翻译文章,内容是巴西人批评他们国内某些商业、服务业部门的,文章认为,这些部门应当赶紧改善工作态度,否则,"只会将顾客'推给'竞争对手"。其中,有一段文字非常有趣,列举了在作者看来,简直是"是可忍也,孰不可忍也"的五种情况,作为反面例证,目的在于引起公众的警惕。究竟都是些什么事呢?不妨抄给大家见识见识:

我到一个餐厅就餐,坐在桌边耐心地等待,而服务员就是不愿理我。

我去一家商店购物,无言地等待着售货员结束他们之间的闲聊。

我进入一家商行,像是请求他们帮忙。

我要求得到某种产品,售货员只简单地回答说"没有"。他甚至没有向我提出其他可供选择的产品。

我遇到问题需要解决,到一家商店去,希望有人能帮助我,而那里的人都无动于衷。

难道这也能算是"缺点"么?用我们中国人的眼光看去,这岂不是家常便饭么?巴西朋友未免过于大惊小怪,过于苛求了。就拿我来说吧。天地良心,我绝不是那种逛商店有瘾的人,不到万不得已,我是决不会迈过那可怕的门槛一步的。然而,仅以我如此有限的见闻体验,要记下类似的经历来,少说也能写他五十条,并且肯定全部有过之而无不及。至于找商店"帮忙",解决个人的棘手问题,那是做梦都不敢做的。

我去国营百货店买电池,女儿同行。柜台跟前没有售货员,倒是拐角处有不下于五位之多的男男女女,正在喊喊喳喳、嘻嘻哈哈。当时,还不兴叫"小姐"、"先生"的,我便连喊数声"同志",没人答应;女儿又换一种称谓,尊称数声"师傅",照旧不接茬。我实在看不下去,才嘟囔了一句:什么服务态度?亏你们有脸挂"百问不厌,百挑不烦"的横幅呢。不想这不大点的咕哝声,倒被听了个一清二楚。立刻,就有一位芳龄不满30的女售货员恼怒万分地骂将起来:怎么啦?还不叫说话?有本事找我们经理去!老不死的!女儿忍受不了这样的恶语伤人,但又不会对骂,便回敬了一句:就是你自己一辈子不老,你家里也有老人啊!说罢,忙将气得浑身发抖的我拖开了。

我进了一爿以"文明"、"优质"自我标榜的美发厅,在庸俗吵闹的氛围中,几次想拂袖而去,硬是按捺住性子,耐心等了将近一个钟头,才轮到我坐上带踏脚的高靠背扶手椅。这位理发师不戴口罩犹则罢了,还一边挥舞着剃刀,一边不忘继续打情骂俏。我明明事先交代过,别抹香膏,他却照抹不误。包括溅我一身肥皂水的所谓洗头在内,全过程不满八分钟,就叫我付款走人。

我爱吃荔枝。三五年前,荔枝还不像现如今这么漫天要价,但标价八块钱一斤,已经是很需要念两声"下定决心"的语录,才能鼓足勇气去买的了。然而,很快我便改为痛下决心:不买。因为,我发现,那两位小姐,正在忙着挑拣,把鲜红的都摘下来,小心翼翼地放进另外一只小塑料盆里,大笸箩中剩下的全是发黑的、淌水的和青的、尖的。有位不识相的顾客问了一声:分它干什么?好的是不是还要涨价?对方没好气,白了他一眼,应道:你倒管了个宽!她们不高兴,因为她们认定这个顾客是明知故问,成心捣乱。我只好一走了之。

我去电信局的某下属机构交电话费。一连四个月了,收费的人总是面无表情地念着同一句台词:没有零钱找,算了吧。三分,两分,也就由她去了,八分,九分,而且,明明看见前边的人付了分币,她还是老一套,这就不能不引起我的注意了。前前后后,受到这种"慷慨待遇"的,所在多有。我替她大致匡算了一下,以平均数为五分计,一天"从略"三百次,她便凭空净赚十五元!

我常去一家颇有名气的熟食店购物。每每看到营业员的习惯性动作是,把顾客要的货品往电子台秤上一抛,立刻报价装袋,催人付款,尽管那电子台秤还在余震未息,晃动不已。这时候,我的任务就是交钱,否则,挨一通"训"不算,还要受罚——不卖给你!

我偶然踅进一家糖果糕点铺,偶然撞见了一个在我觉得相当尴尬的场面:两位分管出售糖果的小姐,正泰然自若地剥着高级巧克力糖纸,随后就将糖块往自己嘴巴里填,彼此还笑着互相询问:是不是比不包锡箔的味道好一点?仿佛她们的职责是品尝和鉴定。

我在各色各样的商店,都听到过一模一样的申斥:多少钱?你自己不会看?眼睛呢?当然,这几个字我还认识,也知道该怎么看,甚至我正在努力地看,问题是,他们自己把价码标签扣翻了,或者贴得不是地方,当你指出这一点,却永远也听不到半句抱歉的语言。

我在菜场,好心好意退还一位售货员多找的一笔为数可观的钱,反而遭到了她气势汹汹的一通抢白,说什么她是从不出错的,就你麻烦! 等等。直到旁观者告诉她,到底是怎么一回事之后,她才恍然大悟,猛地伸过手来,将钞票一把夺走,连声道谢的话都没有。

我有时候,竟会忘了痛切的教训,脱口而出地提一个与商品有关的什么问题,比如产地、性能等,但总是立刻招来"现世报":不知道! 掉头装作没听见算最人道主义的,怕就怕那种冷漠而茫然的眼神,它事实上在警告你:少废话! 快滚吧!

我不幸在一个最不适宜的时间,进入了一个最不适宜的地点,成衣部刚刚遭到窃儿光顾,我却不迟不早地提出要求:可否穿上身试试大小? 你就听吧,看吧,什么难堪的嘀咕和表情都有,好像我正是那个她们要抓的贼,至少,也是贼的同伙。

……

本来是社会分工形成的职业,不知道怎么搞的,竟也会变成某种"权力"

象征。而且,不论站的是什么岗位,那心理状态却是共同的:有"权"不用,过期作废。既要充分利用手头的"权力",为自己捞取物质上的好处,又要充分运用手头的"权力",折磨任何可以折磨的人,并且把这种对别人的折磨,当作自己精神上的满足与享受。显然,它本身既是社会恶性肿瘤的扩散物,又反过来毒害社会的整体生命。像这类的现象,委实太多了,举不胜举;何况,丰富多彩的现实生活,还无时无刻不在提供新的创造发明。报纸上,偶尔也会报道个别过分激起公愤的事例;比如,本地晚报上就刊登过,一家百年老店的店员,和买主言语冲撞之余,竟抄起重重的秤砣,直朝对方脑门上砸去,以致头破血流,差点出了人命……

为什么会闹成这个样子呢?百思不得一解,僧多粥少乎?国民素质乎?教育滑坡乎?腐败流风乎?通胀效应乎?治安欠佳乎?见钱眼开乎?人人有气没处撒乎?都是,又都不全是。想来想去,似乎只有一个答案,涵盖面比较宽泛,那就是:中国历来是一个崇尚恕道、反对计较、隐恶扬善、得过且过的地方,而且偏偏又由不自觉的泛神论转而为有领导的无神论;这个地方的草民百姓,什么都信,又什么都不信,当然,尤其不信的是自己。在这种地方,没有上帝,是半点也不奇怪的。至于"顾客是上帝"云云,那就更其滑稽了:近12亿人口,从出生、上学、就业、婚嫁、迁徙,直至火化,何时不当顾客?哪个不是顾客?都是顾客!自然也就都不是顾客了。既如此,所谓顾客是上帝者,幌子而已,打上一万遍,照样是个幌子。

1993 年 12 月 30 日—1994 年 1 月 3 日　合肥

哀乐随缘

写罢《中国没有"上帝"》一文,意犹未尽,再信笔做点补充。

随便讲两个小故事吧。

一个是因为它属于所谓第一印象,很难忘怀;一个是由于它委实稀罕,也就记住了。

先说第一个故事。1979年初,我们家从山西忻县迁入了这座江淮之间的省会级城市。元旦假期刚过,忽然发觉皮鞋坏了;不看不要紧,一看倒看出来好几处毛病,都等着"动手术",于是女儿陪我一道上街去找修理皮鞋的摊点。毕竟是初来乍到,人地生疏,费了好大工夫,才在长江路与宿州路交口,如今已然成为某大商场一扇橱窗的所在,发现了一片窄窄的门面,抬眼望去,只见一位老师傅,正坐在小杌子上,捏住一枚小铁钉,刮了点自己的牙花子,往鞋掌的钉子眼里扎……这个熟练异常的动作,当然是极其职业化的,完全可以用来作为小说里的一则细节描写。我想,牙花子就牙花子吧,有什么了不起的!我的皮鞋,不蘸上这种牙花子怕还修不好呢!于是,便偕同女儿欣然入内,与这位老师傅攀谈起来。

十几年前,不像现在,似无讨价还价一说,我一一指出破绽所在,又提出自己的要求之后,便由他单方面敲定工价、指定取鞋时间了,按照对方的规矩,我预先将工款付清(顺便插一句,这地方与众不同,你上洗染店,也得在留下衣服的同时,一次交足洗染费的),待要离开,女儿心细,瞄见了老人的工具箱当中,撂着一小段粉笔,便劝我再去复述一遍,并请他用粉笔在所有需要动工之处画上白线,免得临修补时又落下了。在我说了一番近乎奉承的话之后,总算如愿以偿。

问题出在我去取鞋时,发现有两处做了记号的地方,并没有补。我非常谦恭有礼地请老师傅费神补上,申明我可以等。不料,这位老师傅断然拒绝,说什么,要补也行,但得另谈价钱。我请他仔细看一看,那被他无意中擦糊了的粉笔印迹,证明是他给漏掉了,并非新添的项目。他却睁眼不认账。于是我帮他回忆:你明明答应过,凡是用粉笔画过的地方,一概都包修的呀。不料,老师傅把手中的钉锤重重地往地上一扔,站起身来冲我大声吼叫:"包?我还包你不死哩!!!"模样十分吓人,唾沫星子喷了我一脸。女儿和我相顾愕然,不知道该说什么好。在这种极不正常的情况下,我只有自认晦气,挟起修了一半的皮鞋走路,但我心中却不免思量,敢情这就是朱元璋后代的幽默?这样……粗糙的幽默?我自忖并未胡搅蛮缠,说的也都是事实,那他发的什么火呢?还骂人骂得那么绝?!

从此,我同本地的手艺人、二道贩子,乃至风起云涌的个体户老板打交道时,都特别小心谨慎,总是先把话说得丁是丁卯是卯的,唯恐他们变卦。然而,纵使如此,也还是不断上当。

这个城市,十年前新开了一家百货商场,据说是集体性质的。起初,服务品质的确给人以耳目一新之感,可是,随着时间的推移,渐渐也就了无生气,被国营的老大作风所同化了。在缺乏必要的软、硬件机制配套的大环境下,我想,落了个虎头蛇尾的结局,亦属无可奈何。数十年来,我们习惯于将竞争划入姓"资"的一家,闻竞争而色变。硬说也谈过竞争,那大抵也是"奉旨竞争",政治第一。而既系"奉旨",那么,"不竞争"便成了"竞争"的一种特殊形式。其最突出的例子,要数在国际乒乓大赛中,当最后就剩下自己人时,居然可以事先内定谁当冠军,其余选手,即便技艺超群,也必须打输。这样子的"竞争",还能称作竞争吗?可惜我们商业方面的竞争,似也不乏乒乓遗风。

该说第二个故事了。我在《中国没有"上帝"》中,曾粗线条地勾勒过自己屡遭失败的纪录,表明了我绝无资格扮演"上帝"的角色。然而,生活到底并非后娘,她也偶有赐以青睐的时刻。于是,那美好的记忆,就一直能给我以鼓舞,令人念念不忘。我指的是,有一年,我和女儿商定,去买一种名曰小货架、实为茶几的塑料家具,用以放置相册,便于随时检索。为此,我们直奔百货大楼。这天,不知是我走运,还是女儿行时,售货员是一位中年妇女,态度特别好,不但让我们比较,而且主动帮我们装卸。我俩忍不住都说了一大车感激的话,才欢欢喜喜回家。此后,女儿还多次与我笑谑:爸爸,咱们再去买一个吧,不为别的,就冲那售货员的热情与随和!真的,中国的"上帝",原是最最善良的啊。

综上所述,戏赋四言打油一首:凡人琐事/柴米油盐/重轭浮生/哀乐随缘。

1994年1月9日　合肥

"王码"支援我闹"革命"
——兼致"五笔字型"发明人王永民先生

习惯,大概可以算作世上最顽固的力量之一。作家,确切地说,就是除了会指挥方块字排队以外,什么本事也没有的人。他们的书写方式和工作方式,当然也是一种习惯。而作为人,对他们更具根本意义的思维方式和生存方式,又是与书写方式和工作方式休戚相共的。不难想象,这种习惯就更其顽强百倍了。要彻底拆除那无形的超稳定结构,不进行一场从根到梢的自我革命,所谓改变习惯云云,当无异于幻想上树摘花生,不过是永恒的梦呓而已。

非常遗憾,这方面我觉醒太迟,决心也不够大,直到前不多久,才初步实行习惯"革命";因之,在运用电脑从事文学创作的道路上,我不过是个刚刚学步的蒙童。

有些朋友感到不可思议,说像你这样,半颗电子物理学细胞没有的人,居然也会击键打字!那岂不等于狗能拉犁耕田了么?

话说得固然损一点,却没大错,经过调教,狗的确能拉犁,但,这也实在是逼出来的啊。

论起我的"革命"来,应该承认,是既有内因,也有外因的。

内因是,自从1980年患过那场差点送命的脑血栓后,我就落下了双手发抖的后遗症。虽说重新学会了写字,但再也写不工整了,遇上精力不济时,简直龙蛇狂舞,俨然天书一般。且不说别人认不得,有时连我本人都难以分辨,必得拉上女儿,根据上下文,两个人一块儿使劲猜。想想吧,这场面有多尴尬！光是一时认不出，犹则罢了，怕就怕因为编辑、排版工人和校对的误读，闹出什么麻烦来，那可够我喝一壶的！最近，广州《随笔》杂志，刊登了我的一篇文章，那原稿正是因为出差在外，没有机子，被迫用手书写的，显得潦草不堪，其结果自然也就错得一塌糊涂。类似的教训，在先也有过。为了让人省心，同时也自己省心，难道还不应该抓住机遇，利用先进的"王码"，让机器替我"写"出中规中矩的印刷体汉字来么？

既然提起了"王码"，就涉及"革命"的外因了。不妨说，没有"王码"，就没有我的习惯"革命"。"王码"所起的作用，不亚于夜行的火把、过渡的舟楫、航天的引擎。这也正是我的这篇文章，为什么一定要写上"兼致'五笔字型'发明人王永民先生"的副标题，并且要向他表示诚挚谢意的来由。

我目前用的这台"科理"，是1991年底，请女儿自费上北京替我买的。她的指导教授是作家邓友梅。女儿心灵，立刻成了教授的高足，三天之内，总共花了不到八个小时，就给我"写"来了洋洋千言的毕业喜报。回家之后，理所当然地担任了我的师傅。可偏偏我这个徒弟忒笨，背了半年口诀，依旧结结巴巴，一问就傻眼。我对自己几乎都绝望了。但转念一想，不蒸馒头蒸（争）口气，总得对得住祖师爷邓友梅呀。何况，一天到晚，听女儿的调侃，终也不是个滋味儿。那最伤我脸面的是这样一句话，"爸爸，当初真该您自己去北京的。友梅叔叔给磨急了，没准儿您还能'赚'张返程机票呢"。大伙儿都评评，这是什么话？！

我决心"罚坐"——上机子实践。不下水，怎能学会游泳？我把"王码"五笔字型表摆在身边，按图索骥地照着打。当时，我根本没有勇气直接用机子"写"，仅仅是先勾出底稿然后照"抄"而已，好歹也算练习吧。女儿呢，从此一天总得多接十个八个电话，在办公室里解答我的疑难。（我猜想，对此，电信局一定大加赞赏；我是自费电话，每打一次都得个人掏腰包的。）可是，待她回家一看，又总嫌我进度太慢，出于好心，便往往主动帮忙，孩子出手快，敲打几下子，就顶我吭哧吭哧老半天。我一方面感到高兴；另一方面又不免发愁:这样下去,何时方能真正熟练起来呢?可见,世上事,有一利必有二弊。有一个聪明能干的女儿,或许恰恰会惯出来一个懒汉老子。不过,到底事关家族名誉,父女二人终于取得了共识,她放手让我瞎碰了,打慢打快,由我自行负责。

糟糕的是,我的社会活动较多,又好闹病,一不操作,立刻就忘个精光。仿佛注定是五笔字型的绝缘体,这使人很难为情。直到1993年的夏末秋初,终于有了一段相对稳定的时间,平安无事地待在家中,也终于(两个伟大的"终于"!)在9月12号这一天,用"科理"直接"写"出了我的第一篇电脑作品:《四百里水路捡脚印》。全文约五千字,前后占了五天,由于医嘱不能用脑过度,外加1984年右眼突然失明,使用视力也不宜过劳,一般每日工作限于四小时,折算下来,一个钟点"写"二百余字,也许,具体到我身上,这勉强能交代过去了吧。

我读过不少作家谈"换笔"的文章。许多人都使用了"人机对话"这一术语。到底什么是人机对话?老实说,我毫无体验。我只感受到一种"对话",即一个思维着的我,和另一个操作着的我在不断地"对话"。这种对话,实际上是一种配合默契,一种互不妨碍的平行活动;一旦发觉这两个"我"当中,有任何一个的步子不协调了,才需要宣告暂停,稍事协商,然后恢复运作。人,果真是绝妙的生物,不愧为万物之灵。不管电脑有多么神奇,毕竟还得听从人的号令。就比如说我吧,明明只有一个我,忽然间变成了两个我,而且要进行"对话"!然而,说到底,我又根本不曾分裂。我寻思,何以表面现象竟会如此之玄奥?关键恐怕还在于"王码"的介入。"王码"作为科学规律,通过机械性的反复使用,逐渐成为条件反射,成为本能了。这正是"王码"的彪炳青史。

用"科理"写作,起码给了我两大快慰:首先是帮助我克服了生理、病理的制约,比用手写顺当、快捷、干净多了。我现今67岁,倘若假以天年,所有我计划留下来的东西,大概都有可能赶在离开之前"写"出来。这当然是非常鼓舞斗志的。一想到这美好前景,我就浑身是劲,简直忍不住想高呼一声"万岁"了。我相信,凡能设身处地替我想一想的人,都不忍心讥讽这是矫情吧。对王永民先生的贡献,我的估价是,传说人物仓颉且不提,自许慎、毕昇以下,无人能出其右。想当年,我曾经是拉丁化新文字运动的激进分子,在当时的我看来,汉字已是身患绝症,无可救药了。岂料,王永民先生妙手回春,重铸辉煌。我甚至想创造一个新名词:"王码族"。我是王码族。所有千千万万使用王码五笔字型的海内外华人,都是王码族。王永民先生就是那当之无愧的族长。这,实在是我们大家的荣耀!

我要说的第二大快慰,是替我消灭了不断勾画涂抹、不断重新誊抄的烦琐劳务。我写稿时,有一个臭毛病,老是改了又改,甚至都已经邮出去了,还往往追信去要求编者代为厘定。说一句别人会以为是夸张的话,有时候,一首小诗,消耗的稿纸,几乎能写一个短篇!自从有了机子以后,这一切都可以在荧屏上完成了。即以避免浪费论,王先生也是功德无量的。

作为一种机型,应该承认,"科理87010"是比较落伍的了。一些经济宽裕的作家,早已淘汰了它。屏幕只有10行,色带消耗量又太大,的确叫人感到美中不足。但目前我还必须依靠它,更新换代的事,只能留待来日,等本人也加入了"先富起来"的行列,再加考虑吧。

既然话头扯到了"先富起来"这个人人倾心的热点,也无妨再叙一叙对王永民先生的由衷敬意。我读过一篇有关"王码"创造过程的报告文学作品,了解到王先生至今依然经常骑自行车上班,乘公共汽车去讲课,依然每天工作十四五个小时,有时是十七八个小时,饿了就吃方便面,从不休息节假日。像王永民先生这样,单凭那由12000多个通用汉字,600多个字根,经过繁复的解构⇌结构双向过程,归纳为180键、140键、90键,直到25键……多少昼夜匪懈的劳作,多少殚精竭虑的冥思,多少痛苦,多少磨难打击,多少拮据,多少仆而复起。你理当"先富",你富得无愧于天地!你不像某些人,他们吃"红"(大红伞)、吃"黑"(走私、贩毒、豪赌、充当蛇头拐卖人口、制造伪钞、打家劫舍、偷税漏税、贪污受贿等）、吃"黄"（卖淫、窝娼、私印淫秽书刊、开设地下录像影视厅等），就是不吃自己的眼泪和血汗！我深信，一切有良知的人，看见你的"先富"，都必定心悦诚服，并转化为不同方式的奋起直追。我深信，这才是实现现代化的光明大道！

　　孙中山先生尝有名言，"革命尚未成功，同志仍须努力"，这对我的习惯"革命"，也完全适用。事实上，有不少手法，我还十分生疏；有不少工序，我还多有困惑。至于故障的排除、病毒的防止、机器的维修，诸如此类，更有待于继续学习。倘此文有幸能邀"王码族"族长一阅，并不吝赐教，就更属喜出望外了。

1994年1月17日　合肥

胀 与 瘪

根据中央决策,今年开始征收消费税,这本来是现代国家通行的合理税收之一,对健全财税金融体制、促进社会主义市场经济的完善发展,均能发挥积极的作用,然而,"上有政策,下有对策",有种种迹象表明,各类生产厂家,正在纷纷抬高出厂价格,加上零售行业趁机搭车,牟取厚利,在升斗小民眼前翻飞的,就只剩下日新月异的标价签了。尽管新闻传媒反复宣传,元旦和春节"两节"期间,要保证市场繁荣、物价稳定,百物照旧腾贵。这样一来,消费税的负担,经过加码后,就全部转嫁到了普通纳税人头上,而开征消费税的原初目的,也就走样了。

我所在的安徽省,情况尤为严重。空口无凭,抄一段报纸吧。

"1992年,我省全部职工人均工资2665元,在全国处于第29位。到目前为止,我省依然有50%的职工,月平均工资不足180元……决策层认为,工资水平与国民经济密切相关,它直接关系居民生活水平的提高和小康目标的实现。看来,安徽要在2000年实现人均收入800美元,委实十分艰难。"(1993年9月12日《合肥晚报》,李慰:《安徽人,你的工资袋为何这么单薄?》)同一篇文章还这样写道:"一位经常在外的供销人员称,安徽的物价除粮食等少数商品略低于江浙鲁沪,其他基本一致。据悉,上海有80%的职工月工资超过350元。如此算来,我省的消费水平整整比邻省低一个台阶。"

我认为,这位供销人员所言完全属实。我也常有机会到更大范围的全国各地采访,在了解了人家的真情实况之后,往往只能带回更多的疑问:安徽,您到底哪儿出毛病啦?

最近一些日子,事情变得更邪乎,连那引为自慰的什么"粮食等少数商品略低于江浙鲁沪"的优势,也彻底不存在了。不知何处刮来一股妖风,吹得粮油价格扶摇直上,涨幅超过了三分之一,政府虽然动用了一亿两千万斤库存,还是无法使之平抑。跟着起哄凑热闹的是菜篮子,如今,没有一种绿叶蔬菜,能低于每斤一元的了。一般的"工薪族"人心惶惶。就在这当口上,偏又传来了要调整工资的消息,大家听了,一则以喜,一则以惧。多年的经验证明,调一次工资,必定涨两次价。为什么说是涨两次价呢?一次作为前奏迎接,另一次作为伴奏陪同,其结果,自然依旧是入不敷出,真正富余的不过是叹息而已。最有趣的是,这一回,上边干脆打开天窗说亮话,申明在先:调资以后,安徽职工的平均工资,较之全国工调后的平均水平,将要低两个档次。请注意,说的是低两个档次,而并非"低一个台阶"。据说,部分市、县,早就不光是给教员打"白条"了,等米下锅者的队伍,也开始了"扩大化",某些干部已在劫难逃。像这等糟糕事,能不令人忧心忡忡吗?

拿粮油涨价来说,我曾经想过,如果"好处"真是落在了农民手中,倒也算公道,许多年来,农民太苦了。但问题正出在这儿,肥了的并非农民,而是中间环节。合理不合理呢?恐怕值得研究。

物价飞涨,必然导致通货膨胀;而通货膨胀又会回过头来,刺激物价继续上涨。如此恶性循环,自然是通货胀了,钱袋瘪了。一胀一瘪之间,苦就苦了靠工资吃饭的人,这,比如饮水,冷暖自知,难道还用得着细说吗?

应该补充的是,前面我们笼统地说职工,其实是不尽准确的。职工和职工也有区别。大约半年前,一位青年朋友来家闲聊,说起他当营业员的妻子,月薪竟比我高出四倍!当时我就想,真是白活了。我不是说,她不应该拿那么多的报酬,而是感慨自己,无论怎么讲,对社会对民众的贡献,总不会在一个普通的营业员之下吧。可是,叫喊了多少年的"脑体倒挂",硬是这么一直"倒挂"下来,迄今尚无转机。正是:

倒挂垂头秋复秋,
人工硕果大丰收。
花钱可令神推磨,
最是穷酸享自由。

1994年1月23日　合肥

《骗术大观》补遗

最近,报纸上有人揭露某些"歌星"作弊:在演唱会上,偷放自己的最佳录音带,实际上是对着口型做演唱状,并未发声,这是对听众的愚弄和不尊重云云。这当然是一种极其委婉含蓄的批评。其实,用老百姓的大白话来讲,就是骗人。

我们似乎生活在一个骗子世界。一天二十四小时,到处能碰见骗子。各行各业,男女老少,都有人在行骗。假烟、假酒、假药,早已不稀奇了。"打假"运动像一阵风,才刮了过去,立刻又冒出来"骗"的新品种:假盐,误食者中毒后,出动医生抢救。如今,连乞讨要饭的主儿,都带上了强烈的"表演"色彩,其收入居然可观,听说那高额受惠者早已盖了新房。在商品面前,提心吊胆的感觉一直牵动了国外,某些大陆货竟相继让人打上疑问号,这也算不上什么新闻了。我曾设想,倘若有家报刊,以各人所遇见的骗子,或者身陷其中的骗局为题,向海内外发起征文,那必定光怪陆离,无奇不有,不但能窥世风之一斑,且有极珍贵的史料价值。可惜,没有任何编辑部打算这样做。

十几年前,有一位老友的儿子来访,发现我仍处于"纸器时代",便有针对性地撒了个美丽的谎言,说是能在下边产木材的山区帮我打些书箱,为此拿走了我三百数十元现款(其时,我的"右派"错案刚刚改正,工资才恢复为七十九元),作为匠人的材料费。然而,一拖两年,音信杳然,追急了,最后才用废旧卡车上的烂马槽板,凑合着钉了几个打发我,我当然不能接受,但钱也收不回来,因为他已经花了。现在回想,这个小骗子做得不算完全绝情,好赖还搪塞了一下。听说,眼下他在某地混得不错,除了开车,又兼营倒卖钢材,"发迹"了,当然也"新潮"了,吃喝嫖赌,无所不为,想来,如今一旦张口伸手,当绝非区区三位数的"小来兮"了。

这不过是生活中的一桩小事,很普通很普通的小事。谁都要过日子,谁都得和形形色色的人打交道,你再谨慎,也无法保证自己永不上当。何况,你不找人家,人家会来找你,找的目的原本就是要骗你,而且是用一种非常友好的方式骗你。等你发觉自己落进了圈套,他已经得逞,溜之大吉了。

令人叹为观止的是文化圈子里的高级骗子。他们行骗也讲究技巧,各领风骚。像两年前曾引起法律追究的海南"诗星"案。应该说,那手法是相当拙劣的。只有急于出名的小青年,才会去当那种"冤大头"。所谓评选"诗星"的"公函",也给我邮来过不止一次,我没有理它罢了。这伙骗子,未免太欠考虑,像我这样的落伍者,难道还会有志于争当这"星"那"星"么?与此近似的,是数不胜数、花样翻新的"名人大辞典",其中除极少数态度严肃者外,大抵都是赵公元帅帐下的喽啰,不过是以"出名"作诱饵,引人上钩而已,他们追求的仅仅是钞票。然则,也确有深谙心理学的高手在,我就遇到过一个。此人祖籍福建,现已归化居住国家,唯其如此,方得以打着文化交流、×中友好的幌子,屡屡行骗得手。记得早在他负笈英伦时,便来信向我索取著作,说是要研究中国现当代文学;那时,中国才实行对外开放,公众间弥漫着一种对待外宾特别礼貌热情的社会气氛,因之,我立即寄去了若干种。过了七八年,此人学成回国,当了教授,又来信要求赠阅新书。这回的借口是,供翻译诗选时参考。我虽有疑惑,仍然照寄了(想来,此公书斋中所藏作家签名本,数目必定十分可观)。紧接着,他便邮来了一份所谓的诗选目录,还有他本人的一摞作品剪报,求我写序,且规定不得少于五千字。规定字数,自然是很失礼的,姑且不论;可鄙的是,这位先生巧妙地利用了我当时在国内暂时封笔,考虑往国外发点东西的特殊时机,骗去了我的一篇文章。不过,很快我就恍然大悟了,原来,他在骗我的同时,也在骗其他许多人。因此,当那些人的评论纷纷在大陆刊出,他的目的已部分达到时,就将我那未曾一味捧场的稿子撂到一边,从此一去黄鹤。不久,他出了一本诗集,大陆的诗人、作家们撰的序、跋所占篇幅,竟比正文还大,喧宾夺主,莫此为甚,纵观出版史,也堪称一绝了。

街头地摊,多有《骗术大观》之类消遣读物,与算命看相占卜风水等杂书为伍,内容以市井诈案、商场骗局居多,我上面信手拈来的几个例子,不知有聊作补遗的价值否?

1994年1月27日　合肥

芳　　邻

小时候,读到孟母三迁的故事,只觉得这位老太太执拗得有趣,并未真正意识到择邻的重要性,等自己逐渐上了年岁,才明白其中的深刻含义。孟母一搬再搬,完全是为了要给年幼的小孟轲创造一个比较理想的外部环境,使之有利于他的教育成长。对孩子是这样,对成人又何尝不是如此?七老八十了,同样有必要择邻而居,虽然,那多半是为了自己的身心安康。

也许会有人认为,这未免太挑剔。如今城市居民住的都是公寓房,一家一个单元,门一关,谁也碍不着谁。君不见,资本主义国家,不是常有这样的怪事么:人们彼此共住一幢楼,甚至共住一层楼,做了几十年的邻居,却始终"鸡犬之声相闻,老死不相往来"。在我看来,这只能算作畸形的社会现象、扭曲的人际关系,不足为训,我们不应当拿它作幌子,来替自己被破坏了的东方优良传统遮羞。

十分悲哀的是,数十载连绵不断的政治风浪,造成了某些难以言喻的变态心理:告密、猜忌、嫉妒、虚伪、冷漠、防范、自保,以及等级制度形成的森严壁垒,再加上晚近金钱挂帅,复西风东渐,唯洋是崇,我们固有的相互关心、相互帮助的美好风尚,便荡然无存了。

在这样一种受到疏离感控制的整体氛围中,要求得一个和谐的安全的人文小环境,的确是很不容易的。唯其如此,更凸显出了与好邻居交往的价值与幸福。

无奈的是,我们的收入水平、住房分配、户籍管理、供应关系、交通状况等等,距离真正的现代化、市场化还差老大一截,致使宪法上的种种有关条文,难以充分兑现。于是,大家都只好去"碰运气",赶上什么邻居,就什么邻居了。这时候,回忆起孟母三迁的传说,倒真是不胜心向往之。

我来到这个城市,一开始借住的是办公楼,两头隔邻的是本单位或外单位的干部职工,一住三年,走廊上炉子挨炉子,谁家来了亲友,或者嗓门高一点,彼此都一清二楚,挤固然挤,倒也融洽相安。

自打搬进楼房后,虽不再那么逼仄局促了,却反而经常感到不自在。这是因为有了一种新的体验:来自纵向的干扰,往往竟比横向的干扰厉害。它直接瞄准了你的脑袋,仿佛你真被什么沉重的利器砸着了一般。准确地说,这不应该称作干扰,而应该称作名副其实的打击。

由于我们传统的土木建筑,大抵都是平面铺开,所以,在汉文化中,关于"邻"字的概念,也是平面的。什么"毗邻"啦,"结邻"啦,"相邻"啦,如此等等,绝对缺少层次感和立体感。这样一种令人遗憾的文化心态,恐怕很难适应现代化公寓的居住方式吧。不过,我倒从中获得了启示,即住楼房者,似乎更需具备强大的自律意识,任何情况之下,都不可以忘了,你正"踩"在别人头上,一举一动,你得约束自己。

有鉴于此,我乃为自己制定了如下的若干章法,比如,倘若我家居然腌了腊肉、香肠、咸鱼之类,绝不可将它们挂在晒衣杆上,卤水滴下去,肯定会弄脏楼下的干净衣服被褥,将心比心,这种礼物,实在是很难令人欣然领受的;又比如,有朝一日,我竟跻身于地毯阶级,那么,一旦病酒呕吐,即便地毯再名贵,也绝不可把它倒悬于栏杆外边,指望风来替我吹,雨来替我洗,更不可暴晒之不足,复继之以拍打,须知,那大幅栽绒已然挡住楼下的阳台,教人家暗无天日了,怎么还忍心将秽物、尘土,以及数以万计的螨虫全部转移,以邻为壑呢?再比如,我买字典,一定得落实,它已将"抬"字和"搬"字收了进去,而绝不可只有一个"拖"字,遇上调整家具布局,或者摆席宴请宾客,都一拖了之,教底下的人心惊肉跳,愁眉苦脸,盯住天花板,不知道那下一声拉钝锯似的怪啸何时降临？还比如，假如我有个爱赶新潮的孩子，我一定告诫他，绝不可追那永无尽头的时髦，五日一钉，十日一钻的，更不可把自己的节假日变成别人的受难日，一搞搞到深更半夜，没完没了地换装潢，不但把好端端一个家变成了蜂窝，甚至邻人会愤而要求提供消音装置，以保护耳膜，更何况，万一遇上地震，说不定整幢大楼还会给包了馅儿饼呢，那可就不是闹着玩儿了。

  写到这儿，就非常有必要补充一个美好的词语了：芳邻。

  芳是德行高洁，胜似兰芷的意思，显然，它已经涵盖着更深的意蕴了。

  我希望有幸承雅人之芳泽，也愿意有幸充雅人之芳圃。

1994 年 2 月 4 日 合肥

年关的"关"

去年阳历9月25号,离阴历八月十五中秋节还差五天,我正在浙江湖州。友人夫妇约请我上一爿他俩熟悉的个体户小酒馆吃晚饭。待到三人相偕前往,辰光已经不早了。到达目的地后,只见店堂外边,斜斜的行道树上,吊着一串两米长的鞭炮,我想,大概是有顾客安排了喜庆活动吧。倘若真是这样,多半就怕忙不过来了。一问,才知道不是的。然而,老板的答复却令人好生吃惊:过年,招呼伙计们吃午夜饭。过年?现在就过年?不嫌太早了一点儿吗?老板看出我是外地人,宽容地笑了笑,补充道:今年日脚不好,要提前过年,特别是那些吃草的。望见我一副茫茫然的神情,朋友赶紧解释:他说的是生肖,比方牛呀羊呀的。我一听乐了,便对老板说,我属兔,也是吃草的;敢情今天是赶到宝号讨年夜饭来啦!逗得彼此哈哈一笑。这时,我才回想起,为什么一路上总听见这里那里放爆竹,脚下也时不时踩着厚厚一层红纸屑,原来是这么回事!但又不免习惯性地转了转脑瓜:难道真的是愈发财就愈迷信?啥叫日脚不好?怎样才算好?为何单挑吃草的?这不是欺软怕硬吗!我还注意到,当晚生意清淡,几乎没人上门,老板他们也只顾跑进跑出忙自己的,不怎么招呼我们。果然,不等我们用完,伙计们就坐席了,七碗八碟的,摆了满满一桌。老板是动了真格儿的了。告辞时,爆竹刚打响,我留神记住了这家酒店的招牌:佳炜。

俗话说"年关",总把"年"字和"关"字连在了一起,不是没来由的。《白毛女》的故事,如今的小青年,知道梗概的已不太多了,即便略知一二,也认为那不过是编出来的戏文。殊不知,其实它并非虚构,而是百分之百的典型真实。旧社会,像杨白劳那样的穷佃户,躲债在外,直挨到大年三十夜才偷偷摸摸回家,指望能和喜儿父女团圆,不承想,地主狗腿子穆仁智还是晃着账本儿扑上门来,直逼得老汉喝卤水自尽,年到底也不曾过成。在这里,"关",简直就是鬼门关的简称了。

可是,完全想不到的是,半个世纪过去,这年关的"关",竟会改头换面,大摇大摆地设在了不能算小的开放城市湖州。在所谓日脚不好的谣诼里,愚众受到惊吓,可以理解。但,我想,那拨以无神论者和教育者自居的官员,面对这离奇民俗的诞生,至少也应有所警惕才是。然而,对不起,他们似乎一个个安之若素,无动于衷。

当然,一个"关"字,随着不同的时代和人物,还会派生出不同的解释。比方说吧,在我寄寓的这个地方,由于市人代会的一个提议立了案,今年便成了允许燃放花炮的最后一年,一些对它摇头不以为然的人,一些怀旧之情特别强烈的人,自然而然地也就把今年的春节看作是一道"关"了——一道过了这个村,没有这个店的"关"。

对这个拟议中的决定,我是举双手拥护的。无论从安全的、环保的或是节约的角度考虑,花炮早该进博物馆了。往大里说,一种太古老太古老的文明,要想变,要想进步,势必先得"革"象征它的某种符号的"命",这是不以人的意志为转移的。花炮,正是这古老的符号之一。下决心把过时了的符号去掉,表明了我们整个民族理智的成熟。继深圳、广州之后,北京是又一个发布禁令的大都会。应该说,首都带了一个好头,最近公布的一项民意测验结果是,有86.4%的北京市民赞成和这个"符号"告别。我认为,我们,作为省会的市民,自当向北京市民学习,没有什么好忸怩惋惜的。

我是从十岁那年学会读报的,几乎年年都会在报屁股上捡到一则有关过年的传奇,大意是说,"年",本来是上古时代一种异常凶猛的吃人的独角兽,模样儿有点像牛,但比牛更大,奔得也更快。每年年三十夜,凡有人烟处,它都必定去逡巡一圈,谁碰上了,算谁倒霉。因此,过年时,家家户户都把大门紧闭,唯恐让它逮住了。这则故事的教训是明显的,它在告诫人们,"年",就是"关",性命交关的"关"。不知今年还有人拿这去骗稿费否(也许,本人正是一个)?

是的,既有各色各样的人和各色各样的命运,就有各色各样的"年"和各色各样的"关"。这,断乎不是一篇短文所能说得清楚的,不说也罢,搁笔。

1994年2月5日　合肥

我的"第二皮肤"

有一个名叫马里琳·霍恩的美国教授,写了一本书,取了个很俏皮的标题:《服饰:人的第二皮肤》;当然,类似意思的话,咱们中国也有,那就是人所共知的俗语:人要衣装,马要鞍装,菩萨要金装。

事实上,自从告别了茹毛饮血的洪荒时代,人类便有了所谓的第二皮肤,而且,它愈来愈由单纯实用价值的权衡,向着审美层次与文化符号的选择倾斜。这也就是说,各种不同的服饰打扮,其区别仅仅限于材料质地的年月,是永远地结束了。我们已然进入了一个既重成色也重花色的新天地。

特别是由锁闭走向开放的中国,这种变化,显得尤其剧烈。

首先是再也看不见汪洋大海似的"蓝蚂蚁"了,更不受整齐划一的"毛式服装"所规范了。倘若把发型的局部异化如实地视为小小支流,那么,还有一个值得大书特书的历史性进步,这就是,人们开始能从着装上一眼分辨性别了。而自古以来,体现在服饰上的性别特征,一旦得到了必要的恢复与确认,男男女女,便如同挣脱囚笼的鸟儿一般,自由翱翔,各奔前程。无疑,这领风气之先的荣誉,非新潮人物莫属,而新潮也者,我想,大概首先便是新观念。

的确,一切的变革,都发轫于观念的变革。

以我本人为例,由于我的年龄、职业、教养乃至所谓的身份,都制约着自己的穿着习惯,要我改变一下色调和款式,实在是一件非常非常艰难的事。还记得,大约是1980年吧,当时,中老年服装问题,尚未提上日程,女儿总是为了于各地都不容易买到父亲合体中意的衣服而发愁。此番因了有机会陪我上庐山养病,就便又在南昌街头跑了一圈,居然让她碰上了一条选料小有进步的长裤。它不再是单一的黑、深灰或者藏青了,而是夹杂着略略发光却并不显眼的隐条。用今天的标准看去,这不过是初步的"君主立宪式的改良"而已,根本谈不上什么"民主革命",真是何足道哉。可当时的我,竟如同被火烫了似的,大惊失色,说什么它"简直像蛇皮",立逼着女儿非去退货不行。我的顽固死硬,于此可见一斑。如今自己回想起来,也不免好笑。但,到底是哪年哪月开始变得圆通开明了呢,那可就连我也说不清楚了。归根到底,不外乎两个,一个是形势比人强,大势所趋嘛,何况,理智上也不能不承认,活泼的多元竞赛,总胜于僵死的一元独霸。另一个契机,便是几次的出国访问了。在外国人面前,该穿些什么衣服,才不致"有辱国体"呢?倒也煞费周章。第一次去的是社会主义的前南斯拉夫,说来滑稽,就因为考虑到这个社会主义的招牌,我在定做一套西服的同时,还不敢忘记也定做一套毛式制服。第二次是去的西德,听说那儿作风严谨,穿着考究,在正规场合,连单排扣西服都被认为不合时宜,于是又添了一套双排扣的。至于衬衫,除了出席典礼仪式时,必须与黑西服配套的纯白色的一种外,我还特地选购了两件花格子的,以备平日与花领带相得益彰。接下来,上衣着比较随便的美国去,这方面就不必太费心思了。可在诗歌朗诵会上遇到的一桩事,却给我留下了极其深刻的印象。那是一个五光十色的纽约之夜,我不加外套,单着一件毛衣,和著名的美国诗人金斯伯格、施奈德等同台朗诵,结束之后,近千名听众,流连不舍,许多人拥上前来,纷纷叙说他们的个人观感,或者提问。在这上百位陌生朋友中,唯独有一个小伙子与众不同,他既不是和我讨论诗歌艺术,也并非向我表示友好感情,倒冒出来一句完全出乎意料的话:"公刘先生,您这件羊毛衫太漂亮了,您能告诉我,它是哪儿生产的吗?""Made in China, China, Shanghai.(中国制造,中国,上海。)"忽然间,我觉得又意外又自豪,那激动,甚至超过了多听见一番对我诗作的赞美。这使我豁然开窍,原来,一件好的衣服,它对某些人所产生的号召力和亲和力,可能并不亚于一首好诗。至今我保留着的一张同金斯伯格先生的当场合影,也不妨说是这点感悟的纪念与印证吧。

渐渐地,我似乎不太落伍了。女儿怎么"打扮"我,我就怎么穿戴。这胆气是打哪儿来的?要是今天谁还向我提出这个问题,我反倒会觉得纳闷不解了;仿佛我一贯衣着如此,就像自己这双脚,从来便是天足,并不曾被缠成"三寸金莲",因而也就不曾经历过"改组派"阶段一般。细想起来,这种下意识地掩盖往昔的丑陋,悄悄认同真理的自我感觉,实在是相当有趣的。事情很明白,实际上,我的观念是经历了一场大革命的。虽然,它几乎不声不响,俨然具备了一份循序渐进的从容。

去年4月,我应邀赴青岛,参加一项为若干历史文化名人故居纪念牌举行揭幕的仪式,当我站在了到会的诸位大家,如吴祖光、黄宗江、冯英子、邵燕祥等中间,居然抢尽镜头,特别夺目。无它,皆因我那天碰巧穿了一件大红的丝质夹克,色热,人也就"热"起来了。尤其不堪的是,竟把那同样身披夹克(可惜是藕色的),既深谙色彩学,又风流潇洒的漫画家方成也比了下去,罪过罪过。还是这件夹克,10月份又随我招展到了浙江金华。一天,我们一行人去游览当地的名胜古迹,在到达一座供奉黄大仙(黄初平,西晋人,幼时在婺州牧羊,后从赤松子游,得道成仙,旋金身再现于广东罗浮山,乃方今香港人最热衷崇信的神灵之一)的道观时,待要步入正门,迎面拥出来的一群青年男女,便冲着我笑喊:"嗨!黄大仙没有见着,红大仙倒显灵了!"接下来,便是对我的白胡子和红绸衫不胜艳羡地频频回首。于是,陪同我游玩的伙伴们,也纷纷拿我的红夹克打趣。这,诚然是从未设想过的奇事,一件衣衫,竟令我屡占风光!

不过,时下街上流行红夹克;穿红夹克的男人,包括上了年岁的男人,也愈来愈多了。女儿乃秉承"物以稀为贵"的古训,别出新招,替我另买了一件紫色的夹克,以示不从众的独立品位。众所周知,咱们中国,自来便有依色分等的说法。黄最尊贵,只有皇亲贵胄才有资格使用。其次,便轮到紫了,再往下,才有红、蓝之类的份儿。如此看来,工资虽然不曾涨,但在服装的色调上,女儿却已经又给我提了一级。说句玩笑话,这倒不失为一种聊以自宽自慰的方式哩。

时装潮流,花样翻新,穷搜尽掘,继而复古,如此循环不已,永无止境。这大概正是人类服饰演化的天道。在这方面,争当什么"追星族",实在是毫无意义,也毫无价值的。平心而论,真正重要的不是"第二皮肤",而是骨头。植皮容易换骨难。我说的难道不对吗?"面上油光光,肚里一包糠",又有多大兴头?! 我们某些著名的时装模特儿,在国外表演期间,由于知识贫乏而大出洋相的笑话,早已为数不少了。倘若她们仍旧沉溺不醒,那么,充其量也不过是继续当只活动衣架罢了。这当然是很可怜的。所以,在结束本文的时刻,我要真诚地呼吁:一切引导时装大潮的人,都有一种责无旁贷的义务,那就是,首先应着眼于精神境界,着眼于基本素质,着眼于风骨和气度,一句话,着眼于人的格调的提高。

1994 年 3 月 16 日　合肥

我希望……

根据一些学者的研究结论,社会上的人,大致可以分为三部分,即少数的好人、极少数的坏人和占绝大多数的中不溜儿的人。为了把问题说得更明白,不妨用色彩打比方,如果白色代表好人,黑色代表坏人,那么,灰色就是一大片。当然,这所谓的灰色地带,它的色调也并非一般深浅,而是有层次、会变化的。有句古话,"近朱者赤,近墨者黑",讲的正是这个道理。一个人的素质、品行和操守,到底是得之于后天,从没有与生俱来的。

然而,身着警服的人,却必须属于好人之列。因为,他们是人里边的尖子,是保护群众、打击坏人的,公安战线万万不可以按照"两头小、中间大"的比例,去组建自己的队伍,其理不辩自明。而事实也基本上是让人放心的。报载,仅 1992 年,全国就有 200 余名公安警察为民牺牲,1300 余人受伤致残。拿合肥来说,前不久就出了一位多次勇斗歹徒的英雄民警童建强。足见,蜕化变质到像惠州洪永林洛阳郭勇那般程度的,终归是个别现象。

不过,随着市场经济日益发展,腐败歪风劲吹不衰,公安系统中的部分成员,传染上某种病菌的可能性会愈来愈大,防微杜渐,还是有所警惕的好。作为老百姓,我当然愿意看到,我们的警察百分之百的都是好样儿的;可话又不能说满,那么,就把这当作一种希望、一种企盼罢。

1994 年 3 月 18 日　合肥

"唯器与名,不可以假人"

"唯器与名,不可以假人",原是一句古训。新近创刊的某杂志,拟聘请我和一位朋友担任顾问,对这一头衔,一开始我就不愿接受,朋友也不想应承。朋友的态度是慎重的,他在和我商量时,信上曾引用过上述的古训;最后了,朋友坚持住了,我却顾虑重重,终于入网。这一对照,令人汗颜。回想起许许多多类似的事情,反思之余,我下定决心,揭一揭自己的短,以便汲取教训,避免今后再错。

"器",指的是古代贵族出行时,通过车马亮明身价的文饰。"名",即名分,与今日的理解相近。虽说过去了两千余年,革命,革"革命",再革"革'革命'",恐怕还不能说是已经取消了等级制度;看得见的变化仅仅是,落后的车马换成了名牌小轿车,小轿车,便发挥着"器"的作用。可我和我的这位朋友,偏偏从来都是小轿车的绝缘体;然则,虽属"百姓",却又并非百分之百的"平头",因为,我们两人都顶着一个不大不小的"作家"光环。作家,大概也算一种"名"吧。这"名",自然早已与人民币同步贬值;不过,较之人民币,情况多少有点特殊,即在一定场合,它还能派上那么一丝丝用场——所谓的票房号召力。借用这家杂志主编先生的话来说,就是,"要的正是你们的名字"。由此,才产生了上边交代罢的两种结局:硬顶,也就顶住了,像我的朋友;顶不住,活该,像我。

其实,就在这家刊物提出要求的前后,天津的一家诗刊,江西的一家报纸,都做过同样的邀请,都被我辞谢了。因为那一报一刊的负责人,全是老熟人,可以直截了当地说心里话。而这一家不同,在与这打算请我当顾问的同时,素昧平生者便已四下散布"听说公刘很怪"的流言,而我到底修炼不到家,耳根又软,为了证明自己并不"怪",无可奈何,束手就擒。

回首平生,什么顾问、编委,乃至主席、副主席之类的"文艺官",不论它是虚名还是实职,除非上峰硬性指派,我是一概不热心的。显然,这类故事多了,一般人必定认为我"不正常"、"怪"。然而,按我的本心,实在既不是清高自诩,也不是主张大家罢工。就事论事,那被一部分人当作"官位"去争去抢的文艺领导工作,总还是得有人牵头干的;至于为谁干、怎么干,自当具体分析,不可一锅煮。依我看,反正人各有志,难以强勉。所幸我有自知之明:没有金刚钻,不揽瓷器活;与其有负众望,哪如老老实实写自己的东西!

"三代以下,无不好名",信然!区区如我辈者,虽说是离夏商周已经邈乎远哉,名缰利锁,照旧谁也逃不脱。年轻时,少不更事,我同样急于成名。所谓急于成名,也无非就是埋头写作,心无旁骛;20世纪50年代,是并不兴请客送礼拍马吹牛抱团结伙这一套的。不久,我被打成了"右派",包括"成名成家思想严重"之类的种种"罪行",通统上了《人民日报》、《解放军报》和《文艺报》等,果然大大地出了一次"名"。说来也怪,从此,我倒真的把"出名"之事看淡了。对我而言,也许,这不妨算作荣膺"黑五类"殿军的正面收获吧。只是改革开放初期,考虑到必须适应当时的社会大趋势,在印制名片时,不得不挑选极少几块招牌略加排列。1987年后,重印名片,便一律取消了。卸下招牌,首先自己就觉着忒轻松,想必别人也不会再感到腻歪。

成名,也未必完全是好事,雅的说法是"为浮名所累"、"名高招谤",俗的说法叫"树大招风"、"人怕出名猪怕壮"。根据我的体验,我们祖先的这些人生箴言,的确充满了顿悟和智慧,今天照样是真理。所以,当我看见某些同行,成天价思谋着举行什么首发式、搞什么现场签名,开什么讨论会,总巴不得有机会蹦上荧屏"作秀(SHOW)"一番,时不时还穷极无聊地"炒新闻",制造什么"××热";其中走得最远的个别人,干脆自己写文章吹捧自己,册封自己为"精英"、"儒商"、"有现代意识,比美国人还美国人"……老实说,我真替他捏把冷汗,这不是闭着眼睛,傍着悬崖跳舞么?我想,文坛以外的有心人,最不偏不倚,最有发言权了;倘能统计一下这几年报纸上的有关报道,那么,个中到底有多少文化行为,多少商业行为,是不难做到洞若观火的吧。

除了上述一类自找的危险外,也的确会有一些不大美妙的插曲,不绝如缕地响起。比如,大焉者,要你去出席一些不甜不咸的会议,或者像熊猫展览似的供人参观一次,或者作为某位要员的陪衬,在这儿那儿注解某一重大政策主题;小焉者,诸如邮票、火花爱好者请你签名题词,名人书法爱好者则不管你毛笔字功夫如何,一张宣纸寄来,硬要你给他写个中堂、条幅什么的,等等。不理不睬吧,说不过去,有求必应吧,时间和精力实在赔不起。尤有甚者,前些年,居然不断有人千里迢迢跑来,要求我替他安排工作,或者赞助他的什么宏图壮举,令人尴尬至极;估计近来人们都知道了,十个作家九个穷,也就不再有人给我出这种难题了。

再有,若干虽则近乎琐屑,却也教人不好对付的事,至今仍屡屡发生。我指的是,各色各样的慕名来访者当中,有一批纯粹是口舌之徒,我实在不知道该怎样接待,才能皆大欢喜。套一句孔夫子的话,这些人,大抵都是"近之则不逊,远之则怨"的。而且,事情甚至株连到了女儿头上,竟要她替父亲承担一个"冷淡,高傲"的骂名。但转念一想,也则罢了,骂名不也是"名"么?反正我是豁出去了,本人已年近古稀,去日苦多,日后,倘再遇上这等成心拿我来开心助消化的磨牙客,恕不接待了。

如此说来,难道我真的彻底抛弃了"名声"二字么?扪心自问,还没有。至少有一项称谓,是我始终引为荣耀和自豪的,那就是,1985年初,在第四届全国作家代表大会上,于无记名投票方式产生的二百二十名全国理事中,我以四百三十七票名列第十九位当选;巴金先生得了六百三十三票,高居榜首。这件事,不仅在文学界,就是在全中国,也是破天荒的大新闻,新华社著名女记者郭玲春为此做了详尽报道,登在《人民日报》头版。当时,绝大多数与会者，都感到振奋，以为自己为实现民主带了个好头。岂料，没过几年，竟横遭诋毁。某些人，一向习惯于那种"领导宣布名单，群众鼓掌通过"的方式，生气是可以理解的。何况，说不定几时"左"焰复炽，此辈得逞，怕就不仅是止于"生气"了吧。谁知道呢。但，那也没有什么大不了，时代终归要在曲曲折折中向前进的。可以剥夺我的两届连任理事的身份，却无法涂改人心写下的历史。这，才真正是绝对"不可以假人"的"名"哩。

1994 年 3 月 21 日　合肥

吸烟的故事

我一辈子不吸香烟,甚至讨厌香烟的气味,我认为那不是香,而是臭。凡有机会参加笔会什么的时候,我的唯一的"特殊化",就是要求最好"分配"一个不抽烟,或者知所节制的伙伴,与我同室而居。这,已经广为文学界同人所熟知了。滑稽的是,《东方烟草报》竟向我长期赠阅,直到前不久,大概是终于发觉找错了对象,才停止了。

上面说到的不吸香烟,当然是指自愿吸烟而言。至于被迫,倒是有过一点体验的,但也仅止一口。记得那是刚刚进入高中二年级上学期的第二个月,忽然间来了个插班生,年岁略长于我,此人出手阔绰,行为举止颇带痞气,在清一色的流亡学生中,这是相当扎眼的,特别是他成天叼着骆驼烟,上课时都偷偷地躲在桌子下边抽,更招人反感。同学们私下议论,骆驼烟是名牌,才跟随美国"飞虎队"一道进入中国不久,一般人都抽不起,为什么这家伙神气活现,一根接着一根满不在乎?不久,大家就明白了,原来,他家是开窑子的,主顾正是江西遂川军用机场的美国飞行员,生意红火;和这种人不宜交往,自不待言。但是,有一天,闹不清是什么缘由,居然彼此聊起了吸烟的事,也许是我说了一句失敬的话吧,他唰地点着一支"骆驼",趁我不备,硬塞进了我的上下门牙之间,等我反应过来,虽则呸呸连声乱吐,却早已被呛了个半死了。

此后的几十年,毫无疑问,一直在吸所谓的二手烟,尽管再也没有谁敢使用暴力,拖我"下水"。无须我解释,在可爱的中华大地上,瘾君子的队伍不断扩大，迄今已数以亿计了；而人人须臾不能或离的大气，除了别的污染源外，单是香烟造成的缭绕毒雾，早就严严实实地覆盖了前后左右，我凭什么能幸免逃脱！

今年1月11日，英国一家市场研究机构发表了一份统计报告，宣布中国又创造了一项新的世界纪录：1993年度，全亚洲的烟民，总共消费二点六万亿支卷烟，其中中国占了三分之二。也就是说，人均吸烟七十五包！倘若扣除掉那摊派在不吸烟者头上的份额，数字肯定尤为骇人！然而，对我而言，这些数据却并非干巴巴的阿拉伯码子，它们是可以具体感知的。因为，在街头，我曾多次碰见过这类场面：一大群男孩子放学回家，估摸都不过十岁出头吧，竟为了争夺一支香烟，一路上打打闹闹，最后了是欢欢喜喜地分而吸之。这使我非常惊讶而又伤心。如今的世道究竟怎么啦?！我也亲自做过调查，问那些在中学时期就上了瘾的年轻人，何以要吸烟，他们的答复如出一辙："会抽烟，就得把我当作人看待了。"显而易见，这里存在着一个观念误区，即不会抽烟，不算男子汉。真是十足的奇谈怪论！值得注意的是，女青年们也纷纷加入"新潮"行列。过去，内地人对关外的普遍吸烟风俗感到不解，乃至编出顺口溜来，什么"十七十八的姑娘，拿着个大烟袋"，认定这是东北的一大"怪"；时下好了，所谓白领丽人喷着烟圈儿，更能施展魅力，更有利于开展"公关"的荒谬理论，已经公然见诸报端。如此看来，不要多久，不吸烟的将成为少数，甚至成为异类，21世纪的顺口溜，恐怕该把我辈视为一大"怪"，而大加调侃了吧。

1994年3月24日

戒烟的故事

我是一个坚决的禁烟主义者。这并非为了保卫一己的生命(个人能活多久?),更主要的是出于对民族整体生命的忧虑。正是从这一点出发,我在《杂文》创刊号上,写了一篇文章,题名《呼唤林则徐》。真的,我衷心期待出现一位新的林则徐,重振虎门炮台决一死战的雄风,像当年查禁鸦片一样,严禁香烟。然而,看上去前景暗淡,"没戏"。

说来也巧,我们的最高决策人,大抵都是些超级烟民,不可能要求他们从情感上投入这个"禁"字,这的确令人遗憾。但,个人嗜好终归事小,更有不可掉以轻心者,那就是国家的财政收入问题。以1992年的数据为证,有五大行业纳税超百亿,其中卷烟业约230亿、商业零售业约180亿、商业批发业约130亿、钢铁约124亿、金融保险业约100亿元。就中以卷烟业高居榜首,支撑着整个工商税收的10%。10%!谁敢不掂一掂它的分量!听说,两会代表名单上,卷烟企业大户,都有一席之地;"小白杆儿"其实不小,思过半矣。

如此这般,依靠强制性的立法手段,在全国范围内实行禁烟的举措,短期内肯定出台无望;只好退而求其次,可否在舆论方面,加强主动戒烟的倡导呢?可是,前方又有一只拦路虎:上了瘾,戒也难。何况,在这只老虎面前,瘾君子们显得没出息的又占了大多数,他们会找出各种各样的"理由"来,替自己辩护。这一类的趣闻逸事,我倒真知道不少。随便举两个例子,足见一斑。有一位作家,烟瘾很重,同时肺气肿的毛病也很重,夫人命令他:戒了!先替他张罗了一根烟卷儿模样的白塑料管,让他吧嗒着空气"过渡"戒烟,然而不成,嘴巴毕竟闲着,于是改为让他嗑瓜子儿戒烟,接下来又用糖戒瓜子儿,再用桂圆戒糖,如此"一物降一物",永无了日……夫人急了,终于喊叫起来:愈戒花钱愈多啦!只得宣告暂停;无奈,那哮喘仿佛成心报复,发作得更厉害了。生死抉择,逼在眼前,最后,什么也没有吃,硬是下狠心和香烟"拜拜"了。还有一则更逗笑的,事情发生在浙江湖州。埭溪地方有一爿乡办企业,会计姓王,一贯嗜烟如命。夏季某日记账,电扇偶然将烟灰吹在账本上,正巧让未干的碳素墨水粘住了,他并未觉察。待到做总账时,原来的"13000"变成了"73000",整整差了6万元。老王三天三夜没合眼,翻来覆去地查,就是找不出首尾。向领导汇报吧,又怕说不清,要戴"贪污"帽子。垫吧,哪来这许多钱?思来想去,决定一死了之。这岂不是黑天冤枉?他气得往账本上猛击一拳,不料恰好擂在了那多出的一短横上,"7"重新恢复为"1",老王大喜过望,从此戒烟。上述两个小故事,内容情节不尽相同,但其为典型的轻喜剧样式则一。还有一条是完全谐合的,那就是,都是由于外部的压力所致,而并非主观能动性的真实体现。可见,单靠规劝和说服,是不会有多大效用的。马克·吐温有言:"戒烟不难,我都戒了一千次了。"讽刺的正是这个。

  那么,共和国果真要变作"烟王国"了么?

  正当我颇为悲观之际,忽然从报上读到一则短讯,不禁双眼放光,拍案而起,简直想山呼万岁了。原来,自今年3月1日起,江苏苏州开始执行一项新法规:不得在学校、车站、码头、餐厅、会场、文化娱乐等公共场所,特别是不得在儿童活动场所吸烟;它正告城乡烟民,一体遵行,违者受罚。好一个伟大的突破!事在人为。向苏州致敬!苏州在中国的东部,东方欲晓,再证之以世界大趋势,我们,也许将不会再困在烟雾迷茫中,窒息而亡了。

1994年3月28日

并非多此一举

近两年,不少熟人相继辞世,情感上颇受刺激;兼之自己带伤多病,即以新、旧两个年关来说,又是医生怀疑胃部长了瘤子,又是自觉右腿明显瘀血浮肿,总之,极不安泰清吉。考虑到我的家庭情况特殊,唯恐一旦撒手离去,也许会让女儿不知所措,我想,还是事先把话留下为妥。

人,无论活多久,终有一死;经过数十载的坎坷颠踬,这于我是早就能泰然视之的了。我当然希望健康长寿,就是当一名观众,看别人演戏,也很开心;何况,我也的确见到不少人活得很"皮实",甚至活成了人瑞;可我无法和这些女士先生相提并论,我这辈子被折腾太过了。女儿曾要求我"下决心活过九十岁",可这哪里是"下决心"就能办到的事呢,那岂不成了唯意志论了么。

凭良心,我倒不想在这个并不温馨的世界上"赖"得太久,该走就走。因为,依我看,年过八十以后,抬脚动腿全靠旁人搀扶,就于人于己都是累赘了。那样子"活着",还有乐趣么?未必。

下列几点,且算作我的最后要求吧,不是对整个人世,仅仅是对我至爱的独生女儿。

一、不要散发讣告;分别写几封信,通知真正关心我的人,就足够了。

二、不要举行追悼会和遗体展览;我不愿打扰别人,也不愿别人来打扰我,尤其不愿让某种"朋友",假惺惺地握住我女儿的手,"劝死者亲属节哀"。其实,此刻我就能够想见,由于证实了我的确再也不能写文章了,他正欣慰至极。

三、不要印发"生平"之类，说好说坏，由人去。

四、火化前，替我换上一套干净衣服即可，不要搞什么"美容"；我自问一生本色，死了又何须化妆？

五、我不可能有多少遗产，倘剩下一点，那也无疑应全部归于女儿。我这一辈子，实在欠她太多太多。而在这方面，物质当然是永远无法变作精神的。至于藏书，我倒有个建议，老主人不在了，正好精简，把我平日舍不得丢而又确实用处不大的部分，通统清理掉。

六、只要可能，务请将我的骨灰撒入长江口外大海之中；人的远祖，原本便是从海里爬上岸来的，回海如回家。倘限于条件，实在一时难以办到的话，那就暂且置于女儿身边，反正不去那个继续盘问级别的地方，自家吃瘪，也教邻居不愉快。

目前想得到的，就这些。要做到这些也不容易，要做好听各种议论的精神准备。

1994 年 3 月 29 日　合肥

漫谈废品

我试着统计过,我住家的这片居民区,每天从早上7点到中午11点,光是收废品的,就至少要响起五十种不同的声调:男、女、老、中、青,有的摇货郎鼓,有的拖着长腔吆喝,有的甚至报出按价收购的全部物品清单,从煤气罐到牙膏管,有的闷声不响却排闼直入。单就这一事实,我想,足以说明两点情况:第一,收废品,是个有利可图的行当,如若不然,绝不会有这么多的人抢生意;第二,我们这个居民点,住户的身份大抵都非大荣大贵之辈,平时攒下的废旧破烂,全舍不得扔掉,并且还指望卖它个三文两文,贴补家用。没有必要隐瞒,在下,就是其中的一员。

大凡收废品的,都拉着一辆板车,车上撂着一杆秤、几个麻袋,再没有别的"固定投资";随身挎着的一只破包,那自然是他或她的"小金库"了。这些人,除了极少数收购站的职工外,绝大部分是个体户。当然,私人收来的废品,最后了也还得趸给公家的废品收购站。二者间是存在着价格差的;老太太们特别在乎这种市场竞争,虽则仅相差一两分钱。就我而言,为了支援社会主义建设,我是专门等候公家人上门的。其实,这也是漂亮话;真正的顾虑是,我不敢小觑了某些个体户,他们当中,藏龙卧虎,有为数可观的第二职业能人,擅长顺手牵羊。我们家就遇见过这等怪事:有两个装满了杂物的纸箱,置于过道拐角处,竟然被走门串户的收废品者悄悄搬走;须知,为了发这点小"财",他得爬四层楼,纸箱蛮大,并不轻巧。而且,摞在上面的箱子被盗后,我们已经发觉,曾故意将房门打开,只隔着一道纱门,看这位先生还来不来。

然而,纵使这样,那第二只纸箱还是不翼而飞了。真是时迁再世!艺高人胆大,为之叹绝。

在国外,一般无废品一说。人家的观念中,"没有用"和"用不上"的东西,通通叫作垃圾。我在美国旧金山,碰见过一个专捡易拉罐的流浪汉,但也仅限于易拉罐,别的他一概不要。而且也就是见过这么一次,以后,即便能遇上乞丐也遇不上拾荒的了。不过,既然这个流浪汉专捡易拉罐,估计总是拿去换钱。因此,可以推想,一定有收购易拉罐的地方,只是我不了解罢了。在同一座城市的SUNSET,一个私家别墅比较集中的高级住宅区,我更亲眼看见阔绰的邻居,将四把一套的古典式桃花心木高靠背椅抛上街头,让准时到达的垃圾车拉走。我寄住的那家,也曾按规定时间,从车库里推出去一台带烘箱的双缸洗衣机,目的也在于请垃圾车代为处理。因此,人们难以置信的,关于留学生专门上垃圾场去翻寻废品,往往大有收获,赶巧了能扛回来六七成新的彩电的"神话",我是完全相信的。美国人把大捆大捆的报纸通通扔掉,视同废纸,毫不可惜;若换在中国,一般知识分子家庭处理废品时,肯定是要把它当作"重头货"的。主妇或者孩子,平日的家务劳动项目之一,便是随时将打算抛弃的东西分别加以归置,玻璃是玻璃,塑料是塑料,电料是电料,用不同颜色的袋子装好,绝不混淆。看见人家的甩手气派,同时也看见人家几乎成了本能的公德心,实在不由得你不赞叹钦羡:什么时候,我们也能晋升到如此富有和发达的境地?据一份资料介绍,美国的人均年生活垃圾量高达七百二十一公斤,居世界首位。这个数字确实吓人。但这也正是典型消费社会的标志。如此大量的垃圾,怎样处理?竟令总统都不能不深感烦恼。他们的常规办法是,先送往分拣公司,全部倾倒在宽宽的传送带上,再由戴着口罩和手套的工人按"有价值"和"无价值"的标准分类(顺便提到,美国的清洁工,劳务报酬极高)。一架分拣机一班运转八小时,可以处理十吨左右的垃圾。报纸作再生纸的原料。玻璃、铝制品、塑料,甚至鞋子,都各得其所。然而,像这样"变废为宝"的做法,近年来却引起了很大的争论。原来许多科学家,还有环保组织、绿党等等,都在大声疾呼,认为弊大于利,得不偿失。他们主张运往指定地点掩埋,或者作为发电厂的代用燃煤。对其中含有剧毒的油漆、化工原料、核废料之类,发达国家实行的是以邻为壑的罪恶政策,花少量的钱,让发展中国家去代其受害。最近,卸在我国南京长江码头上的韩国废弃物,正是我们某些无知复无耻的外贸人员干的好事。其实,韩国还远不能自称为发达国家,却已经瞅准中国这个理想的大垃圾场了,可叹!至于我们中国,当然是货真价实的发展中国家。这只需看一看全社会对待废品的态度,就一目了然。我们的勤俭美德,"修旧利废",固属必须继续发扬光大的优良传统。可是,对那些明显有害的废品,如何妥善处置,是否也应及早向公众做必要的宣传教育,并切实执行某些惩罚措施,予以硬性约束呢?环境保护问题,事关千秋万代,是不应该用"慢半拍"的老一套节奏,自己跟自己开玩笑的。

我们的小说家,也有把目光投向废品的,然而不多。我读到的几篇,一般尽是些描写发生在收购站里的小情节,男男女女、鸡鸡狗狗、琐琐碎碎,成点气候的几乎没有。那种深入骨髓里去,能揭露由来已久的体制性痼疾,或展示当今社会众生相的真实画面,比如,关于上下里外联手,大规模盗卖工厂生产的成品半成品——钢锭、钢材之类,从而能够衬映出腐败深度和广度的故事;又比如,关于从废品中发现了珍贵文物,而文物背后又隐藏着令人拍案的人世沧桑的故事;再比如,关于利用上门收购当幌子,实际上是像《红灯记》里的磨刀人,另吃佣金,执行某项秘密使命的故事……长中短篇一概阙如。这是令人遗憾的。

我还偶然发觉了一个有趣的现象,原来,现今如同蝎虎的通货膨胀,对废品是毫无影响的。价格非但不涨,抑且稳中有降。以报纸为例,从大前年起,就一直咬定两角五分钱一斤的铁嘴,死不改口。不知道国家统计局在核定物价指数时,有没有把诸如此类的废品收购价也一并匀进去?

知识分子,尤其是人文知识分子,真是些奇怪的动物;他读书读呆了,又有一个爱联想的臭毛病,以至想入非非,简直自己也觉得颇为可笑了。就拿出售废品来说吧,当我经手的时候,我每每会莫名其妙地想到,像我这样的人,折腾了一辈子,终究不成"器",大概也和废品相差无几了。不是有一段旧版本的经典名言么,那是我始终不敢或忘的,大意是说:人屎可以喂猪,猪屎可以喂狗,狗屎呢,什么也不能喂了。这正是意在告诫"吃屎分子",要下决心改造,莫要"翘尾巴"的。你看,连狗屎都不如,不是废品又能是什么?!然而,有时候,头脑中,竟也会蹦出来大逆不道的一闪念:即使再伟大再英雄,又当如何?照旧要进上帝的废品收购站。这么一想,倒不免阿Q似的飘飘然起来了,原来彼此彼此啊。嘻嘻。

1994 年 4 月 4 日　合肥

暴利和畸形消费

4月1日,上海市开始实施《关于反价格欺诈和牟取暴利的暂行规定》,尽管"阿拉"并非上海人,也感到由衷的高兴。与此同时,又从报上读到了杭州市的新天方夜谭:该市服装大厦,一件俄罗斯紫貂皮大衣,让利三十七万;原价四十六万八千元,现价九万八千。这则简讯,不仅具备五个W,而且记录了看客的评语:"现在的商店真是大老板,一笔就勾去三十七万元,我一辈子不吃不喝都攒不到这个数!""谁要是前两天来买这件大衣就做'冤大头'了,一刀就被'斩'去三十七万!"最后是女营业员的介绍词:这才是成本价。呜呼!一个"攒"字,又一个"斩"字,再一个"才"字,何其精当!何其奥妙!实实在在也完完全全地勾勒出来牟取暴利者的嘴脸。

众目睽睽之下,竟能利用价格的大开放,立法的欠完善,竞争的无秩序,管理的不得力,钻社会主义市场经济的空子,一至于斯!"自由"标价,"跳楼"脱手,这岂不成了打混战,活坑人么?还讲不讲商业道德?还要不要企业形象?我想,发生在杭州的这件破纪录的事,倒真有资格进入《世界吉尼斯大全》哩。

这当然不是一个孤立事件。它暴露了我们许多体制性的问题,也反映了我们固有的民族素质问题。这些问题,肯定都不是一时半刻就能解决的。在接近理想境界之前,像上海市目前采取的措施,倒也不失为治标应急的办法。我想,一部上海市的地方法规出台,何以会受到全国人民的密切关注,原因恐怕正在这里。

体制方面的话头,太敏感,赶紧避开;还是就历史悠久的、打屁股人人有份的民族素质问题,发点议论,比较保险。

我认为,杭州的耸人听闻的削价消息,相当典型地说明了一种"中国特色":原来,有些中国人是既输不起,也赢不起,混穷日子固然可怜,过富光景也同样可怜的一群。单说这市场上的畸形消费吧,就已经足以说明一切了。诸如攀比消费、赶浪潮消费、突击性消费、"发烧"消费,以及迷信消费,等等,无一不带有老祖宗的遗传基因,并且打上了社会转型期的烙印;同时,无疑也有强烈的逆反心理色彩——吃"社会主义的草"吃怕了,便索性连"资本主义的苗"也通通吃掉。去年才听说,从此间开往北京的火车上,发生过两个青年乘客彼此夸富,十元十元一张,比赛着往车窗外边扔钞票的怪事。列车正在行进,飞出去了自然捡不回来,但总算保留了钞票的使用价值,能教幸运的过路人惊喜一场。做类似表演的后来者,就更加离谱了:有两家暴发户,为了炫耀自己并压倒对方,竟成箱成箱地斗烧人民币;有一个财大气粗的阔佬,挖空心思,定做用大钞卷的"二踢脚",放个不歇气,以示不含糊。如果说,这种荒唐行径,还有什么非负面效应的话,唯一的,想必就是享有印钞权的银行会表示欢迎吧,因为将任何一堆钞票变作一堆灰,客观上都能部分地起到降低通胀率的作用。又如,传染病般的宠物热,席卷神州;成都某富豪,三十八万元买了一头狗,取名"西施"。仅凭狗名,便知倾国倾城,谁说我们的"大款"缺乏想象力?然而,具有极大讽刺意味的是,"希望工程"正是可怜巴巴地进行着所谓聚沙成塔的挣扎。从前,人们面对反差强烈的对比时,好援引爱伦坡的名言:"一方面是庄严的工作,一方面是荒淫与无耻……"如今却再也提不起兴致了。所有关于一席万金的"巨石",已激不起半点"涟漪";多数人麻木了,少数人也吃了秤砣,决心"下海"去,混个人五人六,解馋解恨。西晋大将军王恺与老官僚石崇争富,王以丝布作步障四十里,石以锦缎作步障五十里,石以香椒泥墙,王以赤石脂泥壁,一个用蜡烛代薪,一个用人乳喂猪,"并穷绮丽,以饰舆服"。这个著名的历史故事告诉人们,司马氏王朝的迅速败亡,除了为其封建专制制度的本质所决定外,社会风气的奢靡堕落,实在首推第一。而无论中国和外国,类似的教训还有许许多多。

在我的朋友中,既没有大官,也没有"款爷"。因此,我不曾体验过种种超豪华畸形消费是什么滋味。我切实明白的只有一点,即从前,呼啸着的是一批流氓无产者,其典型在"文革"十年,如今,吆喝着的是一批流氓资产者。这批流氓资产者和那批流氓无产者之间,彼此有何渊源?是否原本一家?我不清楚。证之目前,一方面,攫取暴利助长了畸形消费;另一方面,畸形消费推动了攫取暴利,当是无可否认的客观事实。这二者交互作用的结果,乃衍生了数量日见庞大的新种群:以流氓资产者的形象"包装"起来的流氓无产者,从而可能导致社会某些方面的进一步流氓化。凡属有脑子的人,难道会发现不了这类四处可见的触目惊心的现象吗?话说到这儿,显然已经逸出本题的范围了。急刹车。

1994年4月5日—14日　合肥

都 市 趣 闻

所有的都市都各有各的文化特色,正如所有的乡村都各有各的文化特色一样。半个世纪前,冯雪峰同志曾经写过一本《乡风与市风》,他所谓的风,指的正是那形成风尚的文化现象。诚然,文化现象会因了时代的变迁而大异其趣;有些的确是出于不同的当政者的不同的倡导,有些则纯受集体无意识所驱策,虽则其令人或莞尔,或深思的结果如一。目前,我们正处于社会转型期,仔细留意一下周遭的大千世界,可以解颐之事,倒也真不在少。

以我所在的城市为例。如同其他城市,酒楼林立,时装店林立,金银珠宝行林立,美容院林立,录像馆林立,游戏机棚林立,歌舞厅林立,夜总会林立,当然,更不在话下的是,广告林立。在这些日新月异的招牌和广告中间,你不难感受到有一股怪"风"在劲吹:既复古,又崇洋。我这样说,是有根据的。根据就在于几乎所有的文字,都体现了这两种并行不悖的倾向。凡是意味着发财的旧词儿,如福、庆、茂、源、吉、盛、昌、隆等等,颠来倒去一概能派上用场;而凡是标榜着新潮的字眼,那规律也容易寻求:老板们的胆子贼大,任何方块字,不添"草"头,就加"女"旁,原来他们都是些当代武则天,敢生造的——据说,带了"草"头或者"女"旁,便赋予了"魅力"和"性感",能广为招徕。不过,似此等现象,天下滔滔者皆是,不值一提了,哪如介绍几宗土特产,聊资谈助,来得更有意思?

比如,新开张的一爿时装商行,自封"锦衣卫";这么个名字,你再有学问,恐怕也未必能想得出来吧,真不愧是小和尚朱元璋发迹之地!我不敢胡乱猜测,这究竟是对"锦衣"二字情有独钟呢,还是真的对历史一无所知?将如此赫赫有名的特务机关当作了招牌,不怕吓跑了客户么?倘若群起效尤,则"蓝衣社"、"褐衫党"之类,自亦可以考虑入选。还有一家酒吧,竟给自己取了个雅号:月月鸟,令人百思不得其解。有人打趣道:估计老板读过《水浒》,从"嘴里淡出鸟来"获得了灵感,也就"鸟"上它一回。听来唐突,倒也滑稽。另有一家饭庄,公然用斗大的字,刷金书曰:"中港合资"。有人向报社投书,提出批评,可店东家听若不闻,我行我素,凡此种种,不胜枚举。这只能说明,今日的市风,在某些地方,恐怕是空有"特色",文化么?对不起,所剩无几了。细想也不足怪,沉溺在浪潮下面的,本来就是一堆粗糙的礁石,何况汹涌澎湃的拜金主义、享乐主义大潮乎?

广告的情况,同样充斥着大量的不知所云。在市中心区,有块竖立长达两年之久的巨型广告牌,一行一米见方的大字十分显眼:"少数服从多数,多数正在进步。"字的下方,呈"八"字形画着两队剪纸似的人影,西装革履,由大渐小,高举红旗,朝着一个方向做会师状。此外别无一物。我又不免寻思了,谁和谁是少数?谁和谁是多数?这"正在进步"的"多数",你能保证他们绝对不是恰恰"正在"倒退么?总之,深刻得过了头,就很难起到"宣传"作用了,哑谜而已。

1994 年 4 月 16 日　合肥

自　嘲

我在《梦见"公脸"……》一文中,列举过一卜溜新式小轿车的名字,什么皇冠、奔驰、雪铁龙、奥迪、公爵王、万事达、宝马、劳斯莱斯,等等,不明底蕴的读者,也许会猜想,这家伙还真走运,竟享受过这许多名牌车!

说来可笑,我笔下所写,纯属梦游。这些高级到甚至备下了软床的玩意儿,我基本上都没有尝过鲜。仅有的两个例外是:1985年,曾在海南"皇冠"加冕;1987年出访西德,作为代表团团长,沾了洋人的光,"奔驰"过几回;至于自家土地上,那以后最高档次,一般也不过国产桑塔纳而已,并且都是在出差的场合。由于我不算"长"辈,平素自然无缘。

不妨说,我从来就是"土包子"一个,只配将就,不配讲究。因之,赶上了花红柳绿,认"包装"不认人的世道,教某些"款爷"、"富婆"耻笑,也就在所难免了。你看,没有穿过"苹果"牌的牛仔服,也则罢了,可以找年龄作挡箭牌;而出门旅行,居然不准备一双"耐克",岂不过分落伍？至于什么意大利皮鞋,更从未入梦;那年在上海某店邂逅,真个是"一瞥惊鸿"——我自己变成了"惊鸿",价钱贵得吓死人不说,而且还不辨真假。所有其他动辄多少千元多少万元的这个那个,于我自然更属"富贵如浮云"了。低头自问,生平所购置的最昂贵的东西,大概要数手头这部写作机。对我而言,如今它已几乎成为肢体的一部分,离不得了。尝有私愿焉,如若还能攒够一笔钱,当再更新换代,使唤那更好使唤的;我承认,新潮迭起,我都无遑一顾。但唯独这个新潮,我倒是极有兴趣赶上一赶的。

人各有志，无法勉强。我自觉不用"包装"，也能活得下去，似乎还活得颇为舒坦。我只希望，大家相安无事，你"包装"，我欣赏，我不"包装"，你也别说三道四撇嘴巴。这一点，不独适用于各人生活趣味，尤其适用于各人的文学道路。但不知能见容于各路诸侯否？

1994 年 4 月 16 日　合肥

现代化的喜剧

现代化,大好事,我举双手拥护。由于实行现代化,一时间带来某些烦恼,大半也不妨一笑置之。就像一贯赤脚的妇女乍穿上高跟皮鞋似的,步态有那么一点别扭,适应了也就好了。不过,如果有些事涉及群众,甚至成了社会问题,恐怕就该又当别论了罢。

这几年,我住的地方,公共事业日见发达,报上每年都有"为市民办×件实事"之类的煌煌标题,令人鼓舞。小至具体职能部门,大抵也都能比着葫芦画瓢,"便民措施"屡屡出台。比方说,前不久就公布了一个消息:市电信局收电话费,将不再教全市用户往一处挤了,增辟了几个点,其中有一个正好离我家不远,听了这个喜讯,我很高兴,因为我深有体验,为了交费老远跑一程,接着还要排大队,特别是赶上三伏和三九,那滋味委实不好受。这一回,新事新办,女儿出马,相当顺利,全家欢喜不尽;殊不料,过了一个月再去,却告以上月积欠未清,补交不算,尚需罚交所谓的滞纳金。得亏女儿保留了旧收据,找出来让办事人看了,那人便打发她去局里,说是得由那边处理,可能微机出了问题,云云。于是,第二天只好又站到了那个原以为不必再碰的柜台跟前,答复是,不管怎样,必须先补交"欠款"和"滞纳金",然后再去找一位主任审批退款之事。收钱的速度极快,找主任却整整找了一个钟头。待寻见门头,室内早已站满了要求退款者。足见,并非什么"可能微机出了问题",而实在是发生了一起大面积的事故。女儿心想,耐着性子等吧,等到主任签罢字,就快了。然而,又是一个"殊不料"——好容易回到了收款所在的营业部,情况有变,退款窗口的这番工作真是细腻万分:小小一笔数目,而且就是他们营业部当天的微机账单,还是得过了计算器,不放心,又过算盘,过了柜台,再过柜台后面的桌子,反反复复,来回数遍,40分钟便宣告泡汤。挤在柜台外边的人,纷纷无可奈何地咕哝:谁说时间就是金钱?中国人的时间最不值钱!女儿不敢接茬,怕惹翻了更了不得,但也不免怏怏,回家来对我直埋怨,交一次电话费,竟耗我两个半天!

论说,机械发生故障在所难免,谁倒霉了谁赶上。但关键在于,这不必要的不断排队的"故障",也是"在所难免"的么?是不是可以这么认为,光靠设备的现代化,并不一定能保证排除所有的故障,比如这后一种的"故障"。为此,人的素质的现代化,是否也有加以强调的必要呢?

我们这儿经常突然停电。突然停电,对正在上班的某些小姐和某些先生们说来,无疑是意外的节日,很值得欢呼一番。在银行里,我就目睹过这种场面。电停了,一切停摆。"走吧走吧,明天再来吧。"于是,存款的和取款的,都悻悻然奉命走人。这时,我倒忽然想起,近年来,咱们的报纸老嘲笑美国的年轻人,说人家离了计算器,就不会加减乘除了。好在虽则联想,我还没到犯糊涂的程度,对眼前的一幕,我是绝对不会嘲笑的,因为我知道,这二者之间,存在着本质的不同。

不糊涂归不糊涂,却也有不甘心的地方。窃以为,你若使用微机,平时为什么就不能精心保养,一旦出了毛病,为什么就不能尽快修复呢?你若仍用老办法,点上蜡不是也照样可以干么?何至于没了电就放羊!岂不过于"现代化"乎?

此等情节,无以名之,只好称之为现代化的喜剧。遗憾,我们这些号称"上帝"的,在喜剧里往往只许跑龙套,呼之即来,挥之即去。前两天才听说,中国银行北京分行大兴支行第一储蓄所执行了一套"计时办理,超时赔款"的硬性规定:活期2分钟,定期3分钟,外币5分钟,每超1分钟,赔顾客1元。据介绍,半年来,虽然赔了240元,存款余额却较去年同期翻了一番。我想,这才是值得提倡的、与现代化事业相般配的敬业精神,未知能推而广之否?

1994 年 4 月 17 日

市　声

市廛烦嚣之声,谓之市声。换个比较普通的说法,市声就是噪音,就是从红尘十丈,人烟稠密之处发出来的恶劣的混乱轰鸣。噪音之所以被称作噪音,不仅是由于它极不和谐,毫无美感,因之与乐音绝对对立,而且是由于它往往铺天盖地而来,令人心情恶劣,逃遁无计。著名的德国哲学家、美学家叔本华,曾写过一篇论文,那题目就叫作《关于噪音》。他有如下一段感情强烈的言辞:"……噪音形成严重的妨害。自古以来,凡是卓越的思想家,都非常嫌忌那些搅乱、中断和转向等,尤其最讨厌由噪音所引起的暴戾的中断。欧洲国家中最敏慧、最伶俐的英国国民中,有这么一句话:'绝不要在中途打扰!'几乎可以把它列为十一戒(意即仅次于摩西十戒之重要戒律)。噪音之可憎、恼人,由此可见一斑。"1821年,叔本华之所以同女房客发生诉讼纠纷,起因也在于不满女房客制造的噪音。终其一生,叔氏的确对噪音深恶痛绝。当他引用罢"在我遇到的音乐国民中,德国人是最喧嚣的国民"(汤玛斯·弗德语)以后,还感慨系之地说过这样的话:"德国人之所以如此,并非他们比其他国民更喜欢多的嘈杂,而是在喧嚣盈耳中,使他们变得麻木了。"我猜想,这大概是指19世纪的德国而言吧。1987年,我去过联邦德国,我看到,叔本华的同胞们,大多举止文雅,轻声细语,周遭环境十分安谧,加上森林成片,少有污染,可以说,到处充满了既是现代的又是田园的美妙气氛。像汉堡、法兰克福等大都会,夜间10点一过,遇有较大声响,警察必定光顾,向当事人提出"建议",实际上就是警告。相反的,倒是泱泱古国中华,变成了噪音的世界级冠军。而我这样一个原本非常反感噪音的人,也在现实的熏陶之下,由无可奈何坠入麻木不仁了。倘问我都受到了哪些噪音的熏陶,且试举每日做的"耳功"吧:自早至晚,各种叫卖声此伏彼起,不绝如缕,除了我在《漫谈废品》一文中介绍过的,为数不下五十人的收破烂者大军外,还有九行八作形形色色的吆喝和敲打。仅举每日必定登台的荦荦大者,有卖大米、小米(不是黄小米,是本地人爱吃的一种煮出饭来又硬又干的籼米)的,有卖大馍的,有卖馓子的,有嘭嘭嘭爆米花儿的,有卖辣酱豆腐乳的,有卖酒酿甜米酒的,有卖活鸡活鸭的,有卖煤球(此地原先只生产煤球,后来才引进了蜂窝煤;煤球虽然停产,名字却沿袭下来了)的,有卖麻将的,有打家具的,有补炉子换炉胆的,有戗菜刀磨剪刀的,有钢精锅换底外带修伞的,还有换塑料盆的和旧袄换鸡蛋的……后者,已经明显带有某种小农经济色彩了。更有本居民点的一大特色:由于团结友爱和公关活跃,同住一层也要成天咋呼,至于外来访客更无其数,最热络的,深更半夜也照样划拳行令,喧哗不已。在某一幢楼,似乎还住了那么一位小官,何以判断此人是小官而非大官呢?根据是,每日小车来接时,司机竟不怕冒犯,一个劲地死按喇叭,就是不去登门叩安(叔本华好运道!他只体验过马车夫鸣鞭,没领教过汽车司机鸣笛)。当然,万万不可忽略了那富有现代情调的劣质摩托启动乃至急刹车、摊档推销流行歌曲磁带、录像馆全天播放言情片和打斗片,加上邻居们的家庭卡拉OK,以及无数发了财的和想发财的,频频以爆竹代语言,向上苍表示内心的感激与祝祷。

我早就从书报上了解到,80分贝以上谓之噪音。噪音危害人的神经系统、消化系统、听力,甚而致癌。可是,我逃不出噪音的势力范围。没出息,乃转而移恨于古代作家的描写,什么静得能听见绣花针掉在地上的声音!去他妈的绣花针!我只能选择绝不听摇滚乐,绝不进足球赛场,听广播时尽量避免使用耳机,力争不参加高喊口号的群众大会等等消极办法,来稍稍推迟厄运的降临。科学家预言,2001年以后,使用助听器的人,将会同现今戴眼镜的人一般多。我估计,自己未必能活到那个年头吧,要是居然活到了,可也真够吓人的。试想,我本来就戴着眼镜,再添上一件,岂不是嘀里嘟噜,满脸披挂,美不胜收了么? 哪如赶到2001年之前和噪音"拜拜"了呢? 省得受罪。

1994年4月20日　合肥

知识产权和广告诗

从前,我压根儿不知道世上还有知识产权一说,实在孤陋寡闻得可以。后来虽然知道了,也同从前的不知道相差无几,不过"纸上谈兵"而已。

20世纪50年代前期,我在云南工作,曾有幸协同几位文学界同人,整理过一部流传于撒尼人口头的叙事长诗。不承想,这部长诗一发表,立即轰动海内外;国内先后印行了七种版本,还被翻译成数种不同文字的外文版。其中的中青版和英文版,请著名画家黄永玉先生绘制了十分精美的封面和插图;光是这些画本身,便是价值连城、人见人爱的艺术品。估计总是在"反右"前后吧,有商业头脑的当地某国家级企业,推出了一种以长诗之名命名的香烟;烟盒上作为商标的侧面头家,正是黄先生单线平涂的杰作——那位芳名不胫而走的撒尼姑娘。由于长诗的四个整理者,已有三个被打成了"右派",沦为贱民;发言权都被取消了,遑论征求意见?烟厂无视我们的存在,固然是绝对符合"国情"的,免议。待到"文革"一来,黄永玉先生也被打成了"黑画家",天下便越发太平了。由于该厂科技人员、全体工人和经营者的辛勤努力,不久,这种香烟成为国内名牌,抢手至今,无尽利税滚滚来,为社会主义建设做出了巨大贡献。对此,我们,作为爱国公民一分子,同样额手称庆。至于是否涉及个人权益问题,实在是想都未曾想过的。只是到了晚近,现代意识较强的朋友不断提醒,你们为什么不行使法律赋予的权利,保护自己?咱们中国不是早在1980年6月3日便加入了世界知识产权组织么,何况,1991年6月,著作权法又付诸实施。其中,明明白白规定了,商标倘或涉及知识产权问题,其使用必须取得原作者的授权同意,你身为作家,难道连这点常识都没有么?

我的回答是,多谢指教。然而,身在中国,我不能不面对现实。第一,这家烟草企业,是地方财政的顶梁柱,政府能眼睁睁让它成为输家么?这是不言自明的。其次,画家黄永玉先生移居香港多年,自然见多识广,但他也似乎并无意为此旷日持久地去耗费宝贵的时间和精力;而以他在国内外的知名度,竟也不得不学习"黑画"中那只猫头鹰,采取睁只眼闭只眼的态度,衰病如我者,奚能有所作为乎?!再说,1990年,正是这家烟厂,举办过一次颇具规模的笔会,慷慨邀请许多同云南毫无渊源干系的文学界人士远道前往,却独独避开了我,个中消息,难道不也耐人寻味么!

最近听到传言,东南亚某国居然捷足先登,以该香烟牌名向国际商标组织登记,申请专利;这么一来,根据国际协议,使用这个牌名的中国产品,无论你历史多久,也不能涉足世界市场了,否则,便是侵权。唉,可怜的撒尼姑娘啊,竟远渡重洋,教八竿子也打不着的外国人拐卖走了。有人对我说,这叫强中自有强中手,也是报应。但我可不这么看,我只是觉着非常非常遗憾:我们写书的"腐儒"有各种各样的顾虑,不得不甘当"法盲",堂堂国家级大企业,也会是"法盲"么,实在太不可理解了。

类似的事情还有几桩。例如,1986年5月,某诗报请我写广告诗,其中包括号称世界级拳头产品的某种领带,还有某几家星级宾馆;诗写出来面交了,也发表了,有的句子甚至改头换面地变成了电视广告。不了解真相者难免想象,作者一准收了大堆的"红包"吧,但实际上,除了可怜的数十元稿费外,我既没得到过一条领带,也没喝过一杯咖啡。知道这件事的人无不嘲笑我吃力不讨好,净做"冤大头"。有什么办法呢?看来,在"中国式"的商业社会里,我是注定混不上饭吃的了。我不懂的是,俗云,一招鲜,吃遍天,可为什么,如今有的人半招也没有,就凭坑、蒙、拐、骗,竟如鱼得水,好似十八般武艺他件件精通呢。

至于所谓的依法办事，我想，那恐怕只是一种纸面上的理想境界吧。存疑。

1994年4月23日　合肥

"吸烟有害健康"

"吸烟有害健康。"内地坊间出售的香烟,大都在纸盒上印有这句带有劝善意味的箴言。劝善诚然是劝善,不过,我想,世上大概再也找不到比这更大的讽刺了。

最近,我一连写过两篇有关香烟的文章,这是第三篇了。促使我再次拿笔的动机是,从合肥一家晚报上,我读到了一则好消息,自 5 月份开始,首批三十七处公共场所,将继北京、苏州、武汉以后,实行局部禁烟。

平心而论,关于阐明吸烟之害的资讯,并不在少,而且言之凿凿。诸如:危害呼吸系统、心血管系统、消化系统直到神经系统,诱发肺癌、喉癌、口腔癌、膀胱癌、食道癌、胰腺癌;我国三亿五千万烟民中,每年死于与呼吸有关疾病的人数已高达一百万;最新研究成果表明,父亲是烟民者,胎儿往往容易出现脑积水、兔唇、心脏先天性缺陷等,母亲是烟民者,会导致流产、胎儿畸形、弱智;即便双亲都不吸烟,但受了"二手烟"的影响,连胎毛上都能检测出烟污染的痕迹。说起"二手烟",那祸害更为惊人:一个从不吸烟的人,只要在烟雾缭绕的环境中待上十五分钟,其受害程度,就绝不亚于吸烟者本人。所以,澳大利亚的烟盒上,仅仅警告"吸烟是慢性自杀",那表述显然是不完整、不准确的。

亚洲烟草控制咨询公司经理朱迪思·麦凯在美国公共卫生协会第一百二十一届年会上说:"美国和英国的烟草公司采取咄咄逼人的促销攻势,利用政治和商业压力,向发展中国家渗透。"麦凯估计,到 2025 年,单是中国,就将有二百万人因吸烟而死亡。这也就是说,与现有数字相比较,还要翻上一番。为此,麦凯敦促中国仿效西方国家,"阻止这场烟祸的入侵"。我想,朱迪思·麦凯倒称得上是一位有良心的美国人。问题在于我们自己始终抱着一种古怪的、无法自圆其说的态度。我们的报纸,每每指斥美国在这个那个问题上奉行双重标准,但唯独绝口不提烟草之事。然而,统计数字却是:10年前,美国有百分之三十七的人吸烟,如今已减为百分之二十五点五,成了吸烟率最低的国家之一。在立法方面,美国更不遗余力,一再颁布严法细律;据1993 年的《法律时代》报道,每逢发生烟草诉讼,至少有十一个州,总是坚持禁烟立场。学校、车站、码头、航空港、剧院、餐馆,办公室等处,早已实行禁烟,最近还出现了"无烟家庭"的判例。今年 3 月 25 日,克林顿政府又提出新的措施。全美将有六百万个公共场所,受到《职业安全和健康管理条例》与《室内空气质量条例》的管制。倘若不是烟草有百害而无一利,一贯崇尚自由主义的美国,何苦同吸烟上瘾的自家人过不去?

美国万宝路香烟,早在 1987 年就已经是中国的第一大广告客户,我国虽然禁止利用新闻媒体做香烟广告(实际上是禁而不止),但并不禁止宣传香烟的商标名称。

因此,我在上海曾惊讶地看到,几乎所有的大马路上,都有万宝路赫然君临。难怪《纽约人》不无得意地说,"菲利普·莫里斯已把中国最大的城市上海变成了万宝路国"了。这一现象,是不是恰恰足以反证我们自己也奉行了某种双重标准呢!我注意到,在大陆,近年间,骆驼烟卷土重来;值得注意的是,它装潢简朴,一仍旧貌,俨然一副"普罗"打扮;这是否也经过资本家的深思熟虑呢?"资产阶级就是资产阶级",这句被某些人用来训诫大众的话,一度是年年讲月月讲天天讲的,如今这些人自己反倒不讲了。在台湾,美国人把吉普开到校门口,免费散发香烟。就凭这一招,他们赢得了数以十万计的新生代瘾君子。

英国设在孟加拉的烟草公司总经理,更说什么"我们没有强迫任何人吸烟,我们只是出售满足感,就像饭店出售殷勤款待一样。责怪我们是不公正的。"夫复何言!

"吸烟有害健康。"话头应该回到这句劝善箴言。环顾人世,说一套,做一套,比比皆是,使人觉得仿佛活在烟盒里。人类诚然如此,中国人尤其如此。

1994 年 4 月 30 日　合肥

老人节琐议

世界各地都有老人节。日本规定9月15日为"敬老日",美国的"祖父祖母节"安排在每年9月份美国劳动节后的第一个星期日。在加拿大,每逢6月21日便要欢度"笑节"。这一天,喜剧演员们纷纷上老人公寓义演,儿女们会自动休假来陪老人外出游览,电视台更组织专门节目为老人助乐。就连岛城香港,11月的第三周周末,也要举办全社会的"长者日"活动。而自1991年开始,根据联合国第45届大会通过的106号决议,10月1日为"国际老人节"。这一天,正好赶上咱们的国庆,倒省得麻烦,不必另择另定中国老头儿老太婆的节日了。

当今"地球村"面临的难题之一,正是所谓老龄化问题。1987年,我去联邦德国访问,就不断听到主人念叨人口结构迅速老化,社会福利受到威胁,认为这是他们的一大隐忧。从那时起,几乎所有的发达国家,都开始相继采取推迟退休年限之类的措施,虽然人家并不喊"发挥余热"之类的漂亮口号。至于中国,我以为,情况却似有不同。我们的老龄化固然同样是不可回避的现实,比如上海,早已宣告老龄化了;而且,无疑的,像上海这样的城市,往后只会愈来愈多(例似深圳特区,由于集中了全国各地闯世界的年轻人,居民平均年龄偏低,恐属暂时现象)。我们的特殊性主要表现在,整个社会正处于向市场经济接轨阶段,一方面背着沉重的人口包袱;一方面因袭着古老的儒家传统,所谓"孝子贤孙"的"美谈"便遭到了逆向的扭曲,成为"孝于子"和"贤于孙"了。

对此,我十分地纳闷,总以为,这些苦恼纯属自取其咎。年轻人更新观念,老一辈为何不可观念更新?讲伦理,西方人固然失之太淡,中国人又岂非失之过迂?报章不断披露的虐待老人和老人"自愿"受虐的新闻,除了说明我们的改革(包括法治改革)尚欠彻底之外,还能说明任何其他东西么?

我所关心的倒是老人们自身的晚节问题。依我看,可以不过什么老人节,更不必奢望什么"笑节",但万万不可丢了晚节。有的人锦上添花,天天过"节",就是毫无气节,不提也罢;但不少本应保持晚节的人,居然在金钱美女面前,丢盔卸甲,这就太令人浩叹了!看来,过好社会转型这一关,老人们同样得多操着点心才好。

1994年5月3日　合肥

搬家记趣

1986年秋,我生平第一次住新房。在这之前,打单身时,基本上一直是挤集体宿舍,或者在别人看不入眼的草庵陋室占山为王;结婚以后,借办公室临时搭窠,很快遇上"反右",被发配山西修水库,一个班同睡一个猪圈,"文革"期间,又被撵下乡去钻烂窑,及至1974年重新分配工作,乃厕身于金代大诗人元好问家庙,以一间填平了的老茅坑安家,一住五载,总之,"时刻听从党召唤",叫我住什么地方,就住什么地方。

这回居然有了新房,自然激动得很;想想自己年届花甲,终能亲身体验一下住新房的滋味,不免暗自庆幸;好歹总算熬到了这一天!再说,以天下之大,"安得广厦千万间",至今还有多少人在大做乔迁之梦!若非公刘我祖坟冒青烟,岂能摊上这等美事?

至于新居,明知道不理想,夏天当西晒,冬天喝北风,和别人的同等单元相比,既少几个壁橱,又缺一座凉台,但忆苦思甜,该知足了。谁敢说西边的太阳和东边的太阳不是一般温暖?谁又敢说北方的风和南方的风不同样是呼啦啦地吹?显然,这远远够不上"我不入地狱谁入地狱"的崇高境界,只消拿出中国人的看家本领来,阿Q一番也就胜利了。然而,推门一看,地平的确不雅,瘤瘤蛋蛋不算,还到处有钢筋探头露脸,不想法补救,恐怕在自己家里也得绊跤。于是,出钱请来一位师傅,不承想竟吓了人家一跳:"老同志,这样的地,你也接?我可不能做,怕败了我的手艺。"这段充满工人阶级战斗豪情的评论,倒教我不胜脸红。想当初,我的确是没勘察,没比较,没商量,就冒冒失失地接钥匙的。现而今,只好"风物长宜放眼量",认了。于是,女儿恪遵领袖"自己动手,丰衣足食"的伟大教导,白天办公,黑夜办私,70%的工作量由她承担,趴在地上,绷线画格,抹地刷漆,完成了美化的任务。师傅呢,只管提供涂料配方和技术指导,工钱照收不误。

说起来,这楼,还真是猴巴巴瞅着它盖起来的。从1984年扒倒平房,打地基、备料、施工,到1986年夏封顶,以及经过为时将近半年的争吵,分配方案得以最后落实,首尾三度寒暑。分房内情,我不了解,想必故事不少。但施工过程,我却略有见闻。因为,我就住在工地前面。亲眼看见的不寻常事,印象深刻的有两桩:其一为,无数次小工们啖西瓜,总是顺手将成堆的瓜皮倒进结扎完毕的楼柱钢筋架里,接着就往里边灌水泥;其二是每逢墙砌到半截才发现歪了时,工人们总是先找来一块平板,贴在砖上,再教几名壮小伙子,一人手持一根毛竹,由领班吆喝着,齐心合力地把它揍直,接着又一层一层继续往上码。当时我就不免心里打小鼓:闹着玩儿呢!玄!不过也难说,那时候,正当"包"字刚接替"斗"字,到处都在喊"一包就灵",全不像如今,盖房子多少还讲点章法;于是,公司包给队,队包给承包者也就是新型工头,工头又转手包给胆大的农民。记得很清楚,正当我们的楼房竣工之际,市报刊出了一条骇人听闻的消息:新建的某居民楼,房主刚跨进门,阳台便塌了下去……我们这幢楼,虽然不曾闹出这等奇灾大祸,可小病小殃却缠身不脱。拿我家为例吧,才搬来,女儿嫌玻璃脏,就擦,谁知小北房那窗框竟是活的,所幸她年轻、反应快,赶紧转身往回跳,但从此就再也不敢"爱国卫生"了。不久,我们又发现,那窗框四周的墙体,竟一年到头潮乎乎的,长满了霉斑,何以故?不明白。待到我从德国买回一架黑森木钟来,打算挂起炫耀一番,钉子才洞穿表层水泥,便扑哧一声,长驱直入,原来里边填的是碎砖,空的!这才由里及表,触类旁通,悟出了小北房的秘密。还有一回,我在床上休息,忽然觉得温水溅头顶,一摸,颇带异味,后来一了解,是楼上刚学走路的孙女儿往地上撒了泡尿,我因而了解到本单元的另一特点,即预制板与预制板之间,原来留有缝隙。当然,这些不过鸡毛蒜皮,无足挂齿;可怕的是,顶楼人家厨房的墙突然大裂,须赶快加固,怎么办?要在我家相应之处增厚墙体,撑着,于是,又是钢筋又是水泥地折腾了上十天。而几乎同时,楼上的卫生间漏水,祸延我家卫生间、厨房直至卧室,却一拖四年,无人过问;迫于无奈,我硬把党组书记拖来,请他亲眼看看,这才拍板:彻底翻修楼上那个排水系统全部错位的浴缸,问题得以有幸解决。不过,粪汁下滴的闹剧,却难以闭幕。最后了,硬靠人造万能胶给腻腻歪歪地糊住了,出恭才无须打伞。至于人家的洗澡水,迄今我们一直还得用仿青铜仙人承露盘兜着。这件事,有关邻居并不知情,因为我们觉得,讲也无益,他们没有责任,是管道质量太差了,而全换又是根本不可能的。

这能叫作现代化公寓房吗?我有点怀疑。房改战鼓频擂,听了许多有关未来房租将不断"上扬"的威慑言论,买,似乎比租划得来。然而,这样的房子,我该买么?可不买,又上哪儿住去?何去何从?谁来指点迷津?

这篇小文章,标题定作《搬家记趣》,并非我诚心调侃。生活淡如白水,有点苦恼,倒也添了一味;而添味自属人生乐趣之一,苦中作乐是也。

1994 年 5 月 7 日　合肥

闲 人 赋

闲人赋,何以赋之? 或曰:斯游手之手兮未必好闲,彼好闲之闲兮笃定游手……这是什么话! 既铺陈不下去,也秾丽不起来;一个"闲"字,落了多少嫌疑!

咱们中国,人多,眼看就十三个亿了,到处人山人海,满坑满谷。人多当然是好事,这条真理,是在先就已反复学习过的:人多议论多,热气高,力量大嘛。老外不敢欺负咱们,原因固然大大的有,但,人多,无论如何算得一条。

人多的集中表现是闲人多。街上的闲人尤其多。因此,我极少上街;不过,且慢,您可千万别误会,以为我干了什么亏心事,不敢见人。我的习惯是,每逢出门,总是直奔目的地,速去速回,不爱见有人端着胳膊肘晃晃悠悠挡在前面轧马路;说他不走吧,的确冤枉了他,说他走吧,又不知道何以他的时间竟那么宽裕。无疑,闲人不一定真闲,固然有目光漫射的瞎转悠者,但更不乏专心研究别人的口袋和钱包的,尽管这种人往往做凝视天空状,仿佛那飘着的广告气球上吊了个外星来客。教人难以启齿的是,这种研究者似乎日见增多。好在我们终于痛下决心,把富有中国特色的"待业"一词,实行国际接轨,改作"失业"了。本来嘛,人多,失业的难免也会多,谁又能保证其中的一部分不自力更生呢? 我不排斥闲人中有正派人士,也许人家正在从事某项创造性构思,这会儿是上街找灵感来了;正如我无权否认,世上确有喜欢待在茶馆里埋头写作的大作家一样。我只是说,我不属于这一路罢了。

那天女儿去交电话费回来告诉我,她付款时,一位富婆从旁奚落:"唷,就交这么点钱,还安电话呀!"女儿说,那是个打扮得花里胡哨的半老徐娘,吃饱了闲溜达,后边还跟着个保镖的。我说,既然你知道那是个闲人,就当捡了句闲话;闲人不说闲话,教她的舌头怎么止痒!众目共睹,某些妇女早已因"傍大款"而睥睨天下,连娼妓也自我感觉良好。对这辈新贵,敬而远之好了;真要计较,不是自己也就变成闲人了么?

今年三月号的《海外文摘》,转载了《欧洲时报》的一段新闻,说是马来西亚的警察奉命抓闲人,他们的政界人物和宗教领袖认为,闲人有罪,且上纲为"国耻"。我想,这可绝对不符合我们的国情。中国本来人就多,闲人自然多,真要抓,你抓得尽么?何况,抓肯定有碍于稳定;然而不抓呢,似乎也不一定有益于稳定。看看,我本意原是想写一篇《闲人赋》的,倒引出一段悖论来了,怪哉。

1994 年 5 月 8 日　合肥

乞丐的行情

乞丐,俗称叫花子。按我老家江西南昌的土话,叫作告花子。我倒认为南昌话似乎更切合实际;所谓告,指的正是要饭的他或她,有苦情求告于人,却不一定逢人便要大喊大叫的。而花子者,乃形容其衣衫褴褛,蓬首垢面,有异于正常人也。不过,这大致说的是从前,皇历过气了,不足为凭。

作家之中,数贾鲁生最了解此中内幕,正如要想知道有关江湖门道,必须求教于刘静生一样。贾鲁生先生写过一部专著,介绍了乞丐王国的林林总总,令人叹为观止。那些行帮、码头和等级,我都不懂;我单说自己在日常生活中与乞丐接触的感受,我发现,归总一句话,乞丐是有行情的。

不待说,我们告别了由生产队开组织介绍信,证明持有者系合法讨饭,并非盲流的旧时代,进入了以行乞为自由职业,大可走南闯北的新时代。至于两相比较,哪个时代更好,结论也许言人人殊,不议。但只要面对现实,你不能不承认,如今百物腾贵,行乞自然也有权看涨。拿我所遇见的乞丐来说,这方面,似乎都有了日新月异的变迁,绝不可以固守旧观念,把他或她简单地等同于要饭的了。事实上,他或她,早已不满足于索取残羹剩饭糊口腹,目标是明确的:钱,而且志在必得。屡有传闻,说是某地某乞儿回乡盖了楼房,置了家电,发家致富矣。显然,某些乞丐,不知接受了什么熏陶,竟也掌握了一流演技:"上班"前,乔装打扮一番,酝酿情绪一番,回到客栈,恢复本相,该喝酒的喝酒,该吃肉的吃肉。据说,乞丐们的开放意识颇强,深知中国台湾、香港人及外国人较殷实,较讲资产阶级人道主义,也较不了解大陆,往往易动恻隐之心,向这些人乞讨,容易得手。根据一家乞丐收容所的办案记录,居然有日进百金的大户,比一般劳动者还要高出许多。我是相信这个记录的。因为我自己便有类似见闻;一个乞丐上门来,开价便说:"三块五块不嫌少,十块八块不嫌多。"你听听!口气多大!女儿感慨道:我还巴不得有谁能给个十块八块的呢。还有一个乞丐,女儿给了他几件干净完好的衣服,他居然发表评论:小了,式样也旧。真教人哭笑不得!

前年冬天,我在北京站大厅候车,不到半个钟头,就接待了四对母子,都伸手要钱。送行者告诉我,乞丐当中,有一派叫"娃娃派",就是专门利用孩子当摇钱树的。想想如今的人心叵测,摸摸自己的腰包有尽,我想,我还敢冒充慈善家么?

乞丐已先行一步,实现了现代化、年轻化、知识化,他们深谙心理学、地理学、经济学、公共关系学和斯坦尼斯拉夫斯基艺术体系,懂得怎样"混",怎样"捞世界"。大趋势如此,于是,人与人之间,似乎又多了一层不信任感,以致少数真正需要帮助的,反而受到了怀疑。"假作真时真亦假",信然。

1994年5月9日　合肥

草莓一天天烂下去

几个朋友共食草莓,话题落在草莓的行市上。一位兴来发感慨,说了一声"草莓一天天烂下去",引起了另一位的共鸣,"我们一天天吃起来",尽管后者欠雅,倒也别有谐趣,逗得众人一阵哄笑;盖在座者皆"文革"过来人也,无不明白这话的出处——套了一句当年刷满语录牌,印满两报一刊社论,占尽风光的"最高指示"。

临到草莓下市的晚近,才跻身于大啖之列者,自然非我辈穷鬼复兼馋鬼莫属。吃新鲜时,我就没敢问津,听说最高叫价十元一斤。一直等它掉到一元八角了,我才抓紧战机买过几次。待再落到一元左右,遂成绝响;要吃,明年见。草莓是所谓的超级水果,原系野生浆果,日本人把它培养成了目前这个样子,含多种维生素,营养价值极高;咱们引进后,各地相继大面积推广栽培。农民们对之兴趣颇浓,因为它的成熟期,正赶在水果家族青黄不接之际,且别样甜美,身价自然抬高。然而,在这一点上,一般知识分子家庭的经济利益与农民的是相冲突的。我们希望贱,农民巴不得贵;于是有了无形默契:贵的时候,尽大款们抢购,等它价格疲软了,再轮到人穷嘴不穷者充当主顾。

草莓毕竟有涨有跌,不像其他货品,涨上去了就下不来。这,是人人都有体会的。可惜,开门七件事,草莓没有份。现在的所谓跌价,大致都停留在文件上和报纸上,然而文件和报纸又偏偏是只能看,不能吃的,类乎画饼可知。比方说,4月3日的新华社消息,明明说国家统计局公布的数字表明,2月份全国35个大中城市,居民消费价格平均比去年同月上扬了25.9%,其中海口等 20 个城市,涨幅更在 26%～39.3% 之间,超过全国平均指数。我住的地方排名第五。这是能拿出具体证据的。就在一季度,我常买的一种速冻水饺,重量由 500 克减为 450 克,价格由 2.15 元提为 2.70 元;最低档的小蛋糕,也由 3.6 元涨到了 4.8 元一斤。然而,不知何故,有人硬要坐在办公室里唱对台戏,说什么市场情况良好,物价稳中有降,云云;姑隐其名罢,因为此公亦非等闲之辈。近据《中国消费者报》署名文章透露,内贸部市场研究员许荣昌警告:"许多居民对通货膨胀已无力承受。农民收入连续六年低于城市职工的收入增长,再加上尚未解决温饱问题的 8500 万人和灾区农民,农民的承受力最为脆弱。城镇由于通货膨胀和分配不公交织在一起,职工减收面增大,有的职工生活困难,他们对物价上涨反映十分强烈。"因之,他呼吁,"目前通货膨胀已接近城乡居民承受力的极限","应立即加强宏观调控,防止经济再度过热,并慎重把握价格改革出台时机,认真搞好'菜篮子'和'米袋子'建设,加强对物价的监管,力争把物价涨幅控制在 10% 的既定目标之内"。看来,这位许先生是了解民间疾苦的,他说的是真话,不是官样文章,更不是为投合某种个人的或者上峰的需要而编造的。还是举我自己为例,收入不算太低,尚且颇为拮据,那些挣扎在生存线上的劳苦大众,其惶恐不安何待想象!一般说来,中国人并不怕苦,只是愿意多几个知冷知热、说良心话的官员,要不然,一个劲儿地要求群众跳"忠字舞",改革还有什么指望!

朋友们因草莓掉价而情绪高涨,颇有幸灾乐祸之嫌。其实,谷贱伤农的道理,大家是懂得的。关键在于钱包。谁不愿意既有利于农民,又无损于自己?从"草莓一天天烂下去"的笑话,也不难看到,咱们的市场经济,实在并不像某些论客吹嘘的那样,进了保险箱,万无一失。我认为,凡是中国人民劳动创造的东西,哪怕是草莓,也别"烂下去";然而,要实现这一期冀,首先就得制止社会机体的继续溃烂。而社会机体的溃烂,又是多方面的,包括政治上的"注水"行为。"注水",也是一种腐败。

1994 年 5 月 14 日　合肥

出 国 记

我出过三次国,其中两次是奉全国作协之命,一次是对方指名邀请,且由对方承担全部费用。这篇短文并非打算追忆往事,而是想说说另外的三次"出国"。

第一次是在1990年,第十二届世界诗人大会在韩国首都汉城召开,寄来了请柬,甚至安排了奥林匹克村的下榻地点,却因为那场著名的"风波"仍旧余音绕梁,自然,一切免开尊口。于是,吹了。

第二次是在1992年,又是新的一届世界诗人大会,在美国亚利桑那州首府凤凰城(菲尼克斯)举行。再次向我发出邀请,但需自筹路费。我一无权,二无钱,只好破平生纪录,干了件低声下气的事,岂料出师不利,被人恶意耍弄,此事大致过程,可参阅《九儒十丐新例》,不赘。

到了1993年,忽而又收到第四届世界文化大会的请柬,会议地点设于美国旧金山。这一次,接受去年的教训,我不再指望商人,而是直奔省府,找到分管财政的副省长;承蒙他关照,批给了人民币12000元。固然,为了落实这笔拨款,几乎跑掉鞋跟。但这本是题中应有之义,谁教你想去呢?如此忙乎到距会议开幕仅剩七天,机票也已托上海的朋友买好,刚要启程。突然,中国驻美外交机构发来一纸传真,让省外事部门通知我:"建议"公刘同志取消访问;其中,还提及同时被邀的著名学者钱伟长先生,说是也做了相同"建议"。理由么,"两个中国"。此事诚属意外,不过,我还是想得通的;"两个中国",那还了得!这可是原则问题,而原则问题是不能马虎的。虽然白忙了三个月,大煞风景。顶顶可怕的是,所有的机关,都得倒过来转上一遭,所有的手续,都得倒过来重办一遍;于是又驮着骄阳跑,冒着大雨跑。我,血肉之躯,累极了,难免也会自怨自艾,这是何苦来? 记起了有的人对我说的宽心话:"又不是没去过美国!"可是,一转念,难道我真的像某些人那样,也仅仅是为了出国开眼? 前思后想,百无聊赖,只好信手乱翻报纸,偏偏那一阵子,见天都以显著位置报道一条热门新闻:汪辜会谈,地址选在新加坡。于是我又想,辜振甫先生,岂不正是海峡那边的台湾代表? 汪道涵先生,岂不正是海峡这边的大陆代表么? 按理说,他们二位,才是货真价实的非民间人士,怎么一坐到谈判桌前,竟会自动消失各自原来的符码。而我,一个写诗的小百姓,反倒有了官方身份! 看来,这世上的事情,还真有点不大好懂呢。

光阴似箭,眨眼又是一年。如今旧话重提,我却已经全然抱的是另一种心境。"坐地日行八万里",小小寰球,何处碍神游! 我乃释然,甚至还暗自庆幸:得亏不曾走,真要是走成了,回来正好赶上"反腐败";君不见,报上且嚷嚷着要把那些个"公费出国旅游"者,拉出来狠狠曝光,万一动真格的,舍我其谁?

1994 年 5 月 15 日　合肥

煎　药

远方友人来信,垂询近况,我答以健康欠佳,水深火热。何谓水深火热?自春迄夏,每日光煎药一项,就得花整整一下午,枯守灶前,还要不断用筷子搅,唯恐烧煳了;时间一到,就用湿毛巾裹住瓦罐,过滤药汁。如此反复三遍,片刻不敢稍有分心,也蛮辛苦的。加上跑门诊部、排队看病、上中药店抓药,以及平日间一系列的准备工作,这本身似乎就在大量地消耗生命;倘非指望祛病延年,我简直要怀疑,这样做,是否有点得不偿失了。

我是老生子,先天不足;记忆中,小时候颇得过几场恶病,加之发育的时期正赶上抗日战争,读的是吃"贷金"的国立中学,家里又穷,根本谈不上什么补充营养,能填饱肚子,就很满意了。至于体育锻炼,碍于近视,打篮球不行,只能做做俯卧撑、引体向上之类。

一参加革命,便运交华盖,不绝如缕的"运动",我竟都在劫难逃。被打成"右派"后,超负荷的体力劳动,对身体造成了致命的戕害。由于内伤,导致大量便血,在难友们当中,曾一度引起令人难堪的议论:是不是有妇女溜进来蹲了咱们的茅坑?又由于扛的石头太重,以致二十年后,才发现整根脊椎都落下了残疾:腰椎骶化,胸椎畸形,颈椎增生。

我性子急,好冲动,一写起东西来就入迷,不注意劳逸结合。1979 年,错案改正,为了追回那失去的宝贵岁月,我越发地不顾死活了。因之,才酿成一年后脑血栓突发,病危红牌挂了 20 余天。所幸自己还保有一点顽强性,在医护人员的全力抢救和女儿的悉心照料下,狠斗病魔,终于斗赢了。提起顽强性,应该倒叙一笔,说一件发生在部队里的往事。那是解放初期,编报,夜班多,忽然查出了肺结核;当时云南闹土匪,物资供应紧张,药物控制很严,军以上干部才有资格用雷米封,我小小一个排级,只好打所谓的空气针,也就是行家说的人工气胸,以报废三分之一的右肺为代价。当时得肺结核的还真不少,三个月下来,有的竟然病故,我却痊愈了。事后想想,关键大概正在于自己采取了又在乎又不在乎的态度。打这以后,我就得出一条经验:首先不可丧失信心。当然,病魔也不是吃斋的,到底塞给我一件可怕的礼物:视网膜中心视点裂孔,导致右眼失明。这是1984年的事。

我一向不太热衷于体检,医生说过:除了牙还可以,哪儿都不好。我觉得,这话无异于判决书,听了徒然教人伤心。我也不是"气功迷",无论什么功走红都去凑热闹。平素我只在早上做一段"六字诀",最近才在晚间加了一次搓脚心。医生对牙比较满意,恐怕和我数十年来,坚持早晚刷牙,同时戒了糖,每逢小解又都咬紧牙关,避免打激灵有关。有一位湖南大学的教授,不知从何处获悉,我从偏瘫、失语而基本复原,以为我吃了什么进口药,写信来打听;我回信幽默了一下:我吃的药,的确无一不"进口",但我和先生一样,一个普通知识分子罢了,并非"重点保护对象",长着洋面孔的特效药哪儿认得我呀!

目前,主要是因静脉极度曲张,引起血液循环受阻,致使右腿浮肿变色;老大夫认为,我病史长、病情杂,先得主攻肝肾两亏。看来,我已然变成了药罐子,似乎还出现了某种可疑的裂纹,经不起摔了。但有一点是明白无误的,即我绝不会自己"破罐子破摔",因为我还真想多做一点事儿。我将继续调动主观能动力量,拒绝向命运屈膝投降。谁知道呢?也许,在一个非唯意志论者的铁的意志面前,病魔会被迫再次退却。

1994年5月22日 合肥

风云琐记

抗战胜利之后,中正大学(以下简称正大)由宁都迁往南昌。学校是战争期间在泰和创办起来的,而南昌当时还在日本侵略军占领之下,因此,这次搬到南昌,同样是连个像样的校舍也没有。虽然,曾经一度酝酿在庐山海会寺另建永久性校舍,地址都勘测好了,但由于国民党忙于搜刮民财,大打内战,所谓永久性校舍也就化为泡影。

我正好是1945年9月入学的新生。报到地点通知单上写的是望城岗。望城岗在哪儿?向人打听,才知道,过了赣江还得步行二十余里。那时候不像现在,有班车来往市郊;常见的交通工具是农民的手推独轮车,一走起来吱呀吱呀地呻吟。我打的是穷算盘,找了一根扁担,将一个铺盖卷、一只小藤箱直挑到学校。眼前只见一座兵营式的建筑物,一排一排的小平房,顺着高低起伏的丘陵,构成了一个错落而又整齐的布局。所有房屋都一律刷成灰色,和大多数同学的心情一样暗淡。我在编号为二〇三、二〇四的房间里,一住就是两年半。

听老同学们讲,正大过去虽然也有几个进步社团,但是存在着两大缺点:一是团结不够广泛,缺乏群众性;二是没有横向联系,很难造成声势。无论是在泰和,还是在宁都,都从未发生过为统治者所咒骂的所谓学潮。可以说,基本上是风平浪静的港湾;大洋上即便怒涛汹涌,也产生不了多么大的回响。

沉闷似乎也有惯性。然而,时代毕竟不同了,闭塞落后的江西,终于吹进来了一股新鲜的风。发生在昆明的"一二•一"血案震惊中外,烈士的鲜血擦亮了万千爱国青年的眼睛，其中，也包括正大的穷苦学生。

不久，同学们中间开始流传着上海出版的《文萃》、《周报》、《民主》和《时代日报》，稍后还有《观察》、《时与文》。这些报刊更加拨亮了埋藏在进步学生心中的火种。议论国事的人越来越多了，不满情绪也越来越公开化了。

1946年7月，李公朴、闻一多相继惨遭国民党特务暗杀，这一卑劣行径，更像是一帖催化剂；正是在这种政治历史背景下，我们四五届的一群热血青年，在一次聚会上宣布了"海燕读书会"（以下简称"海燕"）的成立。"海燕"是一个以四五届政治系和经济系学生为主体的"左翼"团体。它以学习、传播马克思主义的哲学、政治经济学和科学社会主义为宗旨。我们的必读书有三本：苏联M.米丁的《新哲学大纲》、沈志远的《新经济学大纲》（同时参考苏联列昂诺夫著、胡明译的《新经济学简明教程》），还有翦伯赞的《历史哲学教程》。大家学习都十分认真，利用课余时间细心阅读，并且做笔记；每周有三次讨论，时间一般都安排在夜间，地点大多在六号教室。讨论中，有时也发生争论，甚至争得面红耳赤。但彼此的感情却是亲密无间的。至于平日的自学，涉猎就更广了，如：范文澜的《中国通史简编》，侯外庐的《中国古代社会史》，郭沫若的《中国古代社会》、《十批判书》，杜守素的《中国思想通史》，华岗的《中华民族解放运动史》，艾思奇的《大众哲学》，哲学研究社的《新哲学研究纲要》，M.米丁的《历史唯物论》，罗逊塔尔的《唯物辩证法》，高烈（博古）的《辩证唯物主义与历史唯物主义基本问题》，艾思奇、吴黎平的《科学历史观教程》，罗克汀的《自然哲学讲话》，吴黎平的《论民主革命》，等等。上述书籍，在当时的条件下，还可以公开或者半公开地钻研。然而，像《联共（布）党史》和毛泽东的《论联合政府》、《新民主主义论》、《论文艺工作》（即《在延安文艺座谈会上的讲话》）、《整风文献》以及陈伯达的《中国四大家族》这一类禁书，就只能在更小的范围内秘密传阅了。我记得，我们还能不断地读到中共机关报《新华日报》和中共机关刊物《群众》，那都是由袁崇祜从"学习新论社"的负责人陈潘旭处借来的。那时候，学习的劲头特别足，每每达到废寝忘食的地步。回想自己第一次阅读《在延安文艺座谈会上的讲话》,就是更深人静时,躲在被窝里打着手电囫囵吞下去的。阅读禁书的滋味是如此之深长隽永,以至现在闭上眼睛,还恍若昨日。

1946年底,北平爆发了因沈崇事件而掀起的反美抗暴斗争。北大学生率先罢课抗议,全国自北而南群起响应,正大校园内也贴出了一张、两张、三张……乃至无数张严正声明,要求举行罢课和示威游行。女同学们自发地组织了"晨呼队",每日绝早,都在校园内巡回呐喊,这是正义的吼声,积郁已久的愤怒终于找到了突破口。

这次罢课是正大历史上破天荒第一遭,来得突兀而又猛烈,学校当局根本不曾料到,御用的学生会束手无策。通过罢课斗争,正大建立了各进步社团自愿参加的"社团联合会",并在此基础上产生了系级代表会议,把右派势力操纵的学生会扔过一边。这是一个极为重要的发展,在此后的正大学生运动史上,"社团联"发挥了日益显著的作用。相反,青年军内部却发生了大分裂,很多人纷纷退出"青年学会",另建新的组织,站在"社团联"一边。

"海燕"是这次罢课示威游行的积极发动者和中坚力量。我个人受社团联和系级代表会议的共同委托,草拟罢课宣言和示威口号。

在一种万分激昂的心情支配下,这桩任务我只用了不到两个小时的工夫就迅速完成了。手稿拿到系级代表会议上,一讨论,却未获通过。意见是太"红"了,恐怕会吓跑了中间派。决定让我再修改。我起初想不通,后来还是删去了一些刺激性太大的字眼,突出了爱国主题,将政治倾向性掩藏在保卫主权的正当要求之中。另外,把"美国军队滚出中国去"这一中心口号改为"一切外国军队撤出中国去"(当时,我东北境内还驻有苏军),以此争取了巩固的多数。我依稀记得,罢课宣言是以这样一段文字结束的:"请看今日之域中,竟是谁家之天下?中国面临危亡!同胞们,奋起呵!"这是一张十六开的油印传单,历经国民党的白色恐怖,我始终保存着完好的一份;岂料,倒是解放后的1955年,在"肃反"审查中奉命上交,被人弄丢了。

我现在已经记不清楚,到底是哪一天举行示威游行的了,反正距离沈崇事件不久。这天拂晓,整个望城岗都笼罩在兴奋的情绪之中。全校集合了上千人,占学生总数的百分之八十。望着这么一支庞大的队伍,我们都抑制不住心头的激动。至于今后会有什么风暴降临,此时此刻,全都顾不上去考虑了。大约8点钟,大队人马由大操场出发,浩浩荡荡,直奔南昌市区。走到中正桥(即现今的八一桥)头,发现牛行车站附近,已有不少便衣来回逡巡,"小贩"之类也比往常多。这使人联想到,张贴了游行示威的通告以后,那帮职业学生立刻纷纷抢先进城的动态,不能不为之提高警惕,以预防当局的挑衅。于是,我们也立即出动了事先组织妥当的纠察队,临时还增派了各系各级的联络员,并且考虑好了应变的撤退路线……但是,这一天却平安无事。我们从王阳明路、陆象山路折入最繁华的商业区,穿过中山路、中正路(现名胜利路),毫无阻挡;市民们拥上街头围观,争夺我们散发的传单。事实上,同学们还是自发地打破了原先的约束,喊出了"美国佬滚出中国去"的口号。一呼千应,街道两侧的群众也跟着我们高喊,并且摇着大拇指,夸我们做得对,说我们替老百姓出了一口恶气。记得队伍跨越高桥,行经《中国新报》社大门时,楼上窗口立即响起了热烈的掌声。我抬头一望,发现了不少的熟人(编辑、记者和排字工人们),他们眼含热泪,举着拳头,公开站在了学生的一边。的确,有良心的新闻工作者,应该把正大学生的这一壮举列为头条才对,这是洪都古城空前未有的爱国大示威啊。

这次罢课和游行的胜利,大长了进步阵营的志气,大灭了反动分子的威风。在这极其有利的形势下,又纷纷成立了若干新社团,如以教育系为主体的"新教育研究会"等。有些纯学术和纯联谊性质的组织,也表明了自己的政治立场,要求加入我们的"社团联",如"蓝星(BLUE STAR)英语学会"、浙江同学会等。

国民党特务机关又恼又恨,责问其安插在学生当中的爪牙,怎么就干不出成绩来。于是,少数立功心切者心怀鬼胎,伺机而动,不久,机会到了——

面对全国风起云涌,一浪高过一浪的反美怒潮,中央社发布独家新闻,说什么苏军侵占了我新疆同蒙古国交界的北塔山,意在掠夺那儿的铀矿云云。正大三青团、青年军系统中的死硬分子,便仿效进步学生在沈崇事件前后的步骤,一方面四处张贴漫画、标语,制造声势;一方面也拼凑起一个挂羊头卖狗肉的联合会,将形形色色打着"三民主义"、"孙文学说"牌号的乌合之众,网罗一起,发表宣言,再借用名存实亡的学生会名义,号召大家进城游行,妄图炮制一次反苏反共示威。

司马昭之心,路人皆知。尽管如此,"社团联"还是有必要表明自己的严正态度。我们呼吁同学们小心上当。我们的工作对象,依然是占多数的中间势力。而这一番风浪,也正好可以检验"左派"和他们之间同盟关系的牢固程度。

感谢对方的愚蠢,导致了他们的最后惨败。当然,这种愚蠢的表演,对他们而言,实属必然。当双方的争辩,还在民主墙上你来我往地进行,关于有无必要举行罢课和示威的问题,尚未取得一致意见时,进步力量坚决反对,中间力量心存犹豫,局面僵持着;忽然,青年军出身但是已经觉悟了的同学,悄悄递给了"海燕"的袁崇祜一个绝密情报,原来,彩色三角旗和罢课宣言,早已准备就绪,就藏在青年军小头目戎××、余××的宿舍中。袁崇祜当机立断,紧急通知一批身强力壮的进步同学,冲进他们猝不及防的房间,搜出了油墨未干的全部反苏反共宣传品,然后又单枪匹马跑上钟楼,鸣钟集合全校同学于大礼堂,向大家报告真相,并出示缴获的印刷品以及小旗子,引起了众人的一片愤怒咒骂,结果,这一切便被当场予以焚毁了。青年军骨干戈××、廖××等人闻讯赶来"抢救",奈何已然全部化为灰烬。为此,戈××当众掏出枪来,朝天开了三枪,恫吓泄愤。由此,这批职业学生的真面目也就彻底暴露无遗了。原来还保持观望态度的同学,迅速站到了我们这一边,相信我们是正确的,因而形成了一种更大范围的更牢固的团结。

接下来就是"护校运动"。这一场斗争,坚持了五个月。1948年春,我正式参加了全国学联宣传部的工作(当时,全国学联总部南迁香港,直接由党的南方局领导),曾经参与过一次学运情况普查,统计数字表明,就罢课持续时间而言,正大的这次"护校运动"实属全国之冠。由此,我也不免有了一点小小的自豪,因为,我正是这一斗争的直接参加者。

关于护校运动的始末,应该由陈潘旭、张英荃等来叙说。陈潘旭已在上海解放前夜英勇就义,人们不可能听到他的声音了。而张英荃,则正是通过这一斗争成为全校瞩目的人物的,他历尽沧桑犹健在。关于这一斗争中发生的"五·二一"血案,则应该由林炳生——游行示威的总指挥——来叙说,张英荃和林炳生二人,都是5月21日那天横遭歹徒殴打负伤流血的英雄。张、林二位,20世纪50年代,竟都不幸被打成"右派",这已经是不堪回首的后话了。

我这里只说几件零星琐事。

论治校,原任校长萧蘧,是一个平庸之辈。在国民党反动当局眼中,恐怕也未必被认为是得力干才,因此,没多久就被免职了。但,新任校长人选,竟迟迟不能做出决定。整个学校不死不活地拖着,诸多问题无法解决。这期间,同学们在民主墙上不断张贴大字报("大字报"一词,并非解放以后才出现的),呼吁实行民主选举公推校长。这一要求,诚然是不现实的,但它又的确于天真中体现了莘莘学子对新校长任命一事的莫大关注,从某种意义上看,这恰恰是正大学生在政治上趋于成熟的象征。就这么一个不切实际的倡议,竟触发了大家的浓厚兴趣。有人提名翻译过《资本论》的经济学家王亚南出掌正大,有人提名江西籍的学者吴有训,有人提名民主人士许德珩,许也是江西人……民主墙上,一时煞是热闹。总的说来,这仿佛是一场自发的民意测验,倒很能看出人心向背的。

校内当时一直出版着墙报。其中除了少数由系级主办外,绝大多数都是各个进步社团的舆论阵地。根据我的印象,又以《海燕》和《学习新论》最引人注目,内容最丰富,文笔最泼辣,读者最多。我参加了《海燕》的出版事务。

为了配合护校斗争,《海燕》出版了一期护校专刊。那时已风传,说原复旦大学教授林一民将接替萧蘧。我们立即对林某其人其事做了一番细致调查,整理出一篇颇见分量的揭老底文章,专刊因之生色不少。的确,在林一民走马上任之际,我们采取这一步骤,是够党棍们头疼的了。

因为长期罢课,我们得了许多空闲。"海燕"的学习活动加码了,大家读了不少好书。吕振羽的上、下两大卷《中国通史》,我就是抓紧这段时间啃完的。此外,我们还开展歌咏活动,很多中国的和苏联的革命歌曲响遍了校园。

五四青年节那天,"海燕"主持了一次文艺晚会,节目精彩,观众相当踊跃,地点在学校大礼堂,如今记得起来的参加者有:丁成碧(女),朗诵何其芳的著名诗篇《我为少男少女们歌唱》;欧阳文道在鲁迅先生的著名诗剧《过客》中,扮演过客一角;我则登台指挥演唱了当时国统区流行的政治讽刺歌曲《古怪歌》和《茶馆小调》等。

屡遭败北的反动分子也加紧了他们或明或暗的动作,为了牵制和破坏进步同学的工作计划,往往通过各种"关系"来达到他们不可告人的目的。四三届毕业班筹划印行"同学录",经费不足,决定举行募捐义演。躲在幕后操纵这件事的,是应届毕业生、国民党区分部负责人何××、何××兄弟俩。他们选中的剧本是吴祖光的《风雪夜归人》,剧本本身当然是没有问题的。毕业生武建伦饰主角魏莲生;我则被邀请去客串与魏莲生配戏的另一个角色。武建伦和我是国立第十三中学的同学,他是看过我在中学时代《雷雨》等剧的演出的。于是他们利用武建伦,手持毕业班的系级联合公函出面找我交涉。我感到十分为难,便同袁崇枯、雷大坤等人商量。他们认为,可以去,既然他们利用演戏来分散我们的力量,我们又何尝不可以将计就计,趁机摸一摸他们的邪脉?袁崇祜年岁略长于我,处事应变都比我老练,平日里,大家都很尊重他的意见,雷大坤也是无话不谈的朋友。于是,我勉强答应了,随即参加了对词、排演,直到总排、彩排,搬上景片、道具之类上南昌市区正式售票公演。

谁能料到,正当《风雪夜归人》首演之日,中正桥头也上演了一出武剧——骇人听闻的"五·二一"血案发生了!国民党军警、宪、特荷枪实弹,拦在大桥当中,用木棒打伤了许多同学,冲散了进城游行的队伍。我当即听说,张英荃和林炳生伤势严重,被送进医院急救去了。

在这种态势之下,我怎么可能有心思演戏?当天晚上的头场演出,我演得简直糟透了,不是丢词儿便是抢词儿。当全剧落幕,我回到后台卸妆时,党老大何××皮笑肉不笑地冲我说了句阴阳怪气的话:"你今晚上像是有心事?"我当即回敬:"什么心事!我本来就不会演戏,谁知道你们为什么选中我!"他当然知道我话中有话,悻悻然走了。回到家中,已是深夜,我的父母亲都去看了演出,正在高高兴兴地等我这个"夜归人"哩,有谁知道我内心的悲愤啊!

不久,上届学生会任期届满,校方被迫同意新的学生会实行一人一票的直接民选。于是,在护校运动委员会停止执行对全校学生的领导以后,竞选新的学生会又成了斗争的焦点。进步社团联决心将这一合法的工具掌握在自己手中。为此,产生了一个以农学院学生、护校英雄张英荃为首的竞选团,公布了"内阁"名单,引起了轰动。起初,在各社团协商过程中,曾经提名由我执掌学术部,后来,考虑到必须隐蔽一部分实力,避免目标过于集中,才改为请林增伟出面,而由我做具体工作,落在我头上的第一宗使命,便是起草竞选宣言。

我们的对立面叫作"正光"竞选团。他们仗着当局和校方的支持,财大气粗,在竞选活动中好施小恩小惠,同时在对未来的承诺方面,也更多侧重于物质利益。我接受竞选团的指示,把宣言的重点放在争取民主与保障切身福利上。很快我就交了卷,拿去让中文系的书法家誊抄。至今我还记得,碗口大的正楷毛笔字,用六整张毛边纸构成一个庞然大物,贴在迎着阳光的高墙上,煞是壮观!一时观者如云,道路为之堵塞。

我们通过各条渠道,做争取选票的工作,连住医院的同学都不曾放过,要求他们扶病投票。人心向着我们,结果是张英荃竞选团大获全胜,伪装中立面目的右翼势力又一次惨败了。

新的学生自治会成立后,立即着手进行创办《正大学生》的准备工作。这是一张四开小报,每周出版一期(由于筹款困难,事实上不曾办到),创刊之后,作为学生会的宣传喉舌,大受欢迎。当时,我正在南昌《中国新报》兼任资料员,用现今流行的语言说,就是打工;报社有我的不少朋友,这些人大都是进步可靠的。于是,联系印刷的事务自然就落在了我的肩头。同学们当中,没有谁懂得怎么画版、怎么编排、怎么校对,甚至没有人能区分各种字体及符号,因之,这类技术性工作也都由我独自"承包"了。颇受当地文学界、新闻界欣赏的副刊《呼吸》,也是我起的名字;至于审稿,则由林增伟、朱光剑和我三人共同负责,重要稿件还要送张英荃过目。

在我们节节胜利的同时,国民党当局终于公开撕破了他们"不干涉"的假面具,露出了法西斯的本相。特务开始抓人了。第一个落入魔爪的是丁成碧。她是在课堂上被"请去谈话"的。白昼捕人,可谓猖狂已极。放暑假后,特务又从船上抓走了袁崇祜和韩殿才。这次逮捕非常诡秘,同学们是在事隔十天之后才得悉的。大家立即展开营救,雷大坤奔走最为出力。

暑假中,我改为每天去报社上全日班,因为这样可以领到全薪。然而,我还能念几天书呢?半工半读的生活还能维持多久呢?于我不利的消息,接二连三地传来,我加紧了与外界(包括上海学联、浙江学联)的联系,打算一旦事急,立即出走。

这年的冬天来得特别早。就在人们刚刚穿上棉衣的日子,袁崇祜和韩殿才出狱归来。袁崇祜面容憔悴,双手都留下了刽子手用刑的瘢痕,但他的眼神依旧热忱、坦白,教人一看就明白,他还是那颗心。有一天,趁四下无人,他悄悄地告诉我:"那边——指特务机关——的家伙说了,公刘居然还在写什么《夜梦抄》!哪天夜里我们真的抄他一抄,他就连梦也做不成了!"这里提到的《夜梦抄》,是我的一组散文诗的总标题,当时正在《中国新报》上连载。我很感念袁崇祜,身处逆境,却胆敢透露给我以如此重要的情报。

"海燕"的日常活动仍旧坚持进行。袁崇祜以秘密方式参加。这时,雷大坤、张国生、单发喜等又办起了一个"村童野读班",将校内活动延伸到了校外。为了购买文具纸张,他们私下发起募捐,对象都是本校的穷学生。我没有时间参加教学工作,便捐献了一笔微不足道的稿费,并一度参与课本的编写。"村童野读班"拒绝采用国民党颁定的课本,全部自编,这样保证了浓郁的乡土气,也便于农村应用。奇怪而又不奇怪的是,很快,官方报纸上就有了谣言:"中正大学部分学生"在望城岗附近"组训壮丁",对农民实行"赤化",云云。这,自然也是一种警告。

特务分子的诬蔑中伤与威胁恫吓,其实由来已久。只消举几个与我个人有关的例子,便不难窥其全豹。

例子之一是,饭碗底下压黑信。

我们的饭厅是终日大敞四门的。每桌固定八人,没有碗橱。因此,各人的饭碗在自行洗净后,一律倒扣着摆在桌上。1946年下半年的一天,我和同学们相随着去吃饭,当我习惯性地走向我占的那一角,揭起碗来打算拿筷子,却发现罩着一张折成"又"字形的拍纸簿纸页;展开一看,赫然画着一把手枪和三粒子弹!我明白,这是看图识字,那意思不外乎是:你小子当心点!

例子之二是,黑名单满天飞。

1947年上半年,家住南昌的进步同学,无一例外地收到了从本市投邮的油印匿名信一件,标题大意是:"中正大学各党各派活动状况一览"。这封匿名信的作者扮出一副超然的姿态,先把尽人皆知的国民党、三青团头目骨干列举一通,接下来便是共产党、民盟、第三党,以及民社党、青年党之类。令人哭笑不得的是,"中共"一栏的头一名就是刘仁勇!刘仁勇,是我当年在校用的学名。这显然是心怀叵测的黑名单。可是,我哪有那份光荣?地下党是谁,我都未曾找见哩!

这份黑名单,我一直珍藏着,1955年"肃反"审查时,奉命上交,也被审查者弄丢了。

例子之三是,门楣之上贴恶谥。

也是1947年间的事。一天大早,我们二〇三、二〇四宿舍的同学,由于头天开会太迟,连每日坚持晨跑的章超海都误了起床。这时间只听得门外众人喊喊喳喳,同时还有人不断推门探看,终于有人叫道:"还不快起来撕了它!"我们不知道出了什么事,赶忙掀掉被窝跳起来,连衣服都顾不上穿好,跑到门外一看,原来,特务们又在捣乱了:一张江西人办丧事用的蓝纸,正端端地贴在门框上方,题的匾额是"土匪窝"。大家都十分恼怒,但同时似乎又隐约感到某种自豪。我拖起一张椅子,上去就把它扯碎了,心想,鼠窃狗偷之徒,这算什么本事!

每当那帮职业学生活动频繁的日子,总有好心的同学偷偷地来打招呼。记得一次局势很紧,传说要有大逮捕,同学们纷纷走避;这时,由于拉痢疾住进了校医院的胡道臻,主动和我"调包",他回他的宿舍睡,让我顶替他在病床上一连躺了好几夜。

1948年初,春节刚过,我便乘火车取道杭州前往上海,接上了地下全国学联的关系,转赴香港,参加了宣传部的工作。我故意选择了旧历年的时机,避开了特务的盯梢,装出仿佛是送我父亲出远门的样子——我父亲穿戴整齐,我自己反而衣着随便,提着一只箱子跟在后面——待火车启动,父亲才把车票塞给了我,我得以逃出虎口。不过,特务们的鼻子的确相当尖,即便是放寒假,也不曾解除对我的监视。我离家后的第三天,著名的青年军打手廖××,就领上一彪人马,上我家找我父母要人,谩骂威吓不足,继之以摔打什物。这是1954年我从昆明部队上调北京总政,路过南昌小住,老人们回忆旧事时告诉我的。

在香港期间,我化名JAMES WANG(王杰穆),与刘戎、雷大坤保持联系,按期将用《人世间》、《新闻天地》、《女儿经》等刊物封面伪装起来的《群众》,以及夹在《星岛日报》和《华侨日报》里的《华商报》,直接寄到他们家中。此外。我还经手寄过不少其他革命书刊(其中有些是我用自己的稿酬买的),刘戎和张国生也常有信来,详细叙述了1948年上半年的斗争情况,我则根据他们提供的素材,以杨戈的笔名写成正大学运通讯,发表在《群众》上,再邮回江西,流传开来,据说颇能鼓舞士气。当年秋天,又接到从苏北解放区辗转寄来的信件,知道不少战友都已奔赴光明了。同时,刘戎因患小儿麻痹后遗症,不便行军,便被组织安排来到香港,于是,我俩又在那个小岛上并肩战斗了。

20世纪40年代末期,风云激荡,大浪淘沙,我个人不过是一朵小小的浪花。然而,尽管如此,虽然不敢夸口"烈士暮年,壮心不已",回首前尘,还是能激励自己:切莫忘了为人民的初衷,继续做一粒水珠,汇入时代的大潮,奔腾向前。

1983年10月31日—11月12日　合肥
应《江西青年运动史》一书之约而作
1994年5月26日—6月4日　合肥　略加厘定

附记:有些同学,在进入解放区后,改了名字。比如,袁崇祜改名高阳,章超海改名高羽,雷大坤改名田丹,张国生改名张放,颜审纲改名南冲,顾端改名高梁,胡如改名胡克……刘戎到的是香港,也改名为刘陵。

《热风》送我过《茶亭》

　　1946年秋,我在江西南昌国立中正大学读二年级;为了帮补家用,课余,我另找了一份工作——经洛汀和李国华介绍,进了国民党政学系办的《中国新报》当资料员。对我而言,这可是个美差,因为可以最先接触到当时全国各地的新闻出版物。在南昌,《中国新报》大概是唯一的一家与香港《华商报》保持交换关系的报纸;这就给我提供了一个难得的机会,可以及时了解内战真相和进步文化动态。正是通过《华商报》,我才得以获悉,早在中学时代就令人爱不释手的《野草丛刊》,业已在香港复刊,主编是著名的杂文家秦似。这时,我在继续写诗的同时,正开始以公刘为笔名学写杂文,且多是仿鲁迅先生散文诗《野草》式的抒情杂文。不过,我还是不敢向秦似投稿。1947年的某一天,洛汀突然兴冲冲跑来对着我大喊:"公刘,《野草》转载你的《夜梦抄》啦!"《夜梦抄》,是我连续发表于《中国新报》副刊《文林》上的系列短章,而《文林》的主编正是洛汀。他对这件事犹且如此激动,我本人的兴奋劲儿,就不难想见了。

　　《野草丛刊》怎么会得到我的文稿呢? 一年后,据秦似面告,原来,他常去《华商报》社翻阅内地出版的报纸,发现了好东西就剪下来,再通过《野草》转载,向更广大的海内外读者群介绍。这的确是冥冥中的一段宿缘。可见,《华商报》非但本身天然的是我的好朋友,还天然地替我介绍了好朋友。《华商报》于无意间促成的这桩好事,我是绝对不会忘怀的。

　　受了《野草》的鼓舞,大约也是从1947年起,我零零星星给《华商报》的副刊《热风》写稿了。由于担心国民党特务的邮检,便打一枪化一个名字,信手所之,随意署上;流水落花,五十度春秋,如今将它们忘了个精光,似乎也不足为奇。但《热风》之热,却是氤氤氲氲,余温犹在的。

未曾料到的是,1948年春,我自己竟也来到了这座靠近亚热带的殖民地城市;从此,便越发地常在"风"中沐浴、"亭"中小憩了。特别是1948年,我进了《文汇报》,因工作需要,同《华商报》打交道日益频繁,加上我又经常替内地的朋友们选购新民主出版社的新书,所以,出入于干诺道中一二三号,就简直像寻常串门一样简单了。

如今,我已记不清楚《热风》改名为《茶亭》的具体时间。反正在1947年初至1949年10月期间,我一直是它们的热心读者和撰稿人。不妨说,正是那股充满战斗者、劳动者血汗气味的熏风,把我带进了这路边的小亭,但目的也并非为了纳凉,而实在是歇歇脚,喝两口水,和别人交流一点心绪,甚或交换一个眼神,然后又重新往前赶路的。在这里,我先后结识了杜埃、华嘉,以及主持读者服务专栏的吴荻舟。待到1985年,因为出席一个颁奖会,我去到广州,才重见杜埃,这是我们睽隔四十余年后的初会;他对我说,其时他正住在从化温泉,忙于一部长篇小说的杀青。可叹,话别分手,竟成永诀。同样深为遗憾的是,吴荻舟在谢世前夕,曾自北京来函,表示想和我叙叙旧谊,当时我却迫于形势,难以成行;直到今年夏天,路过首都,特向老友成幼殊打听吴的近况,岂料成幼殊戚然低语:"迟了,已经走了。"

我先后大约在《热风》和《茶亭》上发表过四五十篇东西,包括针砭反动派腐败劣迹的杂文,自己亲身经历的学运斗争故事、评论、散文和讽刺诗,其中有的署名公刘,有的署了些别的名字。本来,我是保存了部分剪贴报纸的,但俱已毁于"文革",不复能见了。现在依稀还能想起的,只有对已故诗人黄宁婴、马凡陀、黄雨的诗集,以及对移居澳大利亚的诗人芦荻作品的评论文章了;而为了不赞成一窝蜂都去搞民歌体,同时对提倡方言文学的主张,也持保留态度,我似乎还同黄秋耘等位发生过一点争论。固然,今天回头检点,当时限于水平,我的论据也未必全都站得住脚,不过履痕履印,聊堪忆念而已。有关这些稿件的琐屑往事,未知当年审稿的华嘉尚有印象否?至于杜埃和吴荻舟二位,我同他们的来往,则已突破文学创作的范围,涉及其他了——报社斜对门的一爿小咖啡店,正是我同他们接头的老地点。鉴于我在《文汇报》主持《社会大学》版,联系着形形色色的大陆逃亡者,联系着香港的中小学教员、洋行职员、海员、纺织女工、渔民以及新界的棚户,常有较重要的讯息,须向有关方面反馈,这,我大抵都及时转达到了。举一个例子:吴满有,延安大生产运动中的著名劳动英雄,他被国民党军队从陕北裹挟到广州的事,就是经由我口头通知的。

俱往矣,经历了半个世纪的风风雨雨,那个电闪雷鸣、瞬息万变的伟大时代,以今人的眼光看去,无非是"白头宫女在,闲坐说玄宗"罢了,不值一提。时下,人们密切关注的,是钱币的金光和股市的涨落;这恐怕是时代不同,"伟大"的价值取向自然不同所致罢。

1994年9月18日为《〈华商报〉史话》而作　合肥

伪币"颂"

"向钱向钱向钱！我们的队伍向市场！……"这是被篡改了的《解放军进行曲》的开头两句歌词。一切都不再神圣，一切都可以调侃，这，也许是眼前这个时代的特征之一；而一切都能造假，并且一切假的都能乱真，这，也许可以算作是另一大特征吧。

于是，当市场上出现第一张伪币（假钱）时，也曾骚动了几天，但等到全国各地争相报案，事情便不足为奇了。人们麻木，我自不例外。所幸所在之地，工资套改至今犹"画饼"高悬，七扣八扣之余，每月领得百元大钞三张，附加若干碎纸；君子固穷，惜尚未臻于"穷得只剩下钞票"的境界耳。因此，我既没有理由特别害怕假钞，何妨寻开心，发掘发掘伪币的"积极"意义，看看是否可以做点反面文章，是为本文之缘起。

遥想畴昔，刘勰苦思《文心雕龙》，曾将"颂赞"并列，作为基本文体之一，这固已为不易之论矣；而我却觉得，功劳似不应让他一人独占。试想，自打《诗经》往下传，风、雅、颂三者，何以风渐止，雅不作，独有颂声高亢，寒来暑往，车载斗量，令人心旷神怡耶？端的是托了历朝历代皇帝老倌的齐天洪福，盖他们不断办拍马学习班，且高才生所在多有也。

言归正传。夫假人民币之所以值得一颂，其论据有五焉：

一曰，有助于改善人民币的形象。众所周知，美元是世界上最吃香的钞票，同时也是伪币制造者最感兴趣的钞票。假人民币多了，岂不意味着人民币也身价看涨？

二曰,有助于增加就业机会。失业危害稳定,不辩自明。而强化有关人民币设计、制作、运输、保管、流通、检验等等环节,因事设岗,尤其是验钞机的大批量生产,包括伪劣验钞机的生产,当可望消化相当数量的闲散劳力,堪称坏事变好事的范例。

三曰,有助于全体中国人增强认同感。鉴于香港和台湾的大举介入,一荣俱荣,一损俱损,证明了"大中华经济圈"的实际存在,这是无论怎么理解都令人愉快的。

四曰,有助于端正人们对社会主义市场经济的全面理解。既然称作市场,就难免鱼龙混杂,真假莫辨;有用真票子买假货的,也有用假票子买真货的,全看您的运气如何了。此中出"大款",欲辩已忘言。反正,一部分人先富起来是事实。

五曰,有助于小学生学习成语修辞。例如,"道高一尺,魔高一丈"之类;反之亦然,关键是孙悟空扮演哪个角色。

肯定有争鸣:人家伊拉克就有防伪高招,即多印小钞,少印大钞。对此,我将断然驳斥:泱泱中华,岂可与接受制裁者相提并论乎?扣个反爱国主义言论的帽子,亦不为过也。还可能有迂夫子发高烧,要求大家耐心,等到完成电子货币工程,斯时也,不仅绝少现金交易,抑且能控制"灰色收入"。但,请问,视上海这等中国第一大都会,迄今持卡者才不过百分之二三,遑论全国乎!至于清理"灰色收入"云云,自必有待于法治之实现,而法治又自必有待于……唉唉,猴年马月,清谈误国罢了。

趾高气扬地写下这些,忽而反思,原来,这伪币是万万不该颂的!幸灾乐祸之嫌且不提,自家手头仅有的三张大钞,万一碰上了假的怎么了得!哎呀呀,竟吓出一身冷汗来哉。

1994年9月21日　合肥

"翻牌"

翻牌,说的不是前一阵多有报道的翻牌公司,那种挂羊头卖狗肉的把戏,早已被人揭穿;这里说的翻牌,是指如今许多店家,不断变换招牌,同时不断变换经营项目而言。究其实质,这种翻牌商店,一如那种翻牌公司,似乎搞的也不是社会主义市场经济,至少,不能称作健康的社会主义市场经济。硬要说有区别,也只是从左边翻同从右边翻的区别,其为翻则一也。

我因事常跑邮局;邮局离家不远,大约三百米吧。因之,应该说,这一段市容的变化,于我是了然于心的。但,令人惊讶的是,这么贴近且这么频繁的观察,依然目不暇接,难以捉摸。比方说吧,一家饼干糖果铺,改造成了时装精品屋,安上空调,教附近起码升温两度。它隔壁的一家也毫不示弱,由同样的卖饼干糖果改为高档服饰鞋帽总汇。至于拐过弯去,通往邮局的大马路上,十来个店面的动向则更引人瞩目。有由超市先变为游戏机娱乐厅,复变为时装店的,也有从酒楼直接变为时装店的,还有由各色各样的行当相继变为时装店的。那变的过程都极简单,雇上几个装修工,拆拆补补,敲敲打打,拼拼贴贴,涂涂抹抹,很快就择吉开张了;由于禁放鞭炮,乃纷纷请来乐队,洋鼓洋号,吹奏竟日,闹个四邻不安。可惜的是,工商管理部门我没有朋友,无从了解全市新开业的时装店的确切数目;不过,因小见大,取近譬远,想来该有一番蓬勃气象。而在我,却不能不以小人之心度商人之腹:如此趋向,如此速度,想必时装的利市是极其骇人的了。何况,我还进行了一番同样是小人式的火力侦察,发现,原来这些时装店出售的时装,竟将建构、装潢、灯饰、空调,乃至包括花篮和鼓乐在内的典礼开销,通统折进成本,一分摊给了顾客。因此,我不免又产生疑问了,像这样一窝蜂地都去经营时装,这市场经济的灵活性与投机性还能不能界定?在老牌资本主义国家里,我虽然实地感受不深,但情况还是大致了解的;像这等翻牌方式和牟利方式,倒也真是见所未见,闻所未闻。略志数语,虽未必可以充当一种中国特色,总不妨作为局部都市景观,聊备参证罢。

1994年9月22日　合肥

昨夜惊魂

从 1958 年到 1978 年,我在山西整整待了二十一年。对我而言,这二十一年既切切近近宛如昨天,又深深沉沉等同长夜。那时的我,仿佛一缕惊魂,反复游移于汾河支流的河谷地带和雁门关下的黄土丘壑,茕茕然,惶惶然,竟无一枝可栖。

好容易盼到了 1979 年,挣脱网罗,身心立地轻松。

然而不!一时的错觉欺骗了我。实际上,人是世间最怪异的生物。有时候,冷淡的辞别恰恰是为了迎接热烈的把晤,有过多少怨望,便会伴生出多少怀恋;于是,我乃绾了一个解不开、剪不断的"山西情结"……夜半梦回,尤见其压迫如磐,纠缠似蛇。

并且,我也切切实实地明白了,这一辈子,是不能不把自己的心一剖两半了:一半随身云游四方,一半长埋三晋大地;为此,1984 年,我曾高举这剩下的半爿,回到过第二故乡,试图与那半爿对接,在王摩诘的祁县对接,在元好问的忻州对接。

1992 年,曾安排过新的山西之行,然而未能成为事实;1993 年,曾再次谋划归去来兮,竟又同样一场泡影。时不待人,今年已是 1994 年了,我更衰老了,也更多病了,自忖,倘或就这样一任蹉跎,此生此世,难道真的会从天上掉下馅儿饼来么?因而转念,成事固然在天,谋事到底在人,只要心诚,理当没有遂不了的大愿。经过努力,也经过等待,终于,在民间文学家兼企业家刘琦的鼎力协助下,由女儿陪同,冒暑赴汤蹈火,于 7 月 1 日毅然带病启程。

出于可以理解的紧迫心情,我以最快的速度,取道济南和太原,直插榆次,当年一道劳改受罪的难友刘玉璋和郑开宸二位,早已如约伫候。阔别多年,彼此见面,竟至于没顾上细诉离情,互报平安,便驱车径往太谷县辖的郭堡水库了。这一天是7月7日。事后回想,令人诧异的是,本应该话胜流水的一路,竟相对无言,只是偶尔有谁打破沉默,报道窗外闪过的是什么所在罢了。其实,这也纯属多余。车过北白,便出了榆次地界,相继穿行在任村、范村、西曲、东曲、南窑和王公的田畴之上,而这些个地名,通过血与火的镌刻,原本已像自家的名字一般,成为与生俱来难以分割的生命符号了,又何须乎提醒!

汽车笔直开到了拦河大坝的尽头。下得车来,突然狂风大作,刮得腿摇身晃,我想,端的是天公有情,他在告诫我辈:莫忘了灾难岁月,莫丢了脚下功夫;马齿有尽,路途还长,仍旧得一步一个脚印地往前跋涉——最要紧的是,千万别自己糟践了那"右派"的荆冠!

女儿第一个跳下车。她立刻扬了扬手中握着的袋子,示意我抓紧时间,祭奠被迫在此自沉的佟惠林烈士。佟惠林,山东老区的红小鬼出身,任总政保卫部的保卫干事多年。祭奠他的亡灵,正是我此行的主要目的之一。于是,刘、郑二位搀扶着我,小心选择宜于落脚的护坡石,走着"S"形的路线,直下到水库边沿,不待商量,众人立刻一起动手,捡了些石块,傍着四溅的浪花,垒起一个藏式的"玛尼堆",为的是将香枝插牢。香,是我昨天在市内找来找去,最后找到一爿花圈店才找到的;酒,则是女儿听我介绍罢佟伯伯的生平后,冒雨跑去食品大楼,从本省产的众多高粱酒中特意选定的祁县出品,在那商标上,还印的有大诗人李太白的画像。这可是令人揪心的偶合!李太白,不也是以自沉的方式告别人世的么?我不由得动了感情,说:孩子,单凭这一点,佟伯伯也会喜欢你的。

我提着酒瓶,先往水库中来回浇了一半,同时默念:老佟,我们来看你了;还有你,苑青,你虽然并非和老佟一路,你的冤魂却也无疑是厮守在这儿的。

接着,我又绕"玛尼堆"洒了几圈,算是遵从古礼,酹祭完毕。这时,刘玉璋才掏出打火机,避着风,艰难地点着了那捆线香。三个人,加上我的女儿和刘玉璋的小女儿,围成一圈,一齐为枉死者祝祷,超度他们的灵魂不遇红灯,顺顺利利地进入天国。

然而,真的有天国么? 天国又在哪里?

仿佛为了赶快摆脱这恼人思绪,我们仨相继站起身来,并且贪婪地吸纳着这儿的空气。真好! 这儿的空气既清新,又凛冽。而大风还在不依不饶地吹着,它是在奋力帮助我们排除积郁胸中的污浊吧。

举目四望,水库依旧,护坡依旧,灯塔依旧,甚至连周围的荒山也依旧,我想,那儿还保留着我们当年取土的锹痕么? 春夏秋冬转了三十七轮,除了沿象峪河两岸生长起来的一排排钻天杨外,变化似乎不大。但,也不尽然。我们发现,在距溢洪闸不远的小山包上,矗立着一个新建的亭子,当中仿佛还竖着一块大石碑——看看去! 看它都写了些什么。于是,一行人便拉扯着蜿蜒而上了。

果然有块 1990 年立的石碑。碑上镌刻着的文字,极粗疏地叙述了水库的修建经过。它全然忘记了为死难的民工和公安战士致哀,而对一贯被当作技术骨干和攻坚主力使用的、从北京中央军委三总部以及海司、海政、空司、空政"发配"来的数百名"右派",更是未著一字。相反,那整整一面的光荣榜,尽排列着指挥部首长们的令名和官衔。火气不减当年的小郑,对之一通评论;刘玉璋和我,年龄毕竟虚长几岁,则付之淡然一笑——难道,我们两个果真修炼到家了么? 非也,深知徒然伤肝而已,哪如多保存一口自家的元精!

何况,石碑上还玩了些别的花样。我指的是图案设计。那周边围着的由连环画组成的大方框,除了个别几幅,能依稀辨别是工棚之类外,其余的竟是全本的"八仙过海"! 真是令人忍俊不禁,此"海"想必是宦海吧。我无意戏谑当官的,实在是图案的左下方,不伦不类地刻着一架老式飞机,硬在那儿力争；当事人萦怀至今的，还是那上过《山西日报》头版头条的"大跃进"新闻："太谷号"飞机上天！的确，全国两千多个县，唯独太谷造出了飞机，何等荣耀！何等风光！在争相"放卫星"的时代，这不是"奇迹"是什么！然而，"太谷号"到底是谁造的呢？他们是怎么造的呢？在冒死试飞两圈之后，飞机被打发到哪儿去了呢？那些造飞机者的下场又如何呢？诸如此类，唯有我们这批劳改犯一清二楚，至于那帮邀功领赏者，对此当然只好讳莫如深了。

归途上，我一直摆脱不了石碑的幢幢暗影。我想，这块碑的确是很值得一读的。它再一次雄辩地告诉我们：小小郭堡水库如此，大大中华古国也如此。所谓历史，原本就是这样书写的，无须烦恼，不必喟叹，更严禁抗议。

这，当是此行的额外收获。

接下来，在太原盘桓数日，待一切联系停当，7月13日便折身北上，前往忻州了。

同样是急如星火，同样是马不停蹄，当天就直奔前庄磨公社下属的冯村大队——我个人的实质上的第二次流放地。如今，这个典型的北中国村落，已然恢复了下冯的原名。地名复原，是否意味着万千农民的命运又有一个大轮回？我不知道，天公怕也未必心中有数。

领路者是我熟识的山西作家田昌安。经过对不同路况的反复比较，我们决定，绕道野峪、南张、庄磨一线，从背后抄进下冯，虽说对路况已有所了解，但，这条路仍旧非常难走，尤其是南张附近一段。好端端的路面，被挖得疮痍满目。原因呢，不过是浇地图个方便。单从这方面看，这儿的农民，似乎浑然如昔，甚或犹有过之；如今种的全是个人承包地，户户都有引水的理由，所以，开的豁口也自然远比从前多得多了。这可整苦了我们。大卡车颠几下不打紧，我们坐的是小车，底盘低，碰不得也刮不得，于是，一路上只好不断下来抬石垫路，借锹填土，甚而至于动手推车。不过，转念一想，为了和那些信任过我、保护过我的乡亲重逢，再辛苦也值得。就这样，走走停停，用本地庄户人的话说，后晌过了近一半，阳婆也萎势了，车子才接近庄磨镇。庄磨，原是极熟悉的地方,过去,我经常来这儿向公社监管干部汇报思想改造情况。看来此地倒是有点变化,老街已被推向背旮旯,沿路新建了两排店面,令人为之高兴……突然,迎面出现了一道栅栏,当中标牌高悬:前方修路,禁止通行。苦也!田昌安被迫下去打探,从一个小窝棚里,喊醒了一位打瞌睡的老汉。我瞅准一看,有救!原来此人竟是十分惯熟的羊倌王玉忠,我乃大叫一声:玉忠子!你可还记得我老刘?我知道,他是庄磨人,为了揽工,才落户冯村的。和全体冯村人一样,王忠子见面也管我叫老刘。

我交过好几位羊倌朋友。他们大致可以分为两类,一类憨厚,另一类则比较狡黠,这个王玉忠属于后者。他绝对是一个戏剧人物。关于他的行状业绩,关于这次路遇对话,实在都极其精彩,限于篇幅,只能留待日后专门写上一章。

"放你走吧,这回不收你老刘的买路钱!"感谢玉忠念旧,网开一面,让我们通过。一会儿工夫,小车就停在了冯村旧日厉行"天天读"的大照壁跟前。有两个正在一搭聊天的小伙子同时迎上来,并且立即认出了来人:"老刘哇?看看,真是老刘回来咧!"我实在叫不出来小伙子们的名字,我离开的日子,他们不过是些拖鼻涕娃娃。然而,为什么如今我都蓄须了,他们竟也不认生?这大概就是所谓的直觉吧。女儿也一样,尽管她觉得,面孔怪熟的,肯定小时候同过学,可就是叫不上来。我大致说了路上的耽搁情由,便向他们打听房东家的近况。没料到,他们劈头通报了一个坏消息:"根龙殁了!"根龙,是房东陈宝玉的长子,才不过四十出头吧,怎么抢先比老人早走哇?听罢,我更急着去探望房东一家了,因此,也就顾不上和那些坐在巷口闲坐拉呱的妇女一一打招呼了。女儿瞅定那高高低低的大鹅卵石路面,小声说:"爸爸当心!这路还是老样子!"她离村比我早,又一直不曾回来过,掐指算来,已有二十二年了。

进了我们住过的院子,不等父女二人扑进房去,主人便闻声而出,并且立即嗓音哆嗦地朝屋里喊:"你看看是谁们来了!"这是在招呼他老伴儿。田昌安跟我们一道进了家。只见她大婶子正在炕上艰难地挣扎往起爬,同时听得宝玉子解释,由于殇子之恸,她长期失眠,终于落下个偏瘫的毛病。接着便是双双哀泣。此时此刻,我感到,这世上,最无用的便数语言了。做父亲的,到底坚强些,还能叙述求医的遭遇,说:根龙患的是食道癌,曾送太原诊治,递给医生三千元的红包,人家直嫌少……

迈着沉重的脚步,我们又去到另一家,探望本村解放后第一任党支部书记、我最要好的乡下老哥陈双科。岂料,迎接我们的,又是他唯一的养子的噩耗!据告,也是癌症。今天这是怎么啦?到处都赶上不吉利!说话间,天已傍黑,双科子宝玉子都叫我们住下,哪儿成呢?我们已经买下了明天去北京的票,废了可就难买了。无论如何,今晚必须赶回太原。一通好说歹说,他们最后总算同意了,这才让我们出村。趁他们送行的工夫,我又抓紧时间了解,这些年,村里都有谁们盖了新房。我明白,对中国农民来说,你直接询问谁先富起来了,还是招忌讳的。怕露富,这是农民固有的传统心态,何况几十年的折腾,更是余悸犹在,谁愿意承认自己已跻身于大户之列呢。然而有两件事,一般农民是很难战胜其诱惑的,那就是,为活人盖房子,为死人修祖坟。因此,我便从侧面入手,只问盖房的事。双科子和宝玉子同时回答:不多,东头就先怀子家,北面还有一家。先怀子家的一抹到底新院墙,五开间青瓦房,我在进村路上已经注意到了,挺气派的。提起这个陈先怀,我立即想起了他那眼眨眉毛动的神气,是个大能人;我在村里的那阵,他就曾由于断不了鼓捣个这,鼓捣个那,五次三番地被割过"资本主义尾巴",如今,这"尾巴"肯定是长得又粗又长了。至于说村子北面还有一家,那会是谁呢?他俩不曾细说,我也因为时间来不及,没法子去实地察看。不过,我知道,原先的大队部场面就在北面,大队不存在了,那个大场面就成了一马平川了,是不是也已分掉,变作宅基啦?忽然间回忆起自己无数次在场面上的劳动来,碾场、扬场、选种、交公粮过磅、割蒿子积肥、饲养院切草,还有秋收季节的半夜看场,以及招呼户家们分粮搂柴火……世道巨变,沧海桑田,竟都一一亲眼看见了。这会儿,实在说不清,到底应该感到怅惘,还是激奋。我还发现,村路上时不时有水管子露出地表,估计是安了自来水——难怪刚才在宝王子家大门外,瞥见那口紧挨着我住过的披厦旁的水井,加了盖、上了锁呢。在农村,喝上了自来水,算得上是桩大事,但联系到两家的不幸,又不敢挑明来问,只怕死神的羽翼覆盖和水质污染有关呢,万一不慎再次触动了他们的伤心事,那就不太好了。

在穿行于整个西胡同的途中,憨厚的陈双科一个劲儿地叨叨:"这可咋呀,叫你父子空着手回,甚也没能带上!"陈宝玉也说:"就是。迟些天,收罢秋就好了。"这话,可说到我们心上了,不过是正说了个相反。礼行不周,两手空空而来的是我们;千里迢迢,东绕西转的,的确也难以携带。为此,我深感歉疚,女儿也叹息再三。她决定,一赶回安徽,马上就去买些北路农民爱见的厚实的花布之类,打上包裹邮来,"我们家再不宽裕,也比他们强。"当然这是后话,休提。

总而言之,此行给我的印象是,将近二十年过去,黄土高原的变化并不大,远不像报纸上宣传的那样喜人。这当然很令人失望。至少,眼前的这个下冯村,比起我到过的南方沿海农村、渔村来,我认为,实在是不仅仅存在着量的差异,而是存在着质的不同。下冯啊我的下冯,你离完全走出昨天的阴影,还有老大一截路程哩。

我不敢说,这是不是也象征着,昨夜惊魂的某些碎片,还有些许回光返照?!

而最令人伤心的是,7月底回家,8月中旬就收到刘玉璋小女儿的信,说是她爸爸检查出了食道癌。接着,郑开宸复来信提供了更多的有关细节。癌!癌!又是该死的癌!才不久,还是挺硬朗的身子骨,显得远比我精神,怎么竟至于这样!于是,乱纷纷无数个念头同时向我袭来:一惊人生无常,祸福难卜,一切皆无定数;二惊天道不公,好人没好报,命运的玩笑委实开得太残酷;三惊我俩相约,善自珍摄,争取再活个二十年,事实却证明,我们彼此都早已失去了对别人做出任何承诺的资格;四惊曾有私愿,待到1998年,在郭堡水库建成四十周年的日子重逢。然而,现在看来,一切似乎都难说了……四惊频频,虽睡犹醒,四惊连连,予欲无言!不过,好在事情毕竟仅仅涉及个别"右派分子"的肉体安危,与当前整个社会的沉疴无关,发点感慨,谅必还是被允许的吧。因此,我忍不住要补充的一句话是:那活跃在刘玉璋身上的癌细胞,绝非自今日始。于是乎,我的这一缕惊魂,恐怕也只好继续游移下去,并任其飘荡范围"扩大化"——从太行一直弥散到江淮了……不妨这么说,昨夜固不复再临,惊魂却永难酣憩。

1994 年 9 月 25 日—10 月 4 日　合肥

《第三只眼睛看中国》眉批摘抄

《第三只眼睛看中国》(山西人民出版社版,[德]洛伊宁格尔著,王山译)出版不久,由于某些报纸异乎寻常的推崇,我找来读了。读后,却觉得,除了部分背景材料外,别无可取。它的作者,似乎自恃慧眼独具,因而态度居高临下,盛气凌人。其实,也不过就是递给了中国人民一小碟拼盘,何况还是只逻辑混乱、破绽百出、似是而非的拼盘呢。这部书稿,对个人迷信、"文革"、"丙辰清明节事件"和农民等诸多问题的论断,都是我们不能同意的;而关于1957年"反右"运动和对中国知识分子整体品格的评述,尤其充满污辱和敌意。限于篇幅,仅将我信手写下的眉批,择其与后者有关的,依先后次序,予以部分摘抄,聊供各方参考:

43页:"唯一反对的声音来自知识分子阶层……散布一个未加证实的谣言……"按,指"攻击"大寨吃了"偏饭",是"假典型"。——这本身倒是一个精心制造的谣言。

64页:"……一旦闹事……届时肯定会以政治目标形成骚动的凝聚点(因为中国还有几百万青年知识分子)。"94页:"……知识分子,他们天生就有着不可克服的缺陷,因而……"147页:"道德修养和自主意识的欠缺使中国青年知识分子群体行为呈现……天然违法性。"——试问,难道中国知识分子全都是些天生反骨的魏延?

89页:"在25年(疑有误,当系35年)后的现在,幸存下来的知识分子们仍……拒不承认在当时确曾企图从共产党手中接取权力。"——35年后的今天,仍在诬陷受害者!

104页:"'文化革命'在很大程度上是以知识分子为主体,并以他们之间的激烈的内战形式进行的。"——对此,不知老舍们和傅雷们做何感想?

113页:"爱国不等于不误国乱国,当时的慈禧太后和义和团都是爱国者。"——这也算作科学理论么?

113页:"西方公众对中国人和中国知识分子的热心政治及不懂政治都感到十分诧异。……美国人是以不关心政治为民族的显著特征的,但是他们关心个人的利益。……个人利益常常是以经济利益为主要形式……"——多谢指教!据说,中国知识分子当中,有相当一部分人崇洋媚外。然而,他们竟对包括美国人在内的西方人的"显著特征"毫无所知。因此,为了取得新的实证,我倒想顺便向博士先生提问,贵大著除去书的形式外,是否还存在着别的"主要形式"。

138页:"当1957年……1966年……1976年……1978年……"——"老外"居然也学会了"一锅煮"。

213页:"要命的是这些材料往往是'受迫害'一方的一面之词。"——勇气值得钦佩,粗暴也可以谅解。须知,作者1953年才出生,1957年他不过4岁,1966年不过13岁。一个生活在德国的男孩子,哪能读到中国"反右"和"文革"时期的绝非"一面之词"的大批判呢?

似乎可以不必再引了。

据"出版说明"介绍,作者的观点"对西欧各派政治力量的对华政策都产生了很大影响,被认为是欧共体东方政策的最主要的理论依据之一"。不外是广告术,唬人罢了。事实上,不管外国人用第几只眼睛看中国,唯有那个著名的"切蛋糕"论,才表明了其视线的真实焦点——辽阔中国市场好比一块蛋糕,谁动手早,谁得到的份额就多。如此而已。

1994年10月6日 合肥

文字苦力自白

包括随笔在内的散文,这两年"热"了起来。于是,关于散文和随笔的议论,也就多了起来。议论多,有好也有不好。说好,是能刺激大脑,活跃思想,同时,无意中还替死气沉沉的文坛,挽回了一点面子;说不好,是未免七嘴八舌,教那些初入道者感到莫衷一是。在这方面,我,作为一名多年的文字苦力,始终拿定的一个老主意,似乎反倒可供参考了。

我认准的一条是:走自己的路,不被形形色色的规范设计所羁绊。这样说,肯定对理论家失敬,但也无可奈何。我的经验就是如此。比方说,上面提到的种种"议论",我就一概不听。我只服从我内心的命令:写什么,不写什么,以及怎么写,等等。

我曾经亲耳听见一位作家对人说:"随笔随笔,随便下笔,瞎编就是了。"如此高论,不敢妄评,但也足见散文、随笔定义之不好下。倘叫我同样来一个,我可没有那个胆。

两天前,我在马路上曾见到过一个白发苍苍的要饭老者,他趴在一张红纸后面,抬起浮肿而无神的眼睛,无声地望着过往行人。红纸上写了些什么呢?那第一句话,竟是:"我是党员⋯⋯"接下去才介绍自己的姓名、籍贯,以及何以出此乞讨下策。我想,这实在是一则随笔,甚至是则好随笔。第一,它有血有泪,绝非"瞎编";第二,它开门见山,一下子就抓住了当今离奇而又不离奇的时代特点,应该说,这位老者,或者这位替老者捉刀代笔的人,是很懂得文章作法的。

这个例子,或许有些极端,但它至少说明了破题的重要性。题破不好,往下就事倍功半了。当然,出于整体构思的需要,结尾呼应处也同等重要。话说到这里,就涉及所谓散文的"散"这个争论不休的老问题了。诚然,由于汉字的多义性和歧义性,一个"散"字,的确容易招致误解。我个人认为,在这里,"散"应该被理解作无所不在的"弥散",而不是军心大乱的"涣散"。它是积极的,不是消极的。作者的某种情思、意绪,必须贯穿始终,一个字也不可游移,而这就是所谓的"神完气足"。如果东一榔头,西一棒子,自以为拳法高明,看官只会耻笑这是在卖大力丸。大力丸固然算药,吃的人毕竟不多。

貌似中庸的中国人,其实爱走极端,而且往往是从一个极端直接跳向另一个极端,文学界也不例外。比如,为了纠正过去不给冲淡平和一席之地,如今便人人争住"雅舍",猛喝"苦茶",甚至同抗日战争时期的曾今可竞赛,"国家事,管他娘,打打麻将"。这难道对么?又如,一说别忽视了生活趣味,便一窝蜂都去写家务、孩子、猫和狗……我的意思当然不是认为,凡此皆不可入书,我不过是主张既要见树木,也要见森林罢了。幸勿见罪。

1994 年 10 月 7 日　合肥

九 三 年

早在年初,就立意要写这篇东西,因了各种缘故,耽搁下来。眼看1994年也快到年尾了,再拖下去,恐怕日后只好干脆别写。然而,不写又肯定是不对的,于是,决定暂且放下别的,先来了却这桩心愿。所幸,发生在1994年的许多事,都和去年紧密相连,并且更有力地验证了过去。看来,"耽搁",在某种意义上,反倒成全了这篇文章。虽则,这成全毋宁是更大的不幸。

我要谈的是,1993年非同寻常的若干中国文化现象,强调一遍,我说的是:现象。

在实行市场化的号召声中,中国文学,似乎已经后来居上,比商品更商品了,并且正在向畸形的中国股市学习,——一边"炒",一边投机。其特点是,后期运作能量,大大超过了前期(创作本身)的劳动投入。一部《口口》,即其典型。

一方面既由所谓的现代主义转入所谓的后现代主义,同时,又由"写实"转入"新写实",并逐步形成某种潮流。说故事的手法再次受到了重视,但,它和过去的大众化截然不同,这一次带有明确的商业目的。这种变化,不只限于文学领域,还包括了音乐、戏剧和美术。个别走红的作家,被捧为"京味"正宗,"过把瘾"和"没商量"之类文理欠通的、市井哥们儿之间的"侃",成了报纸上反复出现的标题。

"快餐文化"行世。良莠不齐的白话版经典新译、世界名著缩写和泥沙俱下的爱情诗选、散文选、情书选,以及意图暧昧的禁书大观,趣味不高的幽默笑话,纷纷出笼。

由于个体书商的全力豢养,同时由于部分作家的加盟,出现了一支庞大的队伍——"写字儿的"。因此,地摊上有了坚决拒绝降温的老"热点"(色情、暴力),也有了不断变换的新"热点"(武侠、演义、玩股、逃税、风水、看相、卜卦、人际关系、特异功能、高层秘闻、社会黑幕等等)。"写字儿的"一族已然成了气候,他们的座右铭是,"一瓶胶水一把刀,抄了剪,剪了抄,红蓝墨水舍得浇"。

10月28日,'93深圳(中国)优秀文稿竞价在议论纷纷中落槌。"一些鱼目混珠之作竟卖出了令人将信将疑的高价,同时,一些著名作家半途退出以示抗议。"(《北京青年报》1994年3月6日)且不论真相如何,这一开世界先河的拍卖活动,必将载入史册。

同年,"中国青年出版社购买'作家'周洪签约仪式在北京举行。合同规定三年内所有以其名字署名的图书版权均归出版社所有,在此期间作者的创作计划也必须经出版社批准,作者无权擅自决定"。(同上)从此,各类"周洪"争相曝光,成为新闻人物。

一位参与《中国模特》创作的作家说:"写电视剧赚钱太容易了。一集一万两千字,四五天就可以写完,稿费一万元,相当于一部长篇小说的报酬。一位与张艺谋合作过的作家获五万美元的酬金……有谁能抵御五万美元的诱惑?"(《文汇报》1994年9月1日)

中央芭蕾舞团接受深圳机场每年二十万元的资助,从而改称深圳空港交响乐团。北京京剧团也因一家公司的资助,而易名为北京丹侬京剧团。中央歌舞团如今叫作中央春兰歌舞团。

截至目前,中央乐团已有百分之三十五以上的人员出国。指挥卞祖善说:中央乐团只是一块招牌了。"民间棚头"成了"业余棚虫"的绝对领导,李德伦说:这叫没钱嘴短。

北京演出莎翁名剧《李尔王》,扮演国王的某名演员,发现台下的观众与台上的演员均为三十七人,他演不下去了,老泪纵横地当众跪倒,叩了一个响头。无独有偶,南京有一位身患癌症的导演,想在弥留之际,将《暴风雨》搬上舞台,最后是全院停发三个月工资及福利,才得以落实经费,但,公演那天,一百张招待票请来了四十七位领导和同行,唯一的购票者,还是一个从疯人院里偷跑出来的病人。

以艺术精湛、作风严谨久负盛名的北京人民艺术剧院,不得不折腾一台"'93戏剧卡拉OK之夜",把《茶馆》里的八仙桌和《骆驼祥子》里的黄包车一齐动员出来,挣活命钱。

港台流行歌曲,继续占领着大陆市场,且拥有一个相对稳定的"追星族"。

各色各样的"戏说"和准"戏说"成了万千影视观众的历史教科书。

图书馆惊呼读者量锐减。据青少年研究中心的全国抽样调查,有百分之四十的青年家中,除课本外无藏书。有五十册者占百分之三十六,有五百册者仅占百分之二十。

据报道,被黑龙江省誉为全省经济十强县之一的东宁,县图书馆去年全年没购进一本新书;有"九小龙"之一美名的海林市,才添置了十二本书。

"科学技术是生产力"的真理深入人心,但,我国科技图书出版事业却陷入了空前的困境。科学出版社社长侯建勤告诉记者,以译著为例,其出版总量已由1986年的二百五十余种,下降至三十一种;在出书总量中的比例,由百分之四十三点三下降至百分之六点七。李约瑟的《中国科学技术史》迄今仍未出满全书的十分之一。

面临营业额持续滑坡,新华书店到底还应不应该姓"书"?沈阳新华书店增设了八个栏柜,分别经销礼品、印章等,外文书店出售玩具。历史悠久的成都古籍书店龟缩二楼,为的是把楼下的好门面租给别人卖时装。

南京的渡江胜利纪念馆开了棋院和舞厅,雨花台烈士纪念馆一度举办名犬展览。全国最大的北京自然博物馆,1993年全年接待中小学生参观,总人数不满两万人次。

北京歌舞团一级作曲家、荣获音乐作品最高奖的交响乐组曲《云南音诗》作者王西麟,由于被认为不能替单位捞钱而被解聘,而台湾歌星童安格1993年6月来北京演出,"收入六万美元,由中方演出公司代付了约百分之七的工商统一税和外国企业所得税,共计二万二千元人民币,另外百分之二十的个人所得税则漏缴"(《经济文化报》1994年1月6日)。

我手头的资料极其有限,但,粗加罗列,便足以令人心为之颤,股为之栗了!

海外的一位朋友说得好:"消化打败了文化!"可谓一针见血!

精神产品被要求无条件物化,除了极少数特例,一般又都得不到与包含同等劳动量的物质产品相近的报偿,这时,文化的堕落就必不可免了,文化人的堕落也就必不可免了。

雨果写过一部纪念碑式的作品,《九三年》,写的是18世纪法国大革命的悲剧。什么人来写一写20世纪的中国的九三年呢?当然,它不是政治大革命,而是文化大崩溃。我想,这一代没有人写,下一代总会有人写的,就等着大手笔了。

1994年10月9日　合肥

裤裆文学和文学裤裆

凡人都要穿裤子,凡裤子都有裤裆,凡裤裆都用来掩藏特定内容——男人的内容和女人的内容。这里说到的"人",自然是指以文明动物自居的现代人。据文献记载,原始人与野蛮人都是不穿裤子的,裤子的意义大矣哉,由此可见。然而,所谓的文明,又偏偏爱玩一点颇有倒退嫌疑的"边缘游戏",因为毕竟是男权社会,这"游戏"的对象,就理所当然地派定由女人承担了。于是,乃有花样翻新的各式新潮服装问世,从袒胸露背的晚礼服,一直发展到电脑挑花的比基尼。据说,美国的男模特儿,对他们的同行姐妹,啧有烦言,正是抱怨自己所拿的报酬太少,太不公道了,云云。由此,也足证,虽说是实行男权,占便宜的到底还是妇女,妇女聊堪自慰。而妇女聊堪自慰的本钱,恰恰在于性别优势——拥有某种男人眼光里的"敏感地带"。

众所周知,文学的特点也是敏感,所以,它也就天然地敏感到了这一"敏感地带"。

由是,专业描写裤裆的"裤裆文学"应运而生焉。外国的事情隔得远,我不怎么了解,还是说说咱们中国的吧。中国的"裤裆文学",可谓古已有之。如果说于今为烈,这个"烈"字,且与改革开放的大气候有明显关系,那也得交代清楚,它们不是钻窗户"舶来"的苍蝇蚊子,而是凭借着适宜的温度滋生出来的土产。

市场经济愈发展,"裤裆文学"便愈兴旺,裤裆文学家乃济济多士焉。有些作家也或明或暗入伙"写字族",美其名曰:第二职业,风传,那可比辛辛苦苦"爬格子"来钱。固然，干这种营生的作家，思想还不够解放，只好化名。而所谓的写字族，则无所畏惧，他们大部分是"自由撰稿人"，以及当今大学校园中打工的少男少女，至于这些人怎么会阅历如此丰富，就不得而知了。依我个人的印象，1993年，也许应该叫作"夏非年"，盖充斥于书摊上的小薄本，作者（写作班子？）一概署名"夏非"是也。无疑，论包装，绝对够"火"的，论内容呢，往往第一页的第一行，便真刀真枪：从强奸到通奸，从乱伦到奸尸，要什么有什么，简直可以名之为"裤裆文学"的百科全书了。

今年的书摊，又有了一番新景象。"夏非"之流已不复得见，取而代之的倒是一批货真价实的作家。书籍的勒口上，大抵都坐不改姓，行不更名，堂而皇之地亮出××作家协会会员的招牌来，并配上玉照，以示对读者负责。然而，细看书名，却基本上是"骚"字号，或者干脆在"床"上做系列文章。据《文学报》特约记者韩小蕙女士报道，有一位出国十年回北京探亲的同学问她："现在有些小说怎么变成这样了？"并举某文学出版社的一部新书为例，说："她怎么这样赤条条地出卖自己？"因为，书中写的，竟是女作者本人给十多个男人当情妇的经历实录，封面选的也是女作者的性感照片。这从表面上看，较之"夏非"，似乎更为坦然，但也不过是将裤裆文学改造成文学裤裆罢了，名词换作形容词，其为裤裆则一也。换个角度看，这等变化，只能说明，原先多少还怕丑的，如今索性连丑也不怕了。

无须争论，写人的生活，"裤裆"当然是会接触到的。问题在于，是在写衣衫的同时，写作为衣衫一部分的裤裆，还是以领子、袖子为铺垫，目的全在于写裤裆？抑或等而下之，不见衣衫，但见裤裆？窃以为，这，绝非小事，值得各方面认真思考。

而引起我做这番思考的，是书摊。我觉得，闲暇时不妨逛逛书摊，书摊的确是面镜子。它能告诉你，当今某些读者在读什么，某些作者又在写什么，总之，是世道人心的走向是什么，这对我们认识社会、警策自己，都显然大有裨益。

1994年10月10日　合肥

送 洪 道

9月22日,突然接到洪道夫人陆慰芳大姐寄自广州的信,信中附有一纸被退回去的讣告——洪道走了,永远永远地走了。大姐的信很短:

> 洪道逝世,发出去的讣告有许多被退了回来,发给你的可能是地址写错了。
>
> 你身体好吧?你这一辈子遭了不应有的许多许多磨难,望千万千万地保重保重。

信是慰芳大姐执笔的,然而,我却听见了洪道你诚挚的略带沙哑的声音。你知道,我一直管你叫大哥,你也一直像关心小老弟一样关心着我。可是,大哥,你为什么决定非走不可呢?就不能再稍留些时日么?比如,等到我有机会再次去看望你、听我再次对你诉说一点什么之后。

认识你已四十六载了。忆当年,我带着老同学黎先耀的亲笔信,第一次找到你的日子,犹如就在昨天。你热情地接待了我,在了解罢我从南昌逃到香港的艰险历程后,就详细询问起内地学生运动的情况来。你坦诚的目光、恳切的言辞,使我立刻断定,站在我面前的,是一位有人情味的好人,一位真正的革命文化人。我想,应该说,我们之间的友谊,就是打这一天缔结下来的罢。愉快的交谈消磨了整个上午。门被轻轻推开时,进来了一位三十岁左右的妇女,你连忙招呼:"多做一个人的饭吧,来了新朋友了!"我明白,她就是黎先耀赞美过的你的贤妻陆慰芳。这时,我才得空观察了你们的居室。就尺土寸金的香港而言,它的确是够大的了,但也暗得出奇,除了挨着门有个小窗户,竟是结结实实的四堵墙,难怪大白天都亮着灯!慰芳大姐解释,这是大中华影业公司由仓库改成的宿舍。你接下话茬笑道:她在公司里当会计,我当家属。"家属"一说,我早有所闻。因为,你除了担任中华全国文艺界协会香港分会秘书(那时候不兴带"长"字)一职,每月领五十元旧港币的车马费外,并无进项。两个人的小日子,全指望慰芳大姐三百五十元的月薪。然而,纵然如此,好客的你,依然坚持着,要我每星期天一定去你家打一顿牙祭!而所谓牙祭也不过是在青菜、豆腐、煎带鱼之类家常小菜的同时,再添一碗纯江浙口味的霉干菜烧肉罢了。但,这于我的确算是高级享受了。诚如你所言:"学联苦,一个月只吃六块钱的伙食!"我没推辞,不时前去解馋。当然,我更看重是精神聚餐——跟你闲谈。你们夫妇俩住在九龙山林道钻石山,一个依山傍林、十分幽静的所在。每当我从香港搭轮渡过海,必得从尖沙咀坐"巴士",绕长长的一段路,才能下车进厂。一般情况,你只要没有急事外出,就总是抱着一本书等我的。接下来,便在亲如家人的气氛中,听你天上地下一通神聊,谈你抗战期间,随着演剧二队到我老家江西的往事,以及拾来的一些有关"江西老表"的笑话,还有你家乡杭州的风土人情,等等。自然,谈得最多的是时局和文艺界的情况。是你动员我加入中华全国文艺界协会,缺一位介绍人,又是你出面商请荃麟夫人葛琴联署。虽说这些仿佛都不过点点滴滴,可是,春雨不也正是点点滴滴滋润万物的么?此后,你我常一道参加进步文化活动,并先后坐进了《文汇报》的办公室:面对面,你编《笔会》,我编《社会大学》。这期间,由于受了你同某些方家联手搞"七人影评"的影响,我和后期来港的黎先耀,也东施效颦,两人化用了三个笔名,借《大公报》的版面,开辟了《三人影评》专栏。你了解此事后,哈哈大笑,并着实赞扬了一番……解放战争捷报频传,日子过得飞快,黎先耀北上了,我去广州参军了,你却仍旧留守香港。从此,我们便中断了联系,直到1955年重逢于北京西单舍饭寺中央电影剧本创作所。没料到,北京相见,对我而言,竟是昙花一现,还不等我品够那高兴的滋味儿,我就被关进广安门外的莲花池"学习"去了。起初是反胡风,接着是"肃反"。我因有"外围分子"、"托匪"、"国特"等一系列嫌疑而享受了各种优待,坐失了和你把盏话旧的良机。你总该记得吧,你只来得及送我一套当时内地很难见到的港版《侍卫官札记》,便以瘫痪多年刚刚学步的身子,衔命南下筹建"珠影"去了。而几乎不容人喘气,又刮起了"反右"的风暴。我终于戴上了一顶被认为是合适的"帽子","沉船"二十二载。我能想见,当人们反复找你调查之际,对这"莫须有"的一切,你肯定是不会相信的。但,你都想过些什么呢?20世纪80年代,我到广州探望因病再次卧床的你时,我俩仿佛心有默契,对此都避而不提。几十年间,千奇百怪的事,彼此经历得还少么?难道还有什么值得大惊小怪的么?

我一直认为,可惜了大哥才有未竟,你是电影事业家,但你痼疾缠身,徒有许多设想,无法付诸实践。当然,也不单是肉体有病,制约着你的手脚的,还有我们这个特殊历史阶段的社会病,而这却是任谁也无能为力的。长期处于这样一种无奈的心境中,你又怎能不经常独自咂摸那句京剧唱词呢:"我好比,笼中鸟,有翅难展!"

的确,你是有翅难展。不过,如今你已不必为此憾恨不安了,你已彻底收敛倦翼缄默了。尽管我舍不得你远去,却又庆幸你的解脱。你绝不欠谁一丁点儿,因此你睡得安详,走得泰然。而面对如此世风,你早早嘱咐家人:不要举行告别仪式,不要送花圈,从简,从简……大哥,我欣赏你这个人生句号,画得好。倘如竟至于不是这样,我倒会觉得你不像我的大哥了,平平常常的大哥,朴朴实实的大哥,清清白白的大哥……大哥啊!

1994 年 10 月 18 日　合肥

最是黄山我无缘

我登过泰山,上过庐山,朝拜过五台山、九华山、普陀山,也爬过人迹罕至的阿佤山和高黎贡山,然而在安徽生活了十五年,却一直不曾到过黄山。看来,最是黄山我无缘了。

早在1979年秋,安徽省文联筹办黄山笔会,老作家陈登科就曾亲临我当时暂住的三楼办公室,找我一道拟定邀请与会者的名单。然而,翌年笔会正式召开时,我却因病住院,受困桂林,无法参加。更想不到的是,这个以黄山之名命名的笔会,往后竟一再受到追究,而我反倒因祸得福,脱了干系。不过,从此我也隐隐感到,黄山对我似乎意味着某种不祥。

打那以后,单说与文化有关的,谁能数得清,安徽的官方、半官方,在黄山开过多少会!却再也没有任何人打一声招呼。不过,我不急,总以为,自己守在跟前,不愁。然而,等呀盼呀,始终音讯杳杳。直到今年9月3日,一个多云转阴的日子,蒙《诗歌报》编辑部邀约,我这个老头儿才得以和一批荣获"临工杯"金奖、银奖的青年诗人,结伴前往屯溪,欢度该刊创办十年的庆典。两天后,我抱着有缪斯女神庇护,或能雨霁的心愿,轻叩山门。出乎意外的是,连喊"芝麻开门"三千遍,也全然失灵。原来,昨夜一场风暴,变压器毁于雷殛,索道中断了。对此,青年人摩拳擦掌不示弱,决定冒雨徒步搏击,我则考虑到自己的多病之躯,临阵退兵。于是,寄予厚望的黄山行,宣告"泡汤"。

我在山下流连徘徊,不忍遽离。好心的朋友提醒我,人字瀑不远,今天肯定飞流直下,何不前去观赏?闻言,私心转悲为喜,自忖,这大概就是所谓的

"失之东隅,收之桑榆"罢,乃请朋友为我横照竖照连拍了半个胶卷,很是壮观了一番。岂料,接踵而来的竟又是丧气透顶的消息:有关照片,尽毁于某家扯淡照相馆的一次不慎曝光了,真是天亡我也!黄山呀黄山,为何你连一丁点儿信物也不教留下?

可是且慢!你打错主意了,黄山!你能夺去照片中的人字瀑,却夺不去我心中珍藏着的人字瀑。不信,有诗为证:

狠狠的一撇——血如浆

悠悠的一捺——汗似汤

血汗交迸处,您将自己

站成一堵人墙

风也飘飘　雨也飓飓

看哪　飘飘飓飓　白发三千丈　您

老了么?不!我老了么?不!

您有不老的珍珠　我有不老的图像

1994 年 10 月 20 日　合肥

吉 屋 出 租

六十年前,我刚发蒙,喜欢到处找字认。当我在街头巷尾、电线杆上,看见贴着的一张张红纸,上面尽写些"吉屋出租"的字样,就问父亲,"吉屋"是什么意思。父亲说,那是告诉找房子的人,某地有一间不带煞气的好门面,或者好住处,只要按月交租,可以放心使用。换句话说,也就是指的并非"凶宅"。当然,到底吉不吉、凶不凶,都与还是小孩子的我无关,知道了,也就不去管它了。

俗话说,风水轮换一甲子,果不其然!如今,中国又有不少"吉屋出租"了。

我所在的机关,一如其他文教部门,大有"王小二过年,一年不如一年"之势,穷到了只能勉强开工资,连公费医疗都难以保障的地步。于是,自然而然的,有人便想到了"吉屋出租"的点子。谈判的时候,还能捎带着撮上两顿解解馋,何乐而不为?君不见,如今的校园,不也纷纷"开发"围墙,以招揽个体户么?这端的是秀才要饭,不是秀才造反,说到底,可怜而并不可怕。

我住的宿舍楼和办公楼共着一座大院,论码头,也算黄金地段。临街的大门口两侧,颇有讨价还价的资本,而且,确也招徕过不少业主,甚至引起过不大不小的纠纷,闹得警察和法官相继光顾。最后,谈拢了两家:右边一家,开酒店,由某"下海"文人当老板;左边一家,也开酒店,只是中途一再换马,到如今也弄不清楚东家原来是干什么的,我想,多少怕也同文化有关吧。总之,确凿无疑的是,消化打败了文化,而且是由同行亲手"打"的,大有验证当年斯大林警句的意味:堡垒是最容易从内部攻破的。不过,这一回,被"打"的一方,抱的毋宁是竭诚欢迎,求之不得的态度。

"有奶便是娘",这句老话如今似乎又管用了。急了,简直连是真奶还是假奶都不考虑。听说,有一种隆胸术,可以将本来十分干瘪的乳房,巧夺天工地改造成庞然大物。不是常有耳闻么,开始夸口许愿,如何如何,可结果并未兑现,甚或当初就不打算兑现。文人相轻相残,历来是我们的传统。人们记忆犹新,在中国,大搞政治运动的年代,有权的文人整无权的文人整得最狠。如今,大搞市场经济了,但愿有钱的文人"宰"没钱的文人,不要"宰"得最凶。所幸,吉屋倒是真吉屋,只记录了办公室发生过的故事,纵有风流案件,似也歪打正着,能平添一股喜气、一段佳话。何况,已经开张营业的一家,生意红火,证明风水甚好。因之,唯愿出租也是真出租——"大款"借"吉屋"放胆捞钱,穷汉靠"吉屋"小心活命。通过吉屋出租,实现共存共荣,如此,或有助于保持社会稳定焉。

1994年10月21日　合肥

悔，还是不悔？

什么叫作悔？什么又叫作不悔？虽说这是个个人问题，我却至今也拿不出满意的答案来。之所以这样，是因为，有些事，早已无可挽回，根本不可能重来一次，所谓下次改正，纯属奢谈。或者，汲取了教训，偏又不宜倾诉。因此，尽管从理论上讲，人与人的生活道路，彼此间会有可供参照之处，但一切又都必须靠独自去碰撞，煞像……一场赌博。

只说虽有教训，却无法"下次改正"的一类。

从职业说起，数十年来，我背了个诗人、作家的虚名，惹了不少实祸。当然，起步之初，原本也是可以不走这条路的。比如，学画、学书法，同样一支笔，高天阔地，比倒霉的文学创作要敞亮得多。且不说物质财富，即以少烦忧，多安恬，有助于延年益寿而论，也不知要强上多少倍。我认识一些画家和书法家，据我所知，通常情况下，在敏感事态面前，他们一般都不至于陷进"用笔写下的，用斧子也砍不掉"的尴尬境地，因而能避开文网（漫画家没有这等幸运）。从另一个角度看，当精神世界受到某种"关怀"时，碰巧了，还真能解决若干实际问题。何以为报？不难，而且也挺高雅，送一幅字画好了。倘换了诗人或作家呢？那可不成，即便喜从天降，得了什么意外的方便，也会苦于答谢无门。亲自献上颂诗或者谀文吧，将徒然招致对方的猜疑和旁观者的讥刺，何况，就这也未必讨好，精明的"君子"会觉得太露骨，太愚蠢，反而引起厌恶。你看，这不是择业不同，祸福有别吗？

回想小时候，自己也具备向书画方面发展的若干条件。我六岁发蒙，即在父亲的督导下练字,起初临柳公权、颜真卿,最后学钱南园;八岁左右,已经替人家写招牌子。固然,所谓的写招牌,不过是光屁股撵狼,胆大不识羞。满十岁时,忽而告别书法,到底是什么缘故,已然记不清了。不过,直到如今,竟依旧有人时不时会夸奖几句,甚至嘱我写上个条幅什么的。为此,我往往也不免悬想:莫非我是王羲之门下的白鹅投胎,好歹啄了些兰亭修禊的灵性?再说作画,似乎也稍具"优势"。已故胞姊刘仁慧,当年是国立杭州艺专先后修完三个系的高才生。耳濡目染,使我对绘画也产生过浓厚的兴趣,经常涂涂抹抹。从小学到大学,每逢出墙报,刊头、插图和美术字,历来是由我一手包办。据女儿的回忆肯定,如此直到三十几岁,还能常应她海阔天空的命题作画,不管什么,居然都有那么个意思。看来,我放弃了绘画工作不干,兴许是更大的失策了。

接下去说音乐,也确有值得"摆谱"之处。首先是嗓子不坏;其次是乐感较强,担任过中学乃至大学的校合唱团指挥。参军后,部队在广西南宁与四野会师,我出的节目便是独唱,一曲《贝加尔湖》,满堂喝彩。可恼的是,1980年,因不幸患脑血栓,彻底倒仓,如今是活活一只"唐老鸭",谁都无福消受了。不过,近年间,常见某类歌星满天飞,他们推出的"黄金万两"演唱,倒也不时暴露出五音不全、跑调、底气不足、打音不远等诸多毛病,令人深感惊讶。听说还有根本不识谱者,混迹其间,靠别人教一句学一句,现趸现卖。因之我又不免揣测,要是倒退上十几年,本人"下海"、"走穴",说不定能"红"过他们。当然,我还是有着致命的弱点:盖脸皮尚欠厚也。

其次,不妨说一说婚姻问题。从某种意义上看,我以为,择偶的重要性超过择业。

我这个人,无疑毛病甚多,比较下来,最大的毛病是迂腐。四十余年前,并没有谁号召过晚婚晚育,更谈不上国策之类,我却为了革命呀、事业呀等等形而上的东西,一次复一次地谢绝了爱神的光宠,幼稚地将婚恋和别的事物对立起来。等到实在不能再拖了,又仓促从事,考虑欠周。正是这间不容发的一念之差,铸成大错。1957年的反右运动,七斗八斗,这个那个"资产阶级思想",扣了一大堆,其实都不曾批对,倒是有一个货真价实的错误,被"火眼金睛"们看漏了。那是什么呢?那是我的浅薄、我的虚荣、我的不知天高地厚——每当受别人恭维,嘴上虽也谦逊一番,心里却暗暗高兴。一句话,正像后来"文革"期间,伟大导师对外国记者谈到的那样,他承认,在一定程度上,他欣赏个人崇拜。他还认为,不独政治领袖,不反对别人崇拜自己,即便一个普普通通的作家或是记者,也喜欢别人言过其实地溢美。溢美,不正是个人崇拜ABC么?伟人的坦率令人钦佩。联系到我自己,还真有这类臭毛病。我的第一位妻子,以外表上看,至少起初显然是我的"崇拜者"。她之所以进入我的视野,正是因为在一次营火晚会上,动情地朗诵了我的组诗《在北方》,而后才结识的。这种"浪漫"的结识以悲剧告终,毫不足怪,因为,一旦"崇拜"的基础垮了,她必然会"顺天意,合人心"地站在革命群众一边,弃我如敝屣。就个人而言,这叫作咎由自取,没有什么好埋怨的。

旧社会有句老话,"内有贤妻,外无横祸",此话虽有大男子主义气味,我看,还算至理名言,尽管我没有资格援用它。但,作为真理,作家是有义务加以传播的。

既然提起了"迂腐"二字,不妨再举一个例子。我要说的是,到底什么叫作对党忠诚老实。这,于我同样有着永难磨灭的教训。不少人知道,20世纪50年代,从"肃反"到"反右",我一直是著名的"运动员"。说来可笑,那根子竟是埋在儿童时代的一段"莫须有"上。抗日战争初期,我失学在家,偶然认识了蒋经国先生的主任秘书徐君虎先生。徐先生关心我的求学问题,给过我一点帮助。同时也帮助了另外一个名叫万××的孩子。有人开玩笑,叫我俩认徐先生为义父。后来,万××真的认了(这是如今担任着湖南省政协顾问的徐先生1991年亲口对我讲的),我却不曾认。参加革命了,我觉得,应当把这一切都向组织如实交代,并须主动深挖内心一闪念。于是,从进入全国学联开始,一直到参军,便多次向上级陈述过这件并未成为事实,但可能成为事实的事。岂料,到了"说蚂蚁,就遍地是蚂蚁"的非常年月,越交代竟越交代不清楚,结果是既给自己,也给组织制造了许多麻烦。同情我的人悄悄透露:"你的档案要论公斤计",哎呀,多可怕!谁听了能不吓一跳!事后,我苦笑着把这句话复述给了解我的老同学们听,竟没有一个人不骂我:"自找的!谁叫你忠诚老实!"有的人干脆说:"我什么也不啰唆,落了个薄薄几张纸,轻松一辈子!"还听说,那位万××,就无灾无难,"好人一生平安"。我猜,也许他对此从未认真做过交代,也许他压根儿就不当一回事,谁知道呢。俱往矣,数倒霉人物,还看今朝!

当然,迂腐,有时候,也容易同执着这一美德混淆不清。但,不论怎样,就上述例证而言,表现在我身上的,到底是以迂腐居多。从今往后,能不能变得聪明一点呢?须知,我几乎是以生命为代价,交过"学费"的哩。

再说另一桩介乎悔与不悔之间的事。我是1949年离开香港回国的,直接当了陈赓将军麾下的战士,跟随部队,基本上靠两只脚千里走云南。这之前之后,无疑是两种生活,单讲物质,诚然是极其艰苦的。不过,我心中自有支撑:光荣,光荣,第三个还是光荣。当我获悉某些同学同事,或者虽也回国,却在别的领域大展宏图,或者仍留香港,继续从事着自己心爱的工作时,尽管我偏由一家大报的正式编辑贬为见习编辑,小排级,供给制,但我丝毫没有自惭形秽的失落感,更不曾有过离开这些带枪的人,另觅高枝的打算。且说一件小事。一路上,兵团政治部的这支行军队伍唯独我有手表,义不容辞,立刻"共产"了——军情紧急复多变,日夜轮流带队值班者,必须准确掌握作息时间。这块欧米茄带日历全自动名牌手表,是我参军前夕,用《文汇报》的一个月薪金,凑上发表在袁水拍主编的《大公报·文艺副刊》上的一个中篇小说《暴动》的稿费,合计五百余元旧港币买的,按说,也来之不易。待到进了昆明城,手表固然是物归原主了,可玻璃碎了,三根针掉了两根,表把已涩得转不动,表蒙子也锈蚀变形。直到1953年,奉命赴重庆参加西南军区的首届文艺检阅,才得以携去修复,正式让它为主人服务。四年后,我被打成"右派",

又戴着它去山西劳动改造。旋因家父去世,忍痛将它变卖,折成了奔丧的路费。往后,便当了近二十年的无表阶级。你看,手表虽小,倒也能显示出我的一段人生轨迹,同时,也向我提出了一个尖锐的问题:悔?还是不悔?应该说,类似的故事还有不少,不翻腾了。且单说香港这个地名,雨雪风霜数十载,人们的反应似乎就经历了天翻地覆的变化。曾记得,一声"香港来的",多半会引起窃窃私语,或者感到神秘,或者有些眼红,或者干脆充满敌意,以"异类"视之。不过,天长日久,遭人怀疑,于我已习以为常,也就不去理会了。只是有时碰上特别富有刺激性的新闻,比如哪位熟人,突然间接受邀请回到大陆观光,竟然"国宴"礼遇,难免感慨一番。及至改革开放,香港的身价不断看涨,在某些"革命者"心目中,凡能沾上一丝半点关系,也几乎都可以作为傲视他人的资本,于是,就更是恍如隔世了。这时节,知道了一些人士的现状,有的成了学术名流,有的成了报业巨子,回顾寒碜如我,着实惭愧!

"爱国不分先后,革命岂论早晚",这话早已耳熟能详。我承认,我的觉悟不高,有时候,尤其是当国运式微、人生绝望之际,难免会产生大逆不道的怨怼情绪。百思不解的是,为什么"先"的每每不如"后"的,"早"的每每不如"晚"的?仅仅是不如,也则罢了,问题在于,"打"起来也先打"先"的,早打"早"的,这就未免怪了。这感慨,并不光是因了一己的遭际而发;有多少1949年投奔祖国,报效人民的世界级大师,相继死于非命?!老舍先生,是众所周知的一位。几天前,又从《当代》杂志上,读到了地质学权威谢家荣先生的生平,令人痛彻肝肺!我绝无不信任那些"后"与"晚"者终于觉悟,并已飞速赶超的意思,对他们的成就与贡献,我也充满了敬意。那么,说来说去,究竟该怎样解释这难以理解的纷纭世象呢?难道只好求助于宿命么?我曾亲耳听到,乡下老农议论"朝政",谈到最"先"最"早"的刘少奇和彭德怀时,唏嘘之余,恰恰都正是归结为一个"命"字。如此说来,莫非真是万般皆由"命"定?!然而,我又不信,倘真是"命",该由谁来执掌?唉,真是糨糊一盆,乱麻一团！所幸,有一句老百姓的大白话,还能稍稍给人以慰藉,这就是:"世上没有后悔药!"悔能怎样？不悔又能怎样？罢了罢了,难得糊涂好。

1994年11月5日—9日　合肥

读出书之味

我觉得,书,是有味道的东西,虽然它并非食物。

而且,真正的好书,也一如美食,越咀嚼越有滋味。通过对滋味的品鉴,于不知不觉中吸纳了营养。据此,不妨认为,书之有兴味和书之有裨益,实际上是有机的统一。

倘若非要打比方不可,那么,书也许有点像是药膳。

有趣和有益,这正是我读书的唯一选择标准。

还有没有别的标准呢?可以说是没有了。因为,那些纯粹为了大致了解某一特定事物,不得不主动去"啃"的,以及带有强制性的"必读"之类,都已经根本不存在选择与否的个人自由了。

何况,这个世界本来就荒谬。首先,有钱人一般都不爱读书,读书人却又往往没钱。这似乎是一条悖律。其次,就书论书,比起那种可有可无甚至有不若无的"书"来,真正的好书毕竟居少数,尤其在"地摊文化"畸形繁荣的当今。因此,并非凡是上了书的便一定是真、善、美的,正相反,有些"书",恰恰是糖衣包裹的砒霜。书的世界,其实也是人的世界:矛盾,复杂,言不由衷,布满了陷阱……处处须加小心,马虎不得。

之所以要着重指出这一点,是由于它和我的下述主张,有着密切的关联。

读书,我认为必须"杂",不杂,恐怕简直不能算作读书。只有杂食,才不至于单薄,不至于偏枯,不至于剩下"片面的深刻";固然,片面的深刻远比全面的肤浅强,却终不如博中见约为好。话说到这里,就涉及对于知识的理解了。强调实践出真知,当然不错,但,世象纷纭,个人生命有尽,时间有限,机缘有定,不可能一一都去亲身体验;所以,一般所谓的博,指的大抵都是读书所得(再添上生活阅历),而不会是门门精通的经验积累。这就决定了,想博,就必须杂。再联系到平日的读书习惯,也许还有必要提高悟性,培养一种特殊的本领——能迅速分辨不同书籍的不同重要程度,而且,采取或并举或交叉的方式,在一段时间内,同时读几本内容或有沟通或不搭界的书。我的体会是,这样做的结果,会使人感到内心充实、精神饱满。

1991年秋,某大学邀请我去介绍读书方法。我为此而粗略统计了一下该年上半年都接触过些什么书;一看书目,连自己也不免吃惊了:竟有这许多!从《台静农散文选》、《唐代藩镇研究》(孙国光)、《玉尹残集》(郑超麟)、《〈九歌〉与湘沅民俗》(林河)、《佛教与中印文化交流》(季羡林)、《唐宋词十七家》(叶嘉莹)、《中国民间秘密语》(曲彦斌)、《庐山会议实录》(李锐),到《人生论》(培根)、《爱因斯坦的梦》(巴里·派克)、《毕加索:创造者与毁灭者》(亚丽安娜·哈芬顿)、《美国历届总统就职演说集》……林林总总六七十本,的确是够杂的了。我甚至于愿意不时浏览《棋谱》,尽管我的棋下得很臭。这于我,或者是职业的需要吧。在一般人,自当无须如此之杂的。

不过,我并非藏书家。我以为,绝大多数人都既不可能也没必要成为藏书家,因为,藏书,是必须具备某些条件的。可是,话又得说回来,一个爱读书的人,无论怎样,总该有自己的少量藏书,哪怕只有数百本。这些书,当是自己仔细读过,并且确信值得反复精读的好书。人生在世,有酒柜固然说明富裕,有书橱更能体现文明。假如让我二者择其一,我是宁愿要书橱的。

读书太杂,也有危险,那就是叔本华告诫过的:切莫让"我们的头脑实际上成为别人思想的运动场"(见《读书与书籍》)。这就是说,读书人一定要牢记,任何时候,都必须保持独立思考的人格尊严;拒绝别人,哪怕是大伟人,在我们的头脑中跑野马。千万不可以把自己仅仅当作瓦罐或是塑料桶,而遗忘了胃和肝的功能。

人类已经进入了"高速信息公路"时代,到处都在惊呼知识爆炸。可以断言,不读书的人,也许能风光旖旎一时,但绝不能风流蕴藉一世。倘除了会读有形的书,还结合着会读无形的大书——社会,那么,书所赐予的恩惠,就更加受用不尽了。

1994年11月12日—18日　合肥

不 能 缺 钙
——纪念1894和1945

1894，是中国败于甲午海战，李鸿章腼颜赴日，签订丧权辱国的《马关条约》的一年。1945年，是伟大的抗日民族解放战争取得最后胜利的一年。前者过去了一百年，后者也过去了五十年，一败一胜，两个纪念日如今接踵而至，人事虽属巧合，天机耐人寻味。

当时，清廷代表中国向战胜者赔款两亿三千万两白银，连同利息，以及因对方借口纹银成色不足继续讹诈追索的部分，总数相当于1894年日本全年财政收入的四倍。一贯以搜刮民脂民膏、穷奢极欲为能事的爱新觉罗王朝，竟挖肉补疮，向英帝国主义暗许别的好处，从而借债还债，暂解燃眉之急。当然，就中国而言，这无疑是雪上加霜了。而穷兵黩武的日本当局，在鲸吞下中国老百姓如此大量的血汗和眼泪后，又是如何消化的呢？请看下列分配数字：继续扩充军备两亿三千万日元，填补甲午战费赤字八千余万日元，三百八十万日元作为钢铁工业的投资（著名的兵工脊梁八幡制铁所，正是这时建立的），犒劳天皇皇室两千万日元，一千万日元作为对日本本国牺牲者的补贴，还有一千万日元充作国民教育经费。从总体上看，这笔巨额赔款，百分之九十都直接间接地投资于军事了，这是无可抵赖的事实，它，也正是往后日本在世界上四处"讨伐"，大打出手的资本。

无疑，对尚未罹患健忘症的中国人说来，从1931年日军大举入侵我东北三省的"九一八"事变起，到1945年日本昭和天皇被迫宣布向同盟国无条件投降止，这一段历史绝对是斑斑可考的。可是，日本的某些势力，却始终抱着他们伪造的账本儿,至今拒不认罪。尤其可恶的是,这帮残余军国主义分子,不独不思悔改,相反,还屡屡蓄意挑衅;老实说,对此,我们实在是忍耐得太久太久、太多太多了。口说无凭,请看有案可查的另一份不完备的清单:1985年,自民党首相中曾根康弘破例以官方身份参拜供有甲级战犯东条英机灵位的靖国神社;1986年,文部大臣腾尾狡辩,说什么南京大屠杀完全是"为了排除抵抗",并压根儿否认有战犯一说;1987年,中曾根内阁公开废止防务费不得超过国民生产总值百分之一的限额,军费大增,仅次于美国和苏联;1987年,自民党首相竹下登宣称,日本在第二次世界大战中是否侵略过别人,是一个"应由后世历史学家评价的问题",只是在受到国内外舆论的强烈谴责后,才改口说,"有过侵略事实";1988年,国土厅长官奥野在参拜靖国神社后说,"日本是为了保卫自己的安全而发动战争的",此人虽因胡吣而被迫辞职,却仍然坚持认为,"大东亚战争对建立亚洲人的亚洲做出了贡献";1988年,文部省发表1987年度审定教科书的部分结果,将日本对别国的"侵略",一律改写成"进驻";1990年,有影响的自民党参议员石原慎太郎公然叫嚣,南京大屠杀是"中国人捏造出来的谎言",甚至倒打一耙,说,这是中国人在"污损日本的形象";1994年,法务大臣永野声称,"把太平洋战争定性为侵略战争是错误的","南京大屠杀纯属捏造";1994年,环境厅长官樱内说,"与其说侵略战争,毋宁说所有的亚洲国家托日本的福";1994年,通产相桥本说,"能否把那场战争称为侵略战争,我个人怀疑"……此外,1992年,日本首次向海外派遣自卫队,打破了和平立国、绝不出兵的承诺;1994年,还是那个石原慎太郎,继《日本可以说:不!》之后,又诱使东南亚某政治人物,与之"合作",写了一本《亚洲可以说:不!》,以亚洲代言人自居,妄图重温"大东亚圣战"的旧梦;同年,日本有关当局决定焚烧百余具无名氏遗骨,而它们本来被认为是臭名昭彰的侵华日军七三一细菌部队留下的杀人罪证。

依我看,岛国的政治家们也真够"岛国"的了!怎么就不能向当年的轴心国朋友学一学呢?据德国《周报》1994年6月的一次民意调查显示,有百分之六十四的普通德国人认为战败是好事，在年轻人当中，这个比例还要高，占到了百分之六十八。去年5月20日，德国联邦议会通过的一项法案认定，凡否认纳粹屠杀犹太人罪行者，一律判处三至五年徒刑，凡有涂写"卐"字标志，行纳粹礼，煽动排外情绪行为者，均得量罪论罚。这就昭告天下，现在的德国和希特勒彻底划清了界限，有力地表明了德国政府和大多数德国人的正确选择。据说，甚至有不少议员公开要求举行辩论，认为应该为在二战中开小差者恢复名誉，理由是，对纳粹持不合作态度就是温和的抵抗！

不怕不识货，就怕货比货。跟德国一比，日本都落后到什么份儿上了！

曾记得，日本明仁天皇访华那年，我国女作家张洁，在报上替全国人民表达过一个卑微的愿望——请求这位"大日本国的象征"，在天安门广场人民英雄纪念碑前，也象征性地放下一分钱硬币，以示某种歉意。我是在杭州读到这张报纸的，顿觉大快，立即不避可能产生的"友邦惊诧"，撰文响应，题名《也来谔谔》，盖取"众士之诺诺，不如一士之谔谔"意，以聊尽国民一分子的义务也；不料，稿件邮到之日，正值"风波"突起之时，于是，报社的退稿笺上就写着，"由于您所了解的原因，无奈割爱了"。

我在这篇被"枪毙"的短文中举过一个例子，即西德总理勃兰特出访波兰时，在一座纪念碑前，竟出人意外地扑通跪倒。这一令人震惊的充满感情色彩的举动，波兰主人事先既不知情，德国人之间也未经商量。事后，这位老资格的反法西斯战士勃兰特坦然答记者问："谁愿意理解我，他就能理解我。在德国和世界其他地方，很多人是会理解我的。"于是，一位记者也就动情地评论道："不必这样做的他，替所有必须这样做而没有下跪的人跪下了。"诚然，勃兰特是出于良知，面对曾为希特勒暴行付出了六百万条生命的波兰，才这样身不由己的。不过，我并不认为，日本的什么政要也应仿效勃兰特，用这种方式忏悔；我深知，大和民族的秉性之一正是讲究遣词造句，最有分量的客气话，也不过是"给你们带来麻烦了"而已！所以，我并不指望更多，实际上，只要做一个姿态就够了，哪怕是双手合十，三秒钟！

写那篇文章的时候,身在羁旅,因而无法查实准确日期,现在不妨补志一笔,勃兰特向波兰大地下跪的时间是1970年12月7日,地点为华沙。顺便提到一句,1971年10月,诺贝尔奖委会一致通过决议,授予勃兰特先生以该年度诺贝尔和平奖;消息传来,当夜就有万千德国青年,高举火把,络绎不绝地来到勃兰特所住公寓前,向他欢呼致敬。这些年轻人心里明白,有了勃兰特这样的政治领袖,新的一代才不至于葬身异域。

然而,反观我们的近邻日本又如何?日本有勃兰特么?我这样说,绝非认定整个日本都没有神志清醒、头脑健全的人。不,日本有好人。前不久荣膺1994年度诺贝尔文学奖的日本当代作家大江健三郎,就是一位。在他成为诺贝尔奖得主之后,日本政府随即颁发代表国家荣誉的文化勋章。然而,大江健三郎拒领,理由是,他是"战后的民主主义者"。在他看来,现日本当局以文化勋章和日本艺术院等形式"构筑起了以天皇制度为顶端的垂直的轴心",这,于他是"不合适"的;非但他本人不领,而且还嘱告妻子:"就是在我死后,也不要和这样的事有牵连。"态度何等鲜明!何等决绝!

抑有进者,就在桂冠飞临东京的当日,这位以描写反核斗争著称于世界的大江健三郎,仍旧对记者们庄严声明,"广岛和长崎的核问题是我最大的主题"。

写到这里,偏又从报上获悉,在去年年底,日本和美国之间,因为一套世界反法西斯战争胜利五十周年纪念邮票中的一枚,画面上出现了蘑菇云以及"原子弹加速了战争的结束,1945年8月"的字样,发生龃龉;日方提出抗议,认为伤害了日本的民族感情,结果,事件以美方让步,停止邮票的发行而告终。尽人皆知,8月6日的第一枚原子弹,广岛大约死亡十四万人,三天后的第二枚原子弹,长崎死亡七万人,两地合计二十一万人,较之南京屠城,还少九万人。那么,将心比心,三十万人被消灭,难道就不伤害中国的民族感情么?!我在上面拿日本的某些人和德国的勃兰特总理相对照,事情原本已经十分清楚,现在再拿日本人自己和他们自己比,事情就越发不辩自明了。因之,我要说,大江健三郎的人类意识,远比某些日本人借口的所谓民族感情,要高尚万倍!固然,核武器是必须坚决反对的,不管它是投掷在广岛,还是长崎,还是任何别的国家的别的城市,都是全人类的灾难,因而"反核"也就成了全人类的共同任务。问题在于,使用常规武器,举行野蛮的杀人竞赛,是否就可以网开一面,略而不计?!倘或有人敢于回答说,可以,我必痛斥之:你已经是连人性、人的感情都没有了,遑论民族感情乎?!

1994年6月14日新加坡的《联合早报》署名文章,提出了这样一个值得深思的问题:"这十多年来,日本对历史事实的挑战,以及日本政客三番四次妖言惑众,作为受害者,我们也应借此自省,那就是我们那种'以德报怨'的宽容精神,'恕道'结果是宠坏了日本军国主义残余分子"。回到笔者本文的开头,那么,似乎我有理由这样结尾:

1994年的甲午百年祭,在低调处理中打发了;往者不可谏,来者犹可追,值此全国上下强化"爱国主义教育"之际,对1995年的抗日战争胜利五十周年,同时又是世界反法西斯战争胜利五十周年纪念,我们的声音,是否理应增多一点钙质呢?

1995年1月8日　合肥

抗战并未结束

今天我们集会,纪念抗日战争胜利五十周年;但,就我个人而言,抗战实在并未结束,此话怎讲?请听我慢慢道来。

1937年,距七七事变才一个月零六天,"八一三"上海又燃起了战火;我的家在江西南昌,那儿不但有当时中国重要的空军基地,而且有唯一的飞机制造厂。大概正是这个缘故吧,"八一四"就遭到了贴着红膏药标志的敌机的狂轰滥炸。鬼子并不单是袭击军事目标,连我读书的百花洲小学,刹那间也变成了瓦砾堆。过了不久,鬼子故伎重演,又毁了我的家。等到逃难赣州,刚进中学,中学再度挨炸。有一枚重磅炸弹斜插在操场的沙坑里,既狰狞,又阴险,活像它的主子。这便是我铭记终生的"三弹之仇"。还有,我唯一的姐姐刘仁慧,国立杭州艺专(现中国美院)高才生,浙、赣两省奖学金得主,随校内迁云南。由于国民党政权的腐败和草菅人命,竟以普通铁丝代替电线,使她不幸触电惨死。我认为,追根究底,国仇家恨,这笔账都应该记在日本鬼子名下。

我是坚决的抗日派。早在读小学五年级的时候,生平第一篇变作铅字上报的东西,正是呼吁全国小朋友,千万不要相信鬼子的甜言蜜语,上他们的当,去欢迎那个所谓的儿童亲善访华团。这件事的详细经过,我写过文章,就不细说了。

根据我的个人体验,我认为,日本帝国主义是世上最不讲信义的一群。记得1945年秋天,他们的天皇早都宣布无条件投降了,侵略者竟还连夜沿着赣江布雷,妄图继续残害中国老百姓。当时,我正要去南昌上大学,因为穷,买不起船票,就搭别人的木排顺流而下,一路上九死一生,亲眼看见了黑黝黝的水雷,以及无数的沉船浮尸……

大家知道,全国作协经常组团出访。20世纪80年代初期,我就一再向分管外事的邓友梅先生声明,别派我去日本,我不愿意到处和日本人握手,因为我不知道他手上是不是沾着中国人的鲜血。1988年,我应邀前往美国参加首届中国诗歌节,倒霉的是,飞行中途必须在东京机场停留一个小时,我的天!人家说度日如年,我可是度时如年!后来我写了一首有关富士山的短诗,大意是说,远远望去,白雪皑皑,端庄、纯洁、娴静、美丽,可是,又有谁能保证,它不在下一秒钟喷火爆发?因此,后来回国,我就要求美国东道主,一定得替我买直航机票,以避开那几个小岛。

坦白地说,我对日本人是充满不信任感的。我认为,这种不信任感,是日本人自己亲手制造的。1987年,我有机会访问西德,曾有意识地向我接触到的诗人、作家、教授、官员、店主、司机和主妇,提出过同一个问题:您对希特勒作何评价?答案基本上都持否定态度,令人欣慰。在参观大众汽车制造厂时,我发现那儿立着的企业创建人、前纳粹党徒的铜像,嘴唇竟涂满了红漆,一了解,原来是工人们干的,意在唾骂他是喝血的暴徒。看,这就是普通德国人的感情!回国以后,我在《人民日报》上发表了一首长诗,题目叫作《寻找小胡子》,因为,希特勒蓄着小胡子。我们知道,日本男人一般也喜欢留仁丹胡子。所以,这首诗与其说是画德国人,不如说是刺日本人。可是,两相对比,多数德国人为自己国家的过去深感羞耻;而日本人呢?似乎于有意无意间,对那段侵略历史采取了回避态度。至于他们的某些政要,则根本拒绝忏悔;不但不忏悔,甚至还经常爆发一股股歇斯底里的复仇情绪。

这的确是个怪现象。我以为,这个怪现象和日本的民族性是分不开的。话既然说到了这儿,我想不妨再讲一个与自己有关的故事,也许可以作为一个注脚。我读大学时,学校规定,除了英语必修外,每人还得选修一门第二外语。一开始,我选的是日语,当时我考虑,日语除了片假名、平假名外,还保留了上千个汉字,学起来也许较省力。岂料,一学就不对味儿。原来,在日文口语中,中国不叫中国,叫支那。其实,一千多年前,当日本遣唐使上长安学习中土文明那会儿,他们一直是恭恭敬敬称中国为上国或者大唐的。只是到了明治维新以后,他们自认为比我们强大了,才故意将西方人通称的 China 音译为不伦不类的"支那",以示鄙薄。出于类似的心理,他们把美国叫作米国,日本人是以大米为主食的,那用意自然再明显不过了,即,要吃掉人家。他们还把俄罗斯故意写成露西亚,简称露国,顾名思义,日本既是日出之国,太阳一出,露水必干。凡此种种,无不暴露了日本人的自大狂。特别是当我听说日本人管臭虫叫南京虫之后,简直气不打一处来,南京,是当时中国的首都,为什么要把臭虫叫作南京虫?我们把跳蚤叫作东京虫行不行?实在欺人太甚!这时候,我不得不对教授表示抱歉,说:"这个样子的日语,我再也学不下去了。"

关于日本人瞧不起中国人的故事,可谓擢发难数。不是有过这样的报道么?在北京的某大宾馆,一个骄横的日本佬挤伤了一位黄皮肤黑头发的顾客,领班要他道歉,他不屑地哼了一声:"支那人!"便扬长而去;领班告诉他,对方是美籍华人,这个混蛋家伙才折转身哈腰鞠躬赔不是。又如,在山西太原晋祠举行的日本书道展览会上,被邀请来的日本某书法家,自己迟到了一个多钟头,害人久等不说,来了之后,反而辱骂静静地围着看他写字的观众不礼貌,并且抡起手杖就打。这只不过是随手拈来的芝麻绿豆,至于为了中日友好的大局,压住没登报的,天知道还有多少!

今年年初,我在《文论报》上发了一篇文章:《不能缺钙》,据编辑部来信说,读者反响极其热烈。我写的无非是一个意思:对日本人不能太软了。你以德报怨,他以什么报你?他认定你可欺,仗着有几个钱,继续颠倒黑白。所以,我觉得,我们再穷,也绝不能露出一副"谁有钱就认谁大爷"的熊样子。从这一点引申开去,斗胆说一句,对当年做出的那个不向日本政府索赔的决定,我个人是有所保留的。且不提甲午海战、《马关条约》,日本勒索中国白银二亿三千万两的老账,单说八年抗战,光死难同胞就多达三千五百万!不是说"人是第一可宝贵的"么?反观在中国的任何一次空难或者车祸中,假如其中死了日本人,看他们开的都是什么价码!这些,早已是街谈巷议,沸沸扬扬,就差没形诸笔墨罢了。

那么,日本就没有好人了么?不,日本民族跟世上所有的民族一样,有它非常丑陋的一面,也有它非常优秀的一面。何况,日本有一亿多人口,怎么会没有好人!但是,好人不掌权,又有什么用?别的行当我不大清楚,作家这一行,情况还是略知一二的。比如新近的诺贝尔文学奖得主大江健三郎,就是一位著名的反体制派,他从未认同现行的天皇制度,他认为,反民主的天皇制度正是军国主义的灵魂。不待说,日本战后保留天皇制度,保留靖国神社,这是又一个重大的决策错误。不过,这事咱们管不了,是美国占领当局,是麦克阿瑟将军,出于当时反苏反共的需要,根据美国的私利裁定的。无须说,作家和作家也大不同。有一个名叫司马辽太郎的作家,据说还是对华友好的;前些时候,他访问过台湾的李登辉,写了一篇轰动一时的访问记,既暴露了李登辉的"皇民"思想,又暴露了他本人的"大东亚情结"。你看,"对华友好"的作家尚且如此,其他人还用问么?这件事,给我们再一次敲响了警钟,除了美国有野心外,日本同样想再次染指台湾。

我还想说一说日本的经济侵略问题。记得我小时候,中国老百姓曾自发地掀起过抵制日货运动,一时风起云涌,颇见成效。看看现在,市场上倾销的日货,简直如同水银泻地,无孔不入,连"皇军"从未到过的偏僻小县,路上跑的车也多半是日本造的,这,大概就叫作兵不血刃吧。然而,我们却司空见惯,无动于衷。很惭愧,我本人就有几件日产家电,那都是几次出国回来,在归国人员专卖部买的。我一直感到纳闷儿,这种专卖部,不知道为了什么,小到纽扣电池、剃须刀,大到音响、洗衣机,竟一概是日本货。纵然我不愿将爬格子攒下的血汗钱送给日本人,也得送,别无选择啊。再说,天理良心,人家的产品,一般说来,质量就是比咱们强,奈何奈何!

有两个动向值得注意。一个是,近年来日本社会党的全面右倾化,几乎使日本残存的最后一点政治道义接近于消解。再一个是重整军备。日本军费本来就排名世界第三,苏联解体后,就仅次于美国了。而且,他们利用联合国的名义,置和平宪法于不顾,开了向海外派兵的恶劣先例;最令人不解的是,还不断地从国外采购并储存核原料,人们不禁要问,意欲何为?!莫非以此来"纪念"广岛、长崎核难五十周年么?

俗话说,人无远虑,必有近忧;我想,国家也一样。何况,日本和我们,不过一水之隔,老实讲,我们中国是既有"远虑",又有"近忧"哩!

说了这许多,现在可以回到开头说的那句话:就我个人而言,抗战并未结束;那么,要怎样才算是结束呢?我的回答是,只有日本政府正式向中国人民谢罪,切实终止一切侵犯中国利益的图谋,抗战才算是真正结束了。

同胞们,我们要警惕啊!

附记:1995年6月2日在安徽省老文艺家纪念抗日战争胜利五十周年座谈会上的即席发言,6月20日根据记忆整理。

假假得真？

我有一个习惯，也算是儿童趣味吧，每见到什么新鲜名词，就把它们分门别类地在纸片上记下来；最近随手一翻，翻到"假"字类，发现竟已密密麻麻地再也写不下了，乃有所感焉。

正如所有识得字读过书的人一样，我从小就知道，中国有举世闻名的四大发明，很值得引以为自豪。它证明，我们中国人的创造力，历来就很发达。不过，近数十年间，这种创造力，有一支似乎渐渐地岔上了邪路。我说的正是这个"假"字。假"老虎"，假"反革命"，假"胡风分子"，假"右派"，假"亩产××万斤"，假"右倾机会主义者"，假"叛徒"，假"修正主义者"，假"走资派"……记忆所及，似乎只有20世纪50年代出的那个假英雄李万铭，是货真价实的"假"字号。及至其他，不论当时宣传到了怎么"人人喊打"的程度，诸如"二月兵变"啦、"两个司令部"啦、"大叛徒大内奸大工贼"啦，一查，原来都是"莫须有"。不过，话又得说回来，倘若没有这些个涉及亿万人的"假"，也就不可能有后来平反冤假错案的大快人心事了。然而，这么一来，想象力特别丰富的中国人，似乎从此"假"上了瘾，在社会转型、发展市场经济的同时，"假"也发展了，并且也由政治取向转换成经济取向。于是，有了我纸片上所记载的种种，如：假烟，假酒，假药，假油，假盐，假酱，假醋，假纯棉，假纯毛，假真丝，假真皮，假棉花，假羊绒，假种子，假农药，假化肥，假文凭，假身份证，假护照，假批件，假字画，假古董，假记者，假新闻，假广告，假头衔，假公司，假招聘，假招标，假订单，假银行，假支票，假钞票，假发票，假账，假警察，假转业军人,假模范,假高干,假气功,假特异功能,假结婚,假离婚,假哭丧……一直假到假张学良和假蒋氏血亲。尤其糟糕的是,尽管上面三令五申,在某些地区,某些单位,连国脉所系的反腐败斗争也掺假,因此,才有了"大腐败,做报告;小腐败,戴手铐"之类的新民谣,闻之令人痛心。

至于民间流传的有关"假"的笑话,就更多了,不妨也从报上摘抄两段。一则说,某甲兴冲冲抱了个热水器回家,路遇一位朋友,朋友正告他:"这种热水器是假货。"某甲答道:"不要紧,我的钞票也是假的!"另一则说,一天深夜,某乙在自家门口,撞上了劫匪,情急生智,大呼:"着火了!"果然不出所料,原先家家紧闭着的大门都哗啦啦打开了,一时人多势众,吓得劫匪抱头鼠窜。事后,邻居问他,你为什么不喊"捉强盗"?某乙答曰:"我照实说,你们会起床么?"读了这两则笑话,我却笑不出来。原来,时至今日,中国人是靠这种方式来取得心理平衡的!

泄气之余,又忽然记起,不是有个负负得正的数学定律么,是否可以仿制一番,来个假假得真呢?再细想,还是不行,因为我在上面不小心抄漏了十分重要的一项:"假'打假'"。如此看来,还得老老实实学习大师曹雪芹先生的语录,"真作假时假亦真",这才真个是洞达世情哩,服了服了。

1995 年 6 月 24 日　合肥

日 式 战 法

前些日子,从报上看到一幅有关日美汽车贸易谈判的照片,美国首席谈判代表坎特向日本通产大臣桥本龙太郎赠送竹剑(象征诚实),用意是,日方应本着诚实态度行事,而桥本也不露怯,立即将竹剑比画住自己的咽喉,暗指美国才是凶手,正在刺杀日本。真可谓,针尖麦芒一对,心怀鬼胎各异了。

尤有进者,美国汽车商协会主席,更公开下了"日本人是伪君子"的断语,作为回敬,日本的《每日新闻》立即引用了前通商审议官天谷真弘形容美国的著名比喻:"在狼追过来的时候扔给它一块肉,趁它吃肉的时候逃跑。"客观地说,对美国的这番描述确也入木三分。然而,以我们中国人的切身体验看,这无异老鳖对王八,日本,又何尝吃素!

我想起了一些历史往事。

那还是在我上小学的时候,只听得,社会上一会儿闹腾有个日本军曹在南京失踪了,一会儿闹腾有个东洋和尚在上海化缘时被打了,卖国亲日的国民党政权明明心里清楚,这是讹诈,可还是屁滚尿流地赔小心。不久,奉命躲进中山陵丛林制造事端的军曹终于被找到了,那化缘的和尚也并无伤痕,真相大白,"事件"似乎不了了之,却又偏偏了犹未了,盖"皇军"老爷还是以此作为借口,"进入""支那"来了也。

当然,以为日本只有讹诈一手,倒是小瞧了他。大大有名的偷袭珍珠港,把老美打了个措手不及,就是新招。然而,说新也不全新,甲午之役,岂不也是当时的日本舰队有预谋地冲进我国领海,突袭北洋水师,先下手为强的么!

最近,国际新闻传媒陆续披露了日本在二战期间的许多花样,比如,要求希特勒提供核原料,以便赶制原子弹;利用大气环流放飞气球,去美国投掷细菌、易燃剂之类。有的是来不及玩,有的是玩了一半,被人识破,只得匆匆收场,总之是无毒不丈夫。当然,也有颇为"壮烈"的场面,著名的自杀飞机,便是一例。众所周知,彼邦上自国务大臣,下至小企业主,无不精通《孙子兵法》,熟读《三国演义》,真是文韬武略,满腹经纶,中国人反而只好惭愧惭愧了。

新近日本公布了两项科研成果:一项有关医学,一项有关文化心理学。前者说的是人的小肠:东方人长,类食草动物,性温柔,西方人短,类食肉动物,性凶猛;后者说的是筷子和刀叉在深层意识中的区别:筷子是手指的幽雅延伸,而刀叉却是爪和牙的狰狞变形。我想,日本人总不至于是闲得慌,才来干这个的吧。然而,如果此中意蕴在于论证他们重恕道,施仁义的话,"战功赫赫"的"皇军"岂不成了白种人?何况,就筷子论筷子,日本人的筷子也和东方其他民族的不一样,日本筷子像钉子,尖尖的,那又该作何解释呢?

因之,这一切纯属徒劳,没有谁会相信的。

倒是不能忘记了《伊索寓言》,从那里,我们认识了一头恶狼,无论善良的小羊在河的上游,或是在河的下游饮水,狼反正都有理由吃掉羊。而我们,领教过芳邻德行,亦即日式战法的中国人,大概不会再一次充当小羊的角色吧。

1995 年 8 月 3 日　合肥

仁 人 归 天

——冯牧他再也不能和我们中秋团圆了

9月6日夜,我才从苏州回到合肥,翌晨便有友人自北京打来长途,通报了冯牧先生的噩耗。友人措辞极其谨慎,在没有正式提起这桩大不幸之前,力劝我一定不要过于哀恸。这位朋友哪里知道,其实,对此,我是有精神准备的,尽管当时我双手依旧抖个不停,只好拼命抓牢话筒,唯恐它跌落地坪。

这,于我实在是最最害怕承受,却偏偏无法拒绝的坏消息了!

8月24日,我在上海会见了白桦。他劈头就告诉我,前不久,他去北京看望过冯牧,虽说那天冯牧精神十分委顿,却开朗豁达,一如往昔;不过,据医生透露,病人已进入血癌后期——光靠每日大剂量的换血,无济于事,顶多还能维持个把月了。白桦郁郁地叙述着,我呆呆地谛听着,何消说,作为冯牧的老部下,此时此刻,我俩的心,都早已和空气一道,凝结成化不开的冰疙瘩了。

我很冲动,表示要力争见上最后一面。白桦却说:"第一,他每日高烧不止,神志一会儿清醒,一会儿迷糊,医生多半不会批准外人探视;第二,你自己健康不佳,如此悲惨场面,肯定于双方都是大刺激,不去为宜。"沉吟良久,我终于冷静下来,不坚持了。然而,现在看来,当时的那份"理智",显然是正确而又未必全正确。

世上存在着各式各样的界限,壁垒森严,却又往往不难沟通,而唯独这个死生大限,乃系万能的上帝钦定,哪个敢斗胆逾越!莫奈何,如今,我只好拱手肃立,兀自怅望冥茫幽域,抛洒涕泗千行……

斯人去矣。大树方倾,浓荫犹凉;回眸音容笑貌,一仍如闻謦欬。

我认识冯牧不能算早,但掐指数来,也有四十三载了。常记得,那是在1952年,昆明军区组建文化部,我奉命由《国防战士》报社调去当文艺助理员,与此同时,冯牧也从驻节滇南开远的人民解放军十三军上调,出任副部长。然而,我知道冯牧的鼎鼎大名,却要比这早得多——大凡部队的新闻工作者,有谁不曾学习过那著名的战地通讯范文《新战士时来亮》呢!该文播发于1947年,其时,作者尚不足三十岁。韶华流水,及至1979年,在中越边境潮湿的猫耳洞中,冯牧本人却目睹了自己的旧作,依然在新一代的手中辗转翻飞;他不由得带着无比的宽慰和欣悦,在一篇回忆录中喟然慨叹:"我作为前线记者所写的那些草率、粗糙的文章,虽然说不到有什么思想艺术性,但其中却反映了一个前线记者对于革命战争和革命战士的真挚感情;这种感情,和今天战士们的感情,也还是能够息息相通的。"这是谦虚,照我看,好文章自有隔代遗传的生命基因,《新战士时来亮》无疑是又一铁证。

综观冯牧生平,他的打动人心处,他的与别人"息息相通"处,又岂止于情辞文采?

我以为,倘要评价冯牧,更重要的是评价他的高尚的道德情操。

云南全境解放后,大兵团作战行动宣告结束。但从全国各地流窜麇集而来的恶势力,数量之多,堪称全国之冠;不少县城重新沦陷,常有敌机越境空投,有些地方居然自称"小台湾",气焰一时颇为嚣张。这一不曾预料到的情况,竟使部队付出了不亚于淮海大战的惨重代价。为了适应变局,某些以为可以"刀枪入库,马放南山",从此掩卷的名著,例如苏联作家别克的《恐惧与无畏》、肖洛霍夫的《憎恨的哲学》等等,就再度成了指战员们背包中的珍藏。由是,形势乃赋予了文化部门一个指导阅读的重要任务。当时,恰好我正奉命主编一套连队读物,于是,有一天,冯牧着意考了考我,问道:"依你看,这两本书有何异同?"他要求我用一句话回答。我想了想,说:"前者讲的是怎样下狠心战胜自己,后者着眼于如何下狠心消灭敌人。有破有立,二者都首先需要从道义上获得勇气。"冯牧听了很是满意,认为我的理解与众不同,颇见深度,甚至对他也有启发云云。打这以后,每逢部队文艺建设遇上了某种疑难不决之事,他总要找我征询一二。这在我,自不免有受宠若惊之感了。

1953年夏,形势稍有改善。为了对我们这些知识分子出身的文化兵,进行真正的"恐惧与无畏"和"仇恨的哲学"教育,同时也为了写出一批真正的好作品,冯牧决定亲自带领大家"进军"阿佤山——一个当时还保留着猎取人头祭谷陋习的恐怖蛮荒的少数民族地区,直接下到无人烟的班排前哨,观察、感受、体验这一切。当时,似这等举措,在全国范围内,亦属绝无仅有。军区参加者有我、林子、蓝芒、姚泠、陈希平、杨昭,还有画家梅肖青,十三军有王公浦,十四军有周良沛,当时正在三十九师当文化教员的彭荆风也请假赶来了。人人都很争气,交出了双份不坏的"答卷":既完成了创作任务,又在实践中切实弄懂了不少大道理。我始终认为,这次阿佤山之行,无论从中国军旅文学史或是云南地方文学史的角度看去,都具有划时代的意义,值得大书特书。作为倡导者和组织者,冯牧是功不可没的。关于这一壮举,我将专门撰写详细的回忆文字,我想,那将是冯牧的一方丰碑吧。限于篇幅,这里姑且从略。

人们常常不胜钦佩地议论,"冯牧最大的优点是平易近人"。我要说,此话不尽准确。按我浅见,所谓"平易近人",意思似乎是说,此人本来有条件摆谱拿架子,却不摆不拿,故而值得尊敬。可冯牧呢,冯牧却从未自认为做了"牺牲",不,冯牧并不故作宽宏大量礼贤下士状,因为他是天生就的普通人,有天生就的平常心。他不矫情,不滥情,无论对上对下,历来不卑不亢,时时如此,处处如此,事事如此。诚然,时至今日,这已是一种罕见的品质了。但,又岂能轻巧简慢地套用"平易近人"的四字滥调去加以概括?

且说一段小事。20世纪50年代初期,解放军学习苏联,照搬人家的典、范、令,诸事要求正规化。一名少尉外出,倘路遇一名中尉,就必得急刹脚步,立正敬礼,然后继续前行。至于室内,一旦首长驾临,全体人员更必须唰地起立,直至首长示意坐下,方能重新办公。冯牧非常反感这一套,认为它生硬刻板,疏离了同志感情;他曾悄悄对我这个带头喊口令者耳语:"往后凡是我来,就免了吧,咱们何必搞形式主义?!"

再说另一段小事。在上阿佤山的中途,路过一向奇热的孟连,由于这天是长途行军,人人走得大汗淋漓,尘土裹身,赶到宿营的村寨后,早已累得直想趴下了。冯牧却提议去刚才经过的一处龙潭洗澡解乏,然而,除了我和梅肖青响应外,无人吭声。于是,我们一行三人便径自前去。此番千里南征,什么都得靠自家肩扛手提,因之轻装极为彻底,谁也不愿多带一根纱,连裤衩都没有富裕的。冯牧自不例外。这么一来,我们三个就只好脱得赤条条地下水,并且抓紧时间,先将裤衩洗出来,铺在地上,趁着夕阳余威晾干。冯牧一面从容自在地忙碌着,一面不忘谈天说地。而觉得不好意思的,反倒是我,窃想,好赖是位首长呀,如此暴露凡人肉胎,成何体统? 接下去,我发觉他竟是浪里白条,泳姿潇洒,水性极好,又不免一惊。他一面变换着花样击水,一面高声赞扬梅肖青善泳,却狠狠地嘲笑了我的"狗刨式"……待到多年以后,我才从苏策那儿了解到,青年冯牧,曾是北京泳坛的一员健儿。取近譬远,以小见大,特立独行的冯牧,正是这样一个人:从不侈谈自己过五关斩六将的风光往事,偏又我行我素,不为俗见所囿,比如,能迎着下级的目光,坦然裸裎,换了一般被"官"念牢牢捆缚者,能办得到吗? 小小细节,令我印象至深。还有一件事,则似乎涉及隐私了。但我考虑再三,觉得此事恰恰最能见其卓尔不群的真性情,公之于世,肯定只会增添人们对他的敬意,但愿冯牧在天之灵,不要因此而对我呵斥。

事情也发生在 1953 年。冯牧新婚宴尔,洞房合卺的翌日,为他的喜事高兴不迭的政治部主任胡荣贵,一大早忽然出现在我们那幢小楼。只听得,他操着浓重的山西方音,乐呵呵地咋呼:"冯牧呀冯牧,听我向你发布重要战报! 夜黑里(昨晚),咱们政治部又消灭了一只童子鸡!"这个玩笑,既大俗,又大雅,连坐在楼下办公室里的我,都忍不住扑哧笑出声来。这句暗话我懂,所谓童子鸡,就是童男子。过了一阵,冯牧笑送贵客下楼,顺路习惯性地绕进了办公室；一时我竟不知该说什么好，只得随意搭讪："冯部长，一切都好吧？"岂料，冯牧却误会了，红着面孔答道："瞎，一通瞎折腾！"稍停，又补充道，"其实，并不如想象的那么有意思。"听了此话，我突然感动得直想流泪，真想不到，冯牧他能这样信赖我！亲切、率真，一如亲兄弟。不！纵是亲兄弟，在这类问题上，怕也未必不会有所保留吧。

古人有言，"君子坦荡荡"，冯牧，正是这样一个最严格意义上的君子。

除了德国的大哲学家康德说过类似话语之外，我不知道，人世间还有谁，对此曾作过这般坦然、这般平淡而又这般风趣的评论！话说到这里，我必须赶紧申明，一切正常男子拥有的东西，冯牧都有。因之，在面对造物主所有的杰作，包括美丽的女子时，冯牧总是情不自禁地击节赞叹。对此，他的言谈中的确时有涉及。但与某些贪欲之辈不同的是，他严于自律，仅止于客观欣赏而已，并不企图占有之。事实上，以他的倜傥儒雅，再加上他所处的有利位置，他本来是有"权"渔色猎艳的啊。

1953年，我的第一本诗集《边地短歌》，在中南文学艺术出版社一版再版，决定的因素固然在于本身的质量，但，无可讳言，冯牧的郑重表态也是起了作用的，而我之得以借调地方，参加《阿诗玛》的整理工作，当然就更和冯牧的睿智、热情和慷慨分不开了。1954年冬，陈荒煤致函冯牧，建议将《阿诗玛》搬上银幕，拟暂借我晋京执笔改编，冯牧又立即欣然允诺。冯牧屡屡厚待于我，我个人自当没齿难忘，然而细想，就他而言，却绝非出诸私谊，实在是以中国文学事业的整体利益为重的。接下来发生的一件事，尤足以证明此言不虚，那就是，几乎与中央文化部的公函同时，总政亦有正式调令下达，命我进创作室当专业作家。冯牧虽然依依不舍，但毕竟还是服从大局，复电同意了。他代表组织，给我写了一纸鉴定；我一直认为，这是对自己唯一较全面、较准确的鉴定。记得大意如下，鉴定首先肯定了我的正直、诚实、勤奋和认真，充分评估了我的创作实力，并且强调了对各类文体都能运用自如的特点，至于不足，是有时表现得固执、偏激，对某些人和事，往往不能做出必要的妥协。

人说,知人善任,是一个合格领导者的必备素质,以我的感受,冯牧的确称得上是慧眼独具了。

冯牧不幸而言中。打从上调总政后,我性格中的悲剧因子,便在历次人为的"浇灌"下,成长为真正的悲剧了。一会儿是"胡风外围分子",一会儿是"蒋经国的干儿子",一会儿是"特务",一会儿又是"托匪",待到进入1957——这个中国知识分子的重灾年,终于在劫难逃,被圈定为"右派"了。不过,吾道不孤,当年一齐跟随冯牧上阿佤山的伙伴,像彭荆风、蓝芒、姚冷、王公浦、周良沛诸君,竟都地北天南、不约而同地发了疯,"恶毒地反党反社会主义"起来;而并未上阿佤山的白桦,同样也无由幸免。比较走运的是林予,却也划了个"中右",充军北大荒。于是,顺理成章,冯牧便铁定成了这个所谓"右派小集团"的"黑后台"了;至此,军内军外的红眼病患者,乃一哄而起,鸣鼓而攻之。得亏凭借周扬的保护,冯牧好歹躲过了暗算。其实,冯牧无罪,冯牧有功,他深谙文学艺术本身的固有规律,卓有成效地推进了部队的文艺事业,绝不像某些无能之辈那样,把"外行领导内行"当作了救命稻草。

从此,我与冯牧便交往暂断,无它,唯恐再次株连了他。但也破过例,1965年,我的长诗《尹灵芝》初稿脱手近两年,思来想去,忍不住还是寄给了他和郭小川,请他们二位指教;不料,"浩劫"爆发,这些纸头的命运,就不问可知了。如此,直到拨乱反正的新时期,我始终恪守一条,即非冯牧本人发话,我绝不向他主持笔政的任何报刊投稿。这是"后遗症"么?非也,我自知命多乖蹇,保持一点距离,适能见我对他的一片爱心。

当我还在山西忻县劳动改造时,一天,突然收到冯牧邮来的长信,告诉我郭小川猝死的经过,言辞悲切;他知道,我和小川之间,一直保持着某种惺惺相惜之情,而我也了解他和郭交谊非同等闲。以此为契机,冯牧和我恢复了以往的密切关系。我决定专程前往北京,既安慰他,也安慰杜慧。这时,他从湖北咸宁五七干校假释归来,正蜗居于黄土岗十三号听候发落。显然,他已不再嗜书如命了,每天醉心于篆刻,仿佛真打算改行一般。彼此相见后,他大谈特谈了一通喂猪上膘的秘诀,颇类行家里手;随后,便搬出满满一抽屉石头来,任我挑选,还说,他一定要替我着意刻上一方。我没好气地应道:"图章再好,于我何用?"他听了,好一阵愣怔,接着便一声长叹,毫无顾忌地大骂起江青之流的"人面东西"来。令人惊讶的是,一贯文质彬彬的他,此刻,居然也会流利地"他妈的"了。看!莫名其妙的"政治",能把人"改造"成什么!

1977年,我再次因事晋京,仍旧借住他家。一天,我突患胃大出血,差一点送命;可恨,那时的北京居然还执行"阶级斗争"的非人道制度:任何医院不得自行收容外地病员。又是冯牧,吩咐他的外甥女程小玲,"走后门"将我送进了公安医院抢救。铭感五内的是,住院四十余天,冯牧竟每周必来探望两次,风雨无阻,不是送水果,就是递书报。两相对比,当他伤、病之际,我几乎从未如此殷勤照料过他,这固然和我远处外省有关,但到底是无限愧疚的终生憾事!

对冯牧而言,奖掖文学新人,完全成了本能。在云南如此,离开云南亦如此。在爱国爱民的前提下,他是不拘一格,唯才是举的;不论对方是教员、图书管理员、摄影员、卫生员还是驾驶员,他都来者不拒。有了成绩,他必定撰文热情推荐,同时指出不足;每当编书、评奖,他更是优先考虑那些来自生活底层的作者,让他们多沾雨露。不妨说,他活着,纯粹是为了别人。除了盼望对方拿出更多的好作品外,他从不企求个人回报。记得非常清楚,就在去年7月间,我去北京拜望他,他又一次对我提起了他一向强调的"文艺感觉"问题,不知怎么,扯起了作家的必备素质,我说,文艺感觉和才华之类,大概应当归于天赋,而除去天赋,还有一些东西是必不可缺的,比如:诚实,原则性,勤奋,劳动本领,等等。冯牧表示同意,并补充了一句:"环境也很重要。"我问道:"这个环境,是指领导的培养么?"冯牧断然否认,"什么培养?谁培养谁?别林斯基培养了果戈理?笑话!"他颇为激动了,"我就不承认我培养过谁,我所做的全部工作,只不过是像报上常说的,扶上马,送一程!"我想,唯有这种私人性质的交谈,方能表明冯牧的真实思路——因为这完全符合他的为人之道。最近,有一则报道,宣传冯牧同志的主要功绩在于"培养"过多少多少作家,我觉得不大对味,它和逝者生前的信念是格格不入的,虽则作者是出自善意。

非常不幸的是,冯牧的苦心,竟往往换来无端的伤害。这的确是直接捅向心脏的一刀。用老百姓的话说,就是恩将仇报吧。然而,最教人感动的是,对这帮人,冯牧并不计较,一旦有佳作问世,还是照旧称道。或有人抱不平,提起那个别忒恶劣者,他也只不过淡然一笑:"嗐,随他去,但愿他好自为之!"这就是我们的冯牧,襟怀坦荡的冯牧!

冯牧走了,无怨无艾,无愧无悔,一身正气,两袖清风。我以为,他,正体现着中国文化中志士仁人的精神。而根据我的理解,所谓志士仁人,似乎并不是同一个层面,志士仅止于某种义愤,仁人才臻于终极关怀。如果这个说法得以成立,那么,冯牧必是以志士始,以仁人终了。

仁人归天。天,永远与我们同在。

1995 年 9 月 14 日　合肥

卫 生 谎

一年一度的国家卫生城市检查评比活动,终于降下了帷幕。不知道别处怎样,在我的住地,检查团匆匆来去,至少是留下了一个可资谈论的话题——迄今人们相见,还不免要发一通有关的感慨。这感慨大致又可以分作两个方面:其一是,仿佛松了一口气,人们带着宽慰的笑意相互倾诉,你瞧你瞧,又可以买到油条大馍了,又可以买到豆制品和烧鸡烤鸭了,又可以买到鱼肉禽蛋、新鲜蔬菜水果了(这是否意味着,原先能买到的某些东西,实际上质量都靠不住?),涨幅几近百分之四十的食物价格,也稍有回落。而另一方面,却又无疑是十分的泄气,因为一觉醒来,竟一切统统恢复旧观,看吧看吧,老样子的脏,老样子的乱,老样子的欠文明礼貌。特别令人惊讶的是,其恢复之迅速与整齐,简直就像是军队听到了号令。几天前还显得宽敞亮堂的马路,重又回归弯弯曲曲粗一节细一节的猪大肠状态。大小车辆乱停,地摊和排档再次以街为市,走到哪儿都会有塑料饭盒、方便筷子、瓶罐吸管,以及残汤剩羹、口痰鼻涕之类粘鞋绊脚。而且,出租车横冲直撞,开得飞快,人们连循着斑马线横穿马路,都得格外留神,因为对方这几天正憋足了劲儿,发誓要取得某种补偿。市井之中,恶语相向、老拳相向的事也旧病复发。噪音和污染更仿佛有计划、按比例地跃上了新的台阶——谁敢说,它们无权"索赔"!

勿论"利弊"。老百姓的言谈,当然只能取老百姓的视角,的确显得庸俗,起码,缺少一点"宏观"气概。我想领导听见了,肯定愉快不起来:"你来试试,站着说话不腰疼!"倒也是,真让我去,十天半月兴许还凑合,时间一长就非告饶不可了。举例说,这小倒小贩的你拿他咋办?人总要吃饭吧!不错,今天他小倒小贩,说不定明天他便成了"大款",长虫变龙的事不敢说没有,可一娘生九子,哪能个个都交鸿运?发了一个,不再小倒小贩了,下余那八个咋办?吃、喝、拉、撒、睡,全得给个地方!何况,现如今,待岗的不算,又多了一帮提前下岗的和发不足工资的,总不能叫他们都喝西北风去吧。再说,人家用小倒小贩的形式上街,总比用别的形式上街强呀。

是是是,大有大难,小有小难,真是不打酱油醋,不知当家难。

不过,话还得两说。为了争名次,店铺装修、工厂整容、作坊停产、机关粉刷、户家擦洗,乃至大刮种种的"一阵风",都不难理解,历来如此嘛。不可思议的是,事情竟然发展到了这一步:紧闭四门,不准菜农进城,既断了乡里人的生计,又苦了城里人的生活,这恐怕只能叫作得不偿失吧。

怎奈市场经济偏有它的内在法则,不以人的意志为转移,而中国不成熟的市场经济,尤有它莫名其妙的"特色":一般而言,我们的物价似乎也染上了官场习气,只能上,不能下。这能上不能下,谁了解得最为深切?有道是,当官的念叨报表数字,老百姓念叨日常开支,我敢斗胆说,为官为民,对物价的实际体会,绝对不会是一码事。

提起了报表数字,倒教我联想起了一个笑话。近三十年前,笔者正在华北农村"改造"。常记得,那会儿,年年必定要"大打一场积肥沤肥的人民战争",就像如今的"爱国卫生,全民动手"一般。由于说不清也不便说的诸多原因,肥,硬是积不起也沤不下,可上面一个劲儿地催数字,下面便只好努力造数字了。实际上,数字是假的,地里根本没有肥,本着中国农民天生的幽默感,老乡们管这叫种"卫生田",还编出顺口溜来,什么"嘴皮哄地皮,地皮哄肚皮"之类,苦中作乐。那么,时下已经闹成这个样子的卫生城市评比检查,也隆重得近乎荒谬了,大概算得上撒了个"卫生谎"吧!幸亏检查团不搞"飞行药检"式的突然袭击,更不"杀回马枪",成心出什么人的洋相,否则,这个

"卫生谎"恐怕也就未必那么"卫生"了吧?退一万步讲,即便算作"卫生"了,又哄了谁呢?

1995年10月3日　合肥

日式战法续志

在纪念抗日战争胜利五十周年的高潮中,我写过一篇文章,题目叫《日式战法》,其中提到的桥本龙太郎先生,如今已当选为自民党总裁,而且,立马就成了内阁副相。据推测,他还极有可能接任下届首相。桥本此人,是世所公认唯独本人否认的"鹰派",作为日本第一大党掌门人,作为"日本(皇军)遗族会"会长,作为参拜靖国神社的积极的实践家和鼓吹家,他将拿出些什么货色来发展"日式战法",倒真是一桩令人兴味盎然的事。

桥本先生历来足智多谋,坚决维护日本统治阶层的利益,这些为国际外交界所熟知。截至目前,人们开始听到他的某些不同凡响的有分量的言辞了,比如,日本人不能再局限于当"商人"(按,亦即誉满全球的"经济动物"),日本必须扩军(按,想必是武装到牙齿的别的什么动物),日本必须成为政治大国,日本必须进入安理会,日本必须更有力地参与执行国际维和使命,等等。

诚然,把这一切都算在桥本名下,那也有失公道。首先,人们都能看到,日本自卫队尽管兵力不大,不过二十四万人,但早在苏联解体前,其军事预算就一直遥遥领先,稳坐世界第三把交椅,如今则晋升老二了;若论士兵薪饷,连同奖金在内,每人年收入高达二十二万日元,更历来是拔了头筹。何以如此不惜血本?谋虑何在?明眼人不难识破。据了解,这笔庞大拨款,主要是用于不断更新尖端技术装备,故而花钱如流水;而其训练重点,则系"强化渡海能力"。值得严重注意的是,前不久,日本报纸已毫不隐讳地宣称,帝国的战略方向已经由"北向"转为"西向"了。

同时,据美国核扩散问题专家威廉·伯鲁斯和罗伯特温德里姆在他们的新著中披露,到 2020 年,日本贮存的钚,将足够制造五万颗原子弹。必须指出:在日本军国主义者看来,广岛,无疑是一块遮羞布,凭着它,既能把自己乔装成单方面的"受害者",借以推脱侵略罪责,又能不断做悲天悯人状,不分青红皂白地反对一切核试验,借以削弱别人,同时改善自家形象。幸亏世人不傻,这些鬼把戏都一一遭到戳穿。然则,善良的人们,你当事情仅止于此么?非也,他们这般舍得下辛苦,趁和平时期,像蚂蚁贮粮似的,不断从海外采购核原料,积少成多,东藏西埋,难道是闲得慌不成!1994 年 6 月,羽田孜首相就曾当众承认,日本能造原子弹,只因受到国际条约的约束,没有造罢了。如今,桥本先生跑出来,力劝他的同胞,不要满足于当"商人",说穿了,无非是暗示"放手"而已,岂有他哉!

上面说的是物质准备的一手,另外一手,便是精神准备了。

大约是五年前吧,日本涌现了一股所谓"模拟战记"的创作狂潮,但它又不完全属于文学范畴,它的真实目的在于"修订"二战历史,将所有"不符合""大国日本"身份的失败和挫折,一概"扭转过来",改为辉煌胜利与彪炳功勋。东京大学有荒卷义雄其人者,就编了一套十六卷本的系列作品,名曰《旭日舰队》,其中,把明明因座舱中弹而半空毙命的山本五十六,描绘成占领美国本土的英雄,而摔死的反倒是后来代表盟国受降的麦克阿瑟。休小觑这满纸梦呓,自 1990 年发行以来,竟畅销四百万册!无他,打着"爱国"的幌子,正中当权者下怀也。其结果自然是,毒化了无知的战后一代。该书读者、三十四岁的议员田原高一就说:"没有理由让我为战争道歉!我属于另一代人。"东京的一位家庭主妇,居然由衷地感谢作者,说什么"揭穿了美国人离奇的正义感及其一贯在全球各地策划战争的特性",云云。这等怪现象,适足以说明,"……如果一个人开始上了瘾,把现实和幻想混同起来,那就危险了",而"抹杀了现实和幻想的界限,就是奥姆真理教那种样子,难道不是吗?",请注意,做出这番评论的,是历史和心理学教授山本美天。山本美天也是日本人,不同的是,他是日本的有识之士。很可惜,当今日本,有识之士已经愈来愈少了,这不仅是因了生老病死的规律,而且是因了主流势力的霸道。想想吧,在这类恶性灌输下,一个学生,假如他根本就读不到有关南京大屠杀和偷袭珍珠港的真实记载,他又怎么可能反思自己不曾经历过的昨天呢? 因此,我们不妨说,这种源于变态心理的新型的"瞒"和"骗",也正是他们新型的"日式战法"。而反过来,被这种"战法"诱捕的大批"战俘",又构成了军国主义者将日本再度引入歧途的社会基础。当然,也不必太悲观,今天的日本想再次按《田中折奏》行事,并不容易;除去客观形势已大不同于往昔外,还存在着一批敢于正视现实的日本人,他们毕竟不可欺,因之,"欲征服"世界,必得"先征服"自身。只要包括日本人在内的全世界爱好和平的人们携手团结,不倦斗争,时间似乎还不算太晚,事情也就似乎还有希望。

这个斗争,之所以需要强调"不倦"二字,实在是因为日本军国主义分子的缺乏人性,过去缺乏人性,现在依旧缺乏人性。因之,人们必须准备长期斗争,准备从各方面进行斗争。比方说,要和日本军国主义分子争夺下一代,要有敢于面对事实的历史书籍,而且要有正确的学前教育。学前教育是往潜意识中打根基的事情,万分万分地重要,不可掉以轻心,否则,日本人、中国人,以及世上所有善良人,就迟早还要掉脑袋。8月28日的《新民晚报》刊出了一篇文章,读之令人触目惊心! 原来,五十年来,竟有一种一直流行于日本的儿童游戏,那形式颇类我们小时候玩过的"剪刀、石头、布"的,但它已被篡改为"朝鲜、军舰、夏威夷"了。无须琢磨,这是一颗于戏耍中悄悄填满火药的人生地雷,当孩子们长大后,它将在哪一天爆炸呢?

由此足证,日本的军国主义教育已经"从小抓起"了,这,大概算得上新"日式战法"之又一例吧。

日本军国主义分子是识时务,讲韬晦的。然而,一旦他们自认为羽翼丰满了,用不着再"瞒"和"骗"了,"朝鲜、军舰、夏威夷"之类的"苦胆",立刻就会被扔进东洋大海,并立刻就会重操那行之有效的老一套——找个借口,或者干脆不找借口,杀将过来。写到这儿,笔者要顺便做点订正:在前一篇谈"日式战法"的文稿中,我误将发生在1932年"一·二八"前夜的所谓和尚失踪事件,记为1937年"八一三"前夜了。不过,我又的确颇感委屈,此事恐怕是不应由我独自承担责任的吧,谁教日本人的"创作"总是自我雷同呢?一笑。

1995年10月4日—6日　合肥

不废江河万古流

今天的中国人，必须面对一个只讲"包装"和"时尚"的商品社会。这个商品社会又充满了"中国特色"，极不成熟，极其无序，偶遭不测，生活立刻就会陷入混乱、紧张与无奈。而且，这股商风还不断地向着文坛劲吹，并得到了某些有影响的文人助阵。在为当今的文学指点迷津时，这些人往往只强调一般意义上的商品性，不提或者很少提本质意义上的特殊性；于是，所谓文坛，便半自愿地沦为商场的公关小姐和推销员了。

当然，说文艺界已经变得和商界完全一样，那也不尽准确。它毕竟多少还保留了自己的某些传统——可惜的是，似乎都是些坏传统。比如，表面上做"学术讨论"状，骨子里却在编排人，而且是编排名人，借以自抬身价。这种行径，诚然是鲁迅时代早就登台表演，且都被鲁迅本人一一识破过的，称不上什么新发明。可悲的是，尽管迅翁逝世都六十年了，竟还有人重操故伎，想方设法绕着弯子来继续糟践他，俨然形成了不大不小的一股风，仿佛也是某种经过"包装"的"时尚"了。

记得大约是两年前，我偶然拜读了一位理论家的考证文章，内容为揭示《鲁迅日记》中的所谓隐语。举的例子是"洗脚"。据理论家判断，"洗脚"，实际是"行房"的暗号。不过，这位理论家总算胆子还不够大，未敢遽然把话说死：因为，有两件事他也拿不准，第一，据他统计，纵然日记的主人公健康欠佳，"洗脚"的次数也委实太少，恐有失真；第二，先生最后一次写日记，已到了临终前夕，忽而竟"洗脚"一次，怕又未免有悖常情，云云。

全文读罢,我始终没闹明白,这种考据文章,到底有何价值?人所共知,论通达,鲁迅先生早年习医,对人的自身,称得上是斯时第一流通达人;细心的读者也知道,那不曾被收入全集的遗著,恰恰是一本教课用的生理学讲义。可以肯定地讲,关于男女性事,他是绝不会抱道学先生的态度的,这有不少文章可资旁证。试看,连毫无现代观念的封建文人,当他觉得有此必要时,都能在日记中坦然实录:"与老妻敦伦一次",为什么鲁迅反而要回避呢?我以为,对于这个问题——假如它能算作问题的话——应该抱较为健康、稳妥的态度:记,或者不记,都是鲁迅的自由,权在鲁迅,作为非当事人,大可不必为之劳神。

最近,读朱正兄的文章《介绍一封公开信》,方才明白,我所接触的不过是小焉者。另外一位"专家",早在1992年,就对鲁迅和许广平之间的师生恋,全然不感兴趣了。因之,他下定决心,另辟蹊径,先是探幽析微,搜索枯肠,继而索性开动创作机器,罗织成篇。他向读者反复暗示了一些什么呢?原来,在他看来,鲁迅先生的感情生活中,曾经存在着某种多角关系——除朱安、许广平外,还有一位许羡苏女士,同先生有长时间的暧昧(?)交往。这一"研究成果",其倾向性是如此之露骨,根本不具备科学价值,以致许羡苏女士的公子,现住长春的余锦廉先生,不得不亲自出面,写公开信替横遭不白之冤的老母辩诬。

众所周知,咱们中国人有一个相当普遍且由来已久的毛病,那就是喜欢打听别人的隐私,然后捕风捉影、添油加醋、合理想象、渲染发挥,其中尤以男女私情,最为小市民津津乐道。倘用弗洛伊德心理学的观点解释,这大概是由于长期性压抑造成的集体无意识吧。但由此也铸造出来一宗最能坏人声誉的无敌武器,即所谓作风问题(大人物例外,对他们而言,那属于小节)。怎样才能打倒鲁迅呢?制造鲁迅的种种"绯闻",自然不失为战法之一。只要有一个读者摇头太息:原来如此啊!那目的就算达到了。

今年又爆出了特大新闻。有一位"大红大紫"的作家对记者"侃"中国作家是不是聪明的问题。开宗明义,他就锋芒直指鲁迅,他说:"我不知道中国作家有谁是不聪明的,我觉得鲁迅先生就很聪明。"接下去,他竟闪烁其词地引用"台湾一些书中的诽谤性说法",什么鲁迅的朋友"内山完造是一日本特务,他是用日本特务经费替鲁迅出的书……这些'聪明'的选择也不妨碍鲁迅先生的伟大嘛"!猛一听,振振有词,细想却大有蹊跷。请问,既然明知那是"台湾的……诽谤",为何又拿"诽谤"作为自己的论据?这难道是一时的逻辑混乱,措辞失当?人们熟知,这位作家一贯以嘲弄知识和知识分子著称于世,其拿手好戏是,正话反说,反话正说,总之是把人间所有的庄严与崇高,统统化为一钱不值的笑料为止。

这,不由人不联想起20世纪30年代的另一个谣言。那时候,国民党特务机关曾到处散布,什么鲁迅拿了俄国人的卢布呀,鲁迅是俄国人的走狗呀,诸如此类,甚嚣尘上。遗憾的是,半个世纪过去,国民党依旧毫无长进,只不过强令鲁迅改换门庭,由吃卢布换作吃日元罢了。结果,仅仅有幸沐浴过"阳光灿烂的日子"的青年作家,"一不留神"便信了谣传了谣。不过,这样也好,我们得以跟着作家再一次领教"侃"的威力:嘻嘻哈哈,真真假假,不知不觉间,事情便搅成了一锅粥,但,别人发难的"作风问题",到此也就升级为货真价实的"政治问题"了。我不免暗猜,那"码字儿的""大腕"手段,是不是就蕴藏其中?

倘有人问我:你听了这些,尤其是听了后一段颇带政治性的评论,气也不气?我将说,我不气,今天,连孙中山领导的辛亥革命,连五四运动,都有人敢于全盘否定,何况鲁迅?不过,我还是想借杜甫的名句作答:尔曹身与名俱灭,不废江河万古流!

1995年10月18日　合肥

"可怕的是混进官场的流氓"

1995年9月18日的《光明日报》报道了温州市龙港镇公安分局局长吴国钱的事迹。他的坦荡,一如他的勇敢,令人钦敬,促人深思(见通讯《剑,是这样锋利起来的》)。他认为,如果法律只管老百姓,不管官,法律就失去了意义。什么样的官是必须管而又很难管的呢?经验告诉他,"可怕的是混进官场的流氓",即"流氓官",请注意,"混进官场的流氓"或"流氓官",显然是社会主义市场经济条件下,当代中国官场的新事物,是《官场现形记》的新发展,不可与一般意义上的"保护伞"、"代理人"之类混为一谈。事实上,这正是吴国钱上任以来,与当地恶势力反复较量得出的深刻结论。我琢磨,这个所谓的"官",本人当是不折不扣的流氓,而且是大流氓——因为他虽不一定亲自掌握铁棒、硝酸水、匕首、枪支和炸药,却掌握着任免权,所以,接下来吴国钱又说,"我的乌纱帽是倒提在手上的"。

记得1994年我曾撰一短文,从暴利和畸形消费的角度入手,试图剖析那个"以流氓资产者的形象'包装'起来的流氓无产者"的"日见庞大的新种群",并进而指出全社会流氓化的现实危险。而按我的本意,这一"新种群",首先指的正是某些具有"样板作用"的"混进官场的流氓",然而,碍于个人勇气不足,犹犹豫豫,始终未敢落笔。如今,吴国钱把它捅破了,在我,当然是既万分激动,又万分愧疚的。

联系到我们的生活进程,我认为,自从反腐败反到了陈希同、王宝森一伙头上,吴国钱的真知灼见,就越发显出其慷慨悲壮的品格,也更具有说服力了。尽管"腐化堕落,生活奢靡","收受贵重物品",让姘妇远遁香港,在那儿当起了腰缠万贯的"寓婆","陈希同同志",还是区别于那个早已变成了政治垃圾的王宝森的。政策就是区别。从政治上看问题,区别是必要的。然则,若以老百姓的眼光看,"一根绳拴着俩蚂蚱"而已。"可怕的是混进官场的流氓",谁说这不是带血的真理?!

  人们印象深刻的是,陈希同在北京市也很是倡导了一阵子反腐败,为此还多有举措,甚至具体到号召漫画家勇于揭露消极面。令人感兴趣的是,那时候,他有没有把自己的胡作非为也归入消极面呢?我看未必。为什么?因为,流氓的特点之一,正是心理上的有恃无恐。不待说,由"官"而蜕化为"流氓"者,其内心势必早已与流氓认同,和"混进官场的流氓"两相比较,是只有"氓龄"长短之分,而并无素质高下不同的。

  提起了"心理上的有恃无恐",话题便又回到社会风气恶化的现实危险了。的确,有目共睹的事实是,各行各业都在不断地成批地生产流氓和准流氓,而且,那趋势,似乎一时半刻竟难以遏止。以文艺界为例,众所周知,"我是流氓我怕谁!"这一"豪言壮语",就出自某位走红作家笔下。而他塑造的人物,也多有痞子气。这不足怪,作家本人就一再标榜"反崇高"嘛。奇怪的是,它居然引了不小的共鸣,包括个别文化名流屡次三番的激赏,仿佛这才是时代进步的象征。于是,顺理成章的,一方面,社会风气恶化孕育了自己的代言人;另一方面,其代言人又反过来加速了风气恶化。

  怎么办?俗云,"上梁不正下梁歪,下梁不正塌下来"。何况,"以吏为师",历来是我们中国人的信条,法家的主张如此,儒家的主张也如此。上梁正了正下梁,有了好老师,才能指望有好学生。据此,窃以为,欲匡救颓败之世风,第一步就该先把"混进官场的流氓"拉出来曝光,并彻底清除之!——这大概算得上是反腐败题中应有之义吧。

1995 年 11 月 2 日 合肥

鬼 魂 西 行
——南京屠城五十八周年祭

1937年12月13日,日本侵略军攻占了当时的中国首都南京,立刻,机枪马刀齐上,沉江活埋并举,奸淫烧杀,血雨腥风,无辜市民,包括放下武器的中国士兵,三十四万人一霎时化作沙尘,这便是震惊中外、恶名昭彰的南京大屠杀。

五十八年尸骨未寒。但,按照国人的传统习惯,不论好事坏事,只有逢五逢十,方可念叨一番,特别是眼下,普遍的心态是忙于奔钱,什么国仇、国耻,似乎一概可以抛在脑后;愚钝如我者,却偏要写这种文章,真是哪壶不开提哪壶了。

然而,我还是要写。自以为,此文立意不俗,首先它并非着眼于健忘的中国人,而是着眼于"健忘的"日本人。因为,在我看来,南京大屠杀,恰恰是日本民族劣根性的大暴露。固然,在敌人的娱乐中被杀,这于被杀的中国人,确有别样的惨痛;而挥舞屠刀的日本一方,竟化屠杀为狂欢节,就简直是民族灵魂自杀的大悲剧了。想当年,日本军阀甘冒天下之大不韪,下令屠城,他们肯定不曾想过,此举本身已昭告世界,作为人类大家庭一员的日本国,竟为一群色厉内荏,毫无希望的吃人生番所主宰。而日本军国主义势力迄今仍然背着"人头"不认账,甚至血口喷人,倒打一耙,说什么南京大屠杀是中国人的捏造,就只能更进一步证明,某些日本人的素质委实过于卑劣,世人岂愿与之为伍!——尽管,如今它俨然以"大国"自居了。

我说日军把南京大屠杀当作了狂欢节,是有根据的。那根据就是,有关野田、向井两少尉之间开展的杀人竞赛,1937年11月30日和12月3日、5日、13日的《东京日日新闻》,曾做过热情洋溢的跟踪采访。这一对刽子手,从南京外围的句容、汤山开始,直杀到南京城内,终以105·106旗鼓相当的积分握手言和。也正是由于这一鲜血淋漓的纪录,八年之后,他们被南京军事法庭双双处以死刑。此外,还有日军第十六师团长中岛今朝吾的《阵中日记》,南京鼓楼医院美籍医生罗伯特·威尔逊的日记,由德国国家档案馆于1991年正式公布的、前希特勒集团驻华大使馆搜集的有关资料,美国人乔治·费奇保存的珍贵纪录影片,英国传教士田伯烈有关南京大屠杀的专著,1937年12月18日、24日和1938年1月10日的美国《纽约时报》报道本屠杀详情的署名文章,一九三八年一月十日的美国《生活》周刊上题为《日本征服者在中国国民政府首都(制造的)地狱般的一周》的图片,等等。

据说,战后伏法的南京大屠杀头号屠夫、日本第六师团长谷寿夫,还有一部八万字的《狱中记》,至今仍被日本防卫厅当作国家机密窝藏,不予公开。不过,即便如此,日本右翼势力的不合作,也无碍于世界舆论对南京惨案做出公正裁断。难道能指望凶手主动配合苦主破案吗?

众所周知,有一位名叫本多胜一的日本记者,由于坚持正义,忠于史实,亲自踏勘了包括南京在内的若干城市乡村矿山,访问了屠刀下的幸存者,回去写了一本引起轰动的《中国之行》,报刊抢登,读者抢购,三年之内,再版十次,当年日军暴行真相,借此而得到了一定程度的揭露。但,另一方面,也引起了军国主义分子的恶意围攻。有个见不得人的家伙,自称犹太籍,化名本·达桑,跳将出来,在替凶手辩护的同时,对本多胜一恣意进行人身污辱。他的无耻行径,激怒了众多良知未泯的知识分子,纷纷起来批驳;在大量事实面前,本·达桑败下阵来,却又换上个铃木明,此人以"报告文学"的形式,写了一篇《南京大屠杀的幻影》,不但为杀人竞赛翻案,还妄图将南京大屠杀一事全盘否定。令人恶心的是,日本文学杂志《文艺春秋》,居然在1973年5月,将该作品评为"大宅壮一无虚构文学奖"得主。请琢磨那用心良苦的"无虚构"三字,既然此文无虚构,那么,南京大屠杀就必定是虚构无疑了。人们早就熟知,《文艺春秋》,乃日本的老牌纯文学刊物,然而,值此日本朝野整个儿弥漫着强烈"复仇"情绪之际,又哪里"纯"得起来?令人喷饭的是,这家刊物翻案翻上了瘾,竟昏头昏脑地跑去拉拢昨天的盟友,说什么奥斯维辛、布痕瓦德等魔窟,都是子虚乌有云云,于是,弄得德国人都不得不出来抗议了。

追述南京大屠杀的历史,一般总是把上海派遣军司令松井石根视为最大罪魁,殊不知,这么一来,便漏掉了一个重要角色,谁?朝香鸠彦。此人系裕仁天皇的亲叔父,所以又尊称朝香宫。事实上,1937年底,松井石根因结核病卧床不起,已无法指挥作战;为此,裕仁便任命其叔接替,亲临前线督阵。当朝香听取了第十六师团长中岛的汇报后,火速签发手令,六个字:"杀掉全部俘虏"。朝香自知,屠杀非武装人员,哪怕是原先的敌人,也为国际公法所不容,因而命令文本上特别加注了"机密,阅后销毁"字样,企图掩盖罪行。蹊跷的是,这位皇叔大人,竟在东京大审判和南京大审判中,两度漏网!由此,我禁不住要怀疑了,敢情日本的无条件投降是假,有条件投降是真?!于今各国议论纷纭,都说美国背信弃义,利用当时美军一家独占日本本土的特殊地位,抛开盟国有关决议,私下里同日本做买卖,以保留天皇体制为代价,换取日本的细菌武器研究成果。真相到底如何?聪明的美国人,在这个问题上,表现得似乎并不聪明,忘记了,愈是讳莫如深,愈是耐人寻味……

反正确凿无疑的是,朝香宫得以颐养天年,寿终正寝;只是不知道,可敬的日本遗族会,每年是否也像祭祀靖国神社的东条英机亡灵那样,给朝香鸠彦做冥诞呢?我想是会做的,不然,饮水思源,岂不有失对皇族的无上尊崇?

提起东条英机,有一则关于他的重要资讯,了解的人不多,不妨介绍一下。有位名叫诺贝尔·安东尼·何洛伦的美国老者,1946年,曾奉命前往东京从事战犯调查。据何洛伦本人透露,他和他的朋友,私下里提审过东条英机两小时。六个主审者共提了十二个问题,其中涉及南京大屠杀的回答,全文如下,"问:如果使这场战争重复的话,你会有什么不同做法吗?答:我们的最大错误就是跟东方国家为敌,像南京那样的事件,我们应当以和谐的方式进行。"常言道,人之将死,其言也善;东条后悔不迭的"应当以和谐的方式进行"的"南京事件",指的岂不正是南京大屠杀吗!这,自然又是一个新的铁证!

  铺陈完篇,却发愁没个好题目,猛然间,记起了早年看过一部名叫《鬼魂西行》的英国电影,对!就是它!设想,一旦东条英机、松井石根、谷寿夫和朝香宫之流醒来,决定结伴旧地重游的话,不也是"鬼魂西行"了吗!

  据6月6日的《中国旅游报》消息,中日两国合作修复南京城墙的工程,已经正式开工。蒙该报提示,动因是,"由于……战争破坏",唯不知,其中包括不包括南京的屠城之役?

1995年11月6日　合肥

颍上一瞥

来到安徽十五年,这是头一回去颍上。

一直听人说,只要淮河涨水行洪,颍上的农田淹掉一多半,而那倒霉的淮河又偏偏隔三岔五地闹灾,因此,颍上就命中注定了受穷,这件事当然十分地悲壮——为了救别人,宁可自家遭罪。我想,天底下有此等胸襟的人,必定是不同凡响的人。因此,我很想结识结识这些人,更想亲眼看看祖祖辈辈受穷的人,如今有没有找到致富的路子。

非常遗憾的是,这次虽然捞着了去颍上的机会,却是集体行动,无法自行安排日程。从10月14日上10时至15日上午9时,24个小时都不满,匆匆入境复出境,没有接触做田人,于是,临到下笔了,连个"颍上印象"的标题都不敢写,勉强说声"颍上一瞥",还兀自心虚胆怯。

难以忘怀的是,颍上人特别热情。必须指出,这是一种不夸富摆谱、不带表演色彩的热情。一位县委副书记和一位副县长专程远道相迎,站在野地风口上等我们等了许久,大家为此一再解释、抱歉,他们却说:常事常事。我猜想,也许是颍上人自家穷,才不嫌弃我们这帮穷作家艺术家吧?可为什么又说"常事"呢?莫非是大凡上面来人,一概都得这般多礼?果真如此,那得耗费多少时间、精力、车辆和汽油啊!也不知道,这一套繁文缛节,当初都是什么人的创造发明!其结果,似乎只好相继仿效,照此办理,穷县如颍上者,也无一例外了。老实说,像我这等平头百姓,面对此情此景,凭空倒添了不小的精神负担,尽管主人质直拙朴的热情,委实令我动容。

抓紧时间,我们上半天跑了八里河,下半天跑到小张庄。

八里河,顾名思义,老古辈子当是淮河的一段,只因后来河流改道,才留下这片水域的吧?而按照眼前的实际状况,它早就该改名叫作八里湖了。1991年,全省发大水,这一带照例泡汤,除了眼珠子,不剩一寸干土。或有人纳闷:为什么眼珠子反倒成了干的?说穿了也不难理解,因为,被老天欺负绝了的颍上人,早已没有了眼泪了。

说颍上人没有眼泪了,并不意味着颍上人历来爱哭。不是的,恰恰相反,颍上人知道,哭不是办法,重要的是挽起袖子干,干出个笑的日子来。事实上,眼前这个风光旖旎的八里河,就是一个有力的证据。据介绍,1991年,洪水漫了八里河,墙倒屋塌,只剩下一片烂泥草滩,就在这看来似乎一切都已绝望的时刻,颍上人倒心潮澎湃地大操大办起来,他们决心背水一战,置之死地而后生,还要化腐朽为神奇,为子孙后代立基业。于是,一个将八里河建设成又新又大又美的旅游景点的勇敢设想被付诸实践了,这就是如今颍上人引以为自豪的南湖公园。

南湖公园果然是又新又大又美。最惊人的是,这一切,都是在基本上没有图纸依凭、没有专家指导的困难条件下,由成千上万的泥腿子们自己动手,边学边做弄出来的。前面说过,颍上穷,因此,他们只得抠紧串在自家肋骨上的几个小钱,精打细算,置办少量绝对必要的器材。这么一来,某些缩微的世界著名古建筑,某些仿制的西方名雕塑,显得粗拙,欠美观,就是势所必至的了。这,看上去固然令人遗憾,但毕竟无损于对它的总体评价。烟波涪浩渺,澄澈如镜,曲岸回廊,婉转错落,兼之绿野煦风,令人心旷神怡。我边看边想,那些长年累月困居高楼者到此,必有回归大自然的狂喜!何况,既可划艇游湖,又可逐岛漫步(就像北京人挖中南海堆出景山来一样,颍上人也淘八里河筑了十二个生肖岛),既可温润眼珠,又可清洗肺;我敢肯定,这样的好去处,准能深深受到大众欢迎。不过,那深深触动了我的,与其说是上述种种,毋宁说是颍上人历尽艰辛后的幡然顿悟。他们接受了类似1958年,"放卫星"的痛切教训,不再迷误于所谓改天换地的欺人大言,也不再醉心于搭中看不中用的花架子,而是顺应天地、实事求是、扬长避短、因势利导,终于把一个泥巴钵子变成了金饭碗。有鉴于此,我才给南湖公园写下了如下的题词:"天道无私,有劳有酬。师法造化,添福添寿。天人互补,乃臻目由。"借以寄托我的一点期望。

至于小张庄,又是别有一番天地。那里的带头人,身先士卒,数十年如一日地率领众乡亲植树造林,栽一片,活一片,同时,狠抓水上生态治理不松手,这才换来了今天的望山山青,看水水绿。眼下,村里已经盖起了成片的西式小楼,家家吃穿不愁;特别值得一提的是,每到炎夏,连气温都要比别处低好几度,仿佛安了个中央空调。当然,话也不能说满。因为,我们曾一连拜访过好几户,发现居室四壁空疏,几乎没有陈设,距离真正的"小康",想必还有好一段路等待着他们去跋涉罢。

无独有偶,小张庄同样也辟了一处公园,据说主要是为了创收——接待附近谢桥煤矿的工人们来此休闲度假。若论设施,可谓"麻雀虽小,肝胆俱全"。有趣的是,里面也堆了一座不高不矮的土山,但由于没有考虑到年老退休者的需求,那上山的坡道不曾设计成"S"形,笔陡笔陡,令人望之生畏。当时恰好我偏偏大发童心,亟欲登高一览,于是大呼:"哪位少壮派愿搀老夫一把?"青年书法家耿立军闻声前来,架着我缓步爬上了百余级台阶。"会当凌绝顶",喜见有草亭,简而不陋,小桌一方,石鼓数枚,足资歇憩;窃以为,能如此,已颇识雅趣矣。正打算赞叹,又终觉不大得劲,仿佛还缺了点什么,这疑问脱口而出,不料众人听了,竟也纷纷附议,一齐环顾起来,终于恍然醒悟,异口同声笑道:"应该有楹联。"对!所有的柱子上都应该有楹联,应该有那种弧形的黄底绿字的竹刻楹联。疏漏虽小,亦适足以说明,"完美",的确不是一个能随随便便一蹴而就的境界。而且,有时候,哪怕你投进去了99%的心智财力,可只要还差那么一丁点儿不到位,就硬是发挥不了它的最佳效益。

天道酬勤,小张庄以自己持之以恒的劳作,摘取了"联合国地球环保500

家"的金冠。就这一点而言,它和八里河可谓殊途同归。所以,我又愉快地挥笔题词:"小小张庄,大大粮仓。空调有色,水库无象。生态标本,环保方向。"谨在此衷心祝愿小张庄百尺竿头,更进一步!

  参观了八里河和小张庄,对颍上到底穷不穷的问题,我便有了自己的答案。倘仅以目前县治所在地以及周边农村的面貌做依据,那么,和毗邻的某些县、市相比,颍上是显得穷了些,然而,倘拿了"人穷志不穷"的格言做标尺,颍上就并不穷了,至少,颍上不会总是穷下去了。诚然,八里河和小张庄是颍上的样板,但它们确也充分体现了颍上人的志气。只要样板不永远被当作"样板",八里河和小张庄办得到的,别处就同样能办到。再说,途中听阜阳地区的朋友透露:颍上的领导班子,一向主张藏富于民。至于怎么"藏"法,语焉不详。不过,我倒觉得,这似乎是一个值得探索的思路。

1995 年 11 月 18 日 合肥

告别宽容年

截至今日,1995 年只剩下十五天了。

1995 年,曾被联合国命名为国际宽容年。这个宽容年,虽然行将完尽,但,我想,在我们多灾多难的地球上,宽容年可以告别,宽容精神当是不宜告别的吧。

倒也真有值得欣慰的消息。赶在人们撕下最后几张日历之前,混战连年的波黑三方,终于签署了一揽子和平协议。这,对于焦头烂额的前南斯拉夫各国,对于坐在火药桶上的巴尔干半岛和整个欧洲,乃至对于刚刚摆脱"冷战"梦魇的全世界,无疑都是一帖降温败火的清凉剂。这样的清凉剂,服,总比不服强。

有议论说,这场战争没有赢家,或者说,赢家不在交手者当中,倒在拉架者当中。然而,不管怎样,面对二十五万具遗骸,面对二百万流离失所者,受难群众还能提得起追问谁是赢家的兴致吗?"兴,百姓苦,亡,百姓苦。"我国元代诗人张养浩的感喟,一语破的,早就道尽了乱世草民的普遍心态。外电对萨拉热窝等地居民的采访报道,不过是再一次给人们提供了新的实证而已。

作为一个大半辈子从战火与动乱中熬煎过来的中国人,我真想给联合国秘书长加利先生写封信,感激他本人,也感激各国代表的仁慈与明智,是他们推动并保证了国际宽容年所揭橥的原则旗开得胜。坦白地说,我甚至觉得,这一号召委实来得太迟了。

所谓国际宽容,当然不是无是非。实质上,宽容的前提恰恰是不宽容。不宽容人间的"恶"(包括用"善"包装起来的"恶"),不宽容假种族、宗教、党派之由,大肆鼓噪和不断炮制的五花八门的"恶"。而首先执着于不宽容,毋宁正是着眼于宽容。

这个道理,我想,同样适用于每一个具体的个人;国际准则,又何尝不是人们良知判断和道义抉择的准则!

那么,作为人类的一分子,作为中国知识界的一员,有哪些事,是我所无法宽容的呢?

认真考虑一番,大致归纳如下——

①我拒绝宽容一切为"恶"招魂的阴谋和阳谋。例如,日本军国主义的自我美化,西方社会中纳粹残余的蠢蠢欲动,中国"文化大革命"的孽根不尽,新芽时萌,等等。我认为,诸如此类,就都是曾经一度发展到极致,而且今后仍有可能死灰复燃的大恶。宽容屠杀,等于自杀。

②我拒绝宽容某种势力复活"个人迷信"的企图,不论是复活中国的"个人迷信",还是复活外国的"个人迷信"。我想,吃尽苦头的中国人,都有切身体会,"个人迷信"是极"左"的老根。"左"而至于"极",顾名思义,必定意味着绝对的排他性,意味着除了自身,其他皆曰可杀。因此,同这种非人道、无人性的势力讨论宽容,无异于与虎谋皮。

③鉴于中国文坛现状,我拒绝宽容那种一心盘算个人得失,见风使舵,躲在什么背后挥舞"批判的武器",专事暗器伤人的"战士"。不过,我必须郑重申明,那些一贯襟怀坦白,表里如一,从不讳言观点歧异者,不在此列。我确信,这些朋友,不但完全有权保卫他们自家的主张,而且我也亟愿全力以赴,保卫他们的"保卫权"。

④我拒绝宽容一切"改造"历史的行为,不论它是以什么名义,也不论它在多大范围实行。不幸的是,这类行为,各国均时有发生。其中,又以立国最久,包袱最沉的中国问题最大。然而,历史毕竟是历史,后人除了善尽今日的

职责,亦即写好明天的历史外,对于过去,光焰也罢,晦暗也罢,都是插不上手的。无奈,偏有那么一些集团与个人,为了一时的功利目的,硬要摆弄逝者的脚踝,以适应他们即兴制作的大靴小鞋。比如孔子,比如鲁迅。无疑,这等同于犯罪,而犯罪是不该被默许的。

⑤我也拒绝宽容大小伪善家们的表演:自己多行不义,偏偏倡言"宽容",损着别人的牙齿,却要求别人"打落牙齿和血吞"……

还有没有遗漏?可能有。但,通过不宽容追求宽容的基本态度,将不可移易。

写下上面这篇文字,既是对国际宽容年致告别辞,也是对自己立戒律。

1995年12月6日　合肥

醒来便好

在我的老家江西，流传着一则傻瓜财主花钱买乖的民间故事，说的是有个财主，生来忒蠢，别人怂恿他张榜买乖，他却尽买了些"水淹不死鱼"之类的乖，闹了不少笑话。

我也是地道的傻瓜，可我不是财主，没有钱，只有生命和青春；通过二十余年的"右派"生涯，亲身体验了底层民众的物质生活与精神生活，我倒的确买到了一个乖，什么乖？——圣，是一种至上境界，真圣无须颂。

有人偏落下了尴尬。"大跃进"时期，某科学家，为了颂圣，努力制造亩产若干万斤的理论根据；某文学家，为了颂圣，苦心讴歌屠狗肥田的徐水经验；我固不敢怀疑科学家、文学家的虔诚，但那后果却极糟，既害人，又害己，自然也害圣。

回首前尘，我同样留下了歪歪扭扭的脚印，惶愧之余，浑若沉沉大梦！

"大梦谁先觉？"我想，先觉后觉，无关紧要，关键在于"觉"；觉了就不会再犯糊涂了，因此我要说，醒来便好。

1996年2月16日—8月5日　抱病写于合肥

长忆芷江受降坊

1990年冬,我有幸到湖南芷江一游,此行目的十分单纯——瞻仰抗日战争受降纪念坊。11月23日下午我去了一次,27日下午又去了一次。第一次正赶上牛毛细雨,第二次依旧阴云密布,天沉着脸,我也只好沉着脸,总之是两张面孔,一般心思。

路况欠佳,缺心少肺的汽车沿着潕水欢蹦乱跳,潕水却在一壁鸣咽。

我从小爱读书报,关心时局,早就知道芷江是湘西锁钥,滇黔门户,兵家必争之地;自从有了1936年破土、1938年竣工的特大机场后,更是声名远播。我还了解,抗日战争中后期,以陈纳德将军为首的美国飞虎队和其后的第十四航空队,威震敌胆,那基地便安置于此。据说,兴建之初,曾投入附近十二个县的十余万劳力。而在敌机轰炸后,更须有自带锄头簸箕的成千上万民工,随时赶去填补弹坑,修复跑道,以保证我机安全起落。单凭这一点,就足以说明芷江人民对抗日战争的血汗奉献了。因之,1945年8月21日下午3时整,芷江完全有权享受在此接受侵华日军洽降的殊荣。何况,当时这里还设有中国陆军的前线指挥部。

也许是偶合,指挥部选择了紧挨机场南端七里桥的一所小木屋——中国空军第五大队第十四中队俱乐部,作为举行受降仪式的地点。1946年,又正式扩建起了里外三进格局的受降坊。我猜想,大概是力图保存旧貌吧,木屋原封未动,只是在木屋外边,拓出一块平地,圈了一道陵园式的镂花围墙,安上铁门,围墙里边,再耸立起四柱三门五米高的受降纪念坊,前后同小木屋与大门等距。牌坊正上方,嵌有"震古铄今"的额匾,蒋中正题。立柱的正面背面,都镌有国民党军政要员所撰对联。比如中联,"克敌受降威加万里,名城揽胜地重千秋"(蒋中正),又如侧联,"得道胜强权百万敌军齐解甲,受降行大典千秋战史记名城"(李宗仁),等等。木屋纯黑,情调严肃。会场布置一仍旧观,正中是孙中山先生肖像和"天下为公"的横批,桌上摆着胜败双方出席者的名牌,计,中方肖毅肃、冷欣(没有解放区的代表,殊欠公正),美方巴特勒,日方今井武夫、小村浅三郎等。我仔细观看着这一切,八年血泪,立刻翻涌心头,于是,我憬悟到,所谓"往事如烟",在此刻显得何等荒谬!在这个世界上,有些"往事"是永远不会忘记也不该忘记的。

纪念馆要我题词,我情绪激动地写下七个大字:"冈村宁次并未死";现在看来,这句话,在1990年固然正确,到了1995年竟越发正确,真是令人不胜愤懑!

第一次瞻仰归来,我还匆匆写过一首诗,除了在湖南当地少数朋友间传阅外,迄今不曾公开发表。因为,那调子,我本人并不满意,你听,"云沉沉/野茫茫/斜风吹雨入愁肠/入愁肠/泪涌眶/闻道车抵芷江坊",这样的句子,能表述我的复杂心绪于万一吗?我当继续修改,只有改好它,才不虚芷江之行,才对得起芷江。

离别芷江前夕,受降坊的青年工作人员李复桥君,摸了几十里夜路找到我,要求我为他个人也写上一张。他的名字当中有个"桥"字,这"桥"字触动了我,于是我趁机又补充了另一重意思:"始于卢沟桥,终于七里桥,似巧合,非偶然。"我寻思,这,恐怕也正是那首小诗中不慎被遗漏掉的必要部分吧。

祸害中国百余年的日本军国主义,迄今毫无悔罪表现,在可以预见的将来,估计也不会有好的变化。记得我在一篇纪念南京大屠杀的文章中,曾为日本算过一命,我说,一个拒绝认错的国家,兴许它能风光一时,但绝不会有光明前途。假如这个命算得不错,那么,所谓前事不忘,后事之师,就只剩下单向的意义了——中国人可千万不敢忘了芷江!

1995 年 11 月 20 日　合肥

　　附记:为了纪念抗日战争胜利五十周年,去年一年间,我先后写了多篇有关文章;上面这则短文,正是其中之一,只是不曾在国内发表过罢了。当时我就预料,即将出任首相的桥本龙太部先生,肯定还会有精彩表演;果然,不幸而言中。现在,人们已经看到:一、经过精心设计,桥本先生避开了"八一五"这个扎眼的日子,选择了他的所谓生日,公然以内阁国务大臣的身份,参拜靖国神社,祭奠了东条英机之类的战争罪犯。二、紧接着,在一次国策讲演中,又冒天下之大不韪,故意将"和平宪法"一词篡改为"日本国宪法",不动声色地为推翻二战的历史结论埋下伏笔。感谢桥本先生,感谢他给中国上了一课,教那些至今心存幻想的人,再一次好好地欣赏欣赏日本军国主义势力骄狂而狡诈的真面目。爱国主义不能"务虚",我们应该密切注视日本的危险动向,否则,东北还会有"九一八",华北还会有"七七",上海也还会有"八一三"!

1996 年 8 月 8 日

门 外 说 嫖

一病八个月,起初是抢救,自然万事皆休,一旦转入正常治疗,便又恶习不改,故态复萌,七零八落地翻起报章杂志来了。这一翻可了不得,仿佛误闯雷区,"嫖"字密密麻麻如地雷,教人绕都绕不出来。自家想想难免失笑,是不是也有点老不正经啦。

我是躺在床上赖进七十岁门槛的。回首生平,虽无足资自炫处,但,不曾吸过毒(包括香烟),不曾赌过钱,不曾嫖过妓,这三条,却是绝对经得起国际奥委会飞行药检的,也绝对经得起神鬼拷问的。

这里单说嫖。早年读《中国娼妓史》,粗知嫖乃千年国粹成了精,博大幽微,令人"肃然起敬",待到后来允许出访了,看罢德国汉堡红灯区和美国纽约四十二街的西洋景,眼界更为之大开,嚯!好家伙!原来我还是门缝里瞧人,嫖,竟是个覆盖全球的大怪物呐!

1949年后,中国成了社会主义国家,乃有全国规模的妓女改造运动,并拍了电影《姊姊妹妹站起来》,很是清爽振奋了一阵。诚然,指望一场运动,一举解决掉复杂的娼妓问题,是不现实的。记得此后不久,我即"右"花黥面,发配山西;在那二十余年的下层生涯中,竟往往同形形色色的半开门不期而遇。究其实,这在大小煤矿和铁路沿线,本是公开的秘密,只是我不摸底罢了。"文革"期间,我在某地山村再次劳改,于无意中发觉,每当工人关饷的日子,总有若干女社员暂时"失踪",哪里去了?人人心照不宣。丈夫们依旧下地受苦,别人也不耻笑,充其量,不过是三两老汉背地里唏嘘:"没法子!难活人哩!"应该说,这叫作恤贫不恤娼,和如今的笑贫不笑娼,是有本质区别的。

资本主义国家有没有改造妓女一说呢?似乎没有,因为那里把嫖妓宿娼看作是天经地义。纵然有,大抵也是艺术虚构。有一部名叫《漂亮女人》的美国影片,讲的就是这么个故事。然而,我想,凡是掐着自己的人中觉得肉痛的观众,都不会信以为真吧。事实上,那位执行"改造"任务的大亨,不过是在利用休闲时间,从事某种私人性质的高级娱乐活动而已!因此,要从这里找到"西体中用"的引进根据,怕是白忙。

然而又无须引进。我们的无烟工业已足够发达了。不是有人至今还在宽慰国人,说什么,欲繁荣昌盛,必繁荣"娼"盛么?它和那种所谓腐败并不可怕的安抚一样,都是大大有名的"代价论"。不知是否与此有关,我们的部分干部,从基层到中层,公款嫖妓者早就不绝如缕了。而就在我住院前后,大案迭出,纪录屡破,北京"泡小蜜"的王宝森和"包二奶"的陈希同相继曝光,广东复有"做桑拿按摩"的嫖客欧阳德(原省人大常委会副主任)落网,至此,可谓填平补齐,成龙配套矣。话这样说,貌似贫嘴,实是痛心!因为,从中不难悟出,区区十四笔的一个"嫖"字,竟和社会性的腐败紧密相连!

如今的嫖,显然不同于《中国娼妓史》中的嫖了。嫖,具备了一种——借用一个新名词——多元化或曰普泛化的内涵,从卡拉OK厅玩"三陪",到舞池搂"长三捆",乃至手淫式地偷打越洋色情电话等等,都是它的业务分支。5月5日的《北京青年报》头版,转载了《四川日报》的一则消息,说是万县某夜总会,接待了一个十二三岁的男孩:"嗨,给我找个小姐。"看在二百元钞票分上,还硬是有小姐来陪他玩哩。

如此说来,钱,似乎大有祸水之嫌。能不能学习某国"左派",干脆取消货币呢?我敢肯定,尝到了改革开放甜头的中国,是断然不会再产生这号疯子的。那么,退一步,依法多搞几次"严打"如何?这倒不失为办法之一,不过,功勋卓著的"严打"是无法使丑恶绝迹的。须知,嫖妓现象乃是一种丑恶综合征,疗救之道,当赖"会诊",尤须从提高国民素质这个根子上着手治理。不过,这可是篇大文章,我做不来,且不说它还有点头巾气,远水难救近火了。

许慎的《说文解字》,"嫖"字怎么注释,我没有查阅。不过,老祖宗仓颉造字,高瞻远瞩,竟点透了后世市场经济的交换法则,这是任谁一看字形结构都能明白的。一边是女子,一边是票子,女子收票子,票子换女子,语义从女,声韵从票……此中有隐喻焉:票——子——为——主。君且听,万人传唱新民谣——男人有钱就坏,女人坏就有钱。信然。

1996 年 8 月 19 日　合肥

门外说嫖余笔

这一回,我打算换个角度,继续说说有关嫖的话题。当然,人还是站在门外,因为,像我这种老顽固,是休想成为烟花院中的入室弟子的。

前面提到过嫖的定义有个多元化和普泛化的问题。现在,且试从这儿切入,探索一下,在此过程中,自觉不自觉地作为生活之镜的文学,都起了些什么作用。

我说过,半年来,躺在病床上胡乱翻过不少报刊。尽人皆知,报刊上登载的东西,一般分两大类:一类是客观扫描,另一类是个人创作。下面,实在有其人其事的,我就不再啰唆了,这里着重谈作品。合当声明的是,我不想举出篇目人名来;我胆子小,怕惹人,偏偏如今又都是铁哥们儿一伙一伙的,还是躲着点好。

先说笼统的印象。就我最近接触所及而言,稍长一点的小说,几乎篇篇都涉及嫖。这倒无可厚非,现实如此,怨不得谁,唯独其中有一篇委实威猛过分,竟吓得我差点背过气去;待慢慢琢磨罢故事背景和人物语言,才觉出它写的并非俗滥之辈。然而,你倒猜猜,那位挺标致的女主人公是怎么跟意中人调情的:"你就来嫖我一回嘛!"真的,她就是这么说的:"你就来嫖我一回嘛!"无须推演,合乎逻辑的结论便是:恋爱=嫖。我的天!

作品里描写妓女,乃至胡闹场面,古今中外多多,不足为怪。可是,描写终归是有界限的,界限就在于作家的态度:是揭露呢,还是展览?当然,揭露也是一种展览,但它是带有一定倾向性的展览。不过,话得从车轱辘说,如今某些朋友,玩的就是心跳,假"揭露"之名,行"展览"之实的所谓"法制文学",当是绝妙例证。何况,不少新派作品,早已像市场上连蒙带拽兜售下脚货的奸恶小贩,要就这一堆,还展览个什么劲儿!

某"前卫"作家,大作更见精彩。他叹息道,老作家们之所以写不出受欢迎的作品来,是因为他们"没有睡过十个以上的女人","落伍"了。此话思之令人纳闷儿,要"睡过十个以上的女人",那除非是去嫖了(也许,力争当一名"你就来嫖我一回嘛"的专家也行)。而据我所知,20世纪30年代,老作家曹禺,并未逛窑子"体验生活",凭其深刻的观察力,摄取平素的丰厚积累,就写出了著名话剧《日出》,塑造了交际花陈白露、雏妓小翠喜一类的典型,垂范文坛。现在,我们的"前卫"却跑来推销另一种范例:你得"睡过十个以上的女人"!你说这是作者的夫子自道也罢,是作品的人物语言也罢,反正,价值观变了。当然,倘以原始人的性生活方式为基准,这种价值观,还算小有进步呐。然而,繁荣创作的前景却似乎未可乐观,因为重担全部拜托给虽然血气旺盛,但毕竟精力有限的少数"前卫"了。

6月号的《人民文学》发表了一篇值得一读的报告文学,内容写的是社会教育现状。尽管它仅限于山东的若干中小城市,问题却是全国性的。杞人忧天倾,我乃联系到普教、普法之类叫喊多年而成效不彰的口号,妄撰了一个缩语:"普嫖"。不是开玩笑,像目前这等具体、生动、无孔不入的负面社会教育,任其泛滥下去,嫖,就真的会"从娃娃抓起"了。

负面教育的骨干是负面榜样。尝听知情人说,在这次轰轰烈烈的"严打"前不久,某市曾自行组织过一次突击扫黄,由一把手挂帅督阵,岂料出师不利,在端某个窝点时,竟碰上了钉子户。盖大堂领班透露,某大老板正在加班也;一句话抹了民警一脸灰,赶紧电话请示,但听得那头沉吟有顷,方拿定主意:撤!……我问,为何绕开?知情人笑我迂:"金融台柱子,你敢涮他?!"我听了,竟还不识相,兀自傻乎乎地替一把手抱屈,唉,太难堪了!

是不是有人会因此而受到启发:当老板就该当大老板,一把手都让他三分哩!然而,我却不免寻思:哪怕是伟大如社会主义社会者,只要宽纵感官,必然拘抑心智,这是一枚硬币的两面。看来,不"落伍"者有福了,不"落伍"的文学也有福了。

1996年8月21日　合肥

"成熟的面孔"

据 7 月 13 日《工人日报》采访文章,有记者发现,河南省"第三届青少年爱国主义读书活动深港夏令营"的队伍,其成员"大都是一张张成熟的面孔"。细了解,"整个夏令营共二百五十多人,其中中小学生只有五十余名","多数营员是各市县有关部门的部长、局长、处长、主任等","这次活动的主题是'迎接香港回归祖国',选拔成绩突出和平日表现好的学生赴港参观"。我想,这后一句话,当是要害所在。

好一个"成熟的面孔"!五个方块字,直是可圈可点!

为了能看一看花花世界,"成熟的面孔"们不惜与少年儿童扎堆,然而,不必担心,屈尊是暂时的,决胜的因素是"成熟";"成熟"者,"成绩突出和平日表现好"之谓也,到时候,自能派上用场。至于学生身份,那好说,"革命到老学到老",谁说不是学生!

此等"成熟的面孔",似曾相识。啊,想起来了,殷鉴不远。1995 年的 12 月 8 日,新疆克拉玛依市友谊馆的一场大火,不也映照过十几张"成熟的面孔"么?那一天,压倒呼呼火势的一个声音是:"让领导先走!"是谁带头喊的?已无可稽考。有人写文章分析,估计了两种可能性,其一是"在场的群众""发自对领导的衷心热爱,又希望领导早脱险境,好及时报警组织抢救,所以尽管自己也万分紧急,仍坚持'让领导先走'。可遗憾的是,'先走的领导'冲出大门后便作鸟兽散各自逃命去了"。其二是"领导干部自己喊的。大火起时,他们离火最近,也最有可能遇险,于是急中生智,大喊一声'让领导先走!',便一马当先,破门而出,'从前排冲向后排',奇迹般地'全部生还'"。

克拉玛依市人民群情激愤、反应强烈,当时的《新民晚报》就刊载了死难者家属关于竖碑永志纪念的要求,其中一块正是为"成熟的面孔"们立的。事过近一年,也不知立了没有。依我愚见,立,正是"讲政治";而不立,则无以愍后。这不,河南的夏令营又来了一拨!依旧是"让领导先走!"区别仅在于一为防御,一为进攻罢了,岂有他哉!

古训云:"临难毋苟免,临财毋苟得",克拉玛依市和河南却正好相反,有了危险拔脚跑,见到好处伸手捞,吏无私德,民何来公德!说它也是一种腐败,当无大错。

1996 年 8 月 22 日　合肥

是否需要重新评价鲁迅？

今年第三期的《天涯》杂志,选载了一则梁实秋评鲁迅的资料。众所周知,梁是中国新文学右翼巨擘、鲁迅的公开论敌;但,兴许是梁实行"费厄泼赖"吧,所谓公开,除了几场笔战外,大抵也只是影射文字,指名道姓地正面评论鲁迅,倒是几近于无的。因此,这一则资料,便成了中国文学史上的重要参证,弥足珍贵。

为了不致因摘引而造成歪曲,我决定照抄《天涯》版本,好在不长。

梁实秋说:"鲁迅一生坎坷,到处碰壁,所以很自然地有一股怨恨之气,横亘胸中,一吐为快。怨恨的对象是谁呢?礼教、制度、传统、政府,全成了他泄愤的对象。"只是从来没有"一个正面的主张","只有一个消极的态度,勉强归纳起来,即是不满于现状的态度"。"鲁迅的作品,我已说过,比较精彩的是他的杂感。但是其中有多少篇能成为具有永久价值的讽刺文学,也还是有问题的。所谓讽刺的文学,也要具备一些条件。第一,用意要深刻,文笔要老辣,在这一点上鲁迅是好。第二,宅心要忠厚,作者虽然尽可愤世嫉俗,但是在心坎里还是一股爱,而不是恨,目的不在逞一时之快,不在灭此朝食似的要打倒别人。在这一点上,我很怀疑鲁迅是否有此胸襟。第三,讽刺的对象最好是一般的现象,或共同的缺点,至少不是个人的攻讦;这样才能维持一种客观的态度,而不流为泼妇骂街。鲁迅的杂感里,个人攻讦的成分太多,将来时移势转,人被潮流淘尽,这些杂感还有多少价值,颇是问题。第四,讽刺文虽然没有固定体裁,也要讲究章法,像其他的文章一样,有适当的长度,有起有讫,成为一整体。鲁迅的文章多属断片性质,似乎是兴到即写,不拘章法,可充报纸杂志的篇幅,未必即能成为良好的文学作品。""鲁迅只写过若干短篇小说,没有长篇作品","最好的是《阿Q正传》,其余的在结构上都不像是短篇小说,好像是一些断片的零星速写,有几篇在文学上和情操上是优美的"。"鲁迅唯一值得称道的是他那本《中国小说史略》,在中国小说史方面他是下了一番研究功夫的。"

梁对鲁的评价,涉及鲁为人为文的一生,颇带盖棺论定的性质——虽然仅仅是右翼文人的结论,毕竟也算一种结论。不过,倘要问起我对这一结论的感想,作为后来者,我只好直言相陈:这大概用的是抽丝剥茧法。试想,杂感被否定了,短篇被否定了,剩下《阿Q正传》,实际上也被否定了,因为《中国小说史略》是"唯一"的。至此,人们不免要问了,只有《中国小说史略》的鲁迅,还是不是鲁迅!先且不扪《阿Q正传》的丰碑,单说鲁迅杂感,我想,今天的中国人,只要读鲁,谁能不感慨万千?事实上,几乎鲁迅的每一篇杂感,都能从实际生活中找到印证。请注意,我这里说的中国人,是包括台湾同胞在内的全体中国人,否则,就无法解释,何以柏杨、李敖和龙应台等杂文作家,会如此深受台湾人民的欢迎。尽管鲁迅本人曾一再表示,希望自己的杂感"速朽",然而,恰恰是"速朽"的作品造就了作家的不朽,这,或许是应了"国家不幸诗家幸"的古话吧,虽然海峡两岸的普通百姓,未必有谁心甘情愿承受这种不幸。

台湾不必谈。在大陆这边,按说,鲁迅应该是国宝吧!然而,其遭遇却似乎更曲折,更富有戏剧性。从根子上说,是一方面对鲁做出了最崇高的评价;一方面又宣布废止"鲁迅笔法",批判"杂文时代"。聪明人便立刻捕捉住了"风向":反正是鲁已离开人世,既不能做出任何反应,也妨碍不了任何人了。

由是，20世纪30年代曾撰文攻击鲁迅的鼎堂，这时乃高举鲁的大旗，俨然嫡派传人。那位没少给鲁迅使绊子的意识形态领导人，也趁风扯篷，顺水推舟，先整倒鲁的战友胡风，再整倒鲁的另一战友冯雪峰。接下来，"四人帮"崛起，狗头军师张春桥（当年他躲在上海亭子间，也向鲁迅放过暗箭），竟又以保卫鲁迅为名，将所有与"左联"有干系者，通通打下十八层地狱，以实现夺权之野心。再后，就越发地滑稽了，命令鲁迅将"文化大革命"进行到底者有之，命令鲁迅诠释"不断革命论"者有之，命令鲁迅"批林批孔"者有之，鲁迅长眠地下，当亦不胜其烦也。

中国的事，真有其不可以常理测者。本来，"四人帮"覆灭了，鲁迅该保平安了，然而偏不，人换了一茬，拳路也跟着换了一套。于是，我们便看到了，一边有人借口歌颂改革开放，倡导淘空鲁迅的所谓"新基调"杂文，一边又有人借口解放思想，高声谩骂"鲁货"，妄图扫荡鲁迅。紧接着，斜刺里还杀出一彪谣言家，他们相继散布，鲁迅与某女性关系暧昧，鲁迅拿"日本特务"内山完造的津贴，云云。当然，也有不屑于和谣言家为伍的，比如，有这样一种宏言谠论："大家都成为痞子不好，大家都成为鲁迅也不好——那会引发'地震'！"将鲁迅与痞子相提并论，本来已经够离奇的了。而尤为离奇的是，鲁迅居然会引发"地震"！一般理解，地震等于灾害，那么，当今之世，又有谁会把鲁迅视同灾害呢？老实说，这话也太抬举眼下的杂文作者了；依我看，就是全数归齐，也顶不上一个鲁迅啊，遑论"都成为"！

老诗人臧克家尝有名篇，《有的人》，写的就是这个铁一般的事实：鲁迅活在中国人心中。的确，这是即便从反面看也能得到证明的。围绕着死者，竟有这许多花样！鲁迅生前得罪的"类型"可真不少啊！无疑，他老人家也就活在这些"类型"心中了。

新近出版的《冯雪峰评传》（陈早春、万家骥著，重庆出版社）披露了一段逸闻，说是冯雪峰曾告诉毛泽东：有一个日本人，说全中国只有两个半人懂得中国，一个是蒋介石，一个是鲁迅，半个是毛泽东。毛泽东听了哈哈大笑，然后沉思着说:"这个日本人还不简单,他认为鲁迅懂得中国,这是对的。"其实,这个日本人并未全对,首先,历史证明了,铩羽孤岛的蒋介石,败就败在不懂得中国。而熟读《资治通鉴》的胜利者毛泽东,显然也不只是半个。当然,鲁迅毕竟是最了解中国的,了解中国的过去,了解他生前的"现在",了解他身后的"未来"——甚至可以说,他比今天的中国人更本质地了解中国人的今天。

据悉,我们唯一的鲁迅研究机构,以及唯一的鲁迅研究刊物,都已面临关门的困境。反观通都大邑,尽皆灯红酒绿,歌吹十里,一掷千金。细思量,我们又怎么有脸喊一声"民族魂"啊!我们,怕是早已经丢了魂了!

暗流如涌。是否需要重新评价鲁迅?

1996 年 9 月 18 日　合肥

爱国主义杂说

曾听人说,我的那首写于四十年前的小诗,之所以入选中学课本,是因为碰巧够上了爱国主义的录取标准。这么一来,我倒对何谓爱国主义产生了兴趣,我想,如不弄清这个问题,怕是连议论都不好发的。

我不由得胡思乱想起来。

为了怀疑,我请教了《辞海》和《现代汉语词典》。这两本书的释文大致相同,它们都阐明了,爱国主义往往会因时代不同和阶级不同而内涵不同。然而我又想,在这种种的"不同"中,有没有一个本质的、恒定不变的基础呢?有的,这就是列宁说的:"千百年来巩固起来的对自己祖国的一种最深厚的感情。"由此足见,说到底,爱国主义其实是一股强大炽热、生死以之的感情。既是感情,那就只能发自内心,与任何外在的强加的意志无涉了。

我又以自己浅薄的认识与丰富的史实两相对照,令人高兴的是,得出来的结论,竟几乎和辞典完全一致。举例言之,我们说,文天祥的言行是爱国主义的,同时,我们又说,文天祥的爱国思想是同忠君思想相掺杂的,甚而至于忠君就等于爱国。这就是历史的局限性。何况,文天祥爱的那个"国",和我们今天多民族的"国"是有区别的。又如,现今台湾的李登辉也口口声声爱国,但,显然,李登辉的爱国,绝不能跟我们的爱国画等号;其间的差距,怕也正是所谓的阶级差距吧。

这些都好理解。然而,"理解"之中又往往有误区。下面,不妨择个人阅历中的几缕思绪,稍加梳理,作为此番探索的点滴记录。

其一，新中国成立前夕，香港拍过一部名叫《清官秘史》的电影，编剧是进步作家姚克（他曾将来华不久的美国记者斯诺引荐给鲁迅，也是后来为鲁迅扶持的十二大弟子之一）。当时，恰好我在香港，影片内部试映之际，我就受到了邀请，并应约写过影评。在影评中，我充分肯定了主创人员的良好意图，但也提出了商榷。我认为，透过光绪帝、珍、瑾二妃和慈禧太后之间的纠葛，反映维新与守旧两大政治派别的斗争，切入角度固然可取，惜乎演绎失当，容易误导观众。不过，我做梦也不曾想到的是，正是这一点，可以上纲为敌我矛盾。后来的事，就人人都熟悉了——从20世纪50年代的"大批判"到"文革"中最终打倒刘少奇，《清官秘史》的艺术得失竟变成了百分之百的政治阴谋……只是，当我们现在再回过头去，琢磨琢磨这场"论争"，所谓"爱国主义"云云，"卖国主义"云云，是否本来都意在言外，从而褒贬过当呢？

其二，大凡看过苏联战争片的人，都会留下一个强烈印象，那就是，每当出现冲锋场面，必有指挥员振臂高呼："为了斯大林！为了苏维埃祖国！乌拉！"当时看看，未必细想，后来知道什么叫个人迷信了，不免恍然大悟；原来，这一程式的发明，正在于向群众灌输：不爱领袖就是不爱国。这种将领袖和祖国混为一谈的手法，当然是偷梁换柱的把戏。

其三，提起了斯大林，自然会想到斯大林文学奖。有一部名叫《旅顺口》的获奖长篇小说，内容写的是日俄战争。日俄战争是一场帝国主义狗咬狗的战争，日俄两家兵戎相见，战场却摆在第三国——中国的东北。这么一来，故事中就出现了中国人，但都出现了一些什么样的中国人呢？说来教人憋气，不是探子，便是胡子，而且清一色"扁平的大黄脸"，"满口黑牙"，面目可憎。众所周知，斯大林文学奖的获奖作品，是必得经过斯大林亲自审查、亲自排名的。因此，我们说，《旅顺口》体现了斯大林本人的立场、观点，绝非厚诬。可这又该叫作什么立场、观点呢？在斯大林，想必是"苏维埃爱国主义"了，但在我们，却只能如实地斥之为沙皇扩张主义。然而，不幸的是，那时候，你就是识破了这个扩张主义，你也不敢讲。因为，当时的国策是"一边倒"。尤其不可思议的是，我们的某一全国性组织，偏偏向青年们郑重推荐这本可恶的《旅顺口》，真不知道，这叫哪门子爱国主义！

最后，说一桩晚近的事。去年，为了纪念抗日战争胜利五十周年，我要写一篇同湖南芷江有关的文章，一查《中国交通旅游图册》（中国地图出版社1992年6月第1版上海第三次印刷），只见芷江附近，有天后宫门楼牌坊的标记，却没有抗战胜利受降坊的标记。二者孰轻孰重？我想，是无须饶舌的。

说了这许多，我无非是想强调，解释爱国主义，得先抓主心骨；什么是主心骨？列宁的那句话就是主心骨。有了主心骨，就能正确总结过去的经验教训了。

现在，号召青少年多学一点近代史，这是非常之及时的。学近代史，不一定限于啃历史书；须知，历史是有渗透性的，而且特别能渗透语文教材。因此，语文课的内容选择编排，就越发显出了它的严肃性。而考量一篇作品是否具备爱国主义感情，恐怕也不能单凭文字激烈与否，有多少革命口号；目光要放深些远些，那种从表面看去似乎"调子不高"，但实际充满了忧患意识的诗文，我以为还是应当多选。事实上，古今中外，真正的爱国作家，无不"善于悲叹""人民的命运"，唯其如此，才能教人直面真实，鉴往知来，发愤图强。这里需要申明的是，"善于悲叹"一说，同样出自列宁，并非我的杜撰。

归根结底，我们大家都应该关心国运，从我做起，自尊自强，做一个堂堂正正的中国人！

1996年11月1日　合肥

一封具有文献价值的私人信件
——向冯英子先生致敬

资深报人、著名杂文作家冯英子先生,写了一封致日本首相桥本龙太郎的公开信(见附录,原载1996年9月号《海上文坛》),在信中,他以个人身份,正式提出了战争索赔的要求,昭彰天理,掷地有声,读之令人肃然起敬,感慨万千。

现年八十一岁的冯英子先生,当年活跃于抗日战场,最后又目睹了芷江受降一幕,可以说,他是20世纪中日关系悲剧史的见证人之一。由这样一位老者亲自出马,结算旧日侵略者欠下他家的血债,那声音,当特别地悲怆而富有象征意味吧。

国家不索赔,国民索赔,似乎令人困惑;其实,一旦弄清了来龙去脉,也不难理解。

杀人偿命,借债还钱,本属常识,何况是有组织地闯进别国奸淫掳掠。那么,犯下了这等罪行的日本军国主义,何以胆敢不赔偿甚至不认账呢?追到根子上,美国难辞其咎。事实是,从麦克阿瑟率军占领日本本土,到最后建立美日安保体系,其目的只有一个:加强世界范围的冷战。因此,拖到1951年才召开的旧金山对日媾和会议,在美国胁迫下,四十八国代表"一致同意"放弃赔款要求(由于海峡两岸军事对峙,大陆和台湾均未受到邀请,前苏联则未参加),也就不足奇了。

台湾蒋介石为何不索赔呢?因为他一心要借重日本反共势力,打"反攻大陆"的热战。何况,他更不敢得罪美国。据《参考消息》1955年11月连载文章揭露,"胜利国如菲律宾等要求日本赔款,蒋'总统'则以那将造成日本贫困而使共产党坐大,因此不要日本赔款"。个中消息,不打自招。然而,狡诈的日本并非绝对不"出血"。当朝鲜停战,日本已无战争财可发,必须靠做生意赚钱时,为了换取市场,它也曾主动疏通东南亚受害各国,计:菲律宾五亿五千万美元,缅甸二亿美元,印尼二亿二千万美元,南越吴庭艳三千九百万美元,总共十亿九千万美元。

回头看社会主义的苏联。苏军从我国东北搬走了价值八亿五千万美元的大型机械设备,却宣布那是战利品,不得折算赔款;至于对德,则不但勒令西德赔偿了一百二十亿美元,就是对"社会主义阵营"的东德,也照样"亲兄弟,明算账"。所幸西德的阿登纳人性尚存,说:"赔偿是我们的责任,它虽然洗刷不掉我们的罪恶感,却是和解的前提。"因之,光是犹太人名下,即已支付了六百亿美元,而且迄今未了。瞧,同样是战败国,德国人真心悔罪,日本人却只会说"不"。

再查查日本自己的记录。1894年甲午海战,日本人打到了山东半岛,中国的北洋舰队全军覆没;作为战胜者,日本霸占了台湾,还勒索了白银两亿三千万两。接着,八国联军之役,日本又分了好汉股。反观1950年至1994年间,日本政府向在中国战死者遗族提供的抚恤金,竟高达三十八万亿日元,为同时期对外赔偿的五十七倍。有趣的是,日本偷袭珍珠港后,美国对日侨实行管制,战后,日方居然要美方赔偿道歉。己与人,己与己,对比何等强烈!

吃亏的是中国老百姓。除了1948年收到过价值相当于两千两百万美元的补偿物资外,此后分文未得。1972年中日建交,伟人毛泽东坚持以德报怨,不提赔偿要求。1989年,日本天皇明仁访华前后,我国还一度禁止民间索赔活动;我认识的一位诗人,就因此跑到西藏躲了半年。那说来动听的对华无偿贷款,也不过是杯水车薪,时断时续,并终于变成了人家手里玩的"牌"。

人们还注意到,以日本财团的实力,他们对中国的投资未免太少太少。

这大概是嘴硬心虚,正因为意识到有负于中国,才唯恐一朝有失吧。当然,此乃岛民心理,不值得计较。倒是山东劳工刘连仁、河北劳工耿谆、山西慰安妇万爱花、浙江农民盛友生等等,索赔数年,迄无下文,这些事,倒真的不能含糊。倘要问我的个人立场,我将毫不犹豫地宣告:我支持我的同胞,他们不是盲目仇外的义和团,他们吃尽了侵略者的苦头,他们有权讨回公道!

今天,冯英子先生也加入了索赔的行列。我相信,如刘连仁等一样,事关国格人格,得道者多助,他绝不会是孤立无援的。且不论桥本龙太郎答复如何,冯老的私人信件,终必因其充沛的人性光辉和勇敢的抗争精神,而显示出它的文献价值。

[附录]

索赔人冯英子,中国江苏省昆山县人,生于1915年2月17日,现年八十一岁,曾任香港《文汇报》总编辑,上海《新民晚报》副总编辑,中国新闻工作者访问德国代表团团长,上海青少年京剧团访日演出名誉团长,政协上海市委常委,为中国著名的新闻记者和杂文作家。

冯家住昆山大西门外大街,由其岳父毕芸芳任经理的叶启原南货店,拥有上、下街十开间门面,经营南货、腌腊、酒肆、桐油、豆饼等贸易,为大西门外最大之商店,后面自设糟坊,房屋众多,规模宏大,一直通到后城河,但"八一三"后,全为日军所烧毁,片瓦无存。

在战争紧张时期,冯全家逃难到苏州的黄埭,1937年11月30日,从黄埭乘船欲赴同里,船经苏州钱万里桥时,被日军将船掳去,将船上所装细软衣物,一应箱笼,丢在钱万里桥河边,以致全部损失,全部人员,也被驱赶上岸,躲在桥边小屋中,进退不得。下午四时左右,我又被日军拉去,充作夫子,随日军沿铁路向西行进,至望亭第二天才回来。

在我被拉夫之后,我妻毕月荫、我弟媳王杏林,惨被日军轮奸,良家妇女,身心受此重创,不言可喻。王杏林已于50年代在同里死去,毕月荫也已于1994年3月8日病故。

我现已退休,但昆山家乡,已无片瓦,住家均毁于日军烧杀之中,妻子又遭轮奸,几十年来,精神物质所受损失,不可名状,因此向贵国提出索赔申请,要求依法给予赔偿。并请派员负责调查处理此事。此致

日本国政府
  桥本龙太郎 首相

冯英子
1996年6月27日

承诺和110报警服务台

承诺和110报警服务台,是时下两个热门话题,不揣谫陋,我也来凑个趣儿。

率先实行承诺的,是山东烟台市的若干单位。而第一家将单纯的报警台改为报警服务台的,是福建漳州市公安局。我以为,二者既有相同处,也有不尽相同处。相同的是,都面向社会,面向公众,排忧解难,急人所急;不尽相同的是,前者是本身职能与信誉的恢复和肯定,后者是本身职能与信誉的拓展和提升。

为什么我敢这样说?因为,作为执政党,共产党的最大承诺莫过于"为人民服务"了,有了这个根本承诺,只要干部们真正各司其职,秉公办事,本来无须多此一举。然而,一些年来,最令小百姓气闷的事,恰恰是某些手中有权的共产党员,变得不像共产党了,他们非但不为人民服务,反倒要人民为他们服务。因之,忽听承诺连声,人们不免心情复杂地嘀咕:有,大概比没有强吧。

重承诺,讲信义,历来是中国人的优良传统。司马迁著《史记》,就专门为笃诚守信的楚国游侠季布单列一传,"得黄金百斤,不如得季布一诺",评价是非常之高的。"千金一诺"的成语,由此得以流传。其他如:"君子一言,驷马难追"、"军中无戏言"等民谚,皆语异而理同。可惜,共和国前期,由于"运动"频繁,"阳谋"公行,言而有信的美德,基本上已扫地以尽;于是,如今在某些人心目中,社会主义市场经济也就得了不捞白不捞的后遗症。这当然是天大的误会。其实,愈是市场经济,愈需要依靠法律来维系、保护和监督,而践约纪录如何,又正是检验其运作的首要标准,这是稍懂事理者都不难明白的。

承诺就是许愿。套用一句迷信话,人民好比菩萨,向菩萨许了愿不还,迟早要遭报应。现在,承诺把为人民服务项目化了,可姑且算作"进步";而有关部门,在实行自我约束的同时,逐一落实承诺,当然也比空喊强。但,轻诺失人心。为此,在做出任何承诺前,务须根据实际能力和客观条件,加以通盘考量,否则,好事将变坏事。这里顺便提一下,"为人民服务"诚然是一句老话,但在新形势下,如何老话新说,却一直缺乏实事求是的新阐释,这不能不被认为是理论界的失察。

眼下,除了行政部门的承诺外,更多的是商界和垄断行业的承诺。对此,许多人是担心的。因为,老百姓太有经验了:锣鼓叫台—武打过场—草草收兵,似乎成了老套;怕就怕,这回依旧一哄而起,一哄而散,落下个官场搞宣传,店家做广告,不了了之。事实上,某些极不严肃的、难以持续操作也无从监督的所谓承诺,已然荒腔走板了。不过,近见报载,南方有些业主,开始实行承诺公证,又透露出一线法治意识的曙光,值得拭目一观。

就我个人而言,我更感兴趣的,倒是110报警服务台。

根据漳州的范例,110之所以成功,除了必须打熬出一支高素质的警察队伍外,更重要的因素怕还在于,首先得擢拔出一个高水准的带头人。很难设想,没有郭韶翔,能有漳州110。那里诞生的新民谚,"远亲不如近邻,近邻不如110",已如熏风吹遍全国。然而,对110的亲娘——全心全意为人民服务的精神,追寻血缘的人反而不多。只有郭韶翔在反复指认,谁是那位变得陌生了的妈妈。郭说:"公安快速反应的基础是群众的报警意识,而群众的报警意识来自警察全心全意为人民服务。""警民关系不好,责任不在群众,要害问题是我们的一些警察没有真正摆正自己的位置。警察是国家机器,是政府花钱雇来给群众服务的'公共保姆'。"(以上引文,均见1996年9月20日《中国青年报》)看来郭韶翔颇有哲学头脑,面对警民关系这组矛盾,他视警察为矛盾的主要方面,的确是抓住了牛鼻子。抑有进者,这番话,既符合马克思主义的国家学说,又有市场经济的时代特色,也可说是在政法改革方面理论实践的大胆突破吧。

我估摸,郭韶翔是了解美国911的。著名的美国911系统,也是报警兼服务,三十年来,任劳任怨,造福公众,因而不仅在美国国内妇孺皆知,就在整个西方世界亦口碑甚佳。美国警察单凭了人道观念和敬业精神,就能做到抢险救难,有求必应,我们是悬"为人民服务"于国门的社会主义国家,还有什么理由办不好110!

然而,把110办成了气候的,目前似乎仅有漳州一家。漳州是小城市,最需要110的大地方,反而都暂告阙如。这事诚然令人遗憾,却也性急不得。以我愚见,恪守"成熟一个办一个"的原则,倒是利多弊少,倘若今天再发高烧,追求什么万马奔腾,遍地开花,处处都挂110的牌子,热闹固然热闹,实际上却是水过地皮湿,无助于治安品质的提升,徒然教人失掉信心。因之,我甚而至于有个偏激的想法:必须真正达到漳州110标准,否则,只有三个就不必硬凑四个。对此,有人可能会摇头:这岂不成了鹤立鸡群?答曰:鹤立鸡群又何妨?须知,鹤立鸡群鹤犹在,鱼目混珠珠难存。搞上一千个假110,毁了真110的名声,那才是用鱼目活埋珍珠哩!西谚有云,罗马不是一天造成的,我们应当牢记欲速则不达的古训。

依照讲求起、承、转、合的文章作法,这篇短文,现在该是首尾呼应准备结束的时候了。至此,回到本题,承诺和110便不妨合二而一。因为,对漳州110而言,110就是兑现了的和兑现中的承诺。我认为,只有这种漳州110式的承诺,才是人民群众企盼的规范化的承诺。

1996年11月9日　合肥

赞沈阳"九一八"鸣笛

城市是有性格的,如同人一样,或棱角分明,或并不分明,而不分明正也是一种分明。

如今,我,作为一个外省人,隔山隔水,倒想来唠嗑儿唠嗑儿沈阳的性格了,当然,所指的是我心中的那个沈阳。

"高粱叶子青又青/九月十八来了日本兵/先占火药库/后占北大营/杀人放火真是凶/杀人放火真是凶/中国的军队有好几十万/恭恭敬敬让出了沈阳城"……六十年前,通过这支悲愤的歌谣我初识沈阳,流血流泪的沈阳。那时候,我还是个小学生,十岁。

到底有缘,熬过四十春秋,我终于有机会真正面对沈阳了,而且是紧接着的连年造访。

先是在打倒"四人帮"两年之后。刚刚从废墟中重新站起来的中国作家协会,为了从政治上替一批多年受迫害的作家恢复名誉,特意组织了一个作家访问团,以艾青为首,参观华北、东北的油田和矿山;作为团员,我忝列其中。出关后,虽说目的地是大庆和鞍山,但路经沈阳时,也顺便看了机械工业。这远非所谓的深入生活,但在我的脑海中,却摄取了完全有别于旧歌谣的新印象——一个快乐而庄重的沈阳,一个在烟熏火燎和大汗淋漓中忘我劳动的沈阳。

接下来,中国进入了大转折的 1979 年。我也回归文艺界,由劳改地调往安徽工作了。其时,到处都在筹建各类学术团体,气象蓬勃;由长春牵头的全国文学期刊联谊会,便是其中的一道风景。作为《安徽文学》的首席代表,我应邀参加成立大会。归途中,又趁机故意歇脚沈阳,请诗人朋友方冰担任向导,专程去大洼凭吊了张志新烈士就义处。由是,我得以参拜了另一个沈阳——生死关头,能横眉冷对坚贞不屈的沈阳。

沈阳高山仰止。

最近,又有消息报道:9月18日当晚10时20分,沈阳全城曾报警三分钟,大小机动车辆一律暂停行驶,喇叭齐鸣,持续的吼声在夜空中汇成了一片;它提醒市民,勿忘六十五年前的此时此刻——贪婪阴毒的日本军国主义,正是从古城点燃了第一把罪恶之火,然后一波一波地烧向全中国,制造了长达十四年之久的旷古浩劫,致使三千五百万同胞伤亡,一千亿美元财富被焚掠。啊,"九一八"!沈阳之辱,中国之辱!沈阳之殇,中国之殇!沈阳之仇,中国之仇!

然而,沈阳咬住了"九一八",沈阳热血沸沸,铁骨铮铮,沈阳是好样儿的!

我赞美这一声警报。鸣得好,鸣得正是时候!沈阳市委和市政府,你们的一纸决定,伸张了公理和正义,表达了警觉和气势,我向你们致敬!请看,长城内外,大江南北,所有天良未泯的炎黄子孙,谁不屏息凝神,侧耳倾听,直如吐出了自己的心声。沈阳啊沈阳,你不愧为人民之城!不愧为中国之门!

我乃联想到一张标明沈阳火车站的城雕图片。那雕塑造型庄重,线条素朴:一部翻开的台历,正揭到9月18日;说明词却用了个疑问句:"九一八"是个什么日子?这句话,使我震动深深,我认为,这话唯独沈阳能说,因为话里有血,有骨头!

就这样,沈阳,以自己无声的行动,测度着全国。放眼四望,遍布国中的无数城雕,似这等兼备民族正气与历史感悟者,实在屈指可数。倘再同那形形色色的唐城、宋城乃至"阔"极无聊的鬼城相比,就更是鹤立鸡群了。他们为什么不学一学沈阳?

沈阳,你当早已知悉,方今数字拜物教大盛,有的人已不知国耻为何物,提起"九一八",竟笑逐颜开,因为,在他们的字典中,"九一八"等于"就要发"了。陵谷翻覆,黑白颠倒,世上还有比这更教人寒心的变迁么!

沈阳,但你始终心悬明镜,日本军国主义的一举一动,都逃不脱你如炬的目光。无疑,你早就认准了,在我钓鱼岛强行登陆的所谓日本右翼暴徒,正是当年无耻无赖横行中国的所谓日本浪人之再版;而血的经验又告诉过你:在日本浪人后面,接踵而至的定然是杀人放火的日本兵。莫非日本军国主义又想重走"九一八"的老路?!

那么,响一点,更响一点吧,沈阳的警笛!严厉地及时地正告日本军国主义吧,此路不通!绝不可能再有一个"九一八",沈阳既非昨日之沈阳,中国亦非昨日之中国!

沈阳,敬爱的沈阳!

1996 年 11 月 24 日　合肥

香港一年半

香港回归,指日可待;想起了自己和香港的一段缘分,抚今追昔,不免感慨系之。

我在香港居停的时间不长,从1948年4月到1949年11月,满共一年零七个月。不过,我赶上了风云际会的大时代,短短一年零七个月,内容却不单薄。

如今我已记不准到港的具体日期了,正如记不准离港的具体日期一样。之所以如此,完全是因为当中各自穿插了某种特殊情节所致。

我是由于逃避特务的搜捕,才离开家乡间关潜往上海的。去不成苏北解放区,便转赴香港。上船之前,同学黎先耀和朱光基、朱光剑兄弟安排我躲进了复兴中学图书馆的藏书楼,托一位姓葛的图书管理员负责照料。葛大约比我小三岁,也是个思想进步的青年。因为害怕被人发觉,尽管小伙子和我脾胃相投,却不敢在一起多聊。我基本上是孤身独处,这当然既憋闷又紧张。一天,分工替我买船票的同学胡馨德匆匆跑来,将刚给过我的怡和公司的票子又拿了回去,说是怡和的航线中途停靠台湾基隆,不安全,要换成太古公司的。其实,事后证明,太古的船同样也泊基隆。只是我反正把握住一条:绝不上岸,你蒋家兵丁总不能蹿上英国船来抓人吧。不过,这么一倒腾,开船的日期就在记忆中乱了套,夹缠不清了。

至于离港,则更离奇。大致经过如下:广州一解放,我当时所在的香港《文汇报》便成立了驻穗办事处,第一批记者陈朗、简捷和戴枕进驻之日,我亦同行,并于一德路那座空荡荡的骑楼上共宿一宵。翌日,他们忙他们的去了,我却一头扎进了暂驻东山的人民解放军陈赓兵团政治部(那里有我不少老友),报名参军。兵团文工团政委、部队作家苏策闻讯,出来接见,对我表示了热忱欢迎;当即办妥一应手续,并约好,待我香港方面交割清楚后,即正式入伍。岂料,天有不测风云,我才赶回报社,督印人张稚琴却递给我一纸传票,原来,香港法庭限我一周内出庭受审,而且捎带报社也一齐当了被告。今天看来,那根据实在荒唐至极——前不久,我主持的《社会大学》版,发表过一封读者投书,揭露了香港国民党系统某中学负责人,在中华人民共和国成立那天,不准学生们悬挂五星红旗,并且口出秽言。如此而已。起诉者谁?正是这个不识时务的负责人。于是,我便对张说,我才没有那个闲工夫陪这帮大佬打官司呢!你看,我正要向你递辞呈,它倒来催我快走了。我把有关详情向张做了介绍,并得到他的首肯后,便赶忙检点行李杂物,一走了之。然而,遭此横生枝节,我就连日历也没顾上细看了。

回头再说初到香港的旧事。

记得很清楚,上了油麻地码头,第一道关口是,必须经受荷枪实弹的英国兵盘查,那天我运气不错,碰上的不是大字不识的廓尔喀雇佣军,而是一个头戴贝雷帽,身着短袖绿咔叽军服的碧眼金发美男子。也怪,他只在我的小藤箱里随便拨了拨,就掂起一本小葛送给我的日文书,饶有兴味地欣赏起那些浮世绘式的插图来,且不知缘何独自笑了;接着,又居然憋出来一句生硬的中国话:"读——书——的?"我闻之大喜,趁机顺着话头应承:"Yes, I'm student."这个英国小伙子,大概是见我会英语吧,竟友好地拍了拍我的肩膀,立马放行了。

过了这一关,下一关就是要在人生地不熟的环境中寻找落脚处。我掏出一封旧信,决定先按地址直奔西环桃李台,去找作家秦似。我是第一次搭乘双层有轨电车,见它摇摇晃晃,兀自望之生畏。而更悬的是,此去要找的秦似,与我从未谋面,只不过是由于在他主编的《野草》上发过作品,文字之交罢了。总之是心中无底。

天保佑,诸事顺利。秦似招呼我坐下后,我便拿出给地下全国学联金尧如的信来,意在让他放心,一旦接上关系,我就不再打搅他了。秦似说没问题,我负责替你转交。二十天过去,对方传过话来,要我到轩鲤诗道某号门牌二楼见面。我如约前往。原来,这里是金尧如和他妻子谢莹的家。不过,等着我的还有一人,他就是往后与我长期共事的戴天。他是复旦的学生,本名汪汉民。戴天约定时间,让我从秦家直接搬去湾仔的华南救济协会。我被指定二楼歇宿,两张条桌一并,日卷夜铺。我发现,还有一些流亡学生,早就是此地的老房客了。不过,现而今能记得起来的,只有武大的樊篱一人。底楼住着十几位青年妇女,全都来自琼崖纵队,她们经过一段训练后,即将归队从事战地救护工作。因之,我们可以暂时沾光,一日三餐,无须自理。伙食当然是最低标准,每月"陆钌"(六元),一小段臭带鱼算好菜。我们这些人,固然也非长期房客,何况还必须遵守一条铁的纪律:相互之间,不得打听彼此的行止。所以,从第二天开始,就谁也不知道我已是宣传部的工作人员了。

起初,我的任务是协助戴天编印《学运动态》。这是一种十六开的油印资料,不定期。除了刻蜡版、裁纸、调油墨、按滚筒外,更费劲的是跑遍港九,有时甚至得去新界僻静角落,寻找合适的邮筒分散投寄;不待说,这是担心邮检。那年月,在对付革命者方面,港英当局和国民党基本上是配合默契的;邮检犹事小,教人头疼的最数盯梢子。在我离开湾仔后,有好些日子,竟每天都得临时找地方过夜。戴天住的尖沙咀重庆市场,我睡过,还有一位热情的新朋友、略长于我的原中山大学学生郭强租用的小木棚,我也睡过。在我的印象中,郭似乎在从事工运,每日满身油污,不管多晚回来,二话不说就冲凉,这样一种"资产阶级生活习惯",也不知日后挨批否?

没过多久,战局有了大发展,学联的任务也随之发展,《学运动态》照出,又创办了铅印的全国学联机关刊物《中国学生》。人手未添,依旧戴天和我两个,有时实在忙不过来了,同戴天合睡一室的南京剧专学生汪明,就会主动过来打下手,大家往往是几块三明治就一杯白开水果腹;不过,忙归忙,嘴里却不断地哼着心爱的歌曲,从《你是舵手》直到《达坂城的姑娘》,忙得充实而快乐。直到今天,我还常常会情不自禁地为之神往:人,怎么能活得那么单纯?

很快,我便奉调去了新的岗位——生活书店附设的持恒函授学校,接替病倒了的曹伯韩,主持社会科学组的教学。于是《中国学生》的具体事务,如跑中环德忌笠街诚泰印务局看校样等(记得《野草》也由其承印,未知该厂如今尚存否?),我就不问了,只是还必须常为它赶任务写稿。在学联和持恒期间,我先后认识了已故的乔冠华、龚澎夫妇,夏衍和邵荃麟、葛琴夫妇,还有健在的孙起孟和胡绳,以及众学者名流,加上后来到《文汇报》,又结识了一大批作家报人。作为一个初出茅庐的青年,应该说,眼面是够宽的了;只不过因了个人的观念滞后,数十年于兹,我竟一概不曾登门干谒。

那时候,香港虽是典型的带有殖民地色彩的都会,但就城市规模和繁荣程度而言,却远不及上海。因之,日后听人谈起她的巨变,我是颇为吃惊的。香港给我的观感,当然也好坏参半,非三言两语说得清楚。我曾有心写一组介乎杂文与随笔之间的风月谈,可惜只来得及完成一小部分,例如《论淋镪水》、《论"短裤党"》之类,就离开了。现在还保留着清晰思路的,仅剩下《论"语言杂拌"》一篇了。所谓语言杂拌者,是有感于当年公交车辆上的警告牌"小心头脚勿出窗外",以及尖沙咀码头上的指示牌"请行快的"之类。这些,如今据说都已经淘汰了,但又代之以"你 Un 唔 Un"(这个莫名其妙的 Un,大概是英语 Understand 的缩写吧)等一轮新产品。由此,似也不难想象,主权回归问题内涵之千头万绪。最近,见报载,所有以大不列颠女皇头像作标志的东西,大至官衙,小至邮票,都已纷纷变换。然而,像港岛的英皇大道,和自九龙直通新界边境,以第十三任港督弥敦之名命名的弥敦大道,是否也要更改呢?这件事,想来恐怕要比撤下某一具体形象更为复杂吧。

对我个人而言,香港毋宁是个纪念地。因为,在香港,我有着许多个"第一次"。第一次典当,第一次洗海水浴,第一次进入一个革命团体干革命工作,第一次成为中华全国文艺工作者协会的会员,第一次当学校的教员和报馆的正式编辑,第一次"啃"《资本论》,第一次看歌剧《白毛女》,第一次扭秧歌,也第一次在五四纪念晚会上见到了心仪已久的文豪郭沫若。不过,说实话,郭给我的印象颇令人失望,从他的言谈举止,特别是从他的夸张朗诵中,我感到的不是诗人的浪漫,倒像政客的作秀,尽管我仍然一如既往地尊重他。但是,我不再喜欢他了。必须提到一笔的是,他在香港《大众文艺》丛刊上发表的《斥反动文艺》,实在是带了一个坏头,教不少文化人学会了唱高调、打横炮、搞极"左"。记得我也曾跟在后边起哄过。当然,我的过失是我的过失,不能推给郭沫若。

上海《文汇报》被南京政权查封后,徐铸成南来,创立香港《文汇报》,除少数员工外,基本上用的是原班人马。徐只要求中共协助,推荐几个年轻的、可靠的、具有大学程度的校对和资料管理人选,于是学联便把我和黎先耀(他继我之后,也来到了香港)和达德学院的毕业生戴枕三人介绍前往报考校对,侯外庐的儿子(名字已忘记)当了资料员。而所谓报考,无非是走过场,因为组织上早有了解,我们仨,从小就是内地报社的"打工仔",干校对,完全驾轻就熟。数月后,我被擢升为编辑,戴枕也改跑外勤,黎先耀则北上解放区了。

当时,在香港,真正的中共党报只有《华商报》。可《文汇报》由于坚持人民立场,竟被极右派骂作"文匪报"。不少右翼人氏知道常发议论的某某,正是该报成员,由是便也赐以恶谥,判为"文匪"之一。现在想想,倒也不胜光荣之至。其实,名曰"匪",却连"大碗喝酒,大块吃肉"的实惠也捞不着的,按本地惯例,腊尽岁除,须发双薪,但《文汇报》经费拮据,免了,代之以团拜聚餐,众皆心安理得,一时传为美谈。

像我这样的"文匪",实际上为数不少,只不过有的人外界知道,有的人却不抛头露面罢了。比如,经由另一渠道来《文汇报》当译员的地下党陈鲁直和石美浩等,即属此类。他们精通英语,每逢夜间外电稿到,你就看那个忙乎劲儿吧,只见白纸条儿在几张写字台上雪片翻飞,然后纷纷归拢到总编手中,待略加取舍或裁并,又落回到陈、石等人跟前。这就是翌日见报的时事新闻了。他们是无名英雄。陈后来转入外交界,足迹遍及五大洲,一直干到驻丹麦兼驻冰岛大使任上,才退居二线。石改名石方禹,除写过名噪一时的长诗《和平的最强音》外,最后还一度成为参与我国电影事业决策的领导者之一。像这样的例子还有。由此足证,香港的确是块风水宝地。在那儿,特殊的炉火还真烧结了不少特殊的砖呢。

"香港正遇着最有利形势,新中国开始建设以后,贸易将空前高涨。香港如果在空前的好运之前惶惑起来,不积极对新中国采取友好措施,这将是历史的不智。"这句话,正是我在《文汇报》逗留的最后阶段,报纸所发社论之一中的重点。那标题也再明白不过了:《论中英关系与香港的前途》。这话党报自不便说,因而由《文汇报》出面。它委婉地传达了权威当局的某种暗示。无疑,当年的港督葛量洪,智商要远比彭定康高出数头,葛立刻就心领神会了,一个长期维持现状的局面乃由此萌生,直到邓小平正式宣布"一国两制,港人治港"高度自治的新方针。这,我想,似乎也算得上是《文汇报》让我最后分享的点滴荣耀吧。

有必要强调的是,我同《华商报》和《大公报》,关系也一直十分密切,个人交往较多者,当推罗孚。他的敬业精神和谦虚品德,始终是我的学习榜样。

老实说,我是很想念香港和香港的朋友们的。可是,改革开放近二十年了,内地多少不沾边的女士先生,都一而再,再而三地应邀前往,或讲学,或观光,可就是没有我的份。关心的人问我,是不是因为你那时天真烂漫,于无意中得罪下什么人了?啊,这我可就答不上来了,只好自我解嘲:没去也好,去了,说不定港英当局还要捉拿"逃犯",补审补判,以显示其"法治"原则呢。

1997年4月9日 合肥

行当的兴衰

物质文明和精神文明的程度愈高,社会分工就愈细,分工愈细,行当自然也就愈多。时至今日,古人津津乐道的九行八作,固然区区不在话下,即便是极而言之的三百六十行,也早已不适应近代生活的实际需求了。这是世界发展的大趋势,更是中国改革开放的大趋势。

读《新民晚报》,知道上海出现了一种新行当——电脑清洁工,令人高兴,上海到底是上海,这回又棋先一着。试想,一旦在全国范围内,电脑如纷纷入寻常百姓家的报春燕子,斯时也,电脑清洁工势必将会像排油烟机清洁工那样,受到人们的争相接待吧。

且回想一下,二十年来,有多少行当由落伍、委顿渐至消亡,又有多少行当轰然勃起蠢然复苏!"开古今之变局",这句话,单从行当消长嬗递的角度着眼,即不难管窥一斑了。

倘再观察入微一点,还往往能发现,有的行当外观似乎未变,而骨子里却渗进去了新东西。就拿街头常见的"代写书信"来说吧,依旧是那块板,那支笔,甚至依旧是那个添了几茎白发的老头儿,但,不再有坦白交代认罪悔过一类字样了,换上的一概是协议合同上诉应诉等新内容,这是因为,已经没人再念阶级斗争的紧箍咒了,发展经济和巩固法制,成了当务之急。这数字之易,不可小觑,死气沉沉复冤气冲天的中国,还硬是打这儿上的路,去追赶先进的呢。

当然,对这一类的进步,也不宜估价过高;不过补钙而已,离换血尚远。

血者何？国民素质是也。举例言之，由于素质基本保持原状，收购废旧家电废旧汽车摩托车才得以成为一宗"大事业"，并取得与同类物资的走私渠道共存共荣，历久不衰的势头。而狂飙突起的一声"卖药咧——"显然又在警告我们：现行医疗体制本身怕也是有病了。

如此说来，行当和行当不一样：或好，或坏，或好坏参半；或黑，或白，或黑白难辨，皆属转型期的必然现象。关键恐怕在于如何对待；假如能把它当作社会运作的后视镜，倒也未尝无助于校正路向，避凶趋吉吧——本来，行当的兴衰就与国运的兴衰有关嘛。

1997 年 5 月 18 日　合肥

美 容 涨 价

当过兵的人都知道,枪弹击发之后,实际射程和书本上的理论射程是并不吻合的,而人们从生活中感受到的物价涨幅,往往也和公布的物价指数不尽一致;这两件事,性质完全不同,情况却颇类似。西谚有云,比喻总是跛脚的,这个比喻亦自不例外。

当然,物价上扬,几乎是世界各国的通例。因之,对国人而言,正常的涨价是可以接受的,较费解的是某些非经济因素制造的涨价。这,大概和我们的社会主义市场经济不成熟,运作又欠规范有关罢。根据笔者的有限见闻,窃以为,不妨做如下的初步归纳:

一曰媚外型。所谓媚外,即拉大旗,作虎皮的假合资。

有那么一种聪明人,先通过不正当渠道贷得巨款,复通过不正当渠道拨汇境外,然后再借用洋人或者"二洋人"的名义"投资",于是,便用完全属于中国人的血本,经营起据说并非完全属于中国人的企业。结果,一沾洋味,价格飙升。这种情况,一般总要等到东窗事发,方能略见端倪,但,斯时也,老百姓已吃尽哑巴亏矣。

二曰欺内型。所谓欺内,就是搞"合法行骗"。

这是另一种聪明人的勾当。他们对提高产品本身质量的硬功夫,毫无兴趣,偏热衷于玩花样——变一个牌子涨一回价,换一种包装又涨一回价,仿佛单靠牌子和包装,就可以心安理得地海捞。只是他们忘了,教别人上当一时,不等于能自己得逞一世。最后,只好拆下一堆烂污,留给公众收拾。

三曰官商型。所谓官商,指的自然是权力参与的商业行为。

官商也是一种欺内,且是"通用牌"和"永久牌"的欺内;由于大家领教多年,纵有不满,也不过是私下嘀咕。一般说来,垄断,即意味着"全票通过"。拣最不起眼的举例,某饮品,始而"保洁",瓶装改袋装,顺便扣去十余克,价格不变,继而"防伪",改回瓶装,顺便再扣十余克,价格仍旧不变。价格不变分量变;"不变"当头,"涨"也就在其中了。

现在,该回过头去解释一下,何以这篇短文题目标作"美容涨价",却与美容无关?应该承认,这里玩了一点小小的狡狯。究其实,笔者不过是意在提请注意,人世间存在着一种涨价的美容术罢了。然则,话仅仅说到这儿,又是远远不够的。必须戳穿的是,施行这种美容术,效果并不美,因为它恰恰暴露了,某些同胞的文化心理倒是何等丑陋!

1997年5月20日　合肥

新 式 汉 奸

自日本帝国主义向中国开火之日始,就有贱骨头中国人为虎作伥,当汉奸。溥仪、汪精卫等,固属一流人物,而郑孝胥和周作人辈,以大师身份主动入彀中,又开了文化汉奸的先河。至于当年沦陷区各地的"维持会"长们,以及扛步枪的"皇协军"们、扛烟枪的"白面队"们,就更是下三烂,不值一提了。但,不论彼等上下之间如何等级悬殊,在"学得胡儿语"之后,于"却向城头骂汉人"这一点上,自是不分轩轾,绝然一致的。

长达十五年的血雨腥风,究竟刮得多少中国人头昏眼花,跌进了深渊? 从未有过正式统计。我知道的确切数字只有一个,即,伪军人数高达五百万。无疑,这五百万当中被胁迫者大有人在——也许,他们不好算是汉奸吧? 那么,该算的又是哪些? 总之,在这个问题上,令人再一次心如锥扎的是,中国人委实太健忘了! 而且,事竟有不能以"健忘"二字解释者,近几年,不断有人拐弯抹角替周作人翻案,早已不成为新闻了,而一本标榜爱国主义的热门书,居然也有大段替汉奸辩护的歪论,真是是可忍,孰不可忍!

或曰,有人当汉奸,是过去的事,如今和平时期,没有汉奸了。果真如此么? 上述那几类汉奸,也许是难以产生了,然则,会不会又出现汉奸的变种,即新式汉奸呢? 现实告诉我们:有的,而且抱成了团。欲知标准答案,请看内部版《半月谈》1997年第5期,或《报刊文摘》1997年5月8日总第1128期,关于日商如何绞杀宁波"韵声"股份有限公司始末的详细报道。原文过长,限于篇幅,此处就不照抄了。

作为中国人,我只有一句话要说:我们的有关法典,实应明确规定一条:任何奉外国老板之命,窃取本国经济情报,以换取津贴或"好处"的中国公民,除按商业间谍量刑论处外,理当加问一宗叛国罪。而这帮民族败类,正是本文标题所指的——"新式汉奸"。

1997 年 5 月 21 日　合肥

"口吐铅字"与"口吐真言"

读邵燕祥文章《"交换"小识》,学到了一个有趣的术语——"口吐铅字"。对此,邵文还专门做了注解,说:"口吐铅字"一语,是诗人郭小林创造的,概括了我们按报章言论等印刷品的词语规范发言的现象。而依我看,小注本身,寓谐于庄,固亦深得风人之旨也。

郭小林,系著名诗人郭小川公子,父子两代都是我的朋友。小林为人憨厚,平日貌似木讷,然则发而为声,辄谈言微中,既多所警策,复令人解颐。也许,有人要发感慨了:少府君何其不似乃父耶!对于这种议论,我是很难附和的。不错,担任全国作协秘书长多年,每日照本宣科犹且瞻前顾后的郭小川,如果不是被"四人帮"迫害致死,活到今天的话,是不是仍须"口吐铅字",不便妄测。然则,世上之人,到底是各有各的遭际阅历,器质识见,弟子固不必如其师,儿亦不必如其父;即以郭小川本人论,后期亦不必如前期也。否则,你当怎么解释,《向困难进军》和《团泊洼的秋天》同是一位作者,何以判若两人?

上面所说,看似题外闲篇,实是题中应有之义,遗漏不得的。

我猜想,这"口吐铅字"一说,怕是从"口吐真言"得来的灵感吧。旧小说中,每当千钧一发之际,必有高僧老道出来,凭着天生异禀,枯指所向,焦唇翕动,如此这般,故事便急转直下,英雄脱险,美人也得救了。只不过那时的所谓真言,一般都限定在六字、八字,顶多十字,不像后来有名的"九评"那样,洋洋万言也。这当然是社会发达程度大有差距之故。

提起"口吐真言",在近代,最堪叹者,当莫过于被老佛爷慈禧收买利用的义和团了。那些跟定"大师兄"念念有词的拳众,面对着帝国主义侵略者的坚船利炮,还真以为可以刀枪不入,水火无碍,逢凶化吉,遇难呈祥呢。这种情况,直到五十年前,赵树理笔下出现了三仙姑,事情才略有变化。想必大家记得,当三仙姑女士跳神捉鬼,闹腾正欢之际,居然不忘叨空私下吩咐女儿,快去照料灶台:"米烂了。"这说明,尽管大神附体,是依旧能不失凡人肚肠的。于是,发噱之余,人们倒也顿悟:夫"真言"者,"务虚"之营生耳,而"米烂了",倒事关温饱,不是闹着玩儿的。

毫无疑问,在中国历代的皇权社会中,"圣旨"才是货真价实的唯一"真言"。时至今日,想必"铅字"也取得同等权威了,故而有"口吐铅字"一说。写到这里,忽然记起,数年前,场面上流行一个奇怪的口头禅:盘子。这也盘子,那也盘子,到处盘子叮当响。此事颇令局外人纳闷,一打听,盖语出某领导人的某次讲话,不过就中顺嘴借用了"盘子"一词,打了个比方而已。我曾想,若非了解底蕴,怕会错认作是什么地方办了个高级厨师训练班吧。

至于眼下充耳可闻的套话,诸如"开创新局面"、"登上新台阶"、"抓住新机遇"、"迎接新挑战"等等,虽言必称新,却了无新意。试问,这般学舌之人,究竟发现了多少问题?提出了什么办法?对不起,原来竟都是些"不说白不说"。

而这,正是"口吐铅字"之三昧,那效果,估计当和骗人敛财的伪气功师相差无几吧。三千年"口吐真言",五十年"口吐铅字",已如蚕自缚,将偌大一个中国团团围定,怎么办?看来出路仍旧只有那一条——牢牢捉住实事求是这个线头,剥茧抽丝,理出头绪,禁绝"抄袭",上上下下激发起真正的创造力,这才是希望之所在。

1997 年 5 月 22 日　合肥

关于杂文

杂文姓杂。思虑(心)杂,感应(耳目)杂,技法(口舌)杂。

而更杂的是大千世界。

说"杂文就是骂人"者,本身就在骂人。或出于误解,或出于浅薄,或出于他自己就是杂文题材。

或有以"杂文"邀宠者,或有因邀宠不得而为"杂文"者——功利如斯,谈何杂文!

直至今天,鲁迅杂文依然通体焕发着理性与人格的光芒;请注意,这里说的是光芒,不是光辉,因为,有光如芒,辄令人不敢逼视也。

中国最大的特点是多忧。一百年来,多忧的现实锻造了杂文这一文体。在可以预见的未来,此种客观需要似仍难以自动消失。职是之故,先天下之忧而忧,便成了中国杂文的基本品质。中国杂文,正贵在常怀千岁忧,贵在敢为天下先。这,端的是杂文的骄傲和悲哀。

1997 年 5 月 27 日　合肥

愧 对 胡 适

乍一看,这题目就犯嫌疑,简直是"我的朋友胡适之"了。而人们随便一查就能查到,本文作者不过是 1927 年生人,大师胡适,却早在 1917 年就以《文学改良刍议》一文,名噪天下了;像这样不相干的前辈和晚辈,扯得上"愧对"不"愧对"吗!

请莫急,我说"愧对",自有我愧对的来由和道理,并不是攀龙附凤意在沾光的。

1949 年 3 月 13 日,我曾写过一篇题名《过河卒子行状》的文章(参见附录),发表在当时的香港《文汇报》上;由于所述种种,除所谓美国国籍一节,系采自流行说法外,皆有所本,因而稍见分量。偏好,又赶上有人倡议将胡适列入战犯名单,胡再度成了热点人物,拙文也就越发引人注目了。有人传话给我,说,元老级人物胡愈之先生私下里打听,这个公刘是谁?是不是什么老家伙的化名?后来得悉,原来不过是个二十郎当的毛头小伙子,一时令他颇为讶异;为了表示赞许,他将送一本著作给你,云云。果然,不几日,我便收到了胡老的长篇科幻小说《少年航空兵》,另外还有一封亲笔信。可惜,信和书,都在 1955 年的"肃反"审查中不知所终了。

解放后,胡愈之一度主持过国家新闻总署,属于所谓部级高干。而我却由于生性狷介,复兼世路险恶,从不指望任何由在野转为在朝的"左派"要人念旧,施以援手;对仅有一纸之识的胡老,就更谈不上附诸骥尾,夤缘而上了。只是到了最近,为了迎接香港回归,我才在一篇回忆文字中,涉及若干名字。

至于公开和胡老的这点浅缘,自然同样是头一回了。

这些话,看似跑题,实则切题,因为,"愧对胡适"的话头,正是打这儿扯出来的。

岁月风过耳,当年那个毛头小伙子亦垂垂老矣。据说,老人之所以讨嫌,多半是因了好忆旧。显然,如今我既爱翻来覆去地思忖往事,检讨得失,也就活该招骂了。不过,我又想,人固不能从头再活一遍,但,经验也罢,教训也罢,告诉后人,作为借鉴,总还是不无用场的吧。于是,在陆续读了不少有关胡适的书以后,我就萌发了一个心愿:遇有机会,一定得把议论胡适的事,仔细捋上一捋——对的坚持,错的修正,好歹也算对社会、对自己有个交代。

话须从"过河卒子"说起。

"偶有几茎白发,/心情微近中年,/做了过河卒子,/只能拼命向前。"胡适的这首六言体,晓畅如话,果然白话诗祖师爷身手。艺术方面,容无异议,问题在于政治。(公刘按,此诗本系赠陈光甫之作,写于1938年10月31日驻美大使任上。)斯时也,经过胡、陈二人协力奔走,华府刚宣布对华贷款二千五百万美元的决定,国内便传来武汉沦陷的坏消息;一喜一忧,被迫弃文从政的胡适不能不备受激发:爱国岂敢后人?"只能拼命向前"!倘或事情到此为止,倒也不坏。毛病出在1946年年底。蒋介石在占领张家口后,踌躇满志,单方面宣布召开"国民大会",筹备"立宪",邀胡适以党外人士身份参加。会间,胡以此诗再次赠给了香港"代表"、《天文台》杂志老板陈孝威。陈当即予以刊布。无疑,胡适即便再天真,事先也不可能不掂量后果,但他还是这样做了,足见其跟国民党走的决心已定。就这样,同一首诗,再度流传,其含义、其效果竟大相径庭。

香港是左翼大本营。这首诗之冒犯众怒,实势所必至,从此,"过河卒子"便声名狼藉了。两年过去,我再从棋盘上捡起它来端详,固然早已明日黄花,了无新意,然而,正如拙文开宗明义所说,这不过是借个由头,目的全在为他终于去了美国"送行"的。我认为,对胡而言,此番赴美太不光彩。须知,他是在或明或暗地帮助南京政权,怂恿诸多学者教授迁台未果之后,才做出这一决断的。这本身就够狼狈的了,更何况抛家舍业,凄凉远行!一代"文宗",狼狈下场?时欤?命欤?"咎由自取"欤?于是,有人跌足叫苦,有人中夜反侧,有人朗声阔笑。不待说,那时的我,年少气盛,自属于后一路。至于胡愈之先生,虽不像我一般片面,估计亦不免受主流思潮之影响吧。

1994年,北京某大报曾以"永久的悔"为题,向我约稿;我确也一度动心:何不据此写上一段应征?只是猛然记起了,20世纪50年代,"批胡"最积极、最猛烈的,正是这张报纸,如此说来,未必相宜,这才按捺住性子,不曾动笔。

当然,如果没有这类顾虑,我定会写出如下内容,力求客观公正,以赎前愆的:

一、在港期间,我由于参加了地下全国学联,从情感上就先验地决定了,凡涉及胡对学运的言论,必然巨细不漏,一一罗列,痛加批驳。但是,我却丢掉了一桩重要的历史事实,即,早在1915年,胡留学美国时,国内学界反对袁世凯屈从日本帝国主义签订"二十一条"的抗议运动风起云涌,海外学子热烈响应,胡的同窗好友们也纷纷卷入;唯独胡主张"镇静处之",并拒不到会,一时颇招物议。然而,另一方面,他又投书报刊,走访总统,大声疾呼,表现了一个中国人的爱国热忱。如此看来,应该说,胡对学运似一贯持有某种特殊观点,是不宜以"反动"二字轻轻了断的。当然,到了20世纪40年代,他又的确将这一原则问题同个人的政治倾向弄混淆了,两个胡适终于合二而一。这是必须说清楚的,我却偏偏不曾说清楚的。

二、"卒子"是怎么"过河"的?拙文诚然没有解答这一公案的义务,但客观上,我却给人造成了错觉,仿佛一开始,"卒子"就已经待在河那边了;其实,有些事,是值得联系起来考察的。不妨说,1946年底,他在"国民大会"上,从蒋介石手中接受"中华民国宪法草案"的表演,几乎就是1925年应废帝溥仪召见的翻版。这深深的一鞠躬,岂不也等于文明下跪?提起下跪,众词不一,有人说双膝,有的说单膝,而据胡本人介绍,则是设座相邀。我的那篇文章,目的本在臭胡,自然要拣最恶心的说了。再举一个情况类似的例子。早年孙中山在广东发动革命,其旨在推翻封建,固已尽人皆知;但胡偏支持陈炯明的联省自治,实质上是保留军阀割据。到了1945年,胡又重弹改良主义老调,竟致电毛泽东,劝其"放弃武力,准备为中国建立一个不靠武装的第二大党",真是荒唐得可爱!

三、胡适和鲁迅,都来自旧营垒,也都是反戈一击的勇者。但在对旧事物的解剖并与之决裂方面,胡远不如鲁深刻和彻底。对旧的政治,鲁充满了疑惧和厌憎,而胡口头上虽奢谈美式民主,内心却对中国的老一套常抱幻想;且他在国民党官场中的朋友,关键时刻,也往往会出来拖后腿。比如,在沈崇事件中,"这是法律问题"之类貌似正确实则暧昧的话,他确是说过的;但同时也表示过,"谁没有女儿?",愿以北大校长身份,去美军法庭做证。高层为之惊恐,外交部部长王世杰乃拍急电劝止,"未便如此"。不过,这一回,他到底还是去了,事实的全过程如上。可我却任意割裂取舍,做法是极不公道的。另,1948年初,"行宪国大"期间,又是这个王世杰,真真假假地向胡传达了蒋介石的旨意:请胡出任第一届总统;致使胡竟为之心猿意马:要不要"拿出勇气来"? 将中国传统知识分子的所有致命伤,来了个大展览。在这一点上,胡远不如傅斯年明智;傅,同样是自由主义者,却能一针见血地点破:"借重先生,全为大粪堆上插一朵花。"

四、关于学术掉价,历史表明,这个问题是个极其复杂的大问题,因为它不限于胡一人,也不限于国民党时期。当年我用那等轻慢口吻,试图证明胡的贬值,结果适得其反,徒然暴露了我自己的幼稚浮嚣和一厢情愿。不久后发生的一切,从"割尾巴"到"臭老九",灾难又岂止于经济领域!特别是"十年浩劫",一小部分历来以改造者自居的知识分子,一觉醒来竟也成了贱民,从人格到人命,遭遇之惨,便是"赆仪"由五千元直落至五百元的胡适,也无从想象吧。西谚有云:谁笑在最后,谁就笑得最好。看来,捡了现世报的倒是胡的死对头了。

五、至于最后一段，我就胡洪骍改名胡适一事，竟也大发议论，半是文字游戏，半是人身攻击，无聊至极，不足为训。

其实，写那篇文稿时，我就听说过，国民党对胡是并不放心的。1929年，他们对胡适就进行过"大批判"，出版过《评胡适反党义近著》一书，上海市党部还专门做过要求中央"严予惩办"的决议。然而，要是我将这些，和其他诸如提倡白话、改革教育、整理国故、奖掖新锐、鼓吹男女平权、坚持少说多做、主张独立思考、"但开风气不为师"等等都写进去，岂非成了替胡评功摆好了吗！老实说，那个时候，我既没有这份觉悟，也没有这份胆量。

至于胡后来长期备受台湾冷落，并屡屡被扣上红帽子，要他承担"丢失大陆"的罪责，但他依然不改要求民主自由之初衷，在"雷震案"中拒绝同国民党军方合作，这些，就一概是后话了。不过，历史老人到底还是跟人们开了个大玩笑，北京开展全面肃清胡适流毒之日，也正是胡重受蒋青睐之时——担纲"台湾中央研究院"，直至1962年猝死于任所，结束其毁誉参半的一生。

平心而论，胡适是个不合时宜的书生，别人左右逢源，他却两面不讨好。奇怪的是，尽管他政治保守，俨然老成持重的样子，但却经常说错话、做错事，这方面的例子也不在少。如，著名的"全盘西化"，他虽发觉不妥，急忙改为"充分世界化"，但也无济于事，只好一辈子当活靶子了。又如，由于害怕生灵涂炭，便对日本人说，你们应该征服中国民族的心，因而落得个汉奸的骂名，他竟也不加辩解；直到汪精卫准备投敌，他才在一封私人电报中现身说法："适六年中不主战，公所深知。今日反对和议，是为国家百年设想，乞公垂察。"表面看去，自相矛盾，殊不知，这才正是胡适本色。

还有，我们过去囿于成见，往往对胡的生平细节不加注意甚或有意忽略，如今似乎也该予以正视了。胡颂平编撰的《胡适之先生晚年谈话录》，类似佛门弟子的传灯文字，其中提供的若干资料，当属可信。比如，那宽以待人、严于律己的精神，简直给人以汉儒穿了西服的印象；那大而化之，不藏心机的作风，又胜似天真孩童。他的次子胡思杜，自愿稽留大陆，胡亦未加阻拦。

1957年胡思杜被错划"右派",旋死于非命,似此丧子之恸,胡竟隐忍克制,当非一般人所能办到的吧。还有,时下风行的"实事求是",渊源固始自《汉书》,但近百年间率先强调它的却是胡适。此外,"党八股"一词,一般也多以为延安整风首创,岂知发明者又是胡适,而且指的正是自20年代始,国民党实行一党专政后的弊端之一。另,不可不提到一笔的是,胡死后清点遗物,除大量书、稿以及一百五十三美元外,竟别无长物!

综上所述,我是不是又由一个极端跳向另一个极端,陷入新的片面性,美化胡适了?否!我认为,胡作为中国资产阶级思想界首选人物,贡献大、影响深,是值得尊崇的。然而,他却绝不可能像鲁迅那样,赢得我的由衷敬爱。不错,鲁也是人,不是神,不可能没有人的局限和弱点。因此,这种敬爱也不应是盲目的,盲目了,就容易被利用。但,凡事都怕比较,胡活得太累,内心苦不堪言,而鲁却敢哭敢笑敢怒敢骂,敢于冲决"无物之阵",清醒从容,且不惜掏自己的肝脏哺养青年。此外,胡讲究绅士风度,终其生也从未对任何人(包括鲁迅)恶语相向,这和陈源、梁实秋辈博士帽里的明枪暗箭,的确天差地隔。然而,于心灵深处,胡又是界限分明的,因此才会在致苏雪林函中,毫不掩饰地将鲁定性为"敌党"。这一点不可不察。再者,胡尝在1955年自我表白:"我在这三十年中,从没有发表过一篇批评或批判马克思主义的文章,这是全国人民都知道的。"云云。此话不可信。因为,行动比文字更有力。尽管他同陈独秀、李大钊私交不薄,但对马克思主义从不以为然到不屑一辩,也是铁的事实。

最后,我还有一点疑惑,不吐不快。这就是,胡于1957年6月4日在美国预留的遗嘱,竟然用的是英文。身为中国文化巨匠,何以偏用外语告别?令人难以琢磨,殊为憾憾!

1997年6月14日　合肥

[附录]

过河卒子行状

人权王道两翻新,为感君恩奏圣明。
虐政何妨援律例,杀人如草不闻声。

——鲁迅

君子不居危邦

"君子不居危邦",胡适决定4月6日搭克利夫兰号轮溜了,目的地呢?自然是美国。

这一次,他那有备无患的美国国籍总算派上用场了,从此他将不回中国来了;思君思君,乃为之传。

膝盖是生来做什么的?

不记得是哪个朝代,有一位奴才渣滓的儿子或旁的晚辈问奴才渣滓说:"膝盖是生来做什么的?"奴才渣滓答道:"这都不懂么?膝盖是生来下跪的!"

胡适,是读过一点古书的人,而况又是一向自命为杜威高足的实验主义者,照理他应该知道这段史话,而且应该是"一点一滴研究"过的吧。

然而,研究的结果是(他也的确付诸"实验"了),在1925年晋见废帝溥仪时,口中"皇上皇上"的念念有词,同时也就不禁双膝之扑通跪下了。

从五千元到五百元

有一次,胡适对访问他的记者发牢骚,慨叹这年头学问不抵钱。他说:"唉,这年头学问又算什么?"

他的学问是怎样不抵钱起来的呢?也就是说,他的学问是怎样贬值的呢?

答曰:从五千元到五百元。

那是在战前,他应大军阀何键之约,到湖南"讲学",一讲就是五千元亮堂堂的现大洋,名之曰"赆仪"。到了战后,1948年10月4日在汉口(这回是湖北)"讲学","省政府"又"赠金"一千金元,合官价银元五百元。从五千元到五百元,恰好打了个一折。

自由及自由主义

"所谓自由,……就是西洋人(请注意,并非中国人!)所指的'解放'。"

"中国……远在两千五百年前,老子就开辟了自由主义。"

"你是新闻记者,当然知道啰,你们有采访的自由,可是我也有不被采访的自由。"

"自由主义……与没有获得真正民主就侈谈民主的、挂羊头卖狗肉的新民主主义迥然不同。"

"国民党给我一种自由,那就是不说话的自由。"

"我从没有在任何地方公开(注意!)讲过什么主义,也从不研究什么主义,今天为什么要破例讲主义?尤其是自由主义?(既然'尤其',可见就还有三民主义、法西斯主义及美国主义,等等。)实因有其时代需要。"

上面所引,都是胡适的话,有案可查。然而,有谁懂他的话么?有的,罗兰夫人(1754—1793)早就说过了："自由,自由,多少罪恶假汝之名以行!"

嘉言钞

他在段祺瑞执政府时代,做了善后议员;善后会议是反孙中山的,所以他说："知难行亦不易。"

他在十年内战,依"正统"的说法,就是"剿匪"时期说："每一个政府都有它的清除反侧的权利。"

他在"国民大会"闹得像淘粪缸一样臭的时候说："一千多人的会能开成这个样子,已经算是很好的了。"

他在"戡乱"期间一再强调："和比战难。"

他在学生运动蓬勃兴起时说："理未易明,善未易察。"接着,又劝青年"做梦"。

他在沈崇事件时说："这是法律问题。"

他在特刑庭成立前后说："学校并非租界。"

他在1948年5月4日说："五四不是政治运动。"

他在1948年×月×日说："一个国家中,怕老婆的故事多,则容易民主。"

他在经济沙皇蒋经国实行民死主义,上海发生抢购风潮时说："抢购风气多半是心理作用。"

优胜纪略

时间:1946年11月28日

地点:南京"国民大会"堂

情节ःः"……此时,蒋主席即以国民政府主席的身份登台,全场起立鼓掌致敬。主席御特级上将制服,佩青天白日勋章,徐坐于大会主席之左侧,旋手捧红绸精装之《中华民国宪法草案》一册,绕至主席台前,一鞠躬后,将宪章郑重提交大会主席胡适,胡氏亦一鞠躬敬谨接受……"

这,将永远是胡适的"想当年"。

胡适·适胡

胡适,原名洪骍,号钱儿;胡适这个名字,是在考入清华时改的。据一位做过他学生的人说:这是"我到那里去"的意思。

"我到那里去",这个"那里",本来是指清华的;但是,似乎他改名不久,就开始用言行在自己的名字后面加了一个"?"了。

于是乎,变成了"胡适?"翻成白话,就是:"我到哪里去呢?"

而一般论者,"心善的"就常常这样慨叹;"心恶的"也就不免常常这样嘲讽了。

其实,他真的会不知所适么? 不会的! 谁都知道,远在十多年前,他就向日本人上过条陈,认为:"日本只有一个方法可以征服中国,即悬崖勒马,彻底停止侵略中国,反过来征服中国民族的心。"可惜,当时日本帝国主义竟未依照他的献策行事。

后来,他又找到了另一个主子,这就是美国帝国主义。美帝也确乎比日帝好些,至少还给他事先准备了一个国籍在那儿呀!

是以胡适适胡,胡者,外国主子之谓也。这样,谁还能说取名字仅仅是选择一个符号而已,没有更大的意义呢?!

1949 年 3 月 13 日傍晚　香港

关于洗钱：一堆愚蠢的问题

余生也鲁，尽管早在1948年就去过香港，但直到二十年前，我才初次听说了这个古怪的说辞："洗钱"，其"落后"程度，几乎和一般所谓"没见过世面"者差不多矣。

况且，我的第一次反应也同样是"钱怎么能洗？"、"干吗要洗？"，诸如此类，全是些不开窍的蠢话。

国门洞开，"洗钱"进来。原来，以世界之大，别人早已在家里玩腻了。那么，依此观之，"洗钱"，岂不成了时代潮流的象征？答曰：大错特错！因为，即便在资本主义国家，"洗钱"也是黑道犯罪活动，属于必须严加打击之列，何况中国实行社会主义乎！

但，事实上中国偏有人大"洗"其钱。特别教人头疼的是，凡有资格"洗钱"者，又皆非等闲之辈。

于是，"洗钱"便成了一个困扰当局的难醒的噩梦。

戳穿了说吧，近年来，闹得十分邪乎的所谓国有资产流失问题，从本质上看，就是有人盗取国有资产，经过"洗钱"，转手化为私有的问题。比如，大腐败分子、首钢"卣内"周北方，就曾用吐出三十多个亿的外逃资金线索，换来一个死缓的裁决。不过，好歹对周尚有死缓一说，而有谁知道，那正待审判和尚未缉拿的又到底还有多少？！

据今年5月14日《中国经济时报》专文："改革开放以来，……中国资本外逃在六百五十亿至八百五十亿美元，近年资本外逃仍保持每年近一百亿美元的规模。"该文分析了资本外逃的恶果:一是加剧了资金短缺的矛盾;二是加剧了国际收支的困难,影响我国加入世贸组织;三是不利于加强民族经济的地位。……四是什么?是不是涣散了凝聚力?作者没往下说。

另外,英国金融分析家沃尔的研究报告认为,中国的国有资金外逃之所以如此猖獗,其原因是"到1994年,近一万家中国公司已在世界一百二十个国家建立起来。资本外逃的手段包括开低价和高价发票,向国外合伙人付'佣金',资产互换和现金的实际流动"。又说,"中国非法的资本……是香港等地的重要资金来源。中国企业和个人在香港投入三百亿至四百亿美元的资本"。据此,合乎逻辑的结论之一便是,一切的"假合资",必然也是变相的资本外逃。

无疑,对平头百姓而言,"洗钱"的学问太高深了,纵然引用再多的资料,也无法传递具体的感性知识。当然,"洗钱"的爷们儿是绝不会自动透露其操作细节的。一方面是渴望了解;一方面却无从了解,令人苦恼。带着这一苦恼,我在1996年第5期《收获》上,偶然发现了一部内容涉及"洗钱"的长篇小说:《公司衍生物》,作者钟道新。小说的主人公之一李寒,典型的高干子弟,而且正是那种什么都不缺,就缺天良的主儿。我们且来听听他的内心独白吧:"钱好弄,可弄了之后要消除后遗症,也就是把钱'洗'干净,却需要一些技巧和渠道。""技巧可以学习,关键是渠道的建立要费一番工夫。""就'洗钱'的渠道而言,香港是最好的地方,在那里没有银行管制,所以银行的保密相当有效——就是在素有'保密天堂'之称的瑞士,银行也要向他们的中央银行,也就是国民银行汇报——更何况,在香港还有无数个由血缘关系组成的家族集团,这些集团由金店、贸易公司、外汇事务所等构成。在那里,钱的来龙去脉几乎是无法追查的。""尤其现在的银行已经高度国际化、复杂化。货币以电子的形式,在各大洲之间往来。一笔钱进了这样的'迷宫'中,就像脏衣服进了洗衣机一样,出来的时候就已经是'干干净净'的了。"够了,这,就是"洗钱"的ABC。

也许，人们要问，如今香港回归祖国，那帮有权有势的坏种，这下该玩不转了吧？但我可没有这么乐观。因为，即便如此，他们还是有去处的——东南亚某国，不是已经开辟出较之瑞士还更为优越的硬件和软件了么？

事急矣，再也不能眼瞅着社会主义的内瓤被害虫们蛀尽，徒剩一具空壳了；决定性的一着当是：壮士断腕，操刀一割！

且拭目以待。

1997 年 6 月 15 日　合肥

巧取豪夺大百科

中国有句成语:巧取豪夺。它说明,存在着一种古已有之的非法占有方式,其最大特点,大概是运作上的互补性。然而,我又怀疑,古时候的巧和豪,恐怕未必能达到当今这等规模、这等水平。因为,摩登老爷们的智商委实太高了,胆气委实太壮了。

这自然指的是假公济私、损公肥私、借公营私,直到最后彻底化公为私的全过程。在中国,我以为,这一过程,已经完全足以编纂一部大百科全书了,书名不妨就叫作:《巧取豪夺大百科》。

怀着淘气的儿童趣味,同时又混合着成人的惆怅和忧伤、愤怒和无奈,我试着收集和保存过这方面的若干资料;窃想,我倒要看一看,还能玩出些什么花样来!由于我自订的和受赠的报纸不下十余种,就中还有属于文摘性质的,浏览一过,信息量也就不小了。但,很快我就发觉,攒不胜攒,徒然淘神而已,乃痛下决心全部烧掉,并动手写此短文,以代祭飨。为了节约篇幅,事情发生的时间、地点,以及见报日期,一概从略;也无所谓编辑体例之类,抄到哪儿算哪儿,疏懒之处,尚望看官恕罪则个。

下面便是正文。

一曰食。仅1994年一年,全国消耗在酒席桌上的公款,就相当于一百二十亿至一百四十亿美元。某地区,国家级贫困县占所辖过半,但在1993年,可查实的公款吃喝数即达二亿三千万元,而该地区当年的财政入库不过三亿九千万元。小小一山村,村干部同样挥霍无度,三年吃掉十七万,村民人均负担一百四十九元九角。因喝酒过量而"牺牲"的事,各地均时有所闻。二曰色。公款(甚至包租总统套间)嫖娼,曝光者几乎囊括了从乡到省的各级干部。至于名单,暂不开列也罢。值得一提的是,其中竟有人要告记者反坐。三曰玩。公费旅游,从游览名山大川,发展到出国观光。江南某市某部以考察农业为名,组团赴新加坡、泰国、中国香港、中国澳门等国家和地区,一百二十人人均耗资二万二千元。一个县级市,全市的歌厅舞厅夜总会,每日净收入的二十五万元中,公款开支占了二十三万。四曰车。1993年,公款购买小汽车,耗资高达一百四十五亿元,可兴建十二个长春第一汽车制造厂。某县收入水平中下,亦拥有小车四百台,不计购置和折旧费用,仅以油料、维修、养路、保险等项核算,每台每年开支二万元,全县即需八百万,占财政收入的三分之一。五曰财。公款私存,据河北省所辖专业银行调查,截至1994年10月底,公款私存部分竟占了总存款额的百分之十。一个仅有四人的人事处,可查实的公款私存数也多达二百四十万元。企业直接使用现金进货的现象普遍增加,因为较之转账结算,有百分之五的价格优惠归己。六曰利。这方面的名堂就太多了,小焉者如公款钓鱼,公款点歌,公款学驾驶,公款配备大哥大,公款送花圈,公款送贺礼,公款搬家,公款集团采购而摸奖归己,大一点的如公款度假,公款长期租用宾馆,公款购置高尔夫俱乐部会员证,公款装修,公款收买选票,公款行贿,公款炒股,公款替个人纳税,公款为自己办保险,甚至还有荒唐绝伦的公款买离婚,公款交党费!

尽管中央三令五申,加强反腐力度,也严肃处理了若干违法违纪事件;但总的说来,情况未见收敛,反有所发展,这也是有大量媒体做证的。难道,真的是应了"道高一尺,魔高一丈"的老话了么?

按古文字学诠释,"私"字最初写作"厶",添上一个"八",才变为"公";八者背也,盖指公私相背也。面对今日如许光怪陆离的丑恶现象,恐怕也只好自我解嘲了吧:我乃想起,眼下不是到处都在抢"八"么?因为"八"字已有新解,八者发也。那么,抢吧抢吧,待到"公"字上面的"八"都被抢得一干二净,自然也就意味着"发"得一塌糊涂了。于是,公和私,到头来也就不相背了——"公"嘛,都统一到"私"里去了呀。善哉善哉,阿弥陀佛。

1997年6月17日　合肥

且 慢 经 典

关于经典,我早就颇有感触,想发点儿议论,可一时又找不到合适的突破口。前几天,北京大学出版社突然给我邮来了一纸汇单,倒成了促使我匆匆下笔的动力。因为"附言"上通知,该社新近面市的《百年中国文学经典》(正是经典!)收了我的几首小诗,这是稿酬。但在我,一桩高兴事,竟变成了像是误闯别人的喜宴,浑身不自在。心想,就凭那,能算"经典"?也许,有人会认为,这家伙捡了便宜卖乖。然而,请耐心往下读,你就不难明白,这确非矫情了。

何谓经典?按权威的解释,一般多指儒家典籍和佛教经册,要不,便是那种被一定阶级奉为圭臬的领袖著述;至于文学作品,当然须是典范之作,赶巧,眼下碰上了个好例子——根据曹禺同名话剧改编的电视剧《雷雨》,在北京引起了热烈争论,争论的中心话题正是:应该如何对待"经典"?我且试着归纳一下,似乎是,一方认定,商业化就是亵渎;一方则说,经典须重加诠释,方能跟上时代。无疑,两论相去甚远,磨合也难;不过,在确认《雷雨》为经典这个中心环节上,彼此倒并无歧见。因之,依我看,还是存异求同吧,大可不必一决长短了。试想,在《哈姆雷特》都披上了各色新潮包装的今天,莎士比亚不遑自顾,他又怎能帮中国同行的忙呢!

记得某些报刊一度爆炒过一个新名词:红色经典,起初我还不明就里,后来才弄清楚,化名的"样板戏"(还硬拉上了《长征组歌》)而已!"样板戏"能成为经典么?大概江青当年是做过这个梦的。无奈,生活本身却坚决否定了它。而在所谓的红色经典中,把让杨白劳"一扁担!两扁担!三扁担!"痛打阶级敌人的芭蕾舞剧《白毛女》,偷换符合历史真实、艺术规律和中国国情,对革命做过巨大贡献的歌剧《白毛女》。对此,我是特别愤慨的,不知原作者贺敬之同志等做何感想?

然而,经典毕竟是经典,经典是不能"克隆"的。古的、洋的且不说,单说现代中国,比如鲁迅的《阿Q正传》,以及他的许许多多杂文名篇,又比如巴金的《家》、老舍的《骆驼祥子》,难道是任何人都能企及的么?不,这是些活在口碑上的精灵;而口碑与石碑的根本区别正在于,再硬的石碑也可以被毁弃,被销蚀,口碑却永垂不朽。

对照时下猛刮不止的文集风,有的人什么都敢往里收,堪称自我感觉良好。可是,试问,究竟有多少能经得起岁月淘洗?这话肯定要得罪不少朋友,有的怕还不免要背过脸去嗤笑:好一颗酸葡萄!然而,事实上,酸也罢,甜也罢,我本来也是有机会尝上一尝的。因为,说到底,有人公开表示过愿意资助。不过,我终于战胜了诱惑,不出!因为不够格。

经典是圣殿,圣殿是没有后门的。据行家说,如今售价两万元一套的香奈儿、圣罗兰等名牌,争取到"经典服装"的声誉,也很是经过了一番苦斗和考验的。有价可标的物质产品尚且如此,何况无价的精神产品乎,所以我要说,且慢经典。

1997年7月11日 合肥

拟阿地力四问

年仅二十六岁的新疆杂技团演员、"达瓦及"（高空走绳）传人阿地力，今年 6 月 22 日在四川奉节，以 13 分 48 秒的惊人成绩，踩着钢丝横跨长江夔门天险，大大刷新了 1995 年 10 月 25 日由美籍加拿大人科克伦创造的 53 分 10 秒的吉尼斯世界纪录。新华社为此特别播发了一条消息，一反我国新闻报道的常规，不加评论，只不过将这两位高手的种种客观条件，画了一份表格，简洁明了，真可谓"不着一字，尽得风流"。我认为，这篇文稿本身，就值得颁大奖，理由只有一个，即，大长了中国各族人民的志气。

然而，当我再参阅了某些背景材料之后，又顿感秽气郁结，肝区胀痛，必欲一吐方快了；乃以笔墨将彼稍稍化解，作"拟阿地力四问"，诚望读者诸君，幸勿视同"戏说"焉。

问一：新疆杂技团刚和地方当局进行磋商，便传来了所谓"科克伦经纪人"的"三点意见"，扬言，弄不好将会"影响科克伦声誉"，引发"涉外官司"，并造成"违约"的恶果云云——先生想干什么？

参考答案："假洋鬼子"又来了。

问二：我国的若干名牌企业，在收到筹备处的劝募函时，或无动于衷，或妄言"炒不热"，表示不屑，以致此番壮举的全部活动经费，区区四十万元，竟一多半是来自学生、市民、个体户以及事业单位的捐助——老板图个什么？

参考答案：由"星"担纲，骚情歌曲外加扭胯表演，你阿地力且跑腿罢，一炒难热。

问三:曾替科克伦架设新钢缆的某房地产公司,居然狮子大开口,向阿地力索取一百二十一点六四万元的"维修费"(有传媒说,码洋直逼科氏购价,存疑),阿付不起,只得由杂技团团长米吉提率全体演职员自己动手,精打细算干下来,总共才花三万元——谁在当中搞鬼?

参考答案:不捞白不捞,要捞就大捞。

问四:科克伦提前一个多月到达,携二千万元巨款,配备私人营养师,乘直升机,穿超薄型鞋,斜拉索七十二卡,稳定;阿地力十天前赶到,基本步行前往现场,平日每餐至多一个菜,着牛筋底靴,斜拉索三十二卡,摇晃,却一个表情神秘,一个步态轻松——漏了什么没比?

参考答案:不可比。

回到那篇新华社通讯,记者曾在导语中宕开一笔,写道:"若将他俩……做一番对比,会发现许多有趣的现象。""有趣"二字着实有趣,许是幽默罢?无奈笑不出来……

1997年7月12日　合肥

"敬惜字纸"

先抄书:"昔者仓颉作书,而天雨粟,鬼夜哭。"(《淮南子·本经训》)不抄书不能破题。因为这句话说明了,中国自古便兴汉字拜物教,所"敬"者"字",非"纸"也。

笔者幼时生活在内地,虽说当时距五四运动已有一些年头,而且应名那还是座省城,但依旧欠开化,不过,因祸得福,却也见识了某些如今业已绝迹的古董。其一是,常有一拨身着长可及膝的黄马甲者,手持竹夹,肩背竹篓,每日穿街走巷,见了字纸便拾,那性质颇像当今的环卫工人;所不同者,是黄马甲上一概印有深蓝色的正楷大字,前面是"敬惜字纸",后面是"同善堂",每个字又都被由"卍"字图案组成的大圆圈箍住,俨然符箓;听大人说,同善堂是本地的慈善团体,全靠商家和有钱人维持。不过,待见闻稍广,又了解到,原来类似的机构各地都有,却又并非全国性的统一组织,实在相当奇怪。至于拾来的字纸,则必须拿去寺庙、庵堂和道观焚化,这,显然也暗示了关乎神道的意味。而我个人的经历,很快便证实了此言不虚——抗战爆发,一所免费的国立中学录取了我,由于建校伊始,没有校舍,暂借古庙栖身;我乃有幸看到,在大雄宝殿与放生池之间,除了善男信女们上香供烛的大鼎,还并列着一座明晃晃的铜炉,铸有四个瘦金体阳文:敬、惜、字、纸。接着我又发现,原来,外出化缘的和尚,也要捎带着干同善堂的活儿;屡屡目睹他们归来后焚化字纸的场面,那流动于眉眼间的虔诚与敬畏,是绝不亚于求神拜佛者的。

我父亲毕业于一所新式学堂——江西九江的同文书院,懂英文;那时不像现在,懂英文的人极稀罕,因之备受邻里尊敬,但他本人并不洋化,反而相当保守:凡是印字的东西,必以神圣视之。如此,作为他的子女,就得多加小心了,偶一不慎,坐在了什么书上(更莫提撕了书页折风车了),那就趁早硬起脑壳等着"吃爆栗子"吧。其时,站在一旁的母亲,尽管心疼,却也还是要搭帮腔的:"看你胆子大!就不怕当'睁眼瞎'!"所谓睁眼瞎,无非是老天爷的惩罚手段,"敬惜字纸"的衍生物,这在当时,都是宁可信其有,不可信其无的东西。

再大几岁,涉猎宋人笔记小说,从中又捡了些无稽之谈,例如:沂国公的老子王某,因为一辈子敬惜字纸,且必得拾掇整齐,拂拭干净,然后或投诸清流,或焚烧掩埋,以至感动了圣人,托梦相告,说,已命弟子曾参前来投胎,日后当连中三元,官封沂国公,云云。显然,这是劝喻世人,善待字纸,必有善报,虽然手法依旧是笨拙的老一套。

由字纸及于字,又由字及于识字人,映衬出中国老百姓的善良禀性和朴素理念,它和后来鼓吹的"书读得越多越蠢"、"知识越多越反动"、"白卷英雄"等等,判若两个世界。如此骇人的颠倒,究竟是打哪儿开的头?想起来总不免纳闷儿。每逢这种时候,数十年间的个人遭际,便会油然浮上心头。比如,20世纪70年代,我劳动改造的那个山村,竟发生过这等莫名悲剧:一位懵懂老农,顺手扯过半张报纸,将队上分的二两死牲口肉包带回家,不幸被人发觉,分肉现场立即变成了批斗现场,老农也立即变成了"现行反革命",根据是,报纸上有"红太阳"。又比如,我曾被指定,必须参加中央学习班山西班的"清队"运动,当中发生的许多事都无须提了;单说一天夜半,哨音召唤大家紧急集合,原以为准又是传达"最新最高指示",岂料,指导员劈头盖脸大吼:发现敌情!有人用报纸当手纸,罪不容赦!他勒令人人过关,既要自行交代,又要相互揭发,如此这般折腾到天亮,才暂告休兵。这哪是字纸崇拜呀,分明是字纸恐怖嘛。可见,面对个人迷信,汉字迷信早已沦为小儿科了。

今天,尽管人们已不再做这类噩梦了,代之而起的却又是叮当作响的金圆图腾。市场上广告如菌,可吃的和有毒的,纠结一片,寿命虽短,却轮番破土,以致各色招贴随处可见。上街,有人往你怀里塞;在家,有人往你门上插,拾不胜拾。倘遇商场开张或发售彩票,那就看吧,非打个纸弹乱飞,天昏地暗,誓不收场。

　　据自封为改革开放捍卫者的大作家划分,我属于落伍一族。说来也是,因为大凡赶上这种场合,我是确有腹诽的:传统观念就一定全不好?现代意识就一定全都好?拿"敬惜字纸"这个古老民俗来说吧,无可辩驳,倘或至今竟还有谁认定它应大力"弘扬",那诚然是以愚昧维护愚昧,活该挨批;但,我们是否有必要反思:教育如何?宣传如何?难道不正是一直满足于"保持清洁"的浅表层次,而缺少森林关怀自然关怀人文关怀的深刻忧虑么?于是,大家便漫不经心地从字纸上踏过来,踏过去,且谈笑风生,面对一个个朋友一棵棵树木被肢解的尸体,却无动于衷,从不认为必须止步低头,默哀"敬惜"!

1997 年 7 月 15 日　合肥

有感于"右派出汉奸"

写罢这个题目,马上自觉欠妥,盖有以一概全之嫌也。然则,其来有自,不便擅改,乃以意会之法,稍加赘释,曰:你们瞧,有些个戴过右派帽子的家伙,如今都变成什么东西啦!

这可是一句满腔义愤的活。也许早就有人说过了,但在我,于1990年春才得以初闻,直是颇感突兀。所幸我省悟及时,转念一想,为其突兀,方能收振聋发聩之效,便又不免肃然了,并因之进而喃喃自语:说不定,"右派出××",还能形成一个"公式"哩。

闲言少叙,先将"右派出汉奸"的出处交割清楚。

1990午春,因开创现代山水诗而声誉鹊起的诗人孔孚先生,写信通知我:值此阳春烟景,山东方面拟假杏坛圣地,专门为其召开一次大型学术时论会,"敬请光临"云云。按说,此事不过普通笔会活动,实在是无须踌躇的。不巧的是,恰逢我当时正处于杜门避祸的状态中,不得不多所游移;尽管,考虑到盛情难却,最后还是打点行装上路了。

不料,临到开幕,竟有设宴洗尘之举。籍籍如我者,居然也忝列首席。但见大厅之中,近二百人互致寒暄,气氛热烈而融洽。我所在的一桌,亦处于彼此礼让之中,未能坐定;只见一位女士(很抱歉,虽然孔孚兄做过介绍,知道是位专家,却不曾记牢她的大名),神情激动地与其邻座——真正的贵宾,当时的部门高级领导人,也是我素所敬重的诗人——攀谈:太荣幸了,没想到能和您同席!不瞒您说,三十多年前,尽管我被打成了右派,但凡见到您的大作,还总是要认真学习,仔细做笔记的。说者无意,这番肺腑之言,倒教旁听的我暗自心惊了:怎么啦?一桌十人,就有三个"老右"(孔孚虽属圣人后裔,1957年竟也罹网,堪称"有教无类"原则的新体现)!出乎意外的是,对此,受话人并未正面作答,倒是发了通感慨,说:右派和右派不一样,虽说绝大多数都已经"改正"了;但是,"改正"了不等于改造好了。你们看,那个跑到美国去了的刘××,就是一个反面典型。这两年,他都发表了一些什么汉奸言论!足见,右派出汉奸,也是客观事实。……

一言既出,满座皆惊。女专家固然张口结舌,无言以对,就连本次会议的研讨对象孔孚先生,以及同样荷恩"改正"了的鄙人,也因自觉涉嫌而尴尬万分了。

"右派出汉奸",倒也言简意赅。

但我终不免嘀咕,就算那刘××是周作人第二,也总得经过一定的法律程序(哪怕是缺席审判),不能任由谁说了算罢。诚然,这也只是到了今日,我才敢麻着胆子,白纸黑字写将出来;而在当时,我其实不过寒蝉一只。

然则,十年不到,如今的现实生活,却又不仅止于:"右派出汉奸"了!

手头恰好有一货真价实的别例:"右派出腐败分子"。

据1997年第二期的《北京政协》杂志,在《反腐败斗争的艰难:权力性对抗》(作者邵道生)一文中,有如下一段揭露:"被称为安徽第一案的蚌埠卷烟厂厂长兼党委书记李邦福,收受贿赂185.7万元,不明来源100余万元,玩忽职守,损失人民币2322万元,实属罪大恶极,不杀不足以平民愤的腐败分子。然而……"下文列举了一连串骇人听闻的事件:包括围攻、拦车、抢枪、打人、砍人,以及因消息泄漏而四次转移关押地点等等,结语说,本案之所以"不能有效地落实破案的指示精神",是因为"围绕着权力腐败者的周围,已经形成了某种'利益共同体'"——好一个"利益共同体"!人们尤其不敢相信的是,这个有人愿与之结成"利益共同体"的李邦福,竟是个所谓有"前科"的"右派"!

因之,根据上引文字,合乎逻辑的推论便是,这个前"右派"和某些现当权者,实际上已然成为一丘之貉。应该说明的是,这里涉及的某些当权人士,其权力固然似与前"左派"具有某种传承关系,但其品质却与之大相径庭。他们非但早已对"右派"恨不起来,因而不愿新账老账一齐算,抑且甘当大红伞,大有无分左右,休戚与共的决心矣——由此足证,世上之事,实在全都处于流变不居之中,用老眼光看新问题,是没法子对上铆铆的。

然而,人们毕竟又不免翘首期盼。

如此这般,直到1997年9月12日,安徽省高级人民法院才做出裁决,判处李邦福死刑,剥夺政治权利终身,没收其非法所得,并申言,如被告不再申诉,公诉机关也不抗诉,将在呈报最高人民法院复核后执行。人们注意到,这桩旷日持久的官司,是在陈希同丑闻基本定性后,始见分晓的。

但由此却诱发了我的逆向思维。窃以为,偌大一个右派群体,本是因缘际会的历史——政治怪胎,况复经历了波诡云谲的岁月淘洗,具体到某一"分子"个人,其变"好",变"坏",实无足论。而所谓的好与所谓的坏,又常因时因地因人因事因视角迭换而大异其趣,从而似乎也只能相对而言了。然则,无论如何,总不至于都是些"汉奸"和"腐败分子"罢。一句话,我很想找出几个"好""右派"来,或能有助于实现我的内心平衡。

经过努力,到底让我找见了若干并非"反面典型"的正面典型,即所谓改正了就意味着改造好了的范例了,比如——

右派出孝子。

中国的封建统治者,自来标榜"以孝治天下",至于统治者本人,究竟有几个真"孝",不必细考,盖其本意固非志在躬行,而在令小民"移孝作忠"也。不过,时代都进展到20世纪晚期了,居然仍有精习此道者,不翻黄历就倡言"娘打儿子论",揣其意,或欲在继郭巨埋儿、老莱娱亲等等之后,再新绘一幅绣像第二十五罢。

右派出圣徒。

圣徒者,传谕布道专业户是也。不知何故,20世纪80年代初,这类人特别活跃;他们到处现身说法,传经送宝,苦口婆心,力戒青年一代,拒腐防变,虽屡遭流言非议,其功勋之卓著,也是足与孝子比肩,理当载入史册的。

乃至晚近,后继有人,右派复又爆出幽默大师焉。虽然,望之稍具"消解"性质,似与前二者来路相反,但,人们当不至淡忘了"相反相成"这一古训罢。

1996年6月×日英国BBC电台播放了一段采访录音,受访者系中国某著名作家,问:今年是中国"文化大革命"爆发的30周年和结束的20周年,您对此有何感想?答:我希望中国今后不要再出现那种不愉快事件。问:您认为当前中国文学面临的最大问题是什么?答:我认为,当前中国严肃文学面临的最严肃问题是轻松。(公刘按,着重点是我加的)

尝有与闻焉,约翰牛素以言谈幽默,享誉全球,殊不料,这回受访的中国著名作家,简直气冲牛斗,"喧宾夺主"了。

不过,话又得说回来,似这等为国争光的孝子、圣徒、幽默大师,毕竟稀罕,而汉奸、腐败分子也并非比比皆是。因之,如果套用那句"两头小,中间大"的老话,说一声,如今尚苟活于世的改正"右派"们,大抵都是些既不配当孝子,又不愿当汉奸者,怕是错不了的。那么,对这些人又该如何呢?我想,值此较为宽松的大背景下,还是不妨沿用旧政策,即推一推是敌人,拉一拉是朋友,以拉为主罢。

附记:本文初稿写于1997年3月笔者住院期间。内中曾有这样的句子:风闻孔孚兄重疴在身,唯愿吉人天相,早日康复,至祝至祷。岂料,一个月后,我自己平安回家,孔孚却遽然作古了,闻之涕零。不及抚吊,谨焚此文,权作纸钱,遥相祭奠,时在1997年6月20日。合肥。

再记:本文写成后,尚未外投,甫即读到同年9月13日报纸,得悉李邦福一案的最新进展,乃再作修订,1997年9月22日。合肥。

也说"面向文学,背向文坛"

1996年12月,我在中国作协四届理事会最后一次会议上发言,刚说到自己一贯主张面向文学,背向文坛,独立判断,表里如一时,执行主席陆文夫插话说,同样的意思黄秋耘早已讲过了。看来我实在孤陋得紧,竟不知尊敬的黄兄已着先鞭。如今既仍要絮絮叨叨形诸笔墨,即便题头添上十个"也"字,怕还是几近废话的罢。

依我愚见,在中国,真正做到了面向文学、背向文坛的,唯鲁迅为百年一人。先生弃医从文,认定文学可疗救和改造中国国民劣根性,因而至痴,至韧,至准,至狠,鞠躬尽瘁。然则对于文坛,他却疑惧深深,偶一乜斜,大抵也多是揭露其秽言窳德,令正人君子恨得牙根痒,从而彼辈的暗算,乃成为先生难尽天年的原因之一。由此足见,文学与文坛的夹缝,其实是非常非常之仄的。必得像先生那样,以肉身为炬,或能于夹缝中烧出一线光明。而蹊跷的是,作为罪恶渊薮的租界,居然"玉成"了这一夹缝,无疑又是历史的绝大嘲弄。余生也晚,先生高山仰止,除了感激宾服外,偶尔无端生出些艳羡之情,也是有的。学固学,其奈难学何!唯自谴而已,悲夫。

1997年10月10日　合肥

替徐光耀拾个把脚印

我和徐光耀称得上是年龄相仿的一辈,又都当过兵,但实际上却是两茬人。

光耀资格老,十三岁就参加了共产党领导的八路军,跟日本鬼子干,昵称"红小鬼"哪是对手,最后,硬是教"红小鬼"及其同志们揍趴下了。

于是,便有了描绘冀中军民浴血奋战,气势宏伟的长篇《平原烈火》,便有了为勇敢机灵的红小鬼们树碑立传的电影《小兵张嘎》,以及其他许许多多主旨接近的短篇。

共和国拂晓期,徐光耀恰如一颗冉冉上升的文学明星,曾随冯雪峰率领的第一个中国作家代表团出访苏联。我是从画报上见到代表团的照片的。真正认识光耀本人,已是1957年了。说来缘浅,也就在这同一年分了手。当时,我俩共事的单位是总政创作室。于为数近30名的部队作家、画家群中,数我军阶低,一根扁担挑两颗黄豆——中尉;光耀他们,却多是些穿华达呢礼服的校官,彼此相差老大一截,很少能搭上话。这好理解。中国社会,历来就等级森严,军队搞起这一套来,自然更加名正言顺。何况,偏又赶在了"反右"的节骨眼上,人人都响应号召,心里揣着炸药,有本事的炸别人,没出息的炸自己,总之是成天价阶级斗争,不苟言笑,哪里还谈得上交朋友!

机会就这么错过了。

但不知是幸呢还是不幸,我被打成了"右派","红小鬼"竟也未能幸免,乃至成了派友。从此,我去山西劳改,光耀下保定锻炼,好长时间天各一方。

兴许是前定罢,"四人帮"垮台下久,我俩忽而又碰头了,而且是在北京,具体地点系东四十二条,中国青年出版社和中国少年儿童出版社合用的大四合院。光耀携《小兵张嘎》的小说稿应邀而来,我则为叙事长诗《尹灵芝》杀青,已再次住了一些日子。大概是由于真有其人的尹灵芝,比虚构人物的张嘎略长几岁罢,牺牲时年仅17的灵芝被归入"青年",嘎子却划为"少儿"。因之,尽管我们同吃同住,却必须和不同的出版社打交道。为此,我曾和光耀取笑:这一回,我可比你"资格老"啦。

细捋捋,我们之间的友谊(不是指泛泛的文字往来,而是指颇具感情色彩的私交),那线头儿,还果真就埋在这块风水宝地呢。

以世界之大,有些事儿也忒有意思。我和光耀初次神聊的地点,竟是出版社附近的一家澡堂子。正是在这家澡堂子里,我头一次听说,他父亲是个农村木匠;"文革"当中,他本人又一度莫名其妙地被"遣送还乡",差一点闹了个子承父业。说到这儿,光耀乐呵呵一笑:那倒不赖!锯呀刨呀钉呀什么的,比耍笔杆子省心多了!可能是彼此都卸去了种种社会性的甲壳,还原为自然人的缘故罢,他向我详细描述了保定地区武斗之惨烈,也真诚袒露了自己——作为一个不敢或忘革命理想的老兵——当时内心的忧伤、困惑与无奈。莲池景致虽美,怎奈无心观赏:"那会儿我只寻思着一件事:革命,革命,有这么革命的吗?咱中国到底犯了什么邪啦?"

这是1978年,可以公开骂江青了,无须害怕,因之谈话十分忘情。如此,一直持续到膈挟着小板凳的修脚师傅前来揽活,才暂告中断。可待光耀修罢,该着我了,我却显着腻歪:合适吗?我可从来没干过这个。光耀听了直嘲笑:怎么啦?修一回脚,就成了资产阶级啦?我一听,倒来了气:修!不修,岂不白当了20年的资产阶级啦。光耀接过话茬,不无调侃地赞道:这还"改造"得差不离儿!

你瞧,有时候忒瞻前顾后,有时候又大大咧咧,这就是徐光耀!我算比较了解这个以笔为枪的文化铁汉,或者说,我算比较了解这个跟命运玩儿捉迷藏的老嘎子啦。

怪也不怪，我和光耀的第二次长谈，又是在澡堂子里——不过，时间已推向1979年，地点也换作了云南开远。澡堂子外面，挂的牌子是：13军军部军人浴室。那天，不知何故，周遭特别安静，除了他和我，再没有旁人。由于我俩刚从前线下来，脏兮兮的，洗的时间便格外地长。洗罢以后，浑身轻松，往竹椅上一躺，就着一壶热普洱茶，自然又聊开了。这一回，光耀告诉我的主要是，他在反扫荡中以及在朝鲜的几次遇险经过。为什么会扯起这类话题？原因很简单——才没几天前，我俩都差一点给报销啦；凡人嘛，遇上这号九死一生的事，感慨总是难免的。长话短说，凭证就在4月23日下午2时零8分。当时，我和光耀上河口四连山阵地观察哨，去探望执勤的战士。如今检索我的工作日志，还能找到如下寥寥数语："以20倍至40倍的望远镜，遥看越方动向，老街、孤柳、保胜、鸡蛋山，尽收眼中。偶翻观测记录，竟而发现这样一串文字：10日，越寇爆破中越大桥。15日，越寇再次爆破中越大桥。18日，越寇炮击红河沿线，弹计88发。……"记得我和光耀默念到这儿，不禁相顾一笑，这88发炮弹，打的不正是咱俩吗！说起那一天，也真够悬乎的。一大早，我俩冒险乘了一辆吉普，取道基本上与红河平行的公路，离开金平去河口。不知何故，车子愈往前走，对方的炮击便愈频繁，着弹点也愈集中。有一次，车子开着开着，正前方路上的一根高压电杆便被拦腰炸成了两截，到处盘着攀扯纠结的电线，青烟直冒。光耀对我说，敢情是冲咱们来的呢！他立刻老练地和驾驶员合计，该怎么绕，才不至于教这些个黑蛇缠住了轮胎——谁知道那玩意儿带电不带电？多亏光耀指点，也多亏驾驶员胆大心细，我们终于平安脱险，晌午时分冲进了河口。

当然，似乎也应该感谢越南炮兵，他们打炮太没准头，否则，我和光耀，再加上那位司机，肯定都让人家剁了馅子了。可气的是，当时我方已主动宣布停火撤军；按理说，战争状态已不复存在，这会儿将我们打死，就未免太不值了。

记得在那间军用澡堂子里,当下我便建议光耀,好歹先把自己的一生写出来,至于算不算回忆录,随后人说去,别管它。

1984年,光耀邀我出席在河北任丘召开的作品研讨会,同样的话我又重说了一遍。

打那以后,我俩就再也没有见过面了。长长11年间,全国作协拢共才开过两次代表大会,但光耀都没来。我请人捎口信问候,偏又误于现代洪乔,实在遗憾!好在最近遇便通了一次长途,我可着嗓子喊:光耀,别忘了写你的生平!他在那头,应承倒是应承了,可谁知道,这个不求浮名、不图实利的"怪人",到底是写呀不写?

1997年12月9日　合肥

"傍黑"与变黑

稍早,海南某地有个位居副职的县级官员,因谋升迁情迫,竟雇用刺客翦除正职;接着,广东阳春市的两个市领导也结成"统一战线",追杀正市长,并将黑网一直织到了海外。最近,福建更出了个让正局长大吃生猛硫酸的环保局副局长(这回已是厅级干部了)。上述三则消息,都已披露报端,并非小道。若依初步公布的情况试作归纳,那么,它们的共同点大致有二:其一,杀人的理由皆极堂皇,曰:妨碍"进步";其二,杀起来,均勿劳副职本人亲自出马,盖已实行了职业杀手联产承包制也。

检读国史,自设吏制以来,表皮如此尤鲜,内瓤如此阴毒,而又瓜瓞如此连绵的官场命案,似乎尚属鲜闻;围之,人们完全有理由称之为百分之百的"世纪新闻"。

但从中也不免生出些许感慨。因为,一般而言,只图个人快活,谁碍事就把谁灭掉,这大抵只有毫无心肝偏又欲壑难填的坏人,才能下得了手。可如今事情变了,在号称人民公仆的队伍中,为求更大的官位,居然也有人甘当元凶,动辄白刀子进红刀子出。可见,这官位诱惑力,已足以令人丧失理智丧尽天良了。

症结何在?窃以为,在于"权力寻租"活动猖獗,而权力寻租活动之所以猖獗,又在于经济飙飞的同时,政治体制改革相对滞后。

于是,在社会主义市场经济受干扰、被扭曲的大背景下,跑官、封官、买官、卖官,前赴后继,丑闻迭出,人们多已见怪不怪了。只不过,这一回(河北)晋宁十八罗汉结义,那君子协定式的金兰谱倏忽曝光,又令众百姓眼界为之一开,不禁咄咄称奇矣。

有的人,管卷入黑道借刀杀人的现象叫作"伴黑"。我想是低估了。谨仿"傍大款"一词,将"伴黑"的"伴"字改成"傍"字,自以为更能突显其主从关系之实质。按,"傍大款",原系高等娼妓行话,说的是靠山吃山,靠水吃水。只是后来发展为,款爷中午12点召见某官,某官竟不敢12点零1分到。而据说,之所以如此奉命唯谨,实在都是为了改革开放的利益云云。信不信由你罢,一笑。如今百尺竿头,更进一步,已由"傍大款"变成"傍黑"了,虽说换了对象,其为"傍"则一的。客有异议焉:"伴"改"傍",就杀人血案而言,可不争议,倘见了地方上几个小有权势者,凑在一起割头换颈拜把子,就立即斥之为"傍黑",则未免言重了……不过,尽管有人主张网开一面,我却仍然坚持,无论见血不见血,四桩公案,都是黑定了的。理由很简单,就因为他们一概既傍封建之黑,又傍流氓之黑,彼此彼此,宁有色泽浓淡涩滑之分哉!否则,就请解释,那帮鱼肉乡里的"南霸天""北霸天",到底是黑还是不黑? 其实,何须细看,"南霸天""北霸天"们也多是双手沾血的,只不过那血大抵都干得忒快,须臾便成旧迹,藏身胖手胝足者群中,分辨较为费劲罢了。当然,对这一类"新事物",也不必着意夸大;需要国人冷静估量的是,作为一种社会讯号,它们确乎危险——即便目前还局限于较小范围,固亦不宜等闲视之也。须知,黑善淫,淫即污染,淫即腐蚀;何况,在"傍黑"与变黑之间,并未隔着万里长城。君不见,官场上一派熙熙攘攘,个中确有一批视混官即混饭者;他们当中,究竟有多少人头脑清醒,知道交杯"傍黑"之日,正是饮鸩变黑之时呢?

釜底抽薪的办法终归还是有的,那就是,加速政治体制改革,依法治国,舍此别无他途。

1998年1月2日　合肥

寻"丫"

这个标题,"人"字是故意倒着写的:要找的人终于找到了,寓意深深。

如此写法,乃出于我国固有的传统民风,满溢着苦主虔诚急切的祈盼之情,体现着一种指望讨个好口彩的民族第二天性。

要寻的是白衣人。

何者白衣人?话虽得从去年郑州发生的"8·24 大血案"说起,头绪却并不纷繁。

是日,原郑州市公安局民警、一级警督张金柱,违反交通规则,驾车逆向行驶,霎时间大祸降临,酿成了一死一伤事故,张竟还敢于众目睽睽之下,夺路狂奔。

张金柱飙车,先撞飞骑自行车的 11 岁少年(抢救无效,死于非命),旋又将另骑一车的少年之父卷下车盘,硬拖 1500 米,鲜血淋淋;路人见状惊呼,张却充耳不闻,以致受害者伤势严重,迄今未脱险境。也是无巧不成书,那冒死超车,强行打横,终于截住了张金柱的,偏是边防检查站的自家弟兄。此时,从车上走下一位名叫丁朝中的武警,义愤填膺,上前扇了张一记耳光,骂道:"你这个畜生!"

巴掌无妨争论。但,这一巴掌却亮丽了光明,迸射了公愤。

与此相反的是,在张金柱一侧,当时还并排坐着一个"穿白上衣的微瘦的男人"(上级?同僚?亲朋?),事发之际,此人借暮色掩护,倏然没了踪影。而围观群众中,能指认此神秘客的证人,不久即遭电话恐吓,从此喑然无声。

报道血案的本地《大河报》记者江华,同样分享凶讯:再写,叫你也葬身车轮!

而张金柱于犯案第二天住院,立即发"病危通知",有主任医师签名。同时,某无名氏登门说项,"100万元私了"。苦主拒绝:"那你们家还得出事!"——于心何忍!

当然,也有不少事鼓舞人心,诸如:领导严正表态;现场公开勘查;拘捕,双开,撤衔;省法律援助中心受省司法厅委托,向受害人提供无偿服务之保证;以及12月3日正式开庭。

不过,步子本就该这样迈,不如此,岂不是道路不平!

岂料,张金柱当庭翻供,声称自己是酒后醉醺醺⋯⋯

到底他是醉是醒?成了疑问。于是,"失踪"了的白衣人,重又回到了事件的核心。人们开始物议纷纷,视线纷纷,既仰望这蓝盾,又扫描那白衣人。

是的,一头是共和国的蓝盾,一头是"微瘦"的白衣人,孰重?!孰轻?!

是的,要寻人,要寻法律公正,要寻天理良心!

1998年1月5日　合肥

苍 梧 话 旧

友人告诉我,如今的梧州,工贸繁荣,人烟鼎盛,竟得了"小香港"的美誉,这使我十分地惊讶和高兴;若干与之有关的往事,便自然而然地涌上了心头。

论说,梧州我是到过的,不过,那是许久以前的事了。本来,1992 年秋,我可望再续前缘,无奈限于集体行动,以至当专车从桂林直插雷州半岛前往海南时,虽然梧州近在咫尺,却擦肩错过;事后每念及此,我总不免跌足嗟叹。

当然,最早知道梧州,还是得之于史书。所谓苍梧之野,传说中的舜帝,遭到了接班人禹的放逐,被迫割舍自己心爱的妻子娥皇、女英,形单影只地万里投荒南奔。然则,有汉一代,此地即已立郡设治,又确乎是教化广被,跻身主流的佐证。不过,漫漫五千年,梧州取得最长足最神速的进步,怕还该数晚近这二十年罢。即以我这个当年曾借路经过,勉强称得上粗识一面者的眼光看去,倘若猛地拉我蓦入当今闹市,肯定也会有隔世之感了。

我只能拣自己亲身经历的说。

先说头一桩。1949 年夏,雄师百万,强渡长江,一路势如破竹,国民党兵败如山倒,人民的最后胜利,已是指日可待;此时,我虽身居香港,三魂九魄俱早已飞回内地了。无疑,似我这等政治流亡者,对那种凡事须看英国殖民者脸色的日子,早就如坐针毡,多一天都是难耐的了。因之,萌生出某种朦胧的期待,巴不得能多遇上几个自家人,侃侃有关内地的见闻,聊遣归思,也就成了一个合乎情理的愿望了。

某一日,忽报有客自梧州来,此人直奔文汇报社二楼编辑部,指名找我。我自忖梧州并无朋友,这会是谁呢?但转念一想,如今道路流离,或者生出些意外的惊喜来,亦未可知。正疑惑间,一看,端的是副陌生面孔,年纪也略长于我。来人掏出一封用套红竖行毛边纸写就的书信,上署二堂嫂刘克烈的名字。待展读一过,方粗知底里——大意是,二堂嫂本人如今已在梧州,但,身为浙江省气象台台长的二哥刘仁厚,却为了迎接解放而留在杭州。她本人因思夫心切,亟欲回家团聚,兼之新近又产一女婴,尤忌渡海颠簸,故而决定不再跟随家人前往台湾了。二嫂要求我支援她一笔路费。她说,虽则旅途艰险,倘手头稍得宽裕,容或能遂心愿;足以嘱我一旦筹足银款,不拘多寡,即交付来人带回梧州。送信者也是她的娘家亲戚,名叫刘××,云云。读罢,我立即想起了老祖宗传下来的一句土话:"穷家莫穷路。"更急二嫂之所急,也便顾不上再向来人多做了解了。

犹记得,那年自己因逃避特务搜捕,仓皇出走,途经杭州时,就曾托庇于二嫂家暂住;等到接上了关系,临别前夕,又收受过她婆母亦即我二婶娘谢霭珍老人,还有二哥、二嫂两口子,以及姐姐刘仁敏、姐夫陆鉴熙的资助(这几乎像是化缘了)。情难忘,恩当报,此其时矣。于是,我毫不犹豫地和来人约定了取钱的时间,麻烦他再跑一趟。

然而,我与钱庄素无来往,要马上摸清黑市行情,并用港币去兑换银元,实在是够难为人的了。不曾想到的是,通过这次活动,倒也开窍不少。比如,关于银元的品种,以及相等的表面价值与不相等的使用价值如何折算之类,即是。从中,我第一次见识了最最吃香的墨西哥鹰洋,乃至民国初年各地军阀政权私铸的劣质光洋。固然,较大宗的还是内地也能接触到的"袁大头"(镌有袁世凯头像)和"孙总理"(镌有孙中山半身像)。而为了便于携带,我还专门请一位同事之妻缝了只能束口的小布袋,将120块银元码成四摞,装填其中,凡空隙处,复衬满软纸,以免它乱滚乱响,招人耳目。另外附信一封。我之所以如此郑重其事,不仅是因为它寄托了我的一份祝福,而且,这笔钱本来也已是罄我之所有了。

　　日月逝水。1957年后，如同许多知识分子一样，二哥也经历了颠沛人生。尽管他解放之初，在杭州就护台有功，而且以他的资深气象专家身份，国内已属屈指可数，但，照旧被打成了"右派"。含垢忍辱二十年，好容易盼到"改正"，不幸偏又得了肝癌，终至撒手西去。这已是20世纪80年代中期的事了。闻此噩耗，我立即和女儿赶赴上海吊唁。在宽慰遗孀之余，于叙谈中，一次偶然提及这桩梧州旧事，不料，二嫂正色分辩道："我没有托什么娘家人问你要过钱。"二嫂是位处事严谨的知识女性，经她这么一否认，倒把我给闹糊涂了。莫非，当初竟是我遇上了一个"完美的"骗子？莫非，那二嫂的私函系骗子所伪造？但，骗子又从何获悉我在香港的工作地点？令人好生纳闷。抑有进者，我还果然有个名叫梧生的侄女，这就越发使得这场骗局扑朔迷离起来，仿佛真有其事了。但随后一想，治丧期间，此等话题，不宜深谈。何况，赶上那兵荒马乱的年头，个把骗子变着花样敲了我一笔竹杠，又有什么值得大惊小怪的！

　　从此，我就绝口不提此事了。

　　接下去说第二桩。

　　许是和梧州有缘罢，在托人给二嫂带钱后，不出半年，我本人就真的来到梧州了。遗憾的是，这一回，由于我已回国参军，又值战时，外出必须三人编组，没有单独行动的自由；且料想二嫂当早已离去，探访并无实际意义。这么一来，所谓与梧州的缘分也者，也就不过是匆匆打了个照面而已。

　　我是于1949年12月间，随人民解放军二野四兵团二梯队（政治部）离开广州，进军云南的。起初一段乘的是内河小火轮，溯西江而上，并非徒步行军。待到接近粤桂毗邻地界时，上级忽而下达紧急命令：全体指战员概于贵县弃船登陆，配置火力，去执行一项新任务——解押两阳（阳江、阳春）战役中俘虏过来的一个敌炮团，兼程西行。

　　我的老天！在这之前，我不过是个耍笔杆子的书生。这会儿，却必得现跫现卖,从如何填子弹退子弹、如何拉枪栓击发、如何用通条裹上蘸了油的布条擦枪筒学起了,当然,如何瞄准、如何立射、跪射、卧射,以及如何利用地形地物隐蔽自己等等,也同样是必须掌握的基本功。滑稽的是,分配给我的恰恰是一杆老掉了牙的"汉阳造",比吹火筒多个把儿,比擀面杖多个眼儿,同时还缺皮带,因而只能扛,不能背。无计可施,我便剪下一截背包带,拴上应急。如今回想起自己那副"飒爽英姿"的德行,真还着实能为之喷饭三日呢。

船泊梧州,部队休整一天。凑巧,听管理员说,当天四乡农民进城,市面热闹异常(凡是这种热闹异常的日子,在北方叫作赶集,在我家乡叫作赶墟,到了贵州、云南就该分别叫作赶场和赶街子了。只是不清楚广西管它叫作什么)。当下我就暗自嘀咕,好歹是座府城嘛,怎么竟和小集镇一般,讲究农历逢一、四、七或者二、五、八,才放开手脚做买卖?说起来,这件事,眼下肯定不会再有人相信了,但它却是事实。

总之,长时间被船舱憋闷住的心全都痒痒了,都想去热闹热闹,便纷纷找出各种请假的"理由"来。我的借口是,手电筒摔坏了,要修;于是,我就被指定和嚷嚷着自来水笔要换胆的两位女同志,合编一个小组,由我负责带队。不用说,凡被批准上岸者,皆兴奋不已,就差没有模仿京剧念白,叫板一声"梧州去者"了。岂料,这时天公不作美,竟下开了密密麻麻的牛毛细雨,但,就这也挡不住我们前进的步伐。"嗵嗵嗵"上得岸来,放眼四望,街筒上,骑楼下,还真个是万头攒动,人声鼎沸哩,鱼肉禽蛋,粮米菜蔬,笋短蔗长,柚青柑黄,卖什么的都有。最令我啧啧称奇的是,狗肉摊档竟无往而不在,且一律配有用毛笔书写的整张梅红纸市招,名之曰:香肉。可惜,我们的假期是通过分针报数的,因之,必须赶快寻找承揽修理工艺的小摊点,别的就无法浏览了。于是,一路之上,但见无数双拖着木屐的泥巴脚杆,在逼仄的街面上躅踏,污水乱溅,秽气四溢。单凭这一点,又的确和农村集市无甚差别了。我乃不免寻思,大名鼎鼎的梧州,原来至今还不曾跳出封闭型小农经济的藩篱哩。

费了好大劲,总算发现了一处修理电筒和钢笔的摊位。我们先急忙问明摊主,收不收人民币,他说,收,接着谈妥价码,便将要修的东西递过去,然后于乱哄哄一片市嚣中,开始了耐心的等待。不一会儿,突然,我觉得背后有人直拽衣角,回头一看,原来是画家江一波,他同另外两位战友也结伴观光来了。江此刻表情严肃而又神秘,他将我单独拉到僻处,对我悄悄耳语:"快走吧,东西就别要了,你们碰上大麻风啦!"我半信半疑:"何以见得?"操一口旗人腔调的江一波,用不容反驳的口气断然答道:"在我们福建老家,这号病人见得多去了。没错!"我这才按照他一一指出的外观特点定神端详,果然,那师傅的面孔潮红,极不正常,且兼有浮肿,眉毛早已一根都不剩了,帽子没捂住的地方,也见不着头发,所有暴露在外的皮肤,毛孔都粒粒可辨。我立刻将这些异状,转告了两位女同志,她们听罢,骇然瞪眼,虽嘀咕着惋惜自家的钢笔,却也义无反顾,一致执行我的"大踏步后退"的伟大战略方针了。

　　这件事,真是印象难忘。虽则我内心完全明白,它也说明,在当时的梧州,正如在整个旧中国,麻风病人均未得到应有的集中治疗,而绝非意味着麻风病就数梧州最为猖獗的。

　　具体到这位摊主,又诚然是个值得同情的不幸者。那不幸,岂止限于罹患了这种讨厌的疾病?更在于,当他以自己的诚实劳动服务于社会时,社会(我们正是社会的一分子)竟表示拒绝。这种拒绝,到底是对还是错?是科学还是偏见?我的思路一直复杂而矛盾,难以厘清答案,不说也罢。

　　翌晨,轮船便起锚急驶贵县了。而以贵县为起点,我这个文人也就完全变成列兵了。征程之上,荷枪实弹,人喊马嘶,晓行夜宿,气氛森严。不过,那麻风病人的身影却时不时地闪现,一直到队伍穿插进了十万大山腹地,军情更紧迫,条件也更恶劣时,这份困扰才得以逐渐解脱。

　　从贵县出发,我和同志们一道,以自己的脚板自东至西,丈量了整个的广西大地——经由黎塘、宾阳、南宁、武鸣、平果、田东、田阳、百色、田林、旧州,涉渡南盘江后,折入黔境,再取道册亨、安龙和兴义,接着跨越云岭,沿罗平、师宗、路南、宜良一线,于 1950 年 2 月进驻昆明,实现了横断大西南的千里跃进……

  我今年71岁了,估计此生已不可能再去梧州。回首前尘,自思对梧州乃至广西,毕竟都乏善可陈,只不过留下了深深浅浅的几个脚印而已。今天再呈上这篇拉杂文字,就权当补交了菲菲薄薄的一纸心意卡罢。

  苍梧话旧,旧苍梧已是新苍梧了,愿苍梧长青。

1998年3月1日　合肥

我的"动物世界"

(怀想与随感)

1984年的秋天来临之前,我的右眼尚未丧失视力,每逢中央电视台播映《动物世界》,我是从不缺席的。我觉得,那是为数不多的几个值得欣赏的专栏之一,从中我还真的获得了不少知识和乐趣;但也有了震惊与困惑,我以为,较之动物世界(包括凶禽猛兽),人类世界似乎反而更缺少温馨——本能受到误导,天性被权力与金钱所腐蚀,伪善乃如水银泻地,无孔不入。

然而,每个人终其一生,大小都会拥有一片属于自己的"动物世界",与生俱来,随死俱灭,区别仅在于机遇和条件。诚然,其结果也大相径庭,一些人浑浑噩噩,碰上什么是什么,不思不学,极少数人却似有所悟,良心并因之备受折磨。

斑 鸠

我的"动物世界",说来丢脸,简直像个野人,起点竟始于做牙齿体操:吃。

但似也情有可原。牙齿越轨,是由于它们平日委实太服帖、太可怜了——没有任何值得咀嚼的东西可供咀嚼。我想,首先应交代清楚那一历史背景,因为这是今天的人们难以相信的。当时,正值抗日战争的艰苦岁月,我考进了一所新创办的国立中学,同学们尽是些从沦陷区逃难出来的男孩女孩。国家规定了吃饭不交钱,据我看,多数人正是奔这一点而来。然而,大伙房所能供应的又是些什么呢?米是掺沙的糙米,长了绿毛的霉米;菜,不是白水煮倭瓜,便是白水煮蕹菜;至于肉,其色,其香,其味,我们几乎快要忘光了。试想,同学少年,哪一个不处在长身体、需营养的关键时刻?境遇如此,大家便自然而然地夜夜梦见可口的食物,天天举行"精神会餐"了。我认为,这,实在是不该被嗤笑的。

天可怜见,红运终于降临。1941年初秋,某一日,轮到我和同学高万铭两人帮厨,伙房缺水,按惯例我仍抬上桶,去藏经楼坡下那个清凌凌的泉井汲取。岂料,由此竟演绎出来一段故事。经过大致如下:当我刚刚趴下身去,动手用葫芦瓢往桶里一瓢一瓢舀水,闲着没事的高,拄着竹竿一旁等待时,突然,一只小鸟,重重地掼在了印满苔痕的石板上,翅膀扑腾了几下,便不再动弹。紧接着,仿佛又有谁举着一柄黑伞,直冲我的脑门子扣来。这时,只听得高大叫一声:老鹰!又见他抡起竹竿扑打,好大工夫,才将老鹰撵跑。然后,我们慌忙赶去救小鸟,一看,不行了,软绵绵的茸毛下面余温虽存,嘴角上的鲜血却已凝固,只剩下耷拉着的灰脖颈周围,一圈金黄的斑纹尚未憔悴,犹自熠熠发光。"嘿!好漂亮的斑鸠!"不过,如今不妨坦白,与这一声惋叹的同时,两个小馋鬼,心中便已恶念齐萌了:吃了它!我们不吃,老鹰也要吃的,何况,它早已被啄死,元凶又不是我们……我俩四目对视,彼此心事洞明,由不得不各自怯怯一笑:原来,穷小子们连心眼子都长得一样呢。

不过,高到底比我宽绰点,他父亲好赖还是一名小军需官;在国民党部队里,军需官,不论大小,油水总是有的捞的,因之,每学期他都能收到一笔零花钱。此刻,既然商量妥了,相跟上去山前小街找爿饭馆,加工这天赐野味,他便理所当然地包揽了全部开销,尽管为数也很有限。于是,我就近乎白吃了。但,说实话,我的确拿不出份子来打平伙。父亲长期失业,只是零敲碎打地弄点钱养家糊口,至于儿子孤身在外,如何度日,对不起,他基本上是不管也管不了的——一切都指望我自己。

闲言少叙。店老板接过斑鸠,踅进厨房,眨眼工夫便将褪了毛的一团白肉,托在巴掌心里让我们验收:能做什么？要用戥子称哩！一句笑话,说得两张小脸通红;可望着这进了嘴的佳肴,又舍不得吐掉。于是,连求告带许愿,最后居然达成协议,两只腿红焖,其余一塌刮子剁碎,炒盘炸酱浇面吃,姑且名之为"斑鸠炸酱面"罢。这当中,我思想开了小差,眼笃笃地望定白肉上的丝丝紫瘀,努力辨识着这些由宿命书写的神秘文字,却终于未能解读;只好咕哝一通:鲁迅在小说里写过一种乌鸦炸酱面,鲁迅说,嫦娥一见那玩意儿就皱眉头,可我们今天倒要来尝稀罕了。高问我说什么,我便重复一遍;但他仍旧不明白,我也就不啰唆了。我想起,高是一向不读文学作品的,再解释也白搭。

开始吃了,我俩吃得咂巴嘴儿直乐;尤其是那一大碗斑鸠炸酱面,又香又稠,不免再次令我大发感慨:嫦娥她不吃乌鸦炸酱面,实在太傻了！根据我当时的估摸,所谓乌鸦炸酱面,那味道怕是和斑鸠炸酱面差不多的罢。

如今,贪吃斑鸠炸酱面的少年已然远去,距今快够得上一个甲子了。事实上,打那以后,我非但没有再享受过这等口福,而且简直就不曾再遇见过佩戴珠串的斑鸠;为此,我才怀着异样惆怅的心情,专门查阅《辞海》,并默默诵读了有关词条。谨摘抄如下:"斑鸠,鸟纲,鸠鸽科。体形似鸽,大小及羽毛色彩因种类而异。在我国分布较广的为棕背斑鸠,亦称'金背斑鸠'或'山斑鸠'……另种珠颈斑鸠,亦称'珍珠鸠'或'花斑鸠',多栖于平野,觅食杂草、谷类和其他种子。主要分布于我国东部、南部……为常见的一种留鸟。"

看来,这篇短文,标题拟作"珍珠鸠"为宜。然则,纵使改写标题,宿命亦无由推翻,您说对否？

黄　鳝

黄鳝铁定归入忌口之列,迄今已有三十余年了。

原先,我是吃黄鳝的,不但吃,而且逢人便夸,美味天下第一。

然而变了。

话要从"文革"说起。1967年,我母亲因惊骇而病情加剧,又因无法及时延医抢救而含恨撒手;临终之际,她断断续续地嘱咐了几桩事,其一便有关黄鳝。她说,1962年,当一听说我摘了"帽子",她就立刻买来几条黄鳝,诚心诚意放了生。"到了山西,娘还专门打听过,知道这里不出黄鳝,也没人吃黄鳝,娘就索性瞒住你,怕你埋怨。儿呀,如今娘要走了,不能再照料你了,自己要记住,不论世道怎么变,也不论把你弄到哪里去,你可千万莫要吃鳝鱼呀!"我流着泪点了头,心里想的自然远比母亲要复杂多多,但我从此的确信守了誓言:绝不沾黄鳝的边儿。

不料,一调来安徽,竟像掉进了黄鳝窝;且不说酒席筵前,就连居家过日子,主妇们收拾起那尺把长一条嘴阔眼细少鳍没鳞的可怜虫来,都可称之为游刃有余,于是,烧个鳝段、炒个鳝丝,简直就是小菜一碟了。吃固然好,却难为了我。倒不是经不起诱惑,自信这一丁点意志力还有是的。麻烦在于,人人都要表示关心和不解:如此尤物,何以你偏不钟情?开始,我还认真地如实倾诉,但,很快就发觉,个别人给足我面子,文不对题地赞一声"孝子",呜呼!与孝何干!端的令人哭笑不得。而更多的听众,不过浅浅一笑,那内涵大抵是个"傻"字罢。因此,渐渐地,再遇同类提问,我便含糊其词,王顾左右而言他了。只有当着女儿在场(她也不吃),才会替我支吾一声,笼统告之:它像蛇,吃着腻歪。

这个经验,倒教我明白了不少事理,千言万语,归结一条,便是:痛苦难相通,尤其是对虽有痛苦却似无痛感者,或别抱某种高级"痛苦"者(至于制造痛苦的人,容另说),总之,我由是而添了一份沉重,也捡了一份轻松,因为我终于弄懂了,世界上怕就怕"认真"二字;唯其不认真,方能所向披靡。

同时,这微不足道的个人遭际,也使我从思想深处彻底否定了"文革"。"文革"能算什么悲剧?不过小小不言的"不愉快"(这干脆利落的仨字,袭用了某作家的定性语言,特此申明,免贻"剽窃"之嫌)而已!

然而,不能忘却的终是母亲最后的眼神,那既是祈求,也是命令。我深知,在中国普通百姓的观念中,鳝者善也,这当是无须翻词典细加考订的,也是老母为爱儿买鳝鱼放生的初衷。人世固有善,虽屡遭横逆而不毁其节——有时候,它还真的是一种值得指望的伟力,能支持你坚持某项原则,最低限度,能告诫你别干坏事。

赤练蛇、蟒和长虫

1924年12月8日,鲁迅在《语丝》上发表了一首小诗,题为《我的失恋》;据作者自己说,该诗的写作动因,"是看见当时'啊呀啊唷,我要死了'之类的失恋诗盛行,故意作一首用'由他去吧'收场的东西,开开玩笑的"。其中第四段,有这么两句:"爱人赠我玫瑰花;/回她什么:赤练蛇。"赤练蛇?什么样的蛇叫赤练蛇?这给我留下了极深印象,但也不过是因了少年稚气,好奇而已,对其忧愤之深广,是并不理解的。换了今天,倘或先生还活着,面对铺天盖地而来的超级"啊呀啊唷",怕要开一个更大的玩笑罢:"回她什么:铀238。"

的确,有时候,环境能逼得人心生绝念;终是毁灭,不如同归于尽,同归于尽最公平。

话扯远了,应该掉过头去说赤练蛇。

读诗不久,我就真遇见赤练蛇了。那是在初中临毕业的时候。不过,在说蛇之前,我还想趁此机会,对我所在学校絮叨几句。它的全称是国立第十三中学校,在当时被战火围困的东南半壁,其师资之雄厚,堪称一流。而且,校址也选得好,颇有继往开来之寓意。高中部占用了打两宋时代起即闻名遐迩的江西吉安阳明书院,初中部则厕身于文天祥亲题匾额的青原古刹。两部相距不远,一条小溪串联着它们,宛如哑铃。这条小溪不但四季景观各异,给全体师生带来了无穷生趣,更重要的是,它帮我们解决了许多生活问题,比如,引流灌园浣衣濯足练习游泳等等。有一天,我刚把漂洗一净的衣裤铺在了溪边石头上,想及早晾干,以补替换之不足,自己则躲进阴凉处温课,准备迎接大考。一贯淘气的山风,以其无形之手,将树丛挠得簌簌直响,从而淹没了周遭的任何其他声音。完全是出于偶然,我的眼角瞟见,不知何时起,青青草地上,竟点燃了一股鲜艳夺目的火焰,蛇!不对!世上哪有红蛇?还不对!的确是蛇!红的!此刻,只见它继续悄悄移位向前,但同时也左右抽扯,哎呀,太可怕了!它有两个头!"Y"形的!一念闪过:之所以抽扯,怕是两个脑袋下的命令不同;当然,一切都顾不上深究了,我得赶紧躲开,越远越好。就这样,直到目送它在两个头方向一致后,径直凫水游向了对岸,我才长吐一口气,摸摸心口,仍在打着小鼓。

我将自己的奇遇告诉了同学,大多数人表示怀疑,说:好你个近视眼!肯定看错了!个别人相信,又替我忧心忡忡,嘱咐我诸事小心,莫要……我知道,这是怕异物主凶招灾。不过,好在我自幼不信邪,心想,眼看都要衣不蔽体了,还能倒多大的霉?!

事实证明,不当杞人是正确的,什么祸事也不曾发生;毕业考试,除了一向上不去的体育外,其他各门功课,成绩都在80分以上,从而胜利过关,升入高中。于是,我心想,两个头的赤练蛇,都难奈我何,还有什么东西值得我害怕呢?这当然是一厢情愿——我太幼稚了,世途多艰,天灾固不可测,即言人祸,我有过丝毫的精神准备吗?没有,完全没有,难怪日后注定要遭身涂赤练的两脚蛇大咬特咬了。

惊遇双头赤练蛇,已是55年前的旧事。据《鲁迅全集》原注,赤练蛇有如下特征:"生活于山林草泽地区。头黑色,鳞片边缘暗红色;体背黑褐色,有红色窄横纹。无毒。"但,在我老家江西,情况却似有不同,由于蛇的红色横纹又粗又亮,因而乍看之下,便通体如炽了,是以土名火蛇。不过,我碰见的那一条,竟然长了两个头,又当归入畸变特例罢。

那些年,我遇到过的其他蛇类,不论有毒无毒,都非珍稀品种。记得曾听同学警告,坐草地之前,该先扫上两脚,以免让一种怪而又怪的铁线蛇钻了肛门。顾名思义,想必那色泽和粗细都仿佛铁丝罢。这种蛇固然未免恶作剧太甚,但也难得一露峥嵘;我是常坐草地的,却从未与之打过照面,所以也不知此说到底是真是假。

倒是后来参军到了云南,方知天外有天。那里山高水深,雾大林密,气候湿热,适合各类蛇们繁衍;而解放初期,剿匪作战,偏又昼夜出没其间,毒蛇伤人的事乃时有发生。好歹我没伤着,可以从略。何况,我在进入本文写作之初,就曾给自己立过一个规矩:凡非亲历,一概免言。这里,姑且单说两段与自己有关的蟒蛇外传罢。

其一,1954年,冯牧带领一批年轻的文化兵下边疆深入生活,先到西双版纳,后上阿佤山。当时,正值昆明至允景洪的国防公路开工不久,为了强化锻炼,我们一路行军,晓行夜宿,故意把宿营地安排在筑路部队的工棚里。过墨江(著名的瘴疠之地)后,某晚,我发现一位战士刚收工回来,便又投入紧张的劳作;他的专注神情,吸引了我的视线,凑前一看,原来,他在自己动手制琴,而且,眼看诸事就绪,就差蒙蛇皮了。我说,你上哪儿去找现成的干蛇皮呀?他一笑,唰唰地便从大通铺底下拖出来一卷蟒皮,反问道,你要不要?我很惊讶,忙打听这蟒皮是怎么弄来的,因为我听说过,这玩意儿挺值钱。他又一笑,值啥钱?工地沿线有的是!果不其然,第二天,我就看见大蟒了,当然,是死的——压路机已将它碾得扁平如纸了;它横跨了整个路面,显然,活着的时候,肯定器宇不凡。就眼前剩下的皮筒子看,质地也堪称一流,干爽、透明、蜡黄,倘用来蒙琴箱,稍加剪裁就成。记得我曾特意绕到公路两侧仔细端详,好家伙!怕有两丈来长呢!

其二,熟悉20世纪50年代国际关系史的人,大致都了解,当越南一开始和法国殖民军交战,中国实际上就已然卷入战争。在这场国际冲突中,滇越铁路云南境内的终点站河口,位置显得特别重要。隔着不宽的红河,它与越南的老街一桥相连,是中方向越方输送补给的孔道之一,边贸却相当零落。

我一生曾两游河口。第一次,是和电影《五朵金花》编剧之一的王公浦同行,目的在于,想通过文学作品,反映一下极少有人接触的高射火炮部队。第二次,旅伴换成了《小兵张嘎》的作者徐光耀,两人的任务是,直接上前线采访自卫还击作战部队,但这已是1979年的事了,也与蟒无关。

所谓蟒蛇外传,其实是头一次的一段插曲。那时,河口一带是部署了高炮营的战区。我和王公浦一头扎进连队后,打算先同战士们混熟,再进一步了解其内心世界;于是,不论炮位挪到哪儿,都有我俩的足迹。这一天是分头活动,我去了靠近桥头的一处高地。阵地附近,遍布亚热带丛莽,走起来磕磕绊绊,兼之时当盛夏,待我钻进那临时搭就的帐篷,早已是大汗淋漓,通体透湿了。必须强调指出的是,河口虽属大陆,但地势竟低于海平面,其闷热程度可知,因而本地人有句俗话:前脚跨进锅,后脚熟脱壳。事有凑巧,正当我叫苦不迭之际,却有一个相识的填弹能手大声邀请:记者同志,快来这儿,这儿熨帖!我自然高兴地应声前去,不待招呼,便"上床"坐定(战地野营,自极简陋,几块防雨布就地一拼,便是"床"了),奇怪!果然森冷逼人,但,当时我只顾"挖材料",虽也感到情况反常,却未加探究。心想,既然周围都是些熟面孔,机会难得,开聊要紧,如此一直扯到吃罢晚饭,才谢过了战士们的热情挽留,依依告别。事后回想,这个依依,其实已不仅是对我的采访对象而言了,应该说,还包括了对那片洞天福地罢。

第二天,我便得悉,正是那片洞天福地出事了。好意邀请我的那位战士,差点被大蟒缠得闭过气去——原来,就在他们睡的"床"下,盘踞着一窝蟒蛇!初听传言时,我直发愣怔,简直半天缓不过神来:啊哈!凉快凉快,要是我留下,就怕真的要"一边儿凉快"去了!

我随即向有关方面了解详情,可惜,那位既受惊又受伤的战士,已被送往野战医院了,珍贵的第一手材料——半夜人蟒搏斗的经过,乃无由获得。不过,我还是据此写了一篇文艺通讯,投给军区报社,结果硬是被"枪毙"了。理由是,过分拘泥真实,导致消极影响。为这件事,我闷闷不乐了好几天,直觉得自己对不起那些出生入死的战友。然而,我更料不到的是,不满5年光景,当别人对我先定下"右派"政治结论,再从作品中寻找艺术"罪证"时,所用词汇,竟犹过之!有一位当时颇为叫响的上校诗人兼作家,除了将我全部的爱情诗、怀古诗和寓言诗,通通判为"毒草"外,还把我发表在《人民文学》上的小说《祝你一路平安》(作家路翎读后,曾托好友田庄向我致意,表示赞赏),定性为"怕死鬼文学"!真是荒唐透顶!我所坚持的,无非是讲真话,不讲假话大话空话而已。今天,40年过去了,一切都已真相大白,讲真话是对的,我又何罪之有!

至此,我才明白,有的人怕真实胜于怕蛇。

打成"右派"后,我被发配山西,在那里一待22年。"文革"中,我再一次劳改,地点为晋北忻州冯村。名义倒是十分动听,"插队干部"云云(生活中,有多少这类用漂亮词句包装起来的罪孽啊);只是暗地里另有布置,因之,县、公社、大队直到小队,各级头头们都知道我是"五类分子",须重点"照看"。好在这儿老百姓忠厚,他们不管你什么右派不右派的,他们看的是人。所以,在村子里,倒也另有令人欣慰的一面。

冯村劳动5年,其间大约有3年被编在林业队。林业队队长大名陈双科,老汉是该村第一任党支部书记。有趣的是,这样一位顶级元老人物,竟特别地不突出政治,待我极好,同下地,同收工,处处照顾、点拨。有一天,我在大南河林带,用石头砸死了一条菜花蛇,他跑过来一看,说:"这号长虫最爱吃瞎佬(田鼠)了,又没毒性,你往死里打它作甚哩!"这是我头一回听人把蛇叫作长虫,也是头一回这么明确地感受普通劳动者朴素的生态观和环保观。受知识分子的思维习惯左右,我的头脑中,竟萌生了一系列错综复杂的意识流:一方面是,北方农民不但管蛇叫长虫,还管老虎叫大虫,总之是虫;这是否古汉语孑遗?而在古汉语中,"虫",到底意味着什么?这是我追查词典,也找不着满意答案的问题。另一方面是,我由衷感谢双科老汉,他不但手把手教会了我选子、种树、插接、剪枝、压条、编荆筐(林业队的副业),往往还于无意中传授了真正的中国话,比如,此刻他独自叨叨的什么:"往后遇上了两股圪搅成一股的长虫,你可不敢打,打了折阳寿哩。"我问他,怎么叫作两股圪搅成一股,老汉笑笑,丢过来一句:"办好事嘛!人省得办好事,莫非长虫们就省不得?"我明白了,他说的是蛇交尾哩。看,比起文绉绉干巴巴的学生腔来,老百姓说得多么地道、多么鲜明又多么生动!尽管当时我从未幻想过有朝一日还能重操旧业,但我仍旧禁不住在内心暗暗为之喝彩。

后来,我还真的多次遇见过"两股圪搅成一股"的长虫,我也真的多次有意避开,不愿误了它们"办好事";我觉得,这当中,只要剔除某些迷信色彩,剩下的便全是普通老百姓的一颗善良之心了。所谓天地好生之德,所谓人性,此之谓也。我们千万不可忘了,人,原本就脱胎于兽,所以,人性是需要培养的,不培养,在某种非人性的环境中,完全有可能滑向兽性,殷鉴不远,在"文革"之世。古书有云,毛虫之精者曰麟,羽虫之精者曰凤,介虫之精者曰龟,鳞虫之精者曰龙,倮虫之精者曰圣人。您看,连圣人都不妨呼之为倮虫,我等凡人,岂不过特别的小心谨慎,切莫陷自身于不义,"其异于禽兽者几希"!

狐狸和果子狸

这一节,可能会语涉神异,尽管最后了它与神异无干。

我在前面介绍过,我就读的中学,初中部设在一座古庙中。古庙嘛,大殿、偏殿、禅堂、客房、碑廊、池亭、花园,自然都是些老八辈子的建筑。而一旦建筑有了年头,又地处深山,平日人迹罕至,自然免不了衍生出若干故事来,或幽渺玄奥,或色相顽艳,或暗寓佛理,或荒诞不经。倘若有人再将它编入书中,如同《聊斋》一类,流布社会,客观上就更会形成一种思维定式,令人先入为主,疑窦丛生了。这里,我要说的是中国民间的离奇传说之一:狐狸拜月。我愿以人格担保,这是真的,绝非瞎说。

这当然是桩怪事,原先,我也从不相信。然而,在我不止一次地目睹之后,我又不得不相信了。

事情和学生义务劳动——帮厨有关。学校当局对帮厨是限定了资格的,必须是班级在初中二年级以上,年龄相对较大的学生。为何如此?想来大概包含了对瞌睡的自制力、应变力以及体力等等方面的要求罢,此外,是否还有其他考虑,就不得而知了。

另有一条,是我后来自个儿琢磨出来的,即,还必须胆大,不信邪。

帮厨和采购不同,不用头天拉车进城买菜,仅仅是在伙房内协助(自然还有监督)大师傅煮菜蒸饭,再捎带担个水呀搂个柴呀什么的。因此,便多所走动,也就有机会碰上爱趁黑暗觅食的各类野物了。早就听说,赶上月圆之夜,大雄宝殿前面那座石桥上,总有狐狸整宿整宿地蹲在石鼓上拜月修仙;这场面,还果真教我遇上了,且不止一次。当然,都是在值班帮厨而又恰好碧空如洗的夜晚。情形大抵是这样:有时只有一头狐狸,有时居然聚合了一群,三数头不等。这些狐狸,毛色火红,至少也是棕红,拖着比身子还长的尾巴,悄悄地面月而"坐",还会举起前肢,两爪相撮,宛如人们合十默祷。令人啧啧称奇。

回忆我初闯超验世界,确也汗毛凛凛,手足无措;待见得多了,虽不再害怕,却仍不免惊讶不已:何以作为野畜的狐狸,能如此老僧入定,置人类活动于不顾,你不驱赶它,它就不动,直到自行土遁而去?去了哪里?无人跟踪,自然也就无人知情。晚近,我获悉国外有一科研新结论,说是,拿人和其他哺乳动物相比较,人可谓"全能"(行军30公里,潜水15米,攀缘数米),而一般哺乳动物,则受其生活习性限制,只可能取得其中的某个单项冠军。然则,仅此一项,已令人难望其项背矣,例如,飞人刘易斯就跑不过羚羊。且试以同理推之,在心灵领域,在敬畏天、感应天,并与天沟通等方面,是不是狐狸也独领风骚了?否则,怎么解释,我们的老祖宗一旦悟出其中异数,便毫不迟疑地选定它充当主角,演绎出无数的美丽传奇来,借以寄托人自身的期冀,宣泄人自身的悲哀？我想，对此，恐不可妄加臆断，斥之为无事生非，闲来磨牙罢。何况，究其实，人类的真知极端有限。比方说，关于狐狸拜月，聪慧如人类者，又能说些什么？岂非一大哑谜！

当然，也不可从这个哑谜出发，推导出巫婆式的万物有灵论和懒汉式的不可知论来。我寻思，经过不懈的努力，人，终将一步步逼近真正的"全能"——唯"全能"有望取得真理之近似值。而通过神秘的狐狸拜月现象，我们可否探索一下，自然界的内在默契与相互交流，就中包括，狐狸与月亮的跨时空对话，到底都隐藏着哪些内容……

很快，在校园内发生了一桩大事，将大家口耳授受的窃窃私语涤荡以尽——我们的杨向埙老师，亲手击毙了一头狐狸，并迅速剥制成标本，公开陈列于校办公室，以示人本思想的胜利。事情的原委如下：与僧院隔池相望的，是初中部的两排教室；这些教室，全系利用居士们吃斋坐禅、施主们携眷暂住的客房改造而成；在它们的接合部，还隐蔽着一个小小的背间。据和尚介绍，香火盛时，原本也可供香客临时歇脚之用，但如今不敢留人了，因为它已变成凶宅，闹鬼。什么鬼！女鬼！三寸金莲，裹一对红绣鞋……一派胡言！可不少人还是听得直发毛。只有杨老师不理这一套，偏要挟上铺盖，扛上猎枪，进去度夜。那宛如昨夜的一宿，曾教多少人捏把冷汗！所幸挨到三更时分，一声枪响，这新编的不怕鬼的故事，便终于打下了最后一个句号。同学们闻声纷纷赶去探视。啊，一头龇着白牙的狐狸，正四肢僵硬地躺在血泊之中；它的脖颈与脊背是棕红的，转过腰腹，毛色渐淡渐白，但抒到尾巴尖上，复又渐紫渐黑起来。我不禁暗暗思忖，它拜过月吗？我见过它吗？一轮激动之波卷过，众人开始竖起耳朵谛听杨老师绘声绘影的叙述，并顺着他手指的方向望去，果然，死狐上方，天花板上有个笆斗大的窟窿，那就是传说中的女鬼步摇莲花之处。想想吧，多么可笑！人们竟自己吓唬自己一场！打这以后，当然不再有三寸金莲的滴笃跫音了，某些同学也不再胡思乱想了。然而，我却不免怀疑，难道这就是伟大的超越吗？不，才不过达到"子不语，怪、力、乱、神"

的水平而已!逝水两个五百年,只激起一圈涟漪!诚然,相对于主张"明鬼"的墨家来说,孔子采取了"知之为知之,不知为不知,是知也"的立场,拒绝表态,是明智的;而作为20世纪的新青年,难道就不该再有所突破吗?我终于想通了这番道理,也毅然决然地排除了迷信干扰,开始追求科学了。无疑,这是我在认识范畴中的一大飞跃。

您好!杨向埌老师!而今您在哪里?您的学生感念您,是您的大无畏精神,将他引上了直面人生的勇敢道路——这个生动例证说明了,老师做出榜样,学生便有指望。

如前所述,我从狐狸拜月的奇闻,引出来一个严肃命题:如何对待生活中的未知数。不错,严肃的往往是沉重的。不过,接下来,我倒打算响应某位作家朋友的号召了:要轻松。百人百性嘛。下面,我将补充一段有关果子狸的插曲,也算是调剂胃口罢。故事当中有两个主人公,一个当然是果子狸了,另一个,便是本人。

果子狸,狐类分支之一。与浑身棕毛相衬映,它鼻梁白白的,额头白白的,两个眼眶也是白白的,从而人们给它取了一个颇具妖气的别名:玉面狐。熟读志怪小说的人,对此肯定留有深刻印象。因为,它多半就是那种幻化为美女的"狐仙"。有趣的是,十四岁的我,居然就同"狐仙"发生过一次肉体关系。什么?话说清楚点!真的是肉体关系?地摊文学的饱学之士,就怕要急不可待地追问下文了罢。是的,正是肉体关系,因为它狠狠地咬过我一口,皮破血出,您敢说这不是肉体关系?!

然而,以上描写,够不够"轻松"的标准呢?我不知道。反正,往下我还得说说过程。

那是在读初三的时候。一个深秋之夜,同学们聚在藏经楼下的大饭堂里上晚自习,每桌四人,合用一盏桐油灯。虽说集中了好几个班近二百号人,除却翻书写字的声响外,下余竟是一片岑寂。突然,有谁尖叫了一声:看!那是什么?于是,众人循声四顾,终于发现了,有个毛茸茸肉乎乎的什么幼崽,正在各张桌子底下逡巡,捡拾被人遗落的饭粒。我是一向偏爱小动物的,此刻,自然立刻扔下功课,扑将过去。不端详不打紧,一端详倒教我越发好奇了,眼前这位,竟是生平从未见过(那时候,小地方哪有动物园)也叫不来名字(谁都不敢确认:这就是果子狸)的漂亮朋友!眼圆嘴尖,腿短尾长,半猫半狗,且走且坐,遇有食物,便一概仔细舐净,并津津有味地咀嚼,显得十分温驯可怜。我又替它四处扒来些零星饭拉,先试着喂它,慢慢地,便大胆逗它玩儿了。

拿它开心的当然远不止我一个。不过,闹着闹着,它不耐烦了,一个鹞子翻身,蹿出了高高的木门槛,消失于迷离夜色之中。大家只好连声叹惜,后悔不曾逮住它,明天请动物课老师加以鉴别。可谁也没有料到的是,正当众人散去之际,它竟又闪电般地扑了进来,而且张嘴便咬,那个被咬的倒霉蛋,不是别人,正是倚门张望,恋恋不舍的我。这一惊非同小可,我的小腿肚上爆发了剧痛。同学们又转身一窝蜂地拥了过来,有的照料我,有的忙于缉拿"凶犯",然而,对不起,这一回,人家小将军已奏凯而归了。

同学们七嘴八舌,扯起我撂着穿的三条单裤(我没有棉裤和绒裤,唯一的一条夹裤得留着过冬),呀!好厉害!三层布都挡不住它的牙齿!便都怕我出事,建议我赶快去找校医。我想,找到校医又如何?当时,还无有注射狂犬病疫苗一说呢。计议片刻,有人献了个立竿见影的土方子——生嚼黄豆;据说,要是难吃,万事大吉,倘若觉着香哩,情况倒不妙了。于是,我三步并作两步跑进伙房,讨来一把生黄豆,满嘴乱灌,我的妈呀!又腥又涩,还有一股子泥巴味儿,没事啦!没事啦!我又高高兴兴地往回跑,向大伙儿报告了喜讯。从此,我就接受了血的教训,哪怕再遇上三倍招人怜爱的小动物,我也绝不轻易摸它了。您想,果子狸,当是素食主义者罢,但,我固不能保证,谁又胆敢保证,它肯定一辈子不沾荤呢!

至此,我对国文老师讲解的成语,诸如"反咬一口"、"倒打一耙"之类,因为有过切肤之痛,理解也就不止于字面了。更何况,菩萨犯糊涂,罚了敬香人,善,未必准有善报啊。不过,道理我尽管会讲,可在漫漫人生长途中,被人反咬一口,倒打一耙的事,依旧领教多多。古人云,吃一堑,长一智,看来,这"智"也并不是那么容易"长"的呢。

豺狼虎豹

豺狼虎豹,兽之四凶。不过,在这则短文中,您只能把它当作惯用语看待,"四凶"要打对折,原因是,我只在旷野中见过狼和虎,没见过豺和豹。

关于狼,数年前,我曾应《山西文学》之约,写过一篇万余字的回忆录,题名《大难不死　尚待后福》,随即被《炎黄春秋》、《作家文摘》等海内外多家报刊转载。不过,如今我并不想捡现成,也来个"自己抄袭自己"(这是有例可援的,人家还收进了文集哩),尽管,这样做照样能稳赚一笔稿费。我决定不当唯"物"主义者,原因只有一个字:累。当然,这实在算不上崇高——但姑且让我学着玩一次"逃避崇高"吧。

然而,总不能跳过狼不提,光说虎吧,那岂不是又再次压缩了25%?我想,无论如何,不该太寒碜了读者。虽说,从聪明的同行那儿,我早就受到过"启蒙":作家是可以理直气壮地喊一声"文人无行,自古已然",而我行我素的!

且简单做几笔狼的文章吧。

我此生两度遇狼。一次是在江西吉安青原山,正在念初二,时间是深秋傍晚,天上下着密密的牛毛细雨。另一次是在山西太谷县的乱山丛中,那时我已被划为"右派",正在劳动改造,时当盛暑,大天白日。前者是孤狼拦路,路断行人。后者是恶狼搭肩,虽有两位一道寻找铁矿的民工做伴,但一个上了垛,一个在半山腰,有心救也救不了。

有趣的是,这两次遇狼,不但居然都让我侥幸逃脱,而且都与民间传说有点瓜葛。这里只拣最当紧的说。我自幼就爱听人讲故事。有一回,听了个狼怕一张一合的雨伞的故事,未知虚实。没想到,日后还真派上了用场。当然,那也实在是为情境所逼,无路可走,才出此下策,侥幸一试的。因此,我宁愿变成落汤鸡,在横着、倒退着走的过程中,始终坚持着以伞为武器,不断地朝那犹疑中的狼一张一合,结果,奇迹发生了,我硬是把它给蒙跑了。

至于后一次,和前一次恰恰相反,我没有按照故事里说的那样,抓牢狼的两只前爪,一口气背进村,然后招呼别人收拾它。我知道自己能吃几碗干饭,不敢逞能。再说,身处大山沟,方圆十里八里的不见人烟,我上哪儿去喊人来?我是左撇子,左手力气比较大,此刻,正好又是左手握着探矿锤,探矿锤可不像一般的钉锤,它的锤把特别长,锤头特别尖,若用它反手打狼,狼也咬不着我。这么想妥了,便使尽吃奶的气力,猛地向后砸去。也是我公刘命不该绝罢,我想,发生在那一刹那间的事,恐怕只好借用日后宋世雄解说郎平一记猛扣,力挽危局的说辞来形容了,"好——球!稳!准!狠!好球!"不过,我到底不是郎平,既缺少基本功,体力又不济,这,不过是歪打正着罢了。再说那狼,莫名其妙地挨了我一锤,竟立刻如同瘪了气的轮胎,软塌塌地瘫下地去。我看着它龇牙咧嘴地挣扎了好一阵,才爬起来掉头逃跑,可这时,我已是软得连脚都抬不动了。这说明,英雄是不好冒充的,命大而已。

直到两位民工哧溜下山来,为我压惊,给我壮胆时,我才想起,应该仔细研究一下这把救我一命的探矿锤,到底击中了狼的什么部位。嘿!钉子般的锤尖上,竟沾满了眼球玻璃体的胶状碎块、血丝、眵目糊以及眼睫毛,看来,这一锤还挺神,那坏种要当一辈子独眼龙了!这一发现,令我精神大振,体力似也随之恢复了。它之所以负痛惨叫,狼狈逃窜,根由就在于此。遗憾的是,虽然此后我在娘子关内还持续待了20年,却碍于自己的负"罪"之身,行动不自由,无法旧地察访。其实,我想,只要问问当地的猎户山民,是肯定能了解到这家伙的下落的——单剩一只右眼的狼,行为必然古怪,原是极惹人注意也极好记认的。

狼的故事,到此为止,接下去说老虎。

老虎于我,并不像狼,它不曾构成过生死考验。然而,由于过程特殊,亦堪一记。

学校所在的青原山，本身就山高林密，复与盘桓赣东闽西的武夷山脉纠结成片，老虎出没是常事。这些虎都是个头稍小却性情忒狠的华南虎。就在初中部亦即大庙所依托的后山，通向图书馆的曲折小径上，虎们往往也会前来散步，所到之处，无不盖上碗口大的脚印。兼任图书馆馆长的陈颖珊老师（校长陈颖春的妹妹），曾多次对我叙说过，每当夜深人静，她孤身一人留宿，尽管顶紧大门，人也躲上了阁楼，可那满山虎啸，照例吓得她心惊胆战，通宵无眠。

不过，等我亲眼见到虎，已是高中阶段了。记得有天下午，我们班要到户外上体育课，该着唐英僚老师来教单双杠了——在所有的运动项目中，唯独单双杠一类，我还凑合；只是当我刚打算玩他两手时，天公不作美，忽然下开了瓢泼大雨，大家赶紧跑到附近屋檐下暂避。好在夏令时节，雷雨来得快也去得快，不一会儿便戛然而止。然而，雨过天不晴，依旧浓云密布，头上仿佛扣着一口大黑锅。说时迟，那时快，但见一束强烈的阳光，利剑般劈锅而出，牢牢插定在前方馒头状的独立石垴上；这石垴和我们隔着一弯小溪和大片菜地（那是全校自食其力的菜园子），距离不足半里，山上水流汩汩，四向奔泻，远远望去，似有谁在半空乱抛碎银，煞是壮观，众人不免啧啧赞叹。但，话犹未了，造物主又挥洒神来之笔，倏地完成了一幅千载难逢的画图：一头斑斓母虎，领着两头步态蹒跚的幼崽，相继从背阴一侧款款登上了垴顶，母虎大概午睡未醒，上来便一连几个大哈欠，又伸懒腰又打喷嚏的，而后就地卧倒；两只幼虎则跳踉于前后左右，不停地嬉闹撕咬。这时节，母虎会时不时瞄上它们一眼，偶尔用舌头舔舔孩子，还拍着尾巴闷声低吼，示意它们不可过分越轨。

真是匪夷所思！在一大摊活银子上面，再摆上三坨活金子，岂非于无比壮观之外，又平添了三分富丽七分神奇！这一幕，简直把我们一个个看得心花怒放，如醉如痴。许是出于感动至极罢，于一片鸦雀无声之中，我竟脱口背出来两句鲁迅的诗：

知否兴风狂啸者,

回眸时看小於菟。

　　唐老师耳朵尖,立刻低声问道:你咕叨什么? 我说,两句诗,两句,鲁迅写的有关大老虎和小老虎的诗。他一听事关老虎,立刻兴致勃勃地命令我,快向全班同学大声朗诵一遍,最好再稍加"翻译"。于是,我俨乎其然地接了老师的班,作古正经开讲了:"於菟",这两个字该怎么写、怎么读,以及什么意思,等等;古代楚国人——我们所在之处正是楚地——管小老虎叫於菟。唐老师满意地笑了,可能他从未接触过鲁迅罢,不但连连赞好,还顺手送了我一顶不花钱的高帽子:"秀才!"

　　什么秀才!要说好,是鲁迅的诗好。数十年于兹,关于这首诗,我读到过多种诠释。有人认为,此乃鲁迅以虎自况;我是比较倾向于这一见解的。固然,刻意"自况"亦未必,但普遍人性的自然流露当无疑义。我这样说,是有旁证的。我记不清在什么地方浏览过下述一段文字了,大意是说,据曾任国民党顶尖特务的沈醉透露,当年蒋介石确实布置过暗杀鲁迅的行动计划。沈本人便奉命去上海大陆新村的鲁迅住所附近窥伺过。沈说,他亲眼得见,鲁迅坐在藤椅中怎样逗海婴玩耍的动人情景。我想,不妨说,这就是一代斗士"回眸时看小於菟"的真实写照罢!

　　仅此亦适足以辨明,鲁迅自系血肉之躯,神化鲁迅,不过是别一种人的别一种用心罢了。本来嘛,一个不爱故园草木的人,何以爱祖国江山! 一个不爱膝前儿女的人,何以爱天下苍生!

熊

　　这是一组熊的故事,确切地说,是一组熊的母爱故事。

必须厘清不同熊们的出场次序,否则我将难以把握自家感情发展的层次。

1952年,以诗人金朝奎为团长的朝鲜人民访华代表团,和以战斗英雄高树基为首的志愿军报告团联袂莅临云南。军区政治部派我和文工团女团员邓敏协助工作;我的主要任务是,充当金的"翻译",口译他的报告,笔译他的诗作(不知何故,他们自带的译员,简直令人无可言说)。我本是100%的朝鲜盲,既不懂话,又不识文,忽而要去执行这等重任,岂不玄乎!大概首长也有所担心罢,为此曾专门嘱咐一番,说,金是诗人,你也是诗人,只要你和他建立起良好的私人关系,完成任务当也不难。云云。我谨遵诺诺,全力以赴,最后总算不辱使命,且在人们的讹传中,居然荣升为"朝鲜专家"矣。至于所谓口译、笔译的具体操作,皆因无关主旨,这里点到为止。

值得细说的倒是,陪同过程中有桩灾难性事件——当我们星夜兼程,赶赴与缅甸接壤的畹町途中,于永平县境,我和金合乘的那辆美式吉普,竟一度遭到熊的逆袭。

据事后了解,不知是什么时候,也不知是谁的车,不慎撞死了一头漫游的小熊,弃尸道旁。阴差阳错的是,报仇心切的母熊找到现场时,代表团车队的殿后一辆,即,金的吉普也恰好开到。于是,在毫无思想准备的情况下,司机被迎面杀出来的黑乎乎庞然大物吓蒙了,车子熄了火。此时,东方薄明,我们得以目睹,原来这是一头几近疯狂的老熊,扑上来便一口咬定方向盘一侧的头灯(想必被它错认作"凶手"的眼睛了罢),随之碎玻璃咯巴一阵乱响。幸亏负责跟车保卫的军区警卫团战士,很能沉住气,只见他轻轻打开了前座右首车门,端起卡宾枪就是一梭子,母熊应声倒地。司机立即抓住间隙,重新发动,猛踩油门风驰电掣而去,大家赖以脱险。尽管如此,那头负伤的母熊还始终尾追不舍,跌蹶嗥叫,教人浑身发麻。这时,我回过神来,方掂出适才一幕的严重性——万一伤着了贵宾,那将如何是好?

令人钦佩的是,金朝奎不愧来自战火纷飞的国度,既从容,又宽容,这使我悬起的心略得平复。尔后,他又以大局为重,不愿令东道主感到难堪,此事竟对他的同胞也一概秘而不宣,这更教我感动万分。当然,待到客人回国,我还是一五一十做了汇报的,并为那位战士请了功。至于公开披露此事,则本文尚属首次。

我曾反复寻思,熊是兽,报仇找错了对象,固然无从理论,倘或因此出了纰漏,也只能自认倒霉;但,它那决死气概,却令人叹服乃至敬畏。什么力量使然?无疑是母爱了!

然而,这母爱的代价又极惨重。由于老熊身遭多处枪击,母子双双同归于尽,怕是可以预见的结局罢。

事隔两年,忽而我又再次感受了熊的母子亲情。有所不同的是,这次却非来自母熊,倒是来自熊崽。

记得在写蟒的一节中,我曾提及,1954年,昆明部队有过文化部部长冯牧亲自带队,组织一帮年轻人上边防前线,深入生活的壮举。熊,就是在这当中再度闯进我的视野的。话得从抵达西双版纳,实行分散活动后,我独自上了爱伲山,进入爱伲人聚居的寨子格朗和说起。我投宿于村外的茶叶收购站,结识了长年野外作业的站长,以及若干从事茶叶粗加工的各民族工人,也破天荒地结识了一位动物朋友——小黑熊。

它妈妈就不来找它?我问站长,畹町旧事使我犹有余悸。站长浅浅一笑,劝我放心,母熊早就叫爱伲人剥皮杀肉吃了。小熊好耍,是他特意向猎人讨来的。或许是出于平衡某种歉疚之情的心理需要罢,我对这个无母孤儿,倒格外地怜惜起来。待在格朗和总共四天,我不但包揽了喂食的任务(那时,人的菜饭都极粗糙,小熊就可想而知了——白水煮苞谷,偶尔丢两三枚烧茄子,撒几粒盐巴),而且,天一黑,就让它在我临时搭就的篾床下睡。它用左前掌支住颌部,侧身而眠;骚臭虽不可免,我也忍了。我还有个发现,熊,似乎也是左撇子,因为当我于亲昵中创造了一项"拍拍手"的文娱节目时,它伸出来的竟也是左前掌,甚至乐此不疲。细心的站长注意到了这一切,临到我下山前夕,他决定成人之美,说,干脆把它转送给你得了。我说,送给军区文化宫罢。于是,急忙写下一张便条,同时像对待小熊一般,我跟站长也开玩笑地拍拍手,讲定由他负责托人带去昆明。这位站长还真守信用,日后,待我从阿佤山回来,"拍拍手"已在文化宫公开亮相不少日子了。

不过,赶去见它时,心中确无把握,它还认得我吗?我试着喊了一声:"拍拍手——"它竟抬起头来,仿佛若有所思,接着便摇摇摆摆地走近我,瞅瞅又闻闻,哈!到底记起来了。它照老规矩伸出左前掌,隔着铁栅栏同我对拍起来了。它是熊吗?如此聪明,如此多情!我几乎要掉泪了,而所有在场的观众,听我简略说罢因缘,也无不为之动容。

但,由此却引出了一段交涉。文化宫管理员发现,有些小孩也学着我的样子,大喊拍拍手,他担心发生安全问题,便专门跑来找我商量,要求往后别和小熊拍手。这是后话,休提。

我们上阿佤山之前,曾借澜沧县城小做休整,正好,又赶上了驻军某部的英模会。英模会,该有多少可写的人和事啊!我们当然不会坐失良机。这里且说一位拉祜族猎手兼联防队长。遗憾,此人在会上报了个汉名,哪几个字,如今我全记不得了。冯牧生前曾和我多次忆及,他同样记不得了,还为此叹息不已呢,说,假如用的是拉祜本名,怕反而能记得牢罢。猎手个头不高,衣着邋遢,除却他的椅子必须斜着摆以外,毫无特殊。但当你正面看他一眼,只消一眼,就准教你永生难忘了——整张脸变形,五官挪位,右耳移到了鼻子上,鼻子移到了左颊上,左颊移到了左耳上,左耳就快挨近后脑勺了。何以至此?一问,才知道是叫老熊掴了一掌。猎手很坦率,取笑自己当时年轻不懂事:造孽啰,得罪下熊婆婆啰。他操的是生硬的滇南汉方言,我不全懂。经别人转述,才弄清原委。说是,有次猎熊,他先获幼崽,便斫了股葛藤拴住其脖子绊住腿,故意拖到洞口让它呻唤,以勾引母熊。糟糕的是,母熊竟咆哮着从背后箐沟里冲了出来,这说明猎人资格还嫩,因而侦察欠周也判断有误。尽管表面上看去,似乎彼此打了个平手——伙计们把他抬回寨子,保了一命,老熊也只是咬烂葛藤,将熊崽救走了事。可是,猎人却白白吃了它一记耳光,且不说当时就痛得万箭钻心,人事不省,最伤心的是破相一辈子,寻不下婆娘,算下来,倒是蚀了血本了。

实话说,会上人们最感兴趣的是,当年猎人"走麦城"的经过。至于今天他作为联防队长的英雄事迹,倒在其次。在众人眼中,他的脸简直就是一部活的狩猎词典,从中,有的人读到了老熊的残暴本性,有的人读到了老熊的骇人膂力,有的人读到了老熊的复仇心理。我不同,我读到的是老熊的母爱,不惜泼命的母爱。

我不能不联想起屠格涅夫笔下,那只唯恐幼雏受到猎犬伤害的母麻雀。正是出于母爱,雌雀一变而为雄鹰,它抟挚开全身羽毛,径直朝对手的眼珠子啄去,终将大敌吓得落荒而逃。而母熊较之于母雀,又何止强壮千百倍!我们有什么理由要求它向猎人示怯呢?

母爱是一切动物的天性。在这一点上,人是有二重性的,既是动物,又不是动物。因为,是文明社会,母爱乃被赋予了道德伦理色彩,成为真善美的标尺之一,这叫作源于动物,高于动物。然而,这一神圣感情,也可能被金钱和情欲所异化,以致禽兽不如。我想,唯后者方能解释,何以当今之世,会出现这许多拐卖儿童、绑架儿童的罪案!特别可恨的是,竟有因满足一己吸毒或者偷情之邪欲,视儿女为寇仇,必欲去之而后快者,无以名之,只好划入"后现代"野兽一族了。与此相比,那种视母爱为投资行为,一如炒股炒房地产,指望他日得有丰厚回报者,倒是谦谦君子了。

以此观之,比起熊来,某些人实在差劲远去了。上述故事,未知能令其双颊泛潮否?

懒猴与水獭

有一次,我在开远十三军驻地公干完毕,友人托我捎回一只懒猴,送给军区文化宫,供人观赏。我说,小事一桩,放心,便立刻找来一只大纸箱,往盖上戳了些透气的窟窿,另外还备下几团米饭,供它进餐。岂料,才搬上回程车,这家伙就扑通扑通地折腾起来,且吱哇乱叫。同行人问我带的什么,我说,懒猴。行家大乐,说,大概你没替这位先生安顿床铺罢。什么床铺? 莫名其妙!幸亏我搭的是营建部队运料的便车,驾驶员肯帮忙,特意熄了火,并找出斧头,跳下车去,为我斫来一截带叶子的树干。嘿! 邪门儿! 树干刚塞进箱,那孽畜便一把搂定,闭上贼眼乖乖地睡了。

到了昆明,我又有了新发现:原来懒猴不仅懒,还嘴馋挑食,大米饭竟原封未动,仿佛它是"八旗子弟",非时鲜蔬果不进。总之,这东西给我的印象忒坏,于是我逢人也便臭它:"骄娇二气。"从无美言。

不料,文化宫竟因它而大出其洋相。也不知哪位饱学之士,在懒猴栖息的树上钉了块木牌,写道,学名:旱獭。区区俩字,招来了无尽嘲骂。为此,管理员气呼呼跑来找我:你的那个懒鬼到底叫啥? 为慎重起见,我专门跑去云南大学请教了一位教授。教授热情指拨,说,没错,就叫懒猴,又名蜂猴,产于热带、亚热带,足不出林。眼圆耳小,背红腹白,猴类,却无尾,不长爪子长指甲,这一点倒又像人。爱夜间活动,除了果实,有时还捕食小鸟。教授讲得兴起,话语滔滔,他告诉我,而所谓旱獭,则系土拨鼠,皮毛虽不错,却是鼠疫的传染源。何况,他也从未听说过,世界上有哪个国家的动物园竟会豢养土拨鼠;土拨鼠太好打洞了,糟蹋得厉害。接着,教授又由旱獭扯到了水獭,也说了一大篇。我本为一辨懒猴真伪而来,无意间竟收获多多,不由得格外高兴。

凑巧的是,没多久,我便亲眼得见野生水獭了。

也是在阿佤山。我曾深入最前沿一个名叫永必烈(后来中缅划界,该地归了缅甸)的哨所,那里驻有一个加强班。由于当时的阿佤人尚滞留于半开化状态,不着衣衫,并保留着猎取人头(尤其喜欢像我这样长连鬓胡子的人头)的陋习;加之地处边陲,国民党特务跨界活动猖獗,随时可遇不测。为此,团部派了一位山西籍的老侦察排长陪同,算是护送罢。排长挎上了卡宾枪,我则照旧别着那把在昆明配备的左轮。所幸一路之上，虽不免常有"情况"，却都有惊无险。

大约是抵达目的地后的第三天罢，天降大雨。这里本来就终日浓雾缭绕，能见度极低，如今赶上雨天，就越发四顾茫茫了。我和排长无处可去，便坐在竹子搭就的床上闲扯，话题自然离不开阿佤人。不承想，说曹操曹操到，突然一个全身精赤的人，拨开雨帘踵将进来，哎呀，是个年轻力壮的佤族汉子：虽则是既无缅刀，又无弩弓，只不过两手紧攥着一头毛茸茸的野物，叽里呱啦的不知说些什么。我和排长强压惊愕，依汉人的礼行，给他敬烟斟茶。他却死死搂定那野物，只顾伸长脖子，噘嘴叼烟，并不喝茶，同时示意我们看他捂在怀里的东西。啊，水獭！教授所言，果然一一应验：体长 70 至 80 厘米。头尖耳小。脚短有蹼。毛色深褐，软而密，有光泽。尾扁，颇见硬度，如皮鞭。至于习性特点，当然外观是看不出来的，诸如，栖息水滨，善泳，入夜活动频繁，嗜食鱼、蟹、蛙，旁及水禽，最妙的是，它爱把逮着的鱼通通咬死，然后一尾一尾地陈列岸旁，宛如人们给菩萨上供，这就是著名的"獭祭"了。然则，此举含义何在？迄今仍是哑谜。

再说这位不速之客，他久久目光四射，东张西望，仿佛在寻找什么。由于言语不通，使众人深感不安。排长急忙命令战士们加强戒备，留下四人看守武器弹药，其余五人外出增援，以加强原有的三处哨岗。固然，事后证明，这纯属多虑，但，有备无患，掌握主动，这在当时还是绝对必要的。稍停，佤族青年终于相中了他想要的东西——脸盆。原来，他是在为水獭物色容器，便于腾出手来抽烟。可水獭岂通人性，才放进脸盆，便蹦了出来，噼里啪啦将一整排脸盆，以及盆里的洗漱用具全数掀翻。佤族青年手足无措，咧着满口白牙发愣。排长见状，赶紧拿来一个装压缩白菜的空罐头箱，让他将水獭暂置其中。这种罐头箱，体积相当于两个大号饼干桶，有一定深度，水獭是蹦不出来的。阿佤人一试，大为满意。接下来，他也就学着战士们的样，趴到地上去拾掇什物；不同的是，每拾一件，必定翻来倒去仔细端详，遇上牙刷牙膏之类，鼻子闻了不算,还要用舌头舔、牙齿咬。望着他这毫不掩饰的好奇模样,大家都忍不住笑了,他也跟着傻呵呵,于是,一时间空气变得融洽起来,猜疑也就烟消云散了。看得出来,他对香皂忒感兴趣。有个河南小战士凑过去,教他说汉话:"香——胰——子",同时做了个示范动作,蘸上一丁点水,变出来一大堆泡沫。他几曾见过这等魔法?立刻爱不释手,大抹特抹起来。抹手还不足,继之以抹脸抹胳膊腿儿。排长一看这架势,连忙动员他,干脆去门外请老天爷帮他淋浴。他兴高采烈地服从了,果然直挺挺地站在雨中,一遍一遍地擦个没完,一面乐得放声呼号。眼看着那块香皂只剩下一少半了,他却毫无倦意。排长和我不由得四眼相向,发起愁来:怎样才能把他送走?而就在此时,更其骇人的一幕上演了,佤族青年开始擦洗阴部,想必是皂液的润滑感刺激了他罢,一阵揉搓中,他的阳具膨胀了。我这才注意到,此人阳道壮伟,似乎要比一般汉族男子大得多。众人相顾愕然。紧挨着我的河南娃娃兵,竟用稚嫩的宛西乡音惊呼:"我的个姥娘呀,手榴弹!"听来令人失笑。我想,小同志管那东西叫手榴弹,还真个是传神哩:第一,形状联想,不必细说;第二,色彩联想,恐需稍做解释。20世纪50年代,新兵要练习投弹,那假弹的铁砣顶端,往往都涂了一团红漆。小战士脱口而出,确是有来由的,虽则他本人未必意识到。至于佤族人的阳具,何以如此出色,我当时就琢磨过,除去人种方面的先天因素外,至少还有两条不可忽略:首先,性器官从不受衣裳的束缚;其次,性宣泄从不受礼教的束缚。当然,这样一些想法,彼时彼地都是不宜公开讲的,谁担当得起扰乱军心的罪名?!

　　佤族青年鼓捣了一阵,忽而高声呻吟起来,射精了,直至精液皂液混合着雨水四散漂去;他也疲软了,这才心满意足地踅回营房,就这样,我们参观了事情的全过程,以至都隐隐有点冲动了(至少我是如此)。怎么办?让他再继续胡闹?排长心生一计,找我商量:咱快凑几块香皂打发他走!愈快愈好!我想也对,便马上翻出备用的香皂来,同时号召战士们也尽点义务。至于排长,他没带香皂,就捐了个半新的挎包,外加一盒白皮烟。当然,这一切,都是打着加强军民联防、巩固民族团结的旗号干的。那佤族青年喜出望外,毫不客气地照单全收了,临了,他打了些只有他懂的手势,留下水獭,笑嘻嘻地走了。

1987年,《昆仑》杂志发表了我的中篇小说《头颅》,就中我把自己的这段生活积累和个人思绪,基本上都写了进去。北影厂的一位女编辑和浙江电视台的一位男导演读了,先后来找我联系,说,故事太悲壮了,希望能搬上银幕、荧屏。但,我却担心会在客观上形成猎奇,乃婉言辞谢,并表示,一旦条件成熟,我将自行改编。再说,小说涉及的某些场面,拍摄难度较大,比如,猎取人头、祭人头桩、魔巴(巫师)杀鸡打卦、剽牛大典等等。何况,那深层主题似乎也较敏感,未必能获通过。

至于这篇短文所记之佤族青年手淫场面,小说倒不曾结构进去。理由只有一个,不美。然则,我却一直有心把它原原本本地公之于世,因为从人类学的角度看,这实在是一宗难得的资料。现场目击者虽有六人之多,但除了排长认得几个字外,全系北方翻身农民,清一色文盲。我若不写,此事势必湮没无闻。所以,为了科学研究,不管是否误读,我都有责任奉献这份原始记录。因此,才由水獭扯到了捕獭人。此外,我个人另有一大胆妄议:人愈文明,则愈能自律,其所获得的自由才愈不妨碍他人,但因此也愈易流于繁文缛节与矫饰,若像当年的佤族人那样,固然人的本真保留了许多,率性却又每每会沦为任性。1991年,我重返云南,看见阿佤人一个个衣冠楚楚、文质彬彬,同汉人已无甚差别了。坦白地说,我的反应是复杂的,既欣慰,又悲哀。这,大概也反映了人类在历史行进中的两难困境罢。

以上,尽管我记述了十余种动物的不同故事,疏漏仍属难免,比如,华丽的孔雀、高贵的白象、狡黠的猢狲、狞恶的山猪等等。不过,主要的似乎都写到了,再要补充,不外是几句闲话罢了。

我在读书的过程中,由于屡经重复,有个印象比较强烈,那就是,中外思想家都好拿动物与人对比。有一个名叫乔治·艾略特的英国人,就曾感慨系之地说过:"动物是多么可爱的朋友——他们不问问题,也不散布流言蜚语。"我想,这句话,当非凭空而来,虽则未必全对。是不是别有更正确的答案呢:动物朋友之所以不"散布流言蜚语",其实是因为坏人垄断了专利权的缘故;而如今的猴子之所以不能再变成人,倒恐怕多半是在于它们"不问问题"。不过,话还得车轱辘转着说,人好提问,难道就一定都问得对吗?也许,艾略特是故意反话正说的罢。

至少,根据我们中国人的经验,世上的问题不外乎两类,一类真问题,一类假问题。真正伟大的哲学家和真正伟大的科学家,他们发现问题、研究问题和解决问题,在很大程度上,起到了率领全人类克服障碍、不断前进的作用。假问题则不然,假问题只能混淆是非、颠倒黑白、扰乱心智、制造疯狂。例如,长期纠缠中国学界的所谓封建社会"停滞论"、农民战争"动力论"、"清官比贪官更坏论",就都是些庄严的假问题。庄严的假问题当然只能产生庄严的假答案,而假答案又终归无法解决真问题。可叹20年前,类似的假问题亦多矣,什么胡风问题、"右派"问题、"粮食多得吃不了怎么办"的问题、彭德怀问题、"儒法斗争"问题、"唯生产力"问题……真是不胜枚举!无疑,这些都是蓄意为之的假问题。正如全国人民所眼见身受的,这串假问题倒真的险些闹出了国将不国的大问题!

我认为,还是鲁迅说得最精辟:"其实人禽之辨,本不必这样严。在动物界,虽然并不如古人所幻想的那样舒适自由,可是噜苏做作的事总比人间少。它们适性任情,对就对,错就错,不说一句分辩话。虫蛆也许是不干净的,但它们并没有自命清高;鸷禽猛兽以较弱的动物为饵,不妨说是凶残的罢,但它们从来就没有竖过'公理''正义'的旗子,使牺牲者直到被吃的时候为止,还是一味佩服赞叹它们。人呢,能直立了,自然是一大进步;能说话了,自然又是一大进步;能写字作文了,自然又是一大进步。然而也就堕落,因为那时也开始了说空话。说空话尚无不可,甚至于连自己也不知道说着违心之论,则对于只能嗥叫的动物,实在免不得'颜厚有忸怩'。假使真有一位一视同仁的造物主,高高在上,那么,对于人类的这些小聪明,也许倒以为是多事,正如我们在万生园里,看见猴子翻筋斗,母象请安,虽然往往破颜一笑,但同时也觉得不舒服,甚至感到悲哀,以为这些多余的聪明,倒不如没有的好罢。"

倘若我的理解不错,那么,鲁迅的这一大段话,一方面,是意指某些人实在人不如兽;另一方面,则又是意指这种不如兽的"人",还在教兽变成像"人"一样的兽。

话已经说到这步田地了,我们还能说什么呢?没有了。不过,生逢当今社会转型之际,目睹形形色色的衣冠禽兽,我自不能无动于衷。那么,且让狗尾续貂一番罢:人群动荡分化之日,亦即人兽混淆之时;但也只有到了这个时候,我们才能省悟那平日间容易忽略的真理:从兽到人,要经过亿万斯年,而从人到兽,却存乎一念之间。

草木一秋,人生一世,作为人,当此紧要关键处,能不慎之又慎吗?

1997 年 9 月 9 日　初稿
1998 年 3 月 15 日　全文改定于合肥

黄金海岸识黄金
——挽张志民

已然记不确切,我是在什么时候,什么地点,第一次见到张志民的了。

但那第一印象,却深深地打动了我的心:只有像他这样的人,才能写出那样的诗,《王九诉苦》《死不着》,单纯而又磅礴。打那时起,我就认定了,张志民是真正的人民诗人。随着日后彼此接触的增多,事实就更加验证了,他的言谈举止,无一不自然而然地流露出泥土的气息,再加上那一贯的勤劳、宽厚和木讷——实在逼急了,至多也不过像老牛似的哞哞吼上几声,这些,正都是中国国民(其主体是农民)性格的特征。如果,连"老牛"都无权代表善良的大多数了,那么,又还有谁能代表呢?

然而,人民诗人难当。

蹊跷在于,相当长的一段时期内,"人民"这个字眼,是被垄断着的;"爱人民"这句话,除非得到某一层面的恩准,也是不好妄自出口的。

张志民便正是因了爱人民,才换来了多半辈子的不顺当。一开始是,进城不久,就无辜受到"胡风案"的牵连,被迫离开了自己成长的摇篮——部队,转业去当编辑;不久,"文革"爆发,又索性被投入秦城监狱,彻底丧失自由整四年。令人敬佩的是,张志民一旦被允许回到"人民内部"了,竟照旧用作品大声宣告:我还是要爱人民!

这真是人民养种下五谷,五谷又养种下"傻子"了。

所以,也就不妨说,所谓人民诗人,其实正是"傻子诗人"。

他的为诗,早已如碑在廊,无须指点。而他的为人呢,容或于赞扬之外,尚有可挑剔处罢！如今他一走,大家纷纷撰文追怀,这说明了,毕竟公道自在人心。好人倘不被在世者珍惜,只怕这个"世"也就整个儿不值得珍惜了。

别人涉及的方面,我不打算重复;我只想侧重写一写1989年7月29日到8月5日,我父女二人和他祖孙仨,在黄金海岸晨昏相处的短短八天。

1989年是值得思索的一年。我认为,这一年,对全面地深入地了解作为人民诗人的张志民,有着特殊重要的意义。

应该简单介绍一下我们在此相逢的背景。

所谓黄金海岸,指的是位于南戴河与北戴河之间的长长一溜沙滩,她如今怎么样了我不清楚,但那时,她确是美丽、安谧而素洁的。

其时,《诗神》杂志假国家煤炭科学研究院设于此地的科技培训中心,举行颁奖诗会。被邀请者有张志民、张同吾,以及我。我的旅伴是女儿刘粹。与张志民一同前来的,则有他的妻子傅雅雯,还有他俩疼爱的孙儿小冬子。

7月29日,老友把晤,唏嘘良多。

第二天,诗会便正式开始了。在这一天的工作手记上,我写道,"晨八时许,张志民、旭宇拍门,乃匆匆赴会,见到了贺敬之、柯岩、刘章、浪波、张学梦、戴砚田、王洪涛、苗雨时等熟人"。据主人告知,贺、柯夫妇之莅临,纯属不期而遇,云云。

颁奖结束,张志民首先在座谈会上发言,语调尽管平缓,却很动情。他说,相对于大海的永恒,人生实在渺小无足论。接着话锋一转,感叹起了自己这一辈子,固然也很渺小,却似乎并非毫无内容,"该经历的经历了,不该经历的也经历了"。记得当时我听到这儿,曾朝他会心一笑:这不该经历的,除了秦城监狱外,还另有所指罢。接着他又扭头望着窗外,说起了山,说起了李大钊待过的昌黎妙峰山。他背诵罢李大钊的名联"铁肩担道义,妙手著文章"后,随即做了点发挥。这时,我又不免揣摩,此时此刻,究竟是什么事,使他禁不住缅怀历史呢? 我想,无疑是眼下绝对需要的铁肩和妙手了……

果然,我们之间会下的深谈,证实了我没猜错。他告诉我,这两个月,他都是怎么过来的,想过些什么,又做过些什么……(此处含标点,略去32个字。)这时,与他患难与共的傅雅雯愁容满面地插了一句:"夜里睡不踏实,犹则罢了,大白天也老是丢了魂儿似的,坐立不安,叨叨着要出门去瞧瞧。我说,都这样儿了,你瞧又能怎么样?……"但,就在这场谈话结束的当天,他还是踅进我的房间来,像个淘气娃娃似的,笑嘻嘻地对我说:"其实,我还是瞒着她出去过的。"至于出去过几次,又碰到过什么,他生前未曾授权,我当然不便替他公开了。

7月31日,获奖作者×××前来看我,乍见面,便自报家门:进驻首都的某军干部。也许是我不慎流露了几分疑惧罢,来人立刻抱屈地解释:"外面都传说我们怎么怎么了。其实,我们是代人受过。"接着便报出了另一个声名煊赫的番号。当时志民也在场。到底志民有涵养,他替大家应了一声:"我们人人都要对历史负责。"空气立刻缓和了。

好一个"人人都要对历史负责"!

也许正是这个"对历史负责"的态度罢,在临分手前,在拥挤不堪的火车站,他又附耳相告:"我这回去就决定不干了,不能干了。"

说到做到,志民向有关方面申请离休,但,一直拖到1993年,才终于从那家刊物的主编位置上退了下来。

论说,我也在同一刊物虚挂编委之名。不同的是,在某些人眼里,我不过是一疙瘩破铜而已,所以,早在1990年4月,就被彻底"革出教门"了。

堪笑破铜倒有幸与黄金为伍,都不能适应当时变化了的气候,与其锈蚀,哪如自全?

而我毕竟又是幸运的,今天还赖在世上,并写下了这个标题:黄金海岸识黄金——字纸无妨化烟尘,黄金终须放光华!

1998年5月8日 合肥

老泪纵横哭洛汀

洛汀的噩耗,最初是由晓雪告诉我的。时间是 3 月 25 日子夜,地点是海南三亚。由于这桩不幸发生在晓雪离开昆明,赶来参加第四届国际华文诗人笔会的前夕,详情他也不甚清楚,因而显得特别刺激,我听了,除了默默垂泪外,一句话也说不出来。

半个月后,待我重返安徽,才从一大堆邮件中拣出讣告,原来,遗体告别仪式都已在 3 月 21 日举行过了。

洛汀给我的最后一信,写于 1 月 8 日。我自恨没有及早作答,乃成隔世之憾。

逝者长已矣,生者何恻恻!

按照当下的"标准",洛汀,何许人也?既非"仆",又非"爷",更非"星",肯定不能归入名流。虽说他由浙而赣而滇,由民而军,复由军而民,风风雨雨为人作嫁六十年,无论从哪个角度看,都绝对够得上模范编辑的称号。可是,这年头,编辑又值几个钱一斤?事实上,洛汀本人缺的正是钱,倘有,他早就可以甩出去 245 英镑至 295 英镑,或者 159.50 美元至 249.50 美元,砸开英国 IBC 或者美国 ABI,弄个把简装名人乃至精装名人当当了。

然而不。在我心目之中,洛汀确乎是有益于别人,因而也为别人所追慕的真正的名人。

回首平生,我交往的第一位文化人正是洛汀。若视首次通信即为缔交的起点,那么,迄今也近一甲子了。

我很不幸,把文学写作当成了事业。洛汀很不幸,干了一辈子的报刊编辑。于是,"不幸"——一共同基因,便成了联系我俩命运的韧带。兼之我思想又十分落伍,念旧且不说,还主张"滴水之恩,涌泉相报",是以我与洛汀之间,不知不觉地便形成了一种谊兼师友的关系,几十年相濡以沫,称得上是君子之交淡如水了。

我常自问自答:什么是人生? 人生就是缘分。

长话短说。1940年冬(洛汀说是1941年冬,存疑)我正在吉安国立十三中读初中。一日课余,我写了一首悼诗,纪念一位生前很疼爱过我的大哥哥——江西省新兵督练处抗敌宣传队队长张明,并且将它投给了《新赣南报》副刊。当然,把它叫作诗,未免夸张,不过是分行文字罢了。但,出乎意料的是,没过几天,居然给登了出来。有位署名洛汀的编辑还为此给我来信,着实鼓励了一番。当然,更不曾料到的是,这件事,居然演变成了我个人诗歌生涯的第一推动力,同时,自然也就是我和洛汀心灵默契的最初标志了。这,大概正是所谓的缘分吧,诗缘,还有人缘。

有意思的是,洛汀本人也不时怀着美好的感情,回眸这一偶然事件。就在他的最后书简中,尽管未曾挑明,却显然在旧话重提。按照他的习惯,这封信,同样是蝇头小楷密密麻麻一大片,我只能择要节录其中若干段落。

公刘贤弟:我从医院出来不久,收到你寄来的贺年片,不免感慨万分! 想当年(1941夏秋之交),我得到浙西游击队几位女友的协助,搞到了第三战区司令长官司令部后勤部的一纸通行证,得以脱离虎口(上饶集中营所在地铅山),来到赣州与殷梦萍(叶菲)会合,仍当他的助手,参与《新赣南报》副刊的编辑工作,迄今已是半个世纪多了。也就是说,你我都是五十多年的老友了。……现在我……决定实现你的忠告,继续写我的文学编辑生涯六十年(1938—1998)回忆录。大约已写了十多万字,还得继续补充一些;不过,难度很大,因为患了健忘症……"十年动乱",

被省文联的造反派两次抄家(一次是炮派,一次是八派),史料受到浩劫,我自己连一本散文集也出不成。数次去南昌图书馆找过去我编过的报刊,数次扑空。……前几年,浙江师大现当代文学室编了一本《战时东南文艺运动史稿》,已由上海文艺出版社出版。……去年江西文化史料室编印一本《抗战时期江西文化史料》,基本上把我在东南的文化编辑活动都记下来了。但是在云南,我的编辑活动却是一块空白……

所谓空白,自属激愤之言。云南不会是空白,正如江西不会是空白;举凡洛汀辛勤耕耘过的地方,都肯定不会是空白。因为,洛汀同中国万千知识分子一样,既有大可一写的光荣一生,又有不忍言说的惨淡一生,这怎么能倏尔成为空白呢?

依我之见,纵观洛汀其人,那最辉煌的一页,当数抗战初年在浙西游击队期间,参与编辑的《怒火文艺》罢。作为一份坚持敌后杭嘉湖河网地区的水上出版物,仅仅凭它的乌篷船印刷厂这一独家特色,就足以自豪地宣布,洛汀以及该刊编辑部的全体同人,都早已进入中国新闻出版史了。

而那最无奈的一页,又当数解放后,反胡风运动和肃反运动相继收场的20世纪50年代中期罢。此时,洛汀已从昆明部队《国防战士》报转业云南省文联;尽管他为了筹划《边疆文艺》的创刊,宵衣旰食,殚精竭虑,却捡了个莫名其妙的头衔:"总抓"。如此直到1979年,于平反冤假错案之际,才彻底弄清楚,原来不知是哪位"左王",在档案中塞了一纸谤书:"此人有严重政治历史问题,永远不得重用。"呜呼!洛汀无言,余亦无言!

回忆我和洛汀的相处,其最直接也最频繁的一段,首推于《国防战士》报共事的那些日子。他编第四版,我编第三版,每日工作、学习、吃住都在一起。但,古怪的是,不知因了什么,肉身距离愈近,血心反而距离愈远。记得当时对此我就深感纳闷,却想不透究竟何以致之。事后得悉,一贯爱用脑子的洛汀,也产生了类似的疑问。但我们不敢相互通气,因为谁都害怕被人判作是

"小资产阶级情调的无原则结合",更怕被扣上一顶"小集团"的政治帽子。硬是苦盼了三十年,我俩才不约而同地恍然大悟,那是"左"嘛!是迅速滋长蔓延、已然成了气候的"左"嘛!这是后话。其间,个人无疑为此付出了惨重代价,但毕竟事小,民族元气所蒙受的戕害,直到今天也难以弥补,这才是最大最大的损失啊!

友谊险遭扭曲,想起来就教人悲哀。谁之过?为什么不允许保持正常交往?为什么要用"革命"否定人性?想当年,一切多么单纯,多么自然,多么美好!我只消闭上双眼,往事便历历在目了……

1945年,当我从《中国新报》的显著位置上,发现了"洛汀先生蓝星女士结婚启事"的长条广告时,我是何等高兴啊!"启事"交代明白,他们是旅行结婚去了,也就是说,暂时离开南昌了。用意何在?能立即猜透的人,为数不多,而我却算得一个。我曾私下分析过,这里固然有一点罗曼蒂克,但,更多的却是不媚俗的意志,以及节约从简的实际考虑。

说话便到了1948年。政治形势日益恶化,国民党军事败局已定,经济也一塌糊涂,物价飞涨,民不聊生。偏偏这时候蓝星又怀了孕,怎么养得活?两口子商量打胎。走投无路的洛汀,竟找到了我这个尚未结婚的小老弟头上,打算通过我认识的江西慈惠医院院长王惠青老先生,私下做个人流。尽管我竭尽全力,却未能成功,我为之深感抱歉。洛汀却不死心,又另找一位笔名叫作辽河的女作者帮忙。辽河本人是中正医学院的,路子比我宽,然而,闹了半天,还是此路不通。因为,堕胎违法,无人敢做。于是,小儿子终于降生在这苦难的人世。诗云"贫贱夫妻百事哀",有感于此,我写了一篇题名《顽固分子》的文章,除了隐去男女主人公的真实姓名外,情节基本保持原貌。1948年12月,该文首发于香港《大公报》;1994年收入《公刘随笔·活的纪念碑》(上海知识出版社)。万没想到,这篇东西倒也成了小小一方纪念碑。当然,它是属于洛汀夫妇的。

至于我个人,有几桩事,是绝对应该感念洛汀的。一、第一首诗,通过洛汀之手才变成了铅字,已如前述。二、第一篇杂文,《茶壶以及它的茶杯们》,也因洛汀的赏识得以问世。此事过去我不曾正式公开过。三、我上大学是半工半读,那资料员的差事,又是洛汀替我引荐的。四、逃亡前夕,我把新写就的悲愤文字《笔祭》(亦见前书),悄悄托付与他,为了保障家人安全,嘱他务必等我有了确切下落,再予付排,洛汀重然诺,果然是在我平安脱险后,才从容发稿,日期是1948年10月14日。此事虽小,但很见人心。

是不是洛汀格外青睐于我呢?不。洛汀生就悲悯之心,他曾利用副刊这块园地,先后为贫病相煎的作家张天翼发起募捐,还声援过画家张乐平的义卖活动。洛汀曾不无自豪地多次说起他的乡亲李叔同大师:身在空门,心忧黎元,多么崇高的思想境界!虽不能至,心向往之。洛汀的一贯心系百姓,助人为乐,其心态近似李叔同一路。

洛汀清贫自守,不嗜物欲,给人印象极深。琐事不妨一记。我和他相交数十年,竟只见他穿过一次新衣服,还是为了和同事合影,而且要躲在后排!1979年和1991年,我们长期暌隔后,有缘两度相见。可我发现,这时的他,依然欠新潮,一身灰制服,一顶鸭舌帽,一双回力鞋。本来,托改革开放之福,大家的生活都比过去强了,他偏原地踏步,作何解释?我想,除了天性不爱赶浪头外,应该说,从思想到作风一以贯之的平民化,当系根本之根本。

如果说,上面种种,还类乎私德范畴的话,那么,大节方面,洛汀同样有可称道处。且不提那早年因"新四军漏网分子"的罪名被捕入狱,老虎凳未能令他屈服之事,单说往后琐屑编务中的表现,也堪称捍卫真理的表率。在他主持的版面上,经常出现郭沫若、茅盾、叶圣陶、巴金、邵荃麟、郭大力、碧野、常任侠、孟超、姚雪垠、许杰、何家槐、陈伯吹、臧克家、王西彦、雷石榆、傅抱石、魏荒弩、孙用、安娥、李白凤、施蛰存、艾芜、张天翼、叶以群、王亚平、秦牧、秦似……这样一大批可敬的姓名,这确是需要胆识的。据我所知,在江西,和叶以群操办的中国作家稿件总汇保持联系的,唯洛汀一人。更其不凡的是,每逢鲁迅先生忌日,洛汀必定组织文学机会,隆重纪念,而当特刑庭成立,到处杀气腾腾的时刻,他居然还召开诗歌朗诵会,纪念俄国诗人普式庚(普希金),倘不下大决心,谁能办得到?这些活动我都有幸参加,因而洛汀是怎样带领大家与特务据理周旋的,我也得以目睹。是以当我日后在香港《华商报》(中共南方局喉舌)发现,全江西她只挑《中国新报》一家交换,就毫不诧异了。由此可见,洛汀卓有成效的工作,的确从一个方面大大提高了报纸的品位。

不过,据某些发誓要将理论搞成教条的先生们说,这些都不算革命。

然而,人们却相信,只有像洛汀这样,埋头苦干,不唱高调,才是真革命,才是真共产党员。

如今,洛汀带着他的光荣、惨淡和梦想走了,但,人们将牢记他的一切。

1998 年 5 月 22 日　合肥

学　　步

小孩子初学走路，哪一个不交织着勇敢与好奇，既畏畏缩缩，又冒冒失失，进而踽踽着趔趄着保持平衡，仿佛都是些自有神助，总能化险为夷的天才……

然而，这一切，落入成人眼中，却似乎变得十分可笑起来；因为，他们大多已经记不得自己曾是过来人了。

我想，倘或哪位诗人、作家，也把自己的初次试笔比作幼儿学步，并且指给别人看，恐怕要徒然招来嘲弄罢。

是的，有的人敢直面来路和去路，有的人却不喜欢。

从而派生出两种态度：一种是不悔少作，悉数辑录，天然杂陈，任人褒贬；另一种是郑板桥式的，"板桥诗刻止于此矣，死后如有托名翻板，将平日无聊应酬之作，改窜烂入，吾必为厉鬼以击其脑！"前者尊重历史，尊重客观，实事求是，不计得失，存真立人；后者珍惜羽毛，严格挑剔，避免谬种流传，以保令名，这自然也是对社会负责，无可厚非。

我呢？我是主张不加修饰的。何况，人海茫茫，谁没穿过开裆裤？泛黄的"老照片"也许模糊不清了，但只要有，我还是愿意一概公开，让人指点的。

问题在于，我的"老照片"已难以寻觅。当然，万一出现奇迹，竟得以被人发现，那么，请放心，我是绝不会变厉鬼来砸谁的后脑勺的。尽管自知其间充满了幼稚、鄙陋，甚或失误。

论说我最初的"作品"，共有一文一诗两件。所谓文，是一封致日本儿童亲善访华团的公开信，本来是一份非命题性的语文作业，有幸被老师看中，推荐给南昌《民报》发表了。而所谓诗，则系致一位已故大朋友的分行悼词，是我自行向赣州《新赣南报》投的稿。文写于 1937 年，当时我 10 岁，刚读高小；诗写于 1940 年，当时我 13 岁，已是初中生了。

可以想见，这不过是两株不起眼的小苗罢了。之所以能破土而出，大概是造化，继而成为个人写作生涯的起点，就更属偶然了。

这先后两起文字因缘，却诱导我踏上了一条不归路，荣耀而艰辛。

而一诗一文，仿佛也成了一种象征，预示着我在杂文方面和诗歌方面的双重前景。

要而言之，那封充满抗日思想的公开信，既激发了同学们的爱国热情，也为作者的一贯立场奠定了强固基础。此后的一系列文章，从 1945 年的《井上之助君的悲哀》，到 1995 年的《不能缺钙》，都表明了我对日本军国主义的高度戒备，半个世纪未尝稍懈，实在大可引为自豪。

至于那首小诗，也许正是我之终于成为诗人的第一步罢。值得庆幸的是，通过这一步，我立刻懂得了：诗，是心灵之花，绝对需要真情浇灌。

要关心天下事，要关心大多数人的生存和发展，这是我学步的一个结论。而在抒发个人情感之际，要紧握共性，要力争共鸣，这是我学步的又一结论。

回首烟尘，脚印依稀可辨。有的较深，显出了一定力度；有的较浅，暴露了某种轻狂，必须引以为鉴、为训、为戒。从这个意义上讲，学步无止境，我应自重、自律、自强，直到最后与笔告别。

1998 年 6 月 14 日　合肥

中 国 病 人

听说海外有本走俏的小说,叫作《英国病人》,又听说,根据小说改编的同名电影也相当叫座。我没有读过这本书,也不曾看过这部电影,之所以提起它们,无非是为自己这篇小文找个由头。不过,我的《中国病人》,重点不是落在"人"身上,它主要是感叹一种"中国病",进而才联系一个得了"中国病"的中国人。

我正是一个得了"中国病"的中国病人。

所谓中国病,就是政治病。

说起来,我的政治病史也不算短了,最早当从 1945 年底算起罢。这年 12 月,全中国大闹学潮,为的是声援惨遭国民党屠杀的昆明西南联大学生。我也满腔热血,义无反顾,毅然站到了蒋介石政权的对立面。

从此,我尝遍了黑名单、盯梢和以逮捕相恫吓的滋味,其病理表现主要是长期睡不了囫囵觉,并逐渐演变成顽固性的失眠症。

1948 午春,我被迫逃亡香港,进了地下全国学联。港英当局不是吃素的,为了组织和自身的安全,得经常转移住处。也就是说,环境变了,可病情未见好转。

1949 年,人民共和国成立,实指望从此天下太平。没料想,打 1955 年起,旧病灶又猛然爆发,"反胡风"、"肃反"、"反右派",其后大运动套小运动,直至"文化大革命",我终于被真疯子宣判为"疯子"了。

草草四分之一的世纪,失眠已是小菜一碟,倒是平添了许多重病,屡次三番死去活来：

1958年至1979年，强制劳动"努"伤了身子骨，以至屙血不止。在山西郭堡水库工地上，被误认为农妇蹲错了茅房，在北路农村，又被当作是谁家婆姨养娃娃。

同期间，由于要扛百十斤一块的石头筑坝，一天扛十二个钟头；"大炼钢铁"那阵，矿石八十斤一担，五十里路一天得跑两个来回。关节肿大，势所必至，直到1981年透视，才发现，脊椎早已呈"S"形了。

1977年，出差北京，忽然胃大出血，血压降到临界点。可吴德还在执行《公安六条》，严禁外地"五类分子"进京看病。我恰恰是山西来的"右派"，怎么办？幸亏冯牧的女儿小玲给走了个后门，混进了公安医院，止住血便乖乖地自动走人。这，自然是长期间饥一顿饱一顿的恶果。

此后，脑病就像毒蛇似的缠住我不放了，1980年脑血栓，1989年中风，1994年脑梗死，1995—1996年脑梗死并颅腔积水，1997年脑梗死，1998年脑梗死，1999年脑梗死并颅腔积水，当中有三次是经抢救脱险的；无疑，祸根都是早年摧残太甚，而近几年又用脑过度⋯⋯

何须调查，全中国像我这样得了"中国病"的知识分子，岂止万千！

然而试问，一个人经得起多少次这样的折腾！个别知识分子死了固不可惜，只是从今而后，能否真的下决心不再制造"中国病"了？善待知识分子，正是加强综合国力的首要一条啊。这个愿望，当不为是奢求罢。

1999年5月12日　扶病践约写于合肥

附记：前不久，由青岛华夏文化艺术传播中心和北京中国现代文学馆联手隆重推出了《中华艺术千禧展》一书，本文即为其中的一篇。根据他们的要求，书未问世之前，稿件暂不宜外投；而恰好我也跨世纪地住进了医院——从1999年8月到2000年4月。因此，在相当长的时间内，我的名字从报刊上

"失踪"了,引起了许多朋友的关注和揣测。现借《芳草地》一角将此文单独重发一次,以表"春风吹又生"之私愿,并向各方聊志谢忱。

2000 年 4 月 19 日　写于合肥